Auf ein Wort, das zu lesen sich lohnt

Das Kloster St. Peter auf dem Hochschwarzwald hat kein Jota des einstigen Glanzes verloren. Schon immer liegt es im Zentrum des gleichnamigen Ortes. Umgeben von Wiesen, Matten und Wäldern offenbaren die Gassen und Winkel noch immer den Zauber, den Umtrieb und auch die Plackerei in einer Herrschaft, die sich einst weit über die heutigen Grenzen erstreckte. Der Wald von seiner schönsten Seite.

Der Ortskern mit seiner winzig anmutenden Häuserzeile steht stolz aber verwundbar um den leise plätschernden Brunnen und lässt die alten Geschichten, das Wirken und Werden der Menschen von damals erwachen.

Und wer sich die Pause gönnt, aus schattigem, lauschigem Eck einen neugierigen Blick zu werfen, der wird das Schaffen aus früheren Tagen mit eigenem Auge entdecken. Den Umtrieb der Handwerker und Händler, der Reichen und Bettler, der Bauern, Mägde und Knechte, das Schnaufen und Schuften der Tiere.

Aber Wanderer, täusche dich nicht!

Anno Domini 1763 bis 1783 – Der Wald

Der Wald, wie er vom Kandel her wogt und sich wiegt, bald knarzt und bald rauscht, hat zu damaliger Zeit einen großen Teil seines stattlichen Umfangs verloren. Die hoch aufstockenden Tannen, die Kiefern, Lärchen, Eichen und Buchen sind weitgehend verschwunden. Und so verdient der Wald seinen Namen kaum mehr.

Allein alte Sagen, sie leben fort und bestimmen das Wesen der Menschen. Wie sie, gefestigt durch ihren Glauben, dem Unheil des Waldes trotzen. Denn unheimlich – das ist er, der Wald.

Sein Holz ist begehrter denn je. Die seefahrenden Nationen besitzen diesen Rohstoff schon lange nicht mehr und es vergeht zu viel Zeit, bis man ihn nachwachsen sieht. Da kommen die Schwarzwälder, die auf ihren kostbaren Stämmen den weiten gefahrvollen Weg zu den Umschlagplätzen nicht scheuen, gerade recht.

Doch auch in der Heimat will man das Holz aus den Wäldern nicht missen. Bau- und Kohlholz findet mannigfaltigen Gebrauch: Kirchen, Häuser und Höfe; Brücken, Türme und Bollwerk; Wärme und Waffen; Glashütten, Erzmienen, landwirtschaftliche Geräte – Ach! Und was es da sonst noch so gibt – haben den Wald schrumpfen lassen. Es ist an der Zeit, dass andere Rohstoffe das Holz und seine Verwendung ersetzen. Freilich, darüber werden noch Jahrzehnte vergehen.

So erklärt sich das Ziehen und Zerren all jener, die ihre Waldungen schonten und jeden Stamm haben wachsen sehen: So auch das Kloster St. Peter. Diesen Reichtum schenkt man nicht her. Wehe dem, der sich daran vergreift. Selbst wenn der Regent seinen Tribut einfordert. Und das Habsburger Haus ist in diesen Belangen nicht zimperlich. Man will alle Güter im eigenen Land hergestellt wissen, nicht abhängig sein vom Gutwill anderer Mächte. Dumm nur, dass die Herrschaften im eigenen Land ihre eigenen Pläne verfolgen und den gierigen Wünschen nicht so recht folgen wollen. Die Äbte im Kloster St. Peter sind zäh und man reibt sich an ihnen auf.

Das Kloster hat mit sich selbst ausreichend zu tun und dann sind da auch noch die Untertanen. Da maßen sich einige an, in den Wäldern der Herren das Holz zu stehlen. Heimlich und gemein. Undankbare Geschöpfe. Allesamt.

Die einen ziehen ganze Stämme aus den Flözwassern und verstecken sie unter dem Heu. Hackt ihnen die Hände ab! Viel gewiefter aber sind jene, die des Nachts ihre Pferde vor einen Karren spannen und den Raub in Freiburg verhökern. Das stemmt keiner allein. Dieser Art Holzklau im großen Stil braucht eine Bande von Schurken bis in allerhöchste Ämter hinauf. Warum sollte die klingende Münze aus den Erlösen nicht deren Begehren wecken? Welch ein arglistiges Verbrechen.

***

Der geruhsame Ausflug an diesem sonnigen Tag in St. Peter, er neigt sich dem Ende zu. Ein letzter versöhnlicher Blick in die prachtvolle Kirche des ehemaligen Klosters. Es lohnt sich – gewiss! Die Türe knarrt in ihren Angeln. Die kühlende Luft erfrischt Körper und Geist. Unversehens flutet das Licht des jungen Abends den Raum. Ein goldener Glanz blendet die Augen, bald mehr als das Gleißen der Sonne am lichten Tag.

Vom Hochaltar her erwacht der Gesang benediktinischer Mönche. Ein Trugbild, denn deren Zeit ist schon lange vorbei.

Anno Domini 1763 bis 1783 – Das Kloster

Tiefgreifender Wandel wirft seine Schatten voraus. Die gab es seit der Stiftung des Klosters durch Herzog Berthold II. von Zähringen wahrlich bereits zur Genüge. Und immer begannen die Mönche von vorn. Vier große Brände, die Pest und unzählige Kriege konnten den Willen der weltlichen und geistlichen Herrschaft erschüttern, aber nicht brechen. Noch nicht.

Beinahe unbemerkt wächst ein Geschwür, das zu einem bitteren Ende führt, einem Ende für immer. Warum weiß niemand die Gefahren zu deuten?

Zahlreiche Drangsale geben den letzten Äbten nebst ihrem Konvent allen Grund besorgt zu sein. Man steht unter habsburgischer Protektion. Ein Schutzschirm, der zu bröckeln beginnt, als die weltliche Macht, Maria Theresia und nicht zuletzt Josef II., ihr Sohn, nach dem Besitztum der Klöster in österreichischen Vorlanden zu greifen beginnt. Und das hat vielerlei Gründe:

Man hat sich in zahllosen Erbfolgekriegen abgemüht und schließlich den Vorteil eines stehenden Heeres erkannt. Der Staatsapparat, herangewachsen im Merkantilismus und Absolutismus, frisst den Regenten die Haare vom Kopf. Preußen, Sachsen, Franzosen und all deren Verbündeten, alle brauchen sie Rohstoffe und Geld. Es ist kaum zu ermessen, wie teuer Kriege so sind. Keine weltliche Herrschaft zu jener Zeit, die nicht an den eigenen Schulden erstickt. Warum also nicht das Steuerwesen verändern, Kriegssteuer erheben, Grundherren enteignen?

Unversehens sickert ein neuer Geist in die Ordnung gewohnter und gottgewollter Strukturen: die Ideen der Aufklärung dringen von Frankreich her in die Köpfe der europäischen Machthaber ein. Anfangs rechtfertigt der Bildungsauftrag das Bestehen der Klöster. Schlussendlich will man rein gar nichts mehr von deren Bedeutung wissen. Die Pfarrseelsorge wird favorisiert.

Von nun an rasen die Zeiger der Uhren auf das Ende der Klöster zu. 1806 ist es soweit.

Das vorliegende Buch ist ein Roman auf der Grundlage historischer Ereignisse. Die darin handelnden Personen sind frei erfunden und Ähnlichkeiten mit lebenden Personen rein zufällig.

Kursiv gedruckte Worte finden im Glossar ihre Erklärung.

In den wichtigsten Hauptrollen

Bruder Bonifatius	Mitglied des Konvents benediktinischer Mönche im Kloster St. Peter auf dem Wald
Katharina Villinger	genannt die Heidenhexe – ehemals Gattin des Andreas Villinger
Ihr Sohn Bartle	in Sünde gezeugt, † 1759
Ihr Sohn Paul	
Ihre Töchter Ursula und Agatha	† 1760
Ihr Sohn Jakob	Kindheit und Jugend auf dem Simishof des Lehbauern Simis Rämele
Anna Maria	genannt die Rauchmarie, Tochter des Köhlers Hannes
Der Advokat	Klösterlicher Justiziar und Vorsteher der Klosterkanzlei
Mathis Trenkle	Holzfäller und Spezialist für Schläge in Steillagen
Dirrländer Michl	Hoferbe und Sohn der Agnes Thürwächter
Bruder Waldmeister	Mitglied des Konvents, zuständig für die klostereigenen Waldungen
Laurenz	Holzfäller und Spezialist für Schläge in Steillagen
Thewes Pichler	Altknecht im Gschwanderdobelhof

In den wichtigsten Nebenrollen

Georg Rämele	Sohn und Hoferbe des Simis Rämele
Bruder Cellerar	Pater mit der wirtschaftlichen Leitung des Klosters
Forstwart Spiegelhalder	
Agnes Thürwächter	geschworene Hebamme und Mutter des Dirrländer Michl
Dorfvogt Georg	gewählter Gemeindevorsteher; Vermittler zwischen Kloster und Bauernstand

Die wichtigsten historischen Personen

Abt Ulrich Bürgi (1719 – 1739)

Abt Philipp Jakob Steyrer (1749 – 1795)

Maria Theresia (1717 – 1780): Fürstin aus dem Hause Habsburg. Regierende Erzherzogin von Österreich und Königin u. a. von Ungarn und Böhmen.

Joseph II. (1741 – 1790): 1765 – 1790 Kaiser des Heiligen Römischen Reiches; 1765 – 1780 an der Seite der Mutter Maria Theresia. Ab 1780 Alleinherrschaft.

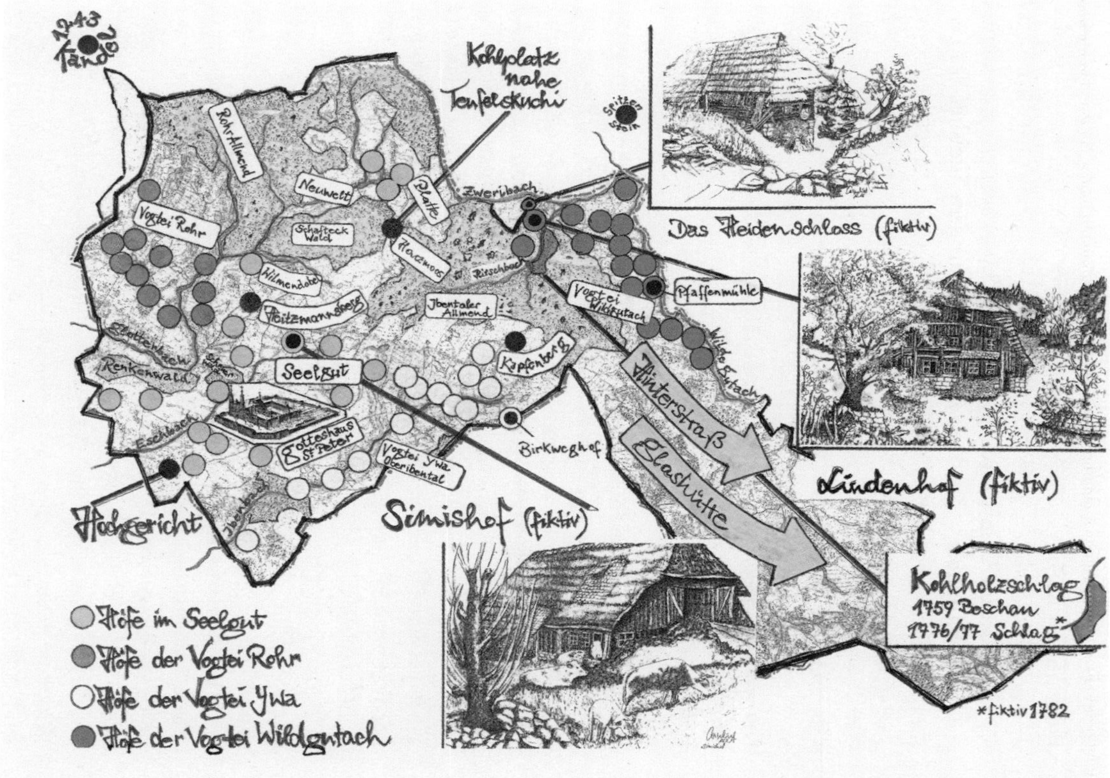
1743 Tändle
Kohlplatz nahe Teufelskuchi
Spitzen Stein
Das Heidenschloss (fiktiv)
Zweribach
Rohr Allmend
Neuwelt
Platte
Vogtei Rohr
Schafteck Wald
Haarmoos
Rischbach
Wilmendobel
Heitzmannsberg
Pfaffenmühle
Vogtei Wildgutach
Jbentaler Allmend
Kapfenberg
Seelgut
Renkenwald
Gotteshaus St. Peter
Vogtei Ywa Oberibental
Birkweghof
Hinterstraß
Glashütte
Wilde Gutach
Lindenhof (fiktiv)
Eschbach
Hochgericht
Simishof (fiktiv)
Kohlholzschlag
1759 Boschau
1776/77 Schlag*
*fiktiv 1782
Höfe im Seelgut
Höfe der Vogtei Rohr
Höfe der Vogtei Ywa
Höfe der Vogtei Wildgutach

Prolog

Noch herrscht Stille am hohen Berg.

Die Nacht nimmt vom Gipfel Besitz. Glänzende Steinschrofen strecken sich stolz dem pechschwarzen Himmel entgegen. Grausam und wild reitet der Wind aus dem Tiefland herauf. Tritt ungezähmten Wolkenfetzen in ihre Flanken und drischt wie irr auf sie ein. Seit jeher trotzt der Berg diesen Gewalten. Seit jeher wird er dafür verehrt. Ein Fürst unter den Bergen, ein Glanz in der Nacht. Und heute nun wird der langen Jahresnacht das Siegesfest der Sonne folgen. Verkrüppelte Tannen, heller als sonst, strecken die dürren Äste wie Geisterklauen zum Tanzplatz aus. Die Nacht der Nächte kann nun beginnen. Der Berg ist bereit.

Aus dem gottlosen Nichts zischen hunderte Schatten im Anflug zum Hohen Fest. Von überall her, im fahlen Licht, „in tausend Teufel Namen!" Hunderte – auf ihren gesalbten Stöcken. Einzelne – in Kutschen, gezogen von Schimmeln in Weiß und Katzen in Schwarz. Doch alle noch ruhig und gespannt. Vom Hexenmeister geladen zum üppigen Mahl mit Braten und Wein im Überfluss. Stumm, selbst wenn der Böse zugegen ist.

Stille – bis der Tanz seinen Anfang nimmt.

Sie musste den Schutz des Waldes verlassen, wenn sie ihr Kind retten wollte.

Aber die Angst lähmte all ihre Entschlossenheit. Ihr Blick huschte unruhig vom Wegkreuz am Waldessaum hin zum bleichen Gipfel des Berges. Sie musste den Berg im Auge behalten. Dort oben buhlten mit Kränzen geschmückte Jungfrauen, alte hässliche Weiber und Dämonen in Tiergestalt um die Gunst *ihres Meisters*. Auf ihren Besen stiegen sie auf zu ihrem Hexenflug. Solange sie still ihre Bahnen zogen, entging ihnen nichts, weder das kläglichste Wimmern noch die geringste Bewegung.

Nur nicht weinen!

Kaum spürbar hatte sich das winzige Bündel in ihren Armen gerührt. So als habe es ihre Zweifel, ihr Zaudern, bemerkt. Still, mein Kleines! Noch ist es zu früh!

So wie die Hexen, so musste auch sie auf die Ankunft des Meisters warten. So wie die Hexen, so roch auch sie den Gestank nach Schwefel und Pest, so sah auch sie das leuchtende Rot. Alle Sehnsucht, Hoffnung und Aufmerksamkeit richteten sich auf diesen einen Moment: Dass ER aus den Spalten der Hölle erscheine.

Mächtig, bizarr, glühend und stark, gehörnt und abgrundtief böse. Würde sie dieses Mal ausreichend gerüstet sein? Unentschlossen nestelte sie am Kragen ihres Gewandes. Ihre Hand zitterte. Alle nur denkbaren Vorkehrungen waren getroffen. Die giftigen Weiber auf ihren fliegenden Ruthen sollten ruhig wissen, dass es bei ihr nichts weiter zu holen gab. ER hatte ihr bereits eines ihrer Kinder genommen.

Ein weiteres Mal wollte sie diesen Tribut sicher nicht zollen! Und, bei allen Heiligen, sie hoffte, dass der Schutzzauber hielt, bis sie ihr Ziel erreicht hätte. Wer auch immer sich ihr in den Weg stellen mochte, sie würde kämpfen und töten, wenn nötig mit ihrem eigenen Leben bezahlen. Etwas anderes besaß sie ohnehin nicht. Ihr gehörte, was sie am Leibe trug – und das Kind in ihrem Arm. So wie dieses Kind auf ihre Fürsorge vertraute, so warf sie, hier und jetzt, all ihr Vertrauen auf die Heilige Jungfrau Walburga.

Sicher, auch der Zufall war ihr zu Hilfe gekommen. Böses Gesindel hatte diese Falle gestellt. Der Wagen des Händlers, aus dessen Waren sie dieses kleine, gläserne Fläschchen an sich nahm, war nicht zufällig an der Wegbiegung gestürzt. Für sie war der Inhalt ein Leben wert.

Und auch der Händler kam mit dem seinen davon.

Sie vertraute der Kraft dieses Öls. Und sollte die Kraft nun durch ihren Raub schwinden, so hatte sie auch für diesen Fall Vorsorge getroffen. Ein Reif aus Mariengras, Waldmeister und *Donnernessel* kränzte das Köpfchen des Knaben. Ihr Wissen von Kräutern und Tränken zum gottgefälligen Wohle war alles, was sie ihm mitgeben konnte.

Als sie das Haupt des Säuglings mit Walburgisöl salbte, murmelte sie ihr Gebet:

„Heilige Jungfrau Walburga! Getreue Mutter der Armen.
Vergiss nicht mich arme Sünderin. Erhöre mich und mein wehrloses Kind!"

Ja, dieses Kind sollte leben!

Und doch! Ein Blitz zerriss das Dunkel der Nacht und schmerzte in ihren Augen. Noch bevor der Donner die Stille verjagte, tobten die Tänze los.

Ein wildes Stakkato von Trommeln, ein Pfeifen, ein Schreien und kreischende Geigen: die Lustgesänge der Hexen!

Das Höllentor ward aufgetan!

Die schiere Kraft dieser Gewalten ließ alle Hoffnung in ihren Festen erbeben. Sie erschrak bis ins Mark.

Wenn der Meister erschien, galt alle Aufmerksamkeit ganz allein IHM. Die ihre galt einzig dem Kind.

Sie musste den Schutz des Waldes verlassen. Kalter Schweiß rann ihr das Rückgrat hinab. Der Wind ergriff ihr schmutziges Haar und zerrte daran, als wolle er jedes einzeln hinunter jagen ins eisige Tal. So wie er den Schopf der nahen Weidbuche erfasste, rupfte und riss, bis der Stumpf knickte und schrie.

Einmal noch zögerte sie. Die waldfreie Bergflanke ließ keine Geheimnisse zu. Sie konnte sich noch so tief bücken.

Jetzt! Ein letzter Blick auf die Türme des rettenden Klosters. Dann rannte sie los.

TEIL I
DAS KLOSTER

Und es begab sich,
dass David um den Abend aufstand von seinem Lager
und sich auf dem Dach des Königshauses erging;
da sah er vom Dach aus eine Frau sich waschen;
und die Frau war von sehr schöner Gestalt.
Und als sie zu ihm kam, wohnte er bei ihr…
Und die Frau ward schwanger,
und sandte hin und ließ David sagen:
Ich bin schwanger geworden.

(2. Samuel 11,2–5)

Anno 1763 – Kloster St. Peter auf dem Schwarzwald

Pater Bonifatius lehnte an einer Mauer, verborgen im hintersten Winkel des Klostergartens.

Der Stamm einer mächtigen Winterlinde bot ihm Schutz vor den neugierigen Blicken der Brüder. Der seine war starr auf die Kuppeln der Türme gerichtet. Die Türme der neuen Klosterkirche. Die goldenen Kreuze leuchteten nicht. Stumpf und erhaben streckten sie sich in den Nebel des Tages. Regen strich unaufhörlich vom Himmel herab. Segen brachte er nicht. Die Tropfen brannten auf seinem Gesicht. Keine Weitsicht. Kein Durchblick. Grau.

Ihn schwindelte und seine Finger krallten sich in das feucht gewordene Mauerwerk. Das Nest einer Spinne klebte an seinen Fingern. Die gebrochenen Flügel der Beute rieselten lautlos zu Boden. Bonifatius hielt sich fest, als gäbe es sonst keinen Halt auf der Welt. Und diese Welt war viel zu groß und zu weit. In ihr gab es zu viel Aufregung und Versuchung, Laster und Anfechtung. Warum sonst war er dem Ruf ins Kloster gefolgt? Um das geregelte Leben eines Benediktiners zu führen! Alles lief in geordneten Bahnen. Gebet und Arbeit in Gemeinschaft mit seinen Brüdern. Hier war alles so klar, so deutlich und überschaubar, so sicher und so geborgen. Hier im Kloster hatte er in Sicherheit leben können. Bis jetzt. Nach seinem Fehltritt aber war womöglich alles anders geworden.

Bonifatius! Du hast alle Güte und alle Barmherzigkeit mit Füßen getreten. Wer soll dir denn nun noch vergeben?! Da sackte er endgültig in sich zusammen, das Kinn fiel ihm auf die Brust und ein Schluchzen entfuhr seiner Kehle.

„Bruder Bonifatius, was ist denn in dich gefahren? Du liegst hier in Regen und Schmutz. Komm lass dir helfen!“ Bruder Waldmeister kniete besorgt neben ihm nieder und griff ihm unter die Arme. Bonifatius bemerkte ihn kaum, wollte niemand bemerken. Er brauchte keinerlei Hilfe. Schon gar nicht in diesem Zustand.

„Vorsicht. Die Mauern. Sie schwanken!“ Ihm schwirrte noch immer der Kopf. „Lass … Bruder. Ich komme … alleine zurecht.“ Er hörte sich selber Worte stammeln. Dann aber lehnte er sich an die dargebotene Schulter des Waldmeisters.

„Aber was redest du da! Du selbst bist es gewesen, der ihren Bau überwachte. Abt Philipp selbst hatte dich damals berufen. Wie warst du bemüht, dein breites Grinsen an jenem Abend wieder in würdige Bahnen zu lenken! Ich sehe dich noch über die Baustelle schreiten. Zusammen mit *Palier* Johann William. Wie stolz du warst! Und, mit Verlaub, ihr habt beste Arbeit geleistet, der Klosterbaumeister und du.“ Bruder Waldmeister hatte ihn bei den Schultern gepackt und suchte den Blick seines Bruders.

„670 Jahre. Bruder! Sechshundertsiebzig. So lang ist es her, dass die Hirsauer Mönche hier einzogen. Seither haben die Mauern dieses Klosters weit mehr Brüdern Schutz und Fürsorge geboten, als du es dir vorstellen kannst."

Er war wirklich bemüht, geduldig zu sein, dem jüngeren Bruder Mut zuzusprechen. Bonifatius war für ihn, wie eine Art … Geschenk …? Gott schien ihn, den Waldmeister, in Geduld und Demut üben zu wollen. Und außerdem drängte die Zeit. „Erinnere dich daran, dass Berchtold II. von Zähringen von unserem Heiligen Gott dazu erwählt wurde, dieses Kloster zu stiften. Wind und Wetter – ach, was sage ich – Krieg und Brandschatzung haben diesem heiligen Ort nichts anhaben können. Selbst als die Pest durch die Ritzen und Fugen gesickert ist und ihr grausiges Banner auf unzähligen Gräbern errichtete, da sind diese Mauern standhaft geblieben. Und schau! Wie die Türme allem zum Trotz in den Himmel gewachsen sind!" Und Bonifatius hob tatsächlich den Blick. Immerhin.

„Als wenn ich das alles nicht wüsste." Bonifatius' Stimme klang blutleer und taub. Nach dem letzten vernichtenden Brand um 1678 hatte das Kloster für acht Jahre brach gelegen. Zudem hatte französisches Militär vor kaum zwanzig Jahren die Mönche für ein Jahr vertrieben. All das wusste er. Schutz sah für ihn anders aus.

„Mir scheint aber, dass du nicht mehr auf die Stärke unseres Gottes vertraust. Dass dein Glaube hier an der kalten Mauer nur noch ein Häuflein Elend ist. Besinne dich, Bonifatius! Kehr' um in den Schoß deines Gottes! Ich für meinen Teil war schon immer der Ansicht, dass Satan seine Schlingen vor die Türschwellen der Kleingläubigen legt, und …!"

Bonifatius fasste sich bestürzt mit beiden Händen an seinen Hals, so als drücke ihn bereits das Seil an seiner Kehle.

„ …, und? Mein Bruder? Auch das hast du schon immer gewusst." Der Schatten der Furcht lag wieder in Bonifatius' Antlitz. Bruder Waldmeister lächelte. Wie abscheulich und jämmerlich empfand er diesen Moment. Ein Mönch, ein gelehrter noch dazu, dreckig und heulend im Garten des Klosters. „Bis hierher war es ein gutes Gespräch zwischen uns Brüdern."

Welches Gespräch? Bis hierher hatte nur einer gesprochen.

„So, und nun machst du dich bereit für unser Gebet zur neunten Stunde des Tages. In diesem Aufzug kannst du dich dort gewiss nicht blicken lassen. Erinnere dich deiner Würde und mach dich nicht zum Gespött!"

Bonifatius indessen stand auch weiterhin wie gebannt da und rührte sich nicht. Bruder Waldmeister packte ihn. Dieses *Geschenk Gottes* hätte er nun wahrlich gerne zurück gegeben. Seine Geduld war am Ende. Noch zehn Minuten, dann begann im Hochchor die *Terz*. Allerdings war ihm daran gelegen, dem jüngeren Bruder noch einen Gedanken mit ins Gebet zu geben. „Komm jetzt! Und, Bonifatius, du weißt um das heilige Sakrament der Vergebung. Ich rate dir dringend zur Beichte."

***

Das Gebet plätscherte an ihm vorbei wie ein murmelnder Bach. Zu stark lebten in ihm die Bilder der schwankenden Türme. Ausgerechnet der Waldmeister erwischte ihn bei seinen Tagträumen und schaute ihn strafend an. Dann verpasste er seinen Einsatz bei den Gesängen. Hinterrücks murrten die Brüder. Was, wenn die ihn fortan meiden würden, statt seinen Glauben zu stärken? Wie sollte er Abbitte leisten? So dringend die Beichte auch war. Er wagte es nicht, einem der Brüder dieses Geheimnis anzuvertrauen. Niemand würde es dulden, ertragen und mittragen können. Alles kam so, wie er es befürchtet hatte.

Auch die Vorträge des Waldmeisters würden diesem Sog in ein Tohuwabohu nicht Einhalt gebieten. Auf dem gemeinsamen Weg zum Gebet hatte der ihm vor den Gemälden der Äbte eine weitere Lehrstunde erteilt. Gerade so, als ginge es um den Stammbaum eines altehrwürdigen Geschlechts.

„Und hier nun unser verehrter Abt Ulrich Bürgi. Ein Mann voller Tatendrang. Zielstrebig und fleißig. Kein Stein, der unter seiner Regie nicht umgedreht wurde. Zusammen mit seinem Architekten und Baumeister, Peter Thumb, hat er den Grundstein gelegt. Das Fundament für unsere neue Kirche. Sprich doch nur mit unserem Bruder, Pater Gregor, der die Geschichte unseres Klosters für die Ewigkeit archiviert! Nach kaum dreieinhalb Jahren wurde sie eingeweiht. Nicht, weil man Zeitnot gehabt hätte oder an der handwerklichen Präzision gespart hätte!"

Pater Bonifatius neidete seinem Bruder dessen Begeisterung. Nur blass und dumpf sickerten einige Bilder durch die Gitterstäbe seines Gemüts. Da sah er die selbstbewusste Gestalt des Baumeisters Thumb, wie der zur Besichtigung der Baustelle anreiste. Mit seinem *Palier* hatte er alle Fortschritte und Maßnahmen zu besprechen. Nichts, was für den Fortgang und schließlich den Abschluss des Baus zu erledigen war, wurde in diesen Gesprächen ausgelassen.

„Ich erinnere mich: Das Steinwerk musste aus den Steinbrüchen von Tennenbach und Kirnach mühevoll hierher transportiert werden. Die Hand- und Fuhrdienste der Bevölkerung müssen enorm gewesen sein."

Was hätte er dafür gegeben, er wäre damals dabei gewesen. Aus der Vergangenheit drang das gregorianische Morgenlob in seine Sinne. Im werdenden Gemäuer sah er die Brüder zusammen sitzen. Getragen durch ihre Gemeinschaft mit Gott. Und auch diesmal ließ er diesen greifbaren

Funken Hoffnung in der Vergangenheit liegen. Mochte der anderen Menschen geholfen haben. Damals zu einer anderen Zeit.

„Ja, ja!“, fuchtelte sein Ordensbruder vor ihm herum, „Siehst du die Zimmerleute vor deinen Augen! Da hallen die Rufe, das Schlagen der Äxte vom Mühlengraben bis zur Baustelle empor. Siehst du dieses Gerüst, das sie bauen, so gewaltig, dass es von Ochsenkarren befahren wird. Glaub mir, Bonifatius, hunderte, ja tausende von Fuhren sind notwendig gewesen. Siehst du die schwankenden, *gahrenden* Karren auf ihrem Weg her von Tennenbach nach St. Peter! Acht Stunden für eine Fuhre. Hörst du die Pferde schnauben und die Küchenmagd schreien. Der Schreinergeselle hat ihr an die üppigen Brüste gegrabscht! Hörst du auch dessen Fluch und siehst du seinen beleidigten Blick? Er wischt mit den Fingern das Blut aus seinem Gesicht!“ Der Waldmeister kicherte. Wohl eher wegen der Brüste der Magd.

Allein Bonifatius stimmte nicht in das Lachen mit ein. Das Bild um die Brust dieser Magd warf ihn in sein Gefängnis zurück. Genau darum ging es hier doch: Da war die Brust dieser Frau und seine Hände liebkosten sie.

Der Waldmeister wollte nicht aufhören mit seinem Geplapper. „Hörst du das Klingen der Meißel! Die Steinmetze befreien behände die groben Klötze vom überflüssigen Stein. Und da! Ich wusste es doch! Der Meister verpasst dem Lehrbub eine schallende Ohrfeige. Hat der doch den kunstvoll behauenen Stein beim Anheben zerbrochen.“

Er klatschte vor Bonifatius' Augen in seine Hände, dass dieser zusammenfuhr. Wie viele Gebete waren gesprochen und wie viele Flüche waren verhallt? Ungehört. Wie oft war die knallende Geißel über das störrische Vieh gezischt!

„Die Symphonie dieses Handwerks hallt noch bis heute durch dieses Gemäuer. Zugegeben, sie mag unsauber und unstimmig klingen. Die Pausen, Lücken und Takte gegeneinander gesetzt: Chaos statt Musik. Und doch, nur aus einem Grund komponiert: Um dem Schöpfer der Dinge in Gehorsam und Demut das Lob zu zollen, das Ihm gebührt. Aus keinem anderen Grund, Bruder Bonifatius. Keinem.“ Wie immer unterstrich er die Wirkung der Worte mit einer entsprechenden Geste.

Dann wandte er sich seiner Zelle zu, um zum Gewohnten zurückzukehren. Da schlugen ihm Bonifatius' Worte in seinen Nacken. „Von der Last steht freilich nichts in den Büchern.“

„Welcher Last? Bruder, bist du noch recht bei Sinnen! Gott allein hat diese Ordnung gewollt. Wir sind es, die Seinen Willen tagtäglich ausüben. Was denkst du was geschieht, wenn diese Menschen dort draußen ohne unsere Führung sind? Und wenn es Grund gibt, Lasten zu tragen, dann werden sie diese auch tragen. Und wenn es Grund gibt zornig zu sein, dann gilt es, die Geißel zu spüren."

„Ich meine, hat jeder der Lehbauern auch sein Feld rechtzeitig bestellt und seine Ernte rechtzeitig in seine *Oftere* gefahren. Haben alle nach dieser Zeit genügend zu essen gehabt?"

Seine Begeisterung war nun endgültig verflogen. Zorn sprühte aus den Augen des Waldmeisters. Mit Barmherzigkeit kam er diesem Mönchlein nicht bei. Also wollte der wohl einfach nur hören, wie eine Peitsche knallt.

„Am Tag der Einweihung dieser Kirche waren alles Leid und all der Verdruss verflogen. Verwandelt in Ehrfurcht und Demut. Mit strahlenden Augen und offenen Herzen sind sie alle hier in ihre Knie gegangen vor ihrem Gott. Alle! Konvent und Gemeinde. Ausnahmslos. Vom Abt bis zum Hütebub. Und seist du auch noch so begabt, Johann Baptist Stührentaler. Auch für dich gilt noch immer die *Regula Benedicti*. Überlege dir gut, auf wessen Seite du stehst."

„Aber hat Christus nicht auch nach dem Wohle der Menschen gefragt?"

„Bonifatius, du bist erbärmlich!" Mit diesem Vorwurf schloss krachend die Zellentüre in ihre Angeln.

Einige Jahre zuvor – Ostern anno 1759

Die beiden Männer trafen sich am Dorfbrunnen gegenüber der Klosterpforte.

Der eine war von großer und kräftiger Statur. Unter der hohen Stirn schauten zwei wache Augen aus einem markanten, vom Wetter gegerbten Gesicht. Für diesen Tag hatte er sich standesgemäß mit seinem Trachtenanzug bekleidet und freute sich nun auf einen zünftigen Tagesausklang. Der zweite, deutlich kleinere Mann, der nun energischen Schrittes vom Pferdestall her den Dorfplatz betrat, wirkte gegen den Hünen eher schmächtig. Doch diesem ersten Eindruck war schon manch einer aufgesessen und das nicht immer zu seinem Besten. Was zunächst noch hager und wehrlos wirkte, erwies sich als flink, kraftvoll und zäh. In diesem Mann steckte eine ungeheure Entschlossenheit, ja Standhaftigkeit.

Das wusste auch der Wartende. Er kannte seinen Freund und Weggefährten schon von Kindesbeinen an. Mit ihren Streichen hatten sie sich einen Ruf erworben, der im Dorf seinesgleichen suchte. Allerdings hatte auch beider *Fiedle*, wie man das Hinterteil nannte, so manchen Abend in dieser Zeit noch beim Zubettgehen heftig gebrannt. So hatte wohl jeglicher Ruf auch seinen Preis.

Wenngleich sie sich seit Jahren kannten, wirkte die Begrüßung zunächst recht förmlich und steif.

„Schau an, der *Dorfvogt*! Seines Zeichens Vorsteher der Gemeinde und Mittelsmann zwischen Kloster und Lehbauern: Herr Merkwürden gibt sich die Ehre! Und wie vornehm und hoffähig Ihr heute gekleidet seid!" Der Kleinere deutete eine ergebene Verbeugung an, die der Größere aufgrund seines Standes mit einem leicht altklugen Nicken erwiderte.

„Nun, Mathis, einem jeden wie's ihm gebührt. Doch auch Euch scheinen *Wivölcher* am Morgen die Kleider gereicht zu haben. In solch feinem Stoff hat man Euch selten gesehen."

Einen kurzen Moment standen sich Vogt und Holzknecht noch stocksteif gegenüber. Dann trafen sich ihre Blicke und sie schüttelten einander mit fröhlichem Lachen herzhaft die derben Hände.

„Aber im Ernst, in deiner Tracht erkennt man dich wie immer kaum wieder. Dazu noch mit dem zünftigen Hut. Den alten wettergegerbten Jägerfilz hast du wohl an den Nagel gehängt!?"

„Lass gut sein, Vogt Georg! Du weißt genau, was mir meine Tracht bedeutet. Ich bin nun mal stolz, ein Wälder zu sein: ‚fremdartig, aber ehrwürdig.' Die Tracht, das bin ich! Doch nun lass uns nicht länger viel Zeit vergeuden. Mir ist eher nach würzigem Speck und duftendem Brot zu einem guten Krug Moscht!"

Der Vogt schlug dem anderen freundschaftlich auf die kräftigen Schultern. „Recht hast du, mein alter Freund!" In Gedanken an ein saftiges Stück gerauchtem Schinken, dem *Hammerstrumpf*, lief ihm das Wasser im Mund zusammen. „Wie immer, wenn es ums Essen geht, stimme ich dir gerne zu. Ich freu' mich schon, an einem Kirschwässerle zu *sürfeln*. Und nicht zu vergessen, zum Abschluss eine gute Sigahr! Mathis, mein Freund, das ist ein trefflicher Plan!"

Mit diesen Worten wandten sich die Freunde vergnügt nach links, dem Gasthaus Hirschen zu. Mathis öffnete eilig die schwere eichene Tür. Der Lärm zahlreicher Männer schlug ihnen entgegen. Zumeist Bauern der Vogteien Seelgut und Rohr. Alte Bekannte, die kurz im Gespräch inne hielten und die Hand zu einem freundlichen Gruß erhoben. Allen voran die Holzknechte aus der Vogtei Wildgutach. Wettergegerbte Burschen, muskelbepackt. Wo sie auftauchten, da wurde gerne gefeiert. Sie gehörten zu Mathis' Trupp.

Andere Gäste schickten ein kurzes Nicken in ihre Richtung und einige wenige gaben sich mürrisch oder entgegneten gar nicht den Gruß der Eintretenden. Aber auch diese waren den beiden bekannt.

Der niedere Gastraum war angesichts der Tageszeit und des ausklingenden Osterfestes gut besucht, aber nicht überfüllt. Die Freunde fanden einen Platz etwas abseits der Stammtische mit ihrem lauten Geschwätz. Der Moscht hatte die eine oder andere Nase längst rot gefärbt und die Gesichter einzelner Zecher erhitzt.

Die Holzknechte saßen an ihrem Stammtisch beim *Zwicken*, jeder mit seinem Blatt Karten dicht vor die Nase gedrückt und jeder mit seinem Häuflein Nüsse als Spieleinsatz neben dem Krug. Auf diese Art war das Spielen erlaubt. Nicht allein Mathis wusste, dass jede Nuss ihren Wert hatte. Später, und nicht im Wirtshaus, würde dann abgerechnet. Und sicher auch um einen höheren Preis als die zulässigen vier Pfennig.

Der Altbauer vom Jockenhof zeigte ein nahezu zahnloses Grinsen und hob sein Glas. Nicht zum ersten Mal an diesem Abend, das war deutlich zu sehen. Er hatte sein *Leibgeding*, den Altenteil, bereits bezogen und stellte sich friedvoll auf seinen Lebensabend ein. Der jüngste seiner vier Söhne hatte die Erbpacht übernommen. Die älteren Brüder würden bald ihre *Krätzen* bestücken und in der Ferne dem blühenden Uhrenhandel nachgehen. Der Alte wirkte zufrieden.

„Heut' wird so manch einer redlich durchgehechelt", grinste der Vogt sein Gegenüber an. Die beiden zogen die Stühle an den derb gezimmerten Eichentisch und streckten ihre Beine für einen Augenblick aus. Gesprächsfetzen drangen an ihre Ohren und bestätigten diese Annahme. Spott über einen missglückten Handel. Über einen Bauern, der sich gegen seinen Knecht nicht hatte durchsetzen können, und anderer Hohn ergoss sich über die Tische und Stühle wie klebriges Fett. Dorftratsch eben!

Gerade drang der tiefe Bass des ‚Schür-Maiers' durch. „Habt ihr gehört? Da stehen wieder schweißnasse und todmüde Pferde am Morgen in ihren Ställen. Kaum einer kann sie beruhigen." Er glaube ja nicht an diese Altweibergeschichten aus den Nähstuben, aber man könne nie wissen! „Kennt ihr den alten Türlehofbauern von der Steinhalde noch? Der hätte euch jetzt vom Schinder erzählt. Dass der wieder umgeht und die Rappen nachts mit sich nimmt. Sein schändliches Handwerk will er vollbringen. Hört auf meine Worte!"

„Einige davon haben vermutlich wieder die Kutschen zum *Kandel* gezogen." Freudig schaute der Redner in die Runde der Tischnachbarn, in Erwartung herben Gelächters. Er erntete eher ein peinliches Hüsteln und Räuspern. Nur vereinzelt wagte der ein oder andere Haudegen ein erstickendes Lachen. „Auch nur eine Geschichte, um den Diebstahl von Stammholz zu verdunkeln. Mit solcherlei Dingen ist nicht zu spaßen!"

Die beiden Freunde grinsten sich an. Wer auf dem Wald groß geworden war, der kannte die alten Geschichten von schwitzenden Pferden, stürzenden Ochsen und kopflosen Hunden.

„Aber im Ernst", raunte der Vogt seinem Freund verschwörerisch zu, „mir wurde vor einigen Tagen erst zugetragen, dass so manch gestandener Bauer in Seelgut, Rohr und Ywa wieder einen schwarzen Bock in den Stall stelle. Auf das der Schinder sich in der Nacht an dem austoben könne …"

„… und gleich willst du mir sagen, dass wieder *Schrättelifüße* am Scheunentor prangen und *Donnernesseln* um den Hof besondere Pflege erfahren?! Ehrlich, Georg, ich bin ein Kind von der Platte. Ich liebe und fürchte den Wald. Er gibt und er nimmt. Aber mir graut auch vor derlei Begebenheiten, soweit sie nicht dem Lob Gottes dienen. Die Mönche haben schon Recht, wenn sie immer und immer zum Glauben mahnen. Ein Vaterunser hat noch jeden Gaul von der Stelle bewegt."

„…und meine Großmutter selig", fiel nun der Vogt ihm ins Wort, „wusste noch zu Lebzeiten, dass…" und beide vollendeten lachend, „…de jung Bua z'Naacht daheim si soll, sunscht kummt de Geißenmeckeler und holt en!"

In diesem Moment trat die hübsche Tochter des Hirschenwirts an den Tisch, wünschte einen guten Appetit und stellte mit schüchternem Lächeln die Bestellungen einem jeden an seinen Platz. Ebenso scheu nahm sie den leeren Krug entgegen, um ihn für die angesehenen Gäste vom Vater frisch füllen zu lassen.

„Ein hübsches Maidli, das Mariele", bemerkte der Bannwart, „da wird so mancher Jungbauer nächtlicher Weil zu Lichte gehen, wenn du mich fragst."

„Und, soweit er sich dann in deren Kammer ertappen lässt, entsprechend bestraft werden. Du müsstest dich eigentlich noch entsinnen!", grinste der Vogt mit vorwurfsvollem Unterton. Keiner der beiden hatte das Geld, der zweitägigen Turmstrafe bei Wasser und Brot zu entgehen. Auch die Suppe war auf eigene Kosten gegangen.

***

Das Mahl war verzehrt und beide lehnten sich gemächlich zurück. Ein Kirschwasser stand für jeden bereit. Beide pafften an einem Stumpen. Die Finger glänzten und dufteten würzig und *räs*.

„Nun erzähl mir, mein Freund!", forderte Georg, „Ich hörte du wirst dich in diesen Tagen mit Amtmann Mayr und seinen Gehilfen im Wald herumschlagen?!"

„Ach, erinnere mich nicht an diesen *Kaib* und Lump vor dem Herrn!", fuhr der Mathis aus seiner gelösten Haltung auf. „Seit Jahrzehnten hält nun das Gezerre um Kohlholz aus den klösterlichen Waldungen an. Und nun scheint der ganze Spuk von vorn zu beginnen. Damals schon wollten die Herren im Direktorat in Tirol unsere wahre Belastung nicht gelten lassen."

Vogt Georg wusste, dass das Königlich Kaiserliche Eisenwerk zu Kollnau zur Jahrhundertwende neu begutachtet und – zum Schrecken der Waldbesitzer – wiederbelebt worden war. Diese Wiederbelebung war von beträchtlichen Holzvorräten abhängig. Deren Vorhandensein bestätigten die amtlichen Schätzer und die Besitzer widerlegt sie wieder. Von Beginn an hatte es um die Holzlieferungen an das Eisenwerk Querelen gegeben. Und das zu Recht. Landauf, landab wurde das Holz immer knapper. Eines Tages, so mutmaßte Georg, würde um diesen unentbehrlichen Rohstoff allerorts noch heftiger Streit entfacht, wenn nicht gar verheerende Schlachten geschlagen.

„Sicher, die Sorgen der Werkspächter um einen gesunden Ertrag teilte freilich keiner der angegangenen Waldbesitzer.", brach Mathis eine Lanze für die andere Seite. „Damals wurde erzählt, dass nur durch Nachdruck von aller oberster Stelle das nötige Holz sichergestellt werden konnte. Jedermann weiß, dass für die Verhüttung von Eisen Unmengen davon gebraucht werden."

„Jaaa, das hochlöbliche Haus Österreich!" Der Vogt war nun gänzlich erregt. „Pater Waldmeister hat mir die alten Dokumente gezeigt." Noch heute sah er den rechten Handrücken des Paters auf die Verträge klatschten. Unweigerlich waren diese beleidigt auf das Pult hinunter gesegelt. „Der amtierende Holz- und Flozmeister wurde seinerzeit um ein amtliches Gutachten ersucht. Dem zufolge wollte Litschgi als damaliger Pächter des Werkes den klösterlichen Waldungen zehntausende Klafter Kohlholz abringen. Für unser Kloster rundweg unannehmbar."

„Wie ging das Gezerre schlussendlich aus?"

„Oho! Manch starrköpfiges Schreiben ging hin und her, eine Menge Tinte wurde vergeudet, man hielt vier Waldbegehungen ab und neun Jahre später ging es nur noch um ein starkes Fünftel der ursprünglich geforderten Menge!"

Mathis schlug erfreut die Hände auf seine Schenkel, als habe er persönlich für diesen Erfolg gesorgt.

„Der weltlichen Obrigkeit musste an dieser Stelle eine deutliche Schranke aufgezeigt werden. Was die Belange des Klosters angeht, sind wir in der Tat keiner irdischen Herrschaft Rechenschaft schuldig."

„Selbst der Pabst hält seine schützende Hand über uns!", schmunzelte Georg. „Nur dass der ziemlich weit weg wohnt."

„Ach was. Als hätten die hohen Herrn je einen Finger für uns gekrümmt. Die jungen Burschen dort hinten im Eck, auf die kannst du setzen, mein Freund. Neun kräftigen Bären. Kein König kann eine bessere Leibgarde haben!" Zur Bekräftigung seiner Worte klatschte die breite Hand des Mathis so heftig auf den Tisch, dass Krug und Gläser umstürzten und einiges verschüttet wurde. Der zünftige Tagesausklang war damit vorbei.

Ostern anno 1759 – Im Gastraum, zwischen den Stühlen

Das immer lauter werdende Gespräch und Gepolter hatten die Aufmerksamkeit der anderen Gäste geweckt.

Einige schauten nur kurz und breit grinsend herüber. Andere fuhren erbost auf. Einem der alten Bekannten konnte man ansehen, dass er bereit war, einen heftigen Streit vom Zaun zu brechen. Der Vorfall kam ihm gerade recht.

Der Rohrer Bauer, Wendelin Scherzer vom Holzerhof, war von massiger Statur. Als er sich behäbig, aber entschlossen, von seiner Bank erhob, stützte er die Fäuste auf die hölzerne Tischplatte. Er beugte sich schnaufend nach vorne. Sein üppiger Ranzen nahm ein Gutteil der Tafel ein. Einer fing den stürzenden Krug gerade noch rechtzeitig auf und zog gleichzeitig den Kopf etwas ein. Vergeblich, wie sich erweisen sollte.

„Du! Lumpenmann!", keuchte der Dicke mit rotem Kopf. Ein wulstiger Finger war auf Vogt Georg gerichtet. „Was sitzt du im hintersten Eck der Stube?! Lässt sich's im Dunkeln noch besser planen, wie nächstens die Witwen und Waisen beschissen werden? Oder willst du uns wieder den Zins erhöhen und gar der Gemeinde ihr Geld verlumpen." Mit jedem „Du" war der Finger hervorgeschnellt, als wolle er mit der Geißel auf einen Ochsen eindreschen.

Ein Raunen ging durch den Raum. Teils verärgert, teils hellhörig. Der Holzerbauer hatte den Bogen schon mit wenigen Worten stark überspannt. Er schien aber mit seiner Schmachrede noch längst nicht fertig zu sein.

„Ach! Da fällt mir ein, das hast du ja alles schon beim Neujahrsempfang erledigt! Und? Musstest du um deinen neuen Vogtstab betteln!? Oder lässt der sich gegen gutes Kirschwasser tauschen?"

Schweißperlen standen ihm auf der Stirn. „Wie man hört war die Tafel wieder einmal üppig gedeckt." Im Zorn hatte er seinen Speichel in der Runde verteilt. „Ich jedenfalls rate dir, Vogt, breite die Arme aus, bevor du dem Abt in den Arsch kriechst! Steckst du erst bis über die Schultern drin, kommst du so schnell nicht wieder da raus!" Der Holzer kochte vor Wut.

Ein anderer zupfte ihn beschwichtigend am Arm. In der Absicht, noch Schlimmeres abzuwenden, versuchte er sich in einem eher schlechten Scherz. „Halte ein, Holzer! Du willst doch nicht der erste am neuen Schandpfahl sein!" Die gute Absicht aber konnte längst nicht mehr durch den angestauten Zorn dringen.

Ihm drohten wohl mehrere Tage im Carcer, der *Katze*, wie ihn der Volksmund nannte. Na und? Vielleicht würde er auch am neuen Schandpfahl im Halseisen stehen. Na und? Oder einen Gottesdienst lang in die Geige gespannt. Na und? Eine Kerze in der Hand, aufrecht stehend neben dem Taufbecken. Na und!? Sie konnten ihn kreuzweis und überzwerch!

Sein Zorn musste hier und jetzt einen Ausgang finden, komme was immer da wolle! So schüttelte er den Schlichter ab. Der fing sich eine blutige Lippe und der zuvor gerettete Krug zerschellte nun doch am Boden.

„Vogt, ich kenne dich schon, da hast du noch in die Windeln geschissen, dass s'gottserbärmlich *miechtelet* het. Und später hat dir – wie uns allen – en Kuehpfladdere auf den Matten die Füße gewärmt. Und hesch dein' Alten zur Weißglut gebracht. Du hörst mich niemals ‚Herr' zu dir sagen. Ums verrecke nit. Wenn du meine Achtung willst, dann lass dich an deinen Taten messen!" Dabei bog er jedes Mal einen weiteren Finger soweit nach hinten, dass ein merkliches Knacken zu hören war.

Er trat aus der Bank. Entschlossenen Schrittes ging er auf den Vogt und den Holzknecht zu. Die hatten bis hierher versucht, unberührt ihr Gespräch fortzusetzen. „Holzer, was willst du mit deinem Gezänk bezwecken? Forderst du mich heraus? Möchtest du wissen, ob ich, hier vor allen Zeugen, mein

Gesicht wahren kann? Dann soll es so sein! Aber jammere nicht, wenn du am Ende den Kürzeren ziehst!"

Der Hirschenwirt gab seinem Mariele ein Zeichen. „Schnell! Verschwinde im Hinterzimmer!" Dann trat er dem hitzköpfigen Bauern beherzt in den Weg. Noch ehe er sich versah, landete er zwischen den Holzscheiten neben dem Ofen.

Augenblicklich entbrannte ein Handgemenge. Einige der kräftigen Holzknechte nahmen den marodierenden Bauern zwischen sich in die Zange. Vogt und Holzknecht hatte nichts mehr auf ihren Sitzen gehalten. Sie hielten bereits die Fäuste nach oben. Jemand hielt auch sie auf sicheren Abstand zum Streithahn. Kräftige Hände drückten den Holzer zurück auf den Platz.

„Männer!" Sein Mundwerk aber war ihm geblieben. Und damit krakeelte er weiter. „Sage ich etwas Falsches!? Auf, ihr Angsthasen!", so suchte er händeringend um Beistand. „Ich für meinen Teil bin die endlosen Frondienste leid! Und welcher Vogt hat sich verwendet für uns und unsere Belange?! Auf der Kanzel spricht man von ‚Mühewaltung' und den ‚Strapazen der Fronarbeiten'. Aber was bin ich dem Kloster denn schuldig? Warum soll ich mich für Mönche plagen? Vergelt's Gott? Das ich nicht lache! Keiner fragt, wie wir das stemmen! Egal, ob der eine Knecht krank ist und der andere die Fuhre über den Wald ziehen muss. Meine Arbeit hat keiner geschafft!"

Einzelne Lehbauern nickten ihm beipflichtend zu. Ihr Gemurmel ließ erkennen, dass der Holzer sie auf seine Seite zog.

„Recht hat er, Männer! Nach dem Kirchenbau ist es gleich weiter gegangen."

Da stand auch ein anderer auf. „Die Erneuerung sämtlicher Klostergebäude. Ist das notwendig gewesen?"

„Mein Junge hat sich beim Bau dieser Scheiß Klostermauer die Arme gebrochen! Und was war der Dank? – Eingesperrt hat man uns!"

Vogt Georg musste versuchten, die Gemüter zu kühlen. Die Lage entglitt seinen Händen. „Ja!", hob er beschwichtigend an, „Ja, ich stimme euch zu, ihr habt in den letzten Jahren Unglaubliches leisten müssen. Manch einer hat einen hohen Preis dafür bezahlt ..."

„... und dafür sind wir eingesessen ...!", fuhr im wieder jemand in die Parade.

Da platze dem Vogt der Geduldsfaden. „Weil ihr gemeutert habt, hat man euch eingesperrt! Und mein Vater war dabei, als ihr den Kerker aufgebrochen und die Gefangenen fortgeführt habt!", brüllte er ungehalten. „Vergesst bitte nicht, ...", seine Stimme war wieder leiser geworden und warb um mehr Verständnis aus den Reihen der Bäuerlichen. „... vergesst nicht, dass es einen Vertrag gibt, der seit nunmehr zwanzig Jahren Gültigkeit hat. Die Fronen sind darin – auch zu euren Gunsten – gütlich geregelt. Also fangt bitte nicht wieder von vorne an!"

„Müht Euch nicht ab, Vogt!" In das vorherrschende Schweigen mischte sich nörgelnd der Maier des Scheuerhofs. „Der Holzerbauer hat noch nie recht verstanden welche Vorteile das Kloster ihm bietet. Vor allem weiß er mit seiner Freiheit nichts anzufangen."

„Ach, blos mer ins Fiedle!", brauste der Holzer erneut auf „No dir frog I en Schießdreck! Von einem, der beim Abt vorsprechen muss, lasse ich mir nicht in die Suppe spucken!" Dabei ging eine abfällige Geste in Richtung des Maiers. „Jeder hier weiß, dass du dein *Gustvieh*, immerhin Eigentum deines hochgelobten Klosters, schlechter hälst als das eigene."

Angewidert wandte er sich wieder den Männern im Gastraum zu. „Über Freiheit hab' ich mich noch nie beklagt. Ich gebe für mein Lehen pünktlich den Zins. Ich zahle das *Dinggeld*, den *Vogtzins* und leiste dem Abt meinen Treueeid..."

„Seht Ihr, Vogt Georg, er sieht wieder nur seine Pflichten. Er verfügt über Grund und Boden auf Erbpacht. Bekleidet in *Dinggerichten* ein Richteramt. Hat seinen Anteil an der *Gemeindeallmend* und übt bei den Vogtswahlen sein Stimmrecht aus." Der Scheuermaier schaffte es immer, den Holzer zu sticheln. Man musste nur über seinen Kopf hinweg etwas Gülle und stinkendes *Tummet* ausschütten. Dann lief er an. Wie eine Haspel durch die Hand einer Magd. Und siehe da!

„Maier, du boshafter Mistkerl!", schrie er geifernd. Sofort senkten sich wieder die Pranken der Holzknechte auf seine Schultern. „Du neidest mir nur meinen Stand. Was gehört denn dir? Außer den paar lumpigen Pfennig an Jahressold. Gut, ein paar zerrupfte Stück Vieh. Nichts weiter als der bucklige Bursche für das Konvent und das klösterliche Gesinde. Das bist du."

Die Männer lockerten den Griff um die Schultern des Holzers. Keiner schien interessiert an der Unversehrtheit des Maiers. Und so baute der Holzbauer sich vor seinem Neider auf und bohrte ihm den Zeigefinger heftig zwischen die Augen.

„Möchtest du gerne mein Wahlrecht bekommen? Bitte? Ich kann dich nicht hören? Möchtest du?" Der Maier blieb stumm. Schweiß tropfte ihm in den Kragen. „Siehst du, jetzt hängt dir deine große Gosche zwischen den Eiern. – Wirt! Bring ihm noch ein Kirschwässerle. Das geht auf mein Kerbholz!" Er kostete den Moment aus, in dem der eingeschüchterte Mann seinen Schnaps herunterwürgte.

„Männer, ...!“ Wieder schrieb seine Hand eine große Geste in die Runde des Gastraums und landete schließlich sanft auf der Schulter des Maiers.

„Männer, mir scheint auch er weiß nicht so genau, was er mit seinem Stimmrecht anfangen sollte. Und wisst ihr was? Ich kann ihn verstehen. Warum sollte er wählen ...?“ In den hinteren Ecken war kaum noch ein Flüstern zu hören. „... wenn kurz darauf von der Kanzel ein anderer als der Gewählte benannt wird? Geeigneter soll der andere sein. So macht man mich glauben. Sicher ist aber, dass der einfach nur besser zum Kloster steht. Vielleicht gefällt aber dem Prälaten auch nur seine Nase besser!“ Die Blicke von Vogt und Holzer trafen sich kurz. „Welche Narren wurden auf diese Weise schon zu Vögten gemacht?“

Anno 1759 – Tagelöhner in der Vogtei Wildgutach

Die Hand sauste herab wie das Fallbeil einer Guillotine.

Noch krachte sie auf die hölzerne Tischplatte, dass Teller, Löffel und Becher durcheinander hüpften und ein *Muckenglas* am Boden zerbrach. Noch war das unwirsche Geschrei gegen die Umstände und Gemeinheiten des Lebens gerichtet. Noch konnte er sich beherrschen und doch konnte sie in seinen Augen lesen, dass er gleich jegliche Beherrschung verlor. So war es immer gewesen und so würde es auch heute sein. Wenn es ihr nur gelänge, die Kinder zu schützen. Dieses. Eine. Mal.

Um Bartle brauchte sie sich keine Sorgen zu machen. Mit seinen acht Jahren hatte er die Hölle hinter sich. Seit kurzem diente er einem Lehbauern im Seelgut als Hütebub. Der Bauer war gut zu ihm, hatte er berichtet. Ursula und Agatha, die fünf und drei Jahre alten Töchter, hatten sich mit Beginn der lauter werdenden Stimme irgendwo auf dem winzigen Grundstück des Tagelöhnerhauses versteckt. Mit den Jahren wussten sie sich zu schützen. Der einjährige Paul aber war nicht schnell genug. Und zu dumm.

Die Tränen, die sie unbedingt hatte vermeiden wollen, sammelten sich in den Augenwinkeln. Wenn er die sah, brauchte es nur noch einer Kleinigkeit, um jegliche Menschlichkeit zu vergessen. Auch diese Kleinigkeit fand sich immer. So wie damals, als Paul, kaum drei Monate alt, nachts immer wieder an schlimmen Bauchschmerzen litt. Bisweilen war sein Stuhl grünlich von Gift und Galle gefärbt. Sie hatte das Wissen, sein Leiden zu mindern. Doch erlaubte er nicht, auch nur eines dieser teuflischen Mittel an seinem Sohn zu verwenden. Es sei genug, dass er kein Bauer mehr sei, nur weil sie nicht von ihren Hexensalben lassen könne. Sie habe sein Leben zerstört und damit sei nun ein für allemal Schluss. Es hinderte ihn nicht, den kleinen Wurm mit Fäusten am Kopf zu traktieren und wüst in den groben Pranken zu schütteln, dass sie schrie um das Leben des Kindes. Als er von ihm abließ, blutete Paul aus Nase und Ohren, war aber sonst unversehrt. So wie seine Geschwister aber würde er nie wieder sein.

All das sah Katharina vor ihren Augen und hatte versäumt, in die seinen zu schauen. Sie konnte den Kopf nicht mehr rechtzeitig drehen. So traf sie der Schlag mitten in ihr Gesicht. Blut spritzte aus ihrer Nase und die Lippen platzten ihr auf. Sofort ließ sie sich zu Boden fallen und rollte sich ein. Gleich einem Kind im Bauche der Mutter. Nur ohne dieselbe Sicherheit. Ihre Hände umfassten schützend den Kopf, als sein Gürtel sich löste. Sein Rasen und Toben rückte in weite Ferne. Ihr Geist löste sich ab. Schaute teilnahmslos zu. Sie spürte kaum mehr, wie das Leder immer und immer wieder auf sie hernieder sauste. Sie zuckte nur leicht. Anfangs hatte sie noch um Gnade gefleht. Es hatte ihr nichts genützt. Wenn er so war, hörte er nichts. Bald lernte sie auch so zu sein. Nicht hören, nicht fühlen, nicht leiden und ganz wichtig, nicht weinen. Nie wieder.

Nur wenn er vom Schlagen abließ und in der Hose nach seinem steifen Gemächt nestelte, brach sie in Panik aus. Dann bebte ihr Körper und sie schrie laut vor Angst. Wenn er sie mit Kraft gegen den Boden presste, die Linke gleich einem Amboss zwischen ihren Schultern lag und ihr die Luft aus den Lungen drückte. Wenn er mit seinen rüden Beinen die ihren spreizte und seine Rechte den mächtigen Schaft ihr zwischen die Pobacken trieb, dann konnte sie nur noch wimmern.

Wenn sie Glück hatte, verließen sie jetzt alle Sinne. Dann brauchte sie nicht auch noch dabei sein, wenn er sie beschimpfte. Als Hexensau, die man nur so besteigen könne! Dann brauchte sie nicht dabei sein, wenn der stinkende Geifer aus seinem Mund tropfte und sich langsam in der Mulde an ihrem Steiß zu sammeln begann. Dann brauchte sie nicht dabei sein, wenn er sich in ihr ergoss und kraftlos auf ihr zusammen brach.

Wenn sie später erwachte, dann wäre er schon längst aus dem Haus. Sein Musikinstrument mit ihm. Er würde irgendwo zum *Hosdig* gehen, zur Kirchweih oder irgendeinem anderen Fest. Die Kinder wären in Sicherheit. Kurz.

***

Als sie zu sich kam, hörte sie, dass die Kinder spielten. Alle drei, zum Glück. Zwischen den Bäumen fand sich noch reichlich Schnee und so hatten sie einen Schneemann gebaut. Den letzten in diesem Winter. Paul gluckste vor Freude. Die Mädchen riefen sich kichernd etwas zu, das sie hier drinnen nicht verstehen konnte. Sie hatten gelernt, mit alldem zu leben. Ihr selbst blieb noch Zeit, wieder zurück zu finden in diese Welt. Dafür hatte sie längst ihr eigenes Ritual gefunden.

Das Lachen der Kinder half ihr vom Boden auf. Scherben knirschten unter den Schuhen. Der Tisch gab ihr Halt und stützte die wenigen Schritte zum Herd. Eine gemauerte Kochstelle mit halbrunder Öffnung zum Lagern von Spateln, von denen sie einige mit zittrigen Händen ergriff, um ein Feuer für den Kessel mit heißem Wasser zu richten. Sie musste sich waschen, sonst würde sie sterben.

Als das Feuer zu prasseln begann, blieb sie im Zimmer stehen. Ein Stuhl lag hilflos am Boden. Ein Stuhlbein zerbrochen daneben. Der Ekel setzte schlagartig ein. Mit einer derartigen Selbstverständlichkeit, dass es ihr fast den Atem nahm, den sie zuvor nur mit Mühe wiedergewonnen hatte. Ihr Gesicht war verheult, blutverschmiert. Die Arme und wohl auch der Rücken waren übersät mit blauen Flecken und blutenden Schrunden. Doch schlimmer als all diese schmerzenden Stellen war das Gefühl des blutigen

Schleims, der aus ihr quoll und zäh an ihren Innenschenkeln herablief. Ein Ekel, von dem sie sich nie befreien würde. Und sie allein trug daran die Schuld.

***

Sie erinnerte sich, als sei es erst gestern geschehen. Das schrille Greinen der Schwiegermutter drang an ihr Ohr. Nichts war ihr recht. Der über allem geliebte Sohn hatte eine andere Frau gefunden! Als Mutter war sie ins Hintertreffen geraten. Sie, Katharina, war, was man als eine gute Partie bezeichnete. Tochter eines Lehbauern in der Herrschaft Tryberg und schwanger, bevor man die Glocken läutete.

Andreas Villinger, Besitzer eines kleineren, doch sehr ordentlichen Gutes, war nicht der Vater. Konnte er auch nicht sein. Bevor die Ehe geschlossen wurde, hatten die beiden nicht beieinander gelegen. Katharinas große Liebe galt Johann, dem jungen Knecht aus St. Blasien, der kaum aus den Kinderschuhen entwachsen, am Hof des Vaters ein Auskommen fand.

Die siebzehnjährige Katharina verfiel sowohl dem Lächeln als auch dem lockigen Wuschelkopf des um ein Jahr jüngeren Johann. Mit ihm lag sie am Abend auf der duftenden Wiese und zählte die Sterne. Sternschnuppen wurden die Zeugen einer scheuen, behutsamen Leidenschaft, die begann, als er glücklich ihre Hand in der seinen hielt. Mit glänzenden Augen ließ sie sich von ihm küssen. Das war verwirrend und kitzelte. Sie musste kichern. Verlangte einen weiteren Kuss.

Nach Tagen noch brannten die Lippen, wohlig und weich. Mit jeder Pore taute sie auf. Sie spürte die harten Knospen der schwellenden Brüste. Schließlich gab sie ihm nach, da auch an heimlicher Stelle eine andere Knospe schwoll. Immer dann, wenn er die anderen mit vollen, weichen Lippen umschloss.

Die Mutter bemerkte zuerst, dass sie sich veränderte. Da konnten sie noch so heimlich sein. Über einige Tage, schon morgens, erbrach sie den warmen Haferbrei auf die Miste am Haus. Es brauchte nicht lange. Die Wahrheit kam so hart wie unerbittlich ans Licht. Ohne Ausweg.

Johann musste den Hof verlassen. Jeder Tag fortan eine Qual, als habe man ihr das Herz bei lebendigem Leibe verbrannt und alles, was in ihr gelebt hatte, war kohlschwarz versengt. Es half nichts. Sie lebte weiter und der Vater sprach von den Burschen, die auf *Wibete*, die Brautschau gingen. Schließlich kam Andreas, einziger Sohn seiner Eltern, zusammen mit seiner Mutter zur *Bschau*, um die Aussteuer in Augenschein zu nehmen und die sonstigen finanziellen Dinge zu regeln. Der Vater, so hieß es, durch einen Handel auswärts verhindert, musste wohl aber, dem Suff ergeben, für mehrere Tage unpässlich sein. Andreas indes verhielt sich freundlich und zuvorkommend. Er zeigte sich sichtlich angetan von der Schönheit seiner künftigen Braut. Die dunklen, sinnlichen Augen, die geschwungenen vollen Lippen, die ungezähmten lockigen Haare gefielen im sehr. Die kräftige weibliche Gestalt versprach ihm eifrige Unterstützung. Die Größe der Brüste verhieß ihm Lust. Wenn es nach ihm ging, war der Handel perfekt.

Katharina fühlte sich wie eine Ware, feilgeboten auf dem Markt in der Stadt. Fehlte nur, dass man mit Händen ihre Festigkeit prüfte. Dies – zum Unwillen des Vaters und zur Scham ihrer Mutter – ließ sich die geifernde Alte allerdings an anderer Stelle nicht nehmen. In einem unbeobachteten Moment griff diese Fettel doch tatsächlich in den geöffneten Schrank hinter die Tücher und Laken der Aussteuer. So wollte sie prüfen, ob all das feine Leinen nur Blendwerk sei. Große Versprechen und nichts dahinter!

Dem Zorn in Vaters und dem Entsetzen in Mutters Augen begegnete sie mit einer Lobrede auf ihren tüchtigen Jungen. Der leite den Hof schon eine Weile in eigener Verantwortung. Der Altbauer habe es nun doch schon reichlich im Kreuz. Er könne einfach nicht mehr so wie früher.

Am 5. Juli 1750, einem Sonntag, fand die Hochzeit statt. Andreas hatte ihr stolz das neue Heim gezeigt. Er hatte sich fürsorglich gezeigt, sodass sie ruhiger wurde. Schließlich hielt, mit der Ankunft des Brautwagens, ein kleines Stück Heimat Einzug in die Kammern und Stuben des Hofes. Der Vater hatte den Wagen selbst gelenkt. Er liebte seine Tochter – trotz alledem. Die Pferde trugen Schmuck, den voll bepackten Wagen zierten Girlanden. Die Männer hievten schwitzend Kasten um Kasten ins Haus. Voll gepackt mit Hausrat, Geschirr, Stoff, Bettwäsche und fetten Speckseiten aus frischer Schlachtung. Das gesamte Mobiliar eines ehelichen Schlafzimmers und Ausstattung für die Stube fand seinen Platz. Alles war nagelneu. Der Schreiner hatte emsig gesägt und gedübelt. Der Sattler hatte Matratzen gefertigt. Das Bettzeug war von der Mutter mit Gänsefedern befüllt. Schneider und Näherin hatten sich als *Störhandwerker* verdingt und waren auf den elterlichen Hof gekommen. Alles, was für die neuen Röcke gebraucht wurde, hatte die Mutter beschafft. Für wenig Lohn und gutes Essen blieben beide, der Schneider kürzer, die Näherin einige Tage länger. Mutter schaute, soweit ihr Tagwerk es zuließ, beiden alleweil über die Schulter. Das gute Tuch wollte gut verarbeitet sein. Es sollte ein Leben lang halten.

Und da, im hintersten Eck des Wagens, da war ihr Spinnrad. Wenn auch die Menschen in der neuen Umgebung sie scheu und verzagt machten, so gab ihr das Spinnrad ein Gefühl von Vertrautheit und Zuversicht.

Viele Tage im Winter, wenn der Sturm wilde Flockenherden über die Walmen jagte, hatte sie gespannt den Geschichten der Großmutter gelauscht:

Vom Ritter von Schwarzenberg im fernen Waldkirch, der wild und hart seinen Hohn und Spott mit den Leibeigenen trieb. Einem – so wusste die Großmutter – hatte er sein schönes und liebreizendes Töchterlein genommen. Als sei des Übels damit nicht genug, so verlangte der verschlagene Recke auch noch den schönen und vollen Kirschbaum des Vaters. Seiner Gesellschaft solle er bei einem Gelage zur Labsal dienen. Nur auf diese Weise könne die Tochter, und am Ende er selbst, frei sein und eigener Wege gehen. Noch ehe denn die Uhr zur Nacht den letzten Schlag auf zwölf geschlagen habe, müsse der Baum in seinem Festsaal stehen!

Auch heute, am Tag ihrer Hochzeit – ein Freudentag dem, der ihn aus Liebe begeht – konnte Katharina die Verzweiflung der jungen und bildschönen Frau am eigenen Leib verspüren. Seinerzeit hatte frommes und andächtiges Beten dem armen Mann Hilfe beschert. Mit Frau und Kindern hatte er am Boden gekniet.

Das ausufernde Fest auf der Burg, das maßlose Fressen und Saufen, die Unzucht mit Buhldirnen und schändlichen Wivölchern hatte ein jähes Ende gefunden. Von vier stampfenden kohlschwarzen Rossen gezogen, durchbrach ein Wagen das dicke Gemäuer der Burg. Durch den Himmel über die Wipfel der Bäume ward er gezogen. Eine funkelnde Flammenstraße ließ er zurück und hatte den Kirschbaum des Vaters geladen. Die Früchte aber bekamen den Gästen nicht gut. Im Mund wurden feurige Flammen daraus. Nicht zu löschen weder mit Wasser, noch mit Wein. Sie ätzten den Zechern Herzen und Mägen aus dem brennenden Leib. Der Burgherr aber ward durch das brennende Schloss auf der Kutsche in die klaffende Tiefe gerissen.

In Freiheit und wohl gelitten lebte das hübsche Töchterlein hinfort im Hause des Vaters. Bis ein wackerer, junger Nachbar sie mitnahm in ein sicheres, geliebtes Daheim.

Katharinas Gebete aber waren verstummt. Wie hatte sie um den guten Ausgang ihrer Geschichte gefleht! Der keifenden Alten aber war sie in keinster Weise gewachsen. Als Kind eines Lehbauern wusste sie, was auf einem Hof zu tun war. Daran lag es nicht. Sooft sie das Haus auch putzte, Schweine und Kleinvieh versorgte, den Garten schorte, pflanzte und erntete – am Ende eines langen und harten Tages fehlte es stets an *etwas*. Anfangs konnte sie es sich nicht erklären. Soviel waren der Handgriffe, der Gedanken und Sorgen. Erst später kam sie dahinter.

Sie wusste, dass alles Geschäft im und ums Haus als gering galt. Wenig geachtet, der Erwähnung nicht wert. Vom Feld, den Matten und Weiden, da kam der Ertrag. Dort entschieden sich das Wohl und das Wehe des Hofes. Die Ochsen wuchsen ins Geld. Die Pferde zogen den Pflug. Die Kühe gaben die Milch. Der Bauer hatte das Sagen.

Sie kannte es gar nicht anders. Wenn Andreas nachts schnarchenden neben ihr lag, grübelte sie noch bis in den frühen Morgen. Wie sollte sie das alles nur schaffen? Wie mochte zuvor ihre Mutter all das nur geschafft haben?

Alle zwei Wochen sonntags nahm sie sich frei und besuchte die Mutter. Das Heimweh machte ihr Herz und das Arbeiten schwer. Sollte die Mutter es spüren, so ließ sie es sich nicht anmerken. Es hätte ja eh nichts genützt. Der Lauf der Dinge ließ nichts anderes zu.

Der Lauf der Dinge schritt unaufhaltsam voran. Ihr Bauch wuchs und mit ihm das Kind. Johanns Kind. Als der Sonntag sich zum Abend neigte, machte sie sich schweren Herzens auf den Weg in ihr neues Zuhause. Das war das letzte Mal, fortan stimmte der Bauer ihrem Bitten nicht wieder zu.

***

Die Heuet war fertig und am selben Abend kam die Wäsche in heißes Wasser. Geordnet nach Weißem und Buntem, nach Stall- und nach Arbeitswäsche. Die weiße Wäsche wurde zuerst gekocht und gestampft. Das Unheil wollte es, dass Katharina den Holzkübel für einen Moment verlassen musste. Die kochende Lauge hatte ihr die Finger verbrüht. Die rötlich geschrumpelte Hand schmerze auch nach der Abkühlung im Brunnentrog.

Zu ihrem Schrecken hatte die Alte am Kessel Posten bezogen. Geradezu in Feldherrenart musterte sie das Werk der ungeliebten Schwiegertochter. Als Katharina die Wäsche aus dem Kessel entnahm, um sie mit Kernseife von Hand zu waschen, konnte sie den Atem der Alten in ihrem Nacken spüren. Nicht verwundert und dennoch erschrocken fuhr sie zusammen, als die Fettel ihr knöchrig ins Handwerk fuhr. Mit Schaum vor dem Mund verlangte sie eine Erklärung. Für was denn?

Die Alte wandte sich greinend an Andreas und fuchtelte mit einem Laken vor dessen Nase herum. Katharina schlug – blind und taub vor Scham und endloser Wut – mit einem Wäschestück auf den Rand des Zubers ein. Vor sich sah sie die geifernde Fratze der Alten, der ihre Schläge galten. Beim Auswringen des schweren Leinen dachte sie an deren faltigen Hals.

Am Mittag verlangten zahlreiche hungrige Mäuler ein stärkendes Mahl. Zu allem Unglück war das Essen versalzen.

„Schnell jetzt, Weib, bring was zu essen auf den Tisch! Glaubst du, wir hätten neben dem verdorbenen Kraut auch noch Zeit zu verlieren?“ Andreas raunzte sie an und hätte sie gerne geschlagen. Vor aller Augen.

Dann halt du die Alte im Zaum! Denn ich habe gewiss das Kraut nicht verdorben. Katharina war außer sich. Doch sie hatte sich nicht gewagt laut zu sprechen.

Ihre Worte und ihre Wut verglommen im Herdfeuer, auf dem sie flink eine Metzelsuppe bereitete. Zusammen mit ihren Tränen fielen dünne Scheiben einiger Wasserweckle in eine warme Suppenschüssel. Die Brühe aus Kopfbein und Ripple köchelte teilnahmslos vor sich hin. Bis sie den Topf nahm und die heiße Tunke über die Weckscheiben gab.

„Mach schon, du dappigs Weib, …“, schrie es da aus der Stube, „… du liedrig's Gschlamp. Jetzt leg' einen Zahn zu!“

Die Jungmagd kicherte laut, so dass Katharina das Näpfle mit dem Muskat aus der Hand auf den Boden fiel. Egal, auch wenn feine Asche sich untermischte. Sie kehrte das Gewürz in die hohle Hand. Noch Suppengrün drauf und den *Hafen* auf die Mitte des Tisches geschafft. Dort saß ein jeder und greinte sie an. Der köstliche Duft der kräftigen Suppe kam gegen den Mief aus Vorwürfen nicht an. Für alle sichtbar versagte sie. Nicht ständig, aber derart beständig, dass das Gesinde zu tuscheln begann.

Die Alte schlachtete mit jedem hinterlistigen Grinsen ihren Siegeszug aus und frohlockte so offensichtlich, dass Katharina unheimlich wurde.

Anno 1759 – Gottschalksgereute

Der Gesandte des Klosters ritt früh am Morgen auf der Gottschalksgereute durch die Vogtei Seelgut gen Norden.

Am Jägerhaus im *Vorderen Hochwald* sollte er den Forstwart und dessen Holzknecht, Mathis Trenkle, treffen. Es dürfte von Vorteil sein, sich kurz zu besprechen, bevor man weiter zum Kohlplatz zwischen Schafteck und Harzmoos trabte. Es stand zu erwarten, dass Amtmann Mayr nicht weniger gut vorbereitet war.

Die Luft war klar und frisch. Nachtfrost hatte die Matten und *Reutfelder* mit glitzerndem Reif überzogen. An den Ästen der Sträucher und Bäume sprossen bizarre Gebilde aus Nebeltröpfchen und Kälte. Das Licht der aufgehenden Sonne bestäubte die Welt, als sei sie mit Blattgold überzogen. Der Glanz des anbrechenden Tages pfetze und blendete den Reiter in seinen Augen.

Der Nebel der Nacht kroch derweil in Richtung der Waldflanken des Kandels davon, hinauf bis zum First. In den Schluchten und Mulden des Heitzmannsberges und Sägendobels würde der Schnee sich noch einige Zeit behaupten. Bis zu dem Tag, an dem die aufkommende Frühlingswärme mit ihrer gewohnten Beharrlichkeit die letzten Reste des Winters aufgeschleckt hätte. Einstweilen lugte dort nach einem harten und langen Winter die schmutzige Grasnarbe der Matten nur spärlich und trübselig aus dem beständigen Altschnee.

Auf halber Höhe des Willmendobels zügelte der Reiter sein Ross und wandte sich der Aussicht über die sanft wogenden Gewanne des Seelguts zu. Um das Kloster mit seinen eindrucksvollen Gebäuden und den stattlichen Türmen einer barocken Kirche drängten sich die kleineren Bauten des Dorfs. Etwas abseits hausten die Gerber, verstreut lagen die klostereigenen Höfe. Auf der leichten Anhöhe linker Hand von den Türmen erahnte er den hölzernen Galgen des Hochgerichts. Dort, wo der schmale Weg sich absenkte, lag, verborgen im Schutz der aufragenden Fichten, die Pilgerstätte Maria Lindenberg.

Pater Bonifatius atmete tief ein und spürte trotz der eisigen Kälte eine warme Welle des Glücks. Der Herrgott hatte den Tisch gedeckt und er durfte Sein Zeuge sein!

Matten und Weiden stemmten sich dem Lichte entgegen. Die satte Krume der frisch gepflügten Äcker wartete ungeduldig auf die segnende Frucht. Vereinzelt nur lag ein schläfriges kleines Stück Wald. Dort, nah beim Kloster, der Scheuerwald und weiter entfernt, hinter dem Sauwasen, der Renkenwald. Der fiel hinab in die Schlucht bis an den schäumenden Glotterbach, der seit dem dritten Tage der Schöpfung einen Spalt in die Gneisblöcke des aufragenden Höhenzugs nagte. In den Wipfeln der hoch aufstockenden Bäume spielte ein leichter Wind und schubste kalt flirrende Funken in Schleiern hinab in die schläfrige Tiefe der Mulden. Zuweilen, hier und dort, boten die knappen Geraden der *Ebel* Platz für ein karges *Mättlein* zwischen schwarz wogenden Fichtenhängen.

Ein munterer Bach plätscherte aus dem Quellgrund fröhlich der Glotter, dem Eschbach oder dem Ibenbach zu. Eine Gabelweihe segelte stumm über dem Waldrand nahe beim Kloster. Mit leicht gesenkten Handschwingen, den rostroten Schwanz in steter Bewegung, die wachsamen Augen auf die offene Fläche gerichtet, ein König unter den Greifvögeln.

Aus hohem Gewölk schickte eine noch junge Sonne gebündelte Strahlen auf die Walmen der Höfe, dass die Holzschindeln dampften. Träge, so schien es, lagen sie da, auf die Hochfläche verstreut. Doch das Leben war längst erwacht. Die Herdfeuer, seit langem geschürt, schickten beißenden Rauch durch die Ritzen der Dächer. Scheu linsten die kleinen Scheiben der Fenster ins Morgenlicht. Wo die Strahlen sie trafen, blinkte und blitzte es schüchtern. In den Ställen unter dem gleichen Dach, durch einen schmalen Gang von den Wohnräumen getrennt, kaute das Vieh behäbig am frischen Futter und scheuchte mit zuckenden Schwänzen die lästigen Mucken fort. Ochse und Kaltblut wurden ins Geschirr genommen. Den einen das Joch aufgelegt, den anderen das Kummet über den Kopf geschoben. Durch Müßiggang war nichts geschafft. Mit Mühsal sollst du dich nähren!

Bevor er sein Tagwerk begann und dem Rappen die Sporen gab, gönnte sich der Pater noch einen letzten Blick auf die ferne Höhe des Feldbergs. Tiefblau zog sich der Bergkamm dahin. Ragte mit schneeschimmerndem Schopf gegen einen Himmel, der das Dunkel der Nacht noch nicht hatte abschütteln können. Ein Meistermaler hatte gemalt. „Alles, was Odem hat, lobe den Herrn!"

Weiter als bis hierher hatte er die Vogtei noch nie verlassen. Doch die Belange des Klosters forderten seine Unverzagtheit. So ganz leicht fiel ihm das nicht. Seine Zunge klebte trocken im Mund. Die Hände begannen schweißnass zu werden. Die schützenden Mauern lagen weit hinter ihm. Das Wohlgefühl, noch kurz zuvor in vollen Zügen geschöpft, verzog sich furchtsam in den hintersten Winkel der Seele.

***

Erst wenige Wochen zuvor hatte ihn der Konvent rund um die Glaubensbrüder als Vertreter für den erkrankten Pater Waldmeister berufen. Die Gegebenheiten um Wald und Feld waren von klein auf Teil seines Alltags gewesen. Keiner der Brüder hatte ihm seine Berufung geneidet.

Die Zeit bis zum entscheidenden Tag war sehr kurz bemessen. So saß er denn in der Bibliothek, beackerte alte Aufzeichnungen und durchforstete die althergebrachten Verträge der Besitztümer und Grenzziehungen des klösterlichen Herrschaftsgebietes. Ihm rauchte der Kopf.

„Nur Mut, lieber Bruder.", klopfte ihm der Archivar aufmunternd auf die Schulter. „Mag mein neuestes Werk dir bei deinem Auftrag die rechten Dienste erweisen, bevor du es mit einem österreichischen Bergbeamten aufnehmen musst."

Eine Leinwand, drei *Ellen* hoch und von gut einer *Rute* Breite, lag ausgerollt auf dem Arbeitstisch.

„Das ist ja…!", Bonifatius stockte vor Hochachtung der Atem.

„…der schönste Flecken auf Gottes Erden. Ja, das kannst du mit Fug und Recht behaupten und niemand wird dir widersprechen." Bruder Gregor lächelte schelmisch. „Mich erinnert dieses Gebiet immer wieder an das Bein eines sitzenden Riesen."

Besser ließ sich die Grenzziehung fürwahr nicht beschreiben. „Bruder, du musst Wochen, nein Monate damit verbracht haben, allein alle Matten, Äckern, Oed- oder Reutfelder und alle Waldungen zu verzeichnen. Wie akkurat und detailreich du gearbeitet hast. Wohlan denn! Erkläre mir, was ich zu beachten habe!"

Über Stunden und Tage vertieften sich die beiden in fachliche Studien und philosophierten über deren Bedeutung und Auswirkung.

„Um eines, mein Bruder, kommen wir nicht umhin.", fasste Gregor die Erkenntnisse zusammen, „Nimmt man uns die wenigen verbliebenen Wälder und *Schachen*, dann kommen wir ernsthaft in Not. Wir haben nichts zu verschenken. Unser ganzes Gefüge, vom Bau eines Hofes, über die Erzeugung der alltäglichsten Dinge, bis hin zu den warmen Füßen im Hochamt, all das gründet auf das Wachstum und die Ernte von Holz. Keine, weder geistliche noch weltliche Herrschaft, kann darauf verzichten. Geben wir allzu viel davon her, sägen wir sprichwörtlich am eigenen Ast."

Bonifatius fröstelte. „Mir scheint auch die Habsburger haben das längst begriffen." Und Bruder Gregor widersprach nicht.

Vor der undurchschaubaren weltlichen Politik fürchtete Bonifatius sich. Es ging hier nicht einfach um Holz. Hier ging es um Macht, um Einfluss, um Geld. Das war nun einmal nicht seine Welt und so geriet ihm sein Auftrag zur Last.

***

„Wie mir scheint, hast du in der gebotenen Eile verstanden, auf was es ankommen wird." Bruder Waldmeister stand mit triefender Nase, auf dem

Rücken verschränkten, gichtknotigen Händen und ernster Miene an einem Fenster vor seinem Pult. Sein Blick richtete sich nicht auf die Schönheit der ersten Frühlingsboten sondern vielmehr auf sein getrübtes inneres Auge.

Bonifatius konnte die dunkle Wolke aus Sorgen und schlechter Laune förmlich mit Händen fassen. „Ein wenig noch, und über dem Haupt des Bruders tobt ein Gewitter“, schmunzelte er in sich hinein und konnte den Ernst der Lage für kurze Zeit auf die Seite schieben. Doch kannte er den Bruder mittlerweile gut genug, um nicht von sich aus das Wort zu ergreifen, geschweige denn, ihn seinen Schalk spüren zu lassen.

Es war zu erwarten, und doch zuckte er leicht, als Pater Waldmeister unvermittelt losdonnerte:

„Sollen sie doch ihr Kohlholz selbst aus den Rippen der Berghänge schneiden! Was kümmert's mich, dass die Litschgi Witwe und Consorten ihren Pachtschilling an die Habsburger abdingen müssen. Dass ich, statt Scheite zu schichten, die Stämme auch zum Rhein hin und nach Holland flößen könnte, wo sie derart schweres Geld bringen, dass mir das Herz im Leibe lacht.“

Eigentlich galt der Pater als besonnen und gutmütig. Umso mehr beunruhigten die energischen Worte. „Die neu beschlossene Waldbeschau hat, einem hungrigen Bären gleich, an einem Bienenstock gerüttelt.“

Bonifatius erinnerte das Gemälde an der Empore der Bibliothek. Oft genug war er in diesen Tagen der Intention des Künstlers gefolgt. „Gutwillige und fleißige Insekten sausen in Scharen umher, gewillt dem Eindringling kämpfend und stechend entgegenzutreten. Der soll nicht ernten, was er zuvor nicht gesät hat.“

Ganz in Gedanken spürte Bonifatius den Ausführungen des Bruders nach. Das Wissen über Gott und die Welt war, dem Honig gleich, emsig in der prachtvollen Bibliothek gesammelt worden. Geprägt durch die Zeichen der Zeit, zeigte das Kloster sich weltoffen und freigebig. Aber darum ging es hier nicht.

„Wissen bringt Macht, aber das Holz bringt das Geld. Und darauf, mein lieber Bruder, darauf kann auch ein Kloster gar nicht so einfach verzichten.“ Mit diesen Worten sank der Waldmeister abrupt und erschöpft auf seinem Stuhl zusammen. Die Krankheit schwächte ihn sehr.

Anno 1759 – Am Jägerhaus

„Man hört, im Hirschen sei es hoch hergegangen?“ Forstwart Hans Spiegelhalder warf den Sattel auf den Rücken seines Schwarzwälder Kaltbluts. Das Pferd gehörte dem Kloster, war aber in seinem Stall eingestellt. Vertraut klopfte er dem Ross auf die Flanke. Es dankte ihm seine Freundschaft mit einem kräftigen Schnauben.

Die Worte aber waren an Mathis Trenkle gerichtet. Zum Tag der Waldbegehung trafen sich die beiden erst hier, um dann mit dem Gesandten des Klosters zusammen zum Kohlplatz zu reiten.

Mathis blies Wärme in seine hohlen Hände. „Du weißt, es wird viel geredet."

„Komm schon. Lass dir nicht jedes Wort aus der Nase ziehen! Du kennst mich. Ich tratsche nicht umeinander. Immerhin, der Holzer ist tot. Und du bist beinahe daneben gestanden. Also! Was war los?"

Mathis zog Luft durch die Nase. „Wir wollten gerade gehen, der Georg und ich. Ich hatte die Tür bereits aufgestoßen. Mein Fuß stand schon auf der Schwelle. Direkt neben Georgs Kopf ist plötzlich ein Steinkrug zerschellt. Wer den geworfen hat, ist bis heute nicht raus. Dem Holzer jedenfalls traue ich keine Heimtücke zu."

„Stimmt. Sowas macht eher ein Scheuermaier."

„Auf jeden Fall: Georg ist noch einmal umgekehrt. Hat sich das Blut von der Wange gewischt. Da erhebt sich der Holzer, wankt auf Georg zu, langt sich ans Herz, das Gesicht blau – dann bricht er zusammen – tot." Mathis wollte sich nicht gerne erinnern. Er hatte den Mann gemocht. Knurrig – ja das ist er gewesen. Aber g'rad raus. Man hat immer gewusst, woran man ist.

„Einfach so? – Mathis! – Der Mann war stark wie ein Bulle."

„Das ist auch gar nicht der Punkt. Der war immer gleich oben'naus. Hat sich aufgeregt über Sach', die er nicht ändern kann. Hat auf Frondiensten, *Dreiteiligkeit, Erschatz* und *Leibfahl* herumhacken müssen. Naja, du kennst ihn ja, … hast ihn gekannt."

„Ah – alles klar. Lass mich raten. Zuerst kam die Geschichte mit Wasser und Brot in der *Katze*, damals zur Erntezeit. Gefolgt von der ehrlichen Einfuhr der Abgaben im Scheuerhof. Hat er auch wieder Händel mit dem Scheuermaier gehabt? – Klar. Hat. Er."

„Hans, ich kann ihn verstehen. Der Maier buckelt nach oben und tritt nach unten. Und die Frondienste waren einfach zu viele. Das musst auch du zugeben."

„Sicher, die Lehbauern kommen zum Ackern, Umbrechen und Pflügen. Sie schicken die Fröner zur *Heuet*, geben an Ostern die Eier, im Märzen den Käs' und im Herbst ihren Hafer. Sicher, sie schaffen Wein und Getreide vom Breisgau drunten in die Lagerstellen des Klosters. Mathis – so will es der Brauch. Deswegen muss man nicht sterben."

Mathis kannte die Standpunkte, der Klosterbediensteten. Und schon immer hatte ihn etwas daran gestört. Manche Sitte empfand auch er einfach als zu hart. Manche Sitte war ein Schlag ins Genick für die Lehbauern und ihre Nachkommen. Ihm klangen die Worte des Holzers noch in den Ohren:

„Nicht einmal sterben können wir, ohne dass der Abt uns in die Tasche langt! Die eine Hand segnet mein kahles Haupt, die andere grabscht nach dem *Besthaupt* im Stall! Nicht allein das beste Stück Vieh, nein, auch der *Erschatz* verlässt unsere Höfe. Und die vermaledeite *Dreiteiligkeit* trifft uns noch immer in voller Härte!"

Vogt Georg hatte es unlängst erklärt. Im Gastraum aber, das konnte man spüren, war ihm schwer zu Mute geworden.

Die Polizeiordnung sah vor, dass mit dem Tod eines Mannes dessen bestes Stück Vieh, das *Besthaupt* als *Leibfahl* dem Kloster zu geben sei. Für eine Frau galt als *Leibfahl* das beste Gewand. Der *Erschatz* betrug acht Schilling, bemessen am Jahreszins eines Gutes. Wurde geerbt, war dieser Betrag vom Erben zu zahlen. Beim Verkauf fiel er doppelt an und wurde sowohl vom Verkäufer als auch vom Käufer entrichtet. Insgesamt kein großer Betrag.

Die *Dreiteiligkeit* aber war auf dem Wald seit jeher ein harter und ungleicher Brauch. Bei jedem Besitzwechsel – geschah er durch Tod oder geschah er durch Verkauf – hatte die gesamte fahrende Habe in drei Teile zerlegt zu werden. Ausgenommen davon war nur das Geschirr, bereits aufgeschnittenes Fleisch, zerteiltes Tuch. Vom Vieh blieb nur verschont, was jünger als jährig war. Auch Hühner und Gänse blieben vom Dritttteil ausgenommen. Einen der drei Teile erhob das Kloster für sich. Die Vergangenheit hatte gezeigt, dass diese Bestimmung nicht nur zu Unmut und Streit führte, sondern den Klosterhörigen zuweilen die Grundlage ihres Daseins entzog. Das Kloster hatte schließlich die *Dreiteiligkeit* in dieser Form aufgegeben. Seither war eine Zahlung von einhundert Gulden fällig.

„Und wieder übt niemand Besonnenheit oder wählt die Fahl mit Bedacht! Egal, ob der Hof den Verlust von Mensch und Vieh übersteht! Mit dem Bauern geht auch der einträglichste Ochse, das stärkste Pferd! Und wer so reich nicht ist, der gibt halt seine fruchtbarste Geiß. Im Ernst, mir bricht das Herz! Weil ich weiß, dass mein Ochs' es im Stall eines Scheuermaiers nicht gut haben wird!"

Das waren beinahe die letzten Worte im Leben des Wendelin Scherzer, Lehbauer vom Holzerhof.

Danach bat er stockend um einen Schluck Wasser, den der Wirt ihm eilfertig reichte. Noch war nicht allzu viel zu Bruch gegangen. Die Lage hatte sich endlich beruhigt. Dennoch, über allem blieb ein schaler Geschmack.

Vogt Georg konnte, nein – er durfte – nicht gehen, ohne seine Autorität unter Beweis zu stellen. „Wendelin Scherzer!", hob er also an und schaute mit festem Blick in dessen erschöpfte Augen. „Zu einem Teil kann ich den Zorn und dein Hadern verstehen. Allein, ich bin an deiner Drangsal nicht schuld! Ich weiß…", und bei diesen Worten hatte er ergeben die Arme gehoben, „…alles was ich mache, mache ich dir nicht recht. Ich werde es dir nie recht machen können. Doch in einem lässt du mir keine Wahl: Ich bin dem Abt und unserer Polizeiordnung verpflichtet. Noch heute muss ich dich auf der Kanzlei anzeigen! Und Männer …!" Sein Blick ging durch die Runde und verweilte bei jedem einen kurzen Augenblick. „…Sicher sind wir uns einig! Der Mann hat mich im Wirtshaus laufend geduzt und einige Krüge zerbrochen! Ich bin nicht bereit, das durchgehen zu lassen!" Dabei legte er die Betonung auf das kleine Wort ‚*das*'. Die Männer nickten ihm zu. Sie hatten verstanden. Ein Grund, warum Georg ihr Vogt war. Der Holzer würde mit einem blauen Auge und einigen Pfund Geldstrafe davon kommen. Aber die Strafe würde er nun nicht mehr antreten können.

Er hatte aufbegehrt.

Sein Herz war gebrochen.

Sein bester Ochse würde den Hof verlassen.

***

Pater Bonifatius bemerkte sofort die gedrückte Stimmung der beiden Waldspezialisten. Um ehrlich zu sein, er hatte auf deren Selbstbewusstsein gehofft. Er selbst war so fahrig, dass es für alle reichte. Nur – das brauchten die beiden nicht wissen.

So besann er sich auf den Segen, den er am Morgen durch den Konvent erhalten hatte. Fachlich und geistlich gerüstet durfte er ruhig zuversichtlicher sein. Mit den Fachleuten an seiner Seite würde er schon das Richtige tun. Das Richtige war es – so hatte der Pater begriffen – die Interessen des Klosters durchzusetzen. Er erwartete einen gewissen „amtlichen Zwang" seitens des Amtmanns. Eine Autorität, die die Macht eines Staatsapparates hinter sich wusste. Eine Autorität, die von Hochnäsigkeit nicht so leicht zu unterscheiden sein würde. Bonifatius hatte gelernt, dass Geld erheblichen Anteil zur Macht beitrug. Wissen in allen Ehren, doch auch der Dumme konnte durch Reichtum mächtig sein.

Die Struktur seines Klosters aber stand der des Staates in keinster Weise nach. Man war benediktinisch und papsttreu. Das sollte wohl ausreichen, ein höheres Preisangebot zu erzielen. Wollte man sich gütlich einigen, so war dies seine Bedingung dafür.

Die drei Männer rollten zur Absprache der gemeinsamen Ziele eine Abschrift der Karte des klösterlichen Archivars aus.

„Insgesamt …“, so ergriff der Forstwart das Wort, „… ist – den Äbten sei Dank – unser Waldbestand weitgehend geschont.“ Dabei nickte er dem Pater anerkennend zu. „Nichtsdestotrotz, er ist erheblich geschrumpft. Und zwar auf sein geringstes Ausmaß seit Bestehen des Klosters. Damit werde ich aber wohl keine Neuigkeiten berichten.“

„Das in der Tat nicht…“ Bonifatius drückte sein Rückgrat durch. Er war vorbereitet. „Wenn man bedenkt, dass heute im Durchschnitt vierundachtzig von einhundert Bäumen durch Rodung verschwunden sind – das Holz wird knapp. Meine Herren, genau dieser Umstand stärkt unsere Ausgangslage. Mayr hat den Auftrag, die herrschaftlichen Montanbetriebe mit Kohlholz zu füttern. Wir haben das, was er braucht. Zu unserem Preis.“

Forstwart Spiegelhalder griff die politischen Ausführungen des Paters nicht auf. Das war Sache des Klosters. Der praktische Teil des Holzschlages lag in den Händen des Mathis Trenkle und seiner Mannschaft. Seine Aufgabe sah er in dem entscheidenden Hinweis auf das schlagfertige Gewann. Er lenkte die Aufmerksamkeit auf das vorliegende Kartenmaterial.

„Hier in der Vogtei Seelgut haben wir mit dem Renkenwald und dem Scheuerwald die Bestände, die es auch in Zukunft zu schonen gilt.“ Sein Finger kreiste das Gebiet rund um das Kloster im westlichen Teil der Karte ein. Von dort aus hatten sich die Rodungen in den Schwarzwälder Urwald genagt. Die Stiftung der Zähringer Herren wollte gepflegt und beackert sein. Heute überwogen die landwirtschaftlichen Nutzflächen bei Weitem.

„Hier unten, im südlichen Teil, die Vogtei Ywa…“ Bonifatius nahm den Faden auf. „…den Eibenbach entlang liegen die Gehöfte bis hinauf zum Kapfenberg an der Grenze zu St. Märgen. Ebenfalls keine schlagbaren Forste. Auch der Ibentaler *Allmandwald* hier oben ist unantastbar.“ Er brachte sein Wissen dienstfertig ein. Der Holzknecht nickte anerkennend, hielt sich indessen wohlweislich bedeckt. Er sprach nur, wenn er gefragt wurde.

„Harzmoos, Schafteck und die Rohrer *Allmend* – ebenso außen vor, wie die Wälder rund um *die Platte.* Die Vogteien im tiefen Osten lassen wir außer Acht.“

Der Finger des Forstwarts war von der Ibentaler Allmand – etwa in der Mitte des Herrschaftsgebietes – nordwestlich in Richtung Kandel gefahren, um dann, nahe der Platte im Norden, an sein Ziel zu gelangen.

„Jetzt kommt unser Tiroler Holzknecht ins Spiel. Mathis! Hier – in den Steillagen zwischen Zweribach, Hirschbach und Wildgutach – hier steht das künftige Kohlholz für das Habsburger Eisenwerk.“

Bonifatius wusste, dass dieser Bestand bereits vor mehr als zwanzig Jahren zum Schlag vorgesehen worden war.

Da konnte man sehen, wie langsam die Mühlen mahlen. Er war bereit, ins Gefecht zu ziehen.

Bartel, der Erstgeborene und Johanns Sohn, hatte zum Glück das Aussehen seiner Mutter.

Als die Fruchtblase platzte, stand sie beim Ährenbinden auf einem hofnahen Acker. Zum Glück. So war es nicht weit bis ins Bett. Als die ersten Geburtswehen anschwollen, hatte sie Angst zu sterben.

Andreas schickte den Knecht mit dem Fuhrwerk, um die Hebamme zu holen. Nichts war vorbereitet. Kein Feuer brannte und kein heißes Wasser stand bereit, sodass die Hebamme sich wunderte. Kein sauberer Topf war zu finden. Die Schlafstube so düster, dass sie nur eine vage Ahnung bekam. Sie suchte nach frischem Bettzeug. Zu sehen war auch, dass Katharina Erstgebärende war. Verkrampft und verängstigt lag sie da. Voll Scham lupfte sie ihr Unterkleid, um eine erste Untersuchung machen zu können. Der Schweiß stand Katharina auf der Stirn, jedes Mal, bevor sich eine neue schmerzende Wehe in ihrem Leib ankündigte. Die Frau am Rande des Bettes sprach ihr gut zu. Für eine kurze Zeit reichte es aus, nicht mehr alleine zu sein. Dann kam die Angst wieder hoch. Rosina, die Hebamme, konnte ihr Leid nicht vermindern. Gegen dieses Leid war kein Kraut gewachsen.

Als die quäkenden ersten Schreie des Jungen die ihren ablösten, war in Katharina eine neue Hoffnung geboren. Rosina, die Hebamme, hatte den Kleinen versorgt und eingepackt in sauberes Tuch auf ihren Bauch gelegt. Dann verschwand sie für eine Weile. Später erfuhr Katharina, dass die Nachgeburt im Keller, direkt unter dem Herrgottswinkel vergraben lag. Doch auch auf diese Weise konnte das nahende Unheil nicht abgewendet werden.

Die Niederkunft des Kindes schien ihre Rettung zu sein. Sie hatte ja keine Ahnung. Nach einer Weile vergaß Katharina die Angst. Andreas schien stolz und freundlich zu sein. Der Hoferbe hatte das Licht der Welt erblickt.

Sie musste noch weitere acht Tage das Bett hüten, bis Rosina ihr erlaubte aufzustehen. Weitere sechs Wochen standen ihr nun bevor. Sie durfte das Haus nicht verlassen. So war es der Brauch. Dann, am Sonntag der sechsten Woche, kam der Tag ihrer Aussegnung. Kaum einer konnte wissen, was ihr dieses Ritual wert war.

So kniete sie eine gute Weile vor Beginn des Gottesdienstes zusammen mit Rosina in der dafür bestimmten Kirchenbank und wartete auf den Pfarrer. Angesichts der brennenden Kerze und der Anwesenheit einer Hebamme wusste der, was zu tun war. Gesprochen – wurde darüber nicht.

Rosina legte den Arm sanft um ihre Schultern und sprach in die gleichgültige Kälte der frühen Stunde hinein, was allein Katharina wusste.

„Es ist nicht von ihm.“ Das war keine Frage. Die Bestimmtheit, in der Rosina diese Wahrheit an heiligem Ort offenbarte, ließ Katharina erzittern.

Die Tränen hatte sie für den offiziellen Teil der Aussegnung anhalten können. Jetzt rannen sie in stummer Verzweiflung und hörten nicht wieder auf.

„In diesem Zustand gehst du mir nicht zurück auf den Hof. Schauen wir, was ich in meinem bescheidenen Heim für dich ausrichten kann."

Sie hauste in einer kleinen Hütte. Köhler hatten sie einst verlassen. Nach Rosinas langjähriger Pflege umgab das Häuschen ein Garten, der zu anderer Jahreszeit eine Pracht entfalten musste, wie sie sonst selbst in den Klostergärten nicht zu sehen war. Auf ihrem winzigen Herd entfachte sie Feuer und ließ Wasser aufkochen.

Katharina sah, wie Rosina zwischen Daumen und Zeigefinger aus einer geweihten *Kriterpalme* eine winzige Gabe entnahm. Diese wohl dosierte Prise fügte sie dem fertigen Trank zu. Nie zuvor hatte Katharina etwas getrunken, das sie mehr gestärkt hatte, als dieser Johanniskrauttee. Zur Beruhigung ihrer inneren Sinne trug auch die bestimmte und zugleich gelassene Art Rosinas bei. Ihr erzählte sie, was von Beginn an geschehen war.

Fortan eilte sie zu Rosina, wann immer das Tagwerk es zuließ. Sie weinten und lachten zusammen. Die Güte in den Augen der älteren Frau gab ihr Mut. Katharina begann in ihrem Garten heilende Kräuter zu pflanzen und lernte deren Bedeutung. Begierig saugte sie alles auf, was die kräuterkundige Frau ihr beibrachte. Bald schon konnte sie kleinere Zipperlein mit Aufgüssen und Pasten bekämpfen. Für dieses eine Jahr blühte Katharina von innen her auf.

***

Eines Morgens im Frühjahr stand sie erschüttert am Gartenzaun. All ihre Setzlinge waren verkümmert. Sie streckten die Wurzeln in den tödlichen Frost. Nein – tödlich war nicht der Frost. Die Alte hatte die Pflänzchen herausgerissen. Und umgekehrt wieder eingesetzt. Heilsames hatte auf diesem Hof keinen Platz. Katharina atmete schwer, unterdrückte die Tränen und begann die Einsaat von vorn. Nach sieben Tagen hörte der Spuk endlich auf. Sie hatte sich durchgesetzt. Bald darauf aber starb auch der letzte Funken Leben in ihr.

In dieser Zeit hatte das Schlagen begonnen. Und die Untreue. Anfangs, als Bartle in ihrem Leib wuchs und Andreas seine Gier an ihr stillte, hatte sie willig den Akt ertragen. Im Dunkeln. Bekleidet mit ihrem Unterkleid, stocksteif und ohne jegliche Regung. Bis er sich in ihr entleerte und schwitzend zur Seite rollte. Grob fassten seine Hände die Brüste durch den faltigen Stoff. Als sie seinen Mund an ihre erkaltenden Brustwarzen führte, stieß er sie mit Entsetzen von sich. Ein anderes Mal wollte sie mit Händen fühlen, was des Nachts in ihren Schoß eindrang.

„Du bist meine Frau, kein unkeusches Buhlweib!", hatte er geschrien und sie unsanft aus ihrem gemeinsamen Bett gestoßen.

Zu ihrer Schande und dem Gerede des Gesindes lag sie noch am Morgen auf der ausgekühlten Ofenbank. Die Jungmagd hatte sie dort ertappt, als sie ihr Tagwerk begann. Und die Jungmagd war es, die sich zuerst von ihm stoßen ließ. Dieses freche Ding genoss die Erwählung in tiefen Zügen. Mit der Hochnäsigkeit war indes Schluss, als die Magd schwanger wurde.

Andreas zahlte den Preis für seine Unzucht mit einem kleineren Hof, irgendwo. Die Magd bekam den Altknecht zum Mann. Sie erhängte sich drei Jahre danach im schwarzen Gebälk ihrer Küche.

Dann kam der Tag, an dem Katharina erneut schwanger wurde. Das war zu erwarten. Die Listen der Alten ließen mit ihrem Bauchumfang nach. Das hatte sie nicht erwartet. Beinahe fühlte sie Glück. In keinem Moment zu diesen vorsichtig glücklichen Tagen, argwöhnte sie über den Grund dieses vermeintlichen Friedens. Der endete, als die Alte von ihrer Blutung erfuhr.

Als sie sich spät nachts zu Bett wagte, lag Andreas verschlossen und schweigsam da. Er starrte zur leblosen Wand. Dass in seinem Weib jegliches Leben bei lebendigem Leibe erlosch, schien er nicht weiter zu spüren.

„Bring das ohne Schaden zu Ende.", waren seine eisigen Worte.

Nach dem Blut kam das Ziehen und nach dem Ziehen die Schmerzen. Am Tag des Unheils wurde Katharina davon wach und stand stöhnend in aller Frühe auf.

„...ohne Schaden zu Ende..." hallte es in ihrem Kopf, als sie schwankend die dunkle Stiege hinunter zur Küche ging. Ihre Finger berührten die hölzerne Wand. So fand sie den Weg. Vor ihrem inneren Auge sah sie den Herd. Dort lag ein Kienspan zum Entzünden bereit. In dessen dämmrigen Licht würde sie etwas sehen, wenn sie das Wasser erhitzte.

Was sie nicht sah, waren die Fettnäpfchen, die sie am Abend aufgestellt hatte. Frischen Schinken, Speck und Rauchwurst hatte sie einige Tage zuvor in die Balken der Küche gehängt. Anfangs tropfte noch Fett aus den frischen zu räuchernden Bollen. Zu schade und wertvoll, um es zu verschwenden. Sie hatte die Näpfchen sorgsam unter dem Fleisch verteilt. Ein jedes an seinen Platz. Den kannte sie ohne nachzudenken, auswendig, im Schlaf. Denn halb im Schlaf hatte sie morgens, nach kurzer Nacht, das Feuer zu schüren. Dann war es nicht dunkler als heute. Doch nun stieß sie eines der Schälchen mit ihren Zehen um.

Noch bevor sie sich wundern konnte, rutschte sie aus. Mit erstickendem

Schrei fiel sie in das Dunkel des Raums. Ihr Leib prallte mit Wucht auf die steinerne Kante des Herdes. Gleichzeitig schnitt ihr der Schmerz das Bewusstsein ab. Das war das Ende.

***

Sie lag noch immer im schlüpfrigen Fett auf dem nackten Küchenboden und fror. Der Raum kam ihr fremd und unwirklich vor. Dort im Eck stand die herzlose Alte mit ihrem gelben Gesicht. Ernst stand sie da. Überragte den eigenen Sohn, der vor ihr auf dem Schemel saß.

Rosina hatte das Kind noch lebend geholt.

In dem stinkenden Brei aus geronnenem Fett, schwarzem Ruß, klebrigem Blut und dem Rest der Geburt überkam Katharina eine nie empfundene Hilflosigkeit. Dann starb der Bub.

„Er ist nicht getauft! Und sie – ist eine Hexe!"

Seine Hand sauste herab wie das Fallbeil einer Guillotine. Sie krachte auf die hölzerne Tischplatte, dass Teller, Löffel und Becher durcheinander hüpften und ein Muckenglas am Boden zerbrach. Die überlebenden Fliegen folgten ihrer Bestimmung. Noch kurz zuvor den sicheren Tod vor Augen begannen sie, die Blutlache zu erkunden. Kaum sichtbar staksten die dürren Beinchen durch den blutigen Schleim, der auf Katharinas Beinen klebte.

Dass die Alte am folgenden Tag der Schlag traf, konnte Katharina nicht trösten. Wer, wenn nicht die Alte, hatte die Näpfchen verschoben. Wer, wenn nicht die Alte, hatte gewusst, dass Bartle nicht sein Kind war.

Jetzt versorgte sie die sabbernde Frau. Mit jedem Löffel Brei, den sie zwischen die wenigen Zähne schob, schüttete sie ihren ohnmächtigen Hass über die Alte aus. Deren Lähmungen ließen kaum nach, das Bett konnte sie nur selten verlassen. Gestützt von zwei Knechten wollte sie Stube und Stall noch einmal sehen. Und zum Gottesdienst wolle sie gehen, am kommenden Sonntag. Aber dazu kam es nicht mehr.

Am Abend brannte das Haus bis auf den Brunnenschopf nieder. Eine Magd wollte sich sicher sein, dass das Feuer in der Schlafkammer neben der Stube entbrannt sei. Dort habe sie es gesehen und dort habe es am schlimmsten gewütet. Dort hatte der Tod die Alte gefunden.

Die Magd war es auch, die am Balken des Brunnenschopfes die eingeschlagene Axt fand. Darunter ein Melkkübel. Die frische Milch schwappte darin hin und her, dass einige Tropfen auf dem heißen Boden verdampften. Nur Hexen konnten auf diese Art melken.

Katharina stand einfach nur da. Wimmernd, mit dem Melkkübel in den erschlaffenden Händen.

Anno 1759 – Waldbegehung

Die Begrüßung am Morgen war förmlich und frostig verlaufen.

Schnell hatte man sich auf die Begehung einiger Waldbestände in der Vogtei Wildgutach geeinigt. Die Pferde wurden am Gschwanderdobelhof versorgt. Das Gelände, das von hier an vor ihnen lag, taugte nicht für die Hufe der Tiere. Zu hoch die Gefahr, dass eines auf dem felsigen, steinigen Grund abrutschte und mit ihm der Reiter. Und so stieg man zu Fuß in ein derart tiefes und dunkles Waldloch hinab, dass Bonifatius nach wenigen Schritten die Wahl seines Schuhwerks bereute.

Alle nur erdenklichen Einwände des Amtmanns gingen ihm durch den Kopf. Wie das Korn durch die Mühle am Hirschbach. Solange, bis die schweren rumpelnden Mühlsteine ihm grausliches Kopfweh bescherten.

„Ehrwürdiger Vater." Amtmann Mayr hatte eine unangenehme Stimme. „Ihr werdet im Grunde die Vogteien jenseits des Klosters allein auf den Landkarten kennen." Hämisch ging sein Blick an Bonifatius' Beinkleidern herab. „Dann müssen wir wohl mit Eurem Wissen vorlieb nehmen. Bruder Waldmeister ist … unpässlich?"

Bonifatius hätte ihn gerne zurechtgewiesen. Dummerweise verlor er in diesem Moment den Halt auf dem schlüpfrigen Boden und hagelte der Länge nach hin. ‚Bonifatius! Auf bessere Art kann man sich nicht zum Deppen machen!'

Aber der munter ausschreitende und lachende Mann hatte ins Schwarze getroffen. Alles was er über dieses Gelände wusste, bezog sich auf Zahlen und Fakten, die andere vor ihm gesammelt hatten. Das Gebiet aber nun tatsächlich unter seinen eigenen Füßen zu spüren und mit eigenen Augen zu sehen, erfüllte ihn mit Hochachtung. Ja, zum Teil, so musste er eingestehen, hatte er Angst und Schrecken verspürt. Der Amtmann musste das förmlich riechen können.

„Und – Pater – habt Ihr eine dermaßen tiefe Schlucht im Herrschaftsgebiet des Klosters vermutet? Was mag hier wohl geschehen sein, dass eine solche Düsternis das Wesen des Waldes durchdringt?"

„Nein, das habe ich nicht, du ungehobelter Klotz." Niemals hätte er eingestanden, dass ihm ein Gewann mit Namen *Finsterwald* oder *Teufels Kuchi* beim bloßen Anblick eine Gänsehaut über den Rücken jagte. Ausgerechnet ein Holzknecht stand ihm in seiner misslichen Lage bei.

„Amtmann! Es reicht. Ihm steht ein derartiger Ton nicht zu." Gut, dass diese Holzknechte anwesend waren. Die Gruppe um ihre Anführer Mathis und Laurenz stand dort wie eine Mauer.

„Was fällt …! So spricht Er nicht mit einem königlich-kaiserlichen Gesandten!"

„Wie Ihr wisst, …!“, Forstwart Spiegelhalder ergriff gelassen das Wort. Derlei Säbelrasseln führte zu nichts. Ein kleiner Vortrag hingegen mochte die Streithähne vielleicht wieder beruhigen. „…Die Vorfahren unserer Freunde hier …“ – damit nickte er in Richtung des menschlichen Bollwerks – „… kamen als Siedler und erwarben die Rechte, das Land urbar zu machen. Als Holzknechte, Köhler und Bergleute haben sie sich geplagt und gemüht, aus unberührten Urwäldern urbares Land zu schaffen. Wie ich finde, verdienen sie unsere Anerkennung.“

„Das meint Ihr nicht ernst, Forstwart! Diese kaum zwanzig Güter – wie Ihr sie wohl nennen würdet – sind in Wahrheit kleine lumpige Häuser, in einem Kernstück der Forstwirtschaft. Das ist nichts sonst als ein unsägliches Gräuel.“

„Was Ihr davon haltet, Herr Amtmann, sei Ihnen anheimgestellt. – Von den Tiroler Holzhauern aber ist diese Gruppe geblieben.“ Die Männer rückten noch enger zusammen. „Dort auf dem Lindenhof hausen sie. Grobe Gesellen. Und wie man weiß, um keinerlei Keilerei verlegen. Starrköpfig, seltsam und kühn. Und – mit Verlaub – Meister des Fachs: Das Schlagen von Stämmen in Steillagen.“

Den Mayr aber konnte man nicht so leicht aus der Ruhe bringen. Er spielte sich auf wie ein brunftiger Hirsch. Mit vorgeschobenem Kinn und gesenktem Geweih wies er hinauf zu den kleinen Gütlein am Hang. Das kehlige Röhren unterstrich seinen Anspruch auf das Gelände und dessen Bestand. „Im Ernst“, polterte der Staatsbedienstete weiter, „Spiegelhalder, Ihr vergeudet Euer Talent. Kommt zu mir in die Lehre, lasst Euch von nachhaltiger Forstwirtschaft überzeugen.“

Damit schlug er dem Forstwart in kumpelhafter Manier zwischen die Schulterblätter, dass dieser einen Schritt vorwärts machte. Die Wand aus Holzknechten rückte bedrohlich in die Nähe des ungeliebten Beamten.

„Euer Geschwätz bringt uns in der Sache um einen neuen Kohlholzschlag nicht das kleinste Stück weiter.“, platzte dem Forstwart der Kragen. „Aber wenn Ihr mir die Nutzung des Waldes auf unsere Art madig macht, dann haltet ein! Eure Art der großflächigen Schlagwirtschaft ist weder modern noch beständig. Dann muss es wohl um Euer Salär schlecht bestellt sein, wenn man Euch als Geldeintreiber für den eigenen Lohn zu mir schickt?“

Touché! Es stimmte! Zugunsten der Herstellung von Gütern für den Außenhandel vernachlässigten viele Herrscher eine nachhaltige staatliche Agrarpolitik. Bonifatius war beeindruckt.

„Schaut. Auch die sanftmütigste Herrschaft kann einst zum Wolfe werden. Daran können ihn auch die Mistgabeln Eurer *Hintersassen* nicht hindern.“

„Dass aber dieselben Mistgabeln zuvor mühsam und mit schwieligen Händen geführt wurden, um Abgaben treu zu entrichten, solltet Ihr nicht übersehen.“, konterte der Forstwart und dachte an den Holzerbauern, Wendelin Scherzer, den man heute zu Grabe trug.

Unbeeindruckt, als habe er sein Gegenüber gar nicht gehört, fuhr Mayr in seinem Sermon fort. „Ich für meinen Teil habe noch nie recht verstanden, warum unsere Kaiser Euch nicht an eine engere Leine binden. Als Landsasse in österreichischen Vorlanden genießt Euer Abt den starken Schutz einer weltlichen Herrschaft. Man hätte Eure Macht nicht ausdehnen dürfen, damals, als ihr um Hilfe gewinselt habt.“

„Ach Mayr! Kommt mir doch nicht mit diesen alten Zöpfen. Das alles ist lange her und vom Staub der Geschichte bedeckt.“

„Sagt wer? Eure Lehbauern schlucken noch heute die Kröten von damals. Vielleicht werden die ja ihre Mistgabeln in Euren Hintern stecken, wenn die erst einmal merken, dass sie durch das Mönchswesen unwissend, abergläubisch, schmutzig und bettelarm gehalten werden!“ Er schüttelte ernstlich verwundert den Kopf. „Wäre ich Euer Kaiser, ich müsste nicht ernst darüber nachdenken, zu was die Klöster noch Nutze sind. Wie viel Geld mir entgeht durch Euer Herrschaftsgehabe.“

Eine bleierne Stimmung lag in der Luft. Mit einem versöhnlichen Lächeln versuchte Bonifatius die festgefahrene Situation aus dem Morast zu ziehen.

„Ubi populus ibi obulus – Wo Menschen sind, füllt sich die Kasse!“

„Oh, Pater, wie gebildet Ihr seid. Dass aber die Menschen auch arbeiten müssen, um die Kassen zu füllen, habt Ihr hier im Herrgottswinkel wohl noch nicht verstanden. Es reicht beileibe nicht aus dieses Pack nur zu füttern. So wie Ihr jeden Tag an der Pforte des Klosters, mit hunderten, ach was, tausenden Broten. Das hat noch nie auch nur einen Pfennig in Eure Kassen gespült. Mir scheint, Ihr merkt’s nicht einmal…!“

Was fiel diesem Teigaff, was fiel diesem Rotzlöffel ein! Der Streit mit Amtmännern und Hofkommissaren aber, so mutmaßte Bonifatius, könnte erst der Anfang vom Ende der alten Ordnung sein. Ein Gedanke, bei dem er erschrak.

Unterdessen hatte Forstwart Spiegelhalder – mit der Weitsicht des unumstrittenen Platzhirsches – den Beamten auf eine kleine felsige Plattform geführt. Das Hakeln mit Worten, das Protzen mit Gesten, fand ein plötzliches Ende, als Mayr den steil aufragenden Schrofen betrat. Der Blick auf den Baumbestand wirkte derart versöhnlich auf den *bruttlenden* Mann, dass dieser einfach verstummte.

Hier vom Hohwarthfelsen aus konnte er die künftige Holzernte mit Wohlbehagen betrachten. In steilster Lage erstreckten sich Waldungen über den Felsen hinaus bis hinauf zum Kamm des Dillengrats. So stand er einfach nur da. Seine Hand wies – einem Befehlshaber gleich – über den Wald zu seiner Linken. Zum Hirschbach hinunter, weiter bachaufwärts zu einer Stelle, an der er den Rehmöslebach vermutete. Damit war die Begrenzung des künftigen Schlags in etwa umrissen. Gut 2000 Klafter nutzbaren Holzes.

Versöhnt und allseits zufrieden, schüttelte man sich die Hände. Ein *Schnapsgutter* wurde geöffnet. Man fachsimpelte noch eine Weile und schnitt gemeinsame Probleme an. Bonifatius schnappte davon nur Bruchstücke auf. Es ging um Waldfrevel und Holzdiebstahl.

Noch hatte er keine Ahnung, dass es dabei um Ereignisse ging, die sein Leben entscheidend verändern würden. Dieser Tag sollte ihm ein Leben lang im Gedächtnis bleiben.

Anno 1759 – Erinnerungen im Heidenschloss

Ihr eigenes Drama ging weiter in jener Nacht.

Der Melkkübel war polternd zu Boden gefallen. Um Gnade und Hilfe bettelnd, hatte ihr Blick die Augen im rußgeschwärzten Gesicht ihres Mannes gesucht. Dort hatte sie nichts als Grauen und Hass gefunden. Was hatte sie auch erwartet? Andreas hatte alles verloren. Die Mutter, den Hof, die Würde als Bauer. Zwei Kühe waren geblieben, der Rest in den Flammen erstickt. Die Grundmauern hatte die Hitze gesprengt. Ausgerechnet den Brunnenschopf hatte das Feuer verschont. Die Axt, die dort immer noch steckte, bezeugte still Katharinas Versagen. Eine schweigende Anklage. Zeugin der Inquisition. Nicht lange zuvor waren Frauen wie Katharina peinlich befragt und verbrannt worden.

Andreas nahm außer ihr auch den Bartle mit. Es grenzte für sie an ein Wunder. Er hätte sie auch vertreiben, ja, selber anklagen können. Aber nichts dergleichen geschah. Stumm wies er sie an, die Kühe in das Geschirr zu legen und an einen Karren zu spannen. Seine Schande in Tryberg verlangte die schleunige Flucht. Wohin auch immer, das war ihr lange nicht klar. Verstört und abwesend lag sie zwischen den wenigen Habseligkeiten. Zu nichts zu gebrauchen.

Die verkohlten Balken in der alten Heimat rauchten noch, da trug Andreas ihren Besitz und zuletzt sie in das *Heidenschloss*. Dort, auf ein paar Strohsäcke gebettet, fand sie einen bleiernen Schlaf.

***

Der Hof drückte sich winzig an die steinigen, nahezu senkrechten Halden. In Wahrheit handelte es sich um die mickerige Bleibe für Tagelöhner und gehörte dem Kloster St. Peter. Man hatte Andreas barmherzig und anmaßend dieses windschiefe Obdach gewährt, obgleich er keinen Entlassbrief der alten Herrschaft vorweisen konnte. Der Gönner schien froh, einen Dummen gefunden zu haben. Günstige Arbeitskräfte waren willkommen.

Grund und Boden gaben nur wenig her. Von felsigen Flächen zerstückelt, lagen die Wiesen und ein Äckerlein da. Sie wurden durch Rinnsale vom Zweribach her mit Wasser versorgt. Derlei Wasserversorgung sah man mancherorts auf dem Wald. Doch an kaum einem Ort konnte das segnende Nass derart wenig ausrichten. Hier auf diesem Fels, den der Volksmund „Schloss“ getauft hatte.

Wagen und Karren konnten nur nach oben Richtung *Platte* gelangen. Ein schmaler, hier und da mit handlichen Steinquadern befestigter Pfad bot ausreichend Halt für das magere Vieh vor einem klapprigen Fuhrwerk.

Beladen waren die *gahrenden* windschiefen Karren freilich keineswegs mit Handelsgut aus Ackerbau oder Viehzucht. Dieser Ertrag diente der kleinen Familie zum Leben und war nicht der Rede wert. Ein paar lumpige *Herdäpfel* mussten mit einem Holzzaun umgeben werden, damit die Wildsauen sich nicht daran gütlich taten. Nein, es reichte hinten und vorne nicht.

Die Reutflächen standen mit Haselgestrüpp und Birkenstämmchen bewuchert. Hier und da reckte sich säbelwüchsiger Bergahorn dem Himmel entgegen. In kleineren Grüppchen stand er da kläglich herum, nahe bei etlichen Haufen aus Lesesteinen. Die gab es hier reichlich.

Sobald aus den Baumstrünken die frischen, störrigen Äste sprossen, taugten die Reutfelder weder zur Saat noch zur Weide. Sie wurden vom Vieh in diesem Zustand verweigert. So hatte die harte Arbeit des Reutens kaum der Mühe gelohnt. Erst Getreide, dann Herdäpfel, zum Schluss Weidfutter, dann wieder Holz. Mehr konnte nicht gewonnen werden. Übrig blieb nichts.

Zuweilen wirkte, was einst mächtiger Urwald war, wie eine öde und karge Heide. Ein *Heidenschloss* eben. Nicht weit und man fand den *Bettelsitz*. Das Gelände hatte keinen anderen Namen verdient. Und so war es denn auch, das Leben der hausenden Menschen, ein armes und dürftiges Dasein.

Katharina mühte sich ab. Ihr oblag die Pflege des Guts. Andreas saß derweil in einer fensterlosen Kammer des Hauses. Im Schein einer Petroleumlampe werkelte er an einer geschundenen Werkbank. Als Schindelmacher und *Schnefler* fertigte er das Auskommen seiner Sippschaft. Verdient war dabei noch nichts.

Holzschindeln, Hauenstiele, Rechen und Löffel, Kellen, Schöpfer und Holzschuh, die er im Winter fertigte, lagen in einem Leiterkarren, den er selbst und von Hand über den Geißenpfad zog. Mit seinen Waren im Karren, einem Vesper und der Klarinette im Rucksack galt es, zur Kirchweih in St. Peter für sein Handwerk einige Abnehmer zu finden.

Das Sägen und Hobeln, Schneiden und Hämmern in dem bedrückenden Räumchen schien ihm nicht viel zu bedeuten. Wenn er das Haus für den Verkauf verließ, wurde die Kränkung seines Bauernstolzes für ihn unerträglich. Umso mehr bekam sie dann seine Gereiztheit und seinen Hass zu spüren.

Den Rucksack betrachtete er als Erbe des Vaters und entsprechend nutzte er ihn. Wenn er zurückkam, füllte er ihn zuvor noch reichlich mit Flaschen. Kirschwasser, Obstler und wenig Geld brachte er heim. Dafür einen starken Rausch, der erst enden sollte, wenn die letzte Flasche zur Neige ging. Dann nahm er sie auf dem Küchenboden, stinkend und rau. In den ersten Jahren gingen aus diesem grausigen Akt noch Kinder hervor. Ursula, Agatha und Paul. Sie liebte sie allesamt und zog sie so gut es ging groß.

***

Der Hof und das Schnefeln hatten bald nicht mehr ausgereicht. Andreas hatte sich von Beginn an als Tagelöhner verdingt. In der Vogtei Wildgutach und auf der Platte gab es eine Anzahl reicherer Lehen. Dort half er zur Ernte oder trug Mistkrätzen die steilen Halden hinauf. In den Steillagen konnte nicht anders gedüngt werden. Das Vieh verbrachte die Nacht im Stall. Also mussten die Männer den Dung in harter Arbeit auf die Äcker verteilen.

Mitunter aber war es nur Erde, die ausgebracht wurde. Über die Jahre rutschte alles den Hang hinunter. Dieses Geschäft war ihm lieber. Und ihr auch. Er stank dann am Abend in der Küche nicht so.

Wenn er denn kam. Denn nach dem Misttragen begann am Hof eine Kurzweil, die Katharina Entlastung verschaffte. Auf der *Oftere* gab es Tanz. Und Schnaps. Andreas kam dann nicht zurück. Und sie wollte nicht wissen, welche Magd in der Nacht für ihn ihre Schenkel spreizte. Sie wollte nicht wissen, auf welche Weise es mit ihr geschah. Für das willige Maidli hoffte sie allerdings um eine würdige Art.

Anfangs nahm er zu seinen Unternehmungen noch seine Klarinette mit. Das Erbe der Mutter. Katharina hatte erfahren, dass sein gutes, großartiges und kräftiges Spiel in seiner Kindheit förmlich in ihn hinein geprügelt worden war. Bis er ihren Ansprüchen genügte, hatte es von der Alten reichliche Schläge gesetzt. Zuweilen hatte sie die Gerte zum sonntäglichen Musizieren gleich mitgebracht. Manchmal, wenn er allzu schlecht spielte, musste er einige Zeit auf einem Kniescheit verbringen. Erst wenn die Küche versorgt war, durfte er die scharfe Kante des Scheites verlassen. Die tiefen Rillen gruben sich bis heute in die Schienbeine kurz unter den Knien. An einem solchen Abend gab es freilich für ihn nichts zu essen. Das Gesinde schaute mitleidig zu. Die alten Geschichten hatten damals einen Funken Mitleid in Katharinas Herzen geweckt. Zu jener Zeit hatte sie noch versucht, in sein Herz zu gelangen.

Ihr Mitgefühl aber war über die Jahre von Missbrauch und Schande erloschen. Allzu gerne hätte sie *heuer* dieses verwünschte Musikinstrument aufs Feuer gelegt.

Immer wieder verdingte er sich als Zapfenpflücker und verbesserte für einige Wochen das knappe Einkommen der Familie. Für die Verrichtung dieser gefährlichen Arbeit musste er in die schwindelnde Höhe der Weißtannen und Fichten steigen, um in den Baumwipfeln reife Zapfen zu ernten. So wurde Saatgut gewonnen, das in den Anzuchtgärten nahe dem Jägerhaus für das Heranziehen von Setzlingen verwendet wurde. Wenn er in den schwankenden Wipfeln von Krone zu Krone sprang, dann fühlte er sich wieder frei. Und Katharina wurde verschont.

Dann aber stürzte er ab. Nach einer Nacht, er hatte reichlich getrunken, fiel er auf halber Stammeshöhe in ein nahes Haselgebüsch. Er kam mit einigen Schrammen, blauen Flecken und einem scheinbar unbedeutenden Knochenbruch davon. Hätte sich aber auch den Schädel einschlagen können.

Die hatten ja keine Vorstellung, was der Verlust eines Daumens für einen Klarinettenspieler beutete. Der Bruch war verzwickt, so sagte der Bader. Unter höllischen Schmerzen wurde der Daumen leidlich versorgte. Für mehr hatte Andreas kein Geld. Die Hölle aber, die die kleine Familie damals ertragen musste, konnte in Katharinas Augen nicht weniger hart sein. Andreas blieb wochenlang arbeitslos. Mit dem geschwollenen Knochen brachte er nicht einmal die einfachsten Schnitzarbeiten zustande.

Das Klarinettenspiel bedeutete ihm sein größtes Pfund. Damit hatte er die Herzen der Wälder verzaubern können. Besonders flogen ihm die der jungen Wivölcher zu. Und hatte er erst ihr Herz, dann öffneten sich auch die anderen Türen. So rächte er sich an seiner Frau. Die ihm den Bastard untergeschoben hatte.

***

Obwohl er immer öfter für einige Tage verschwandt, kam Katharinas Seele nicht zur Ruhe. Ihre Kräutersalben und Tees konnten ihr Leid kaum lindern. Allein das Aufstehen war ihr eine ungehörige Anstrengung. Es gelang ihr nur, weil die Kinder sie brauchten. Wenn sie wie so oft nicht in den Schlaf fand, dann streifte Katharina mit betäubter Seele durchs Haus. Was konnte ein Mensch ertragen? War es damit getan, dass die Frau dem Manne Untertan sei? Eine göttliche Fügung, der sie sich unterzuordnen hatte? Hatte sie die Schuld an ihrer Liebe zu Johann noch immer abzutragen? Wahrlich – dafür hatte sie längst bezahlt! In jenen Tagen war ihr das Leben nichts wert.

Es kam dieser Abend im Winter. Die Kinder schliefen schon tief und fest. Der Hinterwind hatte eisig über die Platte gefegt. Die Massen an Schnee verhinderten Andreas' Rückkehr. Durch die winzigen Fenster konnte man kaum über die Schneewehen schauen.

Katharina schlief nicht. Vor der Tür seiner Werkstatt hielt sie kurz inne. Warum versperrte er diesen Raum? Warum hatte er ihr sein Herz versperrt? Auch dessen Schlüssel hatte er vor ihr versteckt.

Zielsicher griff sie zu seinem Schnapsgutter nahe dem Herrgottswinkel auf einem Fenstersims. Der war mit Stroh ummantelt, das über die Jahre staubig und grau geworden war. Der stete Gebrauch hatte Lücken in den Strohmantel gerissen. Der rostige Schlüssel lag am Boden des Gutters, in einer sauber gewerkten Mulde im Stroh. Wo sonst hätte sie suchen sollen. Sein Herz gehörte schon längst dem Schnaps.

Wie eine Diebin schlich sie sich in sein Reich. Nur einmal hatte sie es mit seiner Erlaubnis betreten. Als er kurz nach dem Einzug einem alten Wälder die Werkstatt, so wie sie war, abgekauft hatte. Das wenige Geld hatte für mehr nicht gereicht.

Katharinas Finger glitten über die hölzernen Wände des Raums. Vor der Werkbank hielt sie für lange Zeit inne. Weitab an der Wand hing tapfer ein Kruzifix.

Wie abgearbeitet und niederschmetternd dieser Raum in Wirklichkeit war. Über dem Arbeitsbereich hingen, an quer genagelten Latten, die Werkzeuge des Schneflers. Ziehmesser und Schaber, Zirkel und Lehren, Schlegel und Stemmeisen. Deren Gebrauch kannte sie nicht.

Unter der Hobelbank verstreut lagen Holzreste. Manche davon auch in einem aus Weidenruten geflochtenen Korb. An der Wand standen vier-, drei-, und zweizinkige Gabeln. Er hatte sie auf dem Misthaufen gebogen. An einem Hanfseil quer durch den Raum baumelten jegliche Sorten von Löffeln und Kellen. In den älteren Mustern hatte sich langsam der Staub gesammelt und das Holz grau gefärbt.

Der Einsatz der Schnitz- und Ziehmesser war ihr durchaus geläufig. Die Klingen so scharf wie das *Säsle*, mit dem sie über den Stamm eines Baumes fuhr, die Äste zu kappen. Ein schneller Schnitt und das Werk war vollbracht. Warum dieses Messer nicht nutzen. Zu schauen, wie Blut aus dem Körper rinnt, das Leben die Hülle verlässt. Das Leben würde die Seiten wechseln, das ihre von neuem beginnen, das seine der Hölle gegeben. Dieser Tausch schien ihr gerecht.

Wenn sie bis hierher alles nur fahrig berührte, so nahm sie eines der Messer an sich. Auf die Holzwand dahinter war ein Abbild des Werkzeugs gemalt. Es fiel unmittelbar auf wenn es fehlte, auch wenn das dann keine Rolle mehr spielte.

Allein die Liebe zu ihren Kindern gab ihr die Kraft, die sie brauchte. Sie hängte das Messer zurück an den Platz.

Anno 1759 – Im Nussgarten

Am späten Nachmittag stapfte ein gut gelaunter und Dankpsalmen rezitierender Mönch von der Wilden Gutach her die steilen Hänge bergan. Solange es seine Puste und der dicke Ranzen erlaubten, stimmte er im tiefsten Bass gar einen Choral an. Allerdings dauerte dieser Teil seines inneren Festes nicht lange, und er musste nach kurzer Strecke schon reichlich Atem schöpfen.

Pater Bonifatius war gelungen, was er am Morgen noch nicht für möglich gehalten hätte. Bedächtig tupfte er sich den Schweiß von der Stirn. Wenn man es ganz genau nahm, so hatte der Forstwart schlau die Verhandlungen geführt und ein Ergebnis erzielt, dass sich sehen lassen konnte. Das Wohlwollen des Abtes war ihnen gewiss.

Die kleine Pause, die er nun einlegte, sollte eine von vielen sein, die er brauchte, um zurück zum Gschwanderdobel zu gelangen.

Sein Schweißtuch begann derart feucht zu werden, dass es seinen Zweck nicht mehr erfüllte. Zudem hatte er Durst. Mächtig Durst!

Bonifatius begann stillschweigend mit sich zu schimpfen. Welcher Übermut hatte ihn nur bewogen, nach dem Erklimmen des Felsens wieder hinabzusteigen ins rauschende Bachtal? Einen Eindruck über die weitere Lage der einzelnen Höfe entlang der Wilden Gutach hatte er gewinnen und im Kirchlein ein flammendes Dankgebet sprechen wollen!

Und nun, auf vielleicht halber Höhe Anstiegs, japste er stöhnend nach Luft. Ihn schmerzten die Füße. Die linke Hüfte schickte einen schmerzenden Stich bei jedem weiteren Schritt. Bruder Waldmeister hatte ihm den Anblick der Zweribachfälle wärmstens empfohlen. Mit einer Anschaulichkeit, die einer seiner ausufernden Bildpredigten entsprach, hatte er die genaue Lage erklärt. Diese Predigten konnten lange dauern. Zuweilen musste Bonifatius sehr aufmerksam zuhören, um nicht vom Schlaf übermannt zu werden.

Er durfte den Bruder nun nicht enttäuschen und musste unbedingt auf dessen gezielte und detailreiche Fragen vorbereitet sein. Ein weiterer Grund, diesen mühsamen Weg zu wählen. Die anderen hatten den *Neuen Weg* in Richtung Rehmoos und Gschwanderdobel benutzt, um einiges kürzer und nahezu ohne Steigung. Über sein Anliegen hatten alle die Köpfe geschüttelt. Gemahnt hatten sie ihn, nicht die Zeit zu vergessen. Die Tage seien noch kurz. Zu Recht, wie Bonifatius später begriff. Aber da war es längst zu spät.

***

Beinahe hätte er das Häuschen gar nicht gesehen, so schüchtern und klein stand es da. Auf einem vielleicht mannshohen Sockel aus graugrünen Gneisquadern hockte die wohl erbärmlichste Behausung, die er je zu Gesicht bekommen hatte. Ausgenommen der Köhlerhütten, von denen noch eine im *Vorderen Hochwald* stand.

Das Dach schien reichlich löchrig und sollte wohl Mühe haben, die Kälte und Feuchte des ausklingenden Winters hinreichend fern zu halten. Aus einem offenen Fenster über dem Hackplatz am Haus stapelte sich Bettzeug zum Lüften. Fadenscheinig und grau, wie Bonifatius auffiel, als er um die Hütte herum nach dem Eingang suchte. Und sicherlich nicht mit flauschigen Federn gestopft. Über die Mühsal des Tages hatte die Hausfrau es wohl dort vergessen und Bonifatius musste sich schütteln, wenn er daran dachte, er müsse am Abend in ein kaltes und klammes Bett schlüpfen, um sich durch eine frostige Nacht zu bibbern.

Ansonsten schien ihm aber sowohl das Häuschen als auch die dazugehörige *Hofreite* sehr ordentlich und irgendwie warm. Freundliche Hände hatten allerlei Gerätschaft versorgt und alles stand sorgsam gepflegt an seinem Platz. Ganz so, als wolle die äußere Ordnung gegen den inneren Jammer in einem ungleichen Kampf zumindest die eigene Würde in Sicherheit bringen.

Eigentlich hoffnungslos, denn die Armut blickte aus jeder Ritze, saß auf der Türschwelle, trübsinnig und schwer, gebeugt und mit stumpfem Blick, so wie Bonifatius ihn von dem bettelnden Volk vor der Pforte des Klosters her kannte.

Keinem hätte er sagen können, warum er sich nicht bemerkbar gemacht hatte. Es wäre ein leichtes gewesen, laut nach dem Hausherrn zu rufen. Gewiss war der ganz in der Nähe. Jenseits des Hauses sah er die Kinder spielen. Mit den Schneeresten zwischen den Bäumen hatten sie einen Schneemann gebaut. Vertieft in ihr Spiel, weckte ein leidender Mönch bei ihnen keinerlei Aufmerksamkeit. Auch als die beiden Mädchen den kleinen Bub trösteten, hatten sie ihn nicht bemerkt. Der war beim Spielen auf den harschigen Boden geplumpst und im Schwung einige Meter bergab gekullert. Während sie dem weinenden Bruder nun die Kleider abklopften und mit Grimassen zum Lachen brachten, stieg Bonifatius weiter hinauf zur Haustür des Hofes.

Von irgendwo dort klang ein geschäftiges Klappern an seine verfrorenen Ohren. Bei den Wäldern war nie eine Türe verschlossen und doch hätte er spätestens jetzt, als er die Klinke drückte, einen Ruf hervorbringen können.

War er denn zu erschöpft, dass ihm die Stimme versagte? Klebte die Zunge dermaßen am Gaumen, dass sein Mund verschlossen blieb? Oder hatte ihn die Betrachtung der spielenden Kinder in ihren zu dünnen Hemdchen derart verstört? – Bonifatius blieb unverzeihlich stumm und betrat verschwiegen das Haus.

Die Tür zu dem winzigen Raum, aus der leises Klirren und schüchternes Plätschern drang, stand einen Spalt breit offen. Die letzten Strahlen der Frühjahrssonne verließen für heute das Tal und tauchten die stolze Gestalt einer Frau in schmeichelndes Licht.

Im Raum lag ein geschmeidiger Glanz, der alles darin wohlig umspielte. Die sauber polierte Platte des Tischs, die Ordnung die darauf herrschte. Nichts stand zu schief, nichts wirkte trüb.

Bündel von Kräutern schmückten weihevoll die hölzerne Wand zwischen den zwei kleinen Fenstern. Beerenkörbchen, Raffeln und Dörrkästen zeigten sich frei von jeglichem Schmutz. Wie rein musste die sein, die dies alles beschickte. Wie rein ihre Seele und wie rein all jene, die sie umsorgte!

Wie erstarrt hielt er im Türrahmen inne. Ihm stockte der Atem. Er konnte nicht anders. Er konnte den Blick nicht abwenden und gehen.

***

Sie musste sich waschen!

Ihre Gedanken kehrten zurück. Aus der Vergangenheit ins hier und jetzt. Und jetzt hatte sie sich zu waschen. In einem Kübel dampfte noch immer das heiße, heilende Wasser. Wie Rosina es ihr gezeigt hatte, duftete es nach geweihten Kräutern.

Zuerst drückte sie nur ein Tuch an ihren Schultern aus, sodass Wasser ihren Rücken hinunter rann und die schmerzenden Wunden spülte. Das Gesicht hatte sie vorsichtig abgetupft, da die geschwollenen Augen und Lippen empfindlich brannten. Ihr Unterkleid hatte sie bis auf die Hüften herunter gerollt. Auf dem Rand des kleinen, erhabenen Wulstes aus grobem Stoff, sammelte sich das Wasser, wurde aufgesogen und färbte das Sackleinen leicht rötlich ein. Ihre nicht mehr sehr junge und geschundene Haut war ebenso rötlich gefärbt. Mehr von der Hitze des Wassers als von den blutenden Schlieren, die sich auf ihrem Körper verteilten.

Wohltuende, heiße Tropfen rannen ihr über die mit den Jahren erschöpften Brüste und fielen hinab auf die wackligen Füße. Während die letzten Strahlen der Frühjahrssonne das steile Tal für heute verließen, wusch sie sich die brennenden Schenkel hinauf bis zur Scham. Heimlich unter dem Kleid. Dazu hatte sie nochmals frisches Wasser gekocht, das brennend und heiß die sündige Haut verbrühte. Dann griff sie in ein Körbchen nahe der Ofenbank. Dort lagen die Karden bereit, um Schafwolle zu flockigen Bäuschen zu kämmen. Entschlossen fuhr sie damit unter den Rock. Mit den Drahthäkchen gelang es am besten den beißenden, blutigen Schleim von den Innenseiten der Schenkel zu kratzen. Das frische Blut sammelte sich auf dem lehmigen Küchenboden. Die sich bildende Lache wurde bereits von den wiedererstarkten Fliegen erkundet, die kurz zuvor noch erstarrt und unbeweglich in den Ecken des Fensters auf wärmere Tage gewartet hatten.

Das Knarren der Küchentür holte sie zurück in die Wirklichkeit. Erschrocken sah sie sich um. Hatte sie dort einen Schatten gesehen, der eilig verschwunden war? Doch alles blieb ruhig. Vielleicht hatte der aufkommende Wind ihr einen Streich gespielt.

Immer wenn Andreas verschwand, kam diese drückende Angst nach dem Waschen. Sie wusste nie, wann er wiederkam. Verstört sah sie das Blut auf dem Boden, verscheuchte die brummenden Schmeißfliegen und reinigte die verschmutzten Karden mit schüttelndem Kopf.

***

Der Anblick der halbnackten Frau durchfuhr seine Sinne. Er dachte nichts mehr, schaute nur zu.

Ihr Unterkleid war bis auf die Hüften herunter gerollt. Auf dem Stuhl neben ihr, stand dampfendes, duftendes Wasser in einem Kübel, in den sie sanft einen feinen Stoff tauchte. Als sie den Arm zu ihrer rechten Schulter führte, liefen die Tropfen, erfüllt von der Anmut ihrer seidigen Haut, das Rückgrat herunter, zu einer sinnlichen Mulde, halb verdeckt durch den samtig schillernden Stoff. Die Rundung eines vollkommenen, lüsternen Pos ließ sich verheißungsvoll erahnen. Beim Heben des Arms wölbten sich zwei Brüste hervor, die rund und schön einen vergessenen Schmerz in seinen Unterleib schickten. Das Herz schlug ihm schneller, als er den weichen Tropfen bemerkte, der auf der fleischigen Wölbung hin zu der Knospe rann, die sich der Berührung voll Sehnsucht fordernd entgegen streckte. Klein und hart stand sie hervor. Der Tropfen konnte sich kaum von der Lust lösen, die er empfand, bis er voll Sehnsucht, satt hinab in die Tiefe troff. Dort benetzte er zart die schlanke Fessel ihres vollendeten Fußes. In Erinnerung seiner Erfüllung erstrahlte er in einem blutroten Glanz, wie Honigseim, der von sinnlichen Lippen tropft. Sollte das Wasser je einer anderen Bestimmung folgen als Leben zu spenden, so wäre es diese: den Körper der Frau zu umspielen. Nichts wäre schöner gewesen!

Dieser rosige, straffe Leib erinnerte ihn an eine Statue der Aphrodite von Syrakus. Das lange, glänzende Haar gehalten durch ein einziges Band, fiel über die weiche Schulter den Rücken hinab. Allein das Manteltuch, über die runden Hüften gelegt, bedeckte den göttlichen Körper. Die Linke raffte den Stoff vor der duftenden Scham der Frau und öffnete den Blick auf zwei schlanke und wohlgestaltete Beine. *Wie Marmorsäulen, gegründet auf goldenen Füßen.*

Die Rechte aber bedeckte kaum die unvergleichlichen Brüste, deren Knospen ihre Finger nun leicht berührten. Genauso zart hatte zuvor der Tropfen jene Wölbungen der vor ihm stehenden Frau liebkost.

Genauso suchte nun seine Hand das stramme, pochende und verboten schwellende Fleisch im Verborgenen seines Gewandes. Es rief nach Erfüllung, wollte umsorgt und behandelt sein. Wollte pulsieren und eintauchen in jenen sündigen Ort, den das geraffte Tuch mit schmeichelnder, lockender Hand verbarg. Wer war sie, *schön wie der Mond, klar wie die Sonne?* Trunken vom Anblick wollte er hinab *in den Nussgarten, zu schauen die Knospen im Tal, zu schauen, ob der Weinstock sprosst, ob die Granatbäume blühen.*

Die Welten vermischten sich. Das klare und deutliche Bild vor seinem Angesicht wurde blass. Verdrängt vom fordernden, fleischlichen Klopfen in seinem gelähmten Schritt. Doch ehe er sich versah, brannte es ein unerfülltes Verlangen in seinen zitternden Leib. Das Hohelied des Salomos.

Als sie den Fuß auf einen niederen Schemel stellte, das elfenbeinfarbene Bein sich zeigte und sie begann mit dem seidigen Tuch an den Innenschenkeln hinaufzufahren, verließ ihn die Kraft.

Sein Seufzer und das Knarren der Küchentür holten ihn zurück in die Wirklichkeit. Erschrocken fuhr er herum.

Ohne jedweden Durst gelindert zu haben, hastete er hinaus in den dämmrigen Tag. Von nun an war der Durst sein steter Begleiter, nicht zu löschen, weder mit Wasser noch Wein. Es blieb ihm sein brennender Leib.

***

Was war denn nur wieder geschehen?

Als Paul plappernd und tapsig das Häuschen betrat, verriet nichts das leidige Drama zuvor. Katharina saß auf dem unversehrten Stuhl in der Küche und breitete für ihren Kleinen die Arme aus. Der stolperte vorwärts und fiel glucksend in ihren Schoß. Derlei Bubelei war das Größte für ihn und er kicherte trotz der durchnässten und unterkühlten Kleider an seinem zierlichen Leib.

Nur ein paar Handgriffe später saß er getrocknet und warm eingepackt vor der Mutter auf deren schmerzendem Schenkel. Er spielte im Licht einer Kerze mit ein paar Nüssen auf der sauber gewichsten Tischplatte. Kurz weckte das Muckenglas seine Aufmerksamkeit. Ein dicker Brummer versuchte aufgeregt, dem tödlichen Zuckerwasser zu entkommen.

Für Paul war die Welt wie sie war. Dumm und glücklich schaute er, mit strahlendem Glanz in den graublauen Augen, die sorgsame Mutter an.

„Muck.“, sagte er mit schelmischem Grinsen. Als hätte er, in einer Art kindlichem Scharfsinn, das Drama um Leben und Tod schon lange durchschaut. Eine Art Spiel, das gewann, wer über ein Glas und etwas Zucker verfügte.

Katharina neigte den Kopf in sein duftendes, strohblondes Haar.

Anno 1759 – Eine Nacht in Teufels Kuchi

Johann schreckte aus einem kurzen, quälenden Traum.

Weder Körper noch Seele hatten Erholung erfahren. Schlafen? – Das konnte er sich nicht leisten. Zu groß die Gefahr, dass all sein Besitz den Flammen zum Opfer fiel. Darum konnte von Schlaf auch nicht die Rede sein. Ermüdung, Erschöpfung, Entkräftung, er hätte nicht sagen können, welches Wort es am Besten traf. Allein, er fühlte sich wehrlos, wenn er in diesen Zustand von willenloser Betäubung verfiel. Und es blieb ihm auch keine Zeit darüber nachzudenken. Nur kurz hatte ihn sein Körper im Griff, hatte ihn ausgetrickst, als er ihn zu seiner Schlafstatt zwang, hier in der oberflächlich gezimmerten Hütte in der Form eines Zeltes.

Schon taumelte er auf den niedrigen Ausgang zu. Rauch hüllte ihn ein. Vom Mond in ein fahles, gespenstisches Licht getaucht, strich der lautlos von einem leichten Lufthauch getrieben über die Hochebene davon.

Dort vereinte der triste Schleier sich mit den widerspenstigen Seelen der Gestorbenen aus dieser Nacht, um in den Schrofen und Spalten des Kandels rund um die Teufelskanzel auf ihren Führer zu warten. Er, der Hackelberend, würde sie zum Sankt-Thomas-Tag erwecken und rufen, zu einem wilden und wütenden Ritt.

Von diesem Geist hatte die Elztäler Großmutter gewusst. Auch wenn hier, nahe der Platte kaum ein Mensch diesen bitteren Unhold kannte. Und nur, weil ihn hier kaum einer kannte, so hieß das nicht, dass es ihn nicht gab. So wollte er nicht der Kohlenhannes sein, wenn er nicht schon in einer der winterlichen *Rauhnächten* das Licht dort droben am Berg gesehen hätte.

Unruhig flackernd, bald hier, bald dort, kündigte es das Kommen des Reiters an, gefolgt von einem berittenen Heer.

Geister, Totengerippe auf Schimmeln und Hirschen, lautes Johlen übertönte das Hundegebell; Peitschen knallten und Hörner klangen. So stieg das Heer auf, heraus aus den Nebelschwaden. Der Sturm brach los und brauste hinab in die Tiefen.

Die Menschen, so hatte die Großmutter gewusst, saßen gedrängt und geduckt in ihren kleinen und großen Hütten. Der Kleinste hielt sich die Ohren zu und drückte sich weinend an seine Mutter, die bebend mit weit geöffneten Augen an der Schulter des Mannes kauerte. Der hatte keinen mehr, an den er sich anlehnen konnte und zerbrach an dem inneren Kampf, jammerte zu Gott und den Heiligen. Erstickt – besiegt von den Kräften der anderen Welt.

Selbst die harten Burschen dort draußen, Buchen mit festen Stämmen, verwurzelt, mächtig, uralt – sie wurden gerupft, gebogen, gebrochen und barsten mit jaulendem Schrei.

Ein letztes Gebell, ein Eulenruf – Hannes fand sich auf dem rauchenden Meiler wieder, seinen langen Stab in der Hand. Ein Käuzchen flog erschrocken davon. Lichttrunkene Falter, gelockt von der rötlichen Glut, schwirrten bald weiter, bald näher heran. Eins stürzte herab, die zarten

Flügel von aufflackernden Flammen versenkt, bevor die lautlose Fledermaus es geschnappt hätte.

***

Knurrend schüttelte er sein Hirngespinst ab. Wenn die Meiler glühten, schlossen Wahn und Wirklichkeit einen verwirrenden Pakt. Wer war der Kauz, der gerufen hatte? Am Ende wohlmöglich er selbst. Einen Kauz, so nannten die Leute ihn, wenn er im Wirtshaus durchgehechelt wurde.

Die Leute!? – Ja, die mieden ihn, arm und dreckig wie er war, versponnen und wirr durch die Wache am Meiler. Die Kleider standen vor Dreck und Ruß. Wozu sollte er sie auch wechseln? So schlupfte er, wenn die Arbeit es zuließ, rußgeschwärzt wie er war, unter die Decke. Nächtelang ohne Schlaf lebte er, fernab von seinem ebenso erbärmlichen Haus, in der Vogtei Glashütte.

Ja! – Als die Glashütte noch ihrer Bestimmung folgte und Kohlholz in Massen verschluckte, da ging es ihm gut. Sein Vater hatte reichlich zu tun. Zeitweise beschickte er vier, gar fünf Meiler zugleich und er, sein Sohn, ging ihm zur Hand. Mit kohleschwarzem Gesicht hatte er dem Vater gelauscht. Der hatte ihn alles gelehrt, was er wusste. Und er liebte den Vater bis heute dafür.

Es begann mit der Wahl des Platzes. Wasser durfte nicht fehlen.

Eine kleine Quellmulde, ein Moor- oder Sumpfgebiet mit kleinen Quellaustritten, reichten da aus. Der Urgroßvater hatte die Stellen nahe dem Gschwinghof und dem Jockenhof an der Nordseite des Hochwaldes geschickt ausgespäht und die Köhlerplatten mit seinen Helfern auf dem Waldboden geebnet.

Der Meiler, auf dem er, Hannes, jetzt stand, wurde seit jeher mit Holz aus dem alten Bestand des *Vorderen Hochwaldes* geschichtet. Zuerst von den Scheiten der Buchen, die gefällt, gehackt und gespalten werden wollten. In der Mitte des vier *Ruten* messenden Kreises errichtete der Alte das Füllhaus des Meilers. Das Herzstück der Köhlerei, der König.

Niemand anders als der Ranghöchste am Platz durfte ihn setzen. Das galt Hannes auch heute noch. Auch wenn nun gegenwärtig nur zwei nichtsnutzige Tagelöhner ihn leidlich unterstützten. Außerdem mussten sie heute Nacht wieder einmal seinen kostbaren Kirschtropfen gefunden und unter sich aufgeteilt hatten. Von ihnen fehlte jede Spur.

Damals zu Zeiten des Urgroßvaters aber vertraute ein jeder der Handfertigkeit des Alten. An das Füllhaus legten die anderen nun sternförmig Stangen aus Tannen, über die ein tragender Unterbau, ein Rost aus Brettern, gelegt wurde. Das gab dem Meiler mehr Tragfähigkeit und die Luftzufuhr unter dem Meiler zum Füllhaus hin konnte besser geregelt werden.

All diese Tricks und Finten merkte sich Hannes im Laufe der Zeit. Jedoch, er musste noch einige Jahre warten, bis er selbst sein erstes Füllhaus setzte und der Vater, alt und zittrig geworden, den Vorstand am Platz an ihn weitergab.

Sobald das Grundgerüst gut und sicher stand, begannen die Köhler das Holz zu schichten. Um den König herum entstand ein Zündkegel aus schwachen und kleinen Scheiten. Von innen nach außen in zwei, manchmal auch drei Schichten, stapelten die Männer die Buchenscheite. Jede Schicht gut brusthoch, sodass der Meiler den größten der Köhler noch einige Fuß überragte und nur mit einer zusammengezimmerten Leiter erklommen werden konnte.

Obenauf wölbte sich eine Haube aus Schwachholz, und der Rohbau des Meilers stand.

Die Kinder und Frauen hatten die grünen Äste der geschlagenen Tannen herbeigeschafft und alle halfen die Raudecke über das geschichtete Holz zu legen. Dieser grüne Überwurf erfüllte nur einen einzigen Zweck. Er musste der Lösche Halt geben, die abschließend aufgetragen wurde, damit der Meiler nicht brannte sondern gezielt und vom Köhler gesteuert ausglomm.

Die Lösche, ein Brei aus Erde, Asche, Holzstücken und zerbrochener Kohle, hatte Hannes als Kind am meisten Freude bereitet. Meist lag sie am feuchten Rande des Platzes, Reste aus alten Meilern, die jetzt ihre letzte Bestimmung fanden. Der kleine Hannes hatte fröhlich gequietscht, wenn der Matsch unter seinen Füßen quatschte und schwarzbraune Würste zwischen den Zehen hervorschlupften. Beim Auftragen der Lösche hatte er mit den tapsigen Händen des Einjährigen und dann mit den schwieligen Pranken des erwachsen werdenden Mannes geholfen.

Solange, bis der Meiler luftdicht verpackt und zum Anzünden fertig war. Auch das galt als Vorrecht des Ältesten. Der schüttete brennende Glut in das Füllhaus und stocherte mit seinem Köhlerstab immer wieder kräftig nach. Es sollte keine Hohlräume geben. Luft durfte nur an den Meiler, wenn der Köhler es wollte. Die Glut sollte sich langsam aber stetig in den Holzstapel fressen. Zuletzt legte er einige kleine Holzscheite nach und verschloss das Ganze mit einem eisernen Deckel. Die Zeit begann, in der der Meiler nicht ohne Aufsicht bleiben durfte.

***

Diese Zeit hatte nun auch für Hannes begonnen. Nach der Plackerei vor und während des Aufschichtens, mit all den körperlichen Anstrengungen, strengte die Meilerwache nicht weniger an. Immer wieder wollte Holz ins Füllhaus nachgelegt werden. Immer wieder spielten die ermüdeten Sinne ihm einen Streich.

So wie die Glut den Meiler von innen zerfraß, so zerfraßen ihn seine Erinnerungen. Seit jener Nacht hörte das Rufen, hörte das Schreien nicht wieder auf. Auch dieses Mal hatte es ihn geweckt. Seither weckte es ihn jede Nacht. Sobald ihn sein Körper zum Schlafen zwang, drangen die Schreie zu ihm durch. Schreie aus Todesangst, die seine Seele verfaulten, ihn unruhig und fahrig machten, zornig und still. Es war kein Kauz, der da rief. Auch nicht er selbst. Nicht seine Unruhe und auch nicht sein Zorn.

Alle Versuche sie abzuschütteln, sie loszuwerden, waren gescheitert. Immer dann wenn er glaubte, von ihnen befreit zu sein, kam eine Nacht wie diese. Eine Nacht, in der er aus einem Dämmerzustand erwachte. Dem Trinken gab er nur noch selten nach. Das Spielen hatte er aufgehört. Kein Weibervolk durfte ihm näher kommen. Allein wenn Maria, Verdingweib vom Schafhof, am Markttag auf St. Peter ihre Wollknäuel feilbot, allein dann spürte Hannes ein flackerndes vergessenes Licht in sich glimmen. Mit rauer Stimme warf sie dem geizigen Volk ihre kantigen Obszönitäten an den Kopf. Das strahlte in ihm eine Wärme aus, vor der er sich in Acht nahm. Dann schimpfte er leise in sich hinein, schalt sich einen Kindskopf und kehrte einsam an seinen Kohlplatz zurück. Wenn die Dörfler drunten am Kloster ihn einen kauzigen Narren hießen, so mochten sie wohl richtig liegen. Es kümmerte ihn nicht mehr.

***

Und auch in der heutigen Nacht schreckte Johann aus seinen gequälten Gedanken. War da nicht doch ein verzweifelter Schrei!? Doch! Und der kam nicht aus ihm selbst. Nicht aus der verstummenden Kehle des Vaters. Der kam von woanders her.

Der Westwind trug ihn herbei. Johannes lauschte, seine Nackenhaare stellten sich auf. Das klang nach Gefahr, das klang nach Tod und Verderben. Dieser Schrei kam aus des Leibhaftigen Küche. Eine ängstliche Seele schrie dort um ihr Leben. Genauso wie damals. Nur was ihn damals geritten hatte, hockte nun einem anderen im Kreuz.

Johannes sprang vom Meiler herab und rannte entschlossen los.

Anno 1759 – Schreie in Teufels Kuchi

Wollust galt ihm als Todsünde! Und lüstern war er noch immer. Er hatte der Verlockung des Weibes nicht widerstehen können. Wie einst *König*

David – so ging es ihm durch den Kopf – *am Abend aufgestanden war von seinem Lager, und sich auf dem Dach des Königshauses erging; als er vom Dach aus eine Frau sich waschen sah; und die Frau war von sehr schöner Gestalt...*

Auch Bonifatius konnte sich aus eigener Kraft nicht abwenden. Das Quietschen der Küchentür brachte ihn zur Vernunft.

Eilig stolperte er über den Ziegenpfad zur Platte hinauf. Sein Gemächt wollte sich nicht mehr beruhigen. Der steile Anstieg verlangte ihm einiges ab. Weit durfte der Weg nicht mehr sein. Sein letzter Atemzug stand ihm bevor. Mit geplatzten Lungen, so würde man ihn einst finden, um einen Baum gewickelt. Wenn ihn überhaupt jemand fand. Wieder blieb er mit dem Schuh in einem Wurzelwerk hängen und schlug hart mit den Knien auf den gepflasterten Weg. Ausgerechnet. Er fluchte, was er nicht sollte. Der Schuh rollte den steinigen Abhang hinunter und würde im Zwielicht des Waldes nicht mehr zu finden sein. Mit einiger Mühe und blutenden Knien rappelte er sich auf. Warmes Blut lief ihm unter der Kutte in Schlieren das Schienbein hinunter. Der Umhang hatte ein klaffendes Loch. An Beinen und Brust hatte der matschige Boden feuchte dreckige Flecken hinterlassen.

Doch das störte jetzt auch nicht weiter. Was sollte er auch anderes tun, als wackelig und zunehmend kraftlos weiter den Hang hinauf zu stapfen. Als er den Waldessaum nahe dem Stockhof erreichte, musste er wieder zu Atem kommen. Erst jetzt bemerkte er den fehlenden Schuh und die schmerzenden Schrunden an seinem linken, strumpfigen Fuß. Das würde mächtige Blasen geben.

„In diesem Aufzug musst du nun nach deinem Pferd fragen. Du nichtsnutziger Trottel! Wärst du nicht deinen eigenen Eitelkeiten, sondern dem Fingerzeig Gottes gefolgt! Wie ein Gockel hast Du nach der Henne gestiert. Die Augen sind dir aus den Höhlen gefallen! Unwürdig. Ein Mönch willst du sein. Das ich nicht lache!“

Den weiteren Weg schimpfte er laut vor sich hin. Hinkend und taumelnd wandte er sich nach links. Dort musste der Gschwanderdobel liegen. Die mächtige Beule in Höhe der Lenden setzte seinem verwahrlosten Zustand zusätzlich die Krone auf.

Weit konnte es nicht mehr sein. Er strauchelte noch das ein ums andere Mal. Sein linker Fuß schmerzte ihn höllisch. Soweit das bei einem Mönch überhaupt möglich war. Dann endlich sah er die Walmen des rettenden Hofes vor sich.

***

Von alledem unberührt ging Thewes zur selben Zeit seiner täglichen Arbeit nach. Thewes Pichler, Altknecht am Gschwanderdobelhof, löste das Riemenwerk vom Hals des Ochsen und lupfte das *Kähl* mit einem kräftigen Schwung vom Nacken des Tieres. Der zweite Ochse stand derweil geduldig, bis der Knecht auch ihn aus dem Geschirr nahm. Im Stall wartete wie immer der Lohn des Tages darauf, genüsslich gefressen zu werden. So war es, seit er als Jungochse gelernt hatte, im Gleichschritt mit seinem Partner den Pflug, die Egge oder den Wagen zu ziehen. So sollte es auch am heutigen Abend sein. So war es gut.

„Nun, meine beiden.", sprach Thewes beruhigend auf seine Tiere ein, „Fleißig habt ihr g'schafft heut'. Nun auf in den Stall, dort liegt euer Futter."

Mit einem Schlag auf das Hinterteil verabschiedete er die beiden in ihren wohlverdienten Feierabend. Die Ochsen waren der ganze Reichtum des Hofes. Ohne sie müsste der Mensch längst am Hungertuch nagen. Mit aller Sorgfalt behandelte er darum die Tiere. Erst zum St. Agathatag hatte er Brot weihen lassen und einem jeden – Mensch und Tier – davon ein Stück in die Näpfe und Tröge gelegt. Ohne den Schutz der Patronin wollte auf dem Wald keiner sein. Schon mancher Hof hatte den Blitzschlag nicht überstanden und mit ihm brannte das Vieh. Nur selten gelang es, alle Tiere zu retten. Auch auf der Weide konnte sich kein Geschöpf sicher sein. Wen der Blitz traf, der wurde zur letzten Ruhe gebettet. Das Vieh konnte nur notgeschlachtet werden. Das bedeutete zwar ein gutes Stück Fleisch auf dem Tisch, doch das wog die Lücke im Stall bei weitem nicht auf.

Thewes wandte sich Egge und Plocherer zu. Das Arbeitsgerät des heutigen Tages. Dann hängte er wie immer das Kähl der Ochsen an den jeweiligen Platz. Der Ablauf war immer derselbe. An diesem Abend indes hatte er ein Stück Vieh mehr zu versorgen. Ein Pferd stand noch immer im Stall angebunden.

Am Morgen hatten wichtige Leute mehrere Tiere bei ihm untergestellt. Klingende Münze wechselte ihren Besitzer. Das war der Mühe wert. Musste ja keiner wissen, dass er sich das ein oder andere Stück in die eigene Tasche schob. Am Nachmittag kehrten die Männer zurück. Er holte die Pferde aus ihrem Unterstand und freute sich über den Schnapsgutter, den man ihm reichte. Als Trinkgeld, so sagte man ihm.

Die Pferde wirkten erfreut, nach dem beengten Tag in dem kleinen Stall. Endlich spürten sie wieder die Luft des Waldes um ihre Nüstern. Dass eines samt Reiter zurück geblieben war, hatte er zu diesem Zeitpunkt noch gar nicht bemerkt.

Jetzt stellte es nervös die Ohren auf. Die Anwesenheit eines fremden Menschen machte es unruhig. Thewes konnte am Brandmahl erkennen, dass es üblicherweise die Stallungen des Klosters gewohnt war. Er konnte ein gewisses Gefühl von Neid nicht verhehlen. Es war ein prächtiges Tier. Starke, kräftige Flanken und ein makelloses Gebiss zeugten von einer tadellosen Zuchtlinie. Dass sich das Kloster ein solches Tier leisten konnte?!

Doch g'nug Mulaffe feilg'alde! Es gab noch einiges zu tun, bis der Abend und mit ihm die Dunkelheit kam. Das, so dachte Thewes bei sich, sollte wohl auch der Reiter bedenken, der dieses Tier reiten durfte.

Allein, es verging noch eine weitere Stunde bis der Knecht die Gestalt auf dem Weg von der Platte her sehen konnte. Die Sonne war lange untergegangen und die Welt kannte längst keine Farben mehr.

Als Thewes den schwankenden Mönch erkannte, ließ er die hölzerne Mistgabel fallen, die er zur Vorsicht fest in den Händen hielt. Man konnte nicht wissen, welches Lumpenpack um diese Zeit sein Unwesen trieb. Dann aber schnappte Thewes eilig den Schnapsgutter vom Nagel. Der Mönch wirkte ihm, als könne er einen kräftigen Schluck gebrauchen.

***

Ein eilfertiger Knecht gab ihm zu trinken.

Der sattelte dann auch das Pferd, während er sich am Kirschwasser gütlich tat. Als er den Rappen bestieg, hätte er längst nicht mehr zwischen Erschöpfung und Trunkenheit zu unterscheiden vermocht. Der Knecht schickte ihm nur einen verhaltenen Gruß hinterher. Der hatte wohl im Gutter den kläglichen *Sprutz* bemerkt, den er ihm gelassen hatte.

„Soll doch alle der Teufel holen. Klösterlich oder königlich kaiserlich! Allesamt sind sie gierig und nehmen sich was sie wollen."

Bonifatius fühlte sich dermaßen benebelt, dass er weitestgehend dem Pferd überließ, den richtigen Weg zu finden. Er hatte genug damit zu tun, sich ob seiner Wunden ausgiebig selbst zu bemitleiden. Außerdem gelang es ihm kaum, sich auf dem Ross sicher zu halten. Warum der Gaul sich wieder zum Kohlplatz hält? Ach, was geht es mich an. Er hätte nicht sagen können wo oben und unten war. Den rauchenden Meiler und die gebückte Gestalt eines Kohlenbrenners erkannte er nicht. Auch wenn er sich noch so wunderte, wer zu so später Stunde in diesem mächtigen Suppentopf rührte.

Bei dem Gedanken an Essen entfuhr ihm ein mächtiger Rülpser. Dann neigte sich langsam sein Kopf nach vorn und er tauchte in eine kirschwässrige Bewusstlosigkeit. Das Pferd wechselte in einen gemütlichen Trab. Bonifatius schaukelte wie in einer friedlichen Wiege mal hin und mal her.

Der plötzliche Halt warf ihn fast aus dem Sattel. Die Arme – fest um den Hals des Pferdes geschlungen – hatten ihn vor einem Sturz bewahrt. Nach all den Stürzen des vergangenen Tages war sein Bedarf danach auch reichlich gedeckt.

„Los du bockiger Klepper, auf! Was stehst du hier herum und starrst in die Nacht? Auf geht's, heim in den Klosterstall!"

Doch so sehr er auch schimpfte und dem Tier in die Seite trat, es bewegte sich um keinen Huf vorwärts. Er überdachte sein Vorgehen nochmals und wählte fortan freundliche, ja beruhigende Worte. Vergebens – es ließ sich nicht überreden, weiterzugehen.

„Hier stimmt etwas nicht! Und mein Pferd hat die feineren Sinne."

Mehr um sich selbst zu beruhigen, begann er damit, laut in die Finsternis zu sprechen. Das Pferd begann, auf seinen Hufen zu tänzeln. Die Nüstern blähten sich heftig, die Ohren zuckten und stellten sich ängstlich auf. Die Augen waren weit aufgerissen, als hätten sie im nächtlichen Dunkel eine Bedrohung gesehen, die ihm das Leben kosten könnte. Seine Sinne waren auf Flucht eingestellt, doch etwas schien es zu halten, den Rückzug zu verhindern.

Bonifatius, noch immer benebelt, erkannte unvermittelt, was die Stunde geschlagen hatte. Schlagartig wurde er nüchtern. Langsam, um nicht mit schnellen Bewegungen die Aufmerksamkeit auf sich zu ziehen, neigte er den Kopf zu den zuckenden Ohren des Pferdes. Er traute sich nur noch zu flüstern:

„Pater noster, qui es in caelis: sanctificetur nomen tuum:
Adveniat regnum tuum!"

Das Pferd lauschte aufmerksam seinen Worten. Die Aufregung schien sich zu lösen. Die Nüstern schnaubten weniger schnell. Das Tänzeln nahm merklich ab.

„Fiat voluntas tua, sicut in caelo, et in terra.
Panem nostrum quotidianum da nobis hodie.
Et dimitte nobis deibta nostra,
sicut et nos dimittimus debitoribus nostris"

Er betete weiter und hoffte inständig, der Herr möge genau dies tun: ihm vergeben. Das hier war kein Spaß und sein Gebet weit mehr als ein Mittel zum Zweck. Er legte dem Herrn seine Schuld zu Füßen und wusste doch, dass er heute den Versuchungen dieser Welt erlegen war.

„Et ne nos inducas in temtationem, sed libera nos a malo."

Das Pferd schien vollständig ruhig zu werden. Er wäre zu gerne weiter aus diesem Gewann heraus gekommen. Der Ort war verhext, da bestand kein Zweifel. Irgendetwas Teuflisches wollte die Macht an sich reißen. Doch nicht mit ihm! So wahr er Johann Baptist Stührenthaler, und zugleich Pater Bonifatius hieß. Hier würde nichts als das heilige Banner der einen Kirche wehen. Das Reich auf Erden war längst gekommen.

„Quia tuum est regnum et potestas et gloria in saecula. Amen."

Das Pferd senkte entspannt den Kopf, bewegte sich aber noch immer nicht weiter. Er musste zu anderen Mitteln greifen. So stieg er ab und stellte sich vor das schwitzende Tier. Die Zügel locker im Griff. Er begann das Vater Unser von vorn. Dabei berührte er, mit einer erstaunlich ruhigen Hand, die weiß schimmernde Blesse zwischen Augen und Maul.

Und ehe er sich versah: Der Hengst stieg auf die Hinterläufe. Schlug ihm mit dem Vorderhuf gegen die Brust. Wieherte laut. Und galoppierte davon. Im gestreckten Galopp. Dem Kloster entgegen.

Bonifatius schüttelte benommen den Kopf. Es war nicht sein Tag! Hochmut, Zorn, Völlerei und Wollust, das waren der Sünden für heute genug. Er hatte einiges gutzumachen, wenn er je wieder das Kloster erreichen sollte.

Zunächst aber musste er den Weg dorthin finden. In fast vollständiger Dunkelheit. Und er war kein mutiger Mann. In diesem Gewann lauerte Böses. Da zuckte ein Gedanke durch seinen Kopf, der ihn wie ein Holzhammer traf. Er musste sich direkt in Teufels Kuchi befinden. Schon am Morgen war ihm dieser Ort nicht geheuer gewesen. Der Holzknecht hatte nur milde gelächelt. Genau hier. Wo er nie hätte sein wollen. Schon gar nicht zur Nacht. Die Angst stieg ihm das Rückgrat empor. Jetzt war er gänzlich allen. Von allen guten Geistern verlassen. Da war es wieder, das dumpfe Poltern von irgendwo her. Vom Polterplatz an der Wegkreuzung zum Seelgut hinab? Ja. Dort lagen die Stämme zur Abfuhr bereit. Aber zu nachtschlafender Zeit? Wer machte sich da am Stammholz zu schaffen und störte die Stille des Waldes? „Teufelswerk", murmelte Bonifatius und folgte dem Pfad in Richtung des nächtlichen Umtriebs.

„Deine Neugier bricht dir einst das Genick. Bonifatius, du bist ein Narr. Nimm deine Beine in die Hand und flieh dem nächtlichen Treiben! Es ist nicht dein Geschäft, nach den Teufeln zu greifen."

Und wieder ein Rumpeln. Diesmal, da war er sich sicher, von den beschlagenen Rädern eines schweren Gefährtes. Heisere Stimmen gaben Befehle und deftige Flüche zerschnitten die Nacht. Ein nächster Wagen holperte los. Ketten klirrten und Männer ächzten. „Die laben sich am klösterlichen Besitz!“ Bonifatius japste.

Ein Ast brach unter seinem Gewicht. Sofort herrschte Totenstille. Die Nacht schien noch schwärzer zu werden als die Lichter blitzschnell erloschen.

Allein ein rötlicher Schimmer schwirrte auf Bonifatius zu. Eine Teufelsfratze greinte ihn an, senkte die Hörner, ein Huf stampfte auf.

Bonifatius versagten die Knie. Kümmerlich krümmte er sich auf dem Boden.

Teufels Kuchi! Was hatte er hier verloren? Sein Herz raste. Sein Atem ging stoßweise. Sein Gesichtsfeld schränkte sich ein. Vor den Augen hüpften unsichere helle Punkte. Ein höllisches Kichern drang zu ihm durch. Sein Kopf dröhnte. In seinen Armen begann es zu bitzeln. Sein Bauch, ein krampfender Muskel. Und dann ging er los.

Wohin? Wie sollte er das denn wissen? Fort. Einfach nur fort. Und das möglichst schnell. Er spürte kaum noch den Boden unter den Füßen. Das Kloster. Wo?

So schnell wie sein Herz raste, so schnell verirrte er sich zwischen den Bäumen. Moose hingen in feuchten Schleiern von den Ästen herab. Knorrige, verwitterte Eichen schauten mit höllischen Fratzen auf ihn hinunter. Sie grabschten nach seinen Waden. Mit knöchrigen Händen.

Sein Kopf wollte bersten. Die Schritte hallten wie das Wimmern gefolterter Seelen. Aus dem Abgrund der Hölle. Immer tiefer hinein. In die moorige Senke. Weit weg vom Waldessaum. Nur noch sumpfiger tiefgründiger Matsch. Ein Schlürfen. Dann steckte er hüfttief im Schlamm. Bittpsalmen. Das würde helfen. Erst Flehen dann Winseln. Weinkrämpfe. Strampeln und Zerren. Wieder ein Stück tiefer in den Morast. Da, ein Baumstamm. Krall dich fest! Du wirst erfrieren! Keine Kraft. Keine Hoffnung. Er schrie.

Und als eine kohlschwarze Hand nach ihm griff, fiel er in eine schützende Ohnmacht.

Im Schutze des Klosters

Sein Leib bestand nur noch aus Schmerzen. Durch die schmalen Schlitze der Schandmaske sah er den Abt. Der legte den Richterstab auf den hölzernen Tisch nieder. Für alle Anwesenden sichtbar. Wenn der Abt den Stab niederlegte, ging es um Hals und Hand. Jetzt hatte der Blutvogt das Sagen.

Die Vierundzwanzig Richter waren vereidigt. Und er wurde vor die Schranken geführt. So wollte es der Brauch am Gerichtstag. So stand er da, vor den

Toren der Kanzlei, unter dem grauen Himmel. Auch das wollte der Brauch. Doch war er nicht von den Banden befreit. Das schien den Scharfrichtern zu bedrohlich zu sein.

Das Urgicht, von sieben Zeugen beglaubigt, wurde verlesen. Der Pöbel raunte laut auf. Die Daumenschrauben, Zeugen der peinlichen Befragung, quetschten noch immer auf Haut und Knochen. Alle sollten seine Gefährlichkeit sehen. Als könne er ohne die Maske einen der Schaulustigen beißen. Als könne er ohne die Schrauben einen Unschuldigen würgen. Die Welt schwankte. Er hatte gestanden! Die Kläger, Advokaten des Klosters, fuhren mit spitzer Zunge über die Lippen, ergötzt von seiner Pein. Der Bauer, der seine Fürsprache hielt, sprach schüchtern und leise. Vom Schwert des Freiburger Henkers tropfte das Blut.

Die Stille fiel über ihn her, als der Stab in den Händen des Blutvogts zerbrach. Laut dröhnte es in seinem Kopf, als bräche man ihm das Genick. Doch das Urteil, mit Abscheu gesprochen, sollte so milde nicht sein. Sie wollten ihn brennen sehen.

Auf dem Scheiterhaufen neben dem Galgen. Dort würde die Mörderin hängen. Sie kam vor ihm dran und war ihm egal. Im Tod bist du dir selbst der Nächste. Und er, er war der Hexer, der Buhle der Kandelweiber. Das Geständnis nahm ihm die Todsünden ab. Wenigstens das. Er wollte nicht in Sünde gehen. Er wollte gar nicht gehen!

Zitternd knickte er ein. Spürte die groben Hände, die an ihm zerrten und auf den Karren warfen. Die Untertanen standen dem Tross Spalier. Zornige Blicke, wildes Geschrei, obszöne Gesten stürzten zugleich auf ihn ein. Er hörte es nicht. Und er sah all das in einer anderen Zeit. Nur langsam erfasste sein Verstand den hämischen Spott, der sich über ihn ausgoss:

> *„Bonifaz, Teufelsfratz; Hexerei, Ketzerei;*
> *Schwert blitzt, Blut spritzt; Schandtat, Gottesrat;*
> *Feuerpfahl, Seelenqual – heute fährst du zur Hölle!"*

Kot traf ihn am Kopf, zerspratzte über dem Ohr und beißender, stinkender Sud lief hinter der Maske in seine Augen. Der Schmerz war sein Patron. Seit Tagen schon. Eiserne Zangen grabschten durch das hölzerne Gitter und pfetzten seine geschundenen Glieder. Seine Blöße bedeckte ein dreckiges, zerrissenes Büßerhemd. Im schwankenden Karren ging es hinauf zum Hochgericht. Dort sollte sein Leben enden.

Die Gesichter verschwammen vor seinen Augen zu Totenköpfen. Knöchrige Finger griffen nach ihm. Und er wollte schreien, betteln und flehen, doch – stockte sein Atem. Mit offenem Mund, den flehenden Blick in den Himmel gerichtet, sackte er in sich zusammen. Sein Körper nahm Abschied von ihm und schwankte im Rhythmus des Karrens.

Sein Geist erhob sich gut fünfzehn Fuß über die schaurige Szenerie. Das Volk stand noch immer johlend und singend hinter der Absperrung aus Fichtenstangen. Der Hals der Alten steckte schon in der steifen Schlinge. Sie ging nicht in aller Stille. Sie fügte sich nicht. Nicht ohne einen bitteren Fluch über die Häupter der Gaffer ausgestoßen zu haben. Dann gab die Falltür unter ihr nach. Das Seil spannte in seinen Angeln.

Bonifatius hörte den Vogt, der herrisch um Ruhe schrie. Der Lärm brach sofort ab. Nasse Schleier fegten erbarmungslos über den Richtplatz. Ein Dieb griff verstohlen nach dem Geldbeutel am Gürtel des Spittelmaiers. Und da, am Rande des Ackers stand sie. Umringt von den Kindern. Den zwei Maidle und dem kleinen weinenden Bub.

Der Galgen knarzte noch immer. Die Alte schaukelte bleich im stürmischen Wind. Eine starke Hand packte fest sein Genick. Der schüchterne Bauer, advocatus diaboli, sein Fürsprecher im Prozess, hatte den Abt gnädig gestimmt. Er würde geköpft bevor er am Pfahl des Holzhaufens brannte. Der Henker stülpte ihm einen stinkenden Sack über sein Haupt und drückte es auf den hölzernen Klotz.

Sein letzter Blick galt allein ihr. Das Herz schlug ihm schneller. Er hatte den weichen Regentropfen bemerkt, der auf ihrer Brust hin zu der Knospe rann. Klein und hart stand sie hervor. Er konnte sich nicht von der Lust lösen, die er empfand, als der Tropfen, von Wollust satt, hinab in die Tiefe troff…

Die Glocken läuteten Sturm. Die stolzen Türme stürzten in sich zusammen. Begruben das Kloster. Ein einziger Haufen Schutt. Das Schwert sauste herab. Sekunden wurden zur Ewigkeit. Die Welt wurde zerteilt. Sein Geist kam zurück. Vereinte sich wieder mit seinem Gebein. Der Moment, als die tödliche Klinge die Haut berührte, zerbarst in einem grellen, blendenden Blitz –

– und er erwachte.

Frühjahr anno 1759 – Auf der Hofreite

Katharinas Herz setzte einen Schlag aus.

Andreas war wieder zurück. Polternd, mit wirrem Blick, stürzte er aus seiner Werkstatt. Außer sich vor Wut, brüllte er nach seinem Schnitzmesser. Katharina saß auf einem wackeligen Stuhl in der Küche. Sie war auf der Hut und zuckte bei jedem Geräusch zusammen. Sie war ihm ausgeliefert. Schon wieder. Auf welche Weise, das wusste nur er allein.

„Ich weiß es nicht. So glaub mir doch bitte!" Ihr Wimmern war kaum zu hören.

„Der Saubub hat es genommen!" Er hob ihr blutleeres Gesicht an den Haaren hoch. Stinkender und versoffener Atem schlug ihr entgegen. Ihre Augen huschten umher und wurden nicht ruhig.

„Lüg mich nicht an, Hexensau! Da wo der Bastard ist, ist auch das Messer!" Mit einem Ruck überspannte er ihr den Nacken nach hinten.

„Also! Wo ist er, der Saubub? Rück schon raus mit der Sprache! Oder ich prügel dich tot. Ich schwör dir, ich prügel dich tot! – Oder halt!", fuhr er sich selber ins Wort. „Besser noch ihn. Ja genau! Ihn schlag ich tot. Deinen Liebling, dein Wunderkind!"

Mit dieser Drohung ließ er von ihr ab und wurde erschreckend ruhig. „Ja. Ja, so werde ich's tun. So hätt' ich's schon lange tun sollen!" Ein kehliger, grimmiger Laut, ein grausiges Lachen zerfurchte die eisige Stille. „Hast ihn als Hütebub verdingt auf die Platte? Du verschlagenes Weib!"

Als er zu seinem Lederriemen griff und gleichzeitig wieder zu brüllen begann, zuckte Katharina bis in ihr Mark zusammen. Nie konnte sie wissen, woran sie war. Wenn sie eben noch hoffte, er sei ruhiger geworden, so polterte er im nächsten Moment wieder los. So wie jetzt. Und sie legte schützend die Arme um ihren Kopf.

Diesmal schlug er nicht zu. Blieb einfach nur breitbeinig stehen, herzlos und kalt. Spannte das Leder zwischen den Händen und ließ es dann wieder los. Das Klatschen ließ sie erschauern, was er sichtlich genoss. Seine Entschlossenheit löste bei ihr eine Todesangst aus. Um ihr Leben ging es hier nicht, das war ihr klar. Es war Bartle, der den Tod zu befürchten hatte. Andreas würde ihn finden. Das war kein Problem. Eine Frage von Tagen. Mehr nicht. Wenn er ihn sah, schlug er ihn tot. Da gab es gar keinen Zweifel. Der Entschluss war gefasst. Ein Grausen stieg in ihr auf.

„Er hat es nicht. Er hat es ganz sicher nicht.", brachte sie zaghaft hervor. „Ich. Ich hab' es verloren. Ich hab' es genommen, um die Weidbuche zu *schneiteln*. Andreas! Es war kein anderes Werkzeug da. Glaub mir! Was hätte ich tun sollen? Ich…di…die Ziegen brauchten ihr Fressen. Du weißt, dass das Futter nicht reicht! Du hast doch auch immer die Äste geschnitten und ihnen das Laub gefüttert. Andreas, das weißt du doch. Und du warst nicht …"

„Schweig, Hexensau, schweig endlich still." Zwischen den Zähnen zischten die Worte gefährlich und ruhig hervor. „Jedes Wort, das du sagst, ist gelogen. Die Hexe beschützt ihre Brut! Du würdest mich mit Krallen zerfetzen, nur um deinen Bastard zu schützen. Doch ich werde ihn finden. Einerlei ob er das Messer hat oder nicht. Ich werde der Welt einen Gefallen tun. Weißt du das? Hexensau. Zuerst werde ich ihm den Teufel aus seinem Balg prügeln. Und nicht mal ein Hahn wird danach krähen. Im Gegenteil, ein Fresser weniger auf dieser vermaledeiten Welt." Mit einem Seufzer wandte er sich zum Gehen. So als habe er den schweren Auftrag zu erfüllen. Die Schöpfung von einem gefährlichen Übel zu befreien. Und trotz aller Last, er würde seinen Auftrag erfüllen. Das war er den redlichen, gottesfürchtigen Menschen hier in seinem Gebiet schuldig. Und so stapfte er schwankend davon.

Verzweiflung senkte sich auf das Heidenschloss.

***

Bartle zog seinen Kopf ein und duckte sich weg.

„Aber Mutter, das kann doch nicht sein. Ihr habt wieder geträumt, Eure Sinne spielen Euch wieder denselben Streich. Ihr seht ihn, aber er ist nicht da. Ihr hört seine Stimme, aber er spricht nicht zu Euch. Mutter, hört auf Euch von diesem Trugbild verführen zu lassen. Er ist schon so lange weg. Vielleicht ist er tot. Und wenn nicht, dann ist er schon längst über alle Berge davon. Vielleicht sogar … in Amerika?"

Ihre Hand zuckte zurück, als er erneut ihrer Zärtlichkeit auswich. Aber ja! Wenn er es zuließ, vor den Augen der anderen, so hätte er es zu büßen. Am Abend oder gleich in den Mittagsstunden, die er und die anderen Hütebuben in der Dorfschule verbrachten.

„Bartle, Junge, er ist bei mir gewesen! Er sucht dich! Du bist in Gefahr!"

„Selbst wenn es so wäre, er würde sich das nicht trauen. Nie und nimmer! Mutter, glaubt mir. Er würde nicht hierher ins Seelgut kommen. Er würde sich nicht auf den Simishof wagen, wenn er denn lebt. Er hat hier zu viele Bauern und Bürger verlumpt. Im Gasthaus warten noch zahlreiche Kerbhölzer. Er hat gelogen und hat betrogen. Die Leute sagen, er habe geschlagen und habe gestohlen. Sie werden ihn in die *Katze* sperren. Der Lehrer sagt, sie werden ihn hängen oder zumindest die Hände abschlagen. Und wenn nicht, dann … bring ich ihn um!"

Seine Augen erfüllte ein Hass, der Katharina ein Frösteln über den Rücken trieb. Mit geballten Fäusten stand er vor ihr. Ein Kind, gerade acht Jahre alt. Was hatten sie diesem Geschöpf bloß angetan?!

Sie hätte ihm gern mehr Zuneigung gezeigt. Sie war sich sicher, er wäre auch mit weniger Schlägen auf geradem Wege geblieben. Als Kind aus dem Heidenschloss war er gestraft genug. Sie konnte froh sein, dass er einen guten Bauern gefunden hatte. Den Simis, so nannte man ihn: Simon Rämele, den Lehbauern vom Simishof. Der hatte das Herz am rechten Fleck. Und Bartle hatte recht. Hierher würde sich Andreas niemals trauen.

Den Simis hatte sie angefleht, war sich nicht zu schade gewesen, auf die Knie zu gehen; was diesem außerordentlich peinlich war. Zuerst war er zornig gewesen. Was erlaube sie sich, gerade ihn um Hilfe zu fragen? Habe ihr versoffener Gatte nicht schon genug Leid angerichtet? Sie solle sich fortscheren, mitsamt ihrem Heidenbub!

Doch dem sanften Blick seiner Bäuerin konnte er nicht widerstehen. Die hatte ein großes Herz und darauf hatte Katharina gehofft. Und es gab keinen Sohn auf ihrem Hof. Fünf Maidle hatte sie nun geboren. Einen Bub auf dem Hof, zumal sehr gut erzogen und sehr gehorsam, das könne ihr wohl gefallen.

So lenkte der Simis ein. In strengem Ton sagte er zu. Es sei wohl das Beste, nach allem was war, meinte er brummelnd. Er schaute sich nochmals die Narbe auf Bartles Arm an. Der Andreas hatte sein eigenes Kind aufgeschlitzt! Ja gab es das auch?! Klaglos zu sein, sich in sein Schicksal zu fügen, das war das eine. Aber mit diesem Stich gegen das eigene Kind war eine gottgefällige Grenze weit überschritten.

„Wenn der Bub sich als *Saupuber* anständig führt und das Vieh heil wieder heimbringt…!“ In Gottes Namen! Dann wolle er sich dem nicht entgegen stellen.

„Er ist gut zu dir, der Bauer, nicht wahr?“

Bartle schüttelte kaum merklich den Kopf. Der Bauer, der war nun wirklich nicht sein Problem! Wenn sie noch lange hier stand und immer versuchte, ihm über den Kopf zu streicheln, dann hätte er bald eins. Das würde nicht so schnell zu lösen sein.

Mit einiger Mühe hatte er sich mit seinen acht Jahren einigermaßen durchsetzen können. Das verdankte er seiner beachtlichen Körperkraft. Selbst großmaulige Zehnjährige hatten sich schon blaue Augen geholt. Bartle war nicht nur kräftig, er war auch noch schnell. Mittlerweile wurde er meistens in Ruhe gelassen.

Doch nun sah er seine Felle davon schwimmen. Sonst kam sie immer im Schutze der Dunkelheit. Dann war er froh. Anfangs hatte er bitterlich in ihren Schoß geweint und gebettelt. Da nun aber nichts mehr zu ändern war, hatte er sich in der Finsternis an sie geschmiegt. Sein Herz wurde leicht, wenn sie seine Haare sanft kraulte. Er hätte Jahre so sitzen können. Nachts. Aber nicht jetzt!

„Alles ist gut. Mutter, glaubt mir. Alles ist gut." Seine Augen wurden so traurig dabei. Und sie tat so, als könne sie das nicht sehen. Musste so tun. Er bewegte sich mit Anstrengung und außerordentlich schonend. So wie Menschen es tun, wenn sie Schmerzen haben. Darin konnte ihr niemand etwas vormachen.

„Bartle, du hast doch Schmerzen. Das sehe ich doch. Wirst du geschlagen? Wer Bartle? Wer schlägt dich?"

„Mutter!" Bartle flehte jetzt beinahe. „Bitte, Mutter. Alles ist gut. Mein Rücken schmerzt. Stimmt. Aber sorgt Euch doch nicht! Ich bin beim Hüten gestürzt. Die *schnaigigen* Geißen, Mutter! Ich bin einen Fels herunter gestürzt. Als ich eins einfangen musste. Der Bauer ist gut. Wenn aber eins von den Geißen fehlt, kann er sehr zornig werden..."

Sie glaubte es, weil sie es glauben musste. Sie wusste, dass Bartle heftig Prügel bezogen hatte. Am Abend, sobald sie Zeit hatte zu ihm zu kommen, würde er wieder ihr Bartle sein. Und ein Kind. Er würde erzählen, was ihm geschehen war und sie würde ihn trösten. Sie war ein gebrochener Mensch, soviel war klar. Doch sie wollte Mutter sein. Ihre Liebe zeigen, dem, der sie liebte. Hexe würde sie sein, dem, den sie hasste.

„...und Mutter! Kommt Ihr heute Nacht?" Sie hatte sich schon zum Gehen gewandt. Ihr wurde warm, so liebte sie ihn. Johann!

„Sicher. Sicher mein Kind.", flüsterte sie und nickte ihm zu. Als hätte sie es gewusst.

***

Sofort kümmerte er sich um das Vieh.

Derweil er seine Mutter beruhigte, hatten die anderen die Köpfe zusammen gesteckt und zu lästern begonnen. Es dauerte auch nicht lange bis der Michl vom Steingrubenhof, die *dirre* Latte – von allen nur Dirrländer genannt – anfing, den Heidenbub-Reim zu singen. Aus seiner Gosche klang es, wie das Grunzen einer *rießigen* Sau.

„Armes Bübchen, hast es schwer, hast ja keinen Vater mehr.
Dafür hast du Flöh und Läus'! Essen musst Du Frösch' und Mäus'.
Deine Mutter, die ist Hexe, züchtet schändliche Gewächse.
Lebst daheim mit schwarzen Katzen, in der Schule setzt es Datzen.
Bringst dem Lehrer keinen Speck,
stiehlst ihn lieber andren weg.
Sonst ist Wasser deine Supp' –
Bist und bleibst ein Heidenb...

Der letzte Reim blieb ihm im Halse stecken. Da hatte Bartle sich schon auf ihn gestürzt und mit Fäusten bearbeitet. Er würde den Michl so lang und so oft schlagen, bis ihm dieser Reim aus dem Kopf fallen würde! Der Dirrländer hatte ihn zum letzten Mal gehänselt! Schon hatten die beiden Streithähne sich ineinander verkrallt und rollten auf der noch kalten und nassen Wiese umher.

Bis eben hatte Michl noch, an einem Grashalm kauend, auf einem Stein gehockt. Die nackten Füße steckten in einem frischen Kuhfladen. So blieben sie warm, an den kalten Tagen im Frühjahr. Nun war sein wärmender Umhang aus Roggenstroh in seine Bestandteile zerbrochen und der abgegriffene Hut, ein Geschenk seines Altknechts, kullerte hangabwärts.

Es war ein Geschrei! Um sie herum spornten die anderen sie an. Keinesfalls galten die Rufe ausschließlich dem Michl. Der war ein Großmaul. Das hatten die meisten schon längst begriffen. Mit Bartle dagegen konnte man Pferde stehlen. Und so war der Jubel groß, als der sich rittlings auf die schmächtigen Oberarme des Älteren kniete. Die Hände pflockten die Ellbogen auf der feuchten Wiese fest. Beinahe Nase an Nase. Sein Blick bohrte sich fest. Jetzt war es an ihm, einen Vers zum Besten zu geben. Wo immer er den auch aufgeschnappt hatte. Er konnte ihn auswendig und mit der nötigen Abscheu aufsagen.

„Singen, das können die Mönche im Chor, doch ich hör's nur winseln in meinem Ohr.
Nein, liebe Leute! Ich weiß es genau! Das ist nur das Grunzen einer rießigen Sau!
Doch so dirr ist kein Schwein und jetzt fällt es mir ein,
dass muss wohl die Stimme vom Dirrländer sein!"

Tief aus seiner Kehle drang ein schmatzender Laut. Er zog die Nase hoch. Das Geschrei ebbte ab. Eins der kleineren Maidle schüttelte sich vor Ekel aus. Sie erwartete, dass gleich ein gelblicher Schleim zwischen den Augen des Dirrländers auf die erhitzten Wangen herab troff. Keiner bemerkte den Simis, der zornig den Hang herauf stapfte. Erst als er den Kreis der Anfeuernden grob auseinander schob, wurde es mucksmäuschenstill. Alles, was nun geschah, dauerte kaum einen Hahnenschrei lang. An seinem Haar riss er den Bartle hoch. Ging mit dem zeternden Bub einige Schritte abseits. Die Pranke des Bauern klatschte links und rechts an die Backen. Zähne klapperten. Funken sprühten vor den Augen.

„Was prügelst du nichtsnutziger Bastard dich hier auf den Matten herum? Das Vieh sollst du mir hüten. Nimm deinen Stab und such mir das

Vieh, Bub! Und wenn mir eins heute am Abend fehlt, dann wirst du mich kennenlernen!“

Um seinen Worten den richtigen Nachdruck zu verleihen und alle Zweifel im Keim zu ersticken, löste er kurz den Knoten seines ledernen Gürtels. Er war von einem solchen Zorn ergriffen, dass er auch nicht innehielt, als er das kreidebleiche Gesicht des Kindes erkannte.

Es war auch kein Mitleid gefragt. Dass Hütebuben sich prügelten, wen kümmerte das? Davon gab es wahrlich genug. Wenn aber ein Vieh deshalb verreckte, sei es Geiß oder Kuh, dann konnte er *narret* werden. Dass der Bartle sich schickte, um die zerstreuten Viecher zu suchen, nahm er mit Genugtuung wahr.

Als er jedoch sah, dass der Michl vom Steingrubenhof sich wieder auf seinen Sitz fläzen wollte und damit begann, den Ausgang des Kampfes für sich zu bewerten, da konnte der Simis nicht an sich halten. Der Michl, der einfach nie seine schändliche Klappe hielt, war ihm nicht erst seit heute ein Dorn im Auge. Und so teilte er im Vorbeigehen dem hinterhältigen Bub eine saftige Kopfnuss aus.

„Und dich soll der Geißenmeckeler holen! Geh und hüte das Jungvieh!“

Dass er dem Steingrubenbauern die Geschichte noch stecken wollte, hatte er bis zum Abend vergessen. Sein Vieh aber zählte er ab.

***

Zu Bartles Entsetzen. Der wusste schon, dass eins fehlte. Sein bester Freund hatte die anderen bewacht, während er immer aufgeregter dem Fehlenden hinterher suchte. Warum auch wollte der Bauer den Geißen kein Glöckchen anhängen. Die Suche wäre viel einfacher.

Mit dem Aufkommen der Dunkelheit, die für Bartle jetzt im Frühjahr noch viel zu bald kam, stellte er niedergedrückt seine Suche ein. Nicht die Kälte setzte ihm zu, was ihm auf dem Hof blühte, machte ihn zittern.

„Und du wagst es hier ohne die Alte zurück auf den Hof zu kommen!? Hast du mich heut’ Morgen nicht richtig verstanden?!“

Der Bauer schäumte. *Die Alte* war schon immer sein Liebling gewesen. Bartle nutzte einen unaufmerksamen Moment und wäre dem Bauern beinah entwischt. Doch dann stand ihm der Altknecht im Weg und packte ihn am Schlafittchen.

„Wenn du aus deinen Taten nicht lernst, dann wirst du dumm sterben.“ Im breiten Grinsen des Altknechts glomm fröhlich die Schadenfreude. Warum sollte es diesem Dreckspatz anders ergehen? Generationen von Kindern und Knechten zuvor hatten gelernt, die Strafe ohne Widerstand zu erdulden. Da sollte es keine Ausnahme geben! Nicht solange er Altknecht war.

Bartle lehnte über einen Balken in der Oftere. Sein Gesicht war bleich und starr. Er würde nicht weinen, er würde nicht schreien. In seinem jungen Leben hatte er so viele Prügel bezogen. Da kam es auf diese auch nicht mehr an. Was er fühlte, war keine Angst. Er hätte es nicht in Worte fassen können. Warum auch? Nach seinen Gefühlen hatte ihn noch niemals einer gefragt. Sein Körper wurde eisig und steif. Die Zeit setzte aus. Aber das merkte er kaum.

„Bub!", der Bass des Simishofbauern schnitt in die Anspannung des Abends. Bartle klammerte sich an den Gedanken, dass die Mutter versprochen hatte zu kommen. Das war ihm Trost.

„Bub! Hörst du nicht? Öffne dein Hemd!" Diesen Befehl kannte er.

Langsam fasste Bartle sein Hemd überkreuz und *lupfte* das Sackleinen über den Kopf. Er biss die Zähne zusammen, dann lehnte er sich gleichgültig nach vorn. In Erwartung des ersten Schlags.

Doch der blieb aus. Der Simis stand starr vor Entsetzen mit aufgerissenen Augen da. Trotz seiner Abscheu. Er konnte den Blick nicht abwenden. Was er im flackernden Licht dort auf dem Rücken des Kindes erahnen konnte, war auch für die rüdeste, gleichgültigste Seele zu viel. „Gott, Kind! Wer hat dir das angetan?"

Der lederne Gürtel fiel lautlos zu Boden.

***

Von nun an – so schwor Bartle, als er sein Hemd überstreifte – von nun an sollte der Bauer nie wieder eins seiner Viecher vermissen. Niemals mehr, solange er Hütebub war. Jedes zu hüten als sei es sein Eigentum. Und sei es, ein Hund wolle dem Tier die Kehle zerbeißen. Mit seinem eignen Leben wolle er es beschützen. Dem Simis ein guter, verlässlicher Hütebub sein. Der Schwur eines Kindes, das Gut und Böse allein daran durchschaute, wie viele Schmerzen es einbrachte.

„Gott segne den Simis!"

Frühjahr anno 1759 – Im Schulhaus

Er hatte keinen Speck für den Lehrer.

Und gute Noten hatte er auch nicht. Dafür war er zu müde. Immer wenn er auf der Bank in der Schule saß. Mittags um zwölf. Zuvor hatte er das Vieh zurück in den Stall gebracht, nachdem es morgens geweidet hatte. Barfuß und hundemüde, geschah es ihm, dass er einschlief. Er konnte dagegen nichts tun. Ihm fielen die Augen zu. In dem überfüllten und warmen Schulzimmer nickte sein Kopf immer wieder nach vorn.

Der Schulmeister hatte verboten, die Ellbogen auf die Schulbank zu stützen. Die Hände hatte er, wie alle anderen auch, vor sich zu falten. So war die Regel. Wer sich an die Datzen gewöhnt hatte, ließ jedoch kaum eine Gelegenheit aus, die Zöpfe der Maidle ins Tintenfass auf dem Schreibpult zu tunken. Die scharfen Augen des Schulmeisters ließen jedoch kaum eine Gelegenheit zu.

Bartle hasste die Schule. Als Hütebub galt er in der Hackordnung der Kinder nicht viel. Er war schlicht zu erschöpft, sich dagegen zu wehren. Gleiches betraf seine Müdigkeit. Im Sommer begann sein Tag gegen vier Uhr in der Früh. Wenn er sich auf die Schulbank drückte, hatte er schon sieben, acht Stunden zum Teil harte Arbeit auf Weiden und Hof hinter sich. Das Hüten, so musste er eingestehen, war körperlich nicht gerade schwer. An manchen Tagen langweilte er sich zu Tode. An anderen aber hatte er alle Hände voll zu tun. Die Geißen sprangen ihm alleweil davon, auf der Suche nach Leckerbissen. Wehe ihm, wenn sie sich die Jungtannen zum Futter erwählten und sich die frischen, hellgrünen Triebe schmecken ließen.

„Der Geißenmeckeler soll dich holen!“, hieß es dann vorwurfsvoll.

Die Schulzeit war, genau genommen die einzige Zeit am Tag, in der er ausruhen konnte. Aber nicht durfte. Nach zwei oder drei Stunden hatte er wieder auf der Weide zu stehen. Im Sommer, wenn Ungeziefer das Vieh plagte, dauerte die „viehfreie Zeit“, wie er es nannte, auch gerne mal bis vier Uhr am Mittag. Was ihn plagte, fragte ihn freilich kein Mensch. Kein Bauer und der Schulmeister erst recht nicht.

Einmal, so hatten die älteren Hütebuben erzählt, sei es so heiß gewesen und das Vieh so geplagt von dem leidigen Muckengeschmeiß, da sei – ohne Scherz – ein jegliches von selbst in den Stall gerannt. Und es sei erst um halber zwölf gewesen.

Das konnte Bartle sich gut vorstellen, obwohl er als kleinster Hütebub nur der *Saupuber* war, das Kleinvieh hüten war seine leidige Aufgabe: Schafe, Schweine und Ziegen.

Im Sommer hatte er die Kühe bei sengender Hitze unter den drei Bäumen in der Mulde aus getrocknetem Matsch stehen sehen. Alle in Reihe und Glied, wie die königlich-kaiserliche Armee. Die trägen Hintern zum Hofweg gestreckt, gerade so als könne man sie kreuzweise. Mitunter entstand eine Rangelei unter den Tieren, die immer reizbarer wurden. Der Simis hatte ihnen die Hörner gestutzt, sonst wäre es an solchen Tagen zu Verletzungen gekommen.

Plötzlich war eine aus der Reihe gesprungen und war wild umher gebockt. Nicht ohne der Nachbarin eins in die Seite zu geben. An einem solchen Tag wollte man in den kühlen Schatten des Stalls flüchten.

Ein solcher Tag konnte bis acht, neun Uhr abends dauern. Bis alles geschafft war, fiel Bartle für fünf, höchstens sechs Stunden in einen bleiernen Schlaf. Jeden Tag, außer Sonntag. Da gab es dann noch die Messe um halber sechs in der Früh. Eigens für Hütekinder.

***

So dachte Bartle vor sich hin und die Lider fielen ihm zu. In Gedanken sah er den Schützenklaus durch den Weidwald über den Kamm des Kandels streifen. Sein Schattenriss zeichnete sich grau gegen den mondhellen Nachhimmel ab:

Gemein und unnachgiebig. Die zwei schwarzen Hunde hielt er an kurzen Ketten. Die Lefzen der beiden zuckten unentwegt und ein drohendes Knurren drang schauerlich durch die Nacht. Ein kurzer Zug an der Kette, die Hunde gehorchten sofort. Der Forstknecht stierte mit milchigen Augen über die jungen Tannen hinweg.

Derweil hockte Bartle, verborgen halb hinter, halb unter einem Gestrüpp und hielt nach der Alten Ausschau. Nur nicht erwischen lassen! Im Stillen dankte er nun dem Simis, dass der keine Glocken erlaubte. Er hätte sonst keine Aussicht, die Alte sicher in den Stall zurück zu führen. Die Hoffnung, ohne Schaden aus dem Gewann zu verschwinden, war auch so schon gering genug. Mit dieser blöden Ziege sollte es nur noch unmöglicher werden. Doch die wollte erst einmal gefunden sein. Am besten noch vor seinem Widersacher. Und der verfügte über Kräfte, die nicht von dieser Welt waren.

Ein Meckern hallte über den jungen Wald. In den Wipfeln der hohen Tannen rauschte ein leichter Wind. Ein Ast knackte. Ein aufgeschreckter Hase ergriff, einige Haken schlagend, die Flucht. Umsonst. Einer der Kläffer stand ihm plötzlich im Weg. Ein kurzer Schrei, ein schauriges Knacken. Ein gieriger Biss und der krampfende Kopf lag neben dem flauschigen Körper. Die Blume zuckte noch kurz. Der Hund leckte das warme Blut. Das Fleisch brauchte er nicht.

Und wieder ein Meckern. Vom Diesseits oder dem Jenseits? Bartles Blick huschte nach rechts. Sah er dort nicht die Alte stehen, genüsslich an einem Tannentrieb naschen? Oder narrte ihn das silbrige Licht des Vollmonds. Der warf seine Strahlenbündel sorglos durch die dunklen, eng stehenden Baumstämme? In diesem Licht konnte auch das kohlschwarze Fell eines Hundes milchig weiß schimmern. Doch Bartle musste die Deckung verlassen. Er musste die Alte finden. Schon spannte sich jeder Muskel des Körpers an. Sein Rettungsversuch musste gelingen. Um des Lebens der Ziege und seines eigenen Lebens willen.

So sprang er in einem mächtigen Satz in Richtung der Jungtannen und rollte sich blitzschnell zwischen die niederen Stämmchen. Das Tier hatte er freilich verfehlt. Also doch eine Finte des Schützenklaus. Ein gehässiges Meckern hallte in Bartles Kopf. Nur nicht die Ruhe verlieren!

Erst vor einigen Tagen, so erzählten die Leute im Dorf, war gar ein Pater dem Geist beinahe ins Verderben gefolgt. Drüben in Teufels Kuchi, im Morast steckend, hatte der Kohlenhannes ihn aufgelesen. Völlig verstört sei er gewesen und ringe seither im Schutze des Klosters mit einem hohen und heißen Fieber. Man sorge sich gar um seinen Verstand, hatte der Simis beim Vespern erzählt.

Den Verstand verlieren wollte er, Bartle, auf gar keinen Fall und versuchte den schnellen Atem selbst zu beruhigen. Wie konnten seine Sinne ihm einen solch üblen Streich spielen?

Wer war denn der Schützenklaus, als das Trugbild des Klaus Späth, zu Lebzeiten Forstknecht der Oberen? Willfährig und hinterlistig hatte er sein Amt dazu missbraucht, den ehrlichen, armen Bauern das Leben madig zu machen.

Die Geißen wollte er aus dem Wald verbannen, weil sie die saftigen Jungtriebe verbissen. Doch für manch einen waren die Geißen der letzte Besitz. Was wollte man anderes machen, um nicht elendig zu verrecken, als die Viecher des Nachts in den Wald zu lassen?

Und der Wildschütz und Forstknecht verdiente sich durch seinen Anteil am Strafgeld so manchen Gulden dazu. Er verdiente wohl so gut, dass eine teuflische Gier seine Seele erfasste. Bald hatte er einige Listen parat, um zu wissen, ob die Ziegen zur Nacht in den Wald gebracht wurden. Dann schlich er sich um die Höfe und meckerte leise. Blieb es still, so konnte er sicher sein, die Geißen waren draußen und verbissen den Wald.

Vom Lohn aus den Strafen besessen, ließ er es damit jedoch nicht bewenden. Bald lockte er selbst mit seinem Gemecker die Tiere hinaus in den Wald. Nur um am kommenden Tag dem armen, gramgebeugten Besitzer den Strafzins zu nehmen.

Dann betrat er mit all seinem starken Gehabe im grünen Jagdanzug, die Flinte geschultert, mit seinen Kötern den schäbigen Hof und nahm auch das letzte Scherflein mit sich. Was scherte ihn diese Not, was ging ihn das Bitten und Betteln an? Je geknickter eine verzweifelte Witwe, je größer der Rausch seiner Macht. Bis eine davon ihn verfluchte und aussprach, was all die anderen Leute nur zwischen den Zähnen zu tuscheln wagten.

„Wollest du dreister Halunke doch ewig im Wald umgehen und meckern!" – und so war es geschehen und würde fortan so sein. Der Schützenklaus wurde zum Geißenmeckeler, ein Wiedergänger mit rastloser, vom Teufel zerfressener Seele. Ein Sinnbild, dass verruchte Gottlosigkeit einen Preis hat, den du nicht zahlen willst.

Wieder lugte Bartle durch die Zweige nach der Lieblingsziege des Bauern. Ein kurzes Schubsen von hinten ließ ihn erstarren. Ihm war, als ob alles Blut in seine Ohren schoss, sich all seine Sinne auf das Schnaufen in seinem Rücken richteten. War es die freundliche Ziege oder der grausige Hund? War das Reiben der Zähne, das feuchte, gierige Schmatzen, ein friedvolles oder scheußliches Zeichen? Bartle hockte auf allen Vieren und nahm seinen Mut zusammen. Langsam, Stück für Stück, wollte er sich herumdrehen, sei es nun Freude oder Schrecken, was ihm im Nacken saß.

Doch er konnte es nicht. Was er auch versuchte, wie in Eisen gegossen steckten seine Hände und Knie auf dem Waldboden fest. Nur das Meckern drang um so lauter an seine Ohren. Augenblicklich wurde ihm klar, dass er festgebannt war, da traf ihn der erste Stein an seinen Kopf. Es gab kein Entrinnen mehr. Der Geißenmeckeler hatte sein niederträchtiges Spiel begonnen. Und wieder traf ein Stein seine Stirn. Und wieder und wieder…

… bis direkt vor ihm ein peitschender Knall die Gedanken in seinem Kopf zerriss. Eine weitere Kopfnuss des Lehrers zerrupfte die Bilder des Tagtraums, wie die Altmagd das Gefieder des Hühnchens vor einem Feiertag. Nicht mehr allzu lange und auch Bartle hatte Federn zu lassen. Für ihn war ein Zins fällig. Der Zins für Einschlafen während der Schulstunde.

***

Es kam nicht selten vor, dass ein Schulkind den Zins zahlte. Bartle aber hatte nicht Speck noch Eier, um den Schulmeister gnädig zu stimmen. Der packte ihn bei den Ohren und zog ihn in den Büßerwinkel des Schulzimmers. Dort hatte er auf das Ende des Unterrichts und seine Abreibung zu warten. Diese Erniedrigung reichte dem Schulmeister aber nicht aus. Er begann sein makaberes Spiel mit der Seele des Kindes.

„Und! Sag uns, du schändliches Heidenkind, sag uns wer deine Mutter ist!“ Bartle blieb stumm. Es setzte eine weitere Kopfnuss. Je eher er sprach umso geringer die Pein. Das hatte er schon lange begriffen. Kaum hörbar presste er die Worte hervor.

„Katharina. S’Kräuterkäthle, so heißt meine Mutter.“

Das wollte der Lehrer nicht hören. „Heidenhexe“ aber würde er niemals über die Lippen bringen. Nicht um alle Schläge der Welt.

„Falsch!“, schalt ihn der Schulmeister denn auch, „Falsch und außerdem viel zu leise gesprochen. Wir wollen es alle hören!“ Das störrische Kind machte ihn zornig.

„Katharina, so heißt meine Mutter!“ Alle sollten es hören!

„Wiederum falsch!“ Der Rohrstock traf ihn im Genick.

„Nun gut, du aufsässiges Balg. Dann wollen wir dir bei der richtigen Antwort behilflich sein. Michl! Wie heißt seine Mutter!"

Michl stand grinsend und mächtig zufrieden aus seiner Bank auf und trat einen Schritt in den Gang.

„Heidenhexe! So heißt seine Mutter."

Zufrieden mit sich und seinem Triumph nahm er daraufhin wieder Platz. Nach der Abreibung am Morgen bereitete ihm das Spektakel des Schulmeisters eine warme Genugtuung. Er feixte vor Glück in sich hinein, als habe er mehr als Herzlosigkeit auf dem Kasten.

„Gut, Michl!", und wieder an Bartle gewandt, „Und du, Heidenbub, wirst dich nachher noch bei deinem Kameraden bedanken. Er hat dich vor einer weiteren Strafe bewahrt. Haben wir uns verstanden?" Bartle nickte benommen. Was sollte er anders tun.

„Damit du dich aber besser erinnerst, wenn ich dich das nächste Mal frage, so hilf dir jetzt deine ganze Schulklasse dabei! Also! Wie heißt seine Mutter!"

Vor lauter Scham hörte er die Unruhe im Raum nicht mehr. Alle standen sie sie auf. Manche erfreut, ihm eins auswischen zu können, andere beschämt, weil sie ihn mochten. Und seine Mutter mochten sie auch.

„Heidenhexe!", so hallte es nun im Chor.

„Und wie ist seine Mutter!", dirigierte der Schulmeister gehässig.

„Unmöglich. So ist seine Mutter!" Der Chor hatte das Stück schon lange geübt. Immer und immer wieder.

„Wie also ist deine Mutter? Heidenbub! Wir wollen es hören!" Der Lehrer drückte den Stock quälend an Bartles Gurgel.

„Unmög...." Sein Solo blieb ihm im Halse stecken. Es klang wie ein Totengesang. Das war es, was Bartle sich wünsche: Den Tod.

Der verhasste Dirrländer vom Steingrubenhof lachte noch hämisch in seine Richtung. Der freute sich riesig und rieb sich boshaft die Hände, als Bartle nach Schulschluss vor den Schulmeister trat.

Draußen spielten einige Maidle noch *Seilhopsis* mit biegsamen Weidenruten. Ihr Lachen drang vom Vorhof der Schule ins leere und staubflimmernde Schulzimmer hinein. Die Kinder ließen sich Zeit für den Heimweg. Daheim wartete eh nur Arbeit auf sie. Hier, in der Nähe der Schule, war ein weiteres Schauspiel zu erwarten. Zumindest ein Stöhnen sollte nach außen dringen, wenn nicht vom Bartle, dann doch vom Schulmeister, der dort drinnen den Rohrstock schwang. Der ein oder andere wollte auch noch den Bartle sehen, sei es zum Trösten oder sei es aus Schadenfreude. Ein paar trocknende Tränen. Das wäre auch schon mal was. Denn Bartle hatte nach den Schlägen des Lehrers noch nie geweint. Anders als Michl. Bartle würde auch heute nicht weinen.

„Bub! Hörst du nicht? Öffne dein Hemd!“ Kein Mitleid trübte seinen erregten Blick. Das federnde Rohr auf dem Rücken des Knaben. Junge, vernarbte Haut!

Bartle gefror seine Sinne zu Eis. Er glaubte so sei es das Beste. So hatte die Mutter es ihn gelehrt. Wie oft hatte er ansehen müssen, als der Vater sie, am Boden liegend, verdrosch. Darüber verlor er niemals ein Wort. Auch jetzt verbot er den Bildern farbig zu werden. Im Grau waren sie nicht so entsetzlich. Sie schmolzen dahin, je heißer sein Rücken brannte.

Sein Vater schlug ihn schon lange nicht mehr. Seit er fort war in jenem Winter. Zuerst blieb die Hoffnung. Nie wieder auf einen zu treffen, der so mächtig war, ihn zu schlagen.

Hoffnung aber ist ein stinkender Haufen Mist. Der tropft durch die dünnen, faulenden Bretter und zerfrisst einem die Seele. So, dass du einbrichst und dich im Dunkeln verlierst.

Dank Pater Bonifatius, dessen Geschichten er in der sonntäglichen Christenlehre lauschte, Geschichten von mutigen Männern, die kräftige Löwen bezwangen. Dank den Besuchen der Mutter zerbrach er nicht an den andauernden Schlägen erwachsener Menschen.

Bartle verließ mit erhobenem Haupt den Ort seiner Qual. Die neue Dorfschule im Seelgut. Nur einige, wenige Schritte. Ein kurzer Blick auf manch schadenfrohes Gesicht, „…wenn nur der Schulmeister auf ewig den eigenen Stock zu spüren bekommt!“ Der unbedeutende Fluch eines kleinen Jungen zu seiner Zeit. Erwacht im Augenblick seiner Ohnmacht.

Ein Kind noch, das Wut, Verzweiflung und Hass nicht ausdrücken kann. Außer es weint. Und wenn es Glück hat, krault eine liebende Mutter ihm leicht übers Haar. Ein Kind, das nicht ahnt, dass Ohnmacht Gedanken weckt, die gesund sind. Und die liebende Mutter summt ihm ein glückliches Lied. Ein Kind, das glauben könnte, es habe den Tod verdient.

Aber der Tod kommt ohnehin. Einerlei, was Menschen sich denken. Einerlei, ob verdient oder nicht. Er fragt dich nicht wie du heißt. Die vielen Namen kann er sich einfach nicht merken. Schon lange nicht mehr.

Bartle! Als er dich im Vorbeigehen findet, an jenem Tag, da nimmt er dich einfach mit. Aber geschlagen, das wirst du fortan niemals mehr wieder.

Sommer anno 1759 – Sonntagskriegerlis

Bonifatius schnappte nach Luft.

Wieder derselbe Traum. Was ihn nicht losließ, waren die Bilder der stürzenden Türme. Der Hort seines Lebens, zerfallen zu Asche und Staub. Sein Dasein war so eng mit dem Kloster verbunden, dass diese Vorstellung ihn schreckte. Der Käfig, in dem seine Seele hockte, beschütze ihn. Gleichzeitig machte er taub für alle guten Gefühle. Überall lauerte die Gefahr. Gewiss, er war kein mutiger Mann. Das hatte er sich selber bestätigt.

Auf der anderen Seite hatte er im abklingenden Lichte des Tages eine Göttin gesehen. Beinahe nackt. Das, so war er der Meinung, wog einiges auf. Gleichzeitig schreckte ihn dieser Gedanke, mehr noch als die stürzenden Türme. War er doch Zeichen seiner eigenen Schuld. Und die konnte er keinem anvertrauen. Ihn graute vor einer Verurteilung.

Das Paradies würde ihn ausspeien wie ein Stück sauren Apfel. Wie einst Adam hatte er die Nacktheit der Frau erkannt. Sie hatte ihn erregt und das tat sie noch immer. Aber war das ein Grund verstoßen zu werden? Es war sein Wunsch, nein: sein Anspruch, im Kloster leben zu bleiben. Getragen vom Glauben, stark und gerecht.

Der gute Abt Philipp Jakob stellte ihm Brüder zur Seite, die ihn anfangs noch rund um die Uhr bewachten. Das hohe Fieber, das im Augenblick seiner Rückkehr eingesetzt hatte, gab dessen Fürsorge recht. Der Kohlenhannes hatte ihn in jener Nacht zum klösterlichen Spital gebracht. Die Berichte der Konventualen schilderten ihm seine kritische Situation. Man war sich nicht sicher gewesen, ihn heil und bei Sinnen aus seinem Zustand zurückzuholen.

Lange erbarmte sich Bruder Waldmeister seiner. Gewissenhaft tupfte der den Schweiß von der Stirne, flößte heilenden Trank ein und versorgte den geschundenen Körper mit Salben.

„Waren es wieder die fallenden Türme?“, fragte der Waldmeister besorgt. Bonifatius nickte.

„Man muss dem Abt davon berichten.“, hörte er seine eigenen Worte. Hatte er zu leise gesprochen? Bruder Waldmeister betrat schon den Gang vor der Zelle. Unwirsch fuhr er im Türrahmen herum. Entsetzen stand in den Augen zu lesen. Er rang sichtlich um Fassung.

„Nichts dergleichen werden wir tun! Hörst Du mich, Bruder!? Nichts. dergleichen. Glaub' mir, unser Abt sorgt sich ohnehin schon genug. Da brauchst du ihn nicht auch noch mit deinen Träumen und verdrehten Wahrnehmungen bedrängen.“

„Was ich draußen im Wald mir anhören musste, das habe ich nicht geträumt. Ein einfacher Amtmann stellt den Nutzen der Klöster infrage.

Schimpft auf das klösterliche Herrschaftsgehabe und wirft mir – im Beisein seiner Gehilfen – vor, das Mönchtum sei zu nichts nutze. Und damit nicht genug: Diebe machen sich an unseren Gütern zu schaffen. Wie viel Holz auf diese Weise unsere Wälder verlässt, wer will das mit Sicherheit sagen? Einen solch bösen Verrat darf ich nicht für mich behalten. Bruder! Wehret den Anfängen…" Erschöpft sank er auf sein Federkissen zurück. Ein Privileg, das ihm die Krankheit beschert hatte. „Bruder…ein Sturm zieht herauf…!", murmelte er noch. Dann schickte ihn die Kraftlosigkeit in seine dunkle Traumwelt zurück.

„…und wahrlich, mein Bruder Bonifatius, du bist nicht allein der, der seine Zeichen am Horizont sieht. Wenn er losbricht, trifft er uns alle…" Um den brüchigen Frieden des Schlafs nicht zu stören, zog er die hölzerne Tür leise seufzend ins Schloss.

***

Bartle fand es nicht schlimm, Preuße zu sein. Er war auch schon Franzose gewesen.

Aber noch nie hatte er zu den Kaiserlichen gehört. Die Kaiserlichen waren immer die älteren und natürlich die stärkeren Buben vom Dorf. Bartle war's gleich. Wenn er die Erwachsenen reden hörte, war beides die Pest. Egal welchen Rock sie trugen. Meistens ging es für die Bauern nicht gut aus. Tiere wurden gestohlen, Höfe brannten und Menschen starben.

Gut, die Kaiserlichen, das waren die eigenen. Die, die das Land verteidigten, wenn's darauf ankam. Das letzte Mal, als Franzosen auf dem Wald ihr Unwesen trieben, da war er noch gar nicht geboren. Aber so lange war das nun auch noch nicht her. Und der Altknecht vom Simishof hatte Schauerliches zu berichten, sobald es um die Franzosen ging.

Franzos' oder Preuß', völlig einerlei. Warst du in dieser Gruppe, dann warst du der Gegner, der Feind. Dann gehörtest du nicht zu den rechtschaffenen Menschen. Dieses Urteil war Bartle gewohnt.

„Los Stumpen!", schrie der Dirrländer ihm zu, „Nimm deinen jämmerlichen Haufen und richte dein Lager ein!" Bartle würde es ihm schon zeigen. So wie neulich. Beim Viehhüten. Und diesmal würde kein Simis kommen und dem Großmaul den Arsch retten.

„Und vergesst nicht eure Ärmelaufschläge!" – Sag mal, für wie blöd musste der Dirrländer ihn wohl wirklich halten?! Ohne das wichtigste Merkmal der Truppen hatte das Kriegerlisspiel ja gar keinen Sinn.

„Kommt Männer!", rief Bartle seinem Trupp zu, „Der Dirrländer bläst zur Attacke. Wir richten uns unser Lager ein. Und dann zeigen wir Iro Hoheit von Kaiserlicher Garde, wie ein Preuße zu kämpfen versteht!" Dem

Dirrländer erklärte er hart und gefühllos den Krieg.

„Wenn die Glocke zur halben Stunde schlägt, mag unser Kampf beginnen! Und, *Dirrländer*, Er will sich dieses Mal um das Einhalten der Regeln bemühen!!?“

Eigentlich war das gar nicht so schwer. Die Anführer wählten ihr Kriegsheer. Die Kaiserlichen trugen die roten Ärmelaufschläge. Ganz in der Tradition der echten Armee. Die Preußen oder Franzosen trugen die blauen – auch das war Tradition. Wenn die Gerber am Montag Blau machten, dann drückte Bartle sich rechtzeitig um deren Werkstätten herum. Der Gebersohn roch zwar etwas streng, war aber ein guter Freund. Immer bereit, ausreichend Stoffbänder vom Tagesgeschäft abzuzweigen. Und klar, der Jakob war immer in Bartles Truppe.

Wo immer der Dirrländer seine roten Bändel besorgte, sollte ihn nicht weiter kümmern. Dem war zuzutrauen, dass er ein Loch in den Ornat eines Bischofs schnitt. Der Dirrländer war schon ein rechter Lump!

***

Die Krankheit hatte ihn lange im Griff.

Mittlerweile schaffte er es, für einige Stunden auf den Beinen zu bleiben, ohne dass ihn der Schwindel erfasste. Seine Seele erholte sich. Der väterlich sorgende Abt entband ihn vorrübergehend von all seinen Pflichten. Solle er nach Kräften seine Dienste verrichten, aber nicht übertreiben.

Bonifatius nutzte dieses Zugeständnis auf seine eigene Art. Die Überheblichkeit dieses Amtmanns draußen im Wald ließ ihn nicht los. So fasste er den Entschluss, einige Fachleute um deren Einschätzung zu befragen.

„Ihr habt einen großen Erfolg erzielt, Bruder Bonifatius!“ Der neue Advokatus des Klosters zeigte sich voll des Lobs. „Aber nun ruht Euch auf Euren Lorbeeren aus. Ihr müsst Euch nicht an der üblen Aufschneiderei eines weltlichen Beamten abkämpfen. Abt Philipp Jakob wird es schon richten. Wie Ihr wisst – unser Abt kann sehr hartnäckig sein. Der Mayr wird seine Rüge schon noch bekommen. Da bin ich mir sicher.“

„Dann ist also doch zum Abt vorgedrungen, was dieser … Mensch … sich an Unverschämtheiten erlaubt hat!?“

„Aber sicher, das ist es. Der Spiegelhalder war sehr erregt und hat hier in der Kanzlei im Beisein des Abtes seinem Unmut freien Lauf gelassen. Er war ja schon immer ein streitbarer Mensch, unser Forstwart.“

„Ein Meister der Selbstbeherrschung, fürwahr. Doch als vom Schutz und dem Anspruch der weltlichen Herrscher die Rede war, da ging ihm die Hutschnur hoch.“

„Ach! Da hat der Mayr aber tief ins Archiv gegriffen. Wo hat er denn diese alten Geschichten ausgegraben? Wir reden hier über Begebenheiten aus dem späten 15. Jahrhundert.“, erwiderte der Advokat nun mit sichtbarem Interesse. Ganz nach Bonifatius’ Plan.

„Genau das treibt mich seither schier ohne Unterlass um. Mehr noch das *Warum* als das *Wann*. Was bezweckt er damit? Wessen Meinung tut er da kund? Ich kann mir nicht vorstellen, dass derlei Gerede ganz von selbst über ihn kommt. Da steckt mehr dahinter. Mehr als die Idee eines Beamten.“ Mit einem Lächeln schenkte er von dem guten Wein nach, den er zum Gespräch mitgebracht hatte.

Der unwissende Blick dieses einfältigen Mönchs hob den Advokaten in ein Gefühl der Überlegenheit. Er wuchs auf seinem Amtsschemel beinahe zwei handbreit hoch. Seine Hände erhoben sich kurz. Als halte er ein Geschenk voller Wissen in Händen.

„Lieber Bruder…“, allein die Intonation dieser zwei Worte ließ die herablassende Art dieses Rechtsverdrehers durchsickern, aber Bonifatius ließ ihn gewähren. „… Ihr habt den Ruf eines Vertreters der ‚beaux-arts‘, der schönen Künste. Nichts für ungut, aber die politischen Verwicklungen scheinen Euch nicht auf den Leib geschneidert.“

‚So zurückgeblieben wie Ihr denkt bin ich nun auch wieder nicht. Für den Moment brauche ich Euer Wissen, um die Zusammenhänge zu verstehen. Ihr werdet noch sehen, wohin Euch Eure Unverfrorenheit führt. Hochmut kommt vor dem Fall.‘ Bonifatius behielt diese Gedanken geflissentlich für sich zurück und lauschte gespannt den Ausführungen des Gegenübers. Als Mittel zum Zweck. Sozusagen.

„So will ich es für Euch so einfach wie möglich machen.“ Damit griff er in die Schublade des Pults und holte von dort ein *Tarock – Kartenspiel* hervor. „Wie mir dünkt seid Ihr der Regeln des Spiels mächtig?“ Er wartete weder ein Ja noch ein Nein ab und breitete vier Karten vom Stapel vor Bonifatius aus:

„Schaut, wir nehmen ‚Il Papa‘, den Papst. Er stehe für die geistliche Autorität: unser Kloster, den Abt. Und hier haben wir den ‚Re Di Spade‘, den König des Schwertes: die weltliche Herrschaft. Die hatte ehemals der Markgraf von Baden inne. Als dritte Partei sind da noch die Lehbauern und das niedere Volk.“ Damit deckte er ein unbedeutendes Blatt auf: eine Eins aus der Reihe ‚Bastioni‘. Es bildete eine einzelne Hand ab, die einen Holzknüppel hielt.

‚Welch eine Freude werden wir haben, wenn dieser Knüppel einst auf Eurem Buckel tanzt.‘ Bonifatius musste sich ein Grinsen verkneifen.

Indes fuhr der Amtmann in seinem Vortrag fort. „Die vierte Karte halten wir vorerst verdeckt. Sie kommt erst später ins Spiel." Er hob bedeutsam den Zeigefinger. Jetzt wurde es wichtig.

„Fangen wir mit dem König des Schwertes an: Mit der Stiftung des Klosters hielt das Geschlecht der Zähringer die weltliche Macht in Händen. Das Kloster stand unter ihrem Schutz, wuchs und erweiterte sich. Selbstverständlich kam den hohen Herren auf diese Weise nicht allein der Seelenfrieden sondern zudem auch der Zins aus ihrem Besitz zugute. Dann – als diese Linie ausstarb – begannen die Erben ein Hauen und Stechen. Es wurde verpfändet und ausgelöst, geplündert, zerstört und wieder aufgebaut. Schlussendlich bekam der Markgraf von Baden das Zepter in seine Hand. Aber unsere Geschichte beginnt einstweilen etliche Jahre früher."

‚Vermutlich eine Geschichte, in der immer das niedrigste Blatt in der Reihe verliert. Und siehe da!' Bonifatius richtete sich so wissbegierig wie irgend möglich auf.

„Aus der Konstellation Kloster, Regent, Bauer konnte seither ein jeder auf seine Weise Vorteile ziehen. Das Kloster genießt die wirtschaftlichen Rechte, beauftragt die Bauern das Land zu beackern und erhält den berechtigten Zins. Und auch der Regent geht nicht leer aus. So will es die göttliche Vorsehung. So war es immer: die Trennung von weltlicher und geistlicher Macht." Der Justiziar räusperte sich und fuhr selbstbewusst in seinem Vortrag fort.

„Dann aber steckte eine weit größere Macht ihren Fuß in die Tür. Man schrieb das Jahr 1498, da Erzherzog Maximilian I. aus dem Hause Habsburg, genannt der letzte Ritter, sich erbot, das Kloster als Protegé unter seinen Schutzschirm zu nehmen. Und unsere Äbte ließen diesen ‚höchsten Stich' nicht passieren, um im Gleichnis des Tarock zu bleiben. Warum auch? Es gibt keinen besseren Compagnon."

„Was genau gab den Anlass zu dieser Wende? Mir scheint die Karten haben sich einst neu gemischt?"

„Neu gemischt. Ja, so lässt sich der Geniestreich unserer damaligen Äbte wohl am besten umschreiben.", der Amtmann schien erfreut über diesen Vergleich und kam auf die ausgebreiteten Karten zurück. „Mag ihnen der doch sehr eingeschränkte Schutz durch einen Markgrafen zu unkalkulierbar und launenhaft vorgekommen sein. Immerhin: Man musste stets dessen Verfügungen ausbaden. Man wollte sich nicht zum Spielball der weltlichen Willkür machen und so schlug man in die dargebotenen Hand des Hauses Habsburg ein."

„So wurde das Spiel von nun an mit vier Spielern gespielt.", Bonifatius nickte verständig. Irgendeinen Haken mussten diese Geschäfte ja haben.

„Selbstverständlich streckte Wien neben der Hand auch den Staatssäckel aus. Gefährlich wurde das Vorgehen allerdings als – keine fünfundzwanzig Jahre später, anno Domini 1522 – etliche Bauern diesen *Schatzungen* nicht mehr nachkommen wollten. Was verstehen diese einsilbigen Menschen auch von politischem Kalkül?"

„Hatte man denn die Bauern um Billigung des neuen Bundes befragt? Was erhielten sie für ihre Plackereien und Mühen?"

Der Advokat blickte verblüfft von seinem Kartenspiel auf. „Wie muss ich diese Frage verstehen? Aus welchem Grunde sollte man den Mob um Beifall ersuchen? Insgesamt überwiegen selbstredend die Vorteile, Bruder. Schaut! Wenn die Bauern mit den Entscheidungen des Abts nicht einig sind, dann wenden sie sich an den Regenten. Wenn man wiederum mit dessen Erlässen nicht übereinkommen will, dann geht man den Abt um dessen Fürsprache an. Eine leidige Sitte. Entscheidungen schieben sich auf und man verliert unnötig Zeit. Aber dieses Gezerre ist ja nun glücklicherweise Geschichte."

Dass auch Regent und Abt sich gegen die Bauern verbünden konnten, spielte offensichtlich in diesen Überlegungen nur eine untergeordnete Rolle. Mochte der eine es Steuer nennen und der andere ungebührliche Schatzung, für die Bauern blieb es ein und dasselbe. Sie mussten die Zeche zahlen, doppelt und dreifach. Bonifatius hatte für diese „einsilbigen" Menschen vollstes Verständnis.

„Zunächst war somit die naheliegendste Paarung gefunden. Die Bauern – was sollten sie anderes tun – wandten sich an ihren einzigen Fürsprecher: Den Markgrafen Ernst."

„Seht Ihr, Bruder, ich wusste dass diese Karten Eurem Verstand auf die Sprünge helfen. Der Markgraf befahl in der Tat eine Besatzung ins Kloster um sein Ansinnen nachdrücklich zu demonstrieren. Im Tarock nennt man das wohl die Cavalerie. Das Waffengeklirr sollte den Abt von seiner Macht überzeugen."

„Das meint man wohl, wenn einer die Rechnung ohne den Wirt macht. Der Markgraf wird sich die Finger verbrannt haben."

Die Verstrickungen der Geschichte fügten sich vor Bonifatius' Augen zu einem überschaubaren Bild. Das tüchtige und sinnvolle Verhältnis zwischen Regent, Kloster und Bauern war mit Hinzuziehen der vierten Kraft ins Ungleichgewicht geraten. Der Schutzschild aus Wien galt nur einem im Spiel, nämlich dem Kloster.

Diese Schlussfolgerung des Bruders bestätigte sich als der Advokatus die bisher verdeckte Karte aufhob, ‚L'Imperatrice', die Kaiserin: als Zeichen der mächtigeren Instanz.

„Im Schoße der Habsburger ist es wohlig und warm. Deren Ansagen oder wie man im Tarock sagt: deren *Honneurs...*", er mochte dabei an die habsburgische Kriegsmaschinerie denken, „… deren *Honneurs* zwangen den geifernden Markgrafen schlussendlich in seine rheumatischen Knie."

„Die Farbe der Bauern hat der Markgraf also nicht weiter bekannt." Bonifatius brachte es auf den Punkt.

„Nein, Farbe bekannt hat er nicht. Was sollte er auch gegen die Österreicher ausrichten, die hatten einfach die besseren … Argumente … So verschacherte Ernst, Markgraf von Baden-Hachberg, seinen Besitz an das Haus Habsburg. Um 1.000 Gulden. Der König ist tot, es lebe der König."

„Gekauft aber hat man auf Pump. Unser ehrwürdiges Kloster, der Abt höchstselbst ging sozusagen in Vorkasse und ist bis heute ein Gläubiger des Hauses Habsburg. Schlussendlich hält das Kloster seither die geistliche und weltliche Herrschaft in einer Hand. Wo hat es das sonst schon gegeben?" Bonifatius kam nicht umhin, dem Amtmann die Pointe zu stehlen. Das war er sich schuldig. Fand er.

***

Waren die Lager gerichtet, wurden die Fahnen gehisst.

Mit beachtlicher Mühsal hatten die Kinder den doppelköpfigen Adler auf Leinen gemalt und mit dem rotweißen Brustschild versehen.

Die preußische Kriegsflagge – so befand Bartle – stand dem Habsburger Doppeladler allerdings in nichts nach. So flatterte also der Preußenadler an diesem Sonntag an einem armdicken Fichtenstämmlein. Gemalt auf einen alten Mehlsack, und wollte von barfüßigen verstrubbelten Bauern- und Dorfkindern mit blauen Ärmelaufschlägen verteidigt werden.

Hatte der Gegner diese Fahne erobert und ins eigene Lager getragen, entschied sich die Schlacht. Das war aber gar nicht so einfach. Die Flagge musste gleich von zwei ihrer Soldaten mit gültigem Ärmelaufschlag dorthin gebracht werden. Wem die Binde vom Handgelenk abgerissen wurde, der galt als Gefangener. Als solcher konnte man aber – für den Fall der Fälle – im rivalisierenden Lager für Unruhe sorgen.

Bartle und Jakob zeigten sich mit der Wahl ihres Lagers zufrieden. Johann indes maulte noch rum. Er wollte einfach kein Preuße sein. „Die Preußen sind doof!", lamentierte er lautstark. Dabei schob er trotzig die Unterlippe hervor und stemmte die Ärmchen herausfordernd in seine Hüften. Trauer glomm in seinen kindlichen Augen. Der Rotz lief ihm aus der Nase.

„Hannes, komm, du bist unser wichtigster Mann!" Eigentlich hatte Bartle keine Geduld für fahnenflüchtige Quengler. Aber Johann war einfach sein bester Späher. Noch immer hatte der das feindliche Lager entdeckt, ohne seine Armbinde an den Gegner zu verlieren.

„Gut, dass preußische Späher für Kleisers Breedli immer zu kaufen sind!", raunte Jakob ihm zu. Und so war es dann auch.

Im eignen Lager hatten die Buben Fichtenzapfen auf mehrere Haufen gesammelt. Die Zapfen stellten die Feldgeschütze der Artillerie dar. Immer fünf davon durften gleichzeitig getragen werden – und kamen reichlich zum Einsatz. Die Schlacht wurde nicht auf offenem Feld auszutragen. Beim sonntäglichen Kriegerlis schlupfte man in die Deckung der Bäume. Auch wenn man sich darauf geeinigt hatte, die frischen und harten Zapfen liegen zu lassen, der Dirrländer brach nie nur diesen einen Grundsatz.

***

Der Justiziar war von seinem Schemel aufgesprungen und ahmte einen Fahnenapell nach. „1526! Markgraf Ernst muss die Fahne einholen. Vielleicht mit ein wenig Würde und doch als geprügelter Hund unser Lager verlassen...!" Damit schubste er die Karte des ‚Re di Spade' unter das Pult und hob zu einer letzten flammenden Rede an:

„Für unser Kloster der kostbarste Stich: Neben der Grundherrschaft über den klösterlichen Besitz hat man bis heute auch die weltliche Macht inne und kein Habsburger zeigte bisher auch nur das geringste Interesse, die Vorteile unserer Alleinherrschaft einzuschränken."

Die Bauern aber haben keinen Vertreter mehr, der ihre Belange hört. In diesem Spiel machen sie keinen Punkt. Damals, als das Kloster auch die weltliche Herrschaft erhielt, hatte man die klösterliche Kanzlei eingerichtet. Und ebendiese Kanzlei mit ihren Juristen und Schreibern bekam weitreichenden Einfluss. Diesen Gedanken wollte Bonifatius freilich dem Advokatus nicht auf Nase binden.

Der Hauch von Größenwahn verblasste in dessen Augen. Dann, als hätte er sich selbst zur Raison gebracht, sackte er bekümmert zusammen und stützte sich auf seinen Pult.

„Damit sind wir leider am Ende der guten Nachrichten. Die Zeiten haben sich entscheidend geändert. Euer Forstbeamte hat, wenn man so will, seiner ‚L'Imperatrice', Maria Theresia, nach dem Munde geredet."

„Ihr meint die Neuregelung des Steuerwesens für die Prälaten, Ritter und Städte!? Ich erinnere mich. Abt Philipp Jakob hat bereits vor einigen Jahren dem Konvent darüber berichtet. Das Vorhaben Maria Theresias erschütterte ihn zutiefst. Unserem Stift drohe ein großer Schaden, hat er gesagt."

Was die Kaiserin Maria Theresia allerdings dazu bewogen hatte, von alten Vereinbarungen abzurücken? Das überstieg aller Vorstellungskraft, zumal sie als gläubige Katholikin und als Mutter des Volkes galt.

„Erschütterung. Ja, dazu gibt es allen Grund. Heute, anno domini

1759, droht alles zusammenzubrechen. Die angestrebten Reformen des Habsburger Hauses treffen die Klöster ins Mark. Für unsere Hoch wohl geborene Kaiser reicht der kleine Finger bis hinauf zur Schulter. Da dürften sie sich nicht allzu sehr von all den anderen Machthabern unterscheiden: Alle Einkünfte sollen besteuert werden. Uralte Vorrechte werden fallen gelassen. Alle Vorteile, die sich uns einst durch das Zusammenführen von Grundherrschaft und weltlichem Recht ergeben hatten, alles mit einem Streich in Frage gestellt. Unsere Freiheit steht auf dem Spiel. Mag sein, dass auf unseren Türmen schon bald ein anderes Banner weht. Falls es die dann überhaupt noch gibt. Mich würde nicht wundern, wenn diese Jahrhunderte alten Mauern einst über uns zusammenbrechen."

Sommer anno 1759 – Sturm über dem Wald

Die vereinbarte Spielzeit lief langsam ab.

Manche der Buben müssten in Kürze heim auf ihre Höfe eilen. Im Grunde waren die wenigen Stunden am Sonntag die einzige Zeit, in der gespielt werden konnte. Ansonsten ging man den Eltern und Knechten zur Hand. Und war sie auch noch so klein, diese Hand. Zum Lesen von *Herdäpfeln* sollte sie allemal taugen.

Noch war es zu keiner Entscheidung gekommen. Die Reihen um Bartle und Jakob hatten sich stark gelichtet. Der Verlust der Fahne – nur noch eine Frage der Zeit.

Nachdem anfangs das Lager der Kaiserlichen ausspioniert war, hatte sich Johann ziemlich schnell als Unruhestifter zum Gefangenen nehmen lassen. Er randalierte im feindlichen Lager umher, dass zwei Infanteristen damit beschäftigt waren, ihn unter Kontrolle zu halten. Hannes lief Blut aus der Nase. Dennoch schrie er wie besessen die Truppenbewegungen hinaus in den Wald. General Bartle richtete das eigene Vorgehen an diesen Wortfetzen aus.

„Die Preußen sind alles andere als doof!", raunte er Jakob zu und zwinkerte mit dem Auge. Keine zehn, zwanzig Fuß entfernt vom Habsburger Adler lagen sie in der Deckung eines Brombeergebüschs. Es kratzte und riss ihnen Beine und Rücken auf. Aber es war ein gutes Versteck. Vom Feind ohne Absicherung links liegen gelassen. Vielleicht weil es wegen der Dornen nutzlos erschien. Da kannten sie Bartle und Jakob schlecht. Keiner hatte auf den Sonntagsstaat Rücksicht zu nehmen. Ein zerkratztes Hemd? Ja und! Sie hatten beide nur die abgetragenen Kleider von Bauersöhnen am Leib. Die beiden fühlten sich sicher.

Jakob wollte noch boshaft kichern, da traf ihn der Zapfen am Hinterkopf. Die kaiserliche Artillerie hatte auf diesen Moment nur gewartet. Die waren halt auch nicht doof! Ein Hagel aus regelwidrigen Fichtenzapfen prasselte auf sie ein. Es gelang ihnen nur leidlich, sich weiter ins Dornengebüsch zurückzuziehen.

„Los, schnell, gib mir dein Messer!", rief Jakob ihm zu und Bartle verstand, was der vorhatte.

„Mach schnell!", drängte Bartle sich vor. „Das muss reichen! Der Spittelsohn zieht schon sein Hemd aus. Die sind gleich da!"

Seine Hand berührte schon den Waldboden jenseits des Gestrüpps. Jakob rückte von hinten nach. Und so konnte Bartel es nicht mehr verhindern, geradewegs vor die Füße des Dirrländers zu kriechen.

Die strammen Waden des Erzfeindes vor Augen, suchte Bartel nach einem Ausweg. Doch den gab es nicht. Sie waren blind in die Falle gegangen. Johann hatte doch Recht gehabt! „Die Preußen sind doof!"

Hinter ihm das Brombeergebüsch mit dem feststeckenden Jakob darin. Der fluchte wie zehn Hexenweiber zur Sonnenwende. Der Spittelsohn hatte begonnen, ihn an den Füßen hervorzuziehen. Außerdem hatte ein harter Zapfen ihn über dem Auge getroffen. Mittlerweile lief ihm das Blut in die Augen. Als kriegswunder Soldat hoffte Jakob auf die Gnade des Feindes. Doch stattdessen fing er sich noch ein paar Schläge, „verlor sein Leben" und wurde gefangen genommen.

Jetzt lag es an Bartle, das Kriegsglück zu wenden. Der hockte noch immer auf allen vieren und spürte stechende Blicke in seinem Nacken. Die Waden des Gegners und das Gestrüpp ließen jeden Gedanken an Flucht im Keim ersticken. Es sei denn … Bartle handelte schnell. Er schüttelte seinen Ekel ab. Biss kräftig zu. Dass die Wade dem Dirrländer gehörte, mochte wohl Zufall sein. Dem entfuhr ein schmerzhafter Fluch. Es tat höllisch weh. Und der Schmerz zwang ihn dazu, sich zu bücken. Ungläubig starrte er auf den Zahnabdruck in seinem Bein. Blau und blutend. Dieser Bartle hatte ihn also schon wieder am Wickel. Dieser Hundsfott! Na warte!

Aber der kurze Moment des Zögerns reichte aus. Bartel stieß mit aller Kraft zu, stieg über den Feind hinweg und jagte in Richtung Habsburger Flagge davon. Die Schreckstarre des Rivalen reichte tatsächlich aus. Bartle stand vor dem begehrten Stofffetzen am Habsburger Fahnenmast. Hannes verwickelte die Wächter in eine handfeste Schlägerei.

Und dann, im Moment größter Freude über den nahenden Sieg – die Fahne hielt Bartle schon in der Hand –, da hallte der Jubelschrei der Kaiserlichen Infanterie! Auch Bartles Fahne lag in den Händen des Feindes.

Schnell jetzt, Bartle! Es kommt darauf an, ein letztes Mal fixer zu sein. Die Beute ins Hauptquartier schaffen, bevor es dem Gegner gelingt. Nur nicht das eigene Leben verlieren! Nicht so kurz vorm Ziel. Bartel stopfte die erbeutete Flagge zuhinterst in seine Hose. Eine Stelle, wo sie ihm gewiss keiner mehr abnehmn wollte. Die Kaiserlichen rissen bärbeißig die Augen auf. Ihre Fahne wurde beschmutzt! Trotzdem. Wie gebannt klebten sie am Waldboden fest. Unbeweglich.

Für Bartle wirkte alles fürchterlich langsam. Hatte er je für eine so kurze Strecke so entsetzlich lange gebraucht? Er schnappte den letzten Preußen bei seiner Hand. Das Geschrei klang geisterhaft dumpf. Als wäre sein Kopf unter Wasser. Arme fuchtelten umeinander. Hände grabschen nach ihm. Wie aus einer anderen Welt. Und dann. Kurz vor dem Ziel. Platzte der Traum. Sie krachten mit den Habsburgern zusammen. Alle vier Buben warf es nach hinten. Um mindestens Rutenlänge. Wie konnte das denn passieren!? Warum liefen sie nicht einfach aneinander vorbei?

Die Preußenflagge segelte sanft in die Mitte des kriegswunden Grüppleins. Der Habsburger Adler federte Bartles Sturz ab. Von den Türmen her hallte das Zeichen. Die Schlacht war vorbei: Unentschieden.

***

Bonifatius hörte die Klosterglocke.

Sie rief ihn zum Mittagsgebet, die *Sext*. Zur sechsten Stunde des Tages. Nach dem anschließenden Mahl galt es, zur Ruhe zu kommen. Bis zur neunten Stunde die *Non* den Arbeitsrhythmus von Neuem eröffnete. Er kam nicht zur Ruhe und an Arbeit war nicht zu denken. Die Sorgen hatten neue Nahrung erhalten. Er versuchte sich selbst zu beruhigen.

Die Beliebtheit des Abtes, der für die Belange des Klosters aufrichtig kämpfte, wog die Gefahr eines bäuerlichen Aufstandes auf. Abt Philipp Jakob ging gut mit seinen *Grundholden* um, arbeitete an der Abschaffung von *Fronden* und nahm weniger Zins, als er es hätte tun können.

Das Kloster half bei der Instandhaltung von Wegen und Straßen. Eine Aufgabe, die rechtlich gesehen allein bei den Untertanen lag. Verpflegung, Werkzeug und Sprengpulver stellte das Kloster. Zur besseren Aufzucht des Viehbestandes hatte der Abt junge Zuchtkühe und einen *Farren* beschafft. Wenn auf den Dinghöfen in den Vogteien neues, gesundes Vieh Einzug hielt, so lohnte dies immer auch für die Lehen der Bauern.

Aber da waren auch die Botschaften in Büchern, Schriften und Zeitungen. Lehrer, Professoren, ja sogar ehemalige Mönche und Laien wetterten gegen die Klöster.

Jene Brüder in seinem Konvent, die Lehraufträge an den Freiburger Fakultäten bekleideten, machten dieses gottlose Gezeter allein an den Akademikern im benachbarten Frankreich fest. Einer gar Theologe und Rechtswissenschaftler. Der andere Mathematiker, Physiker, Philosoph und

… Freimaurer. Zu guter Letzt noch ein ehemaliger Diener und Musikant, der sich selbst als Pädagoge und Philosoph bezeichnete, in Bonifatius' Augen aber Hochstapler und Gotteslästerer war.

Gut, er kannte die Leute auch nur vom Hörensagen. Deren Ideen waren ihm ansonsten aber nicht neu. Sie spielten sich auf. *Verfechter der Vernunft, der Naturwissenschaften und religiösen Toleranz* – so nannten sie sich. Schürten den Ofen der Blasphemie. Diese absurden Ideen kamen bei den Herrschenden an. Und machten vor den Handlangern nicht halt. Das bestätigte ihm auch Bruder Cellerar, den er in dieser Sache befragte.

„Glaubt mir", raunte der ihm zu, „diese gottlosen Häretiker finden bereits Gehör bei den Herrschaften."

Bonifatius sah ein höfisch gewandetes Männlein, das auf Maria Theresias Ohrmuschel stand und liebliche Weisen in deren Hirn flötete.

„Die angestrebte Steuerreform, die all unsere Güter erfassen und in einen neuen Steuerfluß zwingen will, ist erst der Anfang von tiefgreifenden Umwandlungen. Am Ende steht die Idee eines Staatskirchentums, ganz ohne Klöster…"

„…deren Besitz man sich kurzerhand einverleibt!", vollendete Bonifatius diese Schreckensvision.

„Aber nein, mein Bruder, sorge dich nicht! Unser Abt ist fleißig bemüht eine ansehnliche Summe aus Geld und Macht gegen diese Ansinnen aufzustellen. Er wird die Ritter, Prälaten und Vertreter der Städte versöhnen und von den gebotenen Entscheidungen überzeugen. Man ist wohl bereit, für die Freiheit und die Wahrung der alten Vorrechte die stattliche Summe von 20.000 Gulden zu zahlen. *Donum gratuitum* – ein gemeinsamer Beitrag für die umfassenden Aufgaben der hoheitlichen Staatsführung. Glaubt mir, der Abt ist listig genug, diesen Streit zu unseren Gunsten zu schlichten. – Unsre Feinde bleiben Franzosen und Preußen!"

***

Der Krieg war noch nicht verloren.

Ein letztes Kräftemessen stand an. Die Kriegsflaggen lagen auf einer Lichtung des Waldes gelegt. Jede in einem anderen Eck. Die Gegner standen Rücken an Rücken, das Gesicht in Richtung der feindlichen Fahne gewandt. Fünf Artilleristen. Jeder für einen guten Zapfenwurf bekannt. Sie hatten den Krieg zu entscheiden. Der Dirrländer verbuchte ausgezeichnete Werfer für sich.

Und seine Wade schwoll an.

„Sie färbt sich preußisch-blau, seine Wade…", dachte Bartle bei sich und verdrängte die Beule an seiner Stirn.

Alles nichts gegen Jakobs Ausbeute. Was Kratzer, Beulen und Wunden anging, so konnte er sich als Sieger bezeichnen. Erfahrungsgemäß tat er das auch. Noch Wochen nach dieser Schlacht. Die kichernde Maidle sollten von seinen Kriegsverletzungen beeindruckt sein. Bartle gönnte es ihm.

„Also!“, plusterte der Dirrländer sich auf. „Jeder hat einen Wurf. Möglichst nah an die Flagge des Gegners. Oder noch besser: der Zapfen bleibt auf ihr liegen. Die Werfer wechseln sich ab. Meine beginnen den Kampf. Mögen die Habsburger gewinnen!“

Unter dem Grölen seiner Soldaten trat der erste Artillerist einen Schritt vor. Schaulustige aus dem Dorf waren herbeigeeilt. Vorwiegend Kinder. Aber auch eine Handvoll Erwachsener stand dem Wettkampf Spalier. Die Großen erinnerten sich an eigene Kindertage.

Der geworfene Zapfen rollte im letzten Moment direkt auf sein Ziel: Flaggentreffer! Die Roten brachen in Jubel aus. Jakobs Wurf ging leider schief. Er konnte mit seinem geschwollenen Auge einfach nicht mehr gut genug sehen. Gut einen Fuß neben die Fahne. Die anderen lachten gemein. Aber Bartle ließ sich nicht aus der Ruhe bringen. Es waren noch vier Runden zu gehen. Allerhand konnte passieren. Das tat es dann auch.

Vor dem letzten Wurf war der Kampf immer noch offen. Das heißt, der Dirrländer sorgte dafür. In einer Runde schummelte er sich zum Sieg. Es hätte ein Punkt für Bartles Preußen gegolten. Hätte! Sei's drum! Der letzte Wurf musste sitzen.

„Der Dirrländer gegen den Stumpen!“ So sagten die Leute. Immer dann, wenn sich die zwei einmal mehr in den Haaren lagen. Auch so schrieb man Geschichte.

Die Habsburger gewannen den Krieg. Vielleicht weil das Stück so geschrieben war. Redlichkeit zahlt sich einfach nicht aus. So dachte Katharina bei sich. Sie hatte sich unbemerkt unter die Zuschauerreihen geschlichen. Sie wünschte so sehr, dass Bartle gewann. Doch das tat er nicht. Im Abwurf traf ein Stein seine Schulter. So schlecht hatte Bartle noch nie geworfen. Die vom Heidenschloss waren schon immer verloren.

***

Der Krieg wurde ihr aufgezwängt.

Pater Waldmeister sprach gern von der Gier der weltlichen Herrscher. Wen er von dieser Eigenschaft ausschloss, war die beliebte und der katholischen Kirche zugewandte Regentin: Maria Theresia. Gierig, das waren in erster Linie die anderen. Jene, die nach dem Tod Kaiser Karls VI ihre

Ansprüche mit militärischen Mitteln geltend gemacht hatten. Allen voran die Kürfürsten von Bayern und Sachsen. In einem unseligen Bündnis mit den Franzosen. Seit die Regentin das Erbe des Vaters antrat, befand man sich – mit nur kurzen Zeiten des Friedens – gut elf, zwölf Jahre im Krieg. Und immer hatten die Preußen mitgemischt.

„Die eine Erkenntnis aus jener Zeit zwischen 1740 bis 48…", so erklärte der Bruder in seiner üblichen, dozierenden Art, „…war die Stärke des stehenden Heeres. Darin lag der große preußische Vorteil. Man zog daraus seine eigenen Schlüsse. Heute haben auch wir ein schlagkräftiges Heer, das nicht erst mobilisiert werden muss. Der Vorteil: man hält uns die protestantischen Ketzer vom Hals; der Nachteil: All das kostet Geld." Dem Waldmeister schien es angezeigt, dem Bruder eine Nachhilfestunde der aktuellen politischen Situation zu erteilen.

„Geld, das man nun von den Ständen einfordern will!" Soviel hatte Bonifaz mittlerweile verstanden.

„Es wird als Sondersteuer bezeichnet. Eine Abgabe, die militärischen Zwecken dient. Nun gut. Solange unser *Feldmarschall von Daun* seine gegenwärtigen Erfolge fortsetzt, soll es uns recht sein. Die Preußen halten die blutigen Hände schon wieder nach österreichischem Besitz ausgestreckt. Während wir nur zurück haben wollen, was uns gehört. *Die Schlacht von Kolin* hat gezeigt, dass die Königlich-Kaiserlichen die nötige Schlagkraft besitzen."

„Zu dumm, dass die preußische Hauptarmee die schlesischen Festungen zurück erobern konnte." Bonifatius wollte nicht ganz ahnungslos wirken. Eilfertig brachte er sein Wissen um Erfolg und Misserfolg im derzeitigen Kriegsgeschehen ein. Der Monolog seines Bruders strengte ihn an.

„Vorübergehend, nur vorübergehend. Ich bin gewiss, dass die entscheidende Schlacht gegen Friedrich II. von Preußen bevorsteht. Den Gerüchten nach ist es gelungen, die österreichischen und russischen Truppen östlich von Frankfurt an der Oder zusammen zu ziehen. Möge Gott sich erbarmen und unseren Männern den Sieg bescheren."

„Vielleicht wendet ein militärischer Triumph dann auch die Reformpläne der Kaiserin ab!?" Bonifatius wollte jeden Faden ergreifen, der seinen Ängsten Abhilfe schaffte. Es fehlte ihm allein an überzeugenden, starken und ernsthaft beruhigenden Zeichen. Die Fäden, die er bisher aufgreifen konnte, waren allzu schnell wieder gerissen.

Es war offensichtlich, dass allein Gott noch auf der Seite des Klosters stand. Und niemand sonst. Oder hatte der allmächtige Schöpfer bereits damit begonnen, seinen Zorn über sie auszuschütten? Hatte er, Bonifatius, gar Grund gegeben, zornig zu sein? Und ob! Er hatte!

Er war nur ein Staubkorn, ein Nadelkopf in der Geschichte der Welt. Er konnte nichts tun. Der Sturm war nicht abzuwenden. Ihn schwindelte. Den besorgten Blick seines Bruders nahm er nur noch verschwommen wahr.

In diesem Moment krachte der erste Donner.

Sommer anno 1759 – Schadensbilanz

Die lange Liste der Unwetterschäden im ganzen Herrschaftsgebiet nahm kein Ende.

Noch Tage später trafen Berichte aus den abgelegenen Vogteien ein. Pater *Cellerar* schüttelte über das Ausmaß des Sturms und seiner schieren Gewalt hilflos den Kopf.

Bäume lagen zerrissen am Boden. Der Wind hatte sich einen Pfad der Verwüstung gebahnt. Durch die Wälder den Kandel hinab. Er war durch die Rohrallmend, den Schafteckwald nahe dem Eckjörgenhof gejagt. War über die Oberibentaler Allmend nahe der Hirschmatte und weiter gefegt auf den Kapfenberg zu. Von dort aus hinab in die Vogteien Glashütte und Hinterstraß. Wie viele Klafter Holz hier zerrupft und zerlegt worden waren, ließ sich noch gar nicht beziffern.

Bruder Cellerar hatte sich, soweit es ihm möglich war, selbst ein Bild machen wollen. Musste aber, der Gefahren wegen, seine Beschau bald wieder abbrechen. *Wurzbosen* stattlicher Buchen lagen ausgerissen, wie achtlos hingeworfene *Hakenstecken* quer umeinander. Zu *Pfutschern* verkommen, zu nichts weiter nutze. Einst erhabene Tannen, hoch aufstockend, reif für die Ernte, lagen da wie geschnittenes Stroh. Keine Magd würde kommen, um einen *Schaub* zusammen zu raffen. Mannshohe Stumpen reckten sich kraftlos und ängstlich hervor. Gekrümmt und verzehrt vom stechenden Schmerz. Nicht wie mit scharfer Axt zufrieden gefällt. Eher zerbrochen – so wie man ein Kienspan bricht –, zersplittert und ausgefranst. Wahllos, mutwillig, boshaft.

Die Hauptwege in die betroffenen Landstriche gab es zum Teil einfach nicht mehr. Unterspült, weggespült, ausgewaschen. Kleine Runsen neben den Äckern wuchsen in kürzester Zeit zu gefährlichen Sturzbächen heran. Nahmen mit, was immer sie fanden.

Am Zusammenfluss von Albersbach und Glotterbach riss die Wucht des Wassers Teile der Sägemühle mit sich. Gleiches wurde von drei Hofmühlen am Ibenbach berichtet. Hier flutete das schnell anschwellende Wasser im Burle- und Hummelhof Teile der Ställe und Stuben. Die Tiere, die man mit Mühe dorthin gerettet hatte, standen so tief im Wasser, dass die Bauern sich überlegten, sie wieder hinauszuführen.

Insgesamt drei Höfe im Herrschaftsgebiet brannten nach Blitzschlag ganz oder teilweise nieder. In einem verreckten die schreienden Viecher im Feuer. Zwei Ochsen, drei Milchkühe, Schweine und Ziegen. Die Lebensgrundlage der Bauernfamilie in kürzester Zeit zerstört. Niedergemacht, weggefegt.

Die Getreidemühle am Hirschbach war dem Erdboden gleichgemacht. Außer dem Kleienkotzer gab es nur noch den Mühlstein. Nichts sonst nach dem sich die Suche lohnte. Letzterer lag gut achthundert Schritt bachabwärts. Halb von Geröll und Matsch bedeckt. Im früheren Bachbett. Wie durch ein Wunder weder zerbrochen noch groß beschädigt.

Am Zufluss zum Zweribach hatte ein Erdrutsch schlimme Verwüstungen angerichtet. Dort verschütteten Geröllmassen aus Felsbrocken, Holzstämmen und schäumendem Schlamm einen Holzknecht des nahegelegenen Lindenhofs. Von ihm fehlte jegliche Spur. Seine rostige Axt fand etliche Jahre danach ein spielendes Kind. Weitab in einer *Gumme* am Waldrand.

Auch das Kloster und die klostereigenen Höfe waren nicht verschont geblieben. Teile der Gärten waren zerstört. Die jungen Obstbäume, vom Abt frisch gepflanzt, lagen zerknickt umher. Wirtschaftsgebäude und einer der Türme waren beschädigt. Einige Dächer würden neu gedeckt werden müssen. Den Blitzschlag, der beim Sturmläuten einfuhr, hatte der fromme Novize, der just am Glockenseil zog, gut überstanden. Zunächst war er ohne Bewusstsein und erholte sich nun im Spital. Gelobt sei der Herr!

Am Schafhof konnten die weiter entfernt grasenden Tiere, zwanzig an der Zahl, nicht mehr gerettet werden. Wie Schafe es tun, drängten sie sich unter einem Baum eng zusammen. Mit ihnen starb der Hütebub gleich zwei Tode an einem Tag. Die Gewalt eines Blitzes hatte den Stamm – wie die Axt einen Holzscheit – in der Mitte gespalten. Ein herunterfallender Ast erschlug mit dem Bub auch fünf der irr blökenden Schafe. Der Blitz überschlug seine tödliche Kraft und fuhr mit Wucht in die schutzsuchende Gruppe aus Mensch und Tier. Die Knechte des Schafhofs schnitten später den Schafen die Kehlen auf. An Ort und Stelle. Nach schnellem Ausbluten war das Fleisch noch genießbar.

Das Kind aber musste im Hof aufgebahrt werden. Die arme Magd, die ihn wusch, entsetzte sich über die schaurigen hellroten Linien und Umrisse, die weitläufig die Haut von Schulter und Brust durchdrangen. Als hätten sich winzige, saugende Zecken unter die Haut gebohrt, um sich am Lebenssaft ihres Opfers zu laben. Als sie eine Stelle mit dem Finger berührte und leicht drückte, wurden die Striche blasser. Sie hatte dieses Muster schon einmal gesehen. Ja! Draußen im Wald. Wenn sie als Kinder die Farne schnitten. Für die Einstreu der Ställe, wie arme Leute es machten! Waldfrauen- und Adlerfarn sahen genauso aus wie die Haut dieses armen Tropfes.

Durch umstürzende Bäume auf Höfen, Häuser und Wege starben in diesem Sturm weitere drei Untertanen. Außer diesem Verlust an Mensch und Tier waren Ernteausfälle zu befürchten. Ganze Äcker waren weggespült worden. Und nicht allein Wasser strömte aus den geöffneten Schleusen des Himmels. Hagelkörner in der Größe von Taubeneiern zerschossen und köpften die junge Saat.

Das kleine Mariele vom Simishof, gerade zwei Jahre alt, erfror in einer Runse nahe beim Hof. Stundenlang wurde das Kind gesucht und war nicht zu finden. Erst als der fußhoch liegende Hagel langsam durch die zurückkehrende Sonne auftaute, als die Katze mit den Haaren des Kindes spielte, da wussten sie alle, was sie zuvor nur befürchtet hatten. Der Simis schämte sich seiner Tränen nicht. Er wiegte den eiskalten Körper in seinen mächtigen Armen. Die Bäuerin sank in die Knie. Ihre Arme hielten die Beine des Mannes umschlungen.

Der Sturm hatte den Acker bereitet, nun brachte der Tod seine Ernte ein. Er nahm sie alle mit sich. Nicht mehr und nicht weniger. In aller Stille. Auf seine zeitlose, bewährte Art.

Sie hielten schon Ausschau nach ihm. Diese kleinen, namenlosen Gestalten. Die Eine dort, neben dem zerborstenen Baum. Die Zweite im Graben nah beim Hof. Noch während die Lebenden suchten. Und eine einsame Dritte fand sich auf einer durchweichten Matte zwischen Kandel und Heitzmannsberg. Mit den Trauernden, deren Dasein er teilnahmslos spürte, hatte er nichts zu schaffen.

Sommer anno 1759 – Auf der Klosterkanzlei

Die Sonne stand über den Gräbern. Unbekümmert, schillernd und gleichgültig.

Eine Schar gebeugter Gestalten hatte den Friedhof an der Nordflanke der neuen Klostermauer betreten. Tränen der Trauer liefen herab. Mancher versteckte sie in den Augenwinkeln. Auf dem Wald war der Tod kein seltener Gast. An sein Kommen konnte man sich nicht gewöhnen. Auch nach Jahrhunderten nicht. Er zeigte jedem die eigenen Grenzen auf.

Katharina trauerte still. Da stand sie, am offenen Grab ihres Bartle. Der Totenbaum mit ihrem Kind darin lag abgesenkt in der kalten und dunklen Grube. Die Totengräber, Lehbauern aus der Vogtei, hatten sich gesputet. Dann waren sie schnell zu der Grabstelle des Bauernkindes geeilt. Dort sollte ein Kind Ihresgleichen in die Tiefe gesenkt und Gottes Fürsorge anvertraut werden. Wer gab schon einem Heidenbub das letzte Geleit.

Ursula und Agatha hielten sich bei der Hand. Der kleine Paul stieß kleine

Dreckbollen in das Loch mit dem hölzernen Kasten. Die Mutter hatte gesagt, dass der Bartle darin liegt. Paul wusste nicht, wozu das gut sein sollte.

Katharina ließ ihn gewähren. Er hatte gesehen, dass an den anderen Gräbern die Leute das gleiche taten. Eine Handvoll Dreck in ein Erdloch werfen. Wie hätte er wissen können, dass es noch nicht an der Zeit war!? Zuerst versorgte man das Bauernmädchen. Dann erst kamen die Hütebuben an die Reihe. Freilich mit gekürzter Zeremonie.

Für Katharina spielte das keine Rolle. Sie hatte ihr Kind verloren. Was bedeutete da eine Zeremonie! Die gehörte wohl einfach dazu.

Ihr Kind hatte sie selber gewaschen. Mit Tränen und Wasser, mit Salben und Kräutern. Sie wollte stark sein für ihn, wollte ihn trösten. Angst hatte er in seinem Leben schon zu oft haben müssen.

Als der Altknecht sie holte und in kurzen Worten ein weiteres Leiden säte, ihre geschundene Seele zerhackte, da sank sie am Zaun ihres Kräutergärtleins zusammen.

Wie sie den Simishof schließlich erreichte, das hätte sie keinem erklären können. Der Knecht stützte und trug sie nach Kräften. Mitunter hatte er auch geschimpft. Die Jahre hatten ihn kalt werden lassen. Kinder starben, und doch gab es noch Haufen genug davon. Zu viele, wenn man ihn fragte. Der Boden konnte nicht alle ernähren.

In einer Stube des Simishofs lag ihr Kind aufgebahrt. Weil der Simis es so gewollt hatte und dieses arme Geschöpf sein Mitleid weckte. Das Leid überzog seinen Hof und durchdrang alle Ritzen. Wie ein stinkendes Eitergeschwür. Sein Mariele, sein kleiner Sonnenschein, lag kaum fünf Schritte entfernt. Im Tod waren sie gleich, im Leben hatten diese Kinder Welten getrennt. An Gram fehlte es also dem Bauern selber nicht. Diese arme Frau neben ihm aber hatte keinen, der noch mitleiden konnte. Ihr vermaledeiter Mann war schon lange nicht mehr gesehen worden.

Andreas hatte das Kind doch noch erwischt. Johanns Kind! Das schien schon immer sein Ziel gewesen zu sein. Er hatte es ihr ins Gesicht gesagt und sie hatte den Bartle nicht schützen können.

Oh! – Hätte sie ihn nur nicht zum Simis gebracht! Die Not! – Die Not zwang sie dazu.

Und jetzt lag er da und machte ihr Herz jammern.

Der Simis drückte kurz ihre Schulter. Ob sie ihn wirklich selbst waschen wolle, hatte er sie gefragt.

„Behalte ihn lieber in anderem Andenken. Kräftig, gesund und nicht derart geschunden."

Der Laut, der ihrer Kehle entfuhr, klang wie das Röcheln eines strebenden Tieres. Nicht von dieser Welt. Ihr Körper zitterte. Und sie konnte das Zittern nicht aufhalten. Sie war außer sich. Der Simis verließ die Stube. So leise es ging. Was hätte er anderes tun können?!

***

Die Stimmen vor seiner Tür waren eindeutig zu laut. Was bildeten sich diese ordinären Bauern eigentlich ein! Während er die Interessen des Klosters verwaltete und auf ihr rechtliches Gehalt hin prüfte, balgte sich auf den Fluren das niedere Pack!

Für einen Moment schloss er die Augen. Um ruhiger zu werden und die Konzentration wieder zu finden. Die Lider zuckten, die Zähne knirschten und die Muskeln um seinen Kiefer mahlten das Korn mühsamer Tage. Kein gutes Zeichen.

Sollte er jetzt nicht tadelnd eingreifen, sein ganzer Tag wäre verdorben. Dabei hatte mit dem Aufgehen einer strahlenden, wärmenden Sonne alles so gut begonnen. Am Morgen war er noch guter Dinge gewesen. Jetzt aber brodelte Ärger in ihm.

Das war doch das Zetern eines Weibes, das da ungenießbar unter dem Türspalt hereinkroch und ihm die Laune verdarb. Entschlossen, dem lauten Tumult ein Ende zu setzen, riss er schwungvoll die Türe auf.

„Geht das auch leiser hier draußen!“ Sein Bass dröhnte über die Köpfe des Pförtners, seines Amtsschreibers und einem lumpig gekleideten Weib hinweg.

Die aber ließ sich in ihrem Ansinnen nicht weiter beirren. Auch nicht durch seine Autorität. Sie bahnte sich ihren Weg, geradewegs auf die Tür zu, in der er jetzt stand. Da war der gestrige Sturm ja ein laues Lüftchen gewesen, gegen diese Furie, die da in die Kanzlei eindringen wollte. Der Pförtner hatte es nicht geschafft, schon am Eingang für Ruhe zu sorgen und diesen Drachen von seiner Amtsstube fern zu halten. Sein schmächtiger Schreiber – gut, der hatte einfach nicht den nötigen Mumm. Aber der Hüne von Mann an der Pforte musste doch in der Lage sein, ihm ein Weibervolk vom Halse zu halten!

Im Gegenteil, das Weib gewann zunehmend an Boden. Gerade fing sich der Schreiber blutende Kratzer, der Pförtner steckte Fußtritte und Faustschläge ein. Immer wieder entwand sich die Frau den Griffen der eineinhalb Männer, die sie zu packen versuchten. Mit einem Stoß ihres Ellenbogens in ein Gesicht gelang es ihr, sich ein klein wenig Platz zu schaffen. Durch diese Lücke zischte sie ihm entgegen. Bis hierher hatte die Szene ihn durchaus erheitert. Damit aber war es nun wieder vorbei.

„Ich habe eine Anzeige zu machen!“

In diesem Moment bereute der Amtmann und Advokat seine eigene Ungeduld. Wäre er doch in seiner Stube geblieben, schalt er sich selbst. Und hätte er doch dem gemeinen Volk den weibischen Aufstand gelassen. Die letzten Arme und Hände schüttelte sie endgültig ab, dann stand sie vor ihm. Zorn funkelte aus ihren Augen. Mit den Fingern kämpfte sie ihre schweren, dunklen Locken zurück unter das Kopftuch. Die Wangen waren vom Kampf gerötet. Kleine Schweißperlen standen ihr über den vollen, sinnlichen Lippen. Die Brüste wogten herauf und herab, sie war außer Atem. Ihre Schönheit blendete ihn. Nur zu schade, dass sie ihm nicht an anderer Stelle begegnet war.

„Weib, du weißt so gut wie ich, dass Beschwerden über die Herrschaft nicht in der Kanzlei zu führen sind. Also pack dich und verschwende nicht meine Zeit!"

Im Hintergrund stand ein sichtlich geknickter und peinlich berührter Schreiber. Mit einem Taschentuch betupfte er sein Gesicht. Der Türwächter versuchte sich zu entschuldigen. Schultern und Arme zog er dabei hoch, verdrehte die Augen und verzerrte den Mund. Lächerlich. Alles Versager und Bücklinge!

Er hatte es sich bereits anders überlegt. Diese Schönheit vor seinen Augen sollte nicht länger mit Abschaum verkehren. Was immer das Weib von ihm wollte. Wären sie nur alleine geblieben. Sie hätte ihm seinen Gefallen auf besondere Weise vergütet. Zu dumm. Seinen Schreiber, den brauchte er leider noch.

So passten seine abweisenden Worte nicht recht zu der einladenden Geste. Der Pförtner glotzte ihn blöde an. Scher' dich in deine Kammer!

„Dann willst du dich also nicht über Recht und Ordnung in unserer Herrschaft beschweren!?"

Der Amtmann verzog sich hinter den Schreibtisch. So konnte das Weib nicht sehen, wie er sich in den Schritt fasste, während er vorgab, sich um ihre Belange zu kümmern. Der Schreiber trat an das Pult, bereit, die Anzeige aufzunehmen. Dieser einfältige Tropf! Das Papier würde er anschließend zerreißen und dann ein Feuerchen nähren. Die Tinte war es nicht wert, vergeudet zu werden.

„Gut, Weib, dann schilder mir deinen Verdruss." Mit der Rechten machte er eine auffordernde Geste, die Linke verharrte dort, wo sich flüsternd sein Blut erwärmte.

„Herr Amtmann. Mein Bub wurde Opfer eines Verbrechens!"

Katharina würgte die Worte hervor. Wie eine Fischgräte, die sie zu ersticken drohte. Fauliger Fisch, den sie nicht schlucken wollte und auch nicht konnte. Jemand musste den Mord sühnen. Dieser Amtmann schaute sie aufgeweckt an.

„So …!“ Sein Blick flatterte ihr über die Augen und blieb auf den Brüsten liegen. Ihn durchfuhr ein kaum sichtbares Zittern. Diese tiefgründigen, zornglühenden – „… Und wen nun bezichtigst du welches Verbrechens!?“

Katharina seufzte erleichtert auf. Nie hätte sie daran geglaubt, dass ihr der Amtmann Gehör schenken würde. Nie hätte die auch nur zu hoffen gewagt, bis in die Kanzlei vorzudringen. „Der Andreas, mein Mann und sein eigener Vater …“, bei diesen Worten stockte sie kurz, „… hat ihn am gestrigen Tag beim Viehhüten auf einer Matte am Kandel erschlagen!“

Der Advokat klebte an ihren Lippen. Sie würde ihn überzeugen können. Andreas würde gefunden werden und würde seine Taten am Galgen büßen. Nein, Gott hatte sie doch nicht verlassen!

Ihr Gegenüber runzelte betroffen die Stirn. Dann stützte er mit der Rechten sein Kinn. Die Linke hielt er unter dem Tisch.

„So? Das ist eine schwere Anschuldigung. Und außer dir? Wer hat die Tat noch gesehen? Gestern, draußen im Sturm. Wer war da noch auf den Matten oben am Berg? Und was hat dein Bub dort oben verloren? Auf der *Hofreite* hätte er sein müssen. Dort hüten die Kinder das Vieh.“

„Der Altknecht vom Simishof hat meinen Bub dort oben gefunden. Tot! Was weiß ich, wer das noch gesehen hat? Vermutlich ein anderer Hütebub. Der halt noch draußen war, um die Viecher zu retten! Vielleicht hat er mit dem Michl vom Steingrubenhof dort oben die Kühe gehütet. Ihm im Sturm mit den Viechern geholfen. Der Simis hat ein Berghäusle dort oben.“

„Hm, das ist schlecht.“, sinnierte der Amtmann, die Stirn in Falten gelegt, „Wie willst du dann wissen, ob dein Andreas der Mörder ist? Der eigene Vater! Weib, bist du bei Sinnen?“

Die Schöne schleuderte boshafte Blicke. Er musste behutsamer sein, sonst zerstörte am Ende der Ärger seine prickelnde Fantasie. Ärger an sich empfand er nicht als schlechtes Gefühl. Im Gegenteil! Ärger an sich regte ihn an. Auf besondere Art. Vermischt mit Verzweiflung war er aber kein gutes Gefühl. Jedenfalls nicht sofort, später vielleicht.

„Ich weiß genau, wovon ich rede. In meinem Kopf ist alles in Ordnung. Mein Herz, das hat er mir genommen. Und nun auch noch mein liebstes Kind. Herr Advokat! Ihr müsst mir glauben! Der Andreas hat meinen Bub erschlagen. Er hat mir damit gedroht!“

„Gewiss, gewiss! Er ist ein Lumpenkerl, dein Anderl. Ein Säufer und Dieb. Es liegen etliche Klagen gegen ihn vor. Längst reicht es aus, ihm beide Hände auf einen Holzklotz zu legen. Der Freiburger Henker hält sein schärfstes Schwert schon bereit. Aber Mord? Was, bei Gott, lässt dich daran denken? Da draußen hat ein wütender Sturm Häuser und Höfe,

Äcker und Matten, Menschen und Tiere gerüttelt. Einige sind gestorben! Erschlagen, verbrannt und versoffen! Von Bäumen, Wasserfluten und Blitzen getroffen…!"

„Herr Amtmann…", die Frau schwankte und stützte sich auf seinen Tisch. Dann fasste sie sich, schob ihren Kopf vor und schaute ihm direkt in die Augen. Er erschauerte. Sie gewährte ihm einen Blick auf die herzhaften Brüste. Sie fielen ihr schier aus dem Hemdchen. Sein Blick verfing sich im Dekolleté. Hoffentlich fand er den Weg wieder heraus. Er hatte sich schon auch noch auf die Sache zu konzentrieren. Gott – das war schwer!

„… Er hat die Gunst der Stunde genutzt. Mein Bartle hat dem Simis geschworen, dass er niemals wieder ein Tier verliert. Als der Sturm aufkam hat er die Ziegen heim in den Stall geführt. Dann ist er losgerannt. Dem Michl zu helfen! Der Simis wollte das nicht! Der Michl würde sich schon zu helfen wissen! Sobald das Wüten da draußen ein Ende habe, wolle man nach ihm schauen! Aber der Bartle ist trotzdem fort! Und dann hat ihn der Andreas erwischt! Ob es stürmt oder nicht. Das ist dem doch einerlei! Er hat ihn gepackt, wie ein Feigling von hinten! Bis auf die Matten am Gummenwald hat er ihn vor sich her getrieben. Gestoßen, geprügelt."

Verwirrt schaute der Amtmann sie an. Konnte oder wollte der sie nicht verstehen? Irgendetwas war da in seinem Blick. Auch wenn sie wusste, was dieses *etwas* war. Ihre Not ließ den Gedanken nicht zu.

„Mein Bartle wurde erschlagen!" Sie wollte nicht weinen. Ihre Stimme versagte. Ein Schluchzen erfasste sie.

„Ich habe selbst seinen gequälten Körper gewaschen. Seine Wunden gesäubert und gleich wird er begraben. Ich habe schon etliche Tote gesehen, erschlagen von Bäumen, ertrunken in Flüssen! Ich weiß wie es aussieht, wenn Menschen von Menschen getötet werden!"

Dieses Weib ließ einfach nicht locker. Aber Sturmschäden wollten erfasst und bewertet werden. Die nötigen Schritte waren zu koordinieren. Was wog das Leben des Heidenbubs gegen die Schäden in der gesamten Herrschaft. Die hatte er zu verwalten und sein Kampf diente einem größeren Zweck. Er konnte sich nicht um das Schicksal des Einzelnen kümmern. Andere hatten auch Verluste gehabt. Ganze Höfe mussten erneuert werden. Und deren Lehbauern machten hier nicht so ein G'schieß.

Die Feder des Schreibers kratzte unentwegt übers Papier. All das zehrte an seinen Nerven. Ein Jota noch und er würde sie der Kanzlei verweisen. Am Ende stand ihm noch ein echtes Problem ins Haus. Ein langes Verfahren. Dazu hatte er weder die Zeit noch die Geduld. Selbst wenn ein Balg starb, so blieben den Eltern meist noch ein Dutzend weitere Quäker! Wen kümmerte es? Ihn jedenfalls nicht.

Ja, der Eifer des Weibes brachte sein Blut in Wallung. Doch das war es nicht wert. Sie musste schleunigst von hier verschwinden. Bei diesem Gedanken griff seine Linke noch etwas fester zu.

„Er wurde erschlagen! Kein Baum, kein Stein und kein Sturm hinterlassen derartige Spuren! Seine Hosen hingen ihm zerrissen die Beine herab. Dort, wo der Schlag seinen Kopf traf …“ Wieder versagte die Stimme. Sie hielt eine Faust vor den Mund. „…klafft eine riesige Wunde. Ganze Haarbüschel wurden ihm ausgerissen. Bis auf den blanken Schädel! Und … und – über den Körper verteilt: Schusslöcher, Schrotkugeln…“

Einen kurzen Moment hielt sie inne und weinte. „… und dann hat er … er hat noch auf ihn eingedroschen. Eine Schärpe aus Blut hat er um seinen Leib gelegt.“ Nun sackte sie weinend in sich zusammen. Da waren noch diese versengten Kleider gewesen, als hätten die Beinkleider gebrannt.

Der Schreiber hatte den Kopf gehoben. Mit blassem Gesicht verließ er die Stube. Die Feder rollte vom Pult und fiel zu Boden, dass die Spitze zerbrach. Das Gesicht des Advokaten erstarrte. Noch immer stützte die Rechte das Kinn. Noch immer lag ihm die Linke im Schritt. Schweißnass. Er räusperte sich.

> *„Breit aus, breit aus den Mantel dein, Sanct Ursula, all wollen wir darunter sein!“*

Selbst wenn er nicht ganz bei der Sache war. Er konnte die arme Seele vor ihm nicht ohne den Schutz der klösterlichen Patronin entlassen. Zerstreut richtete er sich von seinem Schemel auf. Helfend fasste er dem Weib unter die Schultern.

„Ich werde mich dieser Sache annehmen! Ich kann mir zwar nicht erklären, warum der Anderl im Sturm sein Unwesen treibt, doch ich werde alle befragen. Und seien sie auch nur in der Nähe gewesen!“

Die Patronin möge es ihm verzeihen. Er hatte dabei ihre Brüste berührt.

Erschöpft ging er in die Amtsstube zurück und lehnte sich von innen an die verschlossene Tür. Ein erlösender Seufzer verließ seine Kehle. Wie nach einem langen und harten Arbeitstag. Dann schlenderte er leicht benommen zum Schreibpult hinüber, öffnete ihn und entnahm eine neue Feder. Der Andreas hatte das Kind nicht erschlagen. So wie ihm das Weib es berichtete, hatte ein streunender Hund den Bub angegriffen. Seiner sicheren Beute beraubt, hatte der Hund gewiss seinen grausigen Trieb beruhigt. Hatten nicht jüngst einige Deppen am Kandel einen schwarzen Rüden gesehen. Einer, der keinem gehören wollte?

Zufrieden setzte er eine Notiz unter das Protokoll. Andreas war nicht der Mörder am eigenen Sohn. Das war absurd. Das Verfahren war somit geschlossen.

Dass er auf hinterlistige Art mit seiner Annahme richtig lag – da kam ihm wohl der Zufall zu Hilfe. So bald hätte er gar nicht damit gerechnet. Aber als er die Wahrheit erfuhr, erinnerten sich seine Hände sofort an ihr prächtiges, weißes Fleisch.

***

Der Amtmann hatte ihr an die Brüste gelangt! In ihrer Trauer hatte sie zunächst sein Gegrabsche als eine Art Hilfsbereitschaft verkannt. Als er ihr unter die Arme griff, hatten seine langen, verschwitzten Finger eindeutig und gierig ihre Brüste berührt.

Jetzt, als sie am Grab ihres Kindes stand, schüttelte sie der Ekel. Was musste passieren, dass die Vertreter Gottes auf Erden in solchen Momenten ihren grausigen Trieben frönten? Warum geschah ihr immer wieder diese Gewalt?

Noch bevor die Stimme der Ohnmacht sie in die Flucht schlagen konnte, holte Paul sie mit seinem Gebrabbel an das kalte Grab ihres Sohnes zurück. Der kleine Paul jauchzte laut, als ein weiterer Dreckbollen auf den Deckel des Totenbaums platschte. Wie sollte er auch begreifen, dass darin sein Stiefbruder lag. Den kannte er kaum. Aber die Mädchen hatten den traurigen Anlass erkannt. Bartle war ihr großer Bruder gewesen. Damals, als er zu einem fremden Bauern auszog, hatten sie bitter geweint. Jetzt aber wollten sie fort.

Die Bauersfrau, dort drüben, bei dem anderen Loch, hatte entsetzlich geschrien, als die Holzkiste im Boden versank. Das hatte die Mädchen verstört. Weit weg von hier, dort wo sie hausten, da gab es sie nicht, diese tiefen, traurigen Löcher. Agatha zog ihrer Mutter am Rock. „Kommt Mutter, wir gehen hier weg!"

Katharina folgte dem Zupfen und Zetern der Tochter nur zögernd. Sie wollte nicht gehen. Wie konnte sie ihren Bartle dort in der Grube zurücklassen? „Johann!"

Laut stöhnte Ihre zerstörte Seele. Und doch nahm sie eine Handvoll Erde auf. „Nie wieder stirbt mir ein Kind! Nie wieder tun mir Männer Gewalt an!" Das schwor sie sich und allen Heiligen. Beim Tod ihres Bartles.

Als sie die Einfriedung des Friedhofs verließ, Paul am Rockzipfel und eines der Mädchen an ihrer Hand, sah sie den Mönch, der an einen Baum gelehnt stand. Eine Hand auf die hüfthohe Mauer gestützt. Sie fing seinen Blick und ihr Inneres berührte sich kurz. Seelenverwandtschaft.

Sie kehrte sich ab und ging ihrer Wege. Der Mönch blieb weinend zurück.

Aasfresser

Es kam wie es kommen musste.

Lucilia machte sich keinen Plan und verschwendete keinen Flügelschlag auch nur einen Gedanken daran. Es war ihr schlicht nicht gegeben, weder kleine noch große Gedanken zu unterscheiden.

Und doch! – Sie galt als Kaiserin in ihrem grünlich-gold schillernden Habitus. Klein zwar, doch durchaus in der Lage, ein Imperium mit unzähligen Nachkommen zu schaffen. Obwohl – derlei menschlicher Umtrieb lag nicht in Lucilias Interesse.

So kam es, dass sie gerade erst einem dieser grauslichen Muckengläser entkam. Namenlose Schatten stellten sie auf, schlugen nach ihr und suchten sie zu vertreiben. Aggressiv und ohne Erbarmen. Doch Lucilia gelang es, die Flucht zu ergreifen. Benommen drückte sie sich durch den Türspalt und bereute die Flucht. Schade! – Hatte doch eine rötliche Brühe ihr Verlangen geweckt. Noch verlockender als der zuckerklebrigen Saft hinter der gläsernen Wand.

Ihre Erfahrung, dem Tod auf kaum ein Muckensäckele nahe gekommen zu sein, änderte nichts. Sie blieb sich ihrer selbst nicht bewusst, hätte nicht einmal sagen können, dass sie zur Gattung der Goldfliegen zählte. Ordinärer gesagt: Lucilia war eine Schmeißfliege.

Auch diese Idee, etwas Ungeziefer zu nennen, war von den Schatten gekommen. Die konnten derlei Geschmeiß von Beginn an nicht leiden. Sie ekelten sich geradezu davor.

Lucilias Naturell erfasste sofort die Notwendigkeit, sich einen sicheren Platz zu suchen. Mit Verlassen des Hauses froren ihre Bewegungen ein. So schlupfte sie zwischen die schützenden Halme eines notdürftig gedeckten Dachs und war in Kürze in eine Starre gefallen: ihr Überleben war sicher. Immerhin – es gab da noch eine Mission, die hatte sie zu erfüllen!

Als das Frühjahr wärmende Strahlen auf die Walmdächer der Höfe an der Wildgutach schickte, erwachte am Rande des großen Weltgeschehens eine unbedeutende Goldfliege wieder zum Leben. Augenblicklich setzte sie ihre Bestimmung fort und schwang sich mit kaum sichtbaren Flügelschlägen vom Walmdach aus in die Sonne.

Es kam wie es kommen musste.

Zwei gegensätzliche Interessen prallten zusammen und führten zu einer Erfolgsgeschichte, die nicht lange zuvor eine Fliegenfalle hatte verhindern wollen. Die Wasseramsel begab sich pfeilschnell auf die Jagd. Ein Flügelschlag. Ein Augenpaar. Lucilias Instinkte kannten unzählbare Manöver für Gegebenheiten derlei Art. Ihre Kapriolen hinterließen einen beleidigten Vogel, der sich mit erhobenem Schnabel und hüpfendem Schwanz auf den Ast einer Linde setzte.

Vielleicht gab es dort auf dem aufgebrochenen Acker einen weniger flinken Happen.

Der Fliege indessen stieg ein aufregender Duft in den Rüssel. Im Schatten der Bäume, nahe dem munter sprudelnden Hirschbach, breitete sich dieser Wohlgeruch aus. Ein Stück gärendes Aas. Ihre Kinder sollten es gut haben. Die Leiche bot alles was eine Larve zu schätzen weiß.

Unangenehm waren diese blauschimmernden Brummer, die überall ihre Eier reinstecken mussten. Immer waren sie vor ihr da. Aber – man konnte sich seine Nachbarn leider nicht aussuchen. Diese ungehobelten Biester hatten die Eier schon abgelegt. Noch bevor das fette Stück Fleisch zu einem geruchlosen und festen Klumpen gefror. Der Frost hielt die Verwandlung der Eier und Larven auf. Sie verschliefen den Winter. Einige starben aber es waren noch immer genügend da. Älter und fetter und nimmer satt. Vor ihnen lag die entscheidende Wende.

Lucilia ließ sich von alldem nicht stören. Sie war noch zeitig genug. Es ließ sich noch Platz in den vorderen Rängen finden. Bald darauf nagten sich Larven durch Schlupföffnungen; die Eier hatten den Dienst quittiert. So sorgfältig sie die Umgebung für ihre Brut auch wählte, Lucilia verlor sofort das Interesse daran. Die Köstlichkeit auf dem Waldboden lud zum Verweilen ein. Sie erfrischte sich an dem vortrefflichen Brei, tupfte hier und saugte da. Als das Gewimmel, Gebrumme und Gewusel immer größer geworden war und das Schlaraffenland zu einer ledrigen Form verdarb, verließ Lucilia den trüb gewordenen Ort und wandte sich einem Kuhfladen zu.

Sei's drum – Bald darauf näherte Gesindel sich dem behaglichen Happen, fledderte daran herum und störte die Totenruhe. Ein Keiler sabberte eines Nachts umeinander, zerschmatzte fauliges Fleisch und darin etliche Eier. Die vorbeischnürende Fähe bewies da schon ein klein wenig mehr Anstand. Einen weitgehend nutzlosen Teil hatte die Füchsin zerbissen, um ihren Welpen das Frühstück zu füttern. Die herrliche Zeit, als Massen von Maden das Aas wiederbelebten, ließ sich durch derlei Bagatellen aber nicht klein reden.

Wären da nicht diese tückischen Räuber gewesen. Groß, kräftig und gnadenlos. Die machten sich nach einiger Zeit der Glückseligkeit auf dem Fleischbrocken breit. Noch bevor sie je einen Flügelschlag hatten ausführen können, fielen Lucilias Larven und Maden diesen Banditen zum Opfer. In der Wärme rieben die Körper sich aneinander. Sie wanden sich bald über-, bald untereinander. Es schabte und knisterte. Gute Ohren hörten ein Schmatzen. Die fetten Engerlinge der schmucklosen Fleischfliegen spielten sich auf, gierig und absolut tödlich. Anfangs futterten sie noch vom selben Trog; größer geworden, machten sie sich über Lucilias Nachwuchs her.

Ihre Ältesten schickten sich schließlich an und verließen die heimische Scholle. Irgendwo dort draußen warteten bessere Zeiten auf sie. Sich wandeln in einem putzigen Tönnchen, weich und fein zusammengelegt, das war das Ziel. Nur nicht umdrehen, nur nicht hinter sich schauen! Noch auf dem Kadaver lauerten die feindlichen Maden und machten Jagd auf die fortziehenden Kinder Lucilias.

Maden, die Maden fressen. Man war zwar nicht miteinander verwandt, gehörte nicht zur selben Familie – und doch: Dass Krähen kamen und den Kindern den Leib zerfetzten, dieses Schicksal teilten sie alle. Sie fraßen und wurden gefressen. Die grausame Wahrheit einer gefallenen Schöpfung.

In Lucilias Welt aber hält die Sippschaft zusammen. Man bringt keine Angehörigen um. Dass aber eine Art derselben den Tod bringt noch bevor das Leben richtig beginnt? Für eine solche Herzlosigkeit kennt keine Fliege auf dieser Welt einen Vergleich.

Die Schatten, die mit den Muckengläsern hantieren, könnten gewiss glücklicher sein. Warum musste man auch vom Verbotenen kosten.

Sommer anno 1759 – Leichenschau am Hirschbach

Thewes erbrach sich vorn übergebeugt in den Bach.

Brocken des Frühstücks lösten sich im leicht schäumenden Wasser auf und trieben mit der Strömung dahin. Gelbgrüne Galle lief ihm durch Nase und Mund, hinterließ einen bitteren Nachgeschmack. Als der Magen unentwegt weiter krampfte, quollen die Augen hervor. Thewes stöhnte und wischte einen letzten Rest Schleim in seinen Hemdärmel. „Gott stehe mir bei, Grundgütiger!"

Er wagte sich kaum die Augen erneut auf seinen grausigen Fund zu richten. Käfer, die zuvor in einer Starre verharrten, beeilten sich, in den Schutz des Kadavers zurückzukehren. Bald violett, bald grün schimmernde Mistkäfer wuselten aufgeregt in die Gänge zurück, die sie unter dem Brustkorb angelegt hatten, um ihren Larven besten Zugang zum Leichengewebe zu schaffen. Um den Schädel, der nur noch aus Knochen und wenig, schwarz-ledriger Haut bestand, krabbelten Speckkäfer. Sie hatten nicht vor, die letzten vergilbten Haarbüschel einem anderen Fresser zu überlassen.

Gänsehaut rieselte Thewes den Rücken hinab. Ihn fröstelte als er sich hinsetzen musste, um einen Sturz zu vermeiden. Falls er ohnmächtig würde. Eine Weile saß er nur da. Dann schüttelte er den Kopf und hustete einen Rest Magensaft aus der Luftröhre. Sicher, er hatte schon Tote gesehen. Erst kürzlich, bei dem verheerenden Sturm, waren Menschen gestorben. Aber Leichen wie diese hier, zerfressen bis auf die Knochen, das ging nicht spurlos an ihm vorüber. Er nestelte an seinem Rucksack und setzte den Gutter mit Kirschwasser an seinen Mund. Das tat gut.

„Nur ein Schluck. Auf den Schrecken ...", würgte er heiser hervor. Ihm schien es, als sei er nicht ganz so allein, wenn er laut mit sich selber sprach. Oder welche Geister auch immer sich in der Nähe dieses grausigen Ortes aufhalten mussten; dort hinter den Felsen duckten sie sich und flüsterten, lachten ihn aus.

Die mächtigen, moosbewachsenen Quader lagen umher, als hätten Giganten aus längst vergangenen Tagen ihr Würfelspiel unterbrochen, die Spielsteine achtlos liegen gelassen. Da lagen sie nun umeinander, steinerne Zeugen einer längst vergessenen Zeit. Nur die riesigen Würfelbecher hatten sie mit sich genommen.

„Welchen Mist denkst du bloß wieder daher, Thewes Pichler!" Er schimpfte mit sich. Das tat er oft.

Dabei hatte der Tag ganz anständig angefangen. Früh um vier war er aufgestanden, hatte die Tiere versorgt und hatte sich dann aufgemacht an den Hirschbach hinunter, um vielleicht doch noch brauchbare Teile der Mühle zu finden. In diesem, schwer zugänglichen Abschnitt des Baches konnte man erst jetzt, nachdem das Wildwasser ins Bachbett zurück gekehrt war, mit der Suche beginnen.

Zwei *Herrenvögel* hatten sich um einen Leckerbissen gebalgt. Sie waren es, die ihn überhaupt erst auf diese Stelle aufmerksam machten. Über ihr Gezänk vergaßen die Rätscher den herannahenden Menschen. Als Thewes sich auf wenige Schritte herangepirscht hatte, flatterten sie mit ihrem „Dchää – Dchää!" in die Baumwipfel davon. Er krempelte sich die Hemdsärmel hoch und bemerkte den ledernen Rucksack, der vergessen am Waldboden lag. Gerade dort, wo Vögel gestritten hatten. Er griff nach einem verwitterten Riemen, bemerkte das Klirren von Flaschen. Gott segne Geber und Gaben. Wie vergesslich die Holzknechte waren. Das wird ein Fest!

Ein Totenkopf starrte ihn an und fletschte die Zähne. Sein Herz setzte aus. Seine Hand zuckte zurück. Das ist ja entsetzlich! Da grüßte der Kopf, lächelte hohl, knickte ein und klimperte auf den Boden zurück.

„... Ahhhhrg ...!" – Das Ding hat meinen Arm berührt. Meine nackige Haut!

Auch der Ranzen flutschte ihm durch die Finger, rumpelte zurück auf den Boden. Die Flaschen zerschellten. Der Schädel bekam einen Tritt von schmutzigen Stiefeln und kullerte – noch immer ein Greinen im bleichen Gesicht – einige Schritt auf das Bachbett zu.

Dort hatte sich Thewes soeben entleert. Immer und immer wieder hielt er den Arm in den eiskalten Bach. Nur um dieses Gefühl abzuspülen. Was er auch versuchte, es wollte nicht helfen. Er erhob sich und klopfte noch einmal auf das Gestein. Nur um sicher zu gehen. Um sich und die Käfer daran zu erinnern, wer hier der Stärkere war. Man konnte nicht wissen, ob noch ein anderer Spuk sich an dem Kadaver labte. „Ich kann doch nicht ahnen, dass hier einer liegt!" Thewes begann heftig zu lamentieren, als müsse er sich vor dem Krabbelgetier für sein Handeln verantworten. Ihm war, als höre er nur das Klackern tausender winziger Beinchen auf dem weichen, von Steinen zerfurchten Waldboden.

Den Ranzen ließ er am Boden liegen und sammelte sich, um seine Entdeckung genauer zu untersuchen. Außer etlicher Scherben, an denen sich Thewes die Finger schnitt, kamen auch noch – „Jetzt hol mich der T…!" – einige klimpernde Gulden hervor. Sie rochen nach Schnaps. Aber das machte nichts aus.

Thewes schaute verstohlen, grinste zufrieden und schob das kleine Vermögen – auf das es ihm Glück bringe – in seine Tasche.

Aber das tat es nicht. Seit diesem Tag sah man den Pichler oftmals im Wirtshaus. Mit leerem Blick starrte er dann in den Moschdkrug hinein und rieb sich über den linken Arm. Immer und immer wieder. Stumm und verbittert versuchte er dann das Brennen von seinem Arm zu streichen.

Was Thewes noch sah, war diese zerdrückte Stelle im Schädel. Und, als er sich doch traute den Rucksack zu wenden, da sah er die Knochen des Brustkorbes. Sie klebten förmlich am Leder. Links und rechts baumelten zwei Ärmchen nutzlos herab. Unachtsam vor lauter Angst zerdrückte er eine Knochenhand unter den Schuhen.

Da! – Da steckte ein Messer zwischen den Rippen. Rostig zwar, der Griff moosig und morsch, aber ein Messer war das allemal. Ein einfaches, unempfindliches Schnitzmesser, wie Schnefler es nutzen. Einst musste es in einer gepflegten Werkstatt Dienst getan haben, … bevor … ein Gedanke zuckte durch Thewes' Kopf. Benommen langte er nochmals in den Rucksack.

Als er versteinert, verlassen von allen Gefühlen, den steilen Weg nach oben antrat, rätschten die Vögel zum Abschied: „Dchää – Dchää!" In der Hand hielt er ein zerbrochenes Musikinstrument.

***

Der Bass des Advokaten tönte verstohlen aus dem geöffneten Fenster. „Und du bist dir ganz sicher? Kein Zweifel?"

Mit wem er da sprach, war für Bonifatius nicht gleich verständlich. Er wusste die hohe, gedrückte Stimme nicht zuzuordnen. Eine ferne Erinnerung verlor sich im Nebel der Zeit. Ihm würde es schon noch in den Sinn kommen. Es lag ihm geradezu auf der Zunge. Mit diesem Nebelschleier verband sich ein schaler Geschmack. Alkohol.

Doch jetzt wollte er hören worum es hier ging. Wie der Zufall es wollte, war unter dem Fenster der Kanzlei einiges an Arbeit zu sehen und zu erledigen. Er spitzte die Ohren.

„Ja freilich, Herr Advokat … dieser Mann ist zwei Tode gestorben … erst erschlagen dann erstochen. Oder anders herum … spielt auch nicht wirklich eine allzu große Rolle … der Mann war tot … toter kann man nicht sein …!“ Die Stimme sprach aufgeregt aber bestimmt. Sie war ihrer Sache sicher.

„Macht dich nicht über mich lustig, Knecht!“ Der Amtmann fuhr in Ungeduld auf. „Dass er tot war, hab’ ich verstanden, du Schwachkopf! Ob du sicher bist, was seine Identität angeht! Das will ich wissen!“

Bonifatius lauschte gespannt. Das wurde ja immer besser. „Nun sag’ schon…!“, dachte auch er bei sich, „… wer ist es gewesen. Jemand den ich kenne?!“ – Außer betretenes Schweigen war indes nichts weiter zu hören. Dann ein verlegenes Hüsteln.

„Sein Name! Zum Henker! – Bist du dir sicher, was seinen Namen angeht!?“ Diese ungebildeten Flegel konnten nicht einmal ein Gespräch mit mehr als zwei Sätzen führen. Lumpen und Dreckspack. Alle wie sie da waren!

„Der Villinger Anderl, das ist mein Nachbar gewesen … Herr … ob gut oder böse, da mag man im Himmel den Richterspruch finden. Doch! Meinen Nachbarn, den habe ich wiedererkannt. Todsicher!“ Auch in den Ton dieses Unbekannten mischte sich Groll, den allerdings nur feinfühlende Menschen bemerken konnten. Und wenn man Bonifatius fragte, dann zählte der Amtmann nicht zu dieser Gattung. Der mochte vielleicht zu den gesitteten Menschen zählen, aber nur, wenn die Sitte ihm nutzte.

„So wie du ihn beschreibst, gab es da nicht mehr viel, woran man ihn hätte erkennen können, du Trottel! Was macht dich so sicher? Dass er sich das eigene Messer zwischen die Rippen geschoben hat? Das kann es ja wohl nicht sein, he …?“

„… der Schnaps, Herr! Viel, Herr, und gut. Der Schnaps und die zerbrochene Klarinette!“

Geld würde ohnehin niemand beim Andreas vermuten. Nicht bei so einem Versager. Einer der Haus und Hof versoff. Dass er seine Alte und seiner Kinder schlug, so dass er oftmals die Schreie bis zu sich in die Kammer am Gschwanderdobel noch hören konnte, das mochte wohl nichts Besonderes sein. Aber vom Bauern zum Tagelöhner abrutschen, da gehörte schon ein arg versoffener Kopf dazu. Oder hatten die anderen recht? Die Menschen die meinten, dass die Katharina eine Hexe sein solle. Altweibergeschichten. Obwohl …!

Das Geld sollte selbstredend unerwähnt bleiben. Das musste er diesem hochnäsigen Kaib dort vor ihm im Amtsstuhl nicht auf die Nase binden.

„... nun, dieser Villinger, Andreas. Ist das nicht dieser schändliche Kerl, der wegen Diebstahls und Betrugs so einiges auf dem Kerbholz hat?! Der Vermählte der Katharina, vom Heidenschloss – der ... ?"

„... der Heidenhexe! Ja, Herr Ihr sa..."

„Papperlapapp! Wir sind hier nicht in der Nähstube, Knecht! Du kannst gehen!"

Thewes zögerte kurz, in Erwartung einiger Kreuzer für seinen Botendienst. Was er zu sehen bekam, war eine wedelte Hand. Als gelte es, eine Schmeißfliege zu verscheuchen, die nervtötend um Kerzen und Köpfe schwirrt. Ein „Pack dich! – Und halt dich zu meiner Verfügung!", blieb sein einziger Lohn. „Hochnäsig, ungehobelt und zudem geizig! Das ist eine Mischung, die zu nichts Gutem führt.", dachte Thewes bei sich, als er die Kanzlei hastig verließ. Die Tür fiel krachend in ihre Zargen. Wenigstens das. „Sei's drum. Im Hirschen wartet ein gutes Schlückchen auf mich!"

Bonifatius schreckte auf. Das Knallen der Tür riss ihn aus seinen Gedanken. Um ein Haar hätte ihn der Amtmann entdeckt, als er zum geöffneten Fenster trat, sich kurz hinaus lehnte, um sich dann an dem Sims anzulehnen. Jetzt kehrte er ihm den Rücken zu. Das bisher Gehörte hatte ihn – gelinde gesagt – in Schrecken versetzt. Was jetzt aber, bei geöffnetem Fenster – sozusagen in aller Öffentlichkeit – besprochen und ausgedacht wurde, dröhnte in seinem Kopf und sprengte seinen Verstand.

„Nun Schreiber, denkst du was ich denke?!" Der Schreiber schwieg.

Er schaffte hier lange genug um zu wissen, dass es hier niemals um seine Meinung zu einer Sache ging. Auch anderswo war die keinen Pfifferling wert.

„So wie ihn der Pichler beschreibt, lag er schon eine Weile drunten im Schneeloch." Nicht einmal zu nicken, das brauchte ein Schreiber. Mit einem Nicken hätte er ein ernstes Gebot gebrochen. Das Gebot, nicht anwesend zu sein. Nicht einmal Luft. Nichts!

„Wir haben schon einige Leichen gesehen. Nichtwahr, Schreiber! Aber die, von der unser einfältiger Knecht uns erzählt, die hat schon zur Weihnacht an Ort und Stelle gelegen. Schon im Dezember, da wette ich auf mein Seelenheil, ist ihm das Hirn eingedrückt worden. Mit einem präzise geführten Schlag. Schon im Dezember ist sein Blut in den Schnee gesickert. Dann ist er eingefroren, der Villinger, bis ihn im Frühjahr die Maden, Käfer und Was-wohl-sonst-noch-so-alles gefressen haben. Kurz darauf ein Sturm und – oh glücksel'ges Geschick! Kurz drauf kramt ein Pichler im Geröll einer lumpigen Mühle. Et voilà! – Ein fidel geglaubter, seine eigenen Kinder mordender Mann ist am Waldboden verrottet. Tot. Gleichzeitig erschlägt er den eigenen Balg. – Sagt zumindest die Heidenhexe! Quelle plaisir! Und weißt Du was Wir jetzt tun? Wir werden Uns dieses „plaisir" zurechtlegen und Uns gefügig machen!"

Der Schreiber wusste, dass nur einer gemeint war. Sobald er einen Nutzen erkannte, sprach der Herr Advokat gewöhnlich im „pluralis majestatis", dem Ausdruck einer uneingeschränkten Macht. Ein Irrtum, der ihm einst den Hals kosten würde. So hoffte inständig ein Schreiber der Klosterkanzlei. Er verschloss sein aufgeschlagenes Buch und legte die Feder zur Seite. Eine offizielle und amtliche Untersuchung würde es zu diesem Vorfall nicht geben. Es gab nichts, was er aufschreiben musste.

Bonifatius zwang sich zur Ruhe. Was genau im Kopf dieses Advokaten vor sich ging, das wusste der Herr allein. In der Stimme aber hatte Bonifatius eine Färbung erkannt, die nur Männer verstanden. Immer dann, wenn sie anzüglich von Frauen sprachen. Er war ein Mönch. Und doch, er kannte sie allzu gut, die lüsterne Sprache der Wirtshäuser. Er musste ihr eine Warnung zukommen lassen.

Derweil saß der Amtmann vor seinem Pult. Die Linke verharrte dort, wo sich leise sein Blut erwärmte. „Wer auch immer dein Söhnchen erschlagen hat, dein Mann war es jedenfalls nicht. Was auch immer du in deinem hübschen, lockigen Köpfchen gesehen haben willst, dein Mann war es jedenfalls nicht. Weil er tot ist, dein Mann. Aber wer weiß? Du Heidenhexe! Vielleicht sprichst du ja auch mit seinem Geist. Holst ihn dir aus dem Jenseits zurück, dass er dir die Schenkel spreizt. Seine Weißtanne in dein triefendes Delta drängt und sich treiben lässt auf den Wogen der Lust, wie ein Floß über die wild sprudelnde Elz … Ja, ja! … Katharina, mein Kind, ich weiß, dass dein Mann es nicht war. Aber wer war es dann? Wer hat ihn aus dem Weg geräumt? Katharina, wer hat ihm den Schädel gespalten? Wer hat ihm sein eigenes Schneflermesser zwischen die Rippen geschoben? Und selbst wenn du es *nicht* warst. Du wirst es lernen, mir zu Diensten zu sein. Ganz sicher. Das wirst du."

Ein Advokat verbarg einen Fleck vor den Augen seiner Gemahlin. Er hatte nicht aufgepasst beim … und der Brei tropfte auf seine Beinkleider. In seiner Manteltasche steckte ein kleines Papier. Ein Mönch aus dem klösterlichen Konvent hatte einen Warnbrief verfasst. Kein schlechtes Pfand.

Thewes verbrachte einen versoffenen Abend im Wirtshaus. Er hatte dem Amtmann dieses Papier gegen guten Schilling verkauft, hatte doppelt kassiert. Auch der Mönch hatte gezahlt.

Ein schnapsseliger Abend, dem zahllose andere folgten. Dann starrte er in den Moschdkrug und rieb sich über den linken Arm. Immer und immer wieder.
Katharina öffnete ihrem Mann die Tür. Ihr Herz setzte einen Schlag aus. Andreas war wieder zurück. Polternd, mit wirrem Blick. So würde es wohl noch ewig gehen.

Bonifatius hätte sie gerne beschützt. Der Pichler sollte ihr seine Nachricht geben. Eine weitere Nacht, unruhig wie immer. Wieder derselbe Traum. Wieder die stürzenden Türme. Was ihn fortan aber noch viel mehr bedrückte, das war die Sorge um Katharina.

Dass aber eine Art derselben den Tod bringt, noch bevor das Leben richtig beginnt? Wer hatte sich diese Grausamkeiten erdacht?

Winter anno 1759/1760 – Im Heidenschloss

Die ersten Flocken, schöne fette Bäckersbuben, fielen aus den tiefhängenden Wolken. Der Gipfel des Kandels wurde in Watte verpackt. Der Berg, der Wald und die Menschen stellten sich auf eine Zeit der Winterruhe ein. Ein letztes Mal war die Krume umgepflügt worden. Die Äcker und Matten gähnten verstohlen, dann zogen sie ihre Kräfte tief in die Erde zurück. Bald lag das Land ruhig schlafend da, zugedeckt von einer flockigen, wärmenden Decke aus Schnee.

Manch ein Lehbauer aber ging mit Sorgen zu Bett. Auf dem Hof gab es immer genug G'schäft, daran lag es nicht. Die Fronen waren vorbei. Dem Martinstag, dem letzten Zins- und Steuertag im Jahresverlauf, sollten großen Freudentage im Kirchenjahr folgen: Weihnachten!

Die einen konnten sich dankbar zeigen, der Sturm hatte nicht allzu viel Aussaat zerstört. Unter den Walmen des Hofes lagerte ausreichend Futter und *Frucht*, dass es für Mensch und Tier über den Winter ausreichen würde. Doch schon an der nächsten *Lehscheide* sah es ganz anders aus. Die *Fruchtkästen* waren mit Luft gefüllt, die *Furken* lehnten gelangweilt an einem Balken im *Futtergang*. Was sollten sie auch anderes tun, wenn schon die *Heuliecher* nicht genug Futter heran schafften. Man hatte dem Herrn dennoch gedankt. Was half es zu jammern, es könnte gewiss noch viel elender sein.

Schlimmer kam es nur noch im Heidenschloss. Katharina trauerte um ihren Bartle und niemand konnte sie trösten. So oft wie noch nie zuvor kam Andreas und ließ seinen Hass an ihr aus. Die Oberschenkel entzündeten sich. Umso mehr stand sie da und musste sich waschen.

Es war die Zeit, als die sechsjährige Ursula nach Kräften versuchte, den Haushalt zu führen. Das Vieh kaute auf wenigen Halmen herum. Bis in den Spätherbst hinein war Ursula in den verbotenen Klosterwald geschlichen und hatte einzelne Bäume gelaubt. Die Schwester war derweil losgezogen, um zusammen mit dem tapsigen Paul Farne und laubreichen Waldboden zu finden. Sie brauchten Einstreu für ihren winzigen Geißenstall. Deren Milch war so wichtig, dass die Viecher fast besser lebten als ihre hungernden Herren.

Notwendige Reparaturen am Haus konnten nicht durchgeführt werden, denn es fehlte an Geld. Wieder einmal. Dabei wäre das vor dem Winter noch wichtig und dringend gewesen. Die paar Holzschindeln, die noch in Andreas' Werkstatt zu finden waren, hatten die zahlreichen Löcher im Dach nur leidlich ausbessern können. Eine jede wog schwer in Katharinas Hand. Einmal verarbeitet und der Witterung ausgesetzt, würden sie nicht mehr zum Verkauf taugen.

Wie es der Brauch war, hatte man der Witwe mit ihren Kindern den Dorfvogt zur Seite gestellt. Trotz dessen barmherziger Unterstützung reichte es weder zum Leben, noch reichte es ihnen zum Sterben.

Katharina musste unbedingt wieder auf ihre zwei Beine kommen. Die Kinder brauchten sie jetzt! Sie hatte es noch geschafft, ihren Kräutergarten über das Jahr zu versorgen. Wenigstens das. An Mariä Himmelfahrt eilte sie mit ihrem Kräuterbuschel zur *Kriterwih,* der Kräuterweihe, in das Kloster, wo sie vor dem Muttergottes-Altar die wichtige Weihe für ihre Kriterpalme erhielt. Geweiht und benediziert hing sie nun in der Küche, sicher verwahrt an einem Platz, wo der Rauch die Beigaben nicht verderben konnte. Ein Staubfänger dem, der nichts ahnte von der Wirkung gesegneter Kräuter. In besseren Tagen hatte Katharina den Kindern jede einzelne Zutat erklärt und nicht ausgelassen, für welches Leiden sie Linderung schaffte.

„Nur mit der Weihe am Muttergottes-Altar kann jeder Halm, kann jedes Blatt die heilenden Kräfte für die Gesundheit des Leibes und eurer Seelen entfalten!"

Die Kinder standen mit großen Augen und schauten die Mutter an. Die Halme von Roggen, Weizen und Hafer; die Blätter von Melisse, Salbei, Kamille und Wermut; heilende Blüten und Blätter der Arnika, Baldrian, Johanniskraut, Schafgarbe und Thymian; vielleicht etwas Mangold und Rispen von Gelbrüben; wenn möglich ein Blümlein, all das kannten die Kinder mit Namen. Selbst Paul brabbelte munter drauf los. Das dumme Kind wusste die Kräuter richtig zu nennen. Freilich halfen die Schwestern dabei und kicherten hell, wenn er ins Stocken geriet und mit unbeholfenen Fingern auf die Tischplatte zeigte. Bei jedem unterschiedlichen Kraut brachte er einen ganz eigenartigen Laut zustande, in seiner ganz eigenen Sprache. Wie ein Schulmeister stand er da und grinste verschmitzt. Dann nickte er sehr gelehrt und sehr wichtig mit seinem strohblonden Schopf und schaute mit funkelnden Augen die Mutter an. Der standen vor lauter Liebe die Tränen in den Augenwinkeln. Eine Liebe, wie allein Mütter sie kennen und die Väter zuweilen neidisch macht.

Die Tränen standen dort auch, weil sie zuletzt erst von ihrer Kriterpalme die Kräuter abzupfen musste. Der Sarg musste ausräuchern, bevor ihr Kind, nachdem es gewaschen war, dort hinein gelegt wurde. Ihr Blick wurde leer. Ursula nahm die Geschwister und verließ mit ihnen die traurige Küche. Draußen gab es noch Holzscheite unter das Walmdach zu schaffen. Die hatte der Vogt gebracht, um dem Weibervolk mit ihren dürren Kindern einen wärmeren Winter zu schaffen. Wenn sie sparsam damit umgingen, dann sollte das wohl für die Kochstelle reichen.

***

Die Tür fiel hinter den Kindern ins Schloss und da stand Andreas im Raum. Schon wieder!

Jetzt aber gab es in ihrem Leben auch noch den neuen Mann, kein Trugbild, lebendig und liebenswert. Ihr war es, als müssten sich die beiden bekämpfen. Immer öfter gelang es ihr, auf seine Stimme zu hören. Ihr neuer Mann war im Begriff, sie zu heilen:

„Katharina! Bleib bei mir! Hörst Du? Das ist nicht die Wirklichkeit! Es ist nicht einmal sein Geist. Wenn er noch lebt, dann nur in deiner eigenen Angst.“

„Wenn das nicht die Wirklichkeit ist, was ist es dann? Welche Wahrheit ist denn die richtige? Ist es denn nur meine Angst, auch dann, wenn die Toten noch Macht über mich haben?“

Sicher war nur, dass man auch die Toten noch hassen kann. Gewissheit gaben ihr nur die blutenden Schrunden an ihren Schenkeln, gezogen von heißen Karden! Furchen, die sie zum Leben brauchte, um sich noch selber zu spüren, sich ihrer selbst sicher zu sein. Nichts sonst brachte ihr das Gefühl von ihrer eigenen Anwesenheit. Wenn Andreas es allzu toll mit ihr trieb, dann war das die Wirklichkeit. Eine andere gab es dann nicht.

„Katharina! Spürst du mich noch? Meinen Arm um deiner Schulter. Meinen Atem auf deiner Haut. Ich bin da. Ich halte dich fest. Schlaf ein meine Liebste, schlaf ein! Er kann dir nichts tun. Solang ich dich liebe, hat er keine Macht über dich.“

Wenn sie seinen Arm spürte, dann wurde es warm. Wenn sein Atem ihr über die Wange strich, dann kam der Trost. Erst nach einiger Zeit, aber er kam. Anfangs hatte sie dagesessen, in sich gekehrt, vor lauter Angst vor diesem Gefühl. Als habe sie Furcht vor dem, wonach sie sich so sehr sehnte: Furcht vor der Liebe!

Ganz langsam empfand sie dieses Gefühl wie eine Erlösung. Der riesige Pfropfen, der drückende Kork, der auf ihrem Herzen lag, den Alltag zur Qual machte, lupfte sich einen winzigen Spalt. Breit genug, um einen dunklen, galligen Dampf ausfahren zu lassen. Wie Eiter aus einer entzündeten Wunde. Heilung für ihre fiebrige, sterbende Seele. Rettung in letzter Not.

„Katharina! Du Reine, du Kraftvolle. Lass dich lieben von mir.“

Noch tat ihr die Liebe weh von der *er* da sprach. *Er* hielt sie aus, wenn sie *so* war. Gefangen, ein Vogel im Käfig, zu taub um zu singen, zu lahm um zu fliegen, zu krank um zu essen.

Sie hatte ihn zuvor schon öfter gesehen. Und als *er* sie sah, als sie sich ansahen, da taute ihr Herz. Eisig und kalt, dunkel und dumpf hatte es in ihr geschlagen. Sinnlos und hart. Allein dafür da, sie am Leben zu halten. Allein für die Kinder.

Jetzt taute es auf. Ein steter Quell, langsam, in aller Vorsicht, tropfte das Leben wie Regen im Mai auf ihre sterbende Seele. Keime erwachten. Saat, über den Winter des Lebens in ihrem Innern verschlafen, wurde gelockt und umsorgt. Geduldig. Bis der ein oder andere nicht länger verharren wollte und – mit zaghafter Achtsamkeit – den zartgrünen Schopf aus der Brache steckte. Wäre *er* nicht gewesen, der der sie lockte, der sie umsorgte, der zu ihr kam, wann immer *er* konnte; wäre *er* nicht geblieben, auch wenn sie sich wand und mächtige Kräfte den Pfropfen, den Kork über dem Herzen noch fester in die Verankerung drückten; hätte *er* sie nicht gepflegt, sie wäre gestorben in jenem Winter.

***

Denn der Winter war hart und grausam zu ihr.

Für Katharina hatte er zwei Gesichter. Als der Schnee seine Decke über die Herrschaft des Klosters legte, über die Walmen der Häuser fegte und die klirrende Kälte den letzten Winkel im Lande heimsuchte, brauchte sie nicht mehr ins Kloster zu eilen. Immer dann, wenn der Amtmann es wollte. Ein Pfand habe er. Aber es gebe für sie einen Ausweg. Seinen Ausweg.

„Nun Weib …“, hatte er mit lüsternen Augen gegurrt, „… meine Untersuchungen haben ein glückliches Ende gefunden. Es ist allerdings etwas anders, als du es mir weiß machen wolltest … Weib! Wo ist dein Gatte?“

Katharina vermisste den Schreiber. Für gewöhnlich stand er an seinem Pult in der Amtsstube. Ein Warnsignal zerfurchte schrill die Gedanken in ihrem Kopf. Sie suchte verwirrt nach den richtigen Worten.

„Seit er seinen Sohn … Seit er ihn erschlagen hat, lässt er sich kaum noch bei mir blicken, Herr! Ich würde es sofort beim Vogt zur Anzeige bringen! Er … traut sich das … nicht me…!“

Sie zuckte zusammen, als der Amtmann die flache Hand auf das Pult schlug. Sie sauste herab wie das Fallbeil einer Guillotine.

„Weib! Schweig still! Das was du hier vorträgst wie eine trauernde Witwe – was einen Stein erweichen könnte – *Das*, du verdorbenes Weib, ist nichts sonst als eine teuflische Lüge …!“

Er hatte sich vorgenommen, den Teufel sehr schnell mit ins Boot zu holen. Das machte bekanntlich die Wirkung der Worte um einiges kraftvoller. Und dass er die Macht hatte über diese berauschende Frau, das hatte sie noch gar nicht richtig verstanden. Stattdessen kämpfte sie wieder mit ihren schlanken Fingern die schweren, dunklen Locken nach hinten. Er erinnerte sich. Vor einigen Wochen an gleicher Stelle. Die Linke wanderte an seinen eigenen heißen Ort. Mit der anderen würde er sie sich zur Hure machen. Einmal. Das musste genügen. Danach sollte die Hexe hängen. So oder so. Er war gierig. Aber nicht dumm.

„Dein Mann ist schon lange tot …!“

Die Wucht dieser Worte traf Katharina hart in den Leib. Sie zuckte noch mehr als zuvor vom Schlag auf das Pult. Das konnte nicht sein! Er war doch erst gestern bei ihr gewesen. Die blutenden Schenkel schrien zum Himmel. Sie waren wie Zeugen der Schändung an ihr. Aber ihr Zeugnis blieb stumm.

Unterdessen legte der Advokat mit einem Lachen den vergammelten Ranzen ihres Mannes direkt vor sie hin. Sie schwankte und stützte sich auf seinen Tisch. „Herr Amtmann!“

Die Stimme war brüchig und zittrig. Doch sie gewährte ihm einmal mehr diese Aussicht in ihr verlockendes Hemdchen. Warum sollte er sich die Mühe machen, ihn von dort wieder zu lösen. Bald schon würde er in seinen Händen halten, was jetzt vor ihm wogte.

„Er kann deinen Sohn nicht … *geschlachtet* … haben, so wie du sagst. Das ist doch sein Krempel hier, der da vor dir liegt, Weib?! Ich werde dir zeigen, was wir hier haben.“

In aller Ruhe, mit der Gewissheit seine Beweise so geschickt einzusetzen, dass der Angeklagten nur der gerechte Richtspruch blieb – ob sie gestand oder nicht – nestelte er einige Scherben aus dem modrigen Sack. Noch genussvoller hielt er ihr die Reste der Klarinette unter die Nase. Das Entsetzen machte seinen Triumph so brennend und heiß, dass er sich beinahe an Ort und Stelle in die Hose ergoss. Langsam! Der Höhepunkt wird schon noch kommen.

Ihr Leben lag in seinen Händen. Auf den Mord an ihrem Mann stand einzig der Galgen. Der Henker hatte dem Seiler bereits den Auftrag erteilt: einen Strick! Zu gern würde er schon jetzt und hier auf dem Pult von ihr kosten. Sie sollte zucken vor Geilheit und vor Befriedigung stöhnen. Den Teufel würde er ihr austreiben!

Als sie die Reste des Messers ansehen musste, knickte sie ein. Kein Zweifel, es war das seine gewesen. Und sie wusste, dass es nicht mehr an seinem Platz hing. Schon lange nicht mehr.

***

Die Schneemassen vor ihrer Tür wuchsen zu einer unüberwindbaren Mauer heran. Aber sie kam nicht zur Ruhe. Der Schutzwall war ein Betrüger. Er würde nicht ewig halten. Nichts war nur gut und nichts war nur böse. Mochte der Herrgott anders sein.

„Geh' nicht zu ihm! Lass ihn nicht den Platz von Andreas einnehmen. Kein Mann darf den je wieder einnehmen. Nicht auf diese Art. Dir wird nichts geschehen.“

Was das anging, so irrte ihr Liebster. Der Amtmann hatte ihr eindrucksvoll deutlich gemacht, was auf sie wartete, sollte sie ihm nicht zu Willen sein. Wann? Das wolle er sie schon wissen lassen. Sie fühlte sich ausgeliefert. Noch mehr, als bei Andreas.

Und das Maß, der Kelch, den sie zu leeren hatte, gab noch eine bittere Neige her. So bitter, dass wieder alles zerbrach, was sie sich aufgebaut hatte. Nur ihr Geliebter hielt an ihr fest und würde es weiterhin tun. Es sollten noch Jahre vergehen bis sie sich ihm hingab. Vier lange Jahre, die *er* ihr beistand. Der Schutzwall in ihrem Innern kannte keinen Betrug. Höher, stärker und uneinnehmbar errichtet. Errichtet aus Kränkung, Verletzung, Ohnmacht und Wut. Keine verwundbare Stelle und keine Verräter in den eigenen Reihen.

Als sie soweit war, öffnete sie ihm einen kleinen, winzigen Spalt. *Er* schaffte es trotzdem. Für eine kurze Zeit und doch ein Schwur für die Ewigkeit.

Den Schwur am Grab ihres Kindes konnte sie nicht einhalten. Nichts war nur gut und nichts war nur böse. Später, als sie die Messer gebrauchte, bevor sie verloren gingen, da wurde es leichter. Aber da waren ihr beinahe alle Kinder gestorben.

Am Dreikönigstag, dem 6. Jänner 1760 und am St. Antoniustag, dem 17. Jänner 1760 starben als erste Agatha, dann Ursula. Ursula war die Kräftigere. Aber beide hatten kaum Fleisch auf den Rippen.

Die Mädchen beklagten sich über starke Schmerzen im Bauch. Agatha begann zu weinen und lehnte jämmerlich in den Armen der Mutter, als sie sich wieder und wieder erbrach. Bald kam das Fieber, das alle im Heidenschloss auf die Schlafstatt zwang. Sie musste sich zwingen, sich nicht einfach der Krankheit hinzugeben. Sie musste die Mädchen pflegen.

„Hier …“, sagte sie sanft, zuerst zu der schwachen Agatha und dann zu der kaum noch stärkeren Ursula. „… Trinkt. Es wird euch gut tun.“

Sie sagte es und glaubte selber nicht mehr daran. Die Mädchen behielten den Sud aus heilenden Kräutern nicht bei sich. Auch dann nicht, als sie die letzten geweihten Früchte der Kriterpalme in das dampfende Wasser rührte, ein stilles Gebet auf den Lippen. Der Schutzwall aus Schnee geriet ihr zur Falle. Sie kam nur einige Schritte bis vor die Tür. Und in der Falle saßen sie so oder so: Allein – das Geld für den Arzt hätte sie niemals aufbringen können, und wer hätte sich im Klosterspital um die Seuche eines Hexenbalges gekümmert?

Die Mädchen trockneten aus. Kein Umschlag änderte noch etwas an ihrem sicheren Tod. Agatha starb in fiebernden Träumen. Sie stöhnte und litt, so dass Katharina nicht von ihr wich. Für keinen Handschlag der Welt – deren es zur Genüge zu tun gab – würde sie von ihrem Kind weichen. Die Ziegen meckerten hungrig.

Katharina wäre zu gerne an ihrer Stelle gestorben. Sie war es leid, das Leben mit seinen Grausamkeiten. Dass sie überhaupt noch Tränen hatte. Ihre Hand lag auf der glühenden Stirn ihres Kindes. Agatha öffnete ihre schwer gewordenen Lider, lächelte ihre Mutter an und verschwand mit dem letzten Seufzer für immer. – Eins nach dem anderen.

„Mutter. Ich habe Angst.“ – Wieder brannte der Kummer in ihren Augen.

„Pschsch, meine Große! Schau doch, Ursl. Liebes, du bist nicht allein.“

„Aber was kommt, wenn ich sterbe? Wo gehe ich hin? – Ohne dich?“ Da nahm sie ihr Kind an sich, sanft und beschützend. So, dass Ursula ihr Elend nicht sah.

„Die Wiesen und Matten sind immer grün …!“, begann Katharina eine Geschichte, die ihre Kinder von klein auf kannten.

„Die Vögel singen ihr Lied und kein Mensch fügt einem andern Leiden zu. Es wird hell sein und nicht wieder dunkel werden. Keiner kann Süßes zu Saurem machen. Armut und Elend gibt es dort nicht. Ein weißes und wunderschönes

Gewand liegt dort für dich bereit. Du wirst es tragen und nie wieder frieren. Du wirst sehen: ein Wolf tritt aus dem Wald und du kennst keine Angst. Und der Wolf wird bei deinen Lämmern wohnen …"

„… *die Hütebuben* …", flüsterte Ursula weiter, „… *die Hütebuben werden Löwen und unsere Gizi gemeinsam über die Viehgasse treiben!"*

Woher sie das nahm? Sie konnte die Verse aus längst vergangenen Zeiten in ihrer Welt wieder erkennen. Katharina brachte die Verse mit dem Lächeln der Liebe zum Schluss.

„… das Saumädle wird Schweine zusammen mit Bären zur Eichelmast treiben. Und Ihre Jungen werden zusammen spielen und nichts als Stroh werden sie fressen …"

„… *und Paul* …", fiel das Mädchen erneut mit ein, „… *Paul wird beim Spielen nicht aufpassen müssen. Auch dann, wenn ich nicht mehr bei ihm bin* …" Jetzt schluchzte die Mutter auf.

„… *denn keine Schlange kann ihn mehr beißen, so dass er sterben muss.*", vollendete Ursula den Vers des alten Propheten auf ihre Art.

„… Und Mutter? Wie wird es dem Kräutergarten ergehen …?"

Katharina stockte der Atem. Schon immer hatten die Kinder diesen Spaß mit ihr getrieben. Wenn sie Zutaten in langer Feierlichkeit zusammen stellte, dann standen die Kinder am Lattenzaun und sahen ihr zu.

„Mutter!", riefen sie dann glockenhell. „Im Himmel wirst du den Garten umsorgen. Und nie wird ein Blatt auch nur welk!" Wenn sie die Rotznasen dann mit Wasser bespritzte, liefen sie kreischend davon. Auch Paul taumelte hinterher, sobald er die ersten Schritte tun konnte.

„… *In meinem Kräutergarten wird kein Blatt mehr welk.*" Nur noch ein Flüstern in das Ohr des sterbenden Kindes. Paul, das wusste sie nun, würde am Leben bleiben.

Die grausame Welt verlangte von Katharina eine letzte und unmenschliche Tat. Der Karren, mit dem die Mädchen die letzte Fahrt antreten sollten, kam erst nach dem St. Agathatag, am 5. Februar. Gute vier Wochen versperrte der Schutzwall den Weg.

Sie bettete ihre Kinder in eine eiskalte Mulde aus Schnee. Dort mussten sie liegen, in Decken gehüllt, jede eine Strohpuppe in ihren gefalteten, eingefrorenen Händchen. Jeden Tag ging sie hinaus um zu schauen, dass die Mädchen es gut hatten. Dass es ihnen an nichts fehlte. Paul trauerte wie ein geprügelter Hund. Immerzu zeigte er auf die leeren, einsamen Betten.

Dann kamen die Männer und schafften sie fort.

Anno 1763 – Kriegslärm

Bonifatius hatte den Faden verloren.

Wann und wo – er wusste es nicht. Vielleicht hatte er sich auch verhaspelt. Die Sprache der Weber bot zahlreiche Gleichnisse. Wenn aber beim Weben der Faden riss, so konnte der Fehler im Stoff nicht verborgen bleiben. Das Werkstück war unwiederbringlich verdorben. Und hier ging es um mehr als nur Sackleinen.

Im Grunde hingen sämtliche Fäden nutzlos herum und Bonifatius stand wie gelähmt da, krallte die Finger in das sonnengewärmte Mauerwerk und wusste nicht was er tun sollte. Es war nicht so als hätte er es nicht versucht. Zumindest den Vorwurf konnte er sich nicht machen. Je mehr er aber versuchte, die Fäden zu greifen, sie wieder aufzunehmen, je mehr er sich mühte die Webfehler zu verbergen, um so mehr verwickelte er sich in ein anderes, verderbliches Geflecht. Ein Flechtwerk aus Lügen, ein Stoff aus Betrug.

Mitbrüder, die er immer wieder befragte, ermahnten ihn zur Besonnenheit. Bruder Cellerar hatte ihn als verbissen bezeichnet. Er solle zurückkehren in das Vertrauen zu Gott. Immerhin, er sei Katechet und ein Vorbild für die jungen Menschen und Kinder.

Dann standen im Jahr 1762 Soldaten an der Pforte des Klosters und verlangten nachdrücklich um Einlass. Immerhin, ein Korporal, als solcher im Rang eines Unteroffiziers. Er führte vier weitere *Gemeine* an und schien sich dem Affront seines Handels durchaus bewusst. Er genoss seinen Auftritt sichtlich.

„Willst du mich nun deinem Abt vorstellig machen oder muss dir mein Säbel helfen?", fuhr er den Torwächter an, der sich seiner Haut nicht zu wehren wusste.

„Nun schick dich! Oder willst du die Gesandten Iro Kaiserlichen Hoheit Maria Theresia hier im kalten Wind vor dem Tor warten lassen? Ist dir klar, was hier gleich geschieht, wenn du dich nicht augenblicklich packst?"

Der Pförtner wusste offensichtlich mit der Situation nicht angemessen umzugehen. Er stotterte noch an einer Frage „um den Bbb … Bp … pBegehr dede … des H…Herrn K…Kkk…Korporals", als dieser mit dem Säbel zu rasseln begann.

„Was glaubst du Tölpel eigentlich wer du bist? Glaubst du Iro Kaiserliche Hoheit hätte einen Soldaten von meinem Rang hierher geordert, um einem Knecht – und dazu noch einem nicht sehr schlauen Knecht – eine Nachricht zukommen zu lassen? Nochmal: Diese Nachricht ist für den Prälaten, Knecht! Hast du das jetzt verstanden?!"

Dabei hatte er den armen Mann beim Kragen gefasst. Und diesen Hünen beim Kragen zu fassen, das sagte auch etwas über die Körpergröße dieses

Soldaten aus, der in der *Tiroler Legion* gestählt und gedrillt worden war.

„Und sorg dafür, dass unsere Pferde untergestellt werden!", rief er dem eingeschüchterten Klosterbediensteten nach.

„Die Le...Le...Leute he...he...hier aaa...auf dedede...dem Wwww... Waald scheinen mir nicht ausdrücklich mit Scharfsinn gesegnet zu sein. Obwohl es doch heißt, dass die Klöster ein Hort von Be...Be... Bildung und We...We...Wissen sein sollen ..."

Seine Begleiter grinsten ihn dümmlich an. Einer wollte schon einen Anmerkung beitragen, als er den warnenden Stiefeltritt des Kameraden an seiner Wade verspürte. Der Korporal war nicht besonders guter Laune und der Kamerad hatte schon im Augenwinkel das Wirtshaus gesehen. Ein Fehler und der Trupp würde am Abend exerzieren anstatt in der warmen Gaststube zu sitzen.

Im schnellst einberufenen Konvent steckten die Mönche die Köpfe zusammen. Der Abt wollte zwar die Botschaft empfangen, den Soldaten indes den Zugang zum Kloster verwehren.

„Welch eine Provokation, ja Kampfansage an einem heiligen Ort!", Bruder Waldmeister schimpfte mit zornfunkelnden Augen. „Ein Exekutionskommando, man stelle sich vor! Eine Vollstreckung mit Waffengewalt! So weit ist es gekommen. Man schickt die Armee um Steuern zu stehlen ...!"

„Halte ein Bruder! Und versündige dich nicht! Dieses Schwert schwebt schon seit Jahren über unserem Kopf. Noch können wir diese Liste mit den Gütern und *Gefällen* unserer klösterlichen Herrschaft freiwillig abgeben. Um die Steuerbetreibung kommen wir nicht mehr herum. Wir müssen es nicht soweit kommen lassen, dass man uns all unserer Rechte beraubt!" Der *Cellerar* hatte auf den Punkt gebracht, was alle wussten.

„*Freiwillig*? Ehrlich Bruder, du machst mir Spaß! Da draußen steht ein Vollstreckungskommando unserer Kaiserin! Da kann von einer Übergabe aus freien Stücken ja wohl nicht die Rede sein. Man setzt uns den Säbel auf unsere Brust. Von Freiheit habe ich da ein ganz anderes Verständnis!" Bruder Waldmeister konnte sich nicht beruhigen. Die Situation drohte in einen handfesten Streit zu münden, als Bonifatius eine – zugegebenermaßen recht unüberlegte – Frage stellte.

„Warum erzwingt man ein Verzeichnis von uns? Haben wir denn nicht erst 20.000 Gulden gezahlt, um diese lästige Steuerbetreibung ein für allemal los zu sein?"

„Bonifatius!?", der Cellerar verdrehte genervt die Augen, „... lieber Bruder. Erinnerst du nicht, dass Theresia diese Zahlung rundweg abgelehnt hat? Sie will alles und kein Zubrot für Ihren maroden Staatshaushalt. Erinnerst du nicht, dass Abt Philipp Jakob unlängst vor die Regierung zitiert wurde? Und sich dabei gehörig den Mund verbrannt hat?!"

„Willst du jetzt unseren Prälaten angreifen und der Unfähigkeit bezichtigen?", quäkte Bruder Waldmeister drauflos.

„Nein Bruder, nichts liegt mir ferner als das ...!" Der Cellerar verlor die Geduld. Die Situation zehrte an aller Nerven.

Bonifatius erhob sich bleich und beinahe irr von seinem Stuhl.

„Du hast mir versichert, dass unser Abt die Lage beherrscht! Und nun das? Soldaten vor unseren Toren?" Er hatte den Worten des Bruders vertraut und fühlte sich ernsthaft betrogen.

Der Abt blieb sich treu und ließ eine Unterkunft der Soldaten im Kloster nicht zu. Die nahmen im Wirtshaus Quartier. Der Gemeine blinzelte seinen Kameraden zufrieden zu. Dort ließ es sich leben: auf Kosten des Klosters!

Der Eklat freilich war damit nicht beendet. Der Abt weigerte sich weiterhin entsprechende Auskünfte zu geben. Bis die *Gefälle* tatsächlich beschlagnahmt wurden. Auf diese Weise wurde eine siebenhundert Jahre währende Freiheit im Handstreich genommen. Erzwungen. Der Abt beugte sich schließlich und das Militär zog nach dreimonatiger Belagerung ab. Ein Schutzschirm, der lange Dienst getan hatte, kehrte sich um. Ein Säbel war daraus geworden. Ein Säbel an der Kehle des Klosters. Eine Frage der Zeit bis er zustach. Gerade so, als herrsche ein Krieg.

***

Nein. Der Krieg war vorbei, als Bonifatius an jenem grauen und verregneten Mittag im Jahre 1763 an der Mauer lehnte.

Die Habsburger gewannen ihn nicht. Anders als beim Kriegerlis der Kinder im Wald.

Pater Waldmeister, der sich über das Kriegsgeschehen immer überraschend gut informierte, kommentierte das Handeln der Generäle zunehmend abfälliger. „Was zögern die noch? Warum bewegen sie sich nicht in Richtung Berlin? Nun hätte man es in der Hand. Man könnte die Kriegslast aus der Schatzung in Preußen bezahlen. Man hätte Schlesien, Sachsen, Böhmen und Glaz noch dazu! Was machen die denn!?!"

Bonifatius hörte ihm mit Besorgnis zu. Ein jeder Kriegsherr schien sich gewiss, Gott an seiner Seite zu haben. Ein Irrtum, dem Menschen seit jeher aufsitzen. Die letzte Schlacht dauerte kaum zwei Stunden. Lächerlich kurz für einen sieben Jahre andauernden Krieg. „Verloren ... lieber Bruder ... verloren war er schon längst ...", klärte der Waldmeister auf. Bonifatius blieb schier die Luft weg und das lag nicht an dem weltpolitischen Scharfsinn des Bruders.

„Verloren war er an Weihnachten 1761, als Zarin Elisabeth in Sankt Petersburg starb. Und dann kam ihr Weihnachtsgeschenk: dieser Nestbeschmutzer, ihr Neffe. Peter Fjodorowitsch, ein Bewunderer Friedrichs II. von Preußen. Unsere Koalition brach zusammen. Statt Berlin einzunehmen, trat der neue Zar aus dem Krieg aus. Versteh einer die russische Seele. Peter Fjodorowitsch und die preußische Kavallerie haben uns diese bittere Niederlage gebracht." Im Geiste sah Bonifatius das Schlachtfeld bei Freiberg in Sachsen:

Der Rauch der Geschütze, die Nebelschwaden der Bäche und Flüsse wabern dicht über dem Kriegsschauplatz. Eine letzte verlässliche Koalition: Gestank und Dreck! In den Schlamm sickert das Blut tausender Toter. Gliedmaßen, abgerissen vom Körper. Die Hand in einem letzten Gruß leblos ins Nichts gestreckt. Oh ja – zu Reichtum war es gekommen: ein Reichtum an Leichen. Proviant für den Tod. Ein erstarrtes Wort auf den Lippen des Jünglings: „Mutter!"

Er konnte das Ausmaß der Katastrophe, diesen Sturm über Europa, mit seinen Gedanken nicht annähernd ermessen. Nicht allein die Hunderttausenden Soldaten stapelten sich in den Hallen des Todes zu Türmen auf. Zivilisten lagen dort auch, ohne auch nur an einer einzigen Kampfhandlung beteiligt gewesen zu sein.

Der Mensch als des Todes zuverlässigster Lieferant. Eine sichere, zuverlässige und stinkende Koalition. Zu was musste man da noch den Teufel bemühen? Der Mensch war Teufel genug, das schaffte er ganz alleine. Doch dem Gehörnten konnte man gut die eigene Schuld aufladen. *„Nein, Herr, ich war das nicht. Die Schlange! Die Schlange ist schuld. Und wenn nicht die Schlange, dann wohl doch sicher die Frau …"*

„… und?" Bonifatius zuckte zusammen. „… und … Bruder? Was glaubst du hat man erreicht? Alles beginnt wieder von vorn. In diesem Krieg hat keiner gewonnen. Nur Geld, das hat jetzt keiner mehr."

„… und darum holt man es dort, wo man welches vermutet und nimmt uns die Freiheit. Ich habe verstanden."

Bruder Bonifatius verlor weiter an Boden. Angesichts allein der Millionen von Toten konnte er mit der Frage nach Geld so überhaupt nichts anfangen. Millionen von Menschen leben nicht mehr. Unwiederbringlich. Wer hatte sich diesen Irrsinn denn ausgedacht?!

„Sorg dich nicht, Bruder! Siehe die Vögel unter dem Himmel. Sie säen nicht, sie ernten nicht. Und unser himmlischer Vater ernähret sie doch! Vertrau auf Gott, Bonifatius. Bald schon, Ende Oktober, wird eine Delegation zur Kaiserin aufbrechen. Nach Wien. Und unser Prälat führt das Wort. Er wird. Mit gutem Ergebnis. Heimkehren. Hab Vertrauen!" Aber auch das hatte Bonifatius schon einmal gehört.

***

Und dann riss ein Faden, an dem auch sein Leben hing. Den Vorwand, Katharina noch einmal aufzusuchen, lieferte ihm Bruder Cellerar selbst. Der Cellerar und der Herr Advokat.

„Bruder Waldmeister ist für diesen beschwerlichen Gang viel zu alt und zu müde!" Dem Advokaten schien daran gelegen, unbedingt einen anderen für diesen Auftrag zu finden. Da schien es naheliegend ihn, Bonifatius, zu bestimmen. Immerhin hatte der sich mit dem betreffenden Waldgebiet schon vertraut gemacht und kannte sich bestens mit den Belangen des Klosters aus. Die Vermutung lag nahe, als habe der Advokat noch weitere Gründe, von denen er aber im Beisein des Celleras nicht sprechen wollte. Oder nicht konnte.

„Also gut!", führte dieser denn auch zweifelnd an, kannte er doch den labilen Zustand des Bruders in letzter Zeit. „Bruder Bonifatius, es ist so, dass die Klagen unserer Knechte über betrügerische Holzabmessungen zunehmen …"

„… auf diese Weise schrumpfen die gelieferten Holzmengen auf dem Weg nach Kollnau oder dem Breisgau wie durch Geisterhand.", fuhr ihm der Advokat ins Wort. Ein herrischer Kerl, dachte Bonifatius bei sich, als dieser mit den Erklärungen fortfuhr.

„Uns ist nicht klar, an welcher Stelle der Betrug einsetzt. Wird das geschlagene, gescheitete und geschichtete Holz schon hier auf dem Wald falsch vermessen oder erst am Bestimmungsort?!"

„Sollte hier in unserer Klosterherrschaft schon bei der Abmessung betrogen werden, so hintergehen uns die eigenen Leute …!", setzte der Cellerar wieder ein, „… wird aber am Lieferort falsch gemessen, so wäre der Kunde des Betrugs schuldig. Einerlei, der Schaden liegt so oder so bei unserem Kloster."

„Aber nein!" Was redet Ihr da!" Der Advokat schlug erbost mit der Faust auf den Tisch. „Es ist alles andere als gleichgültig, wer uns betrügt!" Die Herren schienen sich wieder einmal nicht einig zu sein.

„Wären es unsere Leute, so hätten wir die Macht es zu ändern. Zuerst Geldstrafen, dann abgeschlagene Hände und schließlich baumelt der erste Knecht. Das hat noch immer eine Wirkung gezeigt! Wer sagt denn, dass *hier* falsch gemessen wird? Vermutlich kommt das Holz auf dem Weg hin zum Kunden abhanden!?"

„Ohh, nun schürt Ihr wieder die Mär vom nächtlichen Holzklau!? Wollt

Ihr erzählen, dass die schwitzenden Pferde in den Ställen der Bauern vor das Fuhrwerk gespannt und nach Freiburg getrieben werden …?"

„Genau das will ich sagen, Bruder Cellerar. Der Teufel, der hat rein gar nichts mit dem schweißtreibenden Ritt in den Ställen zu tun. Das können noch so viele schwarze Böcke im Stall zu verhindern suchen. Ich gehöre zu den aufgeklärten Personen. Ammenmärchen liegen mir nicht!" Mit einer Hand wischte er das Hirngespinst weg.

„Aber es sind doch erst vereidigte Holzmesser bestellt worden.", versuchte Bonifatius das Gespräch wieder in sachliche Bahnen zu lenken.

„Mit den Aufsehern wird man der Sache doch sicher Herr werden können."

„Euer Vertrauen in die Rechtschaffenheit der Menschen in allen Ehren, Bruder, doch ich habe schon so manchen Eid brechen sehen, wenn ausreichend Geld im Spiel war …"

„… Vertrauen, das Euch, Herr Advokat, wohl gänzlich abgeht!" Der Cellerar hatte seinen Strauß offensichtlich noch nicht ausgefochten.

„*Dafür*, Bruder, erhalte ich mein Salär, nicht dafür, dass ich redseligen Menschen Glauben schenke. Im Übrigen habe ich erst gestern Bericht erhalten, dass bei Lehbauern drunten, nahe Waldkirch, geflözte Buchenstämme im Heu auf der Oftere gefunden wurden. Zufällig grenzt deren Lehen an den Fluss. Und wie glaubt ihr ist es dahin gekommen, das Holz? Durch Vertrauen wohl nicht! Durch den Teufel wohl auch nicht."

Der Cellerar musste den Darlegungen des Amtmanns nachgeben und stimmte der Kontrolle der Holzschläge zu. Ungern und einmalig. Das war seine Bedingung. Man habe in einem Kloster schließlich noch andere Aufgaben als Holzdieben nachzusteigen. Als die beiden Konventualen die Kanzlei verlassen wollten, setzte der Advokat noch einmal nach. „Bruder Bonifatius?! Auf ein Wort!" Das war keine Bitte. Eine Hand deutete auf den Stuhl vor dem Pult.

„Bruder, Euer Auftrag erfordert einiges Fingerspitzengefühl. Und einigen…Mut. Für Eure Gespräche mit den Lehbesitzern und Holzknechten zieht ihr den Forstwart Spiegelhalder hinzu. Der Mann ist klug und besonnen. Für Euren nächtlichen Ausgang aber solltet ihr … Vorkehrungen treffen. Wie Ihr wisst, die Nacht ist der Bruder des Räubers. Wenn Ihr Euch das nicht zutraut … nachdem … nun nach Eurem jüngsten Erlebnis … dann nehmt gerne einen Nachtwächter an Eure Seite. Oder … sollten wir doch einen anderen …?" Er ließ einige Gedanken offen.

Diesen Triumph aber wollte Bonifatius dem Amtmann nicht gönnen. Er konnte diesen *Teigaff* nicht ausstehen. „Nun – wie denkt Ihr, Herr Amtmann, dass ich zur Nacht das Kloster verlassen sollte? Ich gehe davon aus, dass kein Dritter eingeweiht werden darf …?“

„Euer Scharfsinn ist das, was ich an Euch am meisten schätze und Euren … Mut?“ – War das eine Frage? – „Ihr habt Recht. Niemand sonst darf von Eurem Vorhaben erfahren. Wir wissen noch nicht, wer bei diesem Verbrechen noch alles mitwirkt.“ – Nein. Eine Frage war das wohl nicht! –

„Wie also komme ich an der Pforte vorbei? Und wie erhalte ich im Stall das notwendige Pferd?“

„Bruder, ihr nehmt meinen Mantel! Und redet nicht viel! Am besten gar nicht! Der Pförtner lässt Euch passieren und der Knecht gibt Euch ohne zu fragen das Pferd. So sind es beide gewohnt, Pförtner und Knecht. Das Pferd trägt auch andere Reiter als mich …“

Anno 1763 – Auf Abwegen

Als er in einer der folgenden Nächte das Kloster auf beschlossenem Wege verließ, fand er in der Jacke des Mantels seinen Brief an Katharina. Seinen Brief! Im Mantel des Advokaten! Kein Zufall fürwahr. Und kein Zufall, dass der ihn darin vergessen hatte. Was hatte dieser hochnäsige Kaib mit ihm vor? Bonifatius ritt in Richtung Hochwald davon. Seine Angst machte den Hengst unruhig. Allein die Aussicht Katharina zu treffen, gab ihm den Mut, den er brauchte. Den Mut, trotz aller Angst durch Teufels Kuchi zu reiten.

Dieses Mal wurde er nicht aufgehalten. Was der Rückweg bringen sollte, er würde es sehen. Da kam ihm dieser Gedanke, der das Schicksal der Nacht herausfordern sollte. Hier in Teufels Kuchi hatte der Schneid des Köhlerhannes sein Leben gerettet. Und er hatte sich noch nicht einmal bedankt.

Abgesehen davon, wer außer dem Hannes sollte über den nächtlichen Umtrieb von Holzdieben besser Bescheid wissen. Wer wenn nicht er hörte das Schaffen im dunklen Schleier der Nacht. So lenkte er das Pferd zum Kohlplatz und den dampfenden Meilern entgegen, die er einst im Kirschwasserrausch noch für Kochtöpfe gehalten hatte. Und den Hannes erkannte er auch: ein großer schwarzer ‚Koch‘, der mit seinem Köhlerstab darin rührte. Bonifatius war nicht stolz auf diese alkoholschwere Verwechslung.

Da der Mann auf sein Erscheinen nicht reagierte, rief er ihn an. „Gott zum Gruß, Köhlerhannes!“, schrie er hinauf in den beißenden Rauch, der den Hünen umhüllte. „Lasse Er sich von einem dankbaren Mönch ‚danke‘ sagen und steige Er einen kurzen Moment zu mir herab!“

Der Angesprochene blieb auf seinem Stab gelehnt und knurrte nur flüchtig. „Grmmm!“ Nicht einmal nachts hatte man seine Ruhe. Nachts geschah dieser Tage so einiges in diesem Wald. Außerdem – wer konnte wissen, ob dieser Mönch, zumal auf einem kräftigen Rappen, nicht ein weiteres seiner eigenen Hirngespinste war? War er wohl nicht, denn er wiederholte geduldig den Gruß und schien freundliche Absichten zu haben. Für ihn noch kein Grund seinen Meiler aus den Augen zu lassen.

„Hannes! Will Er mich noch lange im Rauch warten lassen? Der hat freilich scharfe Krallen und reißt mir die Augäpfel aus! – Komme Er, es soll Sein Schaden nicht sein!"

Dass der Klosterbruder so beharrlich im Dampf seines Meilers verweilte, erweckte in Hannes Respekt. Dies und die Stimme, die ihn mit ehrlicher Anerkennung ansprach, machten ihn neugierig. Als der Mann dann auch noch von seinem Pferd abstieg und seine Füße in den regennassen schwarzschimmernden Schlamm setzte, war sein Misstrauen verschwunden. Ein ganzer Satz war das noch immer nicht wert. „Wartet!", war alles zu dem er sich durchringen konnte.

Für einen Köhler freilich schon mehr als die Summe gesprochener Worte eines vollen Monats. Und das auch nur, wenn es viel zu sagen gab. Was Hannes anging – Worte wurden überbewertet. Wer nicht sprach, konnte sich nicht die Zunge verbrennen. Wer sich raushielt, kam in nichts rein. Er ächzte die Leiter hinab.

Der Mann vor ihm war in einen guten Mantel gehüllt, mit dem er sich vor dem unentwegt plätschernden Regen schütze. Jetzt schob er die Kapuze herunter. Mit allem hätte Hannes gerechnet, aber was nun geschah, berührte sein Herz.

„Danke!", waren die einzigen Worte die Bonifatius fand. Das Innere bebte. Seine Augen leuchteten im wabernden Rauch. Dann streckte er seine Arme aus, ließ Würde Würde sein, zog den verdutzen Mann zu sich her und raunte ihm ein weiteres ‚Danke' ins Ohr. Der zuckte zusammen, rumpelte ein weiteres „Grmmm!" und blieb steif wie ein Brett. „Hier, nehme Er meinen Ring!" Doch, der Ring war es wert. Sein Leben für einen Ring. Er hatte der Großmutter gehört und war bis jetzt in seinem Besitz. Ein Besitz, den er lange verbergen musste.

Der Mann sprach noch immer kein Wort, hielt den zierlichen Ring jedoch in seiner mächtigen Faust fest umschlossen. Nichts weiter.

Bonifatius war sich nicht sicher und wandte sich ab, um zu gehen. Da hielt ein Schraubstock seine Schulter und drehte ihn noch einmal herum. Der Hüne blickte ihn eine Ewigkeit lang an, tief in die Augen. Bis er ihn – beinahe sanft – in seine Arme schloss. Schließlich ließ der Mann von ihm ab und schwang sich mit der Leichtigkeit eines Erlösten zurück auf den Meiler. Die Leiter kippelte stumm.

***

Katharina war nicht im Haus. Und auch Paul war nirgends zu finden. Bonifatius schlich durch die Küchentür. Von hier aus hatte er sie gesehen.

„So etwas tut man nicht, Bonifatius! Man schleicht nicht ins Haus einer alleinstehenden Frau!" – Er tat es doch.

Rußige Funzeln schickten ihr Licht in den Raum. Vor dem Herd lag ein einsamer Kienspan herum, der jetzt, nachdem er entzündet war, eine hinlängliche Helligkeit ausstrahlte. Er fand jede auch noch so unbedeutende Einzelheit aus seiner Erinnerung wieder. Nur die Kräuterbüschel hingen nicht mehr vor den Fenstern. Sie lagen auf dem Küchentisch zwischen Fenster und Kochstelle. Es war ein kleiner, aus groben Steinen gemauerter Herd. Die Mauer dahinter zeigte sich ebenso verrußt wie die Töpfe und Bräter, die verlassen auf der Herdplatte standen. In der Öffnung brannte ein winziges Feuer, genährt von dem Astholz am Boden zur Linken. Zwei, drei Kellen und eine pechschwarze Pfanne hingen an einer Schnur und baumelten über der Ofenbank. Der Raum war winzig. Wer hier wohnte musste die Enge gewohnt sein.

In Holznäpfen fand er zerstoßene und geriebene Beeren. Sellerieknolle, Fünffingerkraut, Petersilie. Käsnäpfle, Schmalzhafen und mehrere Literle. Einige Meßle und wenige Sester dienten der Aufbewahrung von Rosen-, Malven- oder Basilikumblättchen. Samen der Wegwarte, der Zwiebel, der Brennnessel und von Karotten erkannte er daran, dass Blüten und Früchte fein säuberlich aufgemalt waren. Schlafmohn und Saubohnen standen auf einem Regal neben Töpfchen mit Balsam, Ölen, Sirup und Honig. Bonifatius verstand so viel, dass es sich dabei um Zutaten zur Herstellung eines *Galenikums* handeln musste. Der darzureichende Wirkstoff wurde dabei in diesen Zutaten gelöst. Schon die altgriechischen Ärzte hatten diese Darreichungsweise gekannt. Er geriet über das Geheimnis in diesem Haus mehr und mehr in eine Schwärmerei, die er noch nie zuvor kennengelernt hatte.

Nichts was er sah, ließ auf einen schändlichen Gebrauch schließen. Ein Gebrauch wie Hexen ihn pflegten, zum Schaden der Menschen. Kein geronnenes Blut, kein Salamander. Kein Huf eines Bocks, keine tierischen Eingeweide. Keine Niere vom Hasen, kein Herz einer Taube, keine Leber vom Spatzen. Kein Schamhaar, weder menschliches noch tierisches Ejakulat.

Er wusste worauf er zu achten hatte. Ein Lächeln setzte sich fein wie eine Feder auf seine Lippen. Katharina war keine Hexe, daran hatte er nie gezweifelt. Wer war sie dann? Eine Frau, deren Hohlmaße und *Brothangen* schon lange kein Getreide, kein Mehl, geschweige denn Brot aufbewahrt hatten.

Sie hatte mit Nachtschattengewächsen gewerkelt, bevor sie das Haus verließ. Bonifatius erkannte getrocknetes Bilsenkraut, beinahe ohne Geruch, auf der Zunge vielleicht etwas bitter. Die frische Wurzel an der er roch, berauschte die Sinne.

Und dort fand er die frischen Blätter vom Wasserschierling. Beinahe ekelig vom Geruch, der ließ ihn an Opium denken. Im Geschmack eine Note von würziger, feiner Petersilie.

Die Blätter vom Eisenhut dufteten stark nach Heu, ein Geschmack, den er jetzt nicht schmecken wollte. Dagegen vom Stechapfel nahm er ein Blatt in den Mund und schleckte daran. Berauschend und bitter. Die Blüten absolut giftig.

Als er einige trockene Beeren zwischen den Fingern zerrieb, erkannte er keinen Geruch. Diese Beeren versuchte er nicht. Von deren Blatt hätte er möglicherweise kosten können. Krautig, pikant und betäubend. Aber davon fand er hier nichts.

‚Die Tollkirsche, mein Sohn, sollst du nicht kosten. ‘ – Seine Großmutter sprach wieder zu ihm. Das tat sie zuweilen.

„Nein, Großmutter…“, erwiderte er das Gemurmel der alten Frau, „*Atropa belladonna*! Nein, die koste ich nicht.“

‚Ich. Ich habe es dich gelehrt. Weißt du es noch?‘ – Ihr Getuschel drang beschwörend auf ihn ein.

„Ja, ja Großmutter. Ihr habt es mich gelehrt: *Die Dosis macht mein Gift!*“

‚Braver Bueb! Ein Quäntchen zu viel, ein Gran mehr als du willst, bringt den Tod. Und das willst du doch nicht? Nichtwahr mein einziger Bueb!?!‘

Jetzt zuckte er leicht, als er *Mandragora officinarum* fand. So als habe man sie mit Fleiß unter anderen Zutaten versteckt. *Alraunwurzel!* Himmelschreiend, bitter und übel. Erbrechen wallte kurz auf. Es hatte Zeiten gegeben, da hätte man allein für den Besitz von Alraunwurzel gebrannt. Die Früchte des Nachtschattens wurden für allerlei teuflisches Zeug verwendet. Zu Gottes Wohlgefallen konnte indes auch Heilung erfolgen.

Seit jeher hatte das Wissen der Benediktiner Erkenntnisse über die Wirkweisen der Pflanzen gebracht. In den Klöstern waren die griechischen, römischen und arabischen Handschriften abgeschrieben und übersetzt worden. In den Klostergärten härteten die zarteren Gewächse ab und gewöhnten sich an ein raueres Klima. Von dort erst hatten sie den Weg in die Bauerngärten gefunden. Und leider auch in die Gärten der schändlichen Kräuterfrauen. Zu denen Katharina aber ganz sicher nicht zählte! – Ein letzter Gedanke, gewachsen aus seiner Vernunft. Von nun an herrschte sein Trieb.

So roch er hier, mörserte da und steckte den Finger zur Probe in einen leicht bitteren Trank. Er war berauscht, beflügelt. Er war in seinem Element. Ihm wurde warm. Er schwitzte.

Diese Frau steckte voller Geheimnisse und einer Anziehungskraft, der er sich nicht mehr allzu lange erwehren könnte. Sein Herz schlug ihm schneller, wenn er nur daran dachte. Er vergaß Zeit und Raum. Sie, Katharina, würde ihn heilen. Die Bilder, die in seinem Inneren brannten und ihn erregten wo er nur war, stiegen unfassbar deutlich erneut in ihm auf. Er musste sich setzen. Ihn schwindelte. Sein Herz raste.

Im Spiegelbild einer Scheibe sah er sein Gesicht: verschwitzt und kohlschwarz. Jetzt bemerkte er auch, dass er stank. Er stank wie der Hölle entstiegen. Da fiel es ihm ein! Er hatte im Rauch des Kohlmeilers gestanden. Sein Mantel war nass. Roch muffig und gallig. Das mochte der Mief des Herrn Advokaten sein.

‚*Warum musst du so irre giggeln, du nichtsnutziger Bueb!*' – Nun mischte sich auch die Alte noch ein. Was war nur los?‚ *Was willst du so stinkend und schmutzig ein schändliches Weib empfangen? Erinnere dich! Du bist ein Mönch!' Und jetzt geh und achte dich selbst. Beflecke mir nicht deinen Ruf! Hörst Du? Verschwinde!*'

Als sie tatsächlich verschwand, da nahm er den Zuber, füllte heißes Wasser hinein und begann sich zu waschen. Wusch sich am ganzen Körper. Es schien ihm als würde er rein. Rein von seinem Disput mit sich selbst. Rein von seiner Zerrissenheit. Rein von allem. Als sei er von neuem getauft.

Da nahm er vom herb duftenden Kräuteraufguss. Als habe sie den dort für ihn vorbereitet. Da rieb er sich ein. Rieb das ölige Nass zur Erfrischung auf seine pochenden Schläfen, benetzte Arme und Achseln mit Seim. Und empfand keine Scham. Nackt stand er da. Ein Flug in die Freiheit!

Und dann betrat sie den Raum:

Schön wie der Mond, klar wie die Sonne. So als habe sie ihn erwartet. Als sei es natürlich und gottgewollt. Sie, eine Kräuterhexe in Leinen, nur spärlich verhüllt. Er so wie Gott ihn schuf. Am Boden der Habit eines Benediktiners:

Er kann ihren fesselnden Körper kaum im Ganzen erfassen. Die Augen jagen über die seidene Haut, die vollen, sinnlichen Lippen. Die Brüste fallen mit harten Knospen aus ihrem dünnen Gewand. Ihre Beine, zwei Säulen aus Marmor.

Sie will es. Es gibt keine Scham. Keine Schuld und keine Gewalt. Katzenpfoten. Samtweich schleicht sie auf ihn zu. Schnurrend, verspielt und doch auf der Jagd. Verführung in jedem Schritt. Bis sie sich setzt, auf seinen brennenden Schoß.

Ihr ungezähmtes lockiges Haar taucht ihn in einen Duft von Rosen und Veilchen. Vanille vielleicht. Nüsse und Erde. Allein ihre Würze hat ihn zum Platzen erregt.

Und sei es er wäre blind: dieser Duft gehört ihr. Katharina!!

Ein samtweicher Kuss, unendlich lang. Angenehm rau. Als solle er ewig dauern. Liebkosung und Zärtlichkeit.

Er klopft an ihr Heiligtum. Ein duftendes Delta. Die Mündung. Die Quelle des Lebens.

Die Ewigkeit dauert nur einen Moment. Vernunft wird zu einem Verlangen. Begehren anstatt eines Gebets. Er gräbt seine Nase in ihr Dekolleté. Eine Hymne, eine Komposition! Ihr Verlangen breitet sich in ihm aus. Größer und größer. Aus dem Schlaf auferweckt. Wachgeküsst. Als er forscht, drückt und rollt, die Wächterin ihres Gartens, hat er ihr Feuer entfacht.

Da lässt er sich los. Fällt in den Duft ihrer Haare. Schreit, stöhnt, hält sie fest, mit seinem Mund, mit seinen Händen, mit der Mitte des Körpers – umschlossen. Verliert die Besinnung, als der Lustschrei erklingt.

***

Als er erwachte, hatte sie das Haus schon wieder verlassen. Und er wurde gewahr, dass er hüllenlos war.

„*Wer hat dir gesagt, dass du nackt bist?*", dröhnte die Stimme des Herrn in seinem Kopf. Oder war das die Alte. Zuweilen gelang ihm die Unterscheidung nicht mehr. Er raffte den Habit zusammen, eilig und unkontrolliert. „Nein, Herr, ich war das nicht. Die Schlange! Die Schlange ist schuld."

Benommen von seiner Scham erkannte er auch nicht das Augenpaar dort hinten am Wald. Dort in der Ferne und doch nah genug. Verborgen im Schatten der Bäume. Sah seine Flucht, sah seine Eile und hatte auch seine Nacktheit erkannt. Die Sünde des David holte ihn ein. Er hatte ihr beigewohnt. War in ihren Nussgarten getaucht, hatte die Knospen berührt, und er hatte sie blühen gesehen. Wie einst bei David, großer König in Israel, hatte sie später zu ihm gesandt. So wie es in ihrer Macht stand. Zuerst die Gerüchte. Dann die Gewissheit.

Sie hatte zu ihm gesandt und ihm sagen lassen: *„Ich bin schwanger geworden!"* Da war er zurück in den Schutz der Mauern geflohen. Mauern in die er nun seine Finger krallte. Dass diese Mauern einstürzen mochten, dass käme ihm gerade recht. Aber die Steine ließen sich nicht erweichen. Diesmal noch nicht! Dass ihm einer den Schierlingskelch reichen mochte: wenigstens das! Er hätte ihn bis zur Neige geleert.

Und so kam es dann auch: *„Oh, du dummer, oh du einfältiger Mönch!"*

Aus den Aufzeichnungen des Advokaten

Ich nahm ihn auf, diesen Fehdehandschuh. Er galt von Anfang an mir. Warum ich und warum dieses Spiel? Die erste Karte lag auf dem Pult. Der Tarock XVI, der stürzende Turm, mit feinstem Blattgold gewirkt. Ein wertvoller Trumpf. An sechs Stellen musste ich suchen, alle Karten zu finden. „Ihr könnt die Schuldigen finden."

Schuldig welchen Vergehens? Der Kartengeber weckt mein Interesse, das weiß er genau. Schuldige dingfest zu machen, das ist mein vornehmstes Amt. Er lässt mich kriechen, durch ausnahmslos alle Regale der Bücherei. Ich fresse den Staub und er schaut mir zu, verhöhnt mich dabei. Was auch immer er für mich versteckt, er lässt es mich finden, er führt ein Solospiel.

In Händen halte das italienische Blatt, tarocco milanese, sehr beliebt unter den Geistlichen. Die Farben: Denary, spady, coppe und bastoni – Geld, Schwert, Kelch und die ‚Autorität', ein Prügel aus Holz.

Heute nun ist es soweit. Vor mir liegt die Trull: Il Monde – die Welt, Il Bagatto – der lustige Bruder und Il Matto – der Scüs, l'excuse! Der Spielmann und Narr. Einer wie ich.

Es folgen Il Papa, Re Di Spade und schließlich La Morte, der Tod.
Die sieben ist die wichtigste Zahl.
Mit den Karten ist längst nicht alles vorbei.

Ich hörte sein Lachen, den Spott über die ehrgeizige Suche. Von der Empore neben der Orgel, als ich das neue Papier zu deuten versuchte, den Grundriss der Kirche.

Wahrlich, all das entspringt nicht einem Wahn. Meine Sinne sind beieinander.

Walpurgisnacht, 1. Mai 1764 – Klosterkirche St. Peter

Die Blitze des Frühjahrsgewitters erfüllten das Kirchenschiff.

Donner rollten und rumpelten vom Kandel herab über die unruhig schlafende Hochebene um die Vogtei Seelgut. Die Höfe drängten sich an den Hang, die Walmen noch tiefer herabgezogen als sonst, wie Kinder sich die Augen zuhalten und glauben sie seien versteckt. Für eine Weile nicht sichtbar, sei es Freund oder Feind. Nur das hier, das war kein Spiel.

Michael, der junge Novize saß zitternd im Chorgestühl. Auch er hielt die Hände vor Augen, auch er duckte sich weg. Und er wagte sich nicht, durch die Finger zu linsen. Seit jeher machten die Naturgewalten ihm Angst. Aber nun hatte er mehr Angst denn je. In der heutigen Nacht umso mehr, als dass er allein in der Kälte der Kirche seinen Aufgaben nachkommen musste – morgens um nicht einmal *zwei Viertel drei.*

Den frühen Tagesbeginn war er gewohnt. Sommer wie Winter hatte er auf drei Uhr in die Mette zu wecken und die zwei Glocken hinter dem Choraltar musste er läuten.

Heiße *Steinmoggen* lagen bereit und wollten unter die hölzernen Fußklappen eines jeden Platzes im Gestühl gelegt sein, noch bevor die Mönche im Chorraum erschienen. So sickerte wenigstens ein klein wenig Wärme durch die wollenen Winterstrümpfe. Manch einer der Brüder sollte wohl die Wärme des Steins dadurch genießen, als dass er die Klappe über die Zeit der Mette nicht schloss. Manchen waren über die Kälte der Nacht die Strümpf' an den Füßen gefroren. Wenn man aber nicht Acht gab, und die Kutte verfing sich an der hölzernen Kante, dann schlug sie mit dumpfem Knall zu. Der erbosten Blicke konnte man sicher sein. Und des Raunens von einem der Brüder: *„Kannst Du nicht einmal die Klappe halten!?"*

Michael neidete ihnen das Vorrecht warmer Füße durchaus nicht. Alle waren zu ihrer Zeit in seiner Stellung gewesen. Auch sie hatten im Winter, noch vor dem Läuten, im Kreuzgang einen Pfad durch den gut zwei, drei Fuß tiefen Schnee *schoren* müssen. Derlei Aufgaben gab es viele im Noviziat.

Nicht mehr lange und er hätte seine einjährige Probezeit erfolgreich bestanden. Seine Schulung in mönchischer Tugend war hart und entbehrungsreich. Da waren das Öffnen der Kirche, das Aufschlagen der Choralbücher, das Versorgen der Chorlichter am Morgen und Abend und das Beschicken der Öfen noch die kleineren Anweisungen.

Neulich hatte er Pater Waldmeister *bruttlen* hören, die jungen Konventualen seien darum so schwächlich, als dass die Renovation der Klausur sie verzärtelt und verweichlicht habe. Seither wurden die Zellen beheizt und seien aus seiner Sicht zu wohligen Zimmern verkommen.

Es stimmte: zwischen jeweils zwei Zellen sorgte ein bullerndes Feuerchen für angenehmere Temperaturen und konnte doch nicht verhindern, dass Winters *„das Bett ihm ans Maul anfror"*, wie Pater Johann es trefflich ausdrückte.

Das *Plossbälg* ziehen bereitete auch nur am Anfang noch Freude. Zu dritt standen sie da, jeder ein Seil in der Hand und hatten die Luftzufuhr in die Pfeifen der Orgel zu sichern. Nach einer Weile schmerzten die Arme. Der Choral schien noch endlos zu dauern. Zu seiner Freude war er ja auch nicht ins Kloster gekommen, das musste er zugeben. Demut wollte gelernt und eingeübt sein. Nach den choralreichen Gottesdiensten hatte er anfangs noch anständig Muskelkater. Aber das war noch nichts gegen die zweistündigen Predigten in der bildreichen Sprache des Paters Waldmeister.

All das war alltäglich und er fand sich ein in die notwendigen Aufgaben. Jedoch – *einen* Auftrag, den konnte er nicht verwinden und der galt ihm als der schlimmste: Das Säubern der Latrinen. Ihm wurde jedes Mal kotzerig davon und er schämte sich vor Gott für dieses Gefühl.

Hier vor dem Hochaltar kam er sich mit seinen Sorgen im Angesicht Gottes plötzlich sehr klein vor. Wenngleich mit irdischen Händen gestaltet, war der Altar ein glänzendes Abbild des mächtigen Throns des einzigen wahren Gottes. Seine Pracht aber schätzte der junge Mann bei Tageslicht mehr als in einer gewittrigen Nacht. Jetzt war er an die unheimliche und strafende Allmacht Gottes erinnert und wünschte den Tag herbei, wenn die Sonne durch die klaren Scheiben der Fenster schien. Dann tauchte alles, Chor sowie Langhaus, in einen goldenen Glanz. Jedes Mal erwachte trunkene Freude in ihm, als stünde er schon im himmlischen Thronsaal, gemeinsam im Chor mit leuchtenden Engeln und in Gemeinschaft mit allen Heiligen.

Als Novize war er dem Zustand himmlischen Glücks schon weit näher als die einfachen Leute, die Bauern, Knechte, deren Weiber und Kinder und alles Gesinde des Klosters.

Denn er lebte schon in der Klausur. Die war hier in der Kirche von der Welt strikt durch ein Gitter getrennt. Der Chor des Konvents und die Leutkirch, zwar unter einem Dach und doch peinlichst geteilt. Auf die Seite der Welt kam nur, wer den Abt zuvor ausdrücklich um Erlaubnis gebeten hatte.

Diese weltliche Seite der Kirche hatte er noch in guter Erinnerung. Er war in St. Peter groß geworden und aufgrund seiner Begabung als ein erstes Kind aus St. Peter in das klostereigene Gymnasium aufgenommen worden. Er kannte den Anblick der Kirche. In und auswendig.

Wenn er sie betreten hatte, durch das Kirchenportal, dann war ihm als sei er in Erleuchtung getaucht. Wenn die Erwachsenen das Kreuz mit mildem Weihwasser schlugen, stand er mit offenem Mund da und die Augen glänzten. Er sah keine Fenster und trotzdem strahlte es hell. Schöner konnte kein Thronsaal sein, auch wenn er nicht wusste, wie es bei Königen und Kaisern daheim wohl aussehen mochte.

Weit vorne erglühte der Hochaltar, vor dem er jetzt saß. Damals ein unendlich weit scheinender Weg durch eine gefährliche Welt. Die großen Bilder, die den Altar schmückten, acht an der Zahl, konnten je nach Ereignis im Kirchenjahr ausgetauscht werden. Heute, am 1. Mai 1764 stand noch die Auferstehung Christi im Zentrum der Andacht, bevor dann zum 31. Mai das Bildnis der Himmelfahrt in den Vordergrund treten würde. Eine Reihe kräftiger Helfer würde die schweren Gemälde austauschen und eine überragend durchdachte Maschinerie aus Rollen und Schienen half ihnen dabei.

Damals als Kind war ihm immer, als fasse ein freundlicher Finger ihm unter sein Kinn und neige ihm seinen Kopf in den Nacken. So musste er stets, wenn er die Kirche betrat, in den riesigen Himmel schauen, der sich weit oben im Deckengewölbe vor seinen eigenen Augen eröffnete. Die Heiligenbilder hoch über ihm, verbanden die einzelnen Steine zu einem tragenden festen Gemäuer. Gestärkt und gestützt durch mächtige Jochbögen, erweckte das Kirchenschiff in ihm Trost und Respekt.

Furcht, ja Furcht hatte er auch. Doch die gehörte dazu. Die Regeln des Lebens lagen ihm klar und deutlich vor Augen und waren ihm ein sicheres Fundament. Die Sicherheit, die er brauchte, um im Leben bestehen zu können. Das Leben war schwierig genug, hatte der strenge und stolze Vater gesagt. Ein gut gerüttelt Maß an Ehrfurcht könne da keinem schaden.

Kräftige Pfeiler fingen die Joche auf beiden Seiten des Kirchenschiffs auf und es entstand Raum für kleine Seitenaltäre. Dort boten die Heiligen ihre Hilfe für die Mühsal des Alltags und Trost in schwierigen Zeiten an. In dieser Kirche, da gab es kein Drumherum, keine Flucht und auch keinen Ausweg. Ein einziger deutlicher Weg hin zum göttlichen Thron.

Und dann waren da noch die Figuren der Stifter, neun an der Zahl, reihum an jedem Pfeiler im Kirchenschiff. Die wichtigsten Männer des großen Geschlechtes der Zähringer. Die zwei großen Bischöfe konnte er seinerzeit von seinem Sitz in der Bank aus nicht sehen. Standesgemäß hatten sie Platz in der Klausur in Gesellschaft der Mönche gefunden.

Was unser Novize als Kind noch nicht wusste, die Figuren standen an Stätten, die man sonst allein den Aposteln erlaubte. Nun aber galten die weltlichen Herrscher als die Stützen der Kirche. Sie hatten den Ort gestiftet, die geldwerte Last getragen und dafür hielt man über sie Wacht und hütete ihre Seelen.

Wenn er in der hölzernen Bank gekniet hatte, bei der Feier der Heiligen Kommunion, da hatte es nach Weihrauch gerochen und ein Glöckchen war zart erklungen.

Manches Mal hatte er beim Beten durch die Augenlieder geäugt, hinauf zur Statue des Herzogs Berthold II., dem Gründer des Klosters. Die Stiftungsurkunde des Klosters glänzte golden in seiner Hand, ein Mann, dem Ehre gebührte.

Es war erst einige Jahre her, da hatte ihm diese prachtvolle Kirche ihm das Gefühl von Sicherheit eingehaucht. Warum konnte er sie heute nicht spüren? Er war größer geworden, die schiere Höhe der Kirche wirkte weit weniger atemberaubend als zu jener Zeit.

Jetzt, am nahen Ende des Noviziats, am Ziel seiner kindlichen Träume, da prüfte Gott ihn noch einmal. Er saß auf der heiligen Seite des Gitters, in der klösterlichen Klausur. Weit weg von der Welt, schien ihm sein Glaube verzagt, rastlos und klein. Hier in der Stille des kalten Gestühls, da schämte er sich seiner Angst. Umso mehr schrak er zusammen als eine feste Hand seine Schulter fasste.

„Ach Pater Bonifatius, Ihr habt mich erschreckt!", fuhr er mit Grausen herum.

„Mein Kind, das brauchst du doch nicht, nicht hier an heiligem Ort." Der sanfte Ton wirkte beruhigend auf ihn. Vor allem war er nicht mehr allein.

„Komm, lass uns unsere Furcht in dieser Nacht im Gebet vertreiben. Sie soll keine Macht über uns haben. Erst recht nicht im Angesicht des Heiligen Petrus und der Heiligen Ursula. Schau, dort stehen sie und halten über uns Wacht!"

Dabei richtete sich sein Blick fest auf die weiß schillernden Statuen, die den Gottesaltar im Chor säumten. Seit jeher im festen Vertrauen auf Gott. Und auch heute, in dieser Walpurgisnacht, da Hexen mit ihren Fratzen und teuflischem Kichern hoch um den Kandel kreisten.

Aber warum hatte der Pater von *„unserer Furcht"* gesprochen. Kannte der etwa den Zweifel, den die Angst in die Seele pflanzt und das Vertrauen auf Gott in den Grundfesten erschüttert?

Der junge Novize fasste ein klein wenig Mut. Er war noch zu jung, um in der Stimme des Mönchs auch noch die andere, feine Schattierung erkennen zu können: Verzweiflung, Schuld, Angst.

„Glaubt Ihr, dass sie uns schaden könnten, die Hexen am hohen Berg?"

„Mein Sohn, der Glaube gilt Gott allein." Und um dem bebenden Kind – denn ein Kind war es noch, das verängstigt dort saß – den Blick auf die Allmacht Gottes zu richten, flüsterte er ihm eine alte Erzählung ins Ohr. Eine Erzählung, wie er selbst sie eines Tages von den Brüdern des Stifts in Waldkirch bei einem schweren Gewitter vernommen hatte. Eine Erzählung, die ihm mehr galt als die Schauermärchen aus einer Spinnstube. Mehr als der Aberglaube, geboren auf einer Ofenbank. Sie galt ihm als wahrhaftig und ehrlich. Sich verführen zu lassen war einfach und mochte jedem gelingen, aber mit kindlichem Glauben bei seinem Tagwerk Gott wirken zu lassen, davon rückte in diesen Tagen selbst manch studierter Theologe immer mehr ab:

„Einst hatte der Teufel einem Hütebub die Lüge von mächtigen Schätzen in seine junge Seele gesät. Im Kandel sollten sie ruhen und nur darauf warten, von ihm gefunden und aufgelesen zu werden.

Das Kind aber hatte die Armut satt. Da nahm es alle vier Ochsen des Bauern, spannte sie ein und folgte den schmeichelnden Worten des Jägers. Denn als Jäger verkleidet hatte der Teufel das Kind für sich gewonnen. Seit jeher will der Gehörnte die Teufelskanzel am Kandel einstürzen sehen, damit sich ein riesiges Meer in das Elztal ergießt. Menschen wie Tiere sollten darin elend versaufen.

Er hieß den Bub seine Ochsen an einen ehernen Ring anzubinden, auf das sie durch ihre schiere Kraft, den Felsen aus seinen Festen zogen.

Aber das konnte das Kind nicht ahnen. In seinem Wahn war der Gehörnte siegesgewiss. In seiner Unachtsamkeit rutschte ihm sein Jägerfilz von den Beulen. Das und die Arglist, zudem noch ein höllischer Glanz in den Augen, weckten den Argwohn des Burschen.

Vorsicht schien ihm von nun an geboten und doch, er spannte die Ochsen ein. Dann rief er, so war es der Brauch: „Voran denn in Gottes Namen!“

Der Himmel verdunkelte sich, Blitze zuckten und Donner rollten, die Erde erbebte als sich im Berg das Tosen des Meeres erhob: Ganz als ob es den Abfluss suche. Allein der Teufel verschwand und ein Untier machte die Ochsen scheu. Die zerrten sich los und rannten davon.

Das Schäumen und Wüten, das Zucken der Blitze und die Schläge des Donners aber hielten sich noch lange um die Schrofen des Kandels. Die ganze Nacht.

Erst am Morgen erwachte der Junge aus seiner Ohnmacht. Als die Sonne die Nase zu kitzelten begann und das Summen der Bienen ihn weckte. Der Berg war verstummt, die Vöglein sangen ihr Lied…“

Der junge Novize klebte gebannt an den Lippen des Paters. Seine Furcht war gewichen. Zuversicht brach sich Bahn. „Ihr meint, dass der Donner; Ihr meint, dass das Leuchten der Blitze auch in der heutigen Nacht den Siegeszug Gottes bezeugen?“

„Wenn der Mensch schweigt, dann kann der Allmächtige sich Steine zum Zeugnis erwecken. Selig sind die geistlich arm sind, mein Sohn, denn ihrer ist das Himmelreich! Geh’ hin und sündige hinfort nicht mehr. Und bete mir heute noch einige *Nischter* zu deiner Erbauung und zur Festigung deiner Seele. Und jetzt sorge dich eilends um deine Aufgaben. Es wird Zeit für das Läuten zur Mette!"

Sein Lächeln geriet ihm leidlich schief. Besser ging es schon seit einer ganzen Weile nicht mehr. Mit festgefrorener Miene: ein Spiegel seines Gemüts.

Hoffentlich erkannte der Jüngling seine Schieflage nicht. Und wenn schon, der hätte sich niemals gewagt, ihn daraufhin anzusprechen. Abgesehen davon war er zu unerfahren, um die Feinheiten menschlicher Abgründe in deren Gesichtern ablesen zu können. Da hatte Bonifatius nichts zu befürchten.

Abt Philipp Jakob, ja, der hätte ihn unvermittelt auf seinen Zustand hin angesprochen. Der hatte für Schieflagen ein äußerst feines Gespür. Ihm hätte er ehrlich antworten müssen. Ihm hätte er nichts vormachen können.

Der Abt aber weilte ihn Wien und Bonifatius musste die prüfenden Blicke nicht fürchten.

Walpurgisnacht, 1. Mai 1764 – Zwischen Kirche und Welt

Bonifatius stöhnte auf.

Die Augen taten ihm weh, schmerzten vor Ermüdung und vor Erschöpfung. Sein Blick hing schwer und unruhig im Dunkel des Chorraums. Ein Ort des Gebets, ein Ort der Hinwendung zu dem einzigen Gott. Sein Innerstes aber floh vor dieser Begegnung. Die Anbetung, und die aufrichtige Hinwendung waren ihm abhanden gekommen. Sein Gebet nur noch ein Plappern, ein blutleeres Geschwätz.

Er hielt die Ruhe nicht aus. Seele, Körper und Geist waren nicht mehr im Lot. Sobald er dem Körper nachgab, sich schlafen legte, entglitten ihm Seele und Geist, irrten umher, irgendwo. Als hielten sie Rat mit rastlosen Schatten, schlaflos, als seien sie auf der Flucht. So hatte Bonifatius sich von seinem zerwühlten Lager erhoben. Vielleicht ließen sich die Flüchtlinge ja hier im Gebetsraum wieder fangen und mit dem Körper vereinen.

Er fand sich an dem schmiedeeisernen Gitter wieder. Darüber wölbte sich ein Triumphbogen im Deckengemäuer. Dort erhielt Petrus die Schlüssel zu Himmel und Erde. Festgehalten durch die sichere Hand eines jungen Künstlers.

Er aber hielt die kalten Stäbe des Gitters mit schmerzenden Händen gefasst. Allein zu den Gottesdiensten stand dieses Tor offen. Dann, wenn die einfachen Leute Trost, Hoffnung und Wegzeichen suchten.

Das Langhaus bot seinem Betrachter reichlich davon. Alle Heiligen allgegenwärtig. Trost in jeder Lebenslage, Wegbegleiter in den Sorgen und

Ängsten des Alltags. Von der Wiege bis zur Bahre auf dem Weg hin zu Gott. Hier, nur wenige Schritte entfernt, das Ziel jeglichen Lebens: Sein Thron. Ein Ort der Gemeinschaft und ein Ort des Gerichts. Der Richtplatz auch über ihn. Seine Träume hatten ihm längst Antwort gegeben. Sie erwachten vor seinen Augen. Seine Gedanken verirrten sich und er sah das greinende Volk. Der Aufmarsch zum Galgen, zum Henkersklotz und zum Scheiterhaufen. Dort sollte er brennen.

Hier auf der sicheren Seite des Gitters, hier in der Klausur lag der Ort seiner Tugend. Ein Ort, geprägt von Gehorsam, von Keuschheit, Wandlung und einem sittsamen Leben. Dort, jenseits der Stäbe, lag die gefährliche Welt, verdorben und sündig. Am eigenen Leib hatte er sie erlebt. Dort draußen galten nichts als Gier, Neid und Niedertracht. Hier drinnen Armut, Reinheit und Wohlwollen.

Dort brachte der Bruder den Bruder um. Es vereinten sich Herrscher mit ruchlosen Frauen und schickten die Männer in einen wütenden Krieg. Dort hatte der Teufel noch immer die Macht.

Bonifatius rannte zum Gottesaltar.

Gleich dem Schrei seiner Schuld zuckte ein Blitz. Der Stab des Gerichts brach entzwei. Hölzern und steif wandte er sich ab und stakste auf die Empore hinauf: Rückzug statt Konfrontation. Nicht auszudenken wenn man ihn hier vor dem Altar liegend fand.

Der Pfeiler, an den er sich drückte, wurde gestützt von der Figur des Bischofs, Rudolf von Zähringen. Die Augen starrten ihn vorwurfsvoll an. Einem Zähringer wäre so etwas nicht passiert. Und er wollte den jammernden Mönch auch nicht tragen. Vielleicht der Apostel Johannes?

Trinken hatte Johannes sollen, und der Trank enthielt ein tödliches Gift. Der Apostel hatte das Kreuz über dem Kelch geschlagen. So war das Gift zur Schlange geworden, war dem Becher entwichen. Sich windend war sie geflohen. Johannes trank und starb nicht.

Vielleicht.

Er murmelte ein Gebet. Es kamen nur Bruchstücke hervor, obwohl er den Bußpsalm auswendig kannte. Der Apostel Johannes, sein Beistand, sein Fürsprecher und sein Patron, half ihm die Worte zu finden.

Deine Pfeile stecken in mir, und deine Hand drückt mich nieder.
Nichts Gesundes stärkt mehr meinen Leib, nichts Heiles findet sich an meinem

Gebein – meine Sünde.
Stinkende Wunden. Mein Herz bebt. So bekenne ich denn meine Missetat.
Verlass mich nicht. Eile mir beizustehen. Herr!

HILFE!

Er verspürte keinerlei Trost und erneut erfasste ihn Grausen. Gift im Kelch seiner Seele. Ein dumpfes Krachen zerriss seine Not. Kein Donner und Bonifaz wandte sich fahrig herum. Dort, von der Kirchentür her waren Geräusche gekommen. Ein Keuchen, von Tränen erstickt. Dann Schritte von blanken Füßen auf Stein. Eine schmale Gestalt. Hin und wieder zurück.

Er eilte die Stufen hinab. Zu der Tür, die vom Chor ins Langhaus führte. Von der Klausur in die Welt. Stets gut verschlossen. Seine Hand glitt zur Klinke und drückte sie fest. Kein Widerstand!

„Bis hierher und nicht weiter!"

„Ich muss…!"

„Du verlässt die Klausur."

„Ich muss…!"

„Du musst … den Abt um Erlaubnis fragen."

„Der Abt ist in Wien."

Nur ein kurzer Disput mit sich selbst, dann ein Schritt, als müsste er wieder das Laufen lernen. In der Welt hast du Angst.

„Bonifatius, nicht! So bleib doch stehen."

„Ach, halt doch die Klappe mit deinem dummen Geschwätz!"

Und dann stand er da – zwischen Himmel und Erde, trank seinen Kelch und trat in das Querschiff hinaus. Noch einmal vernahm er das Poltern vom Kirchenportal. Dann war er wieder allein.

In diesem Moment vernahm er das leise Wimmern des Säuglings.

Er war sich sicher, sein Kind zu finden. Da lag das Bündel mit einem Reif aus Kräutern umkränzt. Umhüllt mit einem Tuch. Ein Tuch, prächtig bestickt.

K.V.

K.V.! – Katharina Villinger – seine Geliebte. Davon war Bonifatius überzeugt. Sie hatte das Kind zu ihm gebracht und für ihn in die Nähe des Benediktusaltars abgelegt, damit er es fand. Hier verwahrte man kostbare Reliquien aus der Gesellschaft der Heiligen Ursula. Hier hatte auch die Reliquie der Heiligen Walburga ihren Platz.

„Heilige Jungfrau Walburga! Du getreue Mutter der Armen und meine allerliebste Patronin! Vergiss nicht mich arme Sünderin in deiner Herrlichkeit. Erhöre mich und alle, die mir lieb sind!“

Bonifatius' Herz rührte sich. Die Erkenntnis traf ihn hart wie ein Schlag: Er liebte das Kind! Hatte es immer geliebt. Von dem Moment an, als die Gerüchte durch die Vogteien geschlichen waren, wie ein Dieb durch die Nacht.

Gerüchte, die ihm als die Gesandten der Katharina gereichten: *„Ich bin schwanger geworden!“* Von dir.

Er trug das Kind auf dem Arm und mit dem Kind auch den Auftrag, dass es am Leben blieb. Man musste es dringend stillen, sonst würde es noch zu Schreien anfangen. Er tunkte den Finger kurz in das milde Weihwaser und es saugte gierig daran. Dann eilte er mit dem Bündel zur Kirche hinaus. Hinüber zu den Wohnungen des Gesindes, quer über den Klosterhof. Dort sollte ein Weib zu finden sein, das sich des Säuglings annehmen könnte – und sei es eine einfache Magd. Es solle ihr Schaden nicht sein. Ihre barmherzige Tat würde Gott sicher gefallen.

Dazu aber kam es nicht. Auf halbem Weg hörte er ein Zetern und Poltern, das von der Klosterpforte her kam. Ein Mann, weinend und aufgelöst, forderte schnellen Beistand eines der Pater vom Kloster.

Die Wortfetzen des Bauern vorm Tor senkten sich langsam wie eine Feder in Bonifatius' dumpfen Verstand. Eine Feder, die von seiner Eile und dem tosenden Wetter hätte unbemerkt fortwehen können. Als er schon auf der Schwelle zum Gesindehaus stand, da hatte er die Bedeutung des Jammers endlich begriffen. Blitzartig wurde ihm klar, was zu tun war.

Seinen Bedenken hörte er einfach nicht zu und wischte die Einwände weg. Dieses eine Mal wollte er auf sich selbst vertrauen. Was auch immer passierte, wenn es dem Kind und der Mutter diente, so war er bereit, die Folgen zu tragen.

Die Gerüchte aber hatten von zwei Kindern gesprochen: Zwillinge. Wo – um Gottes Willen – war denn das zweite Kind?

***

Agnes war Hebamme.

Ihre Berufung war es, das Leben zu bringen. Zu diesem Amt war sie erwählt, und sie liebte es. Als *Büri* vom Steingrubenhof hatte sie, Agnes Thürwächter, selbst schon einige Male entbunden. Und froh war sie gewesen, froh um die Hilfe der *geschworenen Hebamme*. Freilich, die gebärenden Frauen suchten auch weiterhin jedwede Hilfe. Zogen auch Kräuterfrauen und deren Zauber hinzu. Mochten sie sich doch zum Teufel scheren! Quacksalberei hielt sie für den Grund der erbärmlich verblutenden Weiber, die noch im Kindbett starben.

Sie für ihren Teil erhielt fünf Groschen für jedes Kindbett und die waren es ihrer Mühewaltung wert: Das Gefühl, einem Menschlein ins Leben zu helfen.

Mochte Gott über ihm wachen. Viele der Kinder starben, ehe denn zwei, drei Jahre ins Land gingen.

Agnes wollte am heutigen Abend nicht daran denken. pflichtbewusst schnappte ihren stets bereit stehenden Korb und eilte hinter dem Simis her, der um ihre Hilfe ersuchte. „Bete und schick di dri!", hatte sie den zappelnden und umeinander *gumpenden* Mann zusammengestaucht.

Nun schlurfte sie hinter ihm her, gerade so schnell es ihre schmerzenden Knie zuließen. Das Frühlingswetter, zumal in gewittriger Luft, machte ihr zunehmend zu schaffen.

Da kamen ihr jammernde Mannsvölcher nicht gerade recht. Starke Bauern, gestandene Männer, die Ochsen führten und Bäume fällten. Männer, die in ihrer Aufregung mancherlei Unfug hervorbrachten. Und die um alles und jedes *Gschieß* machten, sobald ihr Weib in den Wehen lag.

„Ebbis isch anderscht wie sunscht!" – Die einzigen Worte, die er in einem vollständigen Satz radebrechte, weckten jedoch das Misstrauen in ihr.

Simis war im Gebären kein Anfänger mehr. Fünf Maidle hatte die Magdalena, Büri am Simishof, ihrem Gatten zur Welt gebracht. Von denen lebten noch vier. Mariele, die Jüngste, war eines Sommers in einer Runse gestorben. Erfroren im Sommer! Im eisigen Hagel eines Gewitters. Danach brachte Magdalena in einem fort Fehlgeburten zur Welt. Gott ging seine eigenen Wege. Unergründlich. Was hatte er nur mit dem Bauern vor? –

„Sie hat mächtig viel Blut verloren, Simis. Geh nun und nimm einen Schnapsgutter. Des jedscht isch Arbit für Wivölcher! Du kannst nun nichts weiter tun."

Zum Nichtstun verdammt, ließ der sich erschöpft auf dem nächstbesten Hocker nieder. Er nahm den Kork zwischen die Zähne. Mit schmerzverzerrtem Gesicht, bei jedem Schrei seiner Frau.

„Allmächtiger Gott…!", stöhnte er in den Hals des Gutters hinein, „… lass sie nicht sterben. Weder mein Weib noch mein Kind! Das Mariele, das hast du mir schon genommen. Gott, was hab' ich getan, dass Du mir seither all meine Kinder nimmst. Nimmst Du auch noch Magdalena zu Dir – dann ist mein Leben keinen Pfennig mehr wert!"

Aus der Stube drangen weiter das Stöhnen und die Befehle der Agnes an seine Ohren. Er sackte zusammen. Es stand nicht gut!

Wie durch einen Wahnsinn getrieben, begann er einen Handel mit Gott. Entgegen aller Vernunft. Jetzt war nicht die Zeit, vernünftig zu sein! Sein Kummer legte ihm Worte zurecht.

„Wenn sie lebt und mir meinen *Hofengel* schenkt, dann soll mein ältester Sohn nicht *Leibsitzer* sondern im Kloster Novize sein …!"

– Dabei bedachte er nicht einmal, dass es jetzt schon um zwei Söhne ging. „Dann will ich Dir eine Kapelle bauen!"

– Das hatten auch andere vor ihm getan. Sollte der Handel immer gelingen, das Seelgut wäre mit Kirchlein gepflastert. Der Herr aber ging auf den Handel ein. Wenn auch auf seine eigene, unbegreifliche Weise.

Nach einem letzten, fast tierischen Schrei. Im Raum blieb es still. Dann ein kaum hörbares Klagen. Und zuletzt die Hebamme, die um einen Pater rief. Und Simis rannte als seien Bluthunde hinter ihm her, rannte zur Pforte des Klosters: Eine Nottaufe auf seinem Hof!

Wie durch ein Wunder hatte der herbeigerufene Pater einen munter plärrenden Sohn auf dem Hof hinterlassen, als er nach kurzer Zeit wieder verschwand. Magdalena und Agnes teilten ihr Wissen nicht. Der Sohn des Bauern war tot geboren. War nicht mehr zu retten gewesen. Für Bonifatius' missliche Lage war dies der rettende Tausch. Bub gegen Bub. Das Leben getauscht gegen den Tod.

Das leblose Bündel aber, das er unter der Armbeuge trug, bemerkte der Simishofbauer nicht. Ein Bündel, gewickelt in sauberes Tuch. Ein Tuch das, in den Falten verborgen, die gestickten Buchstaben trug. Er legte den Leichnam vom Simishof in ein offenes Grab und schaufelte Erde darauf. Hier würde ihn niemand finden.

Der Simishofbauer weinte vor Glück.

***

Das Webstück des Mönches jedoch war damit noch längst nicht fertig gewebt. Der letzte Kettfaden noch nicht gerissen. Der Webstuhl des Grauens hielt noch etliche Fäden bereit.

Wo war das zweite Kind? Auch die Hebamme hatte von Zwillingen gewusst. Er entschloss sich, Katharina noch einmal aufzusuchen. Dort musste das zweite Kind sein. Sein zweites Kind.

Wieder trug er den Mantel des Advokaten. Wieder knarzte die Tür. Ein Hauch von Fäulnis lag in der Luft. Er konnte ihn schmecken, süßlich und schal. Als er die Schlafkammer betrat, schreckte er Hunderte Mucken auf. Ein Brummen und Schlürfen erfüllte den Raum. Langsam kroch er bis vor ihr Bett. Scheuchte die Mucken davon. Schlug in die Luft. Bis ihn die Kräfte verließen. Wahn und Wirklichkeit. Beides. In einem einzig bestialischen Pakt.

Der tote Säugling lachte ihn an. Streckte ihm seine Händchen zu.
Drei Finger fehlten. An jeder Hand. Kinderfinger in Hexentiegeln. Böses Gebräu.
Eine schrumpelige Schnur verschnürte den Hals. Das Köpfchen war blau.
Die Lippen schmunzelten blass. Eine Mucke verschwand in ein Nasenloch.
Der Mund öffnete sich. Maden lugten hervor.

Katharina war nirgends zu finden.

TEIL 2

DER ERBE

Und der Herr
sah gnädig an Abel und sein Opfer,
aber Kain und sein Opfer
sah er nicht gnädig an.
Da ergrimmte Kain sehr und senkte finster den Blick.
Und es begab sich,
als sie auf dem Felde waren,
erhob sich Kain wider seinen Bruder Abel
und schlug ihn tot.
Da sprach der Herr zu Kain:
Wo ist dein Bruder Abel?
Er sprach: Ich weiß nicht; soll ich meines Bruders Hüter sein?
So ging Kain hinweg von dem Angesicht des Herrn
und wohnte im Lande Nod, jenseits von Eden, gegen Osten.

(1. Mose 4, 4b-5; 8b-9;16)

Karsamstag, 30.3.1771 – Jakob

Jakob rannte über die Hofreite.

Mit blanken Füßen. Beinahe wäre er der Länge nach ausgerutscht, denn der Boden war schlüpfrig, matschig und eisig kalt. Heute lag auf den Matten und Äckern noch dürftig der Schnee. Um das Hofgebäude herum war der Winter schon durch allerlei Wagenräder und Viehhufe umgepflügt.

Normal war das nicht, sagten die Alten. Das Wetter hatte sich von einer eher milden Seite gezeigt und in den letzten Tagen waren die Schneeflocken von nasskalten Regentropfen abgelöst worden. Der Altknecht erhob einen Finger und meinte, dass da noch Einiges kommen könne und meinte damit die Frühjahrsstürme, die auch Anfang Mai jederzeit das Seelgut schneeweiß einstreuen konnten.

Jakob Rämele, der siebenjährige und älteste Sohn des Simishof-Bauern, fasste die klobigen Schuhe enger um seine Schultern. Denn dort baumelten sie, da er sie vor Betreten des Hofes hatte ausziehen müssen. Sollte er auf dem Weg in die Küche Dreckspuren auf den Bodenplanken hinterlassen, hätte die Mutter ihm schon die Leviten gelesen. Abgesehen davon war das Anziehen der engen Dinger die reinste Qual. Jakob freute sich auf den Moment, sie wieder ausziehen zu können: eine Erlösung. Sie gaben zwar warm, zumal die Füße darin in Wintersocken steckten, aber sie drückten auch an allen Ecken und Enden.

Später am Nachmittag, wenn er rechtschaffen müde und mit Blasen an Versen und Zehen wieder nach Hause zurückkehren würde, dann konnte er das verhasste Schuhwerk endlich ins Eck pfeffern. So wie er es immer tat, in der Hoffnung, dass man sie dort nicht wieder finden und einfach vergessen würde. Da sie gut zwei Drittel des Jahres in Freiheit lebten, hielten die Füße diese furchtbare Enge einfach nicht aus.

Jeden Morgen, den der liebe Gott werden ließ, wandte Jakob den Blick gewöhnlich der kleinen Hofkapelle, nahe dem winzigen Teich am Rande der Hofreite zu. Sein Vater, der Simishofbauer, hatte sie im Jahr von Jakobs Geburt mit Fleiß und Liebe erbaut. Er konnte noch gar nicht recht laufen, da hob ihn der Vater hoch und erklärte, warum das Kirchlein dort stand.

Jakobs Auftrag bestand darin, an jedem Morgen erwärmtes Weihwasser in die Wandschale zu gießen. Es stand immer am Rande des Herdfeuers in der Küche bereit.

Heute aber war Jakob in Eile und hatte versäumt, seiner Aufgabe gewissenhaft nachzukommen. Einen Faulpelz hatte der Vater ihn gescholten und auf halbem Wege zurück geschickt. Da könne es gerade heute, einen Tag vor dem Osterfest, keine Ausnahme geben!

Nun hastete Jakob den Eltern hinterdrein, die mit den Schwestern und dem kleineren Bruder, dem dreijährigen Georg, schon ohne ihn weitergegangen waren. Sie durften mittlerweile wohl längst am Kloster angelangt sein.

Jakob schimpfte in sich hinein, als ihm, beim Anziehen der Schuhe, auch noch das Schnürbändel riss. Nach kurzer Strecke im eiskalten Schnee begannen die Füße zu bitzeln, als sei er in einen Ameisenhaufen getappt. Wenn es einmal nicht lief, dann lief aber auch alles schief.

Schwitzend und außer Atem traf schließlich auch er auf dem Klosterhof ein. Schon bei der *Pfisterei* auf der südöstlichen Seite des Klosters hatte er das Feuer gerochen. Es war dieser besondere, aber auch scharfe Geruch, harzig und würzig. Diesen Duft gab es nur, wenn die Baumschwämme begonnen hatten zu brennen.

Und wenn du ihn später als Erwachsener riechst, erinnerst du dich deiner Kindheit und ein Lächeln huscht über dein Gesicht.

Ein Lächeln, gerade so, wie es jetzt auch über Jakobs Gesicht huschte, als er auf dem Klosterhof eintraf. War das ein Geschrei, war das ein Geschubse rund um das Osterfeuer! Pater Bonifaz hatte am Morgen in aller Frühe das Feuer im Holzstoß entfacht und geweiht. Es bedurfte einiger Mühe, die wilde Horde zu bändigen, die sich um das prasselnde Feuer drängte. Ein jeder der Buben wollte den besten Platz, um seinen Draht, an dessen Ende der Osterschwamm steckte, in die Flammen heben zu können. Beim Austragen des Feuers kam es darauf an, als erster auf einem Hof einzutreffen.

„Wenn ihr euch weniger balgt und einen Kreis um das Feuer bildet, so wird wohl ein jeder unversehrt und ohne ein blaues Auge zum Zuge kommen!“ Bonifaz’ Tenor übertönte das wirre Geschrei und die Kinder erinnerten sich des Würdenträgers in ihrer Runde. Sie mochten ihn alle und hatten dem langatmigen Namen kurzerhand eine freundliche Note gegeben.

Das Gekeife ebbte nur langsam ab. Vereinzelt schoben sich zwei Streithähne noch einmal den Ellbogen in die Rippen und verschafften sich dadurch einen Vorteil. Sollte man das nun verschlagen, wagemutig oder schlicht nur gemein nennen?

Später, wenn man die ersten Höfe erreichte, zeigte sich dann, dass die wirklich Verschlagenen ihr Feuer bereits vor allen anderen beim Schmied in der Esse entfacht hatten. Die konnte man nicht mehr einholen. Es gibt doch immer einen, der noch raffinierter ist als man selbst.

Jakob mochte den fröhlichen Pater mit seinem mächtigen Ranzen, und es schien ihm eine gegenseitige Zuneigung zu sein, denn auch jetzt fuhr ihm der Mann mit freundlichem Blinzeln im Blick über sein struppiges Haar.

„Nun, mein Sohn, mir scheint, du bist mit dem falschen Fuß aufgestanden. Wo ist denn dein Schwamm, mit dem du das Osterfeuer von Haus zu Haus und von Hof zu Hof bringen willst? Und deine Schuhe, Jakob, die hast du verkehrt herum an."

„Oh nein, Pater Bonifaz!" Jakob stand beinahe das Herz still. „Der Schwamm! Den hab' ich zu Hause vergessen!"

Seine flache Hand klatschte ihm heftig gegen die eigene Stirn. Es half nichts. All die Mühe umsonst. An einem solchen Tag den Schwamm zu vergessen war so, als ob du beim Pflügen ohne den Pflug auf dem Acker stehst. Wenn er ihn schon wieder heim geschickt hatte, warum hatte der Vater ihn denn nicht auch noch daran erinnert?

Den geeigneten Schwamm, einen großen und gut brennbaren Baumpilz, hatte er vor Tagen schon ausgesucht und endlich gefunden. Jetzt lag er noch daheim neben dem Stubenofen. Dort hatte er ihn, mit Erlaubnis der Mutter, zum Trocknen hinlegen dürfen. Alle Anstrengung war vergeblich gewesen. Die Scham und die Wut auf sich selbst krochen ihm über den Nacken und färbten die Ohren rot.

Welch eine Schande. Mit großen Augen und bittendem Blick schaute er in das Gesicht des Paters und hoffte – wie so oft schon zuvor – auf die rettende Idee.

„Oh, das ist dumm, fürwahr. Da kann man wohl leider nichts machen..." Jakob bekam einen Schreck. Sollte Pater Bonifaz wohl doch keinen Ausweg wissen?

„Obwohl ... Halt! Da fällt mir ein, ... den Michl, den habe ich in der Frühe mit zwei Schwämmen gesehen. Gut sahen sie aus, groß und knochentrocken. Die werden brennen. Lange und gut. Mit diesen Schwämmen könntest du die gesamte Vogtei mit Osterfeuer versorgen ... Warte, Jakob, dort neben der Linde, siehst du, dort steht er, der Michl!"

Dabei wies seine Hand auf einen großen schlaksigen Mann, der an dem Baum lehnte und zwei mächtige Schwämme, jeweils an einen festen Draht, in seinen Pranken gefasst hielt.

Jakob kannte den Jungbauern vom Steingrubenhof. Allerdings hatte er nicht gewusst, dass der auch einen anderen Namen als *Dirrländer* trug. So wurde er von allen geheißen. Wenn einer vom *Dirrländer* sprach, dann wusste man wer gemeint war.

Einen kurzen Wortwechsel später fand Jakob sich in der ersten Reihe vorm Feuer wieder. Neben ihm kniete der *Dirrländer* und war sich nicht zu schade, einem kleinen Bub aus der Vogtei beim Anbrennen des Osterschwammes zu helfen. Dass sich dieser Mann seiner annahm, das mochte wohl einen tieferen Sinn haben, doch den kannte Jakob hier am lodernden Feuer noch nicht.

Er konnte sein Glück kaum fassen und sprang mit dem glimmenden Pilz, der mächtig rauchte und rußte, zu seinen Freunden davon. Nicht ohne dem *Dirrländer* ein dankbares „Vergelt's Gott!" zugerufen zu haben.

Die Freunde warteten ungeduldig. Sie mussten sich eigentlich sputen, um nicht gegen die anderen Gruppen ins Hintertreffen zu geraten. Die waren schon vor einiger Zeit in alle Richtungen auseinander gelaufen.

„Ach, ist Iro Gnaden auch mal endlich soweit?"

„Ha, wenn dem de Kopf it ang'wachse wär, dät er den au no verliere!"

„Is halt en Lamaschi, der Jakob. Des kenne mer jo!"

„He Jakob, bruchsch it pressiere, mir sin eh scho d'Ledschte!"

Klar, die Freunde waren nicht gerade begeistert. Wenn die anderen vor ihnen in Häusern und Höfen ankamen, dann sollte die Belohnung der Hausfrauen für Nachzügler wohl eher kläglich ausfallen. Der erste bekam immer den freigiebigsten Lohn.

„Ach, ihr kenne mir alli gestohle bliebe!", raunzte Jakob zurück.

„Wollen wir jetzt hier noch lang herumstreiten, oder laufen wir jetzt dann mal los?" Sicher, er wusste, dass er an der Verspätung die Schuld trug. Aber das war nicht mehr zu ändern. Also, warum musste man hier jetzt noch groß wehklagen und jammern? Dafür hatte er sich zu sehr auf den Tag gefreut.

Gerade wollten sie um Ecke flitzen, durch den Mühlengraben am Friedhof vorbei, da hörte Jakob das Rufen der Mutter. Kurz überlegte er, ob er es nicht bemerkt haben wollte, aber das konnte ihm richtig Ärger einhandeln. Die Mutter war immer sehr streng.

„Jakob, halt!", der Hauch einer Drohung lag in der Stimme. Besser tat er daran, sie nicht zu überhören.

„Jakob, auf!", riefen auch die Freunde und waren schon einige Schritte voraus. Auch hier klang die Drohung durch.

Wenn ich jetzt den Anschluss verliere, dann bin ich heute nicht mit dabei –

„Jakob!", die Mutter rupfte an seinem Arm. Schier glitt ihm der Osterschwamm aus der Hand. „Warum hörst du nicht, wenn ich rufe. Wolltest wohl heimlich und ohne den Georg verschwinden! Warte, komm du mir nach Hause!" Zorn funkelte in ihren Augen. Sie zog schmerzhaft an seinem Ohr.

Warum hätte er den Georg auch mitnehmen sollen? Der war doch erst drei Jahre alt und hatte für einen solchen Tag noch viel zu kurze Beine. Am Ende würde er ihn den halben Weg tragen müssen. Wie konnte die Mutter erwarten, dass er sich diesen Klotz ans Bein binden musste. Es war schon genug schief gelaufen an diesem Tag.

„Aber Mutter, warum wollt Ihr, dass ich den mitnehme, der ist doch noch viel zu kl…!"

Prompt fing er sich eine schallende Ohrfeige. Er kämpfte gegen die Tränen der Wut. Es war nicht gerecht. Nur weil Georg der Hofengel war, soviel hatte auch Jakob von den Regeln begriffen – nur darum und weil die Mutter es wollte – hatte er sich mit dem Bruder abzuplagen.

Enttäuscht und wutentbrannt nahm er den Georg bei seiner Hand, der auch schon nach wenigen Schritten zu klagen begann. An ihm aber durfte Jakob die Wut jetzt nicht auslassen. Er hatte gelernt, dass ihm das nicht gut bekommen würde.

An seinem Draht brannte einsam der Schwamm und die Tränen in seinem Gesicht kamen nicht von dessen Rauch. Nein, gerecht war das alles nicht.

„Jakob!?"

Wer wollte denn jetzt schon wieder etwas von ihm. Dieses Mal würde er dem Ruf ganz sicher nicht folgen, wer auch immer da nach ihm schrie.

„Jakob! So bleib doch mal stehen!" –

Ach blos mer ins Fiedle, dachte Jakob bei sich, als ihn schon wieder die Hand eines Erwachsenen bei seinem Arm packte. Wütend riss er sich los.

„Was ist denn passiert? Du bist ja nicht mehr mit deinen Freunden zusammen." Der *Dirrländer* nötigte ihn sanft und Jakob blieb stehen. „Und geweint hast du auch …"

Da brach es vollends aus ihm heraus und das Nörgeln des Georg verschwand in weite Ferne.

***

Spät am Nachmittag kehrten die Brüder zum Simishof heim.

Müde und glücklich. Georg plapperte munter sein kindliches Kauderwelsch. Er trug einen reichlich mit Eiern gefüllten Korb in Händen. Jakob lächelte vor sich hin. Den Korb hatte er seinem Bruder erst in die Finger gedrückt, als sie die kleine Kapelle erreichten und es nur noch einige Schritte bis zur Hofstelle waren. Der Georg sah einfach zu putzig aus, wie ihm der Korb um die Beine baumelte. Der Mund war klebrig verschmiert. Die Hausfrauen im Seelgut sparten nicht mit Leckereien und hatten ihnen reichlich davon zugesteckt.

Georg wurde das Baumeln des Korbes um seine Beine leid und er stellte ihn auf den Boden. Er versuchte, ihn wie einen Schlitten im Schnee hinter sich herzuziehen und fiel postwendend auf seinen Hosenboden. Er gluckste, brabbelte, gackerte und ein zum Verwechseln ähnlicher Hahnenschrei entfuhr spitz seiner Kehle.

Da kam der Vater und half ihm die Beute des Tages über die Schwelle des Hofes in die Kuchi zur Mutter zu tragen.

Jakob indes machte noch einmal Halt in der Kapelle, setzte sich in die einzige Bankreihe und dachte über den *Dirrländer* nach. Der hatte ihm tatsächlich geholfen. Hatte die rettende Idee, um den Tag doch noch erfolgreich enden zu lassen.

Zu dritt waren sie durch die Vogtei gezogen. Der *Dirrländer* mit dem Georg auf seinen Schultern, der seinem Träger vor lauter Übermut die Augen zugehalten oder an seinen Haaren gezogen hatte, wenn der einen weiteren Pferdesprung machen sollte.

Der Plan war so einfach wie gut gewesen. Er wartete an jeder Hofreite, während die Kinder mit ihrem Baumschwamm zur Büri in die Küche eintraten.

„Der Georg", so war sich der *Dirrländer* sicher, „der Georg wird dir den besten Lohn und die größten Eier bescheren." Und damit hatte er recht.

Wenn die beiden die Küchen betraten, Hand in Hand, mit gewinnendem Lächeln, und Georg von Ostern, Baumpilzen und Eiern zu brabbeln begann, dann öffneten sich die Herzen der Alten. In den dunklen, rußschwarzen und rauchigen Küchen war wahrlich ein Licht aufgegangen: ein freundliches Osterlicht.

Der Osterschwamm trug seinen Rauch in die Wohnstatt der Bauern. Beißend und scharf. Manch alte Frau hatte im Qualm rasselnd zu husten begonnen und sich doch nicht beklagt. Von Ehrfurcht ergriffen und im Herzen berührt, schnitt eine jede Hausfrau ein Stück ab und legte es zum Herdfeuer der Kochstelle.

Nicht ohne die Bitte, das Haus vor Schaden und Unglück zu schützen. Mit Gottes Hilfe und der freundlichen Kinder wegen, sollte in diesem Jahr sicher nichts von dem beiden geschehen. Gott segne Gabe und Geber. Wie artig die Buben vom Simishof waren! Eine Büri gab ihnen sogar diesen Flechtkorb mit, für das sichere Tragen der zerbrechlichen Eier. Und die Wangen der Burschen glühten um die Wette und sie wurden freundlich geherzt.

Am Karsamstag anno 1771 hatte nicht der erste die beste Vergütung bekommen, sondern der kleinste. Und mit ihm der Jakob, der seinen kleinen Bruder zum Osterfeuertragen mitgeführt hatte.

Jedes Mal rannten die beiden noch breiter grinsend zum *Dirrländer* zurück. Dem war allmählich kalt geworden. Um nicht zu verfrieren, so hatte er zitternd gesagt, war er immer auf der Stelle getreten und hatte Atem in die hohlen Hände gehaucht. Georg indes sorgte schnell für die wärmenden Pferdesprünge, dass der Mann wieder ins Schwitzen geriet.

Und dann, auf halbem Wege zum nächsten Haus, brannte der Schwamm lichterloh. Oh nein! Was denn jetzt? Jakob hätte den Draht in den Händen lieber von sich geworfen, stand wie gebannt da und rief den *Dirrländer* zu Hilfe. Wieder wusste der Jungbauer den rettenden Ausweg.

„Wenn der Schwamm zu arg brennt, dann tunke ihn einfach nur kurz in den Bach. Und wenn's das keinen hat, dann stupfst du ihn ein- oder zweimal in den Schnee. Du wirst sehen, das löscht das Feuer nicht aus, hält es aber in Schach. Nur rauchen, rauchen wird er dann umso mehr. Und darauf kommt es ja an!"

Der *Dirrländer* hatte den Tag gerettet. So dachte Jakob in der Bank der Kapelle und dankte Gott auf seine kindliche Weise für diesen starken und klugen Mann.

Osternacht, 31.3.1771 – Der Dirrländer Michl

Was würden die Leute wohl über ihn sagen!?

Die Häme der Bauern, die war ihm sicher. Im Hirschen würde man sich das Maul zerreißen. Den ganzen Mittag hatte er mit den zwei Bälgern vom Simishof verbracht.

Und wisst ihr was? – rief er in Gedanken den spottenden Männern im Gasthaus zu. Das war das beste Osterfest seit sehr langer Zeit! Die meisten von euch wären froh, sie dürften noch einmal die Osterschwämme ins Feuer heben und durch die Vogtei sauen, lachend und mit einer Handvoll Glück wieder heim auf den Hof zurück kehren!

Naja. Das war wohl etwas allzu dick aufgetragen. Sollten die Bauern johlen und jauchzen und weiteren Spott über ihm ausgießen:

Er solle mal endlich ein Mann sein und seinem sterbenden Vater ein würdiger Nachfolger. Wenn der wüsste, dass sein Hofengel die Bälger anderer Erbpächter den halben Tag durch die Landschaft trägt, statt sich um den eigenen Hof zu kümmern. Er könne fast froh sein, dass der Alte nichts mehr versteht und die Schmach nicht mehr ertragen müsse.

Jaja. Er kannte die Sprüche. Kannte sie auswendig, und er würde – ginge es um jemanden anderen als ihn – lauthals mitbelfern.

Nur manchmal, da gab so eine Sehnsucht in ihm. Eine Sehnsucht, die nicht wollte, dass er weiter verhärtete, ja ganz und gar bitter wurde.

So wie der Vater, der siechend im Bett lag. An den Lasten des Alltags zugrunde gegangen, wie ein kauender Ochse im Stall, dem das Kummet über die Jahre zu schwer geworden ist und der den sicheren Tritt auf dem Acker eingebüßt hat. Ein Ochse, der nicht einmal mehr taugt für ein gutes Stück Fleisch und nur darum noch lebt, weil kein Geld mehr für Jungvieh auf der hohen Kante liegt.

In ihm aber, dem Jungbauern vom Steingrubenhof, dem *Dirrländer*, da lebte mitunter der Wunsch, hier im Scheuerwald, durch den er jetzt stapfte, noch einmal beim Sonntagskriegerlis mitspielen zu dürfen. Ja, das waren noch Zeiten, als er gegen den Bartle, den Stumpen angetreten war, mit königlich-kaiserlichen Ärmelaufschlägen und Dreck im Gesicht.

Der Bartle: Ja, das war ein beherzter, mutiger Kerl gewesen und er, der *Dirrländer* dachte auch heute, gut zwölf Jahre später noch immer darüber nach, wie es wohl hätte sein können, wenn er den Bartle zum Freund gehabt hätte. An seiner Wade konnte man noch immer die Narben sehen: Ein Abdruck von Bartles Gebiss.

Stattdessen hatte er ihn bis aufs Blut verhöhnt und gekränkt wann immer er konnte. In der Schule, beim Krigerlis, auf den Matten beim Hüten des Viehs. Der Bartle, das war ja auch nur der Saupuber gewesen, der Heidenbub, Sohn einer Kräuterhexe.

Und dann war er auf den Matten am Berghäusle verreckt. Verreckt als er ihm, dem *Dirrländer*, helfen wollte, das Vieh vor dem Sturm in die schützende Hütte zu bringen.

Später hatte er im Klosterhof nach der Kirch' gehört, dass die verrückte Kräuterhexe den Andreas auf der Kanzlei angezeigt habe. Er habe den eigenen Sohn gleich dreimal ermordet: erschlagen, erschossen und angezündet. Obwohl der Andreas doch seit Wochen schon am Hirschbach von Maden zerfressen wurde. Welch eine schöne Geschichte für allerlei Klatsch und Tratsch!

Damals kam ihm selbst einfach nicht über die Lippen, dass er den Bartle hatte sterben sehen dort oben. Es war nicht der Andreas und auch kein schwarzer Hund, wie der Herr Oberamtmann hinter vorgehaltener Hand mutmaßte. Der Bartle war nicht erschossen, war nicht verbrannt oder erschlagen worden. Zumindest nicht von eines Menschen Hand.

Auf der Suche nach einem Stück Jungvieh, das ihm nicht einmal selber gehörte und für das er nicht verantwortlich war, hatte der Bartle den Schutz der Hütte verlassen und war hinausgerannt auf die Matte, hin zu der Gruppe von Weidbuchen, zwischen deren aufstockenden Stämmen das Rind seinen Kopf eingeklemmt hatte. Dort schrie es in schierer Angst und wäre verreckt, wäre der Bartle nicht zu ihm hinaus und hätte er nicht das angsterfüllte Tier aus seiner misslichen Lage befreit.

Während er, Michael Thürwächter, sich in der Hütte zwischen dem blökenden Vieh versteckt und vor Angst in die Hose gepisst hatte.

Mit Tränen der Scham und der Ohnmacht im Blick, hatte er das Rind auf die Hütte zu rennen sehen und ein gutes Stück weiter unten den Bartle, der scheinbar beim Spurt den Hang hinab umgeknickt war und jetzt humpelnd um Hilfe schrie.

Er hatte ihm nicht geholfen. Und als den Bartle der Blitz traf, da war er sofort tot umgefallen und die Hosen hatten geraucht.

Daheim hatte er seinem Vater diese Geschichte erzählt. Freilich ohne den Bartle. In seiner Geschichte war er selber der Held und er hatte im Sturm das Jungvieh des Vaters gerettet. Für das Lob seines Vaters hätte er alles getan. Tatsächlich hatte er es dieses eine Mal auch bekommen. Damals. Und danach niemals mehr wieder.

Dann war dieses Gerücht vom Mord an dem Jungen hochgekocht und es schien so, als hätte noch niemand jemals einen Toten gesehen, der von einem Blitz erschlagen worden war. Kaum einer hatte die Leiche gesehen, der Altknecht vom Simishof, der Simis und seine Mutter.

Niemand stellte das vermeintliche Geschehen ernsthaft infrage. Über Mord ließ es sich einfach besser tratschen. Den Tod durch Blitzschlag war man gewohnt.

Ihm, dem Bettseicher, der noch lange, bei jedem Gewitter das Wasser nicht halten konnte, ihm war es nur recht gewesen. Denn nach seiner glorreichen Rettungstat und dem Lob seines Vaters wurde er für das Einnässen nicht mehr verprügelt.

***

Und nun lag der Vater im Sterben.

Michl hatte den Steingrubenhof erreicht, der in der aufkommenden Nacht düster und unruhig wirkte. Wie üblich für einen Schwarzwaldhof lag der Stall hin zur Wetterseite. Die Wohnstatt der Menschen lehnte sich an den schützenden Hang. Als Michl die schnaubenden Tiere und das sanfte Klingen der Ketten im Stall hörte, da trat er durch die Stalltüre ein. Die Gelassenheit der kauenden, rülpsenden Tiere, die an ihren Ketten gesichert an ihrem Platz lagen, übertrug sich auch auf den jungen Mann. Der atmete tief den säuerlichen Geruch seiner Tiere ein, denn das würden sie sein: Seine Tiere.

Dann hörte er das feuchte Pladdern und die senkrechte Falte auf seiner Stirn wich einem entspannten wenn auch noch wachsamen Lächeln. Man konnte nie wissen, woher und warum der nächste Schlag kam.

Wie oft war er hier gestanden als kleiner und auch als älter werdender Bub und hatte den Kuhschwanz gehalten, während die Mutter das pralle Euter der einzigen Milchkuh am Hof mit ihren Händen einstrich um den Milchfluss anzuregen. Noch war alles gut und sie fiel wie gewohnt in die Anbetung der Heiligen. So war es beim Melken der Brauch:

„Heilige St. Barbara, du edle Braut, Leib und Seel sei dir anvertraut."

Auch Michl sprach die Verse des Gebets auswendig mit. Von klein auf hatte er es gelernt. Die Worte kamen ihm wie von selbst über die Lippen. Er kannte deren Bedeutung und deren tieferen Sinn.

„So wie im Leben, als im Tod, so steh' uns bei in aller Not.
Hilf, dass wir an dem letzten End Empfangen das heilige Sakrament."

So murmelte Michl mit seiner Mutter im Halbdunkel des Stalls und hielt den Schwanz der Kuh fest in den Händen. Pater Bonifaz hatte ihnen des Sonntags bei der Christenlehre erklärt, was es mit der Heiligen auf sich hatte. Die Erzählung hatte den vierzehnjährigen Bub tief beeindruckt. In ihm waren die Bilder der wunderschönen und verführerisch anmutenden Frau lebendig geworden.

Mutig und brav hatte sie sich gegen den heidnischen Vater gestellt. Ein mächtiger reicher Kaufmann, unerbittlich in seinen Geschäften und eifersüchtig gegen die eigene Tochter. Er hatte sie in den Turm sperren lassen und entwischt war sie ihm. Bei einem Hirten hatte sie Zuflucht gesucht, einem Hirten, der sie später verriet.

Ein Hirte. Ein Hütebub.

„Bei dir, o Gott, wir dies erfleh'n, dass wir in deiner Gnade steh'n.
Den bösen Feind weit von uns treib, …"

Ein Hütebub hatte sie verraten und der missgünstige Vater, einer, der kein lobendes Wort für die liebreizende Tochter je übrig hatte, übergab sie dem Gericht. Wohl wissend, dass dies ihren Tod bedeuten sollte.

„…, und wenn die Seel vom Leib sich trennt, dann nimm sie auf in deine Händ.
Bewahr sie vor der Hölle Pein und führ sie in den…"

Schließlich hatte er sie eigenhändig enthauptet. Und als das Schwert ihren Hals vom Körper getrennt hatte und das Blut über den Hauklotz gespritzt war und noch nicht recht in den Boden versickerte – da hatte den blindwütigen Mann ein gleißender Blitz niedergestreckt und seine Hosen hatten geraucht.

Da ließ der Michl den Kuhschwanz los und hielt beide Hände vor sein Gesicht, denn die Bilder vor seinen Augen machten ihm Angst und er fühlte sich elend und schuldig am Tode des Bartle.

Die Kuh aber hatte sofort damit begonnen, die Mucken von ihrer Seite zu scheuchen. Aber statt der Mucken hatte der kotschmierige Schwanz die Mutter getroffen. Mitten in ihrem Gesicht und vom Hocker war sie gefallen, mitten hinein in den Mist.

So schnell hatte sich Michl gar nicht wegducken können, so schnell wackelten ihm die Wangen, dass er Lichtblitze vor Augen sah.

Und wenn schon! Hatte er das nicht verdient, wenigstens das? Dem Bartle dort draußen im Sturm hätte er einfach zur Seite stehen müssen. Und sei es mit einem Gebet. Einem Gebet an die Heilige St. Barbara, die man in Sturm und Gewitter anrufen konnte.

Doch die Angst hatte ihm schwere Pranken auf seine Schultern gelegt und hatte ihn in der Hütte stocksteif festgebannt. Gelähmt hatte sie ihn und untätig mit ansehen lassen, wie draußen der Bartle starb. Sankt Barbara hätte ihn sicher gehört. Aber er war einfach nur stumm geblieben.

Ebenso stumm ertrug er die Wut seiner Mutter, die angewidert kleine Brocken von Kuhmist ausspuckte, sich wieder auf den Melkschemel setzte und mit zornrotem Gesicht der Arbeit und dem Rest des Gebets nachging:

„… und führ sie in den Himmel ein. Wo sie dereinst in Seligkeit
Gott preise in alle Ewigkeit.“ …

Das *Amen* glich einem Zischen, wütend zwischen den Zähnen, nicht laut aber inbrünstig. Die Hand kribbelte ihr und war rot von der Wucht ihrer Schläge.

***

Dieses Zischen der Stimme zwischen den Zähnen hatte er fürchten gelernt.

Es war das sichere Zeichen sich wegzuducken. Wie für ein Theaterstück eingeübt, zog er auch jetzt seinen Kopf ein als er es hörte. Aus der Stube drang es heraus auf den Gang in den Stall. Bedrängnis!

Jedoch nicht für ihn und er entspannte sich etwas. Langsam und leise schlich er sich an die Tür zur Stube heran, die einen spaltbreit offen stand.

Michl lugte hinein. Seine Augen hatten sich an das Dunkel gewöhnt. Durch die Fenster stahl sich ein milchiger Strahl. Neumond war nicht mehr weit. Der Raum war so niedrig, dass er immer aufpassen musste, sich nicht den Kopf an den Balken zu stoßen. Im Eck bei den Fenstern stand der grob gezimmerte Tisch. Der Platz unter dem Herrgottswinkel mit dem Kruzifix war leer, die Löffel steckten im Löffelbrett. Der Vater würde den seinen auch nicht mehr aufnehmen können. Er würde ihn schon bald an den Hofengel abgeben müssen.

Die Stimme, die Michl bedrohlich vernahm, gehörte nicht dem Vater. Er kannte sie von irgendwo her. Ihm wollte aber nicht einfallen, zu wem sie gehörte. Und sehen konnte er den drohenden Mann hier von der Stalltüre aus nicht.

Die Mutter, die konnte er sehen. Die stand wie ein Fels auf dem Kandel, fest und nicht minder bedrohlich. In der Hand hielt sie ein langes Brotmesser, das den spärlichen Mondschein aufblitzen ließ. Kein Zweifel. Sie würde von der Klinge Gebrauch machen, um sich den Fremdling vom Leib zu halten. Doch so fremd war der Eindringling nicht.

„Thewes Pichler, du gottloser Kaib! Was fällt dir ein mich des Nachts hier in meinem Hof zu behelligen? Glaubst wohl ich sei hilflos ohne den sterbenden Mann und ohne den nichtsnutzigen Jungbauern, der sich Gott-weiß-wo herumtreibt?!" Dabei streckte sie das Messer gelassen weiter hervor.

Michl widerstand der Idee, ihr zu Hilfe zu eilen, den Thewes zu überwinden und damit in ihrem Ansehen zu steigen. Der Sohn, zu nichts Nutze, auf dem Weg die eigene Mutter zu retten. Kein schlechter Gedanke.

Noch wusste er nicht, was möglicherweise der Thewes in seinen Händen hielt. Ein Beil oder einen Schürhaken vielleicht? Und er wusste noch nicht, was dieser verschlagene Mann von der Mutter eigentlich wollte. Seine Finger suchten im Dunkeln nach einer geeigneten Waffe.

„Oh sicher! Was mir wohl einfällt. Das will ich dir sagen, Agnes Thürwächter, Hebamme von Abtes Gnaden." Zwischen den Worten des letzten Satzes konnte Michl eine Stimmung entdecken, die er augenblicklich als Hass deutete. Abgründigen Hass. Gewalt bis zum Letzten.

„Lass den Abt aus dem Spiel, Pichler!", raunzte die Mutter ihn an, „Der Abt ist ein ehrwürdiger Mann, was man von dir sicher nicht sagen kann. Also mach's kurz, ich bin müde und will zu Bett." Unglaublich wie eiskalt die Büri die Gefahr an sich abprallen ließ. Eine Frau, die sonst Neugeborene herzte und das wirklich ehrlich und nicht mit der Gewohnheit einer bestellten Hebamme, die einfach nur ihre Arbeit tat.

Michl gefiel diese Mutter mit all ihrem Mut, all ihrer Entschlossenheit. Unverrückbar und bereit, wie eine Bärin ihren Nachwuchs zu schützen.

„Weib!", die Stimme des Pichlers war der ihren mindestens ebenbürtig. Wie einer, der weiß, wie mächtig er ist und was er in Händen hält, um seinen Willen durchsetzen zu können. Weit mehr als ein Beil. Weit mehr als einen Schürhaken.

„Weib, du schuldest einigen wichtigen Leuten Geld. Einiges Geld. Ich bin beauftragt die Schuld für die hohen Herren einzutreiben. Und komm mir jetzt nicht mit deinem sterbenden Mann und deinem feigen, weichlichen Sohn, der anderer Bauern Kinder durch die Vogtei trägt. An Ostern. Auf seinen Schultern. Nein, Weib, von denen habe ich wahrlich nichts zu befürchten. Und auch du wirst dein Brotmesser schon bald wieder herunter nehmen. Ich bin nicht einmal sicher, ob du mit dem stumpfen Ding auf mich einstechen oder mich damit lieber erschlagen solltest. Dein Auftritt hier beeindruckt mich wahrlich in keinster Weise. Er macht dich … eher … lächerlich …"

„Jetzt. Komm. zur Sache! Knecht, … mir werden die Füße kalt!"

„Also gut, Büri. Zahl deine Schulden, hier und sofort. Und dann kannst du wieder ins Bett, deinen faulenden Gatten wärmen und deine eignen Füße an ihm, … soweit der Steingrubenbauer noch warm geben kann…"

„Halt!", zischte die Mutter jetzt wieder und trat einen Schritt auf den Erpresser zu, „Halt endlich ein mit deinem Geschwätz. Das Einzige, was ich jemandem schulde, werden in Kürze *Leibfahl*, *Erschatz* und *Drittteil* sein. Die werde ich geben, auch wenn es mir weh tut. So ist es der Brauch. Aber dir, Thewes Pichler, werde ich gar nichts geben. Nicht einmal einen Stiefeltritt, weil der wäre zu schade für dich."

Wusste die Mutter eigentlich wirklich nicht, um was dass es ging? Oder mimte sie nur die ahnungslose, aber doch bodenständige Frau.

„Nein wirklich, Agnes, ich bin ernsthaft gerührt. Allein es ist ein Schmierentheater, ja fast eine Komödie, die du da spielst und die Bühne ist dein eigener Hof und es geht um dein eigenes Leben. Nur ist da keiner, der dir Applaus spenden wird und um Zugabe klatscht. Agnes, besorg mir das Geld aus den Holzfuhren nach Freiburg. Geld, das dein Mann sich – ohne mein Einverständnis, das sei bemerkt – ohne mein Einverständnis … *geliehen* … hat. Von was hat er denn wohl das neue paar Ochsen und das neue Dach auf eurem Stall bezahlt? Was glaubst du, Agnes? Von was, … nachdem er euer Erspartes verspielt und versoffen hatte? Agnes, hm?"

Doch. Die Mutter wusste, um was es hier ging. Das war ihrem aschfahlen Gesicht und ihrer Haltung nun deutlich anzusehen. War es jetzt an der Zeit für den Sohn aus der Deckung zu gehen?

„Treib' es nicht auf die Spitze. Noch ist nicht allzu viel Schaden entstanden. Sieh es als mein geduldiges Mitwirken an. Den Herren im Rat drunten in Freiburg, Männer, die höchste Ämter bekleiden, läuft allerdings der Geduldsfaden ab. Wehe dir, wenn sie andere Eintreiber schicken als mich." Der Pichler trat auf die Mutter zu und sein buckliges Kreuz versperrte dem Michl den Blick.

„Ach *du*?!", stöhnte sie auf und ließ sich von einer festen Hand auf einen wackeligen Stuhl drücken. Sie hatte wohl von den Schulden gewusst, nicht aber wer der Gläubiger war.

Michl verstand, es ging hier um namhafte Gläubiger in weit mächtigerer Position als Kloster und Abt. Es brauchte nicht viel, um zu verstehen, dass des Vaters Hand, die einfach nicht heilen wollte und eitrig stank, nicht durch Unachtsamkeit in die Säge geraten war. Michl war dieser Unfall drunten am Sägendobel schon immer ein Rätsel gewesen. Sein Vater mochte ein jähzorniger und unbarmherziger Mann sein, stur und unbeugsam. So nachlässig wie respektlos im Umgang mit Menschen. Das Vieh aber hatte es gut bei ihm und vor den Geräten, die er nicht von eigener Hand betreiben konnte, hatte er einen Heidenrespekt gehabt.

Man hatte den Vater noch lebend aber bewusstlos gefunden. Er war auf dem Blockwagen gelegen, eingeklemmt zwischen dem hölzernen Rahmen der Säge und einem eingespannten Eichenstamm, der gerade zu Brettern gesägt werden sollte. Beide Unterarme waren zerschnitten und die rechte Hand hatte beinahe bis zum Handwurzelknochen im Sägeblatt festgesteckt. Er musste sich mächtig gegen die Rücklaufmechanik der Säge gewehrt haben.

Die Leute erzählten, sein massiger Körper habe den Vorschub des Wagens blockiert. Sein Leib und der Baumstamm. Wäre ihm das nicht gelungen, er wäre bis an die Schulter aufgesägt worden.

Unsinn. Man hatte ihn warnen wollen. Mehr nicht. Jemand hatte den Antriebsriemen der Säge nach getaner … Arbeit … wieder ausgehängt. Es sollte genug sein. Für den Moment.

Das Blut war an Stamm und Sägegatter bis auf den Antriebsriemen herunter getropft und keiner hatte den Vater schreien gehört. Thewes war ein weichlicher Hund, nicht fähig eine barbarische Tat in diesem Stil durchzuführen. Die hatten andere Schergen in ihr Kerbholz geritzt.

Thewes aber bettelte schier um eine Abreibung, einerlei ob auf diese Weise die schlafenden Hunde aus Freiburg geweckt würden. Der Harzreißer, der seit Großvaters Zeiten neben der Stalltür hing, und dessen Stil Michl im Dunkel des Stalls ertastet hatte, sollte mit seinem Kratzeisen und seinem Beil wohl schon einen handbreiten Spalt in den Schädel des Pichlers treiben.

Da packte der Michl das Werkzeug fest mit der Hand und trat in die Stube ein.

Herbst 1771 – Anna Maria

Anna Maria wünschte sich, blond zu sein.

Schon seit der Schulzeit hatte sie alle Maidle mit langen blonden Zöpfen beneidet. Wie sehr hatte sie sich gewünscht, dass ein dreister Bub aus der Schulbank hinter der ihren sich einen Zopf geschnappt und wie einen Pinsel in sein Tintenfass eingetunkt hätte.

Den Blonden und den Brünetten passierte das ständig. Immer dann, wenn der Lehrer nicht so genau hinsah oder irgendwo irgendwem gerade Datzen austeilte.

Sie hatte sich vorgestellt, wie es sich wohl anfühlen würde, wenn die Hand dieses Buben verstohlen nach ihrem Haar griff, wenn sie so tat, als würde sie das nicht bemerken. Wie würde es sein, wenn sie mit ihren Freundinnen nach der Schule kichernd im Kreis stand, den schwarz eingefärbten Zopf wie einen Siegespreis in die Runde hielt und dem Täter kokett über die Schulter hinweg einen Blick zuwerfen würde.

Für sie wäre dieser Lausbubenstreich einer Salbung gleichgekommen, einem Ritual, das sie aufnahm in die Gruppe der Kinder, als eine der ihren.

Soweit aber würde es niemals kommen, auch dann nicht, wenn sich ihre Haarfarbe über Nacht wandeln sollte. Denn sie war das *Rauchmariele* und Tochter des Kohlenhannes, der droben im Harzmoos seine düsteren Meiler beschickte.

Statt in der Runde bei ihren Freundinnen zu stehen, statt mit gespielter Empörung einem Bub hinterher zu schauen, hatte sie die Schmach der anderen Kinder zu ertragen.

„Rauchmarie, Rauchmarie,
einen Mann bekommst du nie!“

Ja. Da hatten sie Recht. Woher sollte der auch kommen? Jedenfalls nicht aus den Reihen der Jungbauern mit ihren Erblehen und auch kein anderer der Bauernsöhne – ob er nun erbte oder auch nicht – würde sich nach ihr umdrehen. Nicht einmal einer aus dem Gesinde, ein Holzknecht oder ein Harzer. Wenn sie Glück hatte ein Tagelöhner. Aber warum sollte der sich ausgerechnet das *Rauchmariele* zum Weibe erwählen.

„Kopf hoch, Mariele.“, hatte Katharina zu ihr gesagt, wenn sie die Tränen der Wut nach einem solchen Schultag nicht zurückhalten konnte. Katharina, die sie bald wie eine Mutter liebte. Und wenn Katharina so etwas sagte, sie bei den Schultern fasste und so gütig wie sanft in ihre Augen schaute, dann wollte Anna Maria nicht aufgeben. Dann erwachte der Trotz und auch der Stolz in ihr, eine Köhlertochter zu sein. Ihr Vater hatte es auch nicht besser gehabt. Eines Tages hatte er sich zu seiner eigenen Kränkung bekannt.

***

Anna Maria erinnerte seine Geschichte, den hässlichen Streit mit seinem eigenen Vater.

„Was haderst du mit deinem Stand, Junge? Was putzt du dich heraus und schaust auf die feinen Herren? Dein Neid steht dir in den Augen geschrieben. Du schielst nach den Talern in den Händen der großen Herren. Und schämst dich deines Vaters, der schwarz und verrußt die Tage am rauchenden Meiler verbringt. Stattdessen gehst du hinaus, versäufst und verspielst unser Geld und bleibst doch nur der Kohlenhannes!"

Da stand der Vater, in Lumpen gekleidet, geschunden und dreckig vor seinem Meiler. Redlich wie immer. Die Augen, so müde sie waren, schauten trotz allem Ärger freundlich hervor. Die Schultern hingen traurig herab und dennoch strahlte der Mann eine Würde aus, wie Hannes sie selbst bei den hohen Herren, den Glasbrennern, Uhrmachern und Lehbauern noch kein zweites Mal gesehen hatte. Die belachten den alten Kauz und das ärgerte Hannes.

„Vater, schaut uns doch an!" Hannes deutete mit einer bitteren Geste in die Runde des Kohlplatzes. „Schaut nur einmal der Wahrheit in ihre Fratze und macht Euch nichts vor. Wir sind von allerniederstem Stand. Mit Abscheu schaut man uns an."

„Die Wahrheit, mein Sohn, ist, dass es der Platz ist, den Gott uns zugedacht hat. Nein, ich bin nicht reich, meine Weste hat nur noch vier goldene Knöpfe. Und das ist auch nicht wichtig, solange ich reich bin im Herzen!"

Die Freundlichkeit in den Augen war einer Sorge gewichen, die Sorge um seinen Sohn, der sich auflehnte und zornig wurde. Ein Zorn, der ihn verbrannte und nichts als Asche hinterließ. Wenn das Herz erst verbrannt war, konnte nichts dessen Platz einnehmen. Nichts als Kälte und Wut. Sein Sohn wurde zerfressen und das brach dem Vater das Herz.

„Nein Vater, das ist nicht mein Platz. Mag sein, dass Gott es so wollte, aber ich will es nicht. Ich will keine Brotsuppe mehr. Die Krümel der Reichen sind nicht meine Speise. Ein Glas Milch am Abend, von einer mageren Kuh, ist nicht länger mein Trank. Ich will keinen Hunger mehr haben. Ich will nicht mehr husten und schwarzen Schleim speien. Ich will nicht mehr den Pfaffen glauben, die von Barmherzigkeit reden und mir dann meinen Platz weisen. Ganz hinten, nach mir nur noch die Gerber und der Latrinenjunge. Vater, das ist nicht mein Platz, selbst wenn Gott ihn vergeben hat."

„Nein? Ist das nicht dein Platz?" Der Alte wollte nicht, dass sein Sohn noch länger verzweifelt war. Ihn schmerzten die Worte und noch mehr schmerzte ihn, dass er ihn verstand. Sehr gut verstand. Er kannte all diese Wut. Er kannte sie von sich selbst. Die schiere Wucht der Verzweiflung traf ihn so hart, so unvorbereitet, dass seine eigene Wut hervorbrach. Dieser Zorn hatte stets einen Schatten geworfen, auch wenn er sich noch so bemühte, ein guter und gütiger Vater zu sein.

Sein eigener Sohn stand vor ihm, mit fletschenden Zähnen und hielt ihm vor, es in seinem Leben zu nichts gebracht zu haben. Da roch er die scharfen Ausdünstungen der Gerber und des Latrinenjungen, Gerüche nach gelber Pisse und Hundekot, Gerüche nach Abort und Jauchegrube. Da sah er, wo er stand. Was sein Stand war. Da sah er rot.

„Wo ist er denn dann, dein Platz?!", schrie er und wusste nicht wen er meinte. Seinen Sohn oder sich selbst? „Dann geh' doch und sauf und zwick mit den Reichen. Dann rauf doch und schlag dich mit deinen Freunden. Dann wirf doch mit Krügen umeinander, dass sie auf dem Tanzboden zerschellen! Dann buhl doch um Weiber, die du niemals haben wirst!"

Ein Schatten hatte den ganzen Platz in einen düsteren, kalten Ort verwandelt. Nur kurz und doch verheerend genug. Ein Zornesfeuer züngelte an den Herzen der Männer.

„Versprich mir, Anna Maria, versprich mir, dass wir nicht denselben Fehler begehen." Seine Augen glänzten als er sie dabei ansah.

***

Eines Tages hatte Katharina mit ihrem Sohn, dem Paul, den Kohlplatz betreten und sie waren nicht wieder gegangen. Der Kohlenhannes hatte nicht einmal aufgeblickt als Katharina die kleine Hütte bezog und damit begann, den Haushalt zu führen. Paul mochte damals wohl vierzehn, fünfzehn Jahre alt gewesen sein.

Ein kräftiger breitbeiniger Kerl, der umgehend damit begann, Holz für den Meiler zu sägen, zu hacken und aufzuschichten. Dabei sprach er kaum nur ein Wort; und so war er auf dem hiesigen Kohlplatz gut aufgehoben.

Anna Maria bemerkte erst später, dass er nur darum so selten und dürftig sprach, weil er zu dumm dazu war. Aber sie hatte noch nie zuvor einen so fröhlichen Menschen gesehen.

Die Augen funkelten bei seiner Arbeit vor Freude und beinahe ohne Unterlass pfiff er durch seine Zahnlücke hübsche Melodien. Wenn er erst Vogelstimmen nachahmte, dann konnte man meinen, der Piepmatz säße geradewegs auf seiner Schulter. Dafür schaffte er dreimal so schnell und doppelt so schwer wie Anna Marias älterer Bruder.

Dann gab es nur noch die zwei jüngeren Schwestern und den zweijährigen Hans. Die anderen Geschwister lebten nicht mehr. Und auch die Mutter war tot. Als ihr vorlautes Mundwerk für immer verstummte, da hatte sich das Leben vom Kohlplatz davongestohlen und hatte seither einen großen Bogen darum gemacht, um ja nicht wieder erkannt zu werden.

„Kopf hoch, Mariele!", das war aus Katharinas Mund mehr als ein hilflos daher gesprochenes Wort. Mit Katharina war auch das Leben zurück gekehrt, fast so, wie ein Freund, der nach langen Jahren des Wanderns seine Heimat wieder unter den Füßen spürt, auch wenn jetzt einiges anders geworden ist.

„Du musst dir das alles nicht gefallen lassen.", war Katharinas Rat. Anna Maria war wieder einmal wütend und weinend von der Schule nach Hause gekommen. Voll Zorn hatte sie damit begonnen, die Lösche auf die Raudecke aus Tannenreisig zu kneten, gerade so, als wolle sie ihren Feinden die Hälse rumdrehen. Trotz einiger Flüche vom Kohlenhannes hatte Katharina sie sanft vom Meiler weggeführt und war mit ihr an den Rand des Kohlplatzes getreten. Dort, wo sie ungestört waren.

„Lass gut sein." Mit sanfter Hand hatte sie Anna Maria wieder zurück auf den Baumstumpf gedrückt, als sie wieder zum Meiler fortspringen wollte. „Lass gut sein. Der Paul schafft für uns beide mit.", hatte Katharina mit einer Bestimmtheit gesagt, die keinen Widerspruch zuließ.

„Also, Mariele", ergriff sie das Wort, als Marie weinend und trotzig den Kopf schüttelte, dass ihre schwarzen Locken wie die Mähne einer zornigen Wölfin um ihr Gesicht flogen, „wenn du dich weiter herum schubsen lässt, dann hört das nie auf. Zeig ihnen die Zähne, lehr ihnen wie scharf deine Krallen sind, dass ein Tritt vor das Schienbein fürchterlich weh tun kann. Zeig ihnen wer du bist, Mariele, zeig ihnen den Stolz und die Kraft einer Köhlerstochter."

„Aber sie haben doch recht. Schau mich doch an, Katharina", jetzt schrie sie fast in ihrer Wut, die seit Jahren schon in ihr brodelte und deren Gärstoff ihre Demütigung war, „ich bin schmutzig und stinke nach Rauch. Da kann ich mich noch so oft waschen."

„Ja, Mariele, ich weiß, die Finger werden nicht sauber, der schwarze Staub sitzt in deinen Ohren und in deiner Nase. An deinen Füßen klebt eingetrocknete Lösche – und trotzdem, Mariele, du bist wunderschön mit deinem prächtigen schwarzen Haar und deinen redlichen blauen Augen! – Mariele, dass du bei der Erstkommunion keine passende Tracht tragen konntest und kein Schäppel dein Haupt krönen konnte, das kann ich, das kann keiner, hier ändern, doch zeig bitte nicht den anderen die Scham, die du dabei empfindest. Senke nicht deinen Blick, sei es aus Neid oder aus Ohnmacht. Sonst, Mariele, sonst hört das nie wieder auf."

Katharina hatte den Kern getroffen. Die Reime waren das eine, dass man aber allein an ihrer Kleidung auch ihre Armut erkannte, das kränkte Marie zutiefst. Dabei war sie so schön, diese Tracht mit dem glitzernden klingenden *Schäppel*, den die Maidle bei der Erstkommunion zum ersten Mal tragen durften.

„Ja, aber…"

„Kein *Aber*, Mariele. *Aber* ist ein verteufeltes Wort. Schau hinüber zum Meiler!", und Marie hob ihren Blick. „Schau deinen Vater, wie er da steht und zusammen mit meinem Paul den Klang der Holzkohle prüft. Schau, jetzt hält er die Kohle ins Sonnenlicht und er sieht darin einen Regenbogen sich spiegeln. Dann weiß er, diese Kohle ist gut. Wenn sie so klingt und die Farben des Segens blinken im Licht, dann ist er fröhlich. Seine Hände sind schwarz, genauso wie sein Gesicht. Der Staub hängt ihm in den Haaren und seine Kleider sind schwarz. Und auch wenn er nachts Schleim husten muss und mit dreckigen Füßen zu Bett geht, es gibt keine Kohle, weder hier noch in der Tiefebene, die so gut ist, wie die deines Vaters."

Jetzt standen beide nebeneinander und schauten den Männern zu, wie sie dastanden und mit Kohlestücken eine Melodie ausprobierten. Und der Paul konnte sie schon zwischen den Zähnen pfeifen.

Da hatte Anna Maria die Hand Katharinas gefasst, stolz zu ihr aufgeschaut und gefragt: „Katharina, kannst du mir zeigen, wie ich mich am Besten zur Wehr setzen kann!?"

Schlachtpläne

Und ob sie das konnte.

Einmal hatte Anna Maria des Nachts in der Hütte der Frauen Geräusche und ein Wispern gehört. Dass der Kohlenhannes die Katharina begehrte, das hatte in Marieles Augen nichts Verwerfliches geschweige denn Unanständiges. Alles andere hätte das Mädchen verwundert. Katharina war eine schöne Frau, herzlich und selbstbewusst. So hatte Mariele zufrieden gelächelt, als sie den nächtlichen Umtrieb vernahm.

Irgendetwas lief aber nicht so, wie sie gedacht hatte. Auf dem Herd in der Hütte glomm ein dürftiges Glutnest und schickte einen rötlichen Schimmer in das Dunkel der Hütte. Die Tür öffnete sich, einem Geheimnis gleich, wie es nur die beste Freundin erfährt. Eine Gestalt zeichnete sich gegen den mondhellen, sternklaren Himmel ab.

„Das ist nicht der Paul", dachte Anne Maria und traute sich keiner Bewegung. Der Paul kam manchmal ans Bett seiner Mutter geschlichen. Dann konnte man kurz ein leises und ängstliches Wimmern vernehmen, dass sich schnell in ein gleichmäßiges Atmen verwandelte, wenn Katharina begann, ein leises Lied in das Ohr des Sohnes zu summen.

Im rötlichen Schein aber erkannte Anna Maria den Vater, der sich leise seufzend auf Katharinas Bettkante setzte. Er trug einen Schlafrock, der weiß und unschuldig wirkte. Und er hatte die Füße gewaschen. Die Haut seiner

Waden schimmerte rosig statt grau. Mit einem Blick, den sie von ihrem Vater nicht kannte, starrte er die Schlafende an, bis nach etlicher Zeit eine Hand vorsichtig über ihre Zudecke strich und irgendwie traurig eine ihrer Haarlocken fasste.

Im selben Moment fuhr Katharina lautlos empor und hatte den Mann bei seiner Kehle gepackt. Die schlanken Finger krallten sich in seinen Hals und ein rötlich aufblitzendes Messer saß mit der Spitze zwei fingerbreit unter seinem Ohrläppchen fest. Auf den Kragen des Nachthemdes tropften einige Spritzer Blut. Sie wirkten beinahe wie Klekse aus schwarzer Tinte auf einem unbeschriebenem Papier. Katharina hatte ein Knie aufgestellt, das einem Prellbock gleich auf den massigen Brustkorb des Vaters zielte.

„Und wenn du dich fragst, ob ich die Klinge tatsächlich gebrauche, dann sei dir sicher: Ich tu's!" Katharinas Flüstern klang klar und entschlossen. Die Botschaft enthielt keinen Zweifel. Der Vater hatte Mühe einen Schrei zu unterdrücken, stattdessen grunzte er ergeben. Diesem mächtigen Mann stand der Schreck im Gesicht und eine Träne der Reue lief ihm die Wange herab.

„Und Kohlenhannes!", ihr Mund zischte ihm die Worte ins Ohr, „denk nicht einmal daran! Denn sollte ich spüren, dass du auch nur daran denkst, werden deine Kinder auch noch den Vater verlieren." Dabei strich das Messer über den Hals zum anderen Ohr und hinterließ dabei eine schmale Spur. Wie eine Kette aus feinsten rubinroten Tropfen. „Geh und bewahre das Andenken deiner geliebten Frau!"

Damit ließ sie von ihm ab, legte sich wieder hin und drehte sich gelassen mit dem Gesicht zur Wand. Der Vater aber weinte und seine Schultern bebten im Schmerz. Dann hielt er einen Moment inne, zog die Nase hoch und schlurfte müde mit nackten Füßen davon. Die Tür knarzte leise ins Schloss.

Anna Maria hatte beinahe vergessen zu atmen.

***

Mariele hatte kurz überlegt, ob Katharina ihr ein Messer zustecken würde. Natürlich hatte sie genau das nicht getan. Obwohl. Allein der Gedanke daran hatte Anna Maria ein Gefühl von Macht eingeflößt, wie sie es zuvor noch niemals verspürt hatte. Wie sonst sollte sie sich bei den anderen Kindern Achtung verschaffen? Dass es auch anders ging, hätte sie sich niemals vorstellen können.

„Zuerst", sagte Katharina zu ihr, „zuerst denkst du nur noch an den einen Moment, wenn dein Vater die Kohle ins Sonnenlicht hält und die zwei Stückchen hell zum Klingen bringt."

Anna Maria hatte Zweifel, dass diese Gedanken ihr ernsthaft Vorteile verschafften, wenn sie im Kreisrund der feixenden Schulkinder stand, die sie stießen und schubsten und an den Haaren zogen.

„Und dann übst du mit Paul diese klingende Melodie mit den Lippen zu pfeifen."

Wenn sie an diesen Tagen zur Schule ging, dann änderte sich zunächst einmal nichts. Katharina aber hielt daran fest. Mindestens dreimal am Tag hatte sie mit Paul bei der Arbeit am Meiler zu stehen und sie übten die Melodie. Am Anfang verkrampft und mit wenig Lust an der sinnlosen Aufgabe. Dann aber, als sie sich nicht weiter über die fruchtlosen Versuche ärgerte, aufhörte an deren Sinn zu zweifeln und zusammen mit Paul darüber zu lachen begann, da wurden die Töne kräftig und die Lippen begannen die Melodie wie von selbst zu erschaffen. Gerade so, als sei sie schon immer vorhanden gewesen.

Als sie dann eines Mittags zur Schule eilte, da konnte sie spüren, dass sie weniger Furcht in sich trug. Weniger Furcht, bei dem Gedanken, wieder der Spielball der andern zu sein. Es fühlte sich gut an.

Es waren immer dieselben Kinder, die den Kreis um sie schlossen. Gut, es konnte auch einmal eines fehlen. Doch es kam niemals ein neues dazu.

„Schau auf die, die am lautesten lacht und am lautesten spricht. Die anderen sind nicht so wichtig. Wenn du an dieser Stelle den Kreis durchbrichst, dann bist du auch die anderen los. Wenn es ein Mädchen ist, brauchst du die Buben nicht fürchten. Sie sind feige, die Buben in diesem Kreis."

– Oh nein, Katharina. So leicht ging das nicht. Auch an diesem Tag verkrampfte sich Marieles Herz und sie wurde verzagt, als die Kinder zu singen begannen:

„Rauchmarie, Rauchmarie! Einen Mann bekommst du nie!
Du bist schwarz und riechst nach Rauch, von den Füßen bis zum Bauch.
Du bekommst auch keinen Kuss, weil der nach Kohle schmecken muss!
Iiiiiiiiiiihhhhh!"

„Denk' an die Kohle im Sonnenlicht und lass dem Klang seinen Lauf.", hatte Katharina gesagt.

Wie von selbst brachten Marieles Lippen mit einem Mal das Klingen der Kohlstücke am Meiler hervor. Da sah sie den Vater vor Augen und nicht mehr die greinenden Kindern. Den Vater sah sie, ganz deutlich wurde das Bild, wie sich ein Stück Kohle in seinen Augen spiegelte, dass alle Farben des Regenbogens darin zu funkeln begannen. Ihr Pfeifen war lauter geworden und übertönte in ihren Ohren den schrillen Gesang.

„Hört doch mal auf mit dem dämlichen Lied!" Die jüngste Tochter des Spittelmaiers gab in der Runde den Ton an. Sie war die Älteste unter den Kindern und würde im Sommer die Schule verlassen.

„Was gibt es denn so fröhlich zu pfeifen!“, blaffte sie zornig in Marieles Gesicht und griff grob nach einem der Zöpfe.

Doch diesmal war Anna Maria mutig geworden. Alles, was jetzt passierte, geschah beinahe in einer Bewegung, fließend und unfassbar flink:

Marieles Hand schnellte hervor. Zielsicher und kurz. Schon prangten vier tiefe Kratzer auf des Spitteltochters Wange. Die Hand ließ Marieles Zopf los.

„Kratzen und treten ist das, was du kannst.“, hatte Katharina gesagt. Und Marieles Fuß schnellte hervor. Heute hatte sie Schuhe an. Das Schienbein der Spitteltochter knickte ihr ein. Sie verlor das Gleichgewicht, versuchte sich noch zu fangen. Alles vergeblich. Sie stürzte Rücklinks in die mistschillernde Pfütze am Rande des Schulhofs.

Auch ihr kleiner Verehrer, der dort neben ihr stand, konnte den Sturz nicht verhindern. Ihm stand der Schreck im Gesicht. Dass die Rauchmarie sich einst wehrte, das war nicht der Plan.

Als Anna Maria den Kreis ihrer Demütigung an diesem Mittag durchbrach, sich pfeilschnell herumdrehte und der beunruhigten Horde so entschlossen wie wild ihre Stirne bot, da erst bemerkte sie diesen Jungen.

Diesen Jungen, der neben sie trat und ihr zur Seite stand.

Aus den Aufzeichnungen des Advokaten

Der Grundriss der Kirche, in sieben Felder geteilt, eingerahmt von den Statuen der Zähringer Herzöge. Die Kirchenmänner hat er nicht gezählt. Bischof Gebhard und Bischof Rudolf haben von Amtes wegen den Tod überwunden. Warum hat er Mönch Hermann nicht unter die Kleriker gezählt? Ich vermute, weil er in der Leutkirch gegenüber der Kanzel steht.

Im Plan ziehe ich die Linie der Zähringer Protektoren nach. Von Berthold I. ausnahmslos alle nachfolgenden Herzöge bis zum Ende dieses Geschlechts. Hermann ist Randfigur, zählt aber zu den sieben.

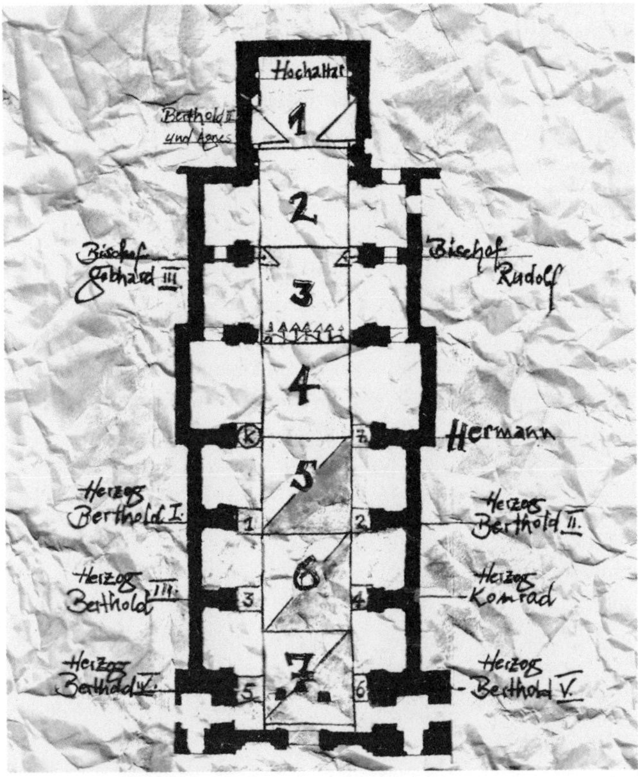

Die sieben Stundengebete:

Matutin – Laudes – Prim – Terz – Sext – Non – Vesper – Komplet.

Sieben Tage der Schöpfung.

Sieben Plagen über Ägypten:

Finsternis – Wasser zu Blut – Frösche – Ungeziefer und Stechmücken – Hagel und Blitze – Heuschrecken und Käfer – Tod der Erstgeburt.

Nachzulesen in Psalm 105, 26 – 36, wo ich weitere Hinweise fand.

Trinitatis, Dreifaltigkeitssonntag 14.6.1778 – Festlichkeiten

Mariele lächelte in sich hinein.

Wenn sie sich heute an ihre Schulzeit erinnerte, dann fand auch ein Lächeln Platz. Auch wenn nach ihren Gefühlen nur wenig gefragt wurde. Das Leben hier auf dem Wald hatte sich nur wenig verändert und doch war nicht alles beim Gleichen geblieben. Wer sich verändert hatte, das war sie selbst und das war ihr ein Lächeln wert.

Heute war Sonntag. Seit gut einem Jahr, seit sie dreizehn Jahre alt war, besuchte Mariele die Christenlehre. Wie alle Jungvölcher zwischen dreizehn und zwanzig Jahren. Deren gab es so viele, dass die kleine St.-Ursula-Kapelle zum Bersten gefüllt war. Mariele konnte sich nicht entsinnen, dass je so viele junge Wälder die Kirchbank gedrückt hätten. Während des Hochamtes in der Klosterkirche hatten die Geistlichen immer wieder von der Kanzel herab den Besuch anmahnen müssen.

Am heutigen Sonntag waren leere Bänke allerdings nicht das Problem. Die ohnehin nicht gerade komfortablen Holzbänke des Kirchleins waren vollgestopft mit jungen Menschen.

‚Vielleicht', so dachte Mariele, ‚Vielleicht wäre ich doch besser – der Regel entsprechend – direkt nach dem Hochamt zur Christenlehre gegangen.'

Für alle mit einem Kirchweg von mehr als einer halben Stunde galt diese Regel. Sie aber hatte entschieden, dass sie vom Harzmoos zum Kloster auf keinen Fall länger brauchte. Sie musste einfach nur stramm marschieren und sich auf dem Weg nicht ablenken lassen, so reichte ihr diese Zeit. Viele Freiheiten kannte ihr Leben nicht, aber diese eine hatte sie sich genommen. Nur, um ihn zu sehen.

Pater Bonifaz unterwies seine junge Gemeinde im Ablauf der Prozession am kommenden Herrgottstag. Auch wenn die meisten seiner Zuhörer die Zeremonie seit ihrer Kindheit schon kannten, hörten alle aufmerksam zu. Hier und da knarrte die Diele einer überlasteten Bank, hier und da wurde ein Husten unterdrückt. Über all dem lag der Dunst einer bäuerlichen Gemeinde und Marie fragte sich einmal mehr, wer eigentlich festgelegt hatte, dass der Geruch nach Stallmist und Kohl weit mehr erstrebenswert war, als der Geruch nach Kohlholz und Rauch.

Wenn sie auch achtsam und aufrecht dort saß, so plätscherten die Worte des Paters doch weitgehend über sie hinweg. Die Gedanken suchten ihren eigenen Weg, auch wenn in vier Tagen, am kommenden Donnerstag, einer der höchsten aller Feiertage kommen sollte.

Ihr Blick huschte zwischen den Bänken hindurch, sah bekannte und unbekannte Gesichter. Wie in der Klosterkirche saßen die Mädchen auch hier auf der linken, der *Wivölchersite* und die Buben saßen rechts auf der anderen Seite des Mittelgangs. Dort saß auch das Ziel ihrer inneren Suche: Der Jakob vom Simishof. Dieser Junge, der vor gut sieben Jahren auf dem Schulhof plötzlich neben ihr stand. Ihr Herz wurde warm.

Während der Gang aus der Kirche noch geordnet verlief, sprangen besonders die Buben auseinander wie das Jungvieh beim Ausfahren im Mai. An diesem besonderen Tag ging es ähnlich zu. Das Vieh war nach dem langen Winter im Stall die Freiheit der Weiden und Matten nicht mehr gewohnt. Nicht umsonst gingen Hütekinder und Mägde an diesem Tag schon früh auf den Lindenberg zum Gebet für die sichere Weidezeit. Und das war auch gut so.

Denn nicht nur am ersten Tag lauerten viele Gefahren. Verletzungen, Krankheit und Blitzschlag hatte schon manchem Bauern die Anzahl der Tiere verringert und längst nicht jedes Stück Vieh fand auch beim Einfahren im späten Herbst den Weg zurück in den Stall.

Darum bekam ein jedes auch vor diesem ersten Weidegang ein mit geweihtem Salz eingestreutes Stück Brot. Das lag seit dem Dreikönigstag allein für diesen Zweck je nach Anzahl des Viehs in einem Brotkorb oder Fruchtsack bereit.

Auch den Buben sollte man wohl solch ein Stück Brot in den Mund schieben, bevor man die schwere Türe der St.-Ursula-Kapelle für diese trampelnde Herde öffnete.

Gut, die älteren unter ihnen gingen gemessenen Schrittes über den Fußweg. Ihr Ziel war der äußere Klosterhof und sie nahmen den Umweg von wenigen Schritten am Haus der Klosterbaumeister in Kauf.

Sie achteten auch darauf, dass Schuhe und Hosenbeine nicht allzu viel Dreck abbekamen und schimpften den jüngeren hinterher, denen ein Spritzer mehr oder weniger nichts ausmachen wollte.

Die lachten nur wild und hielten auf den Durchlass zum Dorfmittelpunkt zu. Eine – wenn auch gewagte – Abkürzung. Unter dem Bogen zum Hof hatte der Schmied Platz für sein Handwerk gefunden. Gefährlich, weil der Funkenflug seiner Esse eine stete Bedrohung für die Häuserzeile der ansässigen Handwerker, Kaufleute und nicht zuletzt für das allseits beliebte Gasthaus bedeutete.

Da konnte er in der Enge der Gasse nicht auch noch die Bande der Jungvölcher brauchen. Drohend hob er den Hammer.

„Wagt euch nicht! Wen ich verwische – in meiner Gasse – der kann sich auf was gefasst machen.“ Dass er die Drohung wahr machen würde, hatten etliche junge Burschen bei eigenem Leib erfahren. Aber das machte die Gasse ja erst zu dem Abenteuer, das sie im Auge hatten.

Das Werkzeug krachte geschickt auf das glühende Teil eines Wagens, der zur Reparatur auf einem Stück Wiese stand. Die Hand, die es führte war mächtig. Wen sie beim Schlafittchen fasste, dem tat die Abreibung weh.

Der Drohgebärden zum Trotz wagten es einige Buben durch den Torbogen zu rennen. Einer linste ums Häusereck und gab den anderen Zeichen. Noch nicht! Drei Finger – drei Schmiedegesellen.

Der kleine Finger und eine Faust – nur ein Lehrling und der Meister. Aufmerksam bei der Arbeit. Sie mussten ja schaffen und nicht auf lausige Burschen warten.

Jetzt! Da flitzten sie los, schlugen Haken und stießen Geräte um. Der eine schlupfte dem Schmied zwischen den Beinen durch. Herrlich! Sie lachten und machten die Nase lang. Für dieses Mal war es gut gegangen.

‚Jungen sind zuweilen sehr sonderbar.', befand Marie.

Das musste so eine Art Mutprobe sein. Je wilder, je besser. Einer von diesen Helden war heute der Jakob gewesen. Ihre Blicke trafen sich kurz und Maria wollte darin ein Zeichen sehen. Wie bei einem Ritterturnier. Die Freifrau bekommt dieses bunte Band. Allein für die Dame bestand der Recke die Prüfung. Allein für sie spielte er diesen Streich. Der Schmied hatte ihn beinahe zu fassen bekommen.

***

„Was glotzt du denn dem Jakob hinterher wie die Kuh ihrem Fresstrog?" Das war Franzi, ihre jüngere Schwester, denn Freundinnen hatte sie immer noch keine.

„Ach, was du dir auch immer einreden willst …", ihre Antwort klang keineswegs überzeugend.

„… gar nichts red' ich mir ein. Ich hab's doch gesehen. Was gibst du mir, dass ich es nicht dem Vater sag'?!"

Trotzig, mit in die Hüfte gestemmten Armen, schaute sie die ältere Schwester herausfordernd an. Mittlerweile hatten sie den äußeren Klosterhof erreicht, der Dorfmittelpunkt, der um diese Zeit aus allen Nähten platzte. Zum Glück war es gar nicht so einfach, den Vater im Gewimmel der Menschen zu finden.

Sie musste die Schwester schleunigst auf andere Gedanken bringen. Neugierig und umtriebig wie Franzi war, hatte Marie zumeist wenig Mühe, sie von derlei Vorhaben abzulenken.

Nur nicht dem Vater begegnen, das war höchstes Gebot. Allerdings sollte der wohl eher noch im inneren Klosterhof stehen, um dem Ausrufer zu lauschen.

Der gab nach dem Gottesdienst unter der Dorflinde allerlei Verlautbarungen und Verfügungen der Herrschaft bekannt. Auch heute stand er auf einem gut zwei Fuß hohen Steinmoggen und verlas laut und über das Geflüster hinweg die klösterlichen Bestimmungen.

Ein Kind, zumal in Franzis Alter, langweilten diese Verlautbarungen. Es gab wirklich Wichtigeres, als die Nachricht, dass einem die Sau abhanden gekommen war. Irgendwer sollte das Vieh schon finden, nachdem es vollgefressen mit Eicheln nicht wieder nachhause gefunden hatte.

Für die Erwachsenen freilich war die Kundgebung eine unschätzbare und unverzichtbare Quelle an Auskünften. Nirgends sonst waren so viele Untertanen aus allen Vogteien an einem Ort versammelt.

Franzi spickelte halbherzig durch die Reihen. Wenn der Vater Geschäfte machte, tat sie gut daran, ihn nicht zu stören. Was soll's – dann halt nicht.

„Komm, wir schauen den Handwerkern zu!"

Das war zugegebener Maßen kein wirklich großes Versprechen für ein zehnjähriges Maidle, doch Franzi sprang nach kurzem Zögern der Marie hinterdrein. Die bahnte sich so gut es ging einen Weg zur Ladenzeile rechts von der Schmiede. Dort waren Schreinerei und Buchbinderei untergebracht.

„Franzi! Komm weiter, lass doch die …!" – Franzi strengte sie an. Es war nicht leicht sie für eine Sache dauerhaft zu gewinnen. Ihre Mahnung wurde vom Lärm um Pranger und *Trille* verschluckt. Jetzt war sie ihr schon wieder entwischt.

Die Halseisen am Pranger beim Dorfbrunnen baumelten schwer und nutzlos herab. Das Geschrei tobte um die eiserne Trille und Marie schob sich durch die Reihen, um die kleine Schwester aus dem Gedränge hervorzuziehen. Sinnlos. Franzi ließ sich von dem Schauspiel einnehmen. Die mahnende Schwester konnte sie mal.

‚Einerlei.'-, dachte Marie, ‚Dann wird sie das Petzen wieder vergessen.' Trotzdem war es ratsam in ihrer Nähe zu sein. Das schmächtige Mädchen konnte gern auch mal unter die Räder kommen.

Bis hierher drückte sie sich durch die Menge, fing sich Kopfnüsse und Schimpfwörter ein. Vor den Burschen in der ersten Reihe musste sie kapitulieren. Hier gab es kein Durchkommen mehr.

Das Geschehen ergriff auch sie. Ekelhaft. Dort in der Trille – einem sehr schmal geschnittenen Schandkäfig – stand mit verzweifeltem Blick ein Bursche, kaum älter als sie. Schamgebeugt.

Junge Kerle standen johlend davor und drehten die Trille um ihre Achse, so dass der Angeklagte darin immer blasser wurde, bis er sich unter Jubel und Beifall über den eigenen Körper erbrach. Das Drehen des Käfigs hatte sein Ziel erreicht. Allein damit war es noch nicht genug.

Der Dorfplatz bot eine ausreichende Zahl an Zubehör, das unter gewöhnlichen Umständen wertlos am Boden lag. Für einen solchen Zweck allerdings eignete sich nichts besser als das. Zur Not nahm man Äpfel. Nur nicht zu hart. Nach geltendem Recht durfte man in der Trille nicht *‚ernsthaften Schaden nehmen'*.

Die ersten Eier trafen den Bub. „Was hat er denn angestellt?", fragte jemand direkt hinter Marie.

„Ist doch gleich. Uns jedenfalls bietet sich ein hübsches Vergnügen.", meldete irgendwer an.

„Fische geklaut hat er, mit einem Kameraden zusammen.", wusste ein anderer.

„In der Polizeiordnung hätte er nachlesen können, welche Strafe auf unerlaubtem Angeln droht."

„Schau ihn doch an. Du glaubst doch nicht, dass dieser Dreckfink lesen kann."

„Schade nur, dass wir keine Tomaten haben." – „Einerlei, wir haben noch ausreichend fauligen Kohl."

Drehen – werfen, drehen – werfen! Widerlich.

Marie wurde schlecht, Schweiß lief ihr über die Stirn. Der Hals wurde eng. Ihr schwindelte, Galle stieß ihr auf, ein bitterer Saft, der den Ekel nur noch verstärkte. „Dreht, dreht. Jetzt wird er grün!" – Lachen, Kreischen, Beifall.

Oh! Nicht jetzt, nicht hier. Sie musste die Enge verlassen. Menschen, die schwitzten, Menschen die stanken, Menschen mit Geifer und Groll. Jeder konnte der nächste sein. Ein Kreis aus Schande und Scham.

Jetzt flog fauliges Obst, im Winter verdorben. Gärende Kartoffeln zerspratzten am Kopf des Burschen. Kot wurde geworfen. An einem solchen Tag lag davon reichlich umher. Als hätte man den Gerbern verboten ihn aufzusammeln. Heute konnte man ihn besser selber verwenden.

Etwas traf das Gitter der Trille. Von dort fiel es auf Maries nackte Füße: eine Ratte schon halb verwest! Da konnte sie nicht weiter an sich halten. Sie schrie, kratzte und trat sich einen Weg aus dem Kreisrund frei. Sie hinterließ entrüstete Bürger. Einer hielt sich den blutenden Arm, ein nächster das schmerzende Schienbein. Ein saurer Brei auf einem Rock. „Dieses verfluchte Kind!" Der Zorn spülte Marie aus der Menge. Verwünschungen und Schläge schwappten hinter ihr her.

Die wütenden Worte, die Schläge und auch die gammelnde Ratte setzten ihr nicht halb so viel zu wie die Erinnerung. Sie selbst war auch schon in denselben Käfig gestanden.

Ein sabberndes Weib wollte sie damals leiden sehen. Vor nicht einmal einem Jahr war sie auf der Kanzlei angezeigt worden. „Ihren Rock hat sie gehoben. Auf unzüchtige Weise." Was könne man auch von einem Balg von der Kohlplatte anders erwarten. „Für eine Jungfrau geziemt sich das nicht und es darf auch nicht ungesühnt bleiben."

Was immer die Alte damit gemeint hatte, Marie konnte die Geldstrafe nicht zahlen. Und auch nicht der Vater.

Als sie sich jetzt am Dorfbrunnen das Gesicht mit kühlendem Wasser abwischte, bemerkte sie kaum die Hand, die sich heimlich, tröstend und sanft auf ihre Schulter gelegt hatte. Was!?

„Sehen wir uns am Donnerstag bei der Prozession!?", fragte eine junge und warme Stimme. Erst als die Hand noch einmal kurz, für keinen sonst sichtbar zugedrückt hatte. Erst als sie die Wärme des anderen Körpers nicht mehr wahrnehmen konnte, da drehte sie sich langsam herum.

Im Torbogen der Pforte sah sie den Jakob verschwinden.

Die Nacht vor dem Herrgottstag 17./18.6.1778 – Agnes Thürwächter

Ein abnehmender Halbmond mühte sich durch das hohe Gewölk einen Blick auf die schlafenden Häuser und Menschen zu werfen.

Zu dieser fortgeschrittenen Stunde sollten dies wohl die meisten von ihnen tun. Manch einer aber wälzte sich auf seiner Schlafstatt hin und her.

Die einen Unruhig im Traum, von Sorgen gefangen. Andere heimgesucht von den Begierden fleischlicher Lust. Hier und da lehnte noch unbemerkt eine Leiter unter der schwach beleuchteten Kammer. Wer sie dort angelehnt hatte, hoffte darauf, dass es auch dabei blieb. Das Gewölk war in dieser Nacht sein zuverlässigster Kumpan.

Wer aber sonst noch um diese Zeit durch die dunklen und stillen Gassen schlich, der erfüllte eine Aufgabe oder er hatte nichts Gutes im Sinn.

Der Mond streckte sich wie ein Zuschauer aus den hinteren Rängen angestrengt bald nach links, bald nach rechts, bald nach oben und unten. Eine bessere Sicht gab es nur auf den vorderen Plätzen. Und den vorderen Platz, den hatte in allen Nächten, winters wie sommers allein der Nachtwächter inne.

Der brummte wie immer auf seinem nächtlichen Rundgang alles Mögliche vor sich hin. Kurz ruhte er aus, um einen Blick in den Himmel zu werfen. Nein. Dort zog nur ein blasser Halbmond einsam die Bahn, zumeist aber von Wolken verhangen.

Von diesem Wetter drohte in der heutigen Nacht keine Gefahr. So wandte er sich einem weiteren Teil seiner Aufgaben zu und gab darauf acht, dass nirgends ein Feuer entfachte. Die Nacht verlief ruhig. Nicht einmal der kleinste Schimmer eines vergessenen Kienspans war zu entdecken, weder im Wirtshaus noch bei dem Schreiner. Nicht einmal beim Schmied, und auch das Gesinde des Klosters lag gewiss in tiefstem Schlummer.

So verließ er den Dorfplatz und stapfte den steilen Weg von der Bürgerschaft zur Nagelschmiede hinunter. Auch hier wurde mit Feuer hantiert, auch hier rief er die nächtliche Stunde aus, genau wie an sechs weiteren Stellen.

Der Spittelhof lag am äußersten Punkt seiner Runde, dann ging es weiter zur unteren Mühle. Von dort aus, in kurzem und steilem Anstieg hinauf zur Kapelle Sankt Ursula.

In dieser Zeit lag der Dorfkern verlassen. Er machte seit dreißig Jahren nichts anderes und wusste, dort drückte sich kein Gesindel herum. Gesindel liebt den Schatten hinter den Häusern und Mauern in der Nähe eines Gebüschs. Der Nachtwächter hielt weiter die Augen offen.

Agnes Thürwächter waren die Wege des Wächters vertraut und so stand sie im Dunkel der Friedhofsmauer hinter dem Stamm einer mächtigen Weißtanne. Dort wartete sie – nach ihrem Dafürhalten – schon eine ganze Weile zu lange. Viel Zeit blieb nicht bis der Wachmann zum Kloster zurückkehrte.

Da huschte der Advokat über den Mühlengraben, dicht gedrängt an die Klostermauer. Direkt auf sie zu. Sie hatte ihn an seinem Mantel erkannt. Der hatte diesen besonderen Schnitt. Da konnte ihr keiner was vormachen. Was aber hatte denn der hier zu suchen?

Sie drückte sich soweit es eben ging noch tiefer in den Schatten hinein und versuchte ihren aufgeregten Atem wieder in Schach zu bekommen. Was ihr so gar nicht gelang, als der Herr Oberamtmann direkt an verabredeter Stelle unweit von ihrem Versteck Halt machte und sich heimlich suchend umherschaute. Was angesichts der Schwärze der Nacht schier unmöglich schien. Glücklicherweise.

„Das Weib wird mich doch nicht zum Narren halten."

Da klang Ärger in der Stimme des Mannes. Und noch etwas. Agnes wusste nicht gleich, was dieses Etwas wohl sein konnte.

Mit dem Herrn Advokat aber hatte sie es hier offenkundig nicht zu tun. Immerhin, soviel hörte sie heraus. Agnes gab sich zu erkennen und trat einen kleinen Schritt vor. Gerade so, dass sie sich noch immer im schützenden Dunkel befand.

„Pater Bonifatius? Seid ihr das, Pater?“, zischte sie halblaut und der Mann im Mantel des Advokaten zuckte merklich zusammen. Jetzt wusste sie es: Es war Furcht in seiner Stimme gewesen, beinahe etwas Verzweiflung, Panik vielleicht …?

„Weib, ich hoffe es gibt einen guten Grund, warum du mich in der Nacht aus der Klausur an die Friedhofsmauer bestellst.“

Agnes kannte die Menschen gut. Ihre Bestellung zur geschworenen Hebamme hatte sie über die Jahre gelehrt, die Stimmung hinter der Stimme treffsicher einzuschätzen. Der Pater würde ihr geben, was sie verlangte. Wie er das machte, sollte nicht ihre Angelegenheit sein. Für sie war es bitter genug, dieses letzte abscheuliche Mittel zum Einsatz zu bringen: Erpressung.

„Sicher, ehrwürdiger Vater. Gute Gründe gibt es genug. Einer davon ist wohl, dass Ihr mir einen …“, hier stockte sie kurz und labte sich an dem Gefühl ihrer eigenen Macht, „ …, nun nennen wir es einen … Gefallen … schuldig seid …“

Warum sollte sie lange um alle Berge rumschwätze'. Je eher sie zur Sache kam, um so eher sollte ihr scheußliches Geschäft abgeschlossen sein.

„Ich wüsste nicht, was ich der Witwe vom Steingrubenbauern schuldig sein sollte. Weib, komm zu mir in den Beichtstuhl, dort können wir über Schuld und Vergebung im Angesicht unseres Herrn sprechen. Dort. Wie es die Ordnung vorsieht. Aber nicht hier und jetzt. Versteckt an einem Ort, an dem die Toten allein deiner Anklage lauschen. Und wem immer du etwas vorwerfen willst, ich jedenfalls wüsste nicht, was mein Anteil daran sein sollte.“

Zwischen den Zeilen bemerkte Agnes die übliche Drohung vor dem Schrecken der Höllenqual. Davor hatte sie wirklich fürchterlich Angst. Doch wenn sie jetzt einknickte, dann sollte wohl auch noch der Rest ihres Lebens zum Jammertal werden. Und nicht allein ihres, sondern auch das ihrer Kinder und Kindeskinder sollte dann in Trostlosigkeit und Armut versickern.

In keinem Fall wollte sie zu den bedürftigen Witwen zählen, die morgens am Kloster um ein Stück Brot anstehen mussten.

„Pater, Ihr wisst, dass ich rechtschaffen und brav mein Tagwerk verrichte. Ich gehe zur Beichte und bete um das Wohlsein der Armen und Kranken. Doch jetzt ist mir mein Mann gestorben. Nach langem Siechtum, wie Ihr wisst.“

„Gott sei seiner Seele gnädig. Agnes, mach dir um seine Seele keinen Verdruss. Ich kann dir versprechen: Ich werde seine Seele behüten und halte über ihr Wacht.“

Gut. Einen Teil von dem, was sie wollte hatte er jetzt ohne weitern Hinweis verstanden. „Pater Bonifatius. Es sind auch die Lebenden, die jetzt Eurer Hilfe bedürfen. Es ist nämlich so: Ich und mein Sohn, der erbende Jungbauer, wir können unmöglich in unserer misslichen Lage…"

„Ach, nun verstehe ich deine nächtliche Hetze. Du bettelst um den Erbzins ans Kloster!"

Nun, auch gut. Je eher er es verstand umso besser. Nur eine kleine aber entscheidende Feinheit störte sie noch. „Versteht mich nicht falsch, ehrwürdiger Vater. Aber Betteln, das möchte ich wirklich nicht. Pater Bonifatius, …", ihre Stimme klang fest, klar und kalt, „ … ich *fordere ein.*"

Die Worte hatten die gewünschte Wirkung erzielt, das konnte sie trotz der tief herunter gezogenen Kapuze deutlich erkennen. Zumal er sie nun auch energisch beim Arm packte. „Weib, achte auf deine Worte!", schimpfte der Pater sie an. Ein kraftloser Versuch. Sein Widerstand war längst schon gebrochen.

„Mit Verlaub, hochwürdiger Vater, Ihr habt doch nur einer verzweifelten Frau ein lebendiges Kind in die Wiege gelegt. Woher auch immer ihr diesen Bub so schnell herbringen konntet. Wo auch immer das andere, das tote Kind, auf diesem Gottesacker hier hinter uns liegen mag. Es ist Euer Geheimnis. Und das mag es wohl besser auch bleiben. Nicht auszudenken der Advokat, dessen Mantel ihr tragt oder gar der ehrwürdige Abt würde davon erfahren … Ach! Und nicht zuletzt! Was der Simis wohl von all diesem Lug und Betrug halten mag? … Zudem, ich empfand Euch seinerzeit auffallend erleichtert. Als sei Euch eine schwere, untragbare Bürde von Euren Schultern gefallen. Wie einer, der von …", sie suchte flüchtig nach den richtigen Worten, als hätte sie diese nicht schon in unzähligen schlaflosen Nächten gründlich, ja peinlichst genau abgewogen, „ … ja, von einem geradezu quälenden Joch befreit worden ist …" Abrupt hielt sie in ihrer Anklage inne.

„Sorgt für den Verzicht auf den Erbzins und bringt mir 300 Gulden dazu. So wird Euer Geheimnis das meine bleiben und ich will es mit zu mir in mein Grab nehmen. Kommt mir nicht damit, Ihr hättet keinen Besitz. Im Kloster liegen genug goldene Löffel umher. Habt Ihr kein Geld so besorgt es. Auf welchem Wege soll meine Sorge nicht sein."

So rettete Agnes Thürwächter in dieser Nacht vor dem Herrgottsfest das Erblehen ihres verstorbenen Mannes und sicherte den Hof ihrem Sohn. Jedoch ihr eigenes *Leibgeding* sollte sie nicht mehr beziehen. Noch vor der Heuet in diesem Jahr fand der *Dirrländer Michl* die eigene Mutter in ihrem Blut. Sie schaffte es noch, ihm ein Versprechen abzugewinnen.

Dann war sie tot.

heuet 1778 – Jakob und Georg

Jakob saß auf einer schmalen Holzkante des Heuwagens und lenkte das Pferd.

Allein die turmhoch aufgeschichtete Heuernte forderte seine volle Aufmerksamkeit. Heute aber hielt er die Zügel und hatte alle Hände voll zu tun, das Pferd auf die *Oftere* im Simishof zu führen. Beide, Mensch sowie Tier, waren einander noch nicht gewohnt, hatte der Simis doch erst im vorangehenden Jahr zum Roßfest an Mariä Geburt in St. Märgen diesen prächtigen Hengst erstanden, ein Schwarzwälder Kaltblut, der zwar das Kummet, aber nicht die unsichere Hand seines Führers gewohnt war.

Normalerweise hätte Jakob die Kraft und den Willen des Tieres für seine Zwecke zu nutzen gewusst. Er hing aber seinen Gedanken nach. Was gerade um ihn passierte war neu und er war sich nicht sicher.

Egal was ihm durch den Kopf ging, immerzu sah er schließlich *ihre* blaufunkelnden Augen. Und diese schwarzen Locken, gestreichelt von einem frühsommerwarmen Windhauch, wehten ihr ungezähmt über die schlanken Schultern.

Georg lag irgendwo hinter ihm zwischen dem duftenden, knisternden Heu und spielte den blinden Passagier auf einem Amerikasegler. Gerade musste er sich wohl vor seiner Entdeckung hüten und zog sich tiefer in den dunklen Frachtraum zurück. Anfangs spielte Jakob noch mit und in seiner Rolle als Kapitän des Dreimasters rief er seine Befehle. Die Zügel waren das Ruder und die Segel blähten sich an drei Masten aus Eschenholz auf. In Wahrheit waren das aber nur drei traurige *Pfutscher*, an denen nur noch einige welkende Blätter im Wind raschelten.

Er ließ seine Augen, mit dem ausnehmenden, stechenden Blick eines Seemanns über das Achterdeck schweifen, da sah er *sie* an der Reling stehen, und sein Herz machte einen Satz und sein Bauch wurde flau.

Mariele! Ach, was gäbe er darum, mit ihr zusammen an dieser Reling zu stehen. Auf einem Amerikasegler, die Zukunft im Blick. Einen Arm um ihre schlanke Taille gelegt und der Duft ihrer Locken wäre ihm alles, was er zum Leben brauchte. Dann würde sie sich ihm zuwenden und das Blau ihrer strahlenden Augen wären die Antwort auf all seine Fragen, all sein Suchen und all seine Verwirrung. Seine Lippen kribbelten ihm, als sie die Berührung der ihren verspürten und das Schnauben des Kaltbluts holte ihn, wenn auch nur kurz, in die Wirklichkeit dieses Frühsommertages zurück.

Zuletzt war er ihr an der Prozession zum Herrgottstag begegnet und er hatte sie beinahe nicht wiedererkannt.

***

Der Tag hatte wie seit jeher begonnen.

In der Frühe hatte ein Klosterknecht ein Fuhrwerk auf den Schießacker bei der Schweighöfer Höhe gefahren. Die gut 500 Pfund schweren Böller wurden unter dem Ächzen der Männer abgeladen, um mit Schießpulver und anderen Beigaben befüllt zu werden. Pünktlich mit dem Schlagen der Glocken um fünf hatte der Schießmeister das Kommando erteilt und die Männer hoben ihre gut drei Ellen messenden Zündstangen an die vorbereiteten Lunten.

Die bäuerliche Gemeinde war freilich zu dieser Zeit, wie auch an jedem anderen Tag, schon längst auf den Beinen, und die Gläubigen machten sich später, in ihre Trachten gewandet, auf den Weg zu Hochamt und Festgottesdienst in der Klosterkirche.

Dort saß auch Jakob zwischen seinem Vater und all den anderen Lehbauern, als beim Evangelium und zum Zeitpunkt der Wandlung erneut je drei Salutschüsse durch das Kirchenschiff hallten. Die Klosterglocken gaben mit ihrem Geläut den Schützen das Signal zum Zünden.

Der Predigt des Prälaten lauschte er nur halbherzig. Er verlor sich wieder einmal in seinen Gedanken oder vielmehr in dem Wunsch, das Mariele zu sehen.

Einen guten Teil seiner Aufmerksamkeit widmete er der Wivölchersite, das musste er zugeben. Sein Blick huschte über die Reihen, um sie zu finden. Immer wieder. Aber er fand das Ziel seiner Träume nicht und es irritierte ihn weil er nicht wusste, was diese Suche in ihm ausgelöst hatte.

Mit dem Ende des Gottesdienstes und dem Öffnen des Kirchenportals trat die Gemeinde auf den inneren Klosterhof und stellte sich ruhig und gesittet zur Prozession auf. Die Stimmen waren gedämpft, Absprachen und Erklärungen waren nicht nötig. Ein jeder kannte seinen Platz. Den Himmel über der Monstranz trugen die Vögte. Jakob hatte Vogt Georg erkannt, wie er mit ernster Miene eine der vorderen Stangen des Baldachins hielt. Sein schwarzer Mantel reichte ihm beinahe bis auf die Schuhe.

Nicht viel weiter dahinter warteten fünfzehn Männer aus den Reihen der Lehbauern, angeführt von einem Fahnenträger, auf das Startzeichen und hielten die Geheimnistafeln des Rosenkranzes in Händen. Eine jede der Tafeln war eingefasst in einen schmuckvollen goldglänzenden Rahmen aus der Werkstatt des Matthias Faller, einem Holzkünstler, der so viele Arbeiten für das Kloster erledigt hatte.

Die feinen Bilder aus Meister Meinrads Händen hatten Jakob seit jeher beeindruckt, auch wenn seine Augen, wie schon während des Hochamtes, die Locken Marieles suchten.

Jetzt erspähte er im hinteren Teil des Hofes die gelbe Fahne. Dahinter standen die Jungfrauen bereit. Auch sie trugen Geheimnistafeln. Auf den ihren war je eine Wachskerze aufgesteckt, und jetzt hatten seine Augen die Gruppe Frauen entdeckt. Ganz hinten die Verheirateten und davor, das Ziel seiner Suche, die Unverheirateten.

Gewiss, er würde sie nicht unter einem der schmucken *Schäppel* finden, wie ihn nur die unverheirateten Frauen zu tragen pflegten. Deren zahllosen Silberplättchen, schillernden Perlen und Kügelchen in Blau, Gold, Rot und Grün blinkten und blitzten munter im Lichte der frühen Sonne. Zarte rosafarbene Schleifchen waren in die Kopfbedeckung mit eingearbeitet und vollendeten den stolzen Anblick der Trägerinnen.

Mariele hätte eine solch prachtvolle Krone nicht vorweisen können. Er kannte ja die Herkunft des Maidle. Es hätte ihn schon verwundert, wenn sie als Köhlerstochter einen Schäppel ererbt hätte und mit grünem Rock, rotem Brustmieder und weißen Puffärmeln unter den anderen Maidle gestanden wäre, die sorgsam darauf bedacht waren, die Kunstwerke auf ihrem Kopf in Balance zu halten, wenngleich sie von aufwändig bestickten *Livraien* gehalten wurden.

Diese bunten Bänder fielen den Maidle beinahe bis zur Rocklänge herab und waren am Kopf stramm mit den aufgesteckten Zöpfen verflochten.

Vielmehr vermutete er sie unter den schüchtern und neidvoll blickenden Mädchen, Töchter von Tagelöhnern zumeist, aber auch das war nicht der Fall. Das kann doch nicht sein!

Jakob ging nur unwillig los, als sich die Prozession in Bewegung setzte. Im letzten Moment fiel ihm etwas auf. Ein Bewegung, vielleicht eine Körperhaltung, ein Lächeln oder ein Zeichen, das nur er hätte deuten können. Doch auch das war nur mehr eine Ahnung als eine Gewissheit.

Die bekam er, als die Prozession auf den blumengeschmückten Wegen durch die Vogtei zog und am zweiten Altar an der Linde beim Schweighof Halt machte.

Kurz nach der Zeremonie, als man sich auf den Weg zur Roten Linde machen wollte, zog ein Gezänk unter den Schäppelträgerinnen Jakobs Aufmerksamkeit an sich. Von seinem Platz in den vorderen Reihen der Prozession sah er – immer noch auf der Suche nach dem Mariele – eine schnelle Bewegung. Ein spitzer Schrei und dann ein Maidle, das neben die Reihe in den Dreck eines Ackers stolperte. Im Stolpern verrutschte der Schäppel und baumelte verloren auf ihre Schultern herab.

Da erkannte Jakob das Mariele, verließ die Reihe der unverheirateten Männer und rannte wutschnaubend los. Ungeachtet der mahnenden Worte des Vaters, der kurz hinter der roten Fahne stand und ihn mit festem Griff zu stoppen versuchte. Er sprang durch Pfützen und Matsch, um für Mariele einzustehen. So hatte er es schon zu Schulzeiten gemacht, so würde er es auch weiterhin tun.

„Jakob! Was ist in dich gefahren!?“, raunte ihm der Vater zornesrot hinterher. Jakob aber machte sich umso entschlossener los, als er sah, dass nun auch die verheirateten Weiber sein Mariele bedrängten.

Die Blicke der anderen störten ihn nicht. Auch wenn sie zu tuscheln begannen. Das war jetzt nicht wichtig. Schon wieder stand das Mariele in dem Kreisrund geifernder Frauen, die sie ob ihrer Unachtsamkeit zu traktieren begannen. Wutentbrannt durchbrach Jakob den Kreis und trat an Marieles Seite.

„Was seid ihr für garstige Weiber!“, schimpfte er laut und dabei schaute er der Spitteltochter und zwei Bäuerinnen nacheinander in die Augen. Die hatten, da war er gewiss, an der misslichen Lage des Mariele am meisten Anteil gehabt.

„Ach, Jakob, spiel du dich doch nicht wieder so auf. Wir regeln das hier unter uns. Schau nur, die Geheimnistafel hat Schaden genommen.“

„Wenn eine so dappich stolpert wie deine Rauchmarie. Kein gutes Omen auf einer heiligen Prozession. Trägt heut die Nase wohl ein wenig zu hoch, deine Köhlerstochter!“

„Ja, ein Schäppel allein hilft noch nicht viel, wenn die, die ihn trägt zu dumm ist, geradeaus zu gehen …“, fügte die Spittelbüri boshaft hinzu.

„Schweigt doch still, ihr verlogenen Weiber. Ich hab’ doch gesehen wie ihr sie gestoßen habt und du …“, sein Blick richtete sich auf die Spitteltochter, „… du hast ihr dann von hinten ein Bein gestellt. Ihr alle, wie ihr hier steht, wisst doch genau was passiert ist. Dass es nicht ihre Schuld war. Aber jede hält einfach die Klappe.“

Da packte ihn eine Hand bei der Schulter und zog ihn unsanft fort von den Frauen. Schnell wand er sich aus dem Griff, begann mit einem Lamento, da merkte er wer es war, der ihn da maßregelte. Pater Bonifaz fasste noch fester zu.

„Du verschwindest jetzt auf der Stelle von hier und gehst zurück an deinen Platz!“ forderte der Geistliche. „Das hier geht dich nichts an. Das ist Sache der Kanzlei.“ Dann half er still dem Mariele und machte ihr den Schäppel wieder auf ihrem Haupt fest. Ihre weißen Strümpfe hatten auf Höhe der Knie grüne Grasflecke bekommen, aber daran konnte Bonifaz jetzt nichts ändern. Den Weibern und der Spitteltochter erteilte er noch eine Lektion. Sachlich, ruhig und ebenso klar in der Wirkung.

„Spitteltochter! Empfindest du keine Scham, wenn du am Herrgottstag deinen *Schäppel* nicht trägst? Andere Maidle hier mussten viel dafür geben, ihrem Herrn gebührend die Ehre zu erweisen. Ihr alle drei, ob Maidle, ob Büri, werdet euch Morgen vor unserem Amtmann verantworten! Haben wir uns verstanden?"

Die Ansage des Paters hatte keine Antwort erfordert.

Jakobs Wut ebbte bis zur Rückkehr in die Kirche einigermaßen ab. Trotzdem brodelte es in ihm. Unruhig rutschte er auf der Holzbank umher, bis ihn das *Te Deum Laudamus* wieder zur Ruhe brachte. Die Mönche in ihrem Gestühl vor dem Hochaltar stimmten es an und Jakob lauschte jedem einzelnen Wort. Auch wenn er den lateinischen Text nicht verstehen konnte, so gab er sich dem Gesang hin, der seinen verwirrten Gefühlen einen sicheren Hafen bot.

Te Deum laudamus. Te Dominum confitemur.
Te aeternum Patrem, omnis terra veneratur.
Tibi omnes angeli, tibi caeli et universae potestates:
Tibi cherubim et seraphim incessabili voce proclamant:
Sanctus, Sanctus, Sanctus Dominus Deus Sabaoth.
Pleni sunt caeli et terra maiestatis gloriae tuae …

Die Verse hallten noch nach, als er schon längst die Kirche verlassen hatte. Wieder spürte er seine Anspannung. Wieder suchte sein Blick den einen lockigen Schopf. Und diesmal fand er sie sofort und ihre verschworenen Blicke brauchten kaum einen Herzschlag, um sich stillschweigend an einem abgelegenen Ort zu verabreden.

„Schau!", strahlte sie ihn mit gewinnendem Lächeln an und wog sich einen kurzen Moment. Die Hände in die Hüften gestemmt, und ihr Rock tanzte ihr ein-, zweimal um die Knie. „Stimmt doch! Niemals hättest du mich erkannt."

Hätte Jakob sich selbst beobachten können, er hätte sich wohl erheitert an dem dümmlich dreinblickenden Bub, der dieses hübsche Maidle mit großen Augen bestaunte und dabei gleichzeitig versuchte, sich diesen blöden Kloß aus dem Hals zu räuspern. Ihm verschlug es die Sprache. „Äh." War alles, was er hervor brachte.

„Schau, diese wundervollen Kleider und meinen klimpernden *Schäppel*, schau Jakob!" Ihre Begeisterung steckte ihn an. Und doch, es hatte nur zu einem weiteren „Äh." gereicht.

Nun komm schon … Du Dummkopf … weißt du nicht mehr, wie man den Mund auf macht?

Jakob stand wie angewurzelt da und lauschte ihrem Bericht: „Die Katharina hat mir diese Kleider besorgt. Frag mich nicht wie sie das angestellt hat. Aber sie hilft ja auch allerhand Leuten. Erst hat sie gesagt, sie könne nichts tun. Sie habe zwar eine Tracht, aber die könne sie mir nicht vererben. Die sei völlig anders als die hiesige. Und denk nur, Jakob, die Frauen in Tryberg tragen einen Zylinder aus Stroh! Nein, den kann ich hier wirklich nicht tragen …"

Jakob fügte ein weiteres „Äh" hinzu und kratzte sich verlegen am Kopf. Dort hatte es zu allem Übel jetzt unter dem Hut zu jucken begonnen.

In diesem Moment empfand sich Jakob als erheblich einfältig und blöde. Er hätte zu gerne etwas Kluges, oder noch besser, etwas Ritterliches, sagen wollen. Etwas, dass ein Maidle in einem solchen Moment hören wollte. Etwas, mit dem er sie für sich gewinnen konnte.

„Äh. Kuimm." Zu mehr war er nicht in der Lage.

Da nahm sie seine Hände, stellte sich leicht auf die Zehenspitzen und hauchte diesen Kuss auf seine Lippen.

„Danke. Danke, dass du mir wieder einmal geholfen hast.", flüsterte sie ihm voller Ernst und mit heruntergeschlagenen Lidern zu. Dann war sie verschwunden. So schnell, dass Jakob sich später fragte, ob er all das nur geträumt haben könnte.

***

Nein.

Dieser Kuss lebte noch heute auf seinen Lippen. Sie kribbelten ihm noch heute, allein wenn er nur daran dachte. Mit seinen Zähnen zog er sie ein und versuchte mit spitzer Zunge noch einmal den weichen Druck zu erspüren.

Da vernahm er wie aus einer anderen Welt diese ungeduldige Stimme. Das war Georg, der seinen Kopf aus dem Heu herausstreckte, um sich beim Kapitän wegen der Weiterfahrt zu erkundigen.

„Kapitän, wenn Ihr die Segel nicht setzt, dann werden wir wohl niemals in New York ankommen!"

Georg sprach es wie ‚*Nefjoorg*' aus, obwohl Jakob ihn schon etliche Male verbessert hatte. Er vermutete, dass sein kleiner Bruder schon wusste, wie er es richtig aussprechen musste. Georg wusste aber auch, wie er so sticheln musste, dass der große Bruder zornig wurde. Sobald Jakob seine Wut an ihm ausließ, brauchte er nur zur Mutter gehen. Dann könnte der Jakob aber ganz schön was erleben.

„Auch halt doch die Gosch'!", *bruttlete* Jakob halbherzig über die Schulter in Richtung Heu. Georg hatte ja recht. Über seine Träumereien hatte er den Kontakt zu dem Hengst schleifen lassen. Wie lange sie nun schon hier am

Wegesrand stillstanden und der Hengst sein Maul ins frische Grün steckte und gelangweilt vor sich hin kaute? Keine Ahnung.

„Jo, 's is' scho recht! Auf geht's du fauler Klepper. Genug pausiert. Wir haben noch reichlich zu tun!" Jakob schnalzte die Zunge und klatschte die Zügel auf den Rücken des Tieres, so dass es in trägem Schritt Richtung Hofreite trottete.

„Und du da hinten im Frachtraum …", dabei wandte er sich seinem Bruder zu, „… auf meinem Schiff werden allein die Wünsche der zahlenden Gäste erfüllt. Und das auch nur dann, wenn der Kapitän Lust dazu hat!" Was sollte er sich über den liedrigen Mamasohn ärgern. Das war die ganze Aufregung nicht wert.

„Dann gibt es eben eine handfeste Meuterei, Kapitän! Wartet nur, wenn ich den Kurs bestimme und die Matrosen in die Wanten schicke! Dann werden wir sehen, ob Ihr noch Wünsche habt, nachdem wir Euch kielgeholt haben!"

‚Der Kleine bläst ganz gehörig die Backen auf.' So dachte Jakob bei sich und war gleichzeitig froh, dass Georg wohl entschieden hatte, die Sticheleien sein zu lassen und sein Spiel weiterzuspielen. Ihm sollte es recht sein. So verkehrt war die Mahnung zur Eile auch wieder nicht.

Die Mutter hatte den Auftrag erteilt, vom Hof aus der Kuchi das deftige Z'Nüni-Vesper mit auf die Matten zu bringen. Jakob lief beim Gedanken an Speck, Hausmacherwurst, Brot und Moscht das Wasser im Mund zusammen.

Wenn auf Matten und Äckern geschafft wurde, gab es zur Neun-Uhr-Pause das Vesper draußen in der freien Natur. Jakob liebte diese Momente, nicht nur, weil er einen gesunden Appetit hatte, sondern auch, weil zu dieser Zeit gescherzt und gelacht wurde. Nach dieser kräftigen Stärkung ging ihm die Arbeit bis zum Mittagessen wieder viel leichter von der Hand.

Also klatschte er noch zwei-, dreimal die Zügel, damit der Gaul schneller machte und merkte nicht, wie sein Bruder hinter ihm das Schicksal herausforderte und ein Beben ins Rollen brachte, von dem sich keiner auf dem Simishof je wieder erholen sollte.

„Männer!", schrie Georg so laut er nur konnte, „Ergreift den Verräter, sperrt ihn in seine Kajüte! Steuermann: Kurs Nord-West, wir segeln hoch am Wind, alle Mann in die Wanten, Rahsegel setzen, auf, auf! Ja, da lacht mir das Herz!"

Mit diesen Worten griff Georg nach einem der Eschenstämmchen und wedelte – wohl zum Ansporn seiner Männer – damit wie wild über den Kopf des Pferdes hinweg hin und her. Jakob konnte so schnell nicht mehr dagegenhalten. Er hätte dazu auch nicht mehr die Zeit gehabt. Das Pferd ging ihm durch!

Der Hengst galoppierte drauflos. Mit weit aufgerissenen Augen, schnaubenden Nüstern und Schaum vor dem Maul. Das Tier schrie sein Grausen heraus. Jakob verlor die Kontrolle. Das Pferd riss ihm schon beim ersten Antritt die Zügel aus beiden Händen. Wie toll rannte es über die holprigen Wege, die man schon längst hätte ausbessern müssen.

Und dann machte es keinen Unterschied mehr. Ob Weg oder nicht. Hinaus auf die Matten. Dreck spritzte hoch. Das Fuhrwerk knarrte und ächzte. Heu stob in alle Richtungen auseinander. Jakob klammerte sich irgendwo fest. Georg fiel Rücklinks, wohin genau konnte Jakob nicht sehen. Aber hören konnte er die verzweifelten Schreie. Die Schreie des Bruders. Die Schreie des Pferdes. Seine eigenen Schreie.

Er packte die Planke noch fester. Gerade so, als wolle er den Wagen zusammen halten. Und was er in seinem Schrecken so glasklar, so unausweichlich erkannte, traf ihn mit unbarmherziger Härte. So als wolle die Zeit einen Augenblick still stehen.

Nur um zu zeigen, dass sie dein Schicksal besiegelt.

Der Hengst sprang. Ohne Not hätte er das Bächlein übersprungen. An einem anderen Tag, aber nicht heute. Er zog dieses Fuhrwerk. Den Satz über das lächerlich kleine Gewässer schaffte er nicht.

Der linke hintere Fuß rutschte dem Tier in den Graben. Zuerst brachen ihm Fersenbein und das Fesselgelenk. Der schwere Wagen mit den Kindern darauf drückte ihn in die Spalte. Es brachen auch noch drei Lendenwirbel und einige Rippen. Eine davon durchbohrte die Lunge.

Das Pferd starb kurze Zeit später durch einen Gnadenschuss, abgegeben von Forstwart Hans Spiegelhalder.

Das Fuhrwerk prallte mit solcher Wucht in den Graben, dass die vordere Achse brach. Jakob hörte das Schreien des Hengstes. Das Splittern des Holzes. Das Krachen, als sich der Wagen in der Runse senkrecht aufstellte. Gerade so als wolle er einen Handstand machen. Jakob schlug auf den Boden auf. Luft entwich seiner Lunge, als er sich zwei seiner Rippen prellte.

Dennoch hielt ihn die Sorge um seinen Bruder einen Wimpernschlag lag bei Besinnung. Ihn packte das Grauen. Der Wagen schnalzte aus dem Spalt wieder zurück. Das Hinterrad begrub den Georg unter sich. Da hatte die Ohnmacht ein Einsehen und um Jakob wurde es dunkel.

Es brauchte noch einige Zeit, bis er wieder schmerzfrei atmen und husten konnte. Lachen. Ja, lachen, das hätte ihn auch geschmerzt. Aber nach diesem Unfall gab es nichts mehr zu lachen.

Georgs Bein sollte nie wieder ganz heil werden. Fortan war das Kniegelenk nicht mehr zu brauchen. Georg würde sein Leben lang mit einem steifen Bein hinter den anderen herhinken müssen.

Kein guter Zustand für einen künftigen Lehbauern.

Winter 1778/79 – Thewes Pichler

Thewes stand verborgen im Schutz eines mächtigen Baumes und grinste zufrieden. Wie es aussah, war alles gut. Die Holzernte verlief ganz in seinem Sinne. Auf den Sammelplätzen stapelten sich ansehnliche Stämme, für die er gute Preise erzielen würde. Auch das Problem mit den Holzwarten sollte sich wohl – wie immer – lösen lassen. Für Geld vergaß der ein oder andere gerne seine eidesstattlichen Schwüre. Wenn nicht hatte Thewes immer gewusst, was zu tun war. Selbst der Thürwächter Bauer, dieser elende sture Holzkopf, hatte am Ende den Preis bezahlt. Wenn auch nur mit dem Leben und nicht in klingender Münze. Mochten seine Gebeine verrotten!

Thewes mochte die Aufträge, bei denen viel Blut floss wie seiner Zeit am Sägendobel grundsätzlich nicht. Ihm wurde stets übel dabei. Warum auch hatte der Bauer so starrköpfig sein müssen! Doch gegen sein Weib, die Thürwächter Agnes, war er eher noch ein furchtsamer Schulbub gewesen. Auch dieses Problem hatte sich schlussendlich ausmerzen lassen. Und morgen sollte der Jungbauer, der *Dirrländer Michl*, seine Unterweisung erhalten. Thewes wollte sein Geld, und zwar rasch. Auch er war nur ein Rädchen im Laufwerk, an erlesener, wenn auch riskanter Stelle. Folglich hatten auch seine Gläubiger sich ungeduldig gezeigt.

Das Schlagen der Äxte und die Rufe der Holzknechte holten ihn aus seinen Gedanken zurück. Äste brachen und mit einem Knall schlug ein weiterer Stamm in den eisigen Schnee. Sollte der *Dirrländer Michl* morgen nicht zahlen, so sollte man ihn bei der Abfuhr der Ernte steif gefroren und mausetot zwischen diesen Holzstapeln finden.

‚Das …', so dachte Thewes bei sich ‚… das wird keine große Sache. Der *Dirrländer* hat seine Gelegenheit gehabt, als er mit dem Harzreißer in Händen unerwartet hinter mir stand. Und dann eine schnelle Bewegung, ein Faustschlag brachen einmal mehr diesen kleinmütigen Widerstand. Gut gemacht, Thewes. Bist halt ein alter Fuchs!'

Er fletschte die fauligen Zähne, wandte sich schon zum Gehen – und stutzte. Am Rande des Holzschlags bewegte sich etwas. Verstohlen, zielsicher und rasch. Dort, wo die Holzknechte ihre Werkzeuge und ihr Vesper lagerten, machte er eine Gestalt aus, die sich so flink wie geschickt dem Lagerplatz näherte. Das Feuerchen qualmte mehr, als dass es prasselte. Eine Handvoll

Stöckchen versuchten ihr bestes, kamen aber gegen die Feuchtigkeit kaum an. Und diesen Umstand nutzte der Dieb jetzt für sich. Thewes zog die Brauen zusammen, um durch den Qualm die Gestalt besser ausmachen zu können. Aber das ist doch … kein Dieb!

Thewes brachte ein knurrendes Lachen hervor, wischte sich über den linken Arm und huschte nun seinerseits in der Deckung der Bäume auf den Lagerplatz zu. Wenn er bisher allein sein Gefühl von Macht, seine Überlegenheit gespürt und genossen hatte, so schoss ihm nun das kochende Blut durch die Adern. Thewes war auf der Pirsch. Immer, wenn er jagte, waren all seine Sinne auf ein einziges Ziel gerichtet.

Dieser Trieb berauschte ihn. Nichts befriedigte ihn mehr und so umfassend als der Moment des Erschauerns, wenn das Augenlicht seiner Opfer brach. Die Heidenhexe, die dort am Feuer die ehrlichen Holzknechte um deren Schinken und Würste beraubte, sollte ihn kennenlernen. Jeder Muskel, jede Haarspitze freute sich auf den Augenblick ihrer Unterwerfung.

***

Katharina hatte gelernt, sich zur Wehr zu setzen.

Und sie hatte gelernt, ab welchem Moment Gegenwehr zwecklos war. Dieser Moment war gekommen, als sie sich so siegesgewiss, geradezu blindlings, über die Beutel und Rucksäcke der Holzknechte beugte und ihre Beute in Augenschein nahm. Saftiger Speck, duftende Würste. Die Flaschen mit Kirschwasser zerschellten am nächstbesten Baum: Gift!

Stinkender Atem schlug ihr ins Gesicht. Die Knie des Mannes trieben ihr die Luft aus den Lungen und das Messer an ihrem Hals brach ihren Widerstand. Sie wusste, sie hatte einen Fehler gemacht. Vor lauter Freude um ihren Fang hatte sie sich ablenken lassen. Wie eine Anfängerin. Der Hunger war einfach zu groß und sie sah die leuchtenden Augen der Kinder, wie sie am Kohlplatz standen und lachten über die erste gute Mahlzeit seit Langem.

„Sieh an!“, fauchte der Pichler und wieder traf sie diese Wolke aus üblen Gerüchen. Eiternde Zähne, Galle und ein deftiger Hauch von Fäulnis. Dieser Mann hatte nicht mehr lange zu leben. So oder so.

„Sieh an, wen haben wir denn da auf seinen Beutezügen erwischt? Wenn das mal nicht die Villinger Hexe ist. Was soll ich denn jetzt mit dir machen, mein Kind? Wie wär denn ein Ritt auf meinem gesalbten Stiel? Glaub mir, danach wirst du jeden anderen Besen verachten!“

Die Augen des Pichlers blickten so lüstern, so entschlossen und dennoch sammelte Katharina so viel Speichel wie möglich. Sie genoss den Ausdruck des Ekels, als der Geifer über seine hitzigen Wangen lief. Die widerwärtige Gier setzte für einen Augenblick aus.

„Du dreckiges Weib!“, raunzte der Pichler und drückte die Knie noch fester in ihre Rippen. Katharina werte sich mit aller Kraft und trotzdem spreizte er ihre Schenkel. Sein Messer hinterließ eine blutende Linie von ihrem Auge bis hin zur Kehle.

„Bevor ich dir deine Ehre ein weiteres Mal nehme und dich dann deiner Sorgen für immer entbinde, will ich noch schauen, was du so alles bei dir trägst. Vielleicht sind ja auch wieder Säfte und Salben dabei, die dem Herrn Advokaten zur Manneskraft helfen!? Wie reitet er denn, der Herr Oberamtmann? Hm, sag schon! Nimmst du deinen schwächelnden Buhlen anständig ran? Oder kann er nicht einmal mehr das? Merkt nicht einmal, wie du ihm den Lebenssaft aus den Lenden saugst!“ – Und wieder ein Schwall von Verwesung, Zersetzung und Tod.

„Pichler, sei sicher. Diesbezüglich stehst du ihm in nichts nach.“ Katharinas Stimme troff vor Verachtung. „Beide seid ihr so lustlos wie feig. Eure Manneskraft hält nur solang vor, bis ein Weib vor euch steht. Von da an ist nur noch Hängen und Würgen. Und du, Pichler, fährst wohl am besten zur Hölle. Denn dort wird schon dein Feuer geschürt!“

In diesem Moment lüsterner Häme krachten zur gleichen Zeit ihr Knie in sein steifes Gemächt und ein mächtiger Ast gegen den Schädel. Lichtblitze tanzten vor seinen Augen. Auch er war sich seiner Sache zu sicher gewesen, siegesgewiss, war blindlings in die Falle getappt. Die Beute entwischte. Seine Gier hatte ihn den Paul vergessen lassen. Ihren ausgewachsenen, albernen Sohn. Immer an ihrer Seite, auch dann, wenn sie auf Beutezug ging.

Thewes zum Spott fand der beim Erwachen einen Tiegel mit Salbe in seinem Schritt. Einen Balsam zur Steigerung seiner Manneskraft.

Sein Zornesschrei hallte laut durch den Wald, dass die Holzknechte die Köpfe hoben.

Sie sollten ihn kennen lernen, die Heidenhexe nebst ihrem Balg.

Winter 1778/79 – Michl, Bonifaz und der Pichler

Die beiden Schatten machten sich im Stall auf dem Steingrubenhof zu schaffen.

Sie packten die Ochsen beim Strick und mussten die Tiere kräftig traktieren. Des Nachts wollten die ihre Ruhe. Tagsüber wurde genug geschafft. So kostete es eine Menge Kraft, das störrische Vieh aus der Wärme des Stalls in die nächtliche Kälte zu führen.

„Vergiss nicht, die Spuren später unkenntlich zu machen. Das sind die Flüchtigkeitsfehler, die später für Ungemach sorgen."

Das Flüstern erstarb schier im kräftigen Schnauben der Tiere. Und auch die Menschen an ihrer Seite keuchten hörbar nach Luft. Vor allem dem, der die Warnung aussprach, ging allmählich die Puste aus. Der Anstieg strengte ihn an. Man durfte sie nicht entdecken und in den geordneten Abläufen seines klösterlichen Alltags waren solche heimlichen Tätigkeiten nicht vorgesehen. Er war es einfach nicht mehr gewohnt.

„Pater, ich halte diese Schufterei ohnehin für widersinnig und unnütz. Wie schon so oft zuvor wird man diesen Betrug aufdecken und dann wird alles nur noch schlimmer kommen."

„Ach Michl, sprich nicht von Betrug. Nennen wir es einen Beitrag zum Wohle der Armen, der Witwen und Waisen. Immerhin hast du dich zu einer solchen Gabe entschlossen."

Bei diesen Worten blieb der Angesprochene so abrupt stehen, dass der Pater nicht verhindern konnte, dass die Ochsen aufeinander liefen. Ein unwilliges, lautes, ja vielleicht gar verräterisches Muhen zerschnitt die Stille der Nacht.

„So pass doch auf!", schimpfte der Pater, „willst du, dass alles vergebens ist…!"

„Das ist es doch ohnehin. Man wird mich erwischen und außer den Ochsen wird auch noch die Milchkuh den Hof verlassen, die ich Eurer Ansicht nach als *Leibfahl* vorführen soll. Ein jeder weiß doch, dass Vater zu Lebzeiten diese Ochsen erworben hat. Oder sagen wir besser: ergaunert. Mit dreckigem Geld."

„Wenn überhaupt, dann verlässt *ein* Ochse den Hof, nämlich der beste. Mach die *Leibfahl* nicht schlimmer als nötig, hör auf dich selbst zu bejammern und geh endlich weiter. Oder willst du, dass ich am Ende die *Matutin* verpasse und bedrängende Fragen beantworten muss? Du weißt nur zu gut, dass bis zum Wecken zum Nachtgebet nur noch knappe zwei Stunden vergehen!"

„Nein, Bruder Bonifatius, mit dem Verschwinden der Ochsen ist doch mein Problem nicht gelöst. Und das Eure könnt ihr ganz einfach lösen, indem ihr hinunter zum Kloster eilt und mich meine Bürde allein tragen lasst. Mein Schicksal trifft mich so oder so. Aber setzt nicht das Eure aufs Spiel."

„Mein Schicksal, lieber Michl, muss dich wahrlich nicht drücken. Glaub mir, das war schon vor Jahren besiegelt. Und wenn du hier stehen bleiben magst, so ist das ganz allein deine Wahl. Ich für meinen Teil werde jetzt diese Ochsen in Sicherheit bringen."

Mit diesen Worten griff der Pater auch noch den Strick am Halse des zweiten Ochsen, entriss ihm dem Jungbauern und quälte sich weiter durch den knietiefen Neuschnee, hinauf zu der Hütte am Kandel. Derselbe hölzerne Unterstand, aus dem der Michl dem Tod des Bartles zugeschaut hatte. Dieser Ort verhieß dem nicht den gewünschten Schutz und beruhigte schon gar nicht weder die Anspannung noch das Gewissen.

Dem Pater hatte er seine Feigheit gebeichtet. Die Buße, die folgte, war Michl sehr sanft erschienen. In seinen Augen hätte er mehr abzutragen gehabt. Damals wie heute hatte Bruder Bonifaz ihm eher – wie sollte er sagen – ja, handfeste Wege zur Umkehr gewiesen. Damals – warum auch immer – hatte er ihm auferlegt, ein Auge auf die Simisbuben zu haben, dass ihnen, vor allem dem Jakob, nichts zustoßen möge.

„Als *Leibfahl* gibst du die beste der Milchkühe her. Den *Erschatz* zahlst du sofort aus dem Ernteeinkommen. Den *Drittteil*, gut, den musst du dir stunden lassen. Den kannst du dann später in Raten bezahlen."

Michl hatte gar nicht gewusst, dass es eine solche Möglichkeit gab. Doch der Mönch hatte ihm glaubhaft versichert, dass dieses Geschäft schon bewilligt sei. Er habe sich nach dem Tod seiner Mutter, die dem Steingrubenbauern viel zu schnell in die Ewigkeit folgte, umgehend in der Kanzlei um diese Sache bemüht und dank seiner Fürsprache habe der Herr Advokat – wenn auch zögerlich – zugestimmt.

Warum der Pater sich so für ihn einsetzte, das konnte Michl sich einigermaßen zusammen reimen: Die sterbende Mutter hatte ihm ihr Wissen mit brechender Stimme zugeflüstert. So leise, dass Michl sie kaum verstand. Mit ihrer letzten Kraft, die sie noch aufzubringen vermochte, zog sie ihn am Hemdkragen zu sich und vertraute ihm das Undenkbare an. Dann fielen die Hände kraftlos zu Boden und ihr Atem erlosch für immer.

Michl aber entschied, dieses Geheimnis gut zu behüten. Er wollte daraus kein Kapital schlagen. Es wäre schändlich und sündig gewesen. Und Sünde und Schuld, die trug er nun wahrlich genug mit sich rum.

***

Nach der Rückkehr vom Kandelhäuschen verwischte Michl die Spuren. So wie ihn der Pater geheißen hatte, fuhr er mit einem Reisigwedel über die

Fußstapfen der Menschen und die Fährten der Ochsen. Kurz darauf begann es wieder zu schneien und zum ersten Mal in dieser Nacht keimte in ihm etwas Hoffnung auf. Vielleicht hatte ihn der allmächtige Gott ja doch noch nicht verstoßen. Man konnte nicht wissen.

Michl klopfte den Schnee von seiner Kleidung und ging, wenn auch nur kurz, in die Wärme der Stube. Einmal mehr fiel sein Blick auf die leeren Plätze der Eltern. Sie hatten wohl ihr Bestes versucht, aus ihm einen würdigen Hoferben zu machen. Mit ihren ganz eigenen Mitteln. Mehr konnte niemand von ihnen verlangen.

Michl wischte sich über die Augen, drückte sein Kreuz durch und ballte entschlossen die Fäuste.

„Nein.", sprach er laut vernehmlich und fest in den dunklen Raum hinein, „Nein, den Hof bekommen sie nicht. Ihr habt mein Versprechen. Vater. Mutter. Ihr könnt Euch auf mich verlassen, so wahr mir Gott helfe."

Am Brunnenschopf lag alles bereit, was er brauchte. Er rüttelte flüchtig an dem Zuber, in dem eine bräunliche Brühe schwappte. An der Oberfläche trieb zerstobenes Stroh und die stinkende Gülle, die Michl dem Wasser beigefügt hatte, ließ den Sud im Licht zweier Laternen blaugolden schillern.

Über dem Brunnentrog gleich daneben hing ein armdickes Seil und es baumelte leicht im auffrischenden Wind. Im Gebälk über dem Brunnen hatte er einen Flaschenzug angebracht. Der war irgendwo nutzlos herumgelegen.

Es galt die Schmach jenes Tages vergessen zu machen, an dem er sich in der Stube vom Pichler hatte verhöhnen lassen. Ihm hatte der Mut gefehlt, zuzuschlagen. Womöglich hatte dieser Fehler seiner Mutter das Leben gekostet. Und wenn es am Ende doch nicht der Pichler gewesen war, der sie erschlagen hatte, so würde dem eine Abreibung sicher nicht schaden: Ein Wechselbad zwischen handwarmer Jauche und eisigem Wasser.

Der Pichler hatte sich angekündigt, er habe nicht vergessen, dass noch die Schulden des Vaters einzutreiben seien. Beide Eltern seien mittlerweile verstorben, nun sei es an ihm, reinen Tisch zu machen. Die Herren in Freiburg sähen darin seine allerletzte Gelegenheit. Michl hatte kein Geld, das er ihm geben konnte. Und er wollte und konnte den Hof nicht an eine Bande korrupter Ratsherren veräußern.

So löschte der Michl das Licht der Laternen, zog sich in sein Versteck hinter der Stalltüre zurück und wartete für eine eisige Weile auf seinen Widersacher. Er fasste die Holzplanke fester und atmete ruhig in seinen Mantelkragen hinein. Er wollte vermeiden, dass der Dampf seines Atems den Erfolg seines Plans so kurz vor dem Ziel noch vereiteln würde.

***

Thewes pfiff zufrieden ein fröhliches Lied.

Die Wut um den Vorfall beim Holzschlag am Morgen hatte er wie üblich im Gasthof Hirschen herunter gespült. Er hatte gehofft, den *Dirrländer Michl* dort auch zu treffen. Es wäre zu schön gewesen. Das Gefühl seiner Macht über den lausigen Bauern hätte er auf diese Weise noch gründlicher auskosten können.

Doch der *Dirrländer* war nicht erschienen. Darauf hatte sich Thewes am Kirschwasser gütlich getan und war allenthalben mit seiner Hand über den linken Arm gefahren. Die grausigen Bilder in seinem Kopf, in denen Tote ihn angrinsten und faulende Schädel seinen Körper traktierten, er konnte sie einfach nicht loswerden. In letzter Zeit hatte er in seiner Verzweiflung damit begonnen, mit dem Messer in die Stellen des eigenen Armes zu schneiden, die in ihm am meisten Ekel entfachten.

Der Tod hatte ihn angefasst und quälende Spuren auf seiner Haut hinterlassen. Er musste die Spuren ausmerzen. Am besten aber wollte ihm das gelingen, wenn er seine schwieligen Hände um den Hals eines Opfers legte. Zudrückte. Bis alles Leben versiegte. Dann hörten die stechenden Schmerzen in seinem Arm für einige Zeit auf. Dann verstummte das schallende Lachen des Todes. Sollte der doch den Michl holen!

Er, Thewes Pichler, war für den Tod noch längst nicht bereit. Vielleicht konnte er ja seinem Erfolg noch etwas nachhelfen.

Erst jüngst spielte die Heidenhexe ihm in die Karten. Das hatte sie sicher nicht im Sinn gehabt, als sie den Tiegel mit Salbe in seinen Schritt gelegt hatte. Aber der Herr Advokat war blau angelaufen, als Thewes sich vor seinen Augen den Balsam über den Finger strich.

„Das habt Ihr wohl aus Euren Taschen verloren, Herr Advokat. Nichts für ungut, doch nun wird diese delikate Arznei meine Wünsche erfüllen. Ihr könnt ja beizeiten einen neuen Tiegel bestellen. Die Heidenhexe lässt ausrichten, dass sie ihrem einträglichsten Kunden auch künftig gerne zu Diensten sei. Und dann möge sie einen leistungsfähigen Buhlen an ihrer Seite und keinen Schlappschwanz."

Dem Amtmann zitterten die Hände als er nach dem verräterischen Gefäß greifen wollte, aber Thewes nagelte sie mit seinen Pranken auf dem Pult fest.

„Gebt Acht, Advokat. Mir scheint, Ihr greift zu teuflischen Mitteln. Das dürfte Eurem Prälat kaum gefallen. Genauso wie ihm missfallen wird, dass Eure Hand sich ein ums andere Mal an den Einnahmen aus Zinsen und Pachten vergreift. Haltet Euch also bereit für den Tag, an dem Ihr mein Schweigen auslösen könnt."

***

Die versteinerten Züge des Oberamtmanns waren ein Liedchen wert. So dachte der Pichler und pfiff munter weiter, während der Schnee unter seinen Schuhen dumpf knirschte. Dort vorn kam auch schon der Steingrubenhof in Sicht. Eine weitere Kuh, die er melken konnte, einfach nur, weil er die Macht dazu hatte. Melken, so lang, bis auf den Rippen des Hofs nichts mehr übrig sein sollte. So lang, bis Blut anstatt Milch aus dem Euter kam. Zum zweiten Mal seit wenigen Stunden spürte Thewes das Kribbeln der Jagd seinen Rücken empor kriechen. Und auch zum zweiten Mal in dieser Zeit traf ihn ein Holzprügel am Kopf. Das nächste, was er bemerkte war, dass sich das Blut in seinem Kopf sammelte. Für einen Augenblick wusste er weder, wo oben, noch unten war. Er versuchte sich mit den Händen an seinen dröhnenden Kopf fassen, doch die lagen fest verschnürt und eng an seinem Körper. Ihn schwindelte. Die Welt schwankte. Und als der Schmerz etwas verflachte und er die Augen öffnete, erkannte er auch, warum. Die Schreie erstickten in einem Tuch, das in seinem Mund steckte. Irgendein Laut entfuhr seiner Kehle. Tierisch und nicht laut genug, als dass jemand ihn hätte hören können. Mit wem hätte er auch schon rechnen können, der dem elenden Pichler helfen wollte?

Sein eigener Rotz lief ihm blutig über die Augen. Er hatte ihn aus der Nase geprustet und jetzt lief der Schleim ihm die Wange herab. Denn Thewes hing, verknotet an einem Seil, kopfüber unter dem Dach im Brunnenschopf. Zu allem entschlossene Hände hielten es am anderen Ende fest.

Der *Dirrländer Michl* gab diesem Seil soweit nach, dass Thewes bis zu den Schultern in einer beißenden Lauge verschwand.

Seine Schreie versickerten in dem dreckigen Knebel. Luftblasen stiegen auf. Er tat alles daran, seinen Oberkörper zu heben. Er hatte Angst, sein Schädel würde ihm platzen. Die Lungen schienen zu bersten. Da hob ihn ein Ruck zurück an die Luft. Sofort zog er sie gierig ein. Durch die Nase.

Hinter der Stirn vermischten sich Luft und Gülle zu einem Feuerball. Der Knebel versperrte ihm jegliche Aussicht, die Brühe einfach wieder auszuspeien zu können. Ihn verließen die Sinne.

Mit seinem erneuten Erwachen aber war es noch nicht vorbei. Der *Dirrländer Michl* stand mit dem Fuß auf dem Strang, mit der einen Hand riss er ihn bei den Haaren, die andere drückte ihm seine Kehle zu.

„Wag es ja nicht zu schreien, Pichler. Sonst bringt dein ausblutender Balg meinen Brunnen zum Überlaufen."

Thewes hatte gelernt, in den Augen der Menschen zu lesen. Also blieb er lieber stumm. Sein Zustand verbot ihm, Ansprüche zu äußern. Das Geld konnte er abschreiben. Jedenfalls für den heutigen Tag. Sollte er je wieder lebend von diesem Seil loskommen, bei seiner Seele, der *Dirrlinder* würde es büßen.

Als habe der seinen Gedanken gelesen, ließ er den Thewes in das frostklirrende Wasser des Brunnentrogs gleiten. Und gleich wieder hinaus und hinein und hinaus. Thewes spuckte und spie, wand sich an dem unnachgiebigen Strick.

„Damit wir uns für die Zukunft verstehen, Pichler, …“, und wieder tauchte er ein, „… damit wir uns ganz sicher verstehen, … wenn du je auch nur einen Schritt über meine Lehscheide gehst, wirst du sterben.“

Thewes Herz machte vor Erleichterung einen Satz. Da tauchte er auch schon wieder ein. Er tauchte so lange ein, dass seine Hoffnung beinahe wieder erlosch. Und als das Seil um seine Füße sich wieder ruckartig straffte, da wusste er sicher, dass er nicht sterben würde. Nicht heute. Und sicher auch nicht durch die Hände des *Dirrländers.* Nicht einmal das brachte der Feigling zustande. Nicht mit dem Harzreißer, nicht mit der Gülle im Zuber und auch nicht im Brunnenwasser.

Morgen wäre ein anderer Tag. Ein Tag, der die Karten neu mischte und wehe, wenn dieser morgige Tag ihm die Macht über Leben und Tod in die Hände spielte.

„Hör mir jetzt ganz genau zu, Thewes Pichler!“ Die Lippen des Michl formten die Worte nah bei seinem Ohr. Kalt, hart und unmissverständlich. Ein Zweifel bohrte sich in die Gedanken des Pichlers. Beinahe wollte dieser Zweifel den Worten Glauben schenken: Der *Dirrländer Michl* schuldete ihm keinen Pfennig mehr.

Mit diesem Gedanken tauchte er mit dem ganzen Körper in den Brunnentrog ein. Der Michl hatte zum letzten Akt aufgespielt. Der große Schlussteil. In diesen Dramen wurde immer das Böse besiegt.

Um Thewes wurde es dunkel.

***

Michl erschrak über sich selbst.

Das Gefühl der Macht berauschte ihn. Mehr, als gut für ihn war. Beinahe, als wäre man Gott und könne entscheiden wer lebt und wer nicht. Beinahe vergaß er den Pichler, der noch immer leblos im Brunnentrog lag.

Ein letztes Mal zog er den Mann aus dem Wasser. Dann stand er einfach nur da und schaute gebannt auf das Seil, das noch immer im Winterwind pendelte. Erst das Röcheln des Pichlers holte ihn aus seiner Starre zurück.

Michl fror nicht. Auch dann nicht, als der Zuber umstürzte und ein reichlicher Schwall Jauche über die Kleider geschwappte.

Umso mehr zitterte dieser Kaib, holte sich am Ende gar den Tod. Ihm war es gleich. Nicht viel mehr als ein kraftloses Wimmern, war vom Pichler zu hören Ein Röcheln, ein Stöhnen. Dessen Macht war gebrochen. Für dieses Mal.

Michl erwachte aus seiner Starre. Jedes Rad griff in ein anderes. Der Pendel der Rache hielt noch nicht an. Es gab noch zu tun.

Er packte den Mann, schälte ihn aus den Kleidern und wickelte ihn oberflächlich in ein paar löchrige Decken. Wenn er schon starb, dann auf keinen Fall hier auf dem Steingrubenhof. Michl musste ihn fortschaffen, zurück auf den Gschwanderdobel. Aber wie? Besorgt blickte er in den Himmel. Das Schneetreiben hatte zugenommen.

Wenn das Getriebe erst einmal läuft, dann hält es so schnell nicht an. Dafür ist es nicht geschaffen: sich selbst anzuhalten. Es müsste schon jemand kommen, um den Lauf der Dinge zu stoppen.

Michl schnappte den Reffschlitten, einen kleinen Transportschlitten, der üblicherweise von einem Pferd oder Ochsen gezogen wurde. Ach so!

Nun, dann musste er eben den Rest seiner eigenen Kräfte mobilisieren. Unachtsam bettete er seine Last in den Schlitten, schlupfte mit den Schuhen in seine Schneereifen, nahm sich selbst ins Geschirr, griff nach den Zugsträngen links und rechts und machte sich auf einen beschwerlichen Weg.

Sein Geschäft dauerte die ganze restliche Nacht. Wäre er bei Sinnen gewesen, so hätte er sicher bemerkt, wie ihn die Kräfte verließen, wie er schweißgebadet und fiebrig auf seinen Hof zurückkehrte. Der Pichler lag im Stall am Gschwanderdobel, neben einem wärmenden Ochsen. Dem Thewes sollte zum Überleben wohl die Wärme des einen Ochsen ausreichen.

Den zweiten spannte Michl vor seinen Schlitten und ließ sich nach Hause ziehen. Woher ihm die Kraft zufiel, das Tier in seinen Stall zu führen, an die Kette zu legen und etwas Futter zu streuen, daran hatte er später keine Erinnerung mehr. In der Tat, seine Instinkte arbeiteten zuverlässig wie ein Schwarzwälder Uhrwerk.

Erschöpft fiel er ins Stroh und erwachte erst, als der Gesandte des Klosters ihn am Morgen mit dem Stiefel anstieß, um nach der Leibfahl zu fragen.

Der Mann aus dem Gesinde des Klosters verließ den *Dirrländer Michl* mit einem kraftstrotzenden Ochsen.

Ein Jahr darauf
Pater Bonifaz

„Wohin zielt das alles? Sicher auf nichts anderes, als auf die Verminderung der Mönche, des Gottesdienstes und schließlich auf deren Untergang.
Wo will das anders hinaus, als auf den Untergang der Klöster?
O langsamer Tod, den wir aus sicheren Anzeichen schon seit vielen Jahren erwartet
haben. O Elend! Verschone, o Herr, Dein Volk!"
Aus dem Tagebuch des Abtes Philipp

Bonifaz wollte gewiss nicht lauschen.

Gefühle, die er lange nicht mehr empfunden hatte und ein für allemal überwunden glaubte, trafen ihn wie ein Hammerschlag. Dabei hatte sich doch alles so gut entwickelt.

Er erfüllte seine klösterlichen Pflichten und hatte – ganz nebenbei – ein Auge auf das Wachsen und Werden des Jakob. Wo es nur ging förderte er den Burschen. Es gelang ihm sogar, mit der Zustimmung des Prälaten, den Jakob zumindest für manche Unterrichtsstunden ins Klostergymnasium aufzunehmen. Mathematik entwickelte sich als dessen Leidenschaft und Bonifaz hoffte darauf, dass der Simis sein Wort halten würde. Der hatte versprochen, den Jakob dem Kloster zu schenken. Nach der Geburt Georgs, seines Hofengels, bemühte er sich um das Werden des älteren Sohnes.

Bonifaz wollte gewiss nicht lauschen.

Es ergab sich einfach. Und dann konnte er sich nicht mehr entziehen. Zufällig brachten ihn seine Arbeiten am Hochaltar in die Nähe der Brüder. Es raunte und murmelte aus den Katakomben herauf und das machte ihn auf die beiden aufmerksam. Sonst nichts.

So folgte er dem Wispern die Treppen hinab und horchte angestrengt in das dunkle Gewölbe. Zwei, drei Schritte musste er sich noch ertasten, dann konnte er jedes Wort deutlich verstehen.

Ein Kienspan erhellte die Szenerie, die einer Art von Verschwörung glich, wie sie Revolutionen vorangehen mochten. Die Brüder waren in ihr Gespräch vertieft und hatten alles um sie herum vergessen. Bonifaz konnte das Antlitz des Waldmeisters erkennen. Dessen Gesprächspartner kehrte ihm den Rücken. Es musste Bruder Cellerar sein. Gestalt und Stimme legten die Annahme nahe.

„ … und Josef II., Kaiser des Heiligen Römischen Reiches, ist im Begriff einem jeden Kloster einen *numerus fixus* aufzustempeln.“ Die Stimme des Bruders Waldmeister zitterte vor unterdrücktem Zorn, „Und es ist ja nun so: Maria Theresia hat ihm mit ihren Reformen schon gründlich den Weg bereitet.“
„Ob sie die Einsetzung des Mitregenten nicht schon lange bereut hat?“ Bruder Cellerar färbte die Frage so, als sei ihm die Antwort schon lange klar und seinem Gesprächspartner auch.

„Was kümmert mich das Verhältnis der beiden…!“

„Jüngst erst soll er den Hof zu Wien als *Weiberwirschaft* bezeichnet haben, eine Ansammlung von alten Damen …“ Bonifaz erahnte, dass Bruder Cellerar süffisant lächelte.

„Bruder, verschon mich diesem Tratsch.“ Von derlei Berichten hielt Bruder Waldmeister nichts. Den interessierten vielmehr die Auswirkungen der habsburgischen Politik, wenngleich diese von den Rivalitäten der beiden Regenten geprägt wurden: Sie wollte bewahren, er will regieren.

„Ist dir klar, was ein *numerus fixus* für uns bedeutet? Gut dann will ich dich aufklären: Maria Theresia hat uns mit ihren Satzungen schon empfindlich beschnitten, als sie das Mindestalter für die Profess auf vierundzwanzig Jahre heraufsetzen ließ. Wer bitte entscheidet sich in diesem Alter noch für eine Ausbildung im Kloster? Jetzt aber soll es überhaupt keine Nachfolger mehr geben. Die Verordnung kündigt für das Kloster St. Peter das Ende des Noviziats an. Die Alten werden sterben und niemand wird ihr Erbe antreten. Damit bluten die Klöster aus und mit ihnen das Mönchswesen.“

„Möge man ihr diese Entscheidung nachsehen. Vermutlich ist sie am Ende ihrer Tage ein wenig amtsmüde geworden.“ Bruder Cellerars Parteinahme verunglückte und er zog entschuldigend seine Schultern hoch.

„Möge sie in Frieden ruhen und sei Gott ihrer Seele gnädig. Aber wenn du mich fragst war das keine Entscheidung aus Altersschwäche und Amtsmüdigkeit. Sie hat immer gewusst, dass sie einen Gegenpol zu ihrem machthungrigen Sohn bieten muss. Wie oft wohl hat sie ihren Entschluss rückgängig gemacht, sich aus der Politik zurückzuziehen.“

Bonifaz’ Pläne zerplatzen wie eine Seifenblase am Waschtrog. Sein Wunsch, dass Jakob einst Novize, Mitbruder, Mitglied in seinem Konvent, in seiner Nähe, unter seinem Schutz und Schirm sei, brach in diesen Sekunden zusammen.

Wieder einmal durchkreuzte die Politik sein Ansinnen. Sollte das nie ein Ende nehmen?

Machte es Sinn, sich aus alldem zurückzuziehen. Der ein oder andere Bruder vor ihm, hatte bereits die Seiten gewechselt und das hochgelobte Banner der Vernunft über sein Leben gehisst. Sollte er es ihnen nicht einfach gleich tun und in Ruhe sein Leben fristen?

Nein! Lieber wäre er tot.

„Wie oft schon haben wir machtlos zusehen müssen, wie die Nachkommen die Sache der Ahnen verrieten, um genau das zu tun, was diese verhindern wollten: Das Rütteln an alten Rechten."

„Was das angeht, lieber Bruder, stimme ich zu. Doch gründet das jetzige Ziehen und Zerren in der Rolle, die *Staatskanzler Kaunitz* gespielt hat und spielt. Wer denn, wenn nicht Kaunitz hat dem Erbprinzen die neuen Ideen ins Ohr geflüstert? Wer, wenn nicht Kaunitz ist Architekt für jenes Staatsgebäude? Unser neuer Kaiser-König muss es nur noch zusammensetzen. Woher soll Josef denn wissen, ob sein Bauwerk auf sicheren Fundamenten steht? Was versteht der schon von Gleichgewichtslehre, wenn sein Baumeister befindet, es sei alles im Lot?"

„Oh, jetzt stellst du ihn dar, als sei er ein Opfer der Umstände. Gut, Staatskanzler Kaunitz mag Architekt der neuen Staatspolitik sein. Ausgebildet in den französischen Brutstätten, die der Vernunft einen höheren Stellenwert geben, als dem göttlichen Ratschluss. Aber eines ist sicher: Bauherr ist und bleibt noch immer das Staatsoberhaupt. Was der Bauherr nicht will, muss der Baumeister wieder verwerfen."

Und Bonifaz? Hatte er sich nicht auch zum Architekten über das Leben der anderen erhoben? Das Leben des Jakob und seines Vaters, des Simis. Das Leben der Magdalena und Katharinas. Waren seine Pläne die ihren? Und wer hatte eigentlich deren Leben zu planen? Lebten sie nicht schon immer in einem Rahmen, der ihnen von weltlichen wie kirchlichen Herren gesteckt wurde? Es gab diesen freien Willen, von dem da immer die Rede war, es gab diese Freiheit nicht! Es gab auch diesen vernünftigen Menschen und dessen freies Ermessen auf dieser Welt nicht. Jedenfalls nicht an einem Ort, den Bonifaz kannte.

Der Mensch muss umherirren wie ein verirrtes Schaf, das ohne die Sorge des Hirten zu Grunde geht. Wie sollten sich Menschen denn frei entfalten, wenn keine Regeln mehr stimmten? Wenn allein das Gutdünken zählte. Gutdünken, so hieß in Bonifaz' Augen das Gewann eines Teufels.

„Ich bin mir da gar nicht so sicher." Bruder Cellerar erhob erneut seine Stimme. „Josef ist doch bemüht, höchstselbst die neuen Landkarten zu zeichnen."

„Jetzt vergaloppiertest du dich Bruder." Pater Waldmeisters Einwand erfolgte prompt. „Du willst dieses *Zwetschgenrummeln* in Böhmen nicht ernsthaft als neue Baukunst verstehen. Bei allem Respekt, aber es war dasselbe Fiasko, wie Maria Theresia es schon vollführt hat und schließlich verantworten musste, nachdem der Schlesische Krieg verloren war. Glaubt mir Bruder, dieser säbelrasselnde Königsspross wird sich am Ende die Finger verbrennen! Ist er nicht neuerdings wieder ausgezogen, sich mit den Preußen um Bayern zu balgen? Vielleicht will er dafür ja auch – da wäre er nicht der erste – die Österreichischen Niederlande meistbietend verhökern. Wenn die ihm nicht zuvor von den Franzosen in einem Handstreich unter dem Kopfkissen weggestohlen werden. Hör auf meine Worte: Eines Tages holt sich Josef II. dort draußen in der kalten, harten und rauen Welt noch den Tod. Sie sind meist von zarter Natur, unsere Herrscher, wurden verzärtelt und von Ofen zu Ofen getragen. Ganz so wie unsere Konventualen seit dem Neubau der Zellen."

„Womit wir wieder bei deinem Lieblingsthema angelangt sind." Bruder Cellerar kicherte in sich hinein, was hier in den Katakomben bald wie das Lachen Luzifers klang.

Bonifaz versuchte sich die Ohren zuzuhalten. Er war im Begriff, die Gruft zu verlassen, hätte sich gern die Konspiration der Brüder erspart. Seine Füße aber versagten den Dienst und er sank immer weiter in sich zusammen. Die Grabplatte eines altehrwürdigen Abtes stütze ihn. Gnade ihm, er wäre vornüber gefallen.

***

Das Kichern verhallte und das Gespräch nahm eine unerwartete Wendung. Er erinnerte sich später nur dunkel daran.

Es hatte mit den Beratungen im Konvent zu tun. Ende des Jahres 1778, kurz vor dem Weihnachtsfest, hatten die Regenten die *wiederlösliche Pfandschaft* von jenen 1.000 Gulden, die das Kloster seinerzeit vorgestreckt hatte, endgültig vereinnahmen wollen. Die weltliche Herrschaft des Klosters stand schlussendlich doch auf dem Spiel.

Im Sommer aber hatte das Kloster die Kunde erreicht, dass die Oberhäupter des Königreiches dem klösterlichen Gebot zum käuflichen Erwerb desselben zugestimmt hatten. Der Preis war allerdings um das Siebeneinhalbfache gestiegen. Vermutlich könnte der Abt zudem das ursprüngliche Pfandgeld abschreiben.

„…und nun liegt es bei Josef, nach dem Tod seiner Mutter, dem Bitten unseres Abtes Folge zu leisten und dem Bestehen des Klosters zuzustimmen.

Es bleibt abzuwarten, ob Iro Hoheit seine Allerhöchst eigenhändige Signatur unter diese Bestätigung setzt."

„Sicher wird er das tun. Und sei es darum, das Seelenheil seiner verstorbenen Mutter zu sichern."

„Dann wird er wohl allen Grund dazu haben. Am Ende war ich mir keineswegs sicher, auf wessen Seite unsere Herrscherin steht ..."

Bonifaz versuchte seine Sinne beieinander zu halten, richtete sich auf und spähte mit einem Auge um den Stützpfeiler herum, froh sich dort anlehnen zu können. Die Hüfte hatte wieder zu schmerzen begonnen.

„Unserem Prälaten ist kein Opfer zu groß, die Freiheit ist ihm teurer als Gold. So hat er mir anvertraut. Doch schau ihn dir an: die Sorgen fressen ihn auf. Die Last drückt ihn immer öfter aufs Krankenlager. Und – unter uns – zur Feier seines vierzigjährigen Profeßjubiläums war er kaum noch bereit, die Glückwünsche entgegen zu nehmen. Zu mir hat er von den *gefahrbringenden Übeln* gesprochen, betrübt sei er, *fast bis zum Tode.*"

„Umso mehr wird es unsere Aufgabe sein, ihn in Gebet und Tat zu unterstützen. Schon die Auflösung des Jesuitenkollegiums zu Freiburg hat ihn in Schrecken versetzt. Man musste befürchten, dass der gallige Umgang der Franzosen mit ihren Glaubensgemeinschaften auch in die vorderösterreichischen Vorlande schwappt. Was haben wir nur getan, dass Gott uns derart mit diesen Franzmännern bestraft?"

„Und man mag meinen, dass Abt Philipp täglich, ja beinahe stündlich, ein Auflösungspatent erwartet, das das Ende des Klosters besiegelt. Doch auf wen im Konvent können wir eigentlich zählen? Haben nicht auch schon andernorts Mitbrüder ihre Klöster verlassen und finden sich nun unter den Ratgebern weltlicher Fürsten wieder?!"

„Wenn du mich so fragst, Bruder Waldmeister, mich hat schon der ein oder andere ganz im Vertrauen gefragt, ob es nicht an der Zeit sei, andere Wege zu gehen. Auch ich selbst kann mich solcher Gedanken der Anfechtung nicht immer erwehren. Doch bin ich entschlossen, den Kampf hier und jetzt aufzunehmen. Und sei es bis an ein bitteres Ende."

„Gut. Dann sind wir zu zehnt. Bei den anderen bin ich nicht sicher."

„Was hältst du von Bruder Bonifatius? Der scheint sich ja mittlerweile wieder gefangen zu haben. Dennoch halte ich ihn für zu ängstlich, um in diesen Zeiten treu bestehen zu können."

„Pfft, Bruder Bonifatius!?" Die Verachtung, mit der Bruder Waldmeister seinen Namen aussprach, hätte Bonifaz hinter dem Pfeiler beinahe alle Vorsicht vergessen lassen.

„Mich würde nicht wundern, wenn er der Erste ist, der die Möglichkeit nutzt und zu einem der Fürsten kriecht, um sich von den Ordensgelübten freisprechen zu lassen. Schau ihn dir an, wie er ein Loch in die Luft schaut. Mir scheint, es ist ihm lieber, schweigend sein Essen zu löffeln und der Stimme des Vorlesers zu lauschen. Bonifatius ist nicht der Fels, auf dem man die Kirche baut …"

Bonifaz war drauf und dran, seine Deckung zu verlassen, um diese Unterstellungen seines Mitbruders ad absurdum zu führen. Seine Augen richteten sich auf den Bruder und der nickte ihm kaum merkbar zu, unverhohlen und hochmütig. Als habe er die ganze Zeit schon gewusst, dass Bonifaz dem Gespräch zuhorchte.

Da setzte der Waldmeister noch einmal – mit leicht erhobener Stimme – an: „Ein Wort noch, mein Bruder, …", und Bonifaz war klar, welchen seiner zwei anwesenden Mitbrüder er meinte, „… meinst du nicht auch, dass in den letzten paar Jahren eine nachdenklich stimmende Anzahl an Untertanen auf unerklärliche Weise zu Schaden gekommen ist?"

„An wen denkst du dabei?"

„Da war doch die verstümmelte Leiche des Heidenbastards und nicht lange danach die sterblichen Überreste des sündigen Vaters. Dem hatte einer den Schädel gespalten und ein Messer zwischen die Rippen gesteckt. Dann starb der Steingrubenbauer nach einem Unfall am Sägendobel. Als wenn ein solch erfahrener Mann die Hand in die Säge bekommt …"

„Wenn ich es bedenke, dann liegt auch der Tod seines Weibes, der Thürwächterin noch immer im Dunkel …"

„… und hat man nicht auch den *Dirrländer Michl* und auch den Pichler halbtot in ihren Ställen gefunden …"

„Du meinst es steckt mehr als Bruder Zufall dahinter?"

„Darauf verwette ich meine Kutte. Hinter alldem steht ein System. Ich habe es noch nicht bis ins Letzte durchschaut. Doch ich vermute, dass es den Einen gibt, der all diese Zufälle ausgelöst hat …", hier erhob er wieder für kaum eine Oktave die Stimme, „… und es gibt einen anderen, der die Taten unter den Teppich kehrt, und auch das hat eine Methode."

„Bruder, wen meinst du damit? Etwa den Herr Advokat? Wir beide wissen, dass der in die Zinskassen greift. Allein, wir können es bisher nicht beweisen. Meinst du, dass der Morde zu decken versucht? Mit Verlaub, das halte ich für zu weit hergeholt."

Bonifaz gelang es noch, sich in eine Ecke hinter die Säule zu drücken. Er ließ die beiden Brüder passieren, dann erstarrte er zu einer Salzsäule – wie einst die namenlose Frau Lots. Auch die Gesänge zur *Sext*, die aus dem Chorgestühl zu ihm drangen, weckten ihn nicht.

Als die Glocke zur *Non* läutete, erst da gehorchten ihm seine Glieder wieder.

Wie er sein Fehlen entschuldigen konnte, war ihm auch dann noch nicht eingefallen, als er seine Arbeit wieder aufzunehmen versuchte.

Aus den Aufzeichnungen des Advokaten

Ich fand sieben lederne Stücke, beschrieben mit mathematischen Formeln und Rechnungen. Ich verstehe die Systematik nicht.

Welchen Bezug hat das alles zu den Quadraten und Dreiecken im Bauplan der Leutkirch? Ich laufe die Bodenplatten auf lockere Fugen ab. Nichts. Ich untersuche das Deckengewölbe auf Farbschäden und blätternden Putz. Nichts.

Über die Formeln zerbricht mir der Kopf. Jedes Stück Haut misst 13 auf 13, bis in den letzten Zipfel beschrieben, mit spitzer Feder protokolliert. Ich brauche ein Glas zur Vergrößerung.

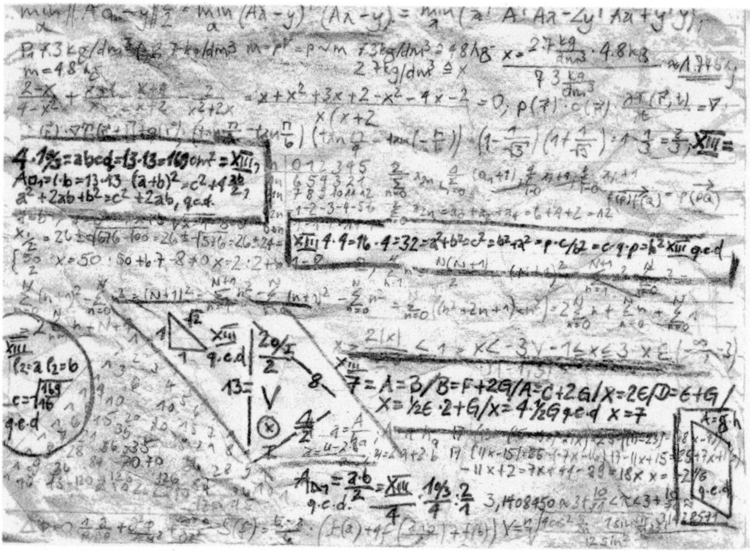

Die Untersuchung all der Gleichungen und Probleme hat mich ein ganzes Jahr gekostet. Hätte ich gleich um Hilfe ersucht, vielleicht wäre ich schneller gewesen. Aber mein Feind wartet auf mich, er drängt mich zu nichts.

Ich gestehe mir ein, alleine nicht weiterzukommen, stelle mich bloß und beanspruche fachkundige Hilfe. Das wirft einen Schatten auf meine Arbeit. Ich hasse das.

Es ist mir kein Trost, einige Aufgaben alleine zu lösen. Diese Schmach, als dieser hochnäsige Dekan der Freiburger Fakultät mit einer verachtenden Geste meinen Verstand anzweifelt. – Verstand, so sagt er zu mir, sei die Zukunft der Klöster. Die Tradition sei ihr Tod.

Folge dieser lästigen Prozedur: ausschlaggebend ist die Geometrie. Die Methodik um ein Quadrat und ein Dreieck, ein gleichschenkliges Dreieck.

Auf die Zahl dreizehn – egal ob in römischen oder arabischen Ziffern – folgt immer eine geometrische Gleichung oder sie ist in ihr verwoben.

Am Ende ist der Beweis erbracht: quod erat demonstrandum.

XIII. $4 \times {}^{10}/_{3} = abcd = 13 \times 13 = 169\ cm^2 = XIII;$
$A_1 = L \times B = 13 \times 13\ (a+b)^2 = c^2 + {}^{4ab}/_{2};\ a^2 + 2ab = c^2 + 2ab;$ *q.e.d.*
Die Dreizehn, das ist LA MORTE, der Tod. Er rahmt unser Schicksal ein. Das Quadrat beschreibt unsere Welt.

XIII. $4 \times 4 = 16 \times 4 = 32 = a^2 + b^2 = c^2 = b^2 + a^2 = {}^{p \times c}/_{b^2} = cxp = b^2;$ *q.e.d.*
Ein unermesslicher Fehler, da $16 \times 4 = 256$

Denke nicht in richtig oder falsch, denke im Rahmen der Geometrie. Nur so fällt dir ein, dass dein Quadrat in 16 gleichgroße Teile zu teilen ist. Was folgt ist die Gleichung der Dreiecke in diesem Viereck.

XIII. $16 \times 4 = 32$ *weil XIII.* $l_2 = a$ *und* $l_2 = b$ *und* $c = \sqrt{169/16}$
Also: $A_1 = {}^{a \times b}/_{2} = {}^{13}/_{4} \times {}^{13}/_{4} : {}^{2}/_{1} = {}^{169 \times 1}/_{16 \times 2} = {}^{169}/_{32}\ cm^2$ *q.e.d.*

Wir teilen also unsere 16 Quadrate in 32 gleichschenklige Dreiecke. Um was zu bekommen?

Zwischen den Jahren 1780/81 – Spinnstubengeister

Die kleine Familie kuschelte sich in die einzige warme Stube im Hof.

Die alte Frau drückte sich fest an die grünen Kacheln des Ofens, der fast bis zur Decke des Zimmers reichte. Da war noch Platz für den zwei, drei Hand hohen Ofenrahmen. Die Stangen des Rahmens waren beladen mit allerlei Wäschestücken, wollenen Strümpfen und Küchentüchern, die dort vor sich hin trockneten. Auf der Ablage neben dem Ofenrahmen warteten ein leichtes *Flacheisen* und ein umso schwereres *Blockeisen* auf ihren Einsatz. Am heutigen Tag allerdings würde sich mit ihnen keiner mehr plagen. Heute wurde gesponnen. Und wie es der Brauch war, wurden – meist von den Alten – Geschichten erzählt.

Die Kinder saßen gebannt, fast vergaßen sie ihre Aufgaben. Die älteren Mädchen hingen an den Lippen der alten Frau. Sie hielten jeweils zwei Karden, zwischen deren Drahthäkchen die rohe Schafwolle zu weichen Bäuschchen aufflocken sollte. In diesem Moment aber waren sie so gefesselt, dass die Karden in ihren Händen schlaff in der Wolle lagen. Hätten sie es gekonnt, sie hätten wohlig geschnurrt, wie das Kätzchen, dem der kleine Bub hinter den Ohren kraulte; und das Schnurren konnte nur hören, wer ganz dicht dabei saß.

Übertönt wurde es auch nur von dem gleichmäßigen Rattern und Klappern von Spinnrad und Haspel. Die Büri und einige Mägde lauschten den Worten des Mütterleins, obgleich sie es gelernt hatten, die Arbeit dabei nicht zu vernachlässigen. Die Familie saß mucksmäuschenstill.

Die Alte steckte ihre Füße behaglich in Strohschuhe, die unter der Ofenbank angewärmt waren. Bald würde sie nach dem zweiten Paar nesteln, dass dort für sie bereitstand. Unter dem Rocksaum zwischen den Waden und ihren Knien presste sie ein Kirschkernsäckchen. Ob sie das zweite noch brauchte stand noch nicht fest. Einerlei. Wenn nicht, dann würde es halt die Betten in den Schlafkammern auf angenehmere Temperaturen vorwärmen.

Die Bettdecken türmten sich wie Eisschollen auf der steifgefroren See und erwarteten die ersten mutigen Schläfer, die sich trauten, in diese Schlafstatt zu tauchen. Später, wenn man zu zweit oder zu dritt in die Federn sprang, verstieß man die Säckchen auf den Dielenboden der Kammer. Dort lagen sie dann bis zum nächsten Morgen.

Die Großmutter saß vor dem Kunkelstock, der auf einem Dreibein hätte feststecken sollen. Eines davon war gebrochen und wurde kurzerhand durch ein passendes Holzscheit ersetzt.

Ein Bendl aus blauer und roter Wolle – von der Büri im Bendlstuehl eigens gefertigt – hielt den Flachsbund, der über den Stock gestülpt war.

Ohne Unterlass drehte sie einige Fasern zwischen den Fingern zu einem Faden. Die Kinder hatten noch niemals gesehen, dass ihr einer der Fäden riss, wenn er auf die Spindel am Spinnrad lief. Beinahe blind und mit schwieligen rissigen Händen wusste sie immer, wie ein guter Faden sich anfühlen musste.

Ihre Geschichten erzählte sie spannend – sie verlor auch hier nie den Faden – und ihre immer noch feste Stimme traf stets die richtige Stimmung:

Der alte Bauer hatte den Lärm des Gasthauses verlassen. Hinter ihm fiel die Tür in ihre Angeln. Die Stimmen drangen jetzt dumpf und weniger grell an seine Ohren. Von der Hitze im Haus glühten die Wangen rot. Der Schnaps, den er herunter gekippt hatte, trug seinen Teil dazu bei.

Mehr als einen düsteren Neumond hatte ihm diese Nacht im jungen April nicht zu bieten. Frostige Finsternis stierte ihn an und er stierte betrunken zurück. Widerwillig bedeckte die speckige Koppe den schwankenden schweißnassen Kopf. Ein betrunkenes Kichern erfror, kaum dass es die Lippen verließ. Das Ross schnaubte, als es ihn sah.

„Ja, mein Alter! Zeig her, was hast du noch drin, in deinem Futtersack. Darf es vielleicht noch ein wenig Hafer sein? Nur nicht zu viel, dass er dich nicht sticht."

„Ihr wisst", – schaute die Alte ins lauschende Rund, „dass ein müdes Tier sich nicht mehr so gerne bewegt. Da kann eine Handvoll Hafer Wunder bewirken. Aber wehe dir du gehst verschwenderisch damit um!" – *Das Gefährt ächzte als er schwer auf das Kutschbrett fiel. Zum Glück kannte sein Ross den Weg.*

Kaum, dass die beiden den Ort verließen, da schnaubte das Tier in seinen Scheren und weckte den Bauern aus seinem Rausch. Vom Waldessaum her ertönte der Ruf eines Käuzchens.

Stand dort nicht ein Mann, tief in seinem Mantel verborgen? Und trat er nicht in die Mitte des Weges?

Der Wagen fuhr langsam heran. Alles umher: totenstill. Nicht einmal mehr das Käuzchen rief noch den Heimkehrern zu. Nicht einmal der Flügelschlag einer Eule wollte die Anspannung stören. Da zog der Fremde die Kapuze zurück.

„Guter Herr! Wollt ihr einem müden Mann etwas des Wegs mitnehmen? Dass er seine müden Knochen ein klein wenig ausruhen kann?" Die Stimme klang farblos und kalt.

Dem Bauern war's gleich. Einerlei, ob mit oder ohne den Fahrgast. Zu seinem Hof am Kandelberg würde er allemal heimkehren.

So hieß er den Wandergesellen hinten aufsitzen. Fuhr stumm seines Wegs, bis sie den Hof erreichten. Der Bauer stöhnte vom Kutschbock herab. Er freute sich auf sein Bett. Das Weib hatte die Federn schon angewärmt. Ihn schauderte.

Da hielt ihn der Fremde bei seiner Schulter fest. Ebenso bleich wie zuvor bat er um ein Lager, keine weiteren Umstände und morgen dann wolle er weiterziehen." –

Die kurze Pause, in der die Alte nach den wärmenden Strohschuhen griff, verging atemlos. –

„Hier auf der Bühne bei meinen Geißen, da könnt Ihr schlafen. Im Haus ist kein Platz." Der Lehbauer knurrte gleichgültig und wies mit der Hand auf den Stall. Er selbst wankte die Stiegen hinauf. Dort fiel er in einen unruhigen Schlaf. Ihn grauste vor etwas. Es schlich sich in seine Träume. Dunkel, und es gab sich nicht zu erkennen. Und so wälzte er hin und her, dass die Büri sich bei ihm beschwerte.

Die Morgensuppe war kalt. Sein Löffel fiel ihm aus der Hand. Da schlurfte er verstört in den nebligen Morgen.

Der Fremde sollte ihm Rede und Antwort stehen. Wo kam der her? Wo wollte der hin? Mit wem – in Gottes Namen – hatte man es zu tun? Doch der Fremde war weg, verschwunden ins Nichts.

Die Büri glaubte ihm von der Geschichte kein Wort. „Wirsch wieder emol schwer g'lederet ghet ho. Säufst ja auch bei jeder Gelegenheit. Säufst dich jetzt auch noch um den Verstand. Stinkst ja noch heut' wie ein Schapsgutter. Geh', geh' in den Stall, schaff was und mache dich nützlich. Und erzähl deine Geschichten den Viehchern. Vielleicht hören die dir ja zu. Mir jedenfalls fehlt die Zeit für deine Fürz." –

Die Wivölcher um die Alte herum lächelten wissend. Das hätte ein Morgen auf ihrem Hof seien können. Alleweil kam auch ihr Bauer in unpässlichem Zustand heim. –

„Dann kam der schwarze Hund auf den Hof. Einmal da legte er sich gar unter des Bauern Bett. Dann wieder wurde er draußen streunend gesehen. Auch die Bauersfrau beunruhigte sich. Das Böse war auf ihrem Hof eingekehrt. Denn dieses Tier war ein hässlicher Köter. Da hatte der Teufel die Hände im Spiel.

Gemeinsam versuchten sie das Tier zu vertreiben. All ihr Bemühen schlug fehl. Die armen geplagten Bauersleut wussten sich keinen Rat. An Schlaf war kaum noch zu denken. Egal wie sich die beiden abzulenken versuchten, immer saß ihnen der Schreck im Nacken und krabbelte kalt ihren Rücken hinauf. Manches Mal fasste der Bauer Mut und drehte sich so schnell es ging um. So wollten sie beide auch nicht auf den Tanzboden zum Stephanstag." –

Die Alte räusperte sich. Der *Steffestag* am 26. Dezember war von ihrer Familie erst vor zwei Tagen gefeiert worden, ein jeder wusste um die Freude an diesem Tag. –

„Nein, sie wollten nicht mitgehen. Zu guter Letzt steckte die Freude der Knechte und Mägde die beiden an und sie ließen sich in die Mitte nehmen. Alsbald fielen sie in das muntere Geschwätz mit ein. Man tanzte und lachte. Die Schnapsgutter kreisten bei manchem Trinkspielchen umher. Nach längerer Zeit der Entsagung leuchteten endlich wieder die Wangen rot.

Der Hütebueb hielt daheim Wache. Zitternd saß er in einer Ecke und fürchtete um sein Leben. Mutig hätte er sein müssen. Ja, aber er hatte mit eigenen Augen den Hund gesehen, wie er in die Schlafkammer des Bauern lief.

Die Tiere im Stall verhielten sich anders als sonst. In jener Nacht ließ sich kein Laut, weder Rascheln noch Klirren vernehmen, und doch konnte das Kind die Unruhe spüren.

Das Blut rauschte in seinen Ohren und er lauschte auf jedes unbekannte Geräusch. Vor seinen Augen schlich sich der Köter lautlos unter dem Bett hervor. Der hob die Nase und nahm Witterung auf. Auf leisen Pfoten stahl er sich an den Jungen heran. Die Sinne des Buebs waren zum Bersten gespannt.

Hatte er dort nicht die fletschenden Zähne gesehen, die blutroten Augen. Hatte er nicht gehört, wie es leise und gierig knurrte? Da konnte er seine Furcht nicht länger bezwingen.

Er zündete sich eine Kerze an, weil er es nicht mehr ertrug. Denn wie ihr wisst: Mit etwas Licht lassen sich böse Geister vertreiben. Dazu murmelte er zittrig ein Abendgebet:

Ave, lieber Herr Jesus Christ, b'hüet Gott, alles was hiér ist.
B'hüet Gott Hus un Hof, Hab un Guet, Lit un Vieh, Für und Liécht.
Jetzt e Gott's Name, b'hüet's Gott, alles zsamme.
B'hüet's Gott der Vater, b'hüets Gott der Sohn und
b'hüets Gott der Heilige Geist. Amen.

Wie er so vor sich hin flüsterte, wurde er ruhiger und ruhiger und schlief endlich ein.

Als die Festgäste das lodernde Feuer bemerkten, stand der Hof schon in hellen Flammen. Es sollte nichts übrig bleiben. Nichts außer Asche und Staub. Hab und Gut nicht mehr als ein Haufen Kehricht. Kein Mensch und kein Tier überlebten. Alles geopfert der kindlichen Angst.

„Schaut doch!", rief da der Knecht. Er übertönte das Schreien und Weinen. „Schaut doch! Dort oben am Wald!"

Und tatsächlich. Im Feuerschein da konnte jeder ihn rennen sehen, bis er schließlich im Wald verschwand. Unversehrt und bei Kräften: Der schwarze Rüde vom Brosihof! –

Im Raum war es grabesstill.

Der schwarze Hund

Der Hund kam im Frühjahr 1781.

So, als habe ihn irgendetwas heraufbeschworen. Nicht alle bemerkten ihn gleich. Und die, die ihn sofort bemerkt hatten, schoben dieses Ereignis weit von sich weg.

Selbst der Tod merkte auf, als der Hund kam. Er kannte die Anzeichen für Schicksalsschläge jeglicher Art. Kurz und dunkel gesprochene Sätze. Leidenschaftliche Entscheidungen. Manchmal auch bedeutungslose Ereignisse, die den Tod in seiner Gleichgültigkeit herausforderten. Sozusagen die kleinen Dinge des Lebens, soweit ein Sensenmann etwas damit zu tun hatte.

Nicht, dass Er sich gelangweilt hätte. Für ihn gab es immer genug zu tun. Die Menschen liefen ihm hinterdrein, bettelten gar um seine Fürsorge.

Bei ihm brauchten sie nicht lang anzustehen. Wenn sie um seine Dienste anfragten, dann war er immer sofort zur Stelle.

Schließlich besaß er auch keinen Bäckerladen oder verteilte gar Brot an den Pforten der Klöster. Dort standen die Schlangen und Trauben von Menschen. Bei ihm aber kam jeder prompt und sofort an die Reihe. Da gab es kein Warten und auch kein Zaudern.

Deren ertragreiche Schauplätze auf dieser Welt gab es viele. Was kümmerten ihn die Orte eines Gemetzels? Es hatte sie immer gegeben. Das Vergangene war geschehen und das Künftige würde kommen. Sein Handeln beschränkte sich ausschließlich auf Hier und Jetzt.

Ihn kümmerte nicht, ob ein Regent vielgeliebt oder ungeliebt blieb. Er störte sich nicht an den Intrigen und behinderte nicht die Macht der Mätressen.

Die Regenten lieferten stets zuverlässig. Ja, jedoch niemals ließ er sich von ihnen blenden. Sicher, immer wieder versuchte es einer. Und selbst in den Klöstern fiel man darauf herein.

Wenn Mönche in einer Gruft Geheimnisse teilten, dann hörte der Tod aufmerksam zu. Das lag sozusagen in der Natur einer Grabstätte. Einer lehnte gar an einer seiner Grabplatten und gewährte damit dem Tod einen Blick in sein Innerstes. Danach hätte Er die Stunde vorhersagen können.

Wie einfältig waren diese frommen Geschöpfe. Sie begriffen es nicht. Der langsame Tod – damit war er ja wohl gemeint – schlich sich ganz sicher nicht von Frankreich her an. Wie blind musste man sein? Gewiss, die Franzosen hatten immer geliefert, auf sie war Verlass. Ein Habsburger stand ihnen darin durchaus in nichts nach. Auch wenn man in Kriegszeiten gerne einmal ein Feuerwerk an Ablenkungen entfachte.

Der Tod war sich sicher, dass die neuen Allianzen die alten waren. Auf den Äckern und Feldern schlugen sich Menschen die Köpfe ein und er nahm sie alle zu sich. Ihn scherte es nicht, dass man zur selben Stunde in Wien mit viel Glanz Hochzeit beging?

Er für seinen Teil schaute erst aufmerksam hin, als Isabella von Parma, Gemahlin des Joseph II., mit dessen Schwester, Erzherzogin Marie Christine, das Bett teilte. Es waren solche Geschichten, die ihm frische Kundschaft versprachen.

Nach und nach umarmte er ihre Fehlgeburten und später die lebenden Kinder. Schließlich reichte auch sie ihm die Hand.

Wie war Er jetzt noch gleich darauf geko…?

Ach ja, die Mönche in jenem Gewölbe. Ihnen fehlte die richtige Sicht auf die Dinge. Sie sahen dasselbe wie er, doch sie zogen die falschen Schlüsse daraus. Wenn es soweit war, dann würde er sie überrumpeln müssen. Nur weil sie zu Lebzeiten in eine falsche Richtung schauten! Er würde nicht von Westen her kommen. Seine Auftraggeber saßen in Wien!

So ganz in Gedanken gewahrte der Tod unter diesen zahlreichen Anzeichen, die um seine Aufmerksamkeit buhlten, diesen räudigen Rüden.

Ohne viel Aufhebens streunte der in die Schlafkammer des Simis und machte es sich unter dem Bett des Bauern bequem. Der Tod kannte den Hof noch aus früheren Tagen. Zuletzt schloss sich dort dieses erfrorene Mädchen ihm an. Er hatte sie längst an die Ewigkeit weitergereicht.

Es blieben die kleinen Gesten, wie ein Hund unterm Bett, die einen besonderen Reiz ausübten. Alles andere war normal. Bald schon, und das Sterben auf dieser Hofreite würde eine Fortsetzung finden.

Der Tod war auf alles gefasst. So etwas endete immer bei IHM.

***

Jakob bemerkte den Hund erst, als es schon längst zu spät war.

Bis dahin hatte er nur Augen für die Marie. Sie brauchte bloß in der Ferne zu stehen, sofort wurde sein Magen flau und über dem Herzen läuteten Glocken eine verliebte Melodie. Das Blau ihrer Augen brannte sich in seine Seele, und wenn er in diese klare Frische eintauchte, dann wurde sein Herz zu einer Forelle.

Eine Forelle, die mit dem Leib gegen die Strömung steht, deren Liebkosung genießt und mit den Flossen ein Streicheln des Wassers an den Flanken verspürt.

„Was träumst du wieder vor dich hin, du ruchloser Bastard!“ Seit dem Unfall in jenem Sommer hatte die Mutter damit begonnen, ihn auf diese Art zu beschimpfen. Er begriff einfach nicht, was das sollte.

„Geh, und hilf deinem Bruder im Stall. Schließlich hast du ihn zum Krüppel gemacht. Wenn es nach mir geht, dann wirst du hier schaffen, bis du verreckst. Du hast ihm sein Bein gestohlen. Verflucht sei der Tag, an dem dich die Hebamme in meine Wiege gelegt hat.“

Magdalena, die sanfte Bäuerin früherer Tage, war bitter geworden. Beinahe, so dachte Jakob bei sich, kann man die Bitterkeit riechen. Wenn sie ihn anfauchte als sei er ein *Saupuber*, der Schuld am Sterben des Mutterschweins hat.

„Wann wirst du dem Jungen endlich verzeihen …?!“, warf dann der Simis zu Jakobs Verteidigung ein, „… Wann endlich wirst du ihm zugestehen, dass das Pferd aufgescheucht wurde und durchgegangen ist. Vermutlich sogar durch den Eschenpfutscher, mit dem Georg gewedelt hat …“

„Sagt wer? Der Georg hat friedlich im Wagen gelegen. Hat wenn überhaupt zur Eile getrieben, weil dieses Bürschchen …“, dabei zeigte sie zornfunkelnd mit dem Finger auf Jakob, der sich trotz seiner siebzehn Jahre und seiner kräftigen Statur vor seiner Mutter fürchtete.

Ihm gegenüber hatte sie selten diesen sanften Ton angeschlagen, zog immer den Georg vor. Glaubte schon immer, was dieser ihr sagte. Auch wenn er es bei sämtlichen Haaren des Teufels herbeizog, log und betrog, die Mutter schenkte ihm immer Glauben. Und immer das Lächeln, das Jakob so sehr vermisste.

„… Georg hat es wieder und wieder erzählt. Geträumt hat dein feines Söhnchen. So dass das Pferd schon in der Wiese stand und sich an frischen Gräsern labte. Und dann hat dein Bürschchen die Gerte genommen und blind auf den Rücken des Tieres gedroschen. Georg hat für das Tier um Gnade geschrien. Heute hinkt er mit steifem Bein durch den Stall. Dein Erbe, Simis. Dein Fleisch und Blut. Während du hier im Gang Verteidigungsreden schwingst. Dich als Anwalt des Teufels aufspielst …!“

„Weib! Jetzt schweig endlich still! Was passiert ist, ist passiert. Keiner kann es mehr ändern. Der Jakob arbeitet für Zwei. Er hat seine Schuld, wenn er die je gehabt haben sollte, mit den Jahren schon längst abgetragen. Weib! Und merke dir jetzt genau, was ich sage: Nimm auf meinem Hof nie wieder den Namen des Widersachers in deinen Mund!“

„Ja. Ja, es ist so, wie ich sage. Du brichst eine Lanze für ihn, und zum Dank bricht er dir das Genick. Aber gut. Ich werde dir folgen. Du bist mein Mann." Mit diesen Worten wandte Magdalena sich wieder ihrem Brotteig zu, den sie mehr als nötig zu kneten begann und konnte es doch nicht lassen, noch eine Bemerkung zu machen. Gerade so laut, dass der Bauer im Stallgang sie auch ja hören konnte.

„Eines Tages wirst du verstehen, welche Schlange sich an unserem Busen nährt. Aber dann wird es zu spät sein. Vermutlich muss der Georg erst sterben, bevor du verstehst. Warum glaubst du wohl, liegt dieser Hund unter dem Bett eines Lehbauern? Was glaubst du was er da tut?"

Da packte den Simis das Grauen. Auch sie hatte das Tier gesehen! Nachts war er aufgewacht und hatte es leise knurren hören. Dann konnte er nicht wieder einschlafen. Bis jetzt hatte er immer geglaubt, diese lefzende Bestie sei Ausgeburt seiner eigenen Einbildungskraft. Wenn erst andere diese riesige Dogge auch sahen, dann konnte es kein Gespinst sein. Sollte nun noch ein Außenstehender, ein Nachbar oder ein Freund von diesem Hund auf seiner Hofreite sprechen, dann war es sicher kein Trugbild, sondern ein Anzeichen ernster Gefahr.

Kaum merklich zog Magdalena den Bauern auf ihre Seite.

„Was soll ich denn deiner Meinung nach tun? Du weißt, er sollte ins Kloster gehen. Nun nimmt man aber dort keine Novizen mehr auf. Der Junge ist schlau. Die Hände der Mönche hätten ihn zu etwas Gutem geformt."

Abends im Bett, als der Schlaf wieder nicht kommen wollte, da bezog er seit langem einmal wieder sein Weib in seine Gedanken ein. Früher, da hatte er oft nach ihrer Meinung gefragt. Mochte das für einen gestandenen Bauern auch nicht üblich sein. Das Weib hatte zu ihm aufzuschauen. Er konnte tun was er wollte. Nur das war genau das Problem, dass er nicht mehr wusste, was er denn wollte, was sich als gut und was sich als schädlich erweisen würde. Unter dem Bett knurrte der Hund.

„Lass ihn im Frühjahr die Krätze bestücken und den Uhrmachern folgen. Dann ist er weg. In England, so hört man, haben sich einzelne Burschen aus unserer Vogtei niedergelassen. Dort verdienen sie gutes Geld. Du wirst sehen. Wenn er erst fort ist und fort bleibt, wird alles gut."

„Aber dafür ist er zu klug."

„Meinst du, dass alle, die in England Uhren verkaufen, blöde sind?"

„Das hab ich doch gar nicht gemeint. Was aber würden die Leute sagen, wenn unser Bub einst Pater im Kloster St. Peter wäre?"

„*Gelehrter* vielleicht gar …?", Magdalenas Spott schmerzte den Simis.

„Ja, …", konterte er, „… ja, ein Gelehrter mit einem Lehrstuhl in Freiburg. Gebildet und angesehen. Und schaut, hätten die Leute gesagt, schaut, das ist der älteste Sohn vom fleißigen Simis und seinem sanften wie klugen Weib, Magdalena. Wie stolz die zwei seien können!"

Magdalena musste tatsächlich lächeln. Wie er sie liebte wenn sie ihm zulächelte. Schon lange hatte er sie nicht mehr so lächeln sehen. Zuletzt in den Nächten, als sie Gertrud gezeugt hatten. Die jüngste Tochter war kaum ein halbes Jahr alt und hielt im Schlaf die kleinen Fäustchen empor.

Sein Glied wurde steif, doch Magdalena rückte unwillig ab. Er musste sie noch eine Weile schonen. So brachte sie nur ein abweisendes Seufzen hervor und ihre Worte klangen härter als sie beabsichtigt hatte.

„Du bist doch auch nur ein Träumer. Simon, der Simishofträumer. Allein die Zeit, die Jakob täglich im Gymnasium des Klosters vergeudet! Als sei hier nicht Arbeit genug. Was bezweckst du eigentlich mit dieser Verschwendung an Arbeitskraft? Als hätten wir Zeit zu verprassen. Warum ist dir das Ansehen der anderen so wichtig?"

„Ich denke, auf diese Weise kämen am Ende alle zu ihrem Recht. Der Georg wird Hoferbe und muss keinen Leibsitzer durchfüttern. Im Moment hätte der Jakob ein Recht auf den lebenslänglichen Unterstand."

„Haaalt! Nur wenn er nicht verheiratet wird."

„Und woher soll die Braut für ihn kommen? Welche Unglückliche will denn diesen ruchlosen Bastard, wie du ihn nennst, zu seinem Manne nehmen?"

„Die wird doch gar nicht gefragt. Das ist Sache zwischen uns und den Eltern der Armen."

„Du meinst zwischen *DIR* und den Eltern der Armen." Simis verlor sich ein weiteres Mal in dem Lächeln seines Weibes und seine Natur bedrängte ihn, so dass es bald schmerzte. „Nein, Magdalena. Wenn es so kommt wie geplant, brauchst du dir um sein Weib keine Sorgen zu machen."

„Dann sag mir wie's kommt.", neckte ihn Magdalena nun, kniff dabei in seine Seiten, da wo es am meisten kitzelte. Sie knurrte ihr Liebessäuseln in sein Ohr, ihre Lippen und Zähne liebkosten sein Ohr. Ihm platzte schier sein Gemächt.

„Er wird auf andere Art dem Kloster gehören. Er wird vereidigter Holzabmesser werden. So ist es mit Pater Bonifaz besprochen." Seine Stimme war kaum noch ein Stöhnen und Hecheln.

„Na, dann ist ja alles gut."

Magdalena ließ sich nun doch auf seine Lust ein und neckte ihn zwischen den Leisten. So hatten sie einen Weg gefunden, der ihm Erleichterung verschaffte, ohne die Röcke der Mägde zu heben. Als der warme Brei durch ihre Hände lief, hätte er schreien mögen.

Nebenan, nur durch eine hellhörige Holzwand getrennt, starrte Georg mit zornfunkelnden Augen ins Dunkel der Schlafkammer. Ebenso schwarz waren seine Gedanken.

Der Hund lag bei ihm unter dem Bett, hatte die Seiten gewechselt und er hatte böse zu knurren begonnen.

Frühjahr 1781 – Gemeindeversammlung

Die Stimmung im Gasthaus köchelte hoch.

Zunächst noch hinter vorgehaltener Hand. Mit jeder neuen Ansage des Herrn Advokat aber war das Murren lauter geworden. Gewiss, an Orten wie diesem brodelte es, das lag in ihrer Natur. Es wurde gezankt und gestritten und es wurde sich wieder versöhnt. Zuweilen wurde hier auch gestorben, aber das lag schon einige Jahre zurück. Und man hatte dem ehrwürdigen Herrn zu Beginn gar eine Zigarre spendiert, auf der er im Mundwinkel unsicher kaute. Sein Auftrag war heikel. Was er zu verkünden hatte, dass wollte hier niemand hören.

„Und Amtmann!" Mathis Trenkle, einer der Holzknechte und Unruhestifter, blaffte ihn an. „Wenn wir schon mal unter vier Augen ein ernstes Wort sprechen…!"

– Diese Faust braucht nur noch ein Schwert und dann geht es mir an den Kragen –

„… erklär deinen Herren, dass wir hier auf dem Wald und nicht am Hofe zu Wien oder am Hof dieses fetten Franzosen sind!", dabei versuchte er sich linkisch an einer Geste im höfischen Stil. Was lächerlich gewirkte und damit den gewünschten Erfolg einbrachte.

„Mag sein, dass dort nur einer allein weiß, was für alle anderen gut ist! Hier aber, da brauchen wir keine *Bürgerschaft*! Da hat Abt Bürgi keinen Stein auf dem anderen gelassen und einen neuen Ortskern geschaffen. Verzeiht, schaffen lassen. Mit unserer Hände Arbeit. Mir missfällt, dass dein Abt inzwischen damit beginnt auch hier seinen eigenen, fürstlichen Hof zu halten…!"

„Oh ja…!", stimmte einer vom Seelgut zu – ein unsichtbares und parfümiertes Tüchlein wedelnd – „… da wird man gar schnell vom mehlstaubigen Pfisterer zum Hof- und Konventbäcker ernannt…!" Der Pöbel im Gastraum grölte.

Die ersten traktierten die Tische mit den Fäusten, sodass er Amtmann zusammen zuckte. Er stieß dem Vogt in die Seite. Sollte der sich doch mit den Bauern streiten.

„Erklär du es mir Vogt, warum es auf dem Wald eines Fürstensaals und einer Bibliothek bedarf! Oder die Schule! Ich habe mich oft gefragt, wem die einen Nutzen bringt." – Der Vogt setzte an, kam aber auch nicht zu Wort.

„Das kann ich dir sagen ...!", ausgerechnet der Scheuermaier eilte dem Vogt zur Hilfe, „... damit deine Bälger nicht dumm bleiben. Reicht ja auch aus, wenn du das bist...!" Der Maier hatte soeben ein Bett im Spital gebucht. Da war man sich sicher.

„Maier, dass du uns für bauernschlau hältst, ist jedem längst bekannt. Aber wie dumm muss du sein, wenn du nicht begreifst, welches Spiel man hier mit uns spielt!"

„Und was für ein Spiel soll das sein, Trenkle?! Bedenke, beim Zwicken hat dein Hirn bisher auch nur zum Verlieren gereicht...!" Man konnte das Glück des Maiers kaum fassen. An einen anderen Tag wäre sein schändliches Greinen schon lange zu Brei zerschlagen.

„Wir möchten dich nicht dumm sterben lassen. Denn eines Nachts wirst du sterben. Auch das weiß hier jeder."

„Dann lass uns teilhaben an deinem Wissen. Wir sind gespannt!"

Der Advokat rief sich in Erinnerung. Er war nicht gekommen, um ein paar lausigen Bauern bei ihren Schmachreden zuzuhören.

„Oh verzeiht, Herr Amtmann, Ihr seid ja auch noch da. Wir alle wissen schon längst zu was er gut ist, der Eifer der Herren. Der Eifer, Häuser zu bauen und prunkvoll auszugestalten. Denken wir an das Empfangsportal für die weltlichen Herren. Eine mächtige Treppe muss es sein, damit man sich heimisch fühlt. Eine Bibliothek im feinstem Überschwang ausgestattet. Sicher, man sammelt Wissen darin, zeigt sich vornehm und untermauert seine Berichtigung überhaupt ein Kloster zu halten. Maria Theresia und ihr feiner Sohn möchten es so."

„Man will sich den Kaisern anbiedern. Das ist es, was man will. Nichts hier geschieht ohne Grund. Die Bauten, die sollen allein die eigene Herrlichkeit zeigen. Ein sichtbares Zeichen, für die Welt von Nutzen zu sein. Was soll sonst der Nutzen von einem Schulhaus sein?"

Die Lehbauern beklatschten dem Sprecher. Wer in der Schule die Bank drückte, konnte die reichliche Arbeit am Hof nicht verrichten.

Was den Zweck einer Dorfschule anging, war der Vogt durchaus anderer Ansicht. Trotzdem entschied er sich, zu schweigen. Die nicht nachlassende Errichtung und Instandsetzung von Bauten machte auch ihn ärgerlich. Gleichzeitig waren in der Vergangenheit immer mehr der bäuerlichen Feiertage abgeschafft worden. Damit hatte man den Forderungen der Regierung entsprochen; nur arbeitende Menschen ließen die Einnahmen sprudeln.

Und Erwerbssteuern brauchte man nach diesen kostspieligen Kriegen. Auch die steigende Zahl der Staatsbediensteten wollte bezahlt sein. Mein war der Ansicht, ein jeder habe sein Opfer zu bringen.

„Wär' auch wirklich eine garstige Schande, deine Bälger wären schlauer als du …!" Der Amtmann konnte es einfach nicht lassen.

„Ihr mögt es anders wissen, Herr Advokat, doch ich für meinen Teil bleibe dabei: Die Bauten sind nur zum eigenen Nutzen und für nichts anderes gut. Sonst nämlich wären die Türen des Klosters schon lange verschlossen und kein Mönch würde mehr darin seinem erbaulichen Tun nachgehen."

Dieser Hieb traf und die Gemeinde im Gasthaus nickte. Der Trenkle verstand es aller Ärger in Worte zu fassen. Es würde sie indessen wundern, wenn er nicht noch zu einem letzten Schlag ausholte.

„Und wenn das selbst die Spatzen in Freiburg verstehen, dann muss dein Hirn, Scheuermaier! … Dann muss *dein* Hirn doch fürchterlich klein sein."

Jetzt johlte der ganze Gastraum, dass die Balken sich in ihren Verschränkungen hoben. Dieses Gefecht hatte der Trenkle gewonnen.

Wahrscheinlich war das alles noch viel verzwickter. Politik eben. Was den Advokaten daran am meisten störte, war allein, dass es immerzu *ihm* oblag, diese schlechten Nachrichten an das Bauernvolk weiterzuleiten.

Zudem zweifelte auch er an dem Sinn dieser Einschränkungen. Das Volk war nun mal in seinem Brauchtum verhaftet. Es garantierte die Sicherheit gegenüber den unwägbaren Launen der Natur. Wer sonst sollte Schutz vor Hagel, Wetter und Sturm gewähren, wenn nicht die Allmacht des einen Gottes. Die Bittgänge und Betstunden der Mägde und Knechte, die vom Lehbauern zur Kirche geschickt wurden, hatten Bewahrung und Erhalt der Ernte gesichert. Sie waren tief in den Alltag und den Glauben der Menschen verwurzelt. Heute oblag ihm das Ende des Hagelfeiertages zu verkünden. Ein weiterer Einschnitt in Glauben und Alltag der Menschen. Ein Feiertag weniger – mehr Einkünfte für die Regierung. Ein Geschäft das wohl einträglich war, sonst würde man es nicht immer weiter ausdehnen.

Was ihm hier, als Vertreter der Kirche zugemutet wurde, empfand er als sinnlos, ja, heimtückisch. Mal davon abgesehen, am Ende hätte er die Zeche zu zahlen.

Und da lag er richtig.

Zwischen Tür und Angel

Bonifaz für seinen Teil hatte sich vorgenommen, die Gunst dieser Stunde zu nutzen.

Zugegeben, die Unterredung mit dem Herrn Advokat war für einige Zeit später verabredet. Nach der Versammlung.

Aber er hatte von der Agenda Kenntnis erhalten. Eine Agenda des Ungemachs, wie er die neuerlichen Einschnitte aus Wien insgeheim nannte.

Sein Gesprächspartner sollte wohl einige Zeit im Wirtshaus beschäftigt sein. So betrat er, wenn auch mit klopfendem Herzen, die Kanzlei.

„Bruder Bonifatius!“, begrüßte der Schreiber ihn scheu und erstaunt, „Ihr seid früh dran. Der Herr Advokat weilt noch in der Gemeindeversammlung. Wollt Ihr nicht spät …“

„Aber nein. Da ich den Konvent einmal verlassen habe, ist es schon recht, eine Weile zu warten. Macht nur weiter in Eurer Arbeit, Schreiber, ich werde derweil dort auf dem Stuhl Platz nehmen und dem guten Ausgang der Versammlung gedenken.“

„Wie Ihr wollt, Bruder, ab …“, wandte der Schreiber erneut ein. Er konnte sich nicht recht sammeln, wenn Andere, dazu auch noch Höhergestellte, bei seiner Arbeit anwesend waren.

„… aber lasst Euch nicht stören. Erledigt nur Eure Aufgaben. Auch Euch will ich in mein Gebet mit einbeziehen.“

Bonifaz wählte eine erhabene Ansprache für diesen Bediensteten mit Bedacht. Er sollte Anerkennung empfinden. Und vielmehr hoffte Bonifaz darauf, dass den Schreiber ein dringendes Geschäft von seinem Pult wegschaffen würde. Und sei es eins der eher menschlichen Bedürfnisse.

Dann erst hätte er freie Bahn. Schließlich konnte er sich nicht in Anwesenheit eines Dritten am Pult des Amtmannes zu schaffen machen.

***

„Jetzt bringt mir die Bauern zur Ruhe!“, raunzte der Advokat unwillig, „Seht ihr nicht, dass die Stimmung hochkocht!?“

Der Vogt erhob sich also von seinem Platz. Von Amts wegen hatte er neben dem Juristen zu sitzen, obwohl er mit seinem Herzen schon längst auf der Seite der Lehbauern saß. Was man hier dem Volk abverlangte, wiedersprach zutiefst seinen Grundsätzen. Den *Hagelfirtig* abschaffen zu wollen durchschnitt einem Landwirt die Seele. An diesem Mittwoch vor Pfingsten wallfahrte man auf den Lindenberg. Alle, Bauern nebst ihrem Gesinde, und am Nachmittag hatte man arbeitsfrei. Wenn nun auch dieser Feiertag noch in Frage stand, dann gab es bald keine Versicherung mehr. Beschwichtigend hob er die Arme.

Seine Stimme hallte über die Köpfe der Bauern ins Leere. Da wollte ihnen einer Tummet für Sahne andrehen. In der ersten Reihe entfachte der Ungehorsam zuerst. Für wie blöd hielt man sie! Die erste Reihe, das waren die Holzknechte vom Lindenhof. Laurenz hielt es kaum auf dem Stuhl. Er war der Hitzkopf. Die Hände zu Fäusten geballt, stand er da. Sein Jähzorn steckte die anderen an. Angriffslust, Wut! Verhöhnen ließ man sich nicht und man ließ es nicht zu, auch noch gekränkt zu werden. Groll schlich sich durch die Reihen und Bänke. Bis in die hinteren Ränge, bis auf den letzten Platz flogen die Funken der Gegenwehr und entfachten ein Feuer, das niemand mehr löschen konnte. Auch der Mathis vom Lindenhof – ein besonnener Mann, über der Stirn eine senkrechte Falte – sprang nicht in die Bresche, die andere schlugen.

Vogt Georg konnte es ihm nicht verdenken. Noch einmal erhob er – weit lauter als noch zuvor – seine Stimme. „Männer, jetzt hört doch den Herrn Amtmann erst einmal an. Es ist ja noch längst nicht alles gesagt!"

„Schweig still, Vogt! Dafür haben wir dich nicht gewählt!"

„Du sprichst für die falsche Seite!"

„Den Vogtzins, den zahlen *wir* dir!"

„So soll es sein: Wes Brot ich ess', des Lied ich sing'! Schon mal davon gehört, Vogt!?"

„Man wird ihm ein Zubrot versprochen haben!"

So dröhnte es aus dem hinteren Eck. Das Eck der Unruhestifter.

„Auf wessen Seite ich stehe, spielt doch jetzt gar keine Rolle. Wir haben den Amtmann zu hören. Anstand und Sitte, das ist es, wofür ich hier stehe. Haltet die Regeln ein, dann kommt niemand zu Schaden!"

Sein Amt verlangte ihm diese Aufgaben ab, er verabscheute sie, aber es war nicht zu ändern. Gegenwärtig ging es darum, mit heiler Haut das Gasthaus verlassen zu können. Und seine eigene hielt er an dieser Stelle höher, als die des Rechtsverdrehers an seiner Seite. Er besann sich, suchte nach Worten, die dazu taugten, Gemüter zu kühlen.

Die Wand der Krakeeler und Streitsucher aber hasste er ebenso. Er fand dagegen einfach kein Mittel. Als auch sein letzter Vermittlungsversuch zwischen den Fingern zerrann, da kroch ihm die Wut das Rückgrat hinauf und ihm platzte der Kragen.

„Wollt ihr die Wächter und Büttel hier haben? Wollt ihr, dass wieder Soldaten die Rechte durchsetzen? Wollt ihr das? Wollt ihr, dass Blut unseren Boden verdirbt? Habt ihr nicht genug Last und Mühsal zu tragen?"

„Recht hat er!", stimmte ihm nun einer der Maier zu. Nahm aber gleich wieder Platz, als ihn die ersten Hiebe trafen.

„Du halt den Mund!", schimpfte der Schläger ihn an, „was du denkst, will hier keiner wissen. Dein Lied ist seit jeher dem Kloster gesungen. Doch dieses Lied wird für eine Weile verstummen!" Ein weiterer Faustschlag traf den Kopf des fliehenden Maiers, dem das laute Gelächter der Schadenfreude noch bis auf die Gassen hin folgte.

„Ihr habt die Lage hier nicht mehr im Griff!“, brüllte der Amtmann dem Vogt nun ins Ohr. Er hatte ihn unwillig zu sich herabgezogen. In die Strenge des amtlichen Tons mischte sich Furcht.

„Lauft und alarmiert mir den Schreiber, dass er die Wächter einberuft! Und schickt Euch! Nicht mehr allzu lang und keiner ist hier mehr sicher!“

„Wie Ihr wünscht, Herr Advokat!“ Der Vogt erhob sich vom Tisch. „Wollt Ihr nicht doch lieber mitkommen? Die wenigen Wachen, die hier Eurem Schutze dienen, vermögen gegen die Wut dieser Leute am Ende nichts zu verrichten!“

Seine Worte drangen kaum zu dem Angesprochenen durch, das Gegröle entgleiste. Der Jurist wedelte unwirsch die Hand.

„Pack dich jetzt, Vogt, auf der Stelle! Ich komme hier mit dem Pöbel schon selber zurecht!“

***

Mit fliegenden Fahnen sprengte der Vogt in die Kanzlei. Ohne zu klopfen. Es war ihm nicht recht, den Hintern des Amtmanns zu retten, sich auf die Seite des Klosters zu schlagen. Schließlich ging es am Ende auch um das Wohl seiner Lehbauern. Nie und nimmer konnte der Strippenzieher dort im Hirschen sich der Empörung dieser Menge noch lang widersetzen. Für die Bauern ging es um mehr, als nur einen freien Nachmittag!

„Schreiber, sucht die Wächter und Büttel zusammen! Schnell! Bevor einer Schaden nimmt!“

Warum er nicht selbst zu den Wachen eilte, blieb ihm selber ein Rätsel. Vielleicht hätte er wertvolle Sekunden gewonnen. In seiner Eile bemerkte er nicht, dass noch eine weitere Person in der Kanzlei anwesend war. Bonifaz war das ganz recht.

Der Schreiber fingerte ungelenk mit seiner Feder umeinander und nestelte im Pult nach dem Schlüssel der Kanzlei. Der Vogt, ohnehin außer Atem, bekam einen hochroten Kopf und schrie mit all seiner verbliebenen Stimme.

„Pack dich jetzt, Schreiber, und zwar auf der Stelle und halt hier keine Maulaffen feil. Ich suche inzwischen alles Gesinde zusammen, das ich irgendwie auftreiben kann!“ Dabei war er schon den halben Gang zur Pforte hinaus und vergewisserte sich mit einem Blick über die Schulter, dass der Schreiber ihm folgte.

„Lauf, Schreiber, lauf! Lauf für das Leben deines Amtmanns!“ Der Schreiber zögerte für einen kurzen Gedanken, sputete sich dann aber doch.

***

Bonifaz saß allein in der Stille der verlassenen Kanzlei.

„Wo versteckt ein Amtmann seine Geheimnisse?" Er erhob sich von seinem Stuhl und trat hinter den Pult. Er sprach laut. So schien ihm seine heimliche Tat weniger hinterlistig zu sein. „Dass du sie heimlich notierst, deine Zahlen, da sind wir uns sicher."

Mit „wir" meinte er niemand besonderen. Er war auf eigene Rechnung hier. Mitwisser, das hatte er leidvoll erfahren, waren immer ein Wagnis. Gefahren vermindern galt mehr als Drangsal erweitern. So verwarf er den Gedanken, Bruder Cellerar und Bruder Waldmeister in sein Vorhaben einzubeziehen schneller, als er gekommen war.

„Es reicht mir schon, dass die Hebamme von meinen Vergehen wusste. Wohlmöglich auch noch eine einflussreichere Person. Auch wenn die mittlerweile verstorben ist – also die Hebamme – Bonifaz, reiß dich zusammen!" Er sah sich um. „Ihr führt Buch. Es liegt in Eurer Natur." Die Regale mit all den Aufzeichnungen schloss er von vornherein aus.

„Nicht auszudenken, der Schreiber greift ausversehen einmal hinein und hält den Fisch an der Angel. Schauen wir doch einmal von Eurem Platz aus in die Runde. Wo seid Ihr Euch Eurer Sache am sichersten?"

Sein Blick schweifte ins Rund der Kanzlei. Mit verkniffenen Augen, seiner Kurzsichtigkeit wegen.

„Der Ort wird verschlossen sein.", mutmaßte er weiter, „Ein versperrtes Schloss, ein verriegelter Schrank."

Da, an der Wand, standen die Hüter der wertvollsten Schriften.

„Nein. Zu diesen Schränken hat auch Abt Philipp Zugang." Kein Versteck für heikle Notizen.

Bonifaz selbst hatte auch ein Versteck. Darin hatte er lange den Ring seiner Großmutter verborgen, bevor den der Kohlenhannes bekam. Dieser Ort war gar dem Abt verborgen geblieben, und dessen Augen entging sonst nicht die kleinste Ungereimtheit. Bonifaz hatte der Atem gestockt, als dieser einmal bei einer Zellenvisitation das Kruzifix über der Schlafstatt zurechtgerückt hatte. Zum Glück war der Abt mit dieser Geste und einem Verweis zufrieden gewesen. Hätte er sein Augenmerk hinter das Kreuz gerichtet, ihm wäre sicher der Schlitz in der Zellenwand aufgefallen. Dort verbarg Bonifaz, was er nicht haben durfte: Besitz.

„Warum solltet Ihr, werter Oberamtmann, dümmer sein als ich?", fragte Bonifaz in die Stille des Raums und schickte sich an, sämtliche Kruzifixe genauer zu prüfen.

„Das wäre ja auch wirklich zu einfach gewesen." Er ließ enttäuscht von den Kreuzen ab, widmete sich allerdings sämtlichen Bildern, und es waren einige sehr große dabei.

„Auch nicht." Langsam lief ihm die Zeit davon. Nicht mehr lange und zumindest der Schreiber sollte an seinen Arbeitsplatz zurück kehren. Mut war nicht dessen Eigenschaft.

„Er wird es Gesinde und Bütteln überlassen, die Meute zu bändigen."

Und dann, beim letzten Bild, als er schon zerknirscht aufgeben wollte, da kam ihm der Zufall zu Hilfe. Im wahrsten Sinne des Wortes fiel ihm die Lösung zu. In Form eines Schlüssels, kaum sichtbar und allein durch ein stumpfes Klimpern auf den Dielenboden bemerkbar. Ein Laut, der beinahe in seinem enttäuschten Seufzer untergegangen wäre.

„Schau an, ein Schlüssel, wie er in die Lade eines Schreibtisches passt." Der Schreibtisch, an dem Bonifaz so lange grübelnd gesessen hatte. Zu lange vielleicht.

Zweieinhalb Schritte später stand Boniafz vor dessen Lade und nestelte mit dem Schlüssel am Schlüsselloch umeinander. Kein Zweifel, dass dieser auch passen würde.

„Und nun mein, güldenes Kleinod …", jetzt sprach er schon mit dem Schlüssel, „ … offenbare mir die Sünde des Justiziars!"

Bonifaz wartete kaum das Knirschen des Riegels ab, da riss er schon an der Lade, die wuchtig wie schwer auf seine Zehen fiel. Tränen vor Schmerz standen ihm in den Augen. Der Schrei, den er ausstieß, galt weniger seinem pochenden Fuß. Vielmehr dem, was er in der Schublade sah: Nämlich so gut wie nichts.

Den Tiegeln mit Arzneien darin widmete er sich nicht weiter. Die Tiegel erinnerten ihn … Ach, das war jetzt nicht wichtig!

Ein kleines Päckchen, sorgsam verschnürt in eine fein gegerbte Rindshaut. Kleine Zeichnungen und Formeln der Mathematik kündigten einen langweiligen Inhalt an. Zahlenlehre war nicht Bonifaz' Sache. Vielmehr die Schrift weckte seine Neugierde.

„Zugegeben. Gestochene Schreibkunst, allerdings nicht aus Eurer eigenen Hand geschrieben, Herr Oberamtmann."

Keiner der ihm bekannten Konventualen pflegte dermaßen sauber zu schreiben. Es sei denn es ging um Reinschriften für wichtige Werke und Dokumente. Er überflog die erkennbaren Zeilen, drehte das kleine Paket um und num.

„Wer zeichnet ein solches Kauderwelsch auf. Da ist ja das Tohuwabohu am ersten Tage der Schöpfung ein Muckensch … Bonifaz! Das macht drei Rosenkränze zur Buße."

Da drang das Geschrei von der Wirtshaustüre zu ihm hinein. „Ein Hinweis, eine Zahl! Kommt schon, irgendwas muss doch hier stehen…!" Er eilte zum Fenster. „Nur noch etwas Zeit! Ich bin so nah dran…!“ – Betete er etwa? Beim Stehlen?

Draußen geriet der Tumult aus den Fugen. Die Männer schickten sich an, die Tür des Wirtshauses auszuheben. Sie musste von innen versperrt worden sein.

„Gut so.“, murmelte Bonifaz, „Der Fluchtweg ist also versperrt. Dann bleibt mir …“

***

Dem Herrn Advokaten lief der Schweiß den Rücken hinab.

Die Meute vor ihm hatte damit begonnen, Krüge und Kelche an den Tischkanten zu zerschlagen. Der größere Teil der Holzknechte und die Mehrheit der Untertanen bewaffneten sich. Zwei, drei Wächter schafften den Weg in die Gaststube, dann begann der Pöbel damit, Tische und Stühle vor der Türe zu stapeln.

Den Tisch vor ihm hatten sie nicht erreichen können. Noch nicht. Seine Beschützer – unzureichend bewehrt – hielten zweifelnd die Stellung.

Die Meute schrie, drohte und jetzt flogen einzelne Stühle. Die Wächter wehrten sie ab. Dann traf einer diesen Holzhauer in vorderster Reihe am Kopf. Der begann seltsam zu lachen, seltsam und unwirklich. Den Schmerz schüttelte er einfach ab, als sei nichts geschehen.

Der Amtmann hörte nur noch dieses einzige schaurige Lachen. Das Gesicht dieses Bauern formte sich zur blutigen Fratze, Hörner wuchsen ihm aus dem Kopf. Ein Huf stampfte auf!

„Raus hier! Gleichgültig wie! So haltet mir doch diesen Pöbel vom Leib!“

„Ja, wie denn? Die Tür ist versperrt. Der Fluchtweg ist dicht!“ Er hätte mehr darauf achten müssen. Von Beginn an. Sein Platz war zu weit von der Türe entfernt. Er hätte dem Vogt folgen sollen, als das noch möglich war. Er sackte in sich zusammen. Hockte sich unter die Schanktheke, die Arme schützend über den Kopf gelegt.

Die Wächter gaben dem Druck allmählich nach. Die Stellung vor dem Tisch war zur Falle geworden. Er verhinderte ihren Rückzug. Eilig setzten sie ihn auf die Kante. Die ersten Krüge zerschellten an der hölzernen Platte. Die Wächter hielten dahinter Rat.

„Vielleicht bieten die Gastzimmer besseren Schutz! Wir können uns dort in Sicherheit bringen. Türen verrammeln, das können wir auch!“

„Halt, Halt! Ihr lauft nicht davon. Was wird aus mir?“

Herr hilf! Den hätten sie jetzt aber doch beinahe vergessen. Geschieht ihm ganz recht. „Schnell, schnapp’ dir den Mann und dann hinauf in ein Zimmer!“

Der Pfennigfuchser verschwand auf allen Vieren krabbelnd. In die falsche Richtung! Nicht! „Nein, Herr, die Speiseküche, das ist eine Falle und der Vorratsraum hat keine Türe!"

„Verdammt! Jetzt ist es zu spät! Lass uns in die hinteren Räume verschwinden!"

Der Tisch dielt dem Druck der Bauern nicht Stand und ruckte einige Schritte weiter nach hinten. Die Wächter trafen die ersten Fäuste. Einen anderen Ausweg gab es nicht mehr. Einer stemmte sich von innen gegen die Türe der Speiseküche. Der letzte Turm ihrer Bastion. Wie eine Leibgarde um einen achtbaren Feldherren. Die Überlegung, was an dem Amtmann beachtenswert sei, ging in der Bresche verloren. Das wollte so schnell niemandem einfallen. Wenigstens aushungern konnten sie hier nicht so schnell.

Auf der anderen Seite bezog der erste Gassenhauer die Stellung, umringt von muskelbepackten Holzknechten und Bauern. Sie kämpften um jeden Spalt.

„Mann, beeil dich!", rief der Türsteher in Richtung seines Kumpans, „lange lässt sich die Stellung nicht halten!"

„Halte Stand!", schrie ihm der andere zu, „Hier gibt es nur wenig, das uns jetzt hilft!"

„Auf, Wirt, schnapp dir die Säcke mit Herdäpfeln. Dort vor die Türe. Genau, so ist es gut." Aber nicht gut genug.

Der Justiziar erkannt die Gelegenheit zu seiner Flucht schon nach kürzester Zeit. Als Feigling hatte er gewisse Erfahrung darin. Sollten die anderen mit Säcken hantieren.

Der nächstbeste Prügel schlug gegen das Fenster. Noch bevor Splitter und Scherben den Boden berührten, hechtete er mit einem Satz hinterdrein.

Den Schmerz bemerkte er nur am Rande. Noch machte der Schock ihn unempfindlich. Mit einem weiteren Satz floh er in die Deckung der Klosterpforte.

„Was den Bütteln im Gasthaus blüht. Was kümmert mich das? Für was werden die schließlich bezahlt."

Der Türwächter schüttelte angewidert den Kopf.

***

„Wer kann damit rechnen, dass er durch das Fenster flieht?"

Für die brenzlige Situation empfand er sich noch immer allzu gelassen.

„Da hockst du nun hinter dem Schreibtisch der Kanzlei. Einem Narren könnte es nicht besser ergehen."

Je lauter das Grölen vor der Gasthaustüre anschwoll, umso ruhiger war er geworden. Ein Aufruhr von dieser Güte sollte den Amtmann noch eine Weile beanspruchen.

Der aber klopft sich schon unter der Pforte die Kleider ab. Bellt einen Türwächter an, nicht so blöde zu glotzen. Die Angst sitzt ihm noch immer im Nacken. Die Glieder zittern unkontrolliert. Was ihn umso mehr aufregt. Jetzt verschlingt er die Luft. Der Atem gewinnt an Ruhe. Er drückt den Kopf aus den Schultern und unterstreicht standesgemäß seine Würde. Gerade macht er sich auf den Weg, zurück in den Frieden der Kanzlei. Bonifaz, du solltest nicht weiter trödeln. Komm zur Sache!

„Dieses Paket dürfte wertlos sein. Aber wo sonst?“ Er presste jeden Buchstaben aus zornigen Lippen hervor. „Die Lade muss in die Führung zurück. Um deinen Zeh kümmerst du dich einfach später.“

Allein das hatte Unmengen an Zeit verschluckt. „Jetzt klemmt das vermaledeite Ding in der Führung fest.“ Bonifaz ruckelte ungeduldig. Der Advokat stieß die Hoftüre auf. Noch wenige Schritte über den Gang. „Welch ein Tag!“

„Da! Da. Ein eingelassenes Fach! Ich wusste es doch!“ Bonifaz fischte im Inneren der Lade umher. Der Umschlag war sorgfältig und sauber gebunden, gut gewachst und gegen Nässe geschützt. „Da hat es aber einer ganz wichtig gehabt.“

Er nahm ihn an sich und legte ihn auf das Pult. Dann schloss er die widerspenstige Lade mit einem kräftigen Ruck. Vom Gang her hörte er Stimmen. Der Schreiber grüßte den Herrn Advokaten und fragte nach dessen Befinden. „Was für eine unnütze Frage. Hat Er keine Augen im Kopf. Gott, mit welchen Schwachköpfen bin ich geplagt!“

„Wie konnte denn der so hurtig entrinnen?“ Bonifaz schloss die Lade so sorgfältig ab, wie es die Eile erlaubte. Der Schlüssel! Er hetze zum Bild. Das sündlose Porträt eines Abtes.

Da fiel ihm der Schlüssel unter den Tisch. Eilends ließ er sich auf die Knie. Aus der Lade schaute vorwurfsvoll ein Zipfel dieser geschnürten Tierhaut hervor.

Mathematik! „Du bist es also, die mir den Hals in die Schlinge steckt.“ Aber Bonifaz, an dieser Wissenschaft ist schon so mancher gescheitert.

„Kritzeleien auf einem Stück Kuh. An einem wertlosen Fetzen gehst du zugrunde.“ Da öffnete sich die Tür.

Ein heftiger Ruck an einem Zipfel zwischen Lade und Tisch. Ein Spitzeln nach einem Schlüssel, ein Umschlag und ein kleines Paket in einer Falte der Kutte. Ein gewinnendes Lächeln.

***

Der Amtmann sah die Gestalt neben dem Pult und erschrak.

„Was ...!", brachte er noch hervor. Dann überwog die Erkenntnis. „Ach ... Bruder Bonifatius! Ihr seid früh dran."

Bonifaz bewunderte insgeheim den Herrn Justiziar, der mit einem Wimpernschlag seine Haltung wiedergefunden hatte. Seine eigene Haltung musste eher kümmerlich wirken, ähnlich dem Laub einer Pappel im Wind. Er räusperte sich.

„Wie ich weiß, verabscheut Ihr Unpünktlichkeit. Und so wollte ich Euch nicht mit einer Verspätung erzürnen. Mir scheint, Ihr wurdet ... aufgehalten?!"

Bonifaz deutete auf die Linke des Gegenübers. Von der Hand tröpfelte munter das Blut. „Habt Ihr Euch am Ende an einer Scherbe geschnitten?"

Als er die kleine Pfütze aus seinem eigenen Lebenssaft sah, wurde der Amtmann bleich und er wäre sicher gestürzt, hätten ihn nicht der Schreiber und Bonifaz geistesgegenwärtig gehalten.

Ächzend zogen sie den schweren Mann zu seinem Stuhl hinter dem Pult. Der Schreiber schickte sich, Riechsalz zu holen, um den bewusstlosen Mann wieder ins Leben zu holen. Bonifaz ließ dessen Körper wenig behutsam nach vorn gleiten.

Er hörte den Kopf auf die Tischplatte krachen, da stand er auch schon auf dem Stuhl. Schnell hatte er den Schlüssel zurück auf dem Rahmen platziert. Eine Entschuldigung für sein Benehmen ihm Antlitz des Abtes, da stand der Schreiber wieder im Raum. In der Hand das Fläschchen mit der Arznei.

„Was macht Ihr denn da?", ereiferte sich der Mann dienstbeflissen.

Bonifaz stieg so würdig er konnte vom Schemel herab. Ihm würde schon etwas Schlüssiges einfallen.

Sein Ziel jedenfalls, den Beweis des Betrugs, hielt er unter der Kutte fest. Stolz schwappte in sein Bewusstsein. Die Rosenkränze hatte er sich redlich verdient.

Wie er den Spalt in seiner Zelle vergrößern konnte, so groß, dass ein Wachstuch und ein Päckchen darin Platz finden können?

Schwerer als der Hüpfer von einem Schemel, konnte diese Frage auch nicht zu beantworten sein. Vielleicht mit Mathematik.

Bonifaz lachte laut, als er die Tür der Kanzlei hinter sich schloss.

Frühjahr 1781 – Auf der Hirschmatte

„Lass gut sein, Jakob, für heute wären wir fertig!"

Der Forstwart Hans gab dem jungen Mann einen anerkennenden Klaps auf die Schulter. Der Jakob war ihm eine echte Hilfe geworden und hatte sich gut in sein Amt als Holzabmesser eingefunden. Der Junge war schlau und gewissenhaft.

„Ja gleich, ich muss nur noch die Zahlen abgleichen und in die Liste eintragen. Mir ist es lieber, ich bringe das klösterliche Siegel noch an, dann kann es stehlen wer will, er wird nicht weit kommen!"

„Wenn du dich da mal nicht irrst." Hans runzelte besorgt seine Stirn. „Ein Paar Siegel mehr oder weniger haben noch keinen Dieb aufgehalten. Das macht einen guten Dieb aus. Sein Gewissen arbeitet anders oder seine Familie leidet an Hunger."

‚Er muss noch viel lernen, der Jakob', dachte er dann bei sich. Die Loyalität zum Kloster erschien ihm beim Jakob noch ungebrochen. Aber auch dort musste es das ein oder andere Schlitzohr geben. Der Holzklau hatte schon längst das normale Maß überschritten. ‚Er ist ja noch jung, da wird er schon noch von selbst dahinter kommen.' Der Forstwart lächelte in sich hinein.

„Also gut, dann sehen wir uns morgen. Selbe Zeit, selber Ort. Wir sind mit der Pflege der Matte noch nicht ganz fertig."

„Werden die Fröner denn auch morgen bereit stehen? Nahe dem Waldrand gehört die Matte gepflegt und ausgeputzt. Sonst nimmt sich der Wald in Kürze zurück, was wir ihm mühsam genommen haben."

‚Der Junge hat wirklich ein gutes Auge.' Wieder grinste der Forstwart. „Jakob, bei meiner Seel', du bist wirklich ein helles Köpfchen. Mach nur so weiter und du wirst einst Forstwart des Klosters werden." Und das meinte er, so wie er es sagte.

„Und mach dir jetzt nicht auch noch Sorgen um die Handdienste der Grundholden. Du wird sehen, sie werden in aller Frühe beginnen, die Sensen zu wetzen. Sprich aber noch einmal mit deinem Vater, dass der euren stolzen Rappen mitbringt. Wir brauchen ihn für den Spanndienst, dass er die geschlagenen Stämme aus dem Wald zieht, damit die Fröner sie schichten können."

„Nun sorgt Ihr Euch aber zu sehr. Das haben wir gestern schon alles besprochen."

„Gut, Jakob! Ich nehme dich beim Wort. Und jetzt will ich gehen, mein Weib wartet schon mit dem Vesper auf mich. Also, Jakob, dann bhüet di…", und Jakob fiel lachend ein, „ …, blib gsund un gfräss!"

Jakob lachte noch immer, da war der Forstwart schon längst von der Hirschmatte verschwunden.

‚Sicher wird er noch einen Umweg über den neuen Holzschlag machen.

Wenn die Holzknechte im kommenden Winter ihre Arbeit aufnehmen sollen, dann gibt es einiges an Vorbereitungen zu treffen.'

Dann nahm er das Klostersiegel zum letzten Mal an diesem Tag aus der glühenden Asche und drückte es in das Hirnholz eines mächtigen Buchenstammes.

Wie andere Stämme auch, war der vom ersten Frühjahrssturm umgeknickt worden wie ein morsch gewordenes Brett. Darum gab es im Wald reichlich zu tun. Die Arbeit würde gefährlich sein. Manch ein Stamm stand derart unter Spannung, dass er zweifellos einem Mann Arme und Beine, wenn nicht gar den Kopf abtrennen konnte, sollte der bei der notwendigen Fällung auch nur einen Fehler begehen. Mancher Holzknecht hatte sein Leben gelassen. Jakob graute vor solchen Unfällen im Wald.

Sein Blick ging besorgt in die Wipfel der Bäume. Dort hing reichlich Totholz herum. Manche Äste so dick wie seine Oberschenkel. Für den morgigen Tag war weniger Wind zu wünschen. Wenn solch ein Ast aus der Höhe herunter krachte, dann Gnade Gott dem, der ihm im Weg stand.

Da war die Pflege der Hirschmatte der kleinere und angenehmere Teil. Diese Feuchtwiese am Quellgrund des Hirschbaches diente allein der Sichtung des Wildes. Jakob hatte hier schon den Ricken und Kälbern beim Äsen zugeschaut und im Herbst die Brunft der Hirsche bewundert, wenn sie mit gesengtem Gehörn aufeinanderprallten, dass es laut im Wald hallte.

In der feuchten Senke der Matte hatte er auch am heutigen Tag schon die Spuren der Wildsauen bemerkt, die sich wenig um deren Bedeutung scherten und schon reichlich umgepflügt hatten.

Er raffte sein Werkzeug zusammen und wollte sich gerade auf seinen Heimweg zum Simishof machen, da ließ ihn ein Knacken am Waldessaum noch einmal inne halten. Sollte der Forstwart doch recht behalten und diese dreisten Holzdiebe wollten bereits – bevor die Dämmerung einsetzte – ihre schändlichen Taten beginnen?

Da fasste ihn eine Hand an der Schulter.

Er spürte den Atem des Diebes in seinem Nacken. Doch da war etwas, das wollte nicht so recht passen. Von einem Dieb hätte er mehr Kraft und mehr Entschlossenheit erwartet.

Er blinzelte auf die Finger. Die waren viel zu schmal, um einem grobschlächtigen Kerl zu gehören. Ganz das Gegenteil war der Fall. Die Hand war schwielig von harter Arbeit und sie starrte vor schwarzem Dreck. Ein Duft von wilden Kräutern lag in der Luft.

Da sah er noch eine Gestalt aus dem Waldessaum treten. Gerade aus der Richtung, aus der er zuvor das Brechen des morschen Astes vernommen hatte.

All das hatte freilich nur einige Augenblicke gedauert und jetzt erkannte Jakob diese Gestalt. Das war doch der Paul, der Paul vom Heidenschloss. Den kräftigen jungen Burschen, nur wenig älter als er selbst, kannte er. Dann musste die Hand auf seiner Schulter zur Katharina gehören. Die Heidenhexe, wie die Leute sie nannten. Er kannte sie flüchtig. Beide lebten, dass hatte Mariele gesagt, mit ihr auf dem Kohlplatz. Der lag nicht weit von hier entfernt. Wenn er stramm ging, dann sollten es kaum zehn Minuten Wegs sein.

Jakob war ruhiger geworden. Von dem dummen Paul und seiner geheimnisvollen Mutter hatte er nichts zu befürchten. Oder ...?

Der Paul baute sich vor ihm auf. Gut eine Handbreit überragte er ihn und Jakob sah halb fragend, halb freundlich zu diesem muskelbepackten Hünen auf. Gegen ihn musste er wie ein Hänfling wirken. Aber das war Jakob nun wirklich nicht.

Freundlich blickte auch sein Gegenüber drein, beruhigt war Jakob trotz dieses Wohlwollens nicht. Wie sollte er wissen, was im Kopf eines solchen Menschen vor sich ging. Vielleicht brauchte es nur einer falschen Geste seinerseits und die Faust würde wie das Totholz im Wind auf ihn herab sausen.

Zumal, die Heidenhexe hielt ihn mittlerweile an beiden Schultern. Hatte sie die Absicht ihn festzuhalten, während ihr Sohn ihn verprügelte? Aber warum sollten sie so etwas tun? Einfach nur, weil sie es konnten? Da hörte er ihre feste, entschlossene Stimme nah bei seinem Ohr.

„Wirf ihn in den Weiher!"

Also doch? Jakob lief der Schweiß in den Hemdkragen hinab. Er wartete nur, dass der Paul ihn packte und mit dem Kopf in den kleinen See aus Quellwasser tauchte, der sich am Fuße der Matte gebildet hatte, weil dort das Wasser schlecht ablaufen konnte. Und Paul trat noch näher an ihn heran. Die Augen noch immer freundlich und wohlgesonnen, öffnete er seinen Mund. Er wirkte noch immer friedlich und kein bisschen angespannt.

Da! Paul pustete den Jakob einfach nur an. Ein, zwei, dreimal. Das letzte Mal lang anhaltend, bis ihm die Puste ausging.

„Wirf ihn in den Weiher, hörst du!"

Da begriff Jakob, dass die Heidenhexe ihn selbst meinen musste. Aber wen oder was sollte er in den Weiher werfen. Es sei denn, ... die Leute sagten das so, wenn ...

„Wirf ihn in den Weiher und du wirst wieder Hofengel sein. Dann bist du wieder der Jüngste und Erbe des Hofes."

Ja, so sagten die Leute. Manches Mal musste man sich wundern, wie Jungbauern zu Tode kamen und wenn es der Jüngste war, dann wurde gemunkelt.

Paul pustete ihm noch einmal in sein Gesicht, die Hände lösten sich von seinen Schultern. Er drehte sich um, doch da war niemand mehr. War er einem Trugbild aufgesessen? Seine Hand wollte zumindest den Paul zu fassen bekommen. Doch da stand auch kein Paul mehr vor ihm. Verschluckt. Wie von Geisterhand. Noch ein letztes Mal hallte es laut aus dem finster gewordenen Wald.

„Wirf ihn in den Weiher!" Pauls Kichern tönte bis zu ihm her.

***

Am kommenden Morgen stand Jakob noch vor Sonnenaufgang an selbiger Stelle. Die Geister des Vortags spürte er noch auf seinem Buckel. Er schüttelte sich. Für derlei Spinnereien war jetzt keine Zeit.

Bis das morgendliche Vesper, Z'nüni, von den Frauen herbeigeschafft wurde, mussten schon etliche Stämme am Wegrand liegen, Jakob würde die Siegel anbringen und würde Buch darüber führen.

„Vater, dann lasst uns was schaffen! Bis das Mähen der Wiese und Waldsäume, bis die Handdienste verrichtet werden, sollte das meiste Holz aus dem Wald geschafft sein." Dem Simis gefiel die bestimmende Art seines Sohnes. Hier war er der Herr über das Schalten und Walten, solange der Forstwart noch an anderen Orten weilte, die seiner Aufmerksamkeit bedurften.

„Habt ihr gehört, was der Holzabmesser befiehlt!", rief der Simis den Knechten zu. „Also macht euch ans Werk. Ich will keinen faulenzen sehen!" Damit nickte er seinem Sohn voller Anerkennung zu.

„Vielleicht …", murmelte er in seinen Bart, als er das Pferd an den Zügeln die leichte Steigung hinaufführe, „vielleicht wäre ja doch der Jakob der bessere Hoferbe gewesen."

Er packte die Zügel fester, das Tier musste durch den matschigen, tiefen Boden vorwärts gelenkt werden.

„Du bist ein einfältiger Possenreißer, Simon Rämele vom Simishof. Dein Weib hat schon recht!", schimpfte er mit sich selbst. Auch er schüttelte seine Geister von sich. Dumme Gedanken durften ab sofort nicht mehr sein. Das Tagwerk war halsbrecherisch, da musste er aufmerksam sein.

„Der Jakob hat schon ein gutes Auge für die Gefahren!", wieder nickte er anerkennend. Die Stämme liegen gefährlich im Wald und das Totholz will auch noch beachtet sein. Er war stolz, wie ein Vater nur sein konnte.

Dann erwachte der Wald zu einer Geschäftigkeit, wie sie nur geleistet werden konnte, wenn einer sein Handwerk verstand. Das Ratschen und Ritzen der Sägen, das Schlagen der Äxte und Beile, das Schnauben der Pferde, die Stämme an einem Stück aus dem Dickicht hervorzogen, die kurzen Rufe der Männer, kein Geschwätz, nur das Nötigste, um Hand in Hand die schwere Arbeit zu meistern. Jakobs Herz blühte auf bei dieser Art von Betrieb. Alles ging leicht von der Hand, wenn er es nur in freier Natur schaffen konnte. Sie lagen gut in der Zeit. Das Mähen und Pflegen der Matte am Mittag sollte von der Abfuhr des Holzes nicht weiter gestört werden.

Es ging auf die Neune zu, das spürten die Männer und traten auf die Matte hinaus. Für den Rest ihrer Arbeit würden kaum mehr als zwei Stunden vergehen. Zeit für ein munteres Pfeifchen, bevor die Frauen mit dem Essen auftauchten. Jetzt, da man nicht weiter aufmerksam arbeiten musste, wurde geflachst und gefoppt, gelacht und gespottet.

„Ihr hättet ihn sehen sollen, wie er bleicher und bleicher wurde, wie ein Stück Stoff bei den Färbern!“ Ein Holzknecht, stark wie ein Baum, mit einem leicht fremd klingenden Einschlag, witzelt über die Feigheit der hohen Herren.

„Er soll sogar Blut geschwitzt haben. Der Wirt hat die Brühe vom Boden aufwischen müssen. – So blutet kein Schwein – hat er gesagt – nicht einmal beim Schlachten – hat er gesagt.“

Dem Redner, einem Altknecht mit fransigem Filz auf dem Kopf und wettergegerbter ledriger Haut, steckte die Pfeife in seinen Mundwinkel und der würzige Duft seines Tabaks legte sich über die Männer. Sein Nebensitzer kriegte sich bald nicht mehr ein. Tränen rollten ihm übers Gesicht.

„Gehüpft soll er sein …!“, und vor lauter Lachen hielt er sich den Bauch, „… gehüpft wie ein Frosch, dem der Schnabel des Reihers beinahe im Hintern steckt …!“ Jetzt war es um den Mann vollends geschehen. Er sackte prustend vom Stamm und trommelte mit den Fäusten, dass der Tau auf den Grashalmen spritze, bis er erschöpft und nach Luft hechelnd, ermattet am Holzstamm lehnte.

Kaum ein Auge war trocken geblieben und sei es, weil die fette Lache des Spötters einfach zu ansteckend wirkte. Wer hätte gedacht, dass die Flucht eines Advokaten aus dem Fenster des Wirtshauses noch nach Tagen so viel Freude bereiten würde.

Auch die Frauen hatten den Spott mitbekommen und Magdalena schien bester Laune zu sein. Seit Jakob sein Amt angetreten hatte, war sie zusehends fröhlich geworden. Selbst Jakob brauchte seither kaum noch Schelte einstecken. Aber er traute dem Frieden irgendwie nicht.

Der Simis war noch im Wald geblieben. Das Pferd war unruhig geworden. Der Stamm an den es geschirrt war, lag am Rande eines Gefälles. Nicht ausgesprochen gefährlich und doch steil genug, dass Umsicht geboten war. Sollte der Stamm ins Rutschen oder noch schlimmer ins Rollen geraten, könnte das Pferd auch noch so kräftig dagegen halten. Auf diese Weise war schon manch treues Tier im Wald verunglückt und mit ihm der Bauer, wenn er versucht hatte, noch irgendwas auszurichten.

Von fern klang das Lachen bis zu ihm durch. Er aber blieb achtsam und führte das Pferd sicher an dem abschüssigen Gelände entlang. Nur kurz dachte er über die Möglichkeit nach, einen der Tiroler Spezialisten zu Hilfe zu rufen. Diese Österreicher verstanden sich wie kaum ein anderer auf das Fällen und Rücken in Steillagen. Dann flog der Gedanke auch schon in einer Windböe davon.

Das Rufen seines geliebten Weibes drang an sein Ohr. Sie hatten sich wieder versöhnt, so wie er es vorausgesagt hatte. Der Hund aber war darüber in Vergessenheit geraten. Es schien ihm, als sei er gar unter dem Bett von allein wieder verschwunden.

„Simis!", rief sie lauter und ungeduldig. „Jetzt komm schon und setzt dich zu uns! Z'nüni ist angerichtet!"

„Ja, ich komme doch schon! Kann ich hier nicht einmal mehr mein Tagwerk verrichten, ohne dass ein zänkisches Weib mir im Rücken steht!?" Er lachte ihr zu, als sie auf ihn zugerannt kam, wie zu der Zeit, als sie noch jung und verliebt waren und er sie vom Boden hochgehoben und einige Male um ihre eigene Achse gedreht hatte. Das machten sie heute noch manchmal so, mit ausgebreiteten Armen und Liebe im Blick.

Kaum ein Lidschlag verging, da bemerkte er den auffrischenden Wind. Sein Gedanke an die Tiroler kehrte zurück. Ein kurzer Blick in die Wipfel, eine zersplitterte Fichtenkrone.

Magdalena bemerkte sein Rufen nicht. Er fühlte sich wie gelähmt, fuchtelte wild mit den Armen. Magdalena fuchtelte wild zurück. Blind vor Liebe, blind für jede Gefahr.

Simis erwachte zuerst und rannte auf seine Geliebte zu, schrie und tobte und musste schneller sein, als das mächtige Holz über ihrem Kopf. Noch drei, zwei schnelle Schritte und dann ein gewaltiger Satz.

Er bekam ihre Beine zu fassen, wollte sich schützend über sie werfen und schaffte es nicht.

Aus der Ferne bellte ein Hund. *Der Tod horchte auf.*

Aus den Aufzeichnungen des Advokaten

Endlich! Das Chaos hat eine Kontur. Niemand kann je ermessen, wie gut mir das tut. Mit der Willkür ist Schluss, gerade Linien auf einem Papier, Ordnung.

Alles fügt sich in einen Rahmen und alle Formeln haben darin ihren Platz. Ich kann mich orientieren. Die Linien geben die Richtung an, vage noch, aber ich muss lernen, geduldig zu sein.

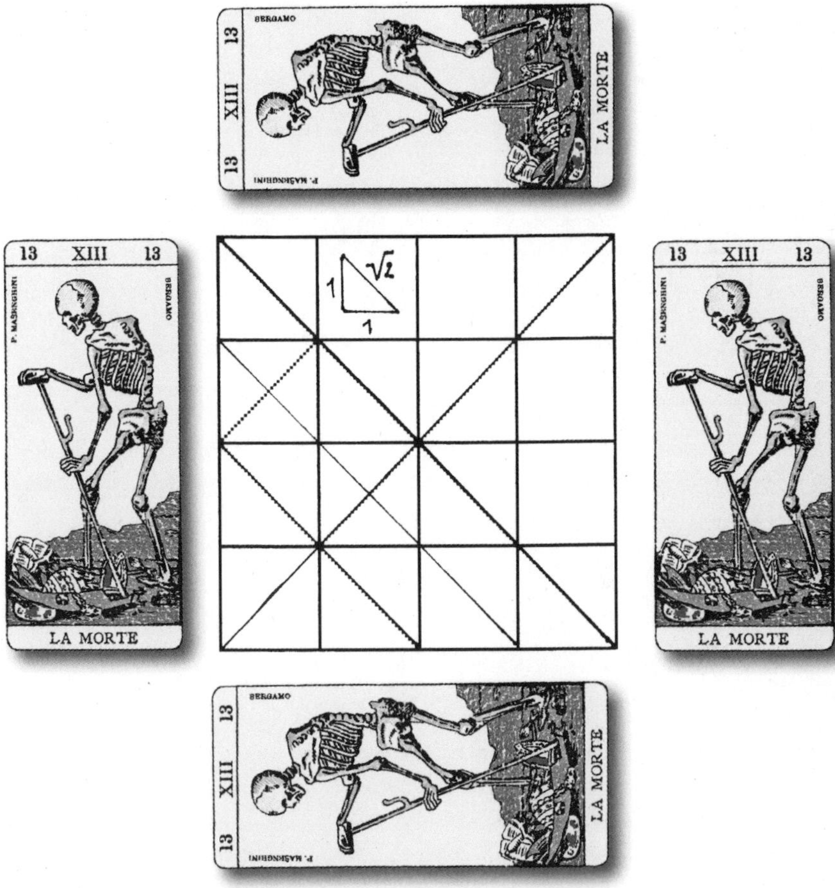

Die 7 bleibt weiter im Spiel, soviel ist sicher. Überschattet von drei unbeantworteten Formeln. Dieses rechtwinklige Dreieck mit seinen Zahlen und Brüchen.

Kein Dreieck auf dieser Welt lässt sich zeichnen in diesen verrückten Maßen:

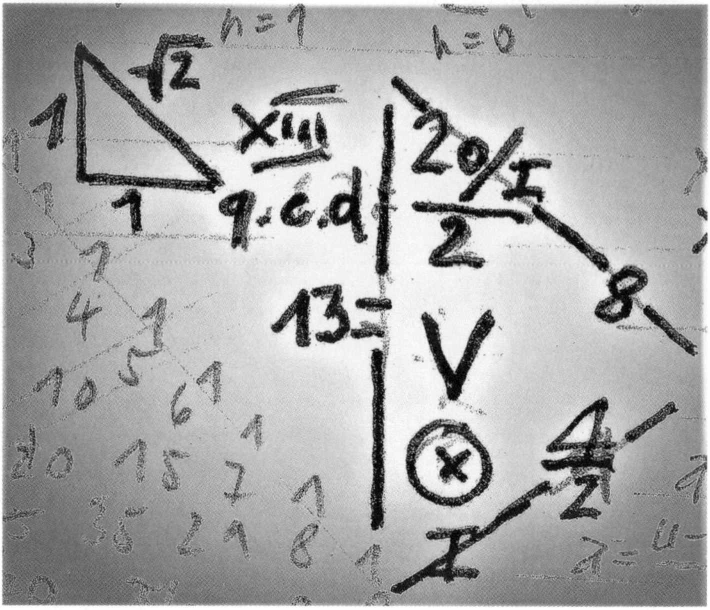

$13 = {}^{20/I}/_2 \,/\, V \,/\, x \,/\, I \,/\, 8 \,/\, {}^4/_2$

Die einzigen Konstanten sind unverändert, den Variablen fehlt noch immer die Position. Mit diesem ungeklärten Problem bleibt mir auch die abschließende Gleichung verborgen:

$7 = A = {}^B/_B = F + {}^{2G}/_A = C + {}^{2G}/_x = {}^{2E}/_D = E + {}^G/_x = {}^1/_2 E\ 2 + {}^G/_x = 4\ {}^1/_2 G$
$= q.e.d. = x = 7$

Ich stürze mich auf jeden Krumen, als stünde ich vor dem Hungertod. Mein einziger Trost: Es sind wiederum sieben Schritte ans Ziel.

Oh, wäre das alles ein Pentagramm und ich wüsste, mit wem ich hier kämpfe. So oder so, es geht mit dem Teufel zu. Mein Kontrahent aber ließ mich wissen, es seien Menschen aus Fleisch und Blut. Bis hinauf in allerhöchste Positionen von Stadtrat und Kirche. Was bitte soll dieser Hinweis ändern? Der Teufel nimmt, wen er will.

Wieder bin ich ins Stocken geraten und wieder weidet sich mein Gegenspieler an meinem Versagen. Eine letzte offene Frage raubt mir den Schlaf, wie passen die Karten in das Diagramm. Keine davon ist quadratisch.

Ein Mann auf dem Holzweg zählt die Schläge der Uhr, verliert die Konzentration, vernachlässigt seine Geschäfte. Ich bin fahrig geworden, sagt auch mein Weib.

Herbst 1781 – Erbfolgekrieg

Mariele ließ sich von ihm küssen.

Ein langer und leidenschaftlicher Kuss. Das Feuer hatte sich nicht wieder löschen lassen. Es loderte auf ihrer Haut. Ihre Sinne versanken in dieser Glut. Es war ein neues, unbekanntes Gefühl, verwirrend und warm. Sie drängte sich noch enger an ihn. In ihrer Weiblichkeit pulsierte das Blut, als seine Hände ihr sanft über den Rücken glitten und dann hervor zu ihrer Brust. Als sie den Stoff über ihren Knospen berührten, schrie dieses Gefühl einen spitzen Schrei, der auch noch in den letzten Winkel ihres Körpers hinein hallte. Und auch die Seele war warm. Sie wollte bedrängt sein, wollte ihn spüren. Allein, in ihrem Kopf riefen sie Stimmen zur Vorsicht. Die Kunst der Verführung oblag den Mätressen, verdorben und sündig. Und doch fuhren die Hände ihm unter das Hemd, hatten sich selbstständig gemacht, spielten ihr eigenes Spiel. Er stöhnte vor Lust und sie genoss diesen Laut.

Seine Haut roch würzig. Sie liebte sein ungestümes Begehren und blickte mit glänzenden Augen in sein Gesicht.

Ihr blühten die Lippen auf, allein für ihn. Ihr Körper gab ihm ihr Einverständnis. Der Protest verhallte halblaut.

Nur gut, dass er ihren glühenden Körper nur mit einiger Mühe noch weiter entfachen konnte. Ihr leinenes Kleid und der grob gewebte Arbeitsschurz reichten ihr bis zu den Knöcheln hinab. Kein Knopf, kein Schlitz, in den er hineingreifen konnte. Vielleicht war das besser so.

Und doch. Sie ließ ihn gewähren, als seine Hände, den Rocksaum anhoben und ihre Waden erforschten, hinauf bis ans Knie. Da musste sie kichern. Sie hatte ja nicht geahnt, wie es in ihren Kniekehlen kitzeln konnte. Verwirrt und aufgewühlt sah er sie an. Sein Herz pochte wild. Eine Frage legte sich zwischen die beiden und sie wussten nicht, wie sie antworten sollten.

Ihr Finger legte sich auf seine Lippen: „Psssst!“ Dann nahm sie den Kopf zwischen die Hände und legte ihn sanft in ihren Schritt. Sie kraulte ihn in seinen Haaren und sie lagen einfach nur da. Eine Träne rollte ihr über die Wange. Dort, wo sie seinen Kopf fest an sich presste, roch es nach Erde und Nüssen.

Als sie bereit war, die Lider wieder zu öffnen, sah sie in die Augen von Georg. Kurz nur, aber lange genug, um zu erschrecken. Die Türe zur Oftere knarzte, dann war er weg.

Die Lust erlosch so schnell, wie sie gekommen war. Mariele stand zitternd im Stroh und nestelte an ihren Kleidern. Mit eins, zwei sicheren Griffen steckte sie ihre Haare wieder zusammen und zog einige Halme hervor.

Jetzt schaute der Jakob schier lächerlich aus, wie er da stand, mit verstrubbeltem Haar, und versuchte sich rasch das Hemd in die Hosen zu stopfen. Dabei fluchte er leise und schien nicht zu bemerken, dass die unteren Knöpfe falsch zugeknöpft waren. Er war entzaubert und wütend zugleich.

„Jakob!", raunte Mariele ihm zu, „Es tut mir wirklich sehr leid. Ich hab es mir so sehr gewünscht …!"

„Und warum hast du mich dann im Stich gelassen?" Jakob schien untröstlich zu sein.

So waren die Männer, hatte Katharina gesagt. Überhaupt, Katharina hatte ihr so manches erklärt und die Schamesröte in Marieles Gesicht übersehen. Allerdings, es zu hören, das war das eine, es aber zu fühlen, warf Marie aus der Bahn. Wie ein Stück Holz auf den Rutschen wie Holzknechte sie bauten. Marie war sich nicht sicher, ob irgendwer Schaden genommen hatte.

„Hast du denn nicht das Schlagen der Türe bemerkt?" Aber nein! Jakob hatte außer dem eigenen Herzschlag in seinen Ohren nicht einen einzigen Laut vernommen. Er schüttelte ungeduldig den Kopf.

„Jakob!", versuchte es Mariele erneut und fasste ihn bei der Hand. „Ich habe ihm in die Augen gesehen!" Dabei zeigte sie in die Richtung, in der sie Georg gesehen hatte. „Mit etwas unbeschreiblich Gemeinem in seinem Blick. Hart, herzlos und ebenso lüstern … brunftig, ja das ist das richtige Wort."

Anders hätte sie es nicht ausdrücken können. Beinahe war es, als hätte der Georg sein Gehörn gesenkt um dem Nebenbuhler in seine Schranken zu weisen. Auf seiner Matte oblag allein ihm die Aufsicht über das Brunftrudel. Der Platzhirsch war Georg!

Jakob sprang auf ihre Beobachtung an.

„Du willst sagen, er hat uns begafft, während wir …!?" Jakobs Beine stemmten sich in die Holzdielen, seine Fäuste spannten sich an, seine Zähne knirschten im Mund.

„Dieser ruchlose Kaib, Futterneider und Jammerlappen. Wäre er nicht mein Bruder, ich würde ihn auf der Stelle …!"

„Nein, nein, Jakob! Das darfst du nicht sagen! Er ist dein Bruder und er hat es nicht leicht."

„Jetzt fang du auch noch an wie meine Mutter. Jetzt, da die kein Wort mehr spricht, trittst du ihre Nachfolge an! Und was ist mit mir? Hat er es schwerer als ich, nur weil er hinkt? Ist sein Los bleierner als das meine, dem Leibsitzer und Knecht? Von Anfang an habe ich hier gestört. Er war noch ein Kind, da hat er mir schon mein Dasein vergällt. Vor der Mutter hat er gebuckelt und nach mir hat er getreten. Und jetzt kommst du und willst mich belehren?! Ich habe die Schläge bezogen, wenn er wieder gelogen hat.

Immer und immer wieder!“

Jakob geriet nun in Raserei. So waren die Männer. Auch davon hatte Katharina gesprochen. „Weißt du überhaupt wie das ist? Das Gefühl nicht dazu zu gehören?“

Und da merkte er, was er da gerade gesagt hatte. Lieber hätte er sich auf die Zunge gebissen, den Mund zugenäht. Mariele war zusamengesunken. Alle Kraft hatte sie mit seinen Worten verlassen.

„Ja. Ja, Jakob, Leibsitzer und vereidigter Holzabmesser. Ja, das Gefühl kenne ich. Kenne es nur zu gut.“ Ihre Stimme klang leise und kraftlos. Sein elendes Selbstmitleid hatte ihr einen Stich versetzt.

Seit sie nach dem Unfall der Magdalena als Kindsmagd auf den Simishof gerufen worden war, da hatte sie ihn sofort bemerkt. Den Neid zwischen den Brüdern. Sie erinnerten sie an die Stunden vor Jahren in der Ursulakapelle. Da hatte sie vom Neid der Menschen erfahren. Pater Bonifaz hatte es sie gelehrt. In der Christenlehre am Sonntagmittag: Wie einst Kain und Abel. Solange, bis der eine den andern erschlug!

„Du tust dir doch nur selber leid. Warum stemmst du nicht die Arme in deine Hüften und gehst deinen Weg? Warum stehst du hier vor mir? Nicht weit von der Stelle, an der du deine Liebe beweisen wolltest. Mir, dem Rauchmariele: *„Rauchmarie, Rauchmarie, einen Mann bekommst du nie!“*

Mariele kämpfte mit ihren Tränen und brauchte einen Moment, um ihre Stimme wiederzufinden.

„Ja, damals auf dem Schulhof, da hast du noch Mumm gehabt. Da bist du an meiner Seite gestanden. Was ist von dem mutigen Jungen von damals geblieben? Ein jammerndes Häuflein! Ein Häuflein, das vor seiner Liebsten um Beifall und Bewunderung fleht! Und weißt du, was dir deine Liebste jetzt sagt: Pack dich! Sagt sie. Scher dich fort an den Rockzipfel deiner garstigen Mutter. Deine Mutter, die ihre Liebe nicht einmal durch zwei teilen kann. Niemals will ich eine solche Mutter sein. Und auch nicht die Mutter deiner klagenden Kinder. Denn einen Mann bekomme ich nicht und einen Feigling mag ich nicht haben!“

Mit diesen Worten verließ sie brüsk die Oftere und schlug die Türe in ihre Angeln. Dann erst weinte sie hemmungslos. Den Jakob würdigte sie von diesem Tag an weder mit Blicken noch mit Worten. Auch wenn es ihr beinahe das Herz herausriss. Sie nahm wieder Platz in den hinteren Reihen, denn dort gehörte sie hin.

Marie kümmerte sich nur noch um die kleine Gertrud.

Während Jakob scheinbar links liegen blieb, werkelte Georg weiter an seinem garstigen Plan. Er konnte, nein, er wollte nicht länger warten! Der

Jakob musste hier weg. Nicht einmal Leibsitzer sollte der sein. Welches Recht hatte er überhaupt auf seinem Hof zu leben? Nicht das geringste!

Er hatte gehört, wie die Mutter den Bruder Bastard geheißen hatte. Hatte gehört, wie sie den Vater umgarnte. Nachts auf deren Schlafstatt und des Tags bei jeder sich bietenden Gelegenheit.

Als die Mutter halb tot aus dem Wald gebracht wurde, da hatte der schwarze Hund seinen Schlafplatz unter dem Bett verlassen und war laut bellend über die Hofreite gejagt. Weit sichtbar für alle.

Die Knechte und auch der Forstwart hatten den Vater gefragt, seit wann er denn diesen Hund habe. Der Vater war auf die Knie gefallen, hatte vor Kummer gebebt und der Rotz war ihm aus der Nase gelaufen.

„Oh bei Gott nein …!“, hatte er verzweifelt gebrüllt, „… nicht auch noch mein Weib!“

Die Fichtenkrone zertrümmerte der Mutter den Arm. Im Spital nahm man ihn bis über den Ellbogen ab.

Eine klaffende Wunde entstellte die Wange und das rechte Ohr war ihr abgerissen. Alle anderen Kratzer und Schnitte waren kaum noch der Rede wert. Georg erschrak über die wechselnden Farben um ihrer beider Augen. Es war ihm, als hätte sich seine Mutter eine Art Maske aufgesetzt.

Sie sah aus wie ein Dieb, der nicht erkannt werden wollte. Vielleicht war das auch so. Auch wenn die Farben schließlich verblassten, die Mutter ging nie wieder auch nur einen Schritt vor die Tür. Und sollte jemand zu ihnen kommen, und sie hätte sich nicht schnell genug in die hinteren Kammern verborgen, sie hielt immer eine Hand vor ihr Gesicht, damit keiner die Fratze sehen konnte.

Magdalena kehrte aus dem Spital heim. Nicht, dass man es dort gut geheißen hätte. Das Wundfieber war zu hoch, ihr Körper war glühend heiß. In den wenigen klaren Momenten bedrängte sie den Vater, dass sie auf den Hof heimkommen dürfe. Schließlich gewährte man ihr diesen Wunsch, wohl eher, um sie in Frieden sterben zu lassen.

Lange stand der Tod an der Lehscheide zum Simishof. Georg konnte *Ihn* förmlich sehen, schmecken und riechen, während die Mutter dort auf dem Lager siechte und fiebernd mit *Ihm* zu ringen begann.

‚Vielleicht …‘, so grübelte Georg, ‚… vielleicht erschrickt selbst der Tod vor ihrer eiternden Fratze.‘

Mochte der Vater wohl noch weiter gebetet haben. Dort in dem Kirchlein war er gesessen, nächtelang. Nur um tagsüber an ihrem Bett Wache zu halten. Er hatte die Aussaat versäumt und sich auf die Manneskraft seines hinkenden Sohnes und dessen älteren Bruders verlassen.

Eines Nachts aber, als auch die letzte zuversichtliche Seele der Magdalena kaum noch zwei Tage zugestehen wollte, da hörte Georg von seinem Lager ihre stockende, pfeifende Stimme, wie sie den Vater um Wasser bat.

Ihre Worte klangen gepresst und Georg musste sein Ohr fest an die Holzbretter drücken, um alles verstehen zu können. Das war nicht leicht. Aber das, was er verstehen konnte, formte in ihm diesen Plan.

„Jakob.“, mit Mühe presste sie diesen Namen hervor.

„Nein Magdalena. Ich bin es, Simis, dein Mann.“ Der Vater wähnte sie noch immer im Fieberwahn. Aber das war sie nicht mehr.

Klarer konnte sie zuvor niemals gewesen sein. Das begriff Georg später. Zuvor hatte sie immer die Last ihrer Schuld zu tragen gehabt.

„Jaaa … Simis … ich weiß.“

Dann brach eine längere Pause an, in der Georg schon daran zu zweifeln begann, dass noch etwas gesagt werden würde.

„Simis mein Mann … habe dich immer geliebt … geachtet.“ Selbst für den Vater musste es schwer sein, ihren Worten zu lauschen und ihr Gesicht musste brennen vor Schmerz, bei jeden Wort, dass sie zu sprechen versuchte.

„Jakob.“ Sie musste sich wohl versichern, dass er sie verstanden hatte.

„Jakob. Er ist … nicht …“ Hier verließ sie die Kraft. Ob aus Schmerz oder aus Scham, Georg sollte es nie erfahren. Hier galt nur der Moment. Er musste es wissen. Musste wissen, was Jakob *nicht* war.

„… nicht dein Sohn …“

Georg ahnte, wie dem Vater die Trauer entglitt. Die Trauer um seine Frau, die wohlmöglich zu sterben hatte. Dann musste ja wohl ein … anderer …? Georg konnte sich einfach nicht vorstellen, dass die Mutter dem Vater die Treue gebrochen hatte. Wenn, dann konnte allein die Gewalt der Erzeuger des Bruders sein. Das könnte passen.

„… Was …!“ Der Vater brachte nicht mehr zustande und Georg konnte ihn vor sich sehen, einen gebrochenen Mann, der von seinem eigenen Weib getäuscht worden war.

„Nein. Nein … Simis … hör mir … zu. Ich habe nicht …. Kraft. Der Tod … ich weiß, dass Er an der Lehscheide … steht er … er wartet auf mich.“

Jetzt holte die Mutter tief Luft und sprach die Wahrheiten aus, die ihm, Georg, beinahe die Luft aus den Lungen pressten, ihn vor Abgründe stellten, seine Dämonen herauf beschworen.

Der schwarze Hund sprang auf sein Lager. War das Vieh doch noch da! Er lehnte die Wamme an den Rücken des Jungen, gerade so, als wolle er ihm Rückhalt gewähren, weil sonst niemand das tat. Sein Maul legte er ihm auf die Schulter und zog die Lefzen nach oben. Seine mächtigen Reißzähne blitzen im Dunkel.

„... dann ... der Pater ... gekommen, ... du weißt. Er legte den lebenden Bub ... in die Wiege."

„Und mein Fleisch und Blut? Wo hat er es hin. In welches kalte Loch hat er es geworfen?" Der Vater verlor die Beherrschung. Georg verstand ihn nur allzu gut.

„... Simis ... Geliebter." In die Stimme der Mutter hatten sich Tränen gemischt. „Ich habe das aus nichts als aufrichtiger Liebe getan. Wie sollte ich wissen, dass .... Georg noch kommt? ... Bitte ... Simis ... verzeih mir. Ich muss ... mit dieser Schuld sterben ..."

Georg hätte sich gern auf sein Lager zurückfallen lassen. Doch das konnte er nicht, etwas saß ihm im Nacken und machte ihn zugleich vollkommen ruhig. Die ganze restliche Nacht verbrachte er sitzend, mit einem Ohr an der Wand. So saß er noch immer am Morgen.

Und als er längst den regelmäßigen Atem der Eltern vernahm, da erwachte in ihm ein kräftiges und sattes Gefühl. Es würde den Hunger stillen. Den Hunger, den er verspürte, seit das Misstrauen so sehr an ihm nagte. Hatte die Mutter je seine Verehrung gespürt? Hatte er ihr je seine Liebe gezeigt? Die Liebe des leiblichen Sohnes? War er ihr ein und alles? Wie sollte er sicher sein? Wie, wenn er jetzt nicht aufbrach und ihr seinerseits Liebe zollte? So, wie sie es verdiente.

Noch bevor die Sonne die Walmen erwärmte, noch bevor der erste Hahn über die Hofreite krähte, da war sein Verrat an dem *Bruder* beschlossen.

Die Mutter aber erholte sich von ihrem Krankenbett und begann leidlich – mit einem Arm – den Haushalt zu führen. Als ihr die Kraft für die kleine Gertrud fehlte, da bat sie um eine Kindsmagd und der Simis holte ihr eine. Das Rauchmariele. Und Georg begehrte das Maidle für sich.

Er schickte sich an, die Buchhaltung des Jakob zu fälschen. Der Hund wartete auf den Tag, an dem das Feuer des Neides den Hof vollends verzehrte.

Der Tod harrte der weiteren Dinge. Es lohnte sich nicht, noch einmal umzukehren.

Frühjahr 1782 – Am Hirschmattenweg

Ein geschickter Betrug erfordert Ruhe und Zeit.

Georg ging sehr behutsam vor, sodass Jakob keinen Verdacht schöpfen konnte. Im Gegenteil, er schien gewillt, den Streit mit dem Bruder ernsthaft zu befrieden. Und er setzte alles daran, seine Rolle als Jungbauer zu finden und auszufüllen.

Der Vater war ruhiger geworden, erschöpft. Magdalena sprach nicht ein Wort, doch die beiden kümmerten sich auf ihre ganz eigene Art umeinander. Wenn Georg nach harter Arbeit die Stube betrat, dann standen sie manchmal einfach nur da und hielten einander im Arm.

Wenn das Tagwerk vollbracht war und die Stille im Hof einkehrte, dann saß Georg im Licht einer Ölfunzel in seiner Kammer und studierte die Aufzeichnungen seines Bruders. Gründlich, sorgsam und ausgesprochen getreu hatte der die Listen geführt.

Georg hatte sich gar die Zeit genommen, mit Forstwart und Holzabmessern zu sprechen und nur Gutes über den Bruder erfahren. Selten zuvor, so sagten sie ihm, sei so gründlich gearbeitet worden. Die Holzdiebe hätten es schwer, so erfuhr er vom Forstwart. Er habe den Jakob gar eines Morgens vor der Abfuhr der Stämme neben dem Holzstapel wachend gefunden.

„Sei's drum, es wird schon einen Weg geben. Er kann nicht überall sein."

Im Wirtshaus setzte er sich in das Eck der Unruhestifter. Dort fand er im Thewes vom Gschwanderdobel einen gewieften und zuverlässigen Mitstreiter. Fortan wurden die beiden vielfach in einer stilleren Ecke gesehen, wo sie scherzten und lachten, tranken und einander mit ernstem Blick Geheimnisse zuraunten.

„Thewes, mein Freund, und du glaubst sicher, dass das Verbringen von Holz in der Nacht keine Probleme bereitet?"

„Nein." Thewes antwortete kurz und eine Spur von Misstrauen funkelte in seinem Blick. Aber dort funkelte auch die Trunkenheit. Georg bestellte ihm noch einen Krug.

„Schau, Thewes, mein Bruder macht mir das Leben schwer. Als vereidigter Holzabmesser nörgelt er auch am Vorrat des Simishofes herum. Er misst und kritzelt auf seinen Listen umeinander, als sei es die Heilige Schrift. Und am Bau des Altenteils für meinen Vater hat er sich kaum beteiligt. Der Wald verlange ihm zu viel Zeit ab, hat er gesagt. Weißt du, wie lange wir schließlich an dieser Hütte gebaut haben?"

„Sehr lange. Ich weiß." Thewes war nicht gerade das, was der Volksmund leutselig nennt.

Georg schien es, als bewirke der Moschd genau das Gegenteil seiner Absicht. Thewes wurde immer verschlossener. Dafür war er bekannt. Ein Kauz, mehr noch als der Kohlenhannes auf seinem Meiler. Ständig strich er sich über den Arm.

„Wie geht's eurem Hund?", fragte der Kauz ganz unvermittelt.

„Was …!?"

„Komm, Georg, du weißt schon, dieses schwarze knurrende … Kalb …, das sich schon seit einer Weile auf deinem Hof herumtreibt. Die halbe

Vogtei spricht davon. Man munkelt, dein Vater wollte den Hof verlassen? Immerhin, er hat außergewöhnlich früh sein Altenteil bezogen. Noch dazu eines von wohlwollender Größe. Ich für meinen Teil kann ihn ja nur allzu gut verstehen. Ein schwarzer Hund ist wie der Teufel im Nacken."

„Thewes, nun fang du nicht auch noch damit an. Es reicht, wenn der alte Simis sich nicht mehr in seinen eigenen Hof getraut. Seit das Leibgeding steht, hat er nie wieder einen Fuß über die Schwelle des Hofes gesetzt. Lieber wäre es ihm, ein neues Lehen zu erwerben."

„Und du wunderst dich, warum es so lange gedauert hat, bis das Altenteil aufgerichtet war? Frag' deinen Vater. Soweit mir bekannt ist, hat er anfangs alles getan, um den Bau zu verzögern, bis er sich in sein … Schicksal … gefügt hat." Thewes schien sich an dieser Geschichte zu laben, anderenfalls hätte er kaum so viele Worte in einem Atemzug gesprochen.

„Was kümmert's dich, Thewes? Die Alten sind zuweilen recht sonderbar. Aber wem sag ich das?"

Thewes nickte ihm wissend zu. „Aber nun, Jungbauer, …", hörte Georg da in den Worten einen kleinen Hauch Hohn? Nein, Überlegenheit, das traf es besser. Vielleicht war der Thewes viel weniger einfältig als sein Gehabe vermuten ließ?

„…zurück zu deinem Geschäft … Einen Stamm, sagtest du? Mit dem Siegel des Klosters, … Nun, das birgt Gefahren, Unwägbarkeiten, … und bedarf reiflicher Überlegung."

Der Handel hatte begonnen.

Georg wollte ihn schnell beenden. So nestelte er an seinem ledernen Beutel, den er immer gut gefüllt in seiner Westentasche verbarg. Er schob die Faust über den gerade geleerten Moschdkrug und ließ darin 100 Gulden zurück. Zur Besiegelung seines Geschäftes streckte er seine offene Hand verstohlen über den Tisch.

„Kein schlechter Preis für einen Bruderkuss, Jungbauer. Judas bekam nur ein Drittel dafür."

Es war vollbracht und Georg wollte nicht wieder zurück. Wer fragte jetzt noch nach Buße. „Einen Stamm, Thewes. Nur einen. Aber er muss das Siegel des Klosters tragen."

Als suche er nach einem letzten Tropfen, so hob Thewes den Krug und grinste zufrieden. „Am Ende haben wir uns dann doch noch verstanden." Mit diesen Worten erhob er sich schwankend vom Tisch.

„In gut einer Woche." Dann schlupfte er umständlich in seine fransige Jacke und trat in die Nacht hinaus.

Georg lehnte sich zufrieden zurück, verschränkte die Arme und schloss für einen Moment seine Augen. Ein Kribbeln fuhr ihm den Nacken hinauf.

Er nutzte die Woche für weitere Freundlichkeiten, reichte dem Bruder die Hand und sprach von Versöhnung und Zusammenhalt unter Geschwistern. An seiner Wange prangte ein blutiger Kratzer. Was der Jakob nicht wusste, der stammte vom Rauchmariele. Nun, am Ende, wenn Jakob erst fort war, dann würde er sie schon noch für sich gewinnen. Wer weiß, wenn er es richtig anstellte, dann würde sie um seine Zuwendung betteln. Georg ermahnte sich zur Geduld. Immer ein Schritt nach dem anderen.

***

Jakob stand in der Kälte des Waldes und versuchte sich warm zu halten. In der Nähe der aufgestapelten Stämme prasselte ein munteres Feuer. Gerade groß genug, einen Kessel mit heißem Trunk für ihn zu erhitzen. Die Nacht würde lang werden, vielleicht die längste, die er je hatte durchmachen müssen.

Außer natürlich der Nacht, nach dem Streit mit seinem Mariele. Sie sprach nicht mehr mit ihm, lächelte nicht und hatte auch keine Augen für ihn. Sie tat einfach so, als sei er nicht da. Was sollte er dann auf dem Simishof?

Lieber verbrachte er seine Zeit in dem geliebten Wald. Die Bäume waren beständig und dienten dem Menschen auch noch nachdem sie geschlagen waren. So war es immer gewesen, so würde es bleiben. Er strich mit der Hand über die glatte Rinde einer bereit liegenden Buche.

Dann hockte er sich an das Feuer, nahm einen Schluck aus dem Kessel und prüfte noch einmal die Listen. Der Schlag war umfangreich und sollte bei den steigenden Preisen am Markt einen vernünftigen Erlös erzielen. Es war sowohl gutes und gerade gewachsenes Holz, als auch Stämme mit leichter Krümmung. Bestens geeignet für die mächtigen Segler, die auf den Werften der niederländischen Handelskontoren gebaut werden sollten. Oder für was sonst man dieses Holz auch gebrauchen wollte.

Nach Kollnau jedenfalls würde es nicht geflößt. Dafür stand der Schlag nahe dem Hirschbach und Zweribach schon lange bereit. Man wollte dort bald zu schaffen beginnen. Der Forstwart hatte ihm die Geschichte von allen Querelen um diesen Schlag anvertraut und konnte sich einiger deftiger Scherze gegen die Wasserköpfe im Bergbauamt in Tirol nicht erwehren.

Jakob lächelte. Er mochte den Forstwart. Der schätzte Jakobs Arbeit und lobte ihn nicht zu knapp. Er schloss die Mappe mit seinen Aufzeichnungen und nickte zufrieden. Alles hatte seine Richtigkeit.

Das Schnauben eines Pferdes weckte ihn auf. Was? War er etwa eingenickt. Wie lange hatte er …? Er schaute den Reiter unter dessen tiefen Kapuze argwöhnisch an. Wer?

„Nun junger Mann, ich sehe dich auf alles gefasst. Ich hoffe das Kloster dankt dir deine Mühsal auch in angemessener Weise …“ Er schien keine Antwort darauf zu erwarten und blickte stattdessen auf den köstlich dampfenden Trunk auf dem Feuer.

„Meinst du, du kannst in einer so kalten Nacht mit einem alten Mann einen stärkenden Trunk teilen? Sein Duft liegt mir schon einige Zeit in der Nase.“

„Aber ja, Herr. Wenn Ihr mögt, setzt Euch zu mir. Etwas Gesellschaft kann mir nicht schaden. Ihr habt Recht. Die Nacht ist dunkel und eisig.“

Er wies dem Fremden einen Platz auf einem Strunk neben sich und der machte es sich bequem. Unter dem tiefen Gewand erkannte Jakob ein altes, verbrauchtes Gesicht, aus dem eine spitze gebogene Nase ragte. Dieser Zinken erinnerte ihn an jemanden, den er kannte. Woher …?

„Was führt Euch so spät noch in die Dunkelheit dieses Waldes?“, wollte Jakob mit echtem Interesse erfahren.

„Nun, ich habe in aller Frühe in Hinterstraß meine Geschäfte zu führen.“

„Dann seid Ihr Kaufmann? Woher kommt Ihr des Wegs?“

Der Mann schien belustigt und hob seinen Kopf. Scharfe und wachsame Augen hielten der Neugierde des Jungen stand.

„Du bist ein aufmerksamer und wacher Bursche. So einsam im Wald, da fragt man den Fremden woher und wohin! Dann will ich also deinen Argwohn beruhigen. Ich komme aus Breisach und habe im Wirtshaus bis am Abend gerastet. Dann erhielt ich eine dringende Nachricht, die mich umgehend nach Hinterstraß ruft. Und da ich als Kaufmann ebenso gewissenhaft arbeiten muss, wie ein Holzabmesser im Wald, habe ich meine Angst unterdrückt und den Weg durch die Finsternis angetreten. Wohl wissend, dass diese Gegend seine Geheimnisse birgt.“ Er wartete kaum die Wirkung der Worte ab und ob sich noch weitere Fragen ergaben.

„Und nun gib mir den versprochenen Trunk. Die Kälte greift schon nach meinen Füßen und zieht meine Waden hinauf.“

Jakob sprang eilfertig auf. War er zu misstrauisch gewesen? Der Alte brauchte eine Stärkung und kein Verhör eines argwöhnischen Naseweises. „Oh bitte, nehmt Euch einen kräftigen Schöpfer aus dem Kessel, und hier esst ein Stück geröstetes Brot und einen reichlichen Streifen vom *Hammerstrumpf*.“

Während er in seinem Rucksack zu rascheln begann, trat der Alte ans Feuer und fingerte umständlich an dem Schöpfer herum. Ungelenk sah das aus und er schaffte es kaum, sich wieder aufzurichten. Ein Ächzen entfuhr seinem Mund und er fasste sich an seine Hüfte.

Ob Jakob ihm von seinem Vorhaben abraten sollte? So wie er dort stand, würde er nie in Hinterstraß ankommen. Womöglich im Wald erfroren gefunden. Vielleicht ließ er sich in ein Gespräch verwickeln und blieb bis zum Morgen am wärmenden Feuer sitzen. Jakob legte noch einige Scheite nach und der Alte nickte zufrieden.

„Vielleicht leiste ich dir ja auch noch weiter Gesellschaft. Kein Geschäft ist es wert, dass man dafür sein Leben lässt. Und hier kümmert sich jemand um mich, stärkt mich und hält meine Knochen warm. Du bist ein guter Mensch, ... Jakob!"

Jakob hatte einen weiteren Schöpfer geleert und hielt in seiner Bewegung inne. Der Fremde hatte ihn bei seinem Namen genannt.

„Aber woher ...?!" Weiter kam er nicht mehr.

Schwindel erfasste ihn. Er musste sich setzen. Der Alte verschwamm vor seinen Augen. Der hielt Jakobs Mappe mit zufriedenem Blick in den Händen. Aus dem Wald traten verschwommene Schatten. Die bleierne Schwere zog Jakob in eine verlockende sorglose Welt.

Der Schöpfer fiel mit ihm zu Boden.

Frühjahr 1782 – In der Katze

Jakob erwachte mit dröhnendem Kopf.

Das Licht von einer Art Fackel, im Gang an der Wand, schmerzte in seinen Augen. Die harten Dielen drückten sein Kreuz. Das war nicht sein Bett. Das war nicht seine Kammer. Er wusste nicht, wo er war. Dann sah er das Gitter, erfasste einen Geruch nach Moder und altem Stroh. Was war passiert? Wohin hatte man ihn gebracht?

Bilder einer vagen Erinnerung blitzen vor seinen Augen. Ein Feuer, ein Reiter, ein bitterer Trunk. Das Gefühl auf Schafwolle zu schweben. Weich und leicht. Wie eine Feder.

Er fühlte noch einmal die groben Hände, die an ihm gezerrt hatten, ihn packten und auf den Starzwagen setzten, diesem zweiachsigen Karren mit langem Achsabstand, wie er zur Bringung von Stammholz genutzt wurde. Neben ihm auf dem Bock, sein schwerer Krempen, zum Versetzen geschlagener Stämme. Sein Holzklemmer, zur Vermessung der Stämme, ein schnaubendes Pferd, das eine Last zu ziehen schien, ein silberner Glanz am östlichen Himmel. Dann erlöschen die Bilder.

Jakob setzte sich ruckartig auf. Schmerz pochte ihm in den Schläfen. Den Kopf hielt er in den Händen, die Ellenbogen auf seine Knie gestützt. Er hatte unbändigen Durst. Durst, wie er ihn aus seiner ersten durchzechten

Nacht kannte. Durst, den er nicht stillen konnte. Wo er jetzt war, gab es kein Wasser. Er saß in der Katze. Aber warum?

„He, hallo …!", jede Silbe blitzte ihm durch den Schädel, aber das war jetzt nicht wichtig. „Hallo? Ist denn da keiner? Hallo, hört mich an …!" Seine Stimme klang fremd und verhallte in dem stummen Gewölbe. Um ihn schien sich niemand zu scheren, da wo er war, hatte man keine Ansprüche zu stellen.

Jakob rastete aus. Er schrie und rüttelte an den Stäben, er rannte gegen sie an bis es schmerzte. Er heulte und brüllte. Alles vergebens.

Bis er erschöpft auf das Lager und dann in ein unruhiges Dämmern fiel. Böse Träume suchten ihn heim. Für den Moment hatte er aufgegeben. Sollte er sich in sein Schicksal fügen?

Nein. Er wusste nicht einmal was sein Schicksal sein sollte. Er hatte zu kämpfen, aber dazu fühlte er sich viel zu schwach.

Wie lange er so da lag, mit zitternder Knochen und betrogener Seele? Stunden? Tage? Da quietschte das Gitter und Jakob hob seinen Blick.

„Aber, was …?" Zwei Männer traten in seine Zelle.

***

Georg war mit sich zufrieden.

Noch während er letzte Vorkehrungen traf, liefen die Büttel auf seinen Hof. Aus der Ferne hatte er sie mit dem Vater sprechen gesehen. Der war unter der Tür seines *Leibgedings* gestanden und hatte in Richtung Hof gezeigt. Nun, was immer sie dort auch zu suchten hatten. Georg hielt längst eine gefälschte Liste für die des Bruders bereit.

Halt! Sein Bruder war er ja nicht. Auch Georg musste sich erst noch daran gewöhnen.

Den Simis bedrängte die Wahrheit allem Anschein nach nicht, Jakob sei immer sein Sohn gewesen, daran bestand für ihn nicht der leiseste Zweifel. Die Wahrheit, so hatte er klargestellt, die Wahrheit lag im Herzen des Vaters. So lange sein Herz schlagen werde, er würde nichts als Liebe für seinen Sohn empfinden. Mit diesen Worten hatte er Georg im kalten Wind stehen lassen. Das zehrende Feuer des Neides war damit in Georg vollends entfacht.

Unwirsch schob Georg die Häscher zur Seite. Sie hatten dem Jakob auf den Stamm eine Pritsche gezimmert. Das war für die Bringung an sich nicht üblich. Der schlaffe Körper hatte sich auf diese Art aber besser festbinden lassen, als dies auf dem Rücken des Pferdes möglich gewesen wäre.

„Halt! Lasst mich das machen!“, röhrte er übelgelaunt. Seine Wut ließ die Schergen zurückweichen und sie ließen vom Jakob ab. Das ließ er sich nicht nehmen, dem Bastard schob er Höchstselbst die gefälschten Listen unter. Listen, die Jakobs Untreue bezeugten.

Georg war über jeden gestohlenen Ast in der Vogtei im Bilde. Seine Gewährsmänner kannten sich aus. Ohne dass sie es bemerkten, hatte Georg sie ausgehorcht. Bauern wie Forstwart. Meist brauchte er gar nicht zu fragen, es hatte vollkommen ausgereicht, im Wirtshaus die Ohren zu spitzen. Die zweite und raffiniert gefälschte Liste war nicht bei den Haaren herbei gezogen. Die Zahlen, sorgfältig ausgewählt, waren kein Hirngespinst sondern offenbarten einen jahrelangen Betrug. Wer den tatsächlich begangen hatte, das sollte Georg nicht kümmern. Für die Oberen würde es Jakob sein.

Bevor er ihn den Amtsgehilfen überließ, stemmte er sich noch einmal auf die Pritsche hoch zu seinem Bru… Nein! … zu diesem Kuckuck, diesem Balg, das sich in seine Familie geschlichen und Unglück heraufbeschworen hatte.

Doch damit sollte jetzt Schluss sein. Wenn er je überlebte, der eingebildete Bastard, dann sollten wohl Jahre vergehen. Vermutlich würde er sich bei Schanzarbeiten in Breisach totschuften müssen. Das sollte nicht seine Sorge sein.

Georg ergötzte sich noch ein letztes Mal an dieser Inszenierung. Das Pferd aus des Klosters Stall, schweißnass geritten, der brabbelnde, sabbernde Unhold auf dem gestohlenen Starzwagen, die Zügel fest in der Hand. Sein Werkzeug auf der Pritsche festgebunden. Einen Schnapsgutter zwischen den Beinen. Das robuste Gefährt, vier Räder, zwei Achsen, je zwei Stützen links und rechts, eine schmale wie feste Auflage, kaum zwei Ellen breit. Darauf ein mächtiger Stamm. Im Hirnholz das Siegel des Klosters.

„B’hüet di, mein *lieber Bruder …!*“, sein Hass klang aus tiefster Kehle, „… blib gsund un gfräss!“ Dabei klopfte er sich auf sein steifes Bein und beugte sich über sein wehrloses Opfer. Sein Kuss streifte flüchtig die Wange.

Jetzt, als die Schandtat ihre weitere Arbeit zu verrichten begann, stand Georg in der Nähe des Weihers und gluckste in sich hinein.

Seine Schergen hatten die Büttel gerufen. Der Vorhang ging auf. Der letzte Akt hatte begonnen. Das Feuer in ihm loderte weiter. Das ungestüme Gefühl dieser Macht durchdrang ihn bis in die letzte Pore. Die Arme kribbelten ihn. Beinahe erinnerte es ihn an den aufregenden Zustand, wenn er die Rauchmarie anschaute. Durch das Astloch in der Decke der Kammer. Wenn sie sich wusch. Nun war der Weg frei. Zeit für den nächsten Schritt.

Beschwingt trat er seinen Heimweg an und schritt kräftig aus. Für ihn gab es in dieser Sache nichts mehr zu tun. Im Vorbeigehen galt sein freundlicher Gruß dem Hoferben des Schneiderjörgenhofs. Benannt nach dessen Vater, dem Georg Schneider, ausgestattet mit einer hervorragenden Schnapsküche. Nicht zufällig stammte der Gutter zwischen Jakobs Beinen von hier. Ein ausgezeichnetes Kirschwasser, von dem Georg jetzt gerne gekostet hätte.

Klug allerdings wäre das nicht und so wandte sich Georg stattdessen dem kleinen Weiher im Quellgrund des Schmittenbachs zu, um sich Gesicht und Hände zu waschen und einige kräftige Schlucke zu trinken.

Um das kleine Gewässer war es recht matschig und nass, als er zwischen der kleinen Gruppe an Bäumen hindurch stakste. Unter den Schuhen quatschte der Dreck. Im Frühjahr wurde der Weiher noch reichlich gespeist.

Georg gewahr dieses Brett. Wie für ihn geschaffen. Jemand vor ihm hatte es liegen lassen, wohl für denselben Zweck. So kniete er hin, senkte den Kopf, tauchte die Hände ins erfrischende Nass und genoss dessen stechende Kälte in seinem Gesicht.

Zwei eiserne Hände legten sich um den Hals, schraubten die Kehle zu und drückten ihn unter Wasser. Er wehrte sich wie ein Bock vor dem Reiten. Er wand sich, schlug mit den Beinen aus. Der Druck löste sich leicht. Er bekam Luft.

Ein Rammbock prallte ihm in den Rücken. Der nagelte ihn auf dem Boden fest. Seine Arme ruderten hilflos umher. Sein Schrei erstickte im Wasser. Das kochte von Blasen aus seinem Schlund und die bezeugten stumm seine Angst. Warum sah der Jörgenbauer diesen Mordanschlag nicht?

Das Gewicht verstärkte sich noch. Es saß ihm im Rücken. Eine Erinnerung blitzte vor seinen Augen auf. Ein schwarzer Hund.

Die Arme wurden ihm langsam müde, aber er war ein kräftiger Kerl. Ein-, zweimal schaffte er es noch an die Oberfläche. Sog gierig den Atem ein. Dann wollten ihm die Arme nicht weiter gehorchen und stellten das Rudern ein. Sein Kopf blieb unter Wasser, kaum eine Luftblase stieg nun noch auf. Er sammelte alle verbliebene Kraft auf einen einzigen Augenblick und bäumte sich auf wie ein bockendes Pferd. Der Reiter aber hielt Stand, lies sich durch nichts abschütteln. Da hatte Georg dem Sog, der sein Leben ertränkte, nichts weiter entgegenzusetzen. Wasser flutete seine Lungen, angesogen von einem menschlichen Trieb: Luft zu holen, um leben zu können.

Die Augen weiteten sich. Die Füße begannen zu zappelten, zuckten ein letztes Mal. Dass sein Körper in den Weiher geworfen wurde, das merkte er schon nicht mehr.

Der Hofengel war tot.

***

Der Dirrländer Michl hielt sich im Hintergrund nahe dem Gitter. Direkt vor Jakob baute sich Bruder Bonifaz auf. Er blickte streng aber traurig auf ihn herab. „Was …?“ Jakob wich seinem Blick nicht aus.

„Er war es nicht, Michl. Er hat mit all dem nichts zu tun.“ Bruder Bonifaz hatte sich zum Dirrländer gewandt und erwartete dessen Urteil.

„Bruder Bonifatius, es ist nicht an uns, seine Schuld oder Unschuld festzustellen. Das Gericht wird entscheiden.“

„Aber Michl, so schau ihn doch an.“ Lag da Verzweiflung in der Stimme des Paters? „So sieht niemand aus, der seine Herren bestiehlt! Wie soll er das den so ganz alleine bewerkstelligt haben? Um einen Klau so haarklein, listig und langfristig durchzuführen, braucht es einer ganzen Gruppe von Schurken. Es wurde schon Holz gestohlen, da war er noch gar nicht geboren.“

Dabei zeigte er mit der Hand auf das Häuflein Elend, dass dort auf der Pritsche saß.

„Jakob! Jakob, sag du ihm, dass es nicht dein Verbrechen war! Dass du damit nichts zu tun hast. Dass du unschuldig bist. Jemand will dich verleumden! Jakob …!“, hier hielt der Bruder außergewöhnlich lang inne, als suche er nach den rechten Worten, „Jakob. Mein Sohn! Jetzt sag es ihm doch!“

„Bruder. Ich weiß gar nicht, was Ihr von mir wollt. Was habe ich denn getan? Oder besser, was soll ich getan haben?“ Das Elend war Jakobs Stimme anzumerken. Seine Finger krallten sich in die Kante der Pritsche. Er hatte nicht den leisesten Schimmer.

Bruder Bonifaz war auf seiner Seite, um was immer es auch gehen mochte. Der Dirrländer Michl indes war misstrauisch, … nein vorsichtig. Vorsichtig war das bessere Wort. Der fasste auch nun beinahe sanft auf des Paters Schulter. Trost wollte er spenden, erntete aber Unwillen. Der Bruder schüttelte seine Geste ab.

„Michl, ich mag mich nicht beruhigen. Der Jakob, so wie er da sitzt, ist Opfer, nicht Täter!“

Jetzt redete er sich in Rage. Sei vorsichtig, Bonifatius. Raserei ist kein guter Ratgeber. Auch diese warnende Stimme verwarf er, kaum dass sie laut geworden war. „Der Jakob, so wie er da sitzt, ist mein Soh…!“

Halt! Bonifatius! Du begibst dich aufs Glatteis! „… hehmm, ist ein Sohn der Gemeinde!“

Hoffentlich hat diesen Lapsus keiner bemerkt. Bonifatius, was bist du nur für ein Trottel!

„Jetzt sag mir doch einmal einer, was überhaupt ich getan haben soll!" Jakobs Stimme klang noch immer so leblos wie schon zuvor. „Los Michl. Sag mir, was dich so vorsichtig macht!"

„Jakob …", hob dieser nach einiger Zeit der Stille nachdenklich an, „Jakob, man hat dich auf frischer Tat ertappt …"

Jakobs Mund klappte auf.

„Du hast den Besitz des Klosters veruntreut. Bist gefunden worden, betrunken bis an den Rand, auf einem Starzwagen sitzend, ein schweißtriefendes Pferd eingespannt und ein Holzstamm war deine Ladung. Ein großer, fein vermessener Stamm. Von dir selbst sorgfältig gewählt. Allerdings nicht auf den Listen des Klosters vermerkt."

„Warum!" Jakob sprang mit geballten Fäusten auf. „Warum sollte ich so etwas tun. Ich bin vereidigter Holzabmeser, Michl hörst du, ich habe geschworen, treu meinen Dienst zu versehen. Michl du kennst mich. Frag doch die Leute. Frag doch den Forstwart. Der hat nur lobende Worte für mich …"

„Ja, Jakob, ich kenne dich.", fiel ihm der Michl ins Wort, „kenne dich schon, da warst du noch ein kleiner Kerl, der mich um Hilfe bat, als er seinen Osterschwamm hatte liegen lassen. Das ist schon lang her, Jakob, und ich habe dich aufwachsen sehen. Und ich war stolz auf das, was ich gesehen habe. Der Jakob, im Dienste des Klosters …"

„Warum sagst du das so? So, als sollte das heute nicht gelten? Du warst stolz auf mich. Was soll das heißen?"

„Wenn du mich heute fragst, dann bin ich nicht sicher. Ehrlich, Jakob. Deinen Bruder, den Georg, den habe ich damals auch durch die Vogtei getragen. Erinnerst du dich …?"

Jakob nickte betreten. Ja, sicher erinnerte er sich.

„Ja, das kann ich, Michl. Und wie du schon sagst. Das ist sehr lange her."

„Siehst du, Jakob. Und darin genau liegt meine Unsicherheit. Ich habe den Georg gemocht. Für mich gab es da keinen Unterschied. Zwischen dir und zwischen ihm. Mag es in deiner Familie anders gewesen sein, aber dieses Schicksal hat auch er nicht verdient …"

„Was soll das, Pater Bonifatius! Von was spricht er da? Was soll das bedeuten? Er spricht so, als wäre der Georg gestor…, als sei er nicht länger da!?" Bonifaz' Blick gab ihm Gewissheit. Georg war tot.

Da entfuhr seiner Kehler ein Schrei, er sackte vor dem Pater in sich zusammen und umschlang dessen Beine.

„Er hat recht, dein Bruder lebt nicht mehr. Man hat ihn beinahe zum gleichen Zeitpunkt gefunden, zu dem man dich auf dem Bock dieses Holzkarrens entdeckte."

„Man geht davon aus, dass du ihn ertränkt hast, um der Hofengel zu werden. Jakob, …“, der Michel sprach nunmehr ruhig und so sanft er nur konnte, „… Jakob, die Last der Beweise ist erdrückend, entmutigend. Deine Aufschriebe sprechen für sich. Scheinbar wurde deine Handschrift erkannt. An dem Weiher am Schneiderjörgenhof oben hat man Marieles Haarband gefunden. Sie habe es dir geschenkt. Sie aber hat auf dem Hof die Gertrud umsorgt. Außer dir hat keiner ein solches Haarband besessen.“

Jakob versank noch tiefer. Seine Lippen berührten die Füße des Paters.

„Bruder Bonifatius wird auch nur noch deine Seele retten können, dir Frieden versprechen. Der Herr Advokat schreibt schon an der Anklageschrift. Und weil es gerad so gut passt, wirft er dir unglaubliche Gräuel vor. Da du selbst für diese anderen Taten vielleicht noch viel zu knabenhaft warst, wirst du wohl einen unschuldigen Mann in deinen Bann gebracht haben. So hat er verlauten lassen. Mag das auch maßloser Unsinn sein, der Herr Advokat will ein Exempel. Die Lehbauern haben ihn zum Gespött gemacht, jetzt verhöhnt er aus Rache einen der ihren. Es zerreißt mir mein Herz, Jakob. Ich fürchte, es kann keiner mehr etwas für dich tun.“

Mit diesen Worten fasste er dem Jungen noch einmal fest auf die Schulter. „B'hüet di, Jakob, b'hüet di!“ Er trat durch das Gitter, den Kopf gesenkt. „Bruder, beeilt Euch, Ihr habt nicht mehr lange Zeit. Der Pförtner macht gleich seine Runde.“

„Gewiss, Michl, gewiss. Geh du nur schon vor. Ich nehme diesem niedergerungenen Schäflein noch die letzte Beichte ab. Mach dir keine Sorgen. Geh' heim mit der Gewissheit, dass Gott sich seiner erbarmt.“

Die Schritte des Michl waren nicht ganz verhallt. Da hob Bonifaz den Jakob zu sich hoch. „Hör mir jetzt ganz genau zu, mein Sohn. Ich weiß in meinem Herzen, du hast nichts getan. Darum wirst du mich jetzt niederschlagen. Hast du gehört!“

Jakob blickte den Pater ungläubig an. „Das kann ich nicht tun …“

„… ach papperlapapp. Natürlich kannst du das tun. Du schlägst mit der Faust fest gegen mein Kinn. Das ist alles. Und sag mir nicht, das machst du zum ersten Mal. Dafür kenn ich dich viel zu gut. Also los!“

Damit trat er einen Schritt vom Jakob zurück. Entschlossen reckte er dann sein Kinn um eine Handbreit hervor. „Denk daran, Jakob. Wenn du mich nicht schlägst, bist du tot.“

Da ballte der Jakob die Faust, holte aus und streckte den Pater mit einem Schlag nieder. Der schlug mit dem Kopf gegen das Gitter. Schnell überzeugte er sich, dass der Bruder noch lebte, hauchte ihm seinen Dank in das Ohr. Dann sprang er auf und jagte in Richtung der Pforte davon.

Es ging um sein Leben. Das machte ihn schnell.

TEIL 3
DIE TRENNUNG

Da sprach Abraham zu Lot:
Steht dir nicht alles Land offen?
Trenne dich doch von mir!
Willst du zur Linken,
so will ich zur Rechten,
oder willst du zur Rechten,
so will ich zur Linken.
…
Da erwählte sich Lot die ganze Gegend am Jordan
und zog nach Osten.
Also trennte sich ein Bruder
von dem andern.

(1. Mose 13, 8 – 11)

Dienstag, 9.4.1782 – Der heilige Demetrios

Mariele hielt ihn bei beiden Händen.

In ihrem Blick lag Entsetzen und Angst, Sorge und Liebe zugleich. Jakob fasste ein wenig Hoffnung. Wenigstens ihrer Liebe konnte er sich sicher sein.

„Hast du…?“ Sie musste es wissen. Musste dabei in seine Augen sehen. Er wich nicht aus und blinzelte nicht.

„Nie und nimmer!“ Für einen Augenblick hielt er noch ihren Blick. Er liebte sie. „Mir bleibt nur noch wenig Zeit. Ich erzähle es dir irgendwann. So Gott will und wir leben. Aber jetzt muss ich fort und ich weiß nicht wohin.“

„Aber wenn du doch nichts getan …? … Sie haben dich nicht frei gelassen. … Du bist geflohen!“

„Und Bruder Bonifaz hat mir dabei geholfen. Doch, Marie! Das darf niemand wissen. Und jetzt lass mich gehen. Sie werden mich jagen.“ Tränen standen in seinen Augen. Es half nichts, sie mussten sich trennen. Die Lippen verschmolzen zu einem langen und schmerzenden Kuss.

Der Simis hatte sie auf dem Hof stehen sehen und trat wutschnaubend zu ihnen ins Freie. „Wie kannst du es wagen?!“ Eine Faust krachte in Jakobs Gesicht. Er fiel zu Boden. Der Simis wollte sich auf ihn stürzen, da stellte sich Magdalena vor ihren Mann. Eine Hand fuhr ihm in den Arm, ihr Armstumpf legte sich ihm auf die Schulter.

„Simis! Halt! Lass ihn ziehen! Ich kann nicht daran glauben, dass er es war. Weder der Diebstahl noch der Mord an unserem Sohn. Das bringt er nicht fertig. Das kann er nicht tun. Man hat ein Netz aus Neid gegen ihn gesponnen und du, mein geliebter Mann, wirst nicht die Spinne sein, die ihn darin tötet. Gib ihm das Pferd.“

„Ich soll was?“ Simis stand zaudernd vor seinem Weib. Als habe er nicht richtig gehört. Dass sie plötzlich sprach, nach so langer Zeit, schien ihn nicht weiter zu wundern.

„Du gibst ihm das Pferd. Und zwar auf der Stelle! Wenn du es nicht tust, dann werde ich es ihm geben.“ Mit diesen Worten wandte sie sich an Marie und schickte sie zurück in das Haus, um sich um Gertrud zu kümmern. „Und du Rotznas’, steh hier nicht herum und halt’ Mulaffe feil. Im Haus schreit mein Kind. Stell’ dich lieber schon einmal darauf ein, dass du den Jakob nie wieder siehst! Los jetzt! Seid ihr denn alle miteinander am Boden festgewachsen? Flieh’, Jakob, bevor dich die Meute holt!“

Jakob und der Simis waren noch keine zwei Schritte in Richtung Stall gegangen, da fegte der schwarze Hund unter dem Türrahmen hervor und lief laut bellend in Richtung Willmendobel davon. Sein Dienst war getan, wenn auch auf andere Art als eine lodernde Feuersbrunst.

Danach wurde für eine geraume Zeit ein solches Tier hier auf der Ebene nicht wieder gesehen.

Mariele sah aus dem neuen und klaren Fenster des Häuschens, wie Jakob sich auf das Pferd schwang und alsbald den Weg nach Südosten einschlug. Dort gelangte man über den *Schempen*, wie man den Schönbachhof nannte, an den Ibenbach. Wo wollte er hin? In den Schutz von St. Märgen? Ein brüchiger Schutz! Vielleicht weiter über den Feldberg, vielleicht bis zu den Eidgenossen, bis in die Schweiz? Wie denn ohne Entlassungspapiere der Herrschaft? Ansonsten könnte er sich nur noch zum Militärdienst melden.

In ihren Tränen verschwamm die kleiner werdende Gestalt auf dem Rücken des Pferdes, bis sie ganz aus ihren Augen verschwand.

Jakob fasste keinen klaren Gedanken.

Sein Verstand war getrübt. Trauer und Panik gingen mit einer Art Lähmung einher. Im Widerstreit zweier Stimmen, von denen die eine zur Rückkehr mahnte und die andere zur Eile antrieb. Schön und gut. Aber wohin denn?

Was ihn führte war nicht sein Verstand. Wenn er an Stellen kam, die eine Entscheidung forderten, eine Abzweigung, Wegbiegung, ein Waldessaum oder ein Bach, dann glitten Marieles Augen in seinen Geist und er wählte die richtige Richtung.

So ritt er zum *Schempen*, dem nahgelegensten Hof der Vogtei Ywa. Der übliche Weg führte weiter zum Reinerhof oder *Schwebeleck*, wie man im Volksmund sagte. Hier reihten sich die Höfe aneinander wie Perlen auf einer Kette. Hinter dem Schwebeleck hauste der *Busbur* auf seinem Bushof, benannt nach den zahlreichen Buchsbäumen auf dessen Hofreite. Es folgten der Dischenhof, benannt nach der Familie Disch, der Salpeterhof, Hof des Salpetersieders Michael Ganter und schließlich der Hof *uff dem Birkweg*.

Jakob musste die Höfe meiden. Jeder dort konnte den Häschern den richtigen Weg weisen. Er würde zwar hoffentlich schneller sein, doch sicher war er auf diesem Weg nicht.

Nahe dem *Schempen* stand die Mühle *im Grund*. Dort wies er sein Pferd nach rechts und folgte dem Bach abwärts ins Tal, wo der in den Ibenbach floss. Der Bachlauf war steinig und glatt. Mehr als einmal wäre das Pferd beinahe gestürzt.

Er atmete auf, als sie vor dem Bachbett im Tal der Eiben Halt machten. Rechter Hand lag der einstige Dinghof der Vogtei Ywa. Doch schon seit langer Zeit fanden die Versammlungen im Wirtshaus des Dorfes statt.

Seither wurde er Hummelhof geheißen.

Das aber war nicht seine Richtung. Stattdessen zog er die Zügel nach links und hielt auf den Gerngroßhof am Hugsberg zu. Vom linken Hang her hörte er Hunde bellen. Hunde, die sich auf das Jagen verstanden. Hunde im Dienst seiner Häscher. Die waren tatsächlich den Höfen gefolgt, von denen er sich bewusst ferngehalten hatte. Sollte er nun dem Pfad hin zum Kapfenberg folgen?

Nein. Das konnte sich nur als eine Sackgasse erweisen. Am Salpeterhof würden sich ihre Wege kreuzen. Die Flucht musste über den Birkweghof gehen. Jakob hatte entschieden, nahe der Heimat zu bleiben. Er konnte Marie nicht verlassen. Und wer konnte ahnen, dass er sich einer solchen Gefahr aussetzen würde.

Jakob preschte den Hugsberg hinauf. Links, auf halber Höhe zum Tal lag das Dischenhäusle am Sommerberg. Keins dieser Häuschen konnte ihm verlässlichen Schutz bieten. Eins wie das andere würden sich als Falle erweisen und seinen sicheren Tod bedeuten. Jakob malte sich aus, dass seine Häscher ihn nicht unbedingt lebend einfangen wollten. Nun musste alles noch schneller gehen. Das Pferd galoppierte am Waldrand entlang. Auf den Birkenhof zu.

Unten, an der Mühle des Dischenhofs schienen die Reiter Rat halten zu müssen. Das Bellen der Hunde hatte für diesen Moment ausgesetzt. Darauf hatte Jakob gehofft.

Von dort aus hätte Jakob sich in drei Richtungen davonmachen können. Die Gruppe seiner Verfolger musste sich teilen. Ein kleiner Vorteil für Jakob. Vom Birkweghof aus hatte er es nur noch mit einem Drittel der Büttel und Hunde zu tun.

‚Jakob, du Narr, mehr brauchen es gar nicht zu sein!‘, schalt er sich selbst und trieb das Pferd zügellos an.

Jetzt konnte er schon das Rufen der Männer vernehmen. Die Hunde eilten ihnen voraus. Er wagte einen flüchtigen Blick hinunter ins Ibental. Sie waren ihm auf den Fersen. Sein Gaul schäumte bereits. Er war nicht geschaffen für schnelle und weite Strecken. Am Pflug freilich, da war er unschlagbar.

Die Meute hatte die Fährte im Hof *uff dem Birkweg* wieder aufnehmen können. Das Bellen dröhnte in Jakobs Ohren. Marieles Augen wiesen ihn durch den Rankwald über den Hirschwinkel geradewegs in die Vogtei Wildgutach hinein. Den Kapfenberg ließ er links liegen und ritt auf einem schmalen, matschigen Weg weiter nach Osten.

In diesem Gelände fielen die Hänge gefährlich steil ab. Wollte er die Wilde Gutach erreichen, dann musste er das Pferd hier zurück lassen. Das

Tier war ohnehin am Ende. Jakob sprang ab, sank knöcheltief ein und landete unsanft in einem Brei aus Matsch und den Resten vom Schnee. Sofort schnellte er auf und warf sich den Hang hinab in den Wald.

Der Rappen half ihm ein weiteres Mal, als die Kläffer das ängstlich wiehernde Tier umkreisten, so als hätten sie Beute gemacht. Jakob hörte die Männer fluchen, als sie den Ort des Gebells erreichten, ohne den dort vermuteten Schurken zu finden. „Schaut! Schaut, er ist hier den Hang hinab!"

„Welch ein Hundsfott! Er will zur Wilden Gutach hinunter!"

„Wenn er dort hineinfällt, brauchen wir nicht weiter suchen. Das wird er nicht überleben. Der Bach ist eisig und wild."

„Aber wenn er es schafft, auf die andere Seite zu kommen, dann kann er uns lebend entwischen! Also! Auf jetzt! Wenn wir hier weiter stehen und schwatzen, dann entkommt er uns sicher. Dann ist uns nur noch die Schelte des Amtmanns sicher. Und auch die Belohnung geht mit den Bach hinunter!"

Jakob hatte inzwischen den Bachlauf erreicht. Im Sommer ein schüchternes Flüsschen, schäumte es jetzt nach der Schneeschmelze und konnte gar Felsbrocken mitnehmen, von denen schon reichlich in der reißenden Strömung lagen. An solchen Stellen bäumte das Wasser sich wütend auf.

Der starke Stamm eines Baumes lag entwurzelt über den Bach. Breit genug, um darauf das Gleichgewicht halten zu können. Allein, bis zum rettenden Ufer war noch ein beherzter Sprung von gut einer Rute Länge zu machen.

Es war nicht der Moment, lange zu grübeln, über den moosigen Strunk und die Gefahr darauf auszurutschen. Jakob rannte und sprang. Sprang um sein Leben und landete knapp an der Uferböschung, wo er einige Zweige aus einem Gebüsch zu fassen bekam.

Die Männer oben beratschlagten noch. Wenn er jetzt lief, dann … dann würde er es dennoch nicht schaffen!

Er war völlig am Ende. Sein Körper schmerzte an jeder Stelle. Die Kleider trieften vor Nässe und Schmutz. Er musste nicht schnell, sondern listig sein.

So eilte er einige mächtige Schritte die Böschung hinauf und hastete auf gleichem Wege zurück. So gut es eben ging trat er in dieselben Fußstapfen, ein alter und verzweifelter Trick. Was der wert war, würde sich finden. Beinahe aus dem Stand versuchte er den Sprung zurück auf den Stamm.

Es fehlte nicht viel. Mit den Händen versuchte er Halt zu finden, glitt ab und fiel kopfüber in den reißenden Fluss.

Bald hätte er vor Freude geschrien. Im eisigen Wasser sah er die Augen seiner Marie. Dann presste ihm frostklirrende Kälte die Luft aus dem Körper.

Er schluckte einen kräftigen Schwall Wasser und wurde vom Bach nach unten gerissen.

Dienstag, 9.4.1782 – bis Donnerstag, 25.4.1782

Die Zeit nachzudenken hatte er nicht.

Im Kampf zwischen Wasser und Leben spielten seine Gedanken auch nicht die geringste Rolle. Es waren allein seine Instinkte gefragt, aber das auch nur am Rande. Der Fluss hatte ihn in seinem eisigen Griff.

Im Wettstreit mit Baumstrünken und wehrhaften Astgabeln schlug er gegen Felsen, die wie Belagerungswaffen vor dem Sturm einer Bastion aus dem Wasser ragten.

Für ihn gab es nichts weiter zu tun, als zu hoffen und dabei die Lippen zusammenzupressen. Hoffen, dass dieser erzürnte Gigant ihn wieder freigeben möge. Sich lange erwehren könnte er sich dessen Druck ganz sicher nicht.

Arme und Beine gehorchten nicht mehr, versagten einfach den Dienst und er wäre so wichtig gewesen. Kein Kribbeln, kein Schmerz, die Brust rammte gegen zahllose Steinblöcke und der Rücken schürfte über scharfes Geröll. Dann rissen Äste ihm tiefe Wunden ins Fleisch. Es tat höllisch weh und es fehlte ihm jedwedes Gefühl, um ängstlich zu sein. Warum sich noch plagen, warum sich noch wehren, wenn ihn die Häscher nicht packten, dann packte ihn eben der Fluss. Das Antlitz seiner geliebten Marie verblasste und Jakob dem Tod in die Augen. Er hörte das Wasser frotzeln und spotten.

„Wenn sich das Bürschlein schon unseren Kräften ergibt, dann wollten wir doch noch ein klein wenig spielen und sei es nur um zu zeigen, dass wir der Stärkere sind. Holla! Juchhe! Ist das ein Spaß. Wir spülen es fort und dort in der Kehre unter den Ast. Ja, seid mit dabei, mit den Beinen voraus! Ertrinkenden Menschlein fehlt einfach der Mumm. Es sind so zarte Geschöpfe. Man mag vor Mitleid zerfließen, mag ausbrechen in Tränen. Stattdessen ärgert es uns, dass sie so zimperlich sind. Wir dagegen sind stark und Widerstand peitscht uns zu größeren Taten. Wir lassen nicht nach und werden uns niemals ergeben! Wo wären die Meere, wo wären die Seen, wo wären der Strom und der Bach. Die Mühle würde nicht mahlen, der Flößer nicht triften und ein Schiff auf dem Trockenen liegen. Wir lassen nicht nach, wir geben nicht auf, wir schneiden das Tal und höhlen den Stein und das Bürschlein wird unter den Stamm gedrückt und erst im Frühjahr wird es wieder gefunden."

Jakob packte den Ast. „Aufgeben, das kann ich morgen. Was bildet sich dieser brüllende Bach eigentlich ein! Dann überspült er mich halt, denn gleich darauf schaue ich aus den Fluten hervor. Und dieses Stück Holz ist mein Leben."

Letztlich war es die ungezügelte Wut und der Instinkt, noch nicht sein Leben zu lassen, die ihm die Kraft zuwachsen ließen. Er hätte es selbst nicht gedacht, auf der Schwelle zum Tod erfasste ihn dieser leuchtende Lebensfunke. Und auch der Bach meinte es schließlich gnädig mit diesem Wicht, machte die Kehre nach links und schob ihn in die rechtsseitige Böschung.

Der Strunk wurde ein weiteres Mal überspült. Jakob nutzte den Auftrieb und presste die Schenkel fest um den Stamm. Sein Kopf rüttelte hin und her, die Muskeln spannten sich an, er wollte nicht elend ersaufen. So schnell er nur konnte – und jetzt half ihm das Wasser dabei – rutschte er rückwärts, dem rettenden Ufer entgegen. Er nutzte den letzten Schwall Wasser und ließ sich treiben, bis ihn im seichteren Wasser endgültig die Sinne verließen.

Die Wellen schwappten im Wiesengrund aus, umschlangen den Eckstein der Pfaffmühle, versöhnlich und sündlos. Als sei nichts gewesen.

Im Taumel von Wachen und Ohnmacht bemerkte Jakob, dass kräftige Hände ihn packten. Sie zerrten an seiner Kleidung und legten ihn schließlich sanft auf einen *Schneck*. Soviel begriff er durch den Nebel aus Schmerz und Erschöpfung. Die Gewohnheit lenkte ihn ab, ließ ihn den hölzernen Karren erahnen.

Zuvorderst mit hochgebogenen Kufen versehen, hinten ein zweirädriger Wagen mit Stützgattern an allen Seiten Teil. Darin lag er jetzt, auf wärmende Schafswolle gebettet.

Im Sommer zur Heuet benutzte man ein solches Gefährt, um das Heu von den steilen Hängen zu den Höfen im Tal zu verbringen. Ein mühsames Geschäft. Zur Heuet hatten auch seine Qualen begonnen, zur Heuet war er gestürzt, zur Heuet wurde der Bruder begraben unter dem Wagen, den Jakob fuhr.

Jetzt diente ein Karren seiner Verbringung von und er musste dem Menschen vertrauen, der ihn, wohin auch immer, durch das verbliebene Weiß in der Vogtei Wildgutach zog, die Gegend, die der Volksmund ‚*das Schneeloch*' nannte. Wohin man ihn brachte, dass sollte nicht seine Sorge sein. Die Entkräftung erbarmte sich seiner.

***

Katharina räkelte sich in seinen Armen.

Sein Atem streichelte ihre Wange. Der stete Quell seiner Liebe taute sie auf, um ihr Herz war es nicht länger kalt und dafür liebte sie ihn, liebte ihn um seiner selbst. Er war bei ihr geblieben in jenen dunklen Zeiten, als mächtige Kräfte ihr Leben bedrängten. Er pflegte und umsorgte ihr Leben, rettete sie, sie hätte sich sonst verloren.

Eines aber hatte er ihr nicht abnehmen können. Der Herr Advokat bestand noch immer auf ihren Tribut. Von der Idee, sie auf schändliche Weise zu zwingen, kam er nach einiger Zeit ab. Es war nicht so, als hätte er es nicht versucht. Es wollte ihm nicht gelingen. Noch nicht.

Seither brachte sie ihm diese Tiegel mit Salben und er schmierte sich vor ihren Augen ein. Einmal, da wurde sie gar genötigt, das für ihn zu machen. Und auch da gelang es ihm nicht, blieb nutzlos und schlaff. Ungehalten stieß er sie von sich und wandte sich ab. All das, was nicht so wollte wie er, stopfte er zurück in die Beinkleider.

„Verfluchtes Hexenweib!“, brüllte er. Speichel sammelte sich in den Mundwinkeln. „Eines Tages wirst du meine ganze Macht spüren. Und dann gnade Gott deinen Eingeweiden.“ Allein bei der Vorstellung – wie sie gefesselt an einem Pranger steht und er ihr mit dem Stock die Haut von ihrem Hintern drischt – zuckte es ihm zwischen den Leisten.

„Herr …“, hatte sie zu ihm gesagt, „Herr, es wird der Tag kommen, da könnt ihr mich haben. Dann macht mit mir was Ihr wollt. Noch aber müsst ihr die Salben benutzen. Wenn es soweit ist, werde ich Euch höchsten Genuss zuteilwerden lassen. Seid geduldig mein Herr. Der Tag wird kommen. Gewiss.“

Der Herr Advokat hatte mit den Händen gefuchtelt, als wolle er eine Schmeißfliege vertreiben. „Wir werden sehen …“, hatte er unwillig gesprochen, „… doch lange warte ich nicht mehr darauf. Du hältst mich hin. Glaubst du, ich merke das nicht? Lass dir gesagt sein: Ich bin nicht geneigt, noch lange zu warten! Und jetzt scher dich fort. Bei unserem nächsten Treffen ist es soweit! So oder so!“

Dabei trat er so nah an sie heran, dass sie seinen moderigen Atem roch. Sie schaffte es noch bis vor die Türe.

Sie musste einen Weg finden und ihn überlisten. Bevor er bekam was er wollte, würde sie eher ihr Leben beenden.

Sie drängte noch enger an ihren Liebsten heran. „Was denkst du?“, fragte sie ihn, so wie es Frauen seit jeher tun.

„Dass ich dich, meine Liebste, gerne noch öfter sehen würde, …“ – Sie sah ihn streng an. – „…und ja, ich weiß, es liegt nicht an dir. Meine Geschäfte treiben mich um. Und ja, man darf uns niemals zusammen sehen.“

„Gut, dass du das weißt.“, gurrte sie und ließ ihre Hände mit spitzen Fingern über den Brustkorb streichen, so wie er es mochte.

„Außerdem blickt mich der Paul immer so an, so …“, er suchte nach den richtigen Worten.

„So eifersüchtig und vergötternd zugleich?", half sie ihm.

„Ja, so kann man es nennen. Aber da ist auch etwas Herausforderndes und gleichzeitig Unheimliches. Als wolle er sagen, was mit mir passiert, falls ich dir Schmerz zufügen sollte."

„Unsinn!", widersprach Katharina, „Er verehrt dich. Er weiß, dass du mir niemals ein Leid zufügen würdest. Außerdem kann er nicht einmal einer Fliege etwas zuleide tun. Er würde ihr gar aus dem Muckenglas helfen." Und als ihr Liebster zu lachen begann, setzte sie sich rittlings auf seinen Bauch, packte ihn bei den Schultern und ihre Nasen berührten sich fast.

„Hör auf! Das ist die Wahrheit. Ich habe es mehr als einmal gesehen. Er ist das friedvollste Geschöpf auf Gottes Erden. Dass er mich beschützt, ist nur der Beweis dafür. Er weiß, dass eine Frau von meinem Stand es nicht leicht hat in dieser Welt. Das wirst du nicht leugnen wollen!?"

Dann küsste sie ihn und für ein weiteres Mal gab sie sich ihm hin. Es reinigte ihre Seele. Als er sich anzog und sie mit blitzendem Blick zu ihm aufsah, sprach er eine andere Frage an. Sie hatte schon längst darauf gewartet.

„Was ist mit unserem Sohn?"

Katharina stützte sich auf ihren Ellbogen. Seine Frage machte sie traurig. „Es geht ihm nicht gut. Er liegt dort am *Spitzen Stein* in dieser Höhle. Sein Körper ist grün und blau, die Wunden verheilen nicht. Er hat Fieber und wenn wir nichts tun, wird er sterben. Er ist dem Anschlag des Bruders entkommen …", das Wort *Bruder* bekam eine abfällige Note, „… dann ist er den Häschern entwischt und hat die *Wilde Gutach* bezwungen. Paul hat ihn aus dem Wasser gezogen. Schon da war er halbtot. Zu seinem Glück ist die Schneeschmelze weitgehend vorbei."

Hier stockte sie für einen Augenblick, um die Tränen von ihren Wangen zu wischen. Ihr Liebster setzte sich zu ihr aufs Bett.

„Du musst etwas tun.", forderte sie.

„Was in meiner Macht stand hab' ich getan. Wenn ich mich allzu sehr einmische, dann bin ich ihm eher eine Gefahr als eine Hilfe. Es ist schon nicht leicht, den Thewes im Zaum zu halten. Glaub mir. Und der ist mir ja auch schon oft genug wieder entwischt. Er ist schlau wie ein Fuchs."

„Hol' Jakob zu dir!"

„Katharina, das kann ich nicht tun. Bei mir ist er nicht sicher. Die Büttel stünden sofort bereit. Alles, für das wir leben, wäre dann aus. Katharina, auch unsere Liebe. Das kannst du nicht von mir verlangen!"

„Hier geht es doch nicht um uns. Es geht um das Leben von Jakob! Wirklich, ihr Männer seid alle gleich. Ihr genießt die schönen Seiten des Lebens …", dabei strich sie über das Leinen der Schlafstatt, in der sie sich stets ausgiebig liebten, „… und wenn man euch bittet, Rückgrat zu zeigen, dann zieht ihr euer Gemächt so schnell wieder ein, wie ihr es zuvor herausgeholt habt."

Sie stieß seine Hand von sich weg. „Nein! So kommst du mir nicht davon. Wenn er dort stirbt unter dem Spitzen Stein, ich schwöre dir, dann wird dich mein Fluch treffen. Vergiss nicht, ich bin eine Hexe! Mein Liebster, das wirst du nicht überleben!"

Einen Wimperschlag lang hatte er das Gefühl, dass sie aus einer anderen Welt zu ihm sprach. Die Stimmung verdüsterte sich und ihr Blick stach aus einem bleichen und zugleich glühenden Antlitz in seine Seele.

***

Sein Husten hatte zu rasseln begonnen und seine Sinne tauchten in ein beharrliches Fieber. Seit seiner Rettung aus der *Wilden Gutach* lag er hier und dämmerte vor sich hin.

Irgendwo prasselte ein wärmendes Feuer, obgleich die Hitze im Körper mörderisch war. Fürsorgliche Schatten behüteten ihn, jemand flößte ihm Flüssigkeit ein. Sie schmeckte nach nichts. Immer und immer beugten Schemen sich über ihn, wenn sie seinen Leib drehten oder ihn gar aufzusetzen versuchten, dann hielt er es vor Schmerzen nicht aus. Ihm wurde die Stirn abgetupft, Wickel um seine Waden kühlten das Fieber herab.

Diese Geister sprachen nicht viel. Der eine saß einfach nur da und starrte in das flackernde Feuer hinein, als erwarte er Hilfe von dort. Jakob aber fröstelte trotz seiner Fieberglut. Seine Gedanken – so er denn welche hatte – ließen sich weder fangen noch fesseln und er hätte gerne gewusst, warum es so heiß war und er trotzdem so bitterlich fror.

Dann schwirrten wieder und wieder die Bilder durch seinen Kopf. Bilder von sabbernden Hunden mit glutroten Augen und tödlichen Fängen, ein Mann, der ihn küsste, ein blutender Mönch, Wildwasser und – das Angesicht seiner Marie. Wie viel Zeit war vergangen?

Schließlich begann er wieder zu bibbern und ein anderer, kalter Geist griff nach ihm. Das Feuer warf keine Flammen mehr, es schien erloschen zu sein und auch der Funke in ihm und was ihn bisher am Leben hielt, verglomm im Schweigen der Felsen. Jakob quälte sich von seinem Lager auf und verließ die Fürsorge der wollenen Decken. Sein Kopf stieß an die Decke. In welchem Loch war er gestrandet?

Ein Lichtschein wies ihm den Weg zu einer flachen und engen Öffnung im Fels. Vor seinem Schlupfloch lag Schnee.

Es mochten Stunden vergangen sein, bis er bemerkte, dass er auf allen Vieren hockte aber nicht vorwärts gekommen war. Er kniete auf dem gefrorenen Boden im Wald, die Kleider schon wieder durchnässt. Seine Hände stützten sich auf die Knie, die Schultern hingen herab, wie einst in der Katze vor Bruder Bonifaz.

Jakob fühlte sich wie ein Greis, als er damit begann, vorwärts zu kriechen, mit trockenem Mund und mit einem Blick, der sich an nichts festhalten konnte. Sein Leben hing am seidenen Faden. Also doch.

Sein Kopf fiel nach vorn auf einen groben Schuh. Er schien seinem Retter die Füße zu küssen.

Freitag, 3.5.1782 – Apostel Jakobus der Jüngere

Jakob öffnete langsam die Augen.

Er konnte sich keinen Reim auf seine Umgebung machen. Fahles Licht lugte durch ein schmales Fenster und ließ die windschiefen Schemen einer Kommode, eines Schemels und das Fußende des Bettes erkennen, in dem er lag. Im Rücken piekten ihn ein paar Halme des Strohs, das als Matratze diente, obwohl ein grobes Leinen darüber gespannt war. Zugedeckt war er mit einer wärmenden Felldecke, das Kopfkissen war mit duftenden Pflanzenfasern gefüllt. Ein Kreuz, über ihm an die Wand genagelt, hatte über den Schlaf gewacht.

Wie lange hatte er überhaupt geschlafen? Wer hatte ihn hierher gebracht? Wo war er und wer hatte für ihn gesorgt? Denn dass ihn jemand versorgte, das war offensichtlich. Ein leinenes Nachthemd reichte ihm bis zu den Waden, war sauber und roch leicht nach Heublumen.

Auf der Kommode stand eine Schüssel mit dem dazu gehörenden Krug und einige reinliche Tücher lagen dort auch. Aus einer grob geschnitzten Schale ragte ein Löffelstiel. Jemand musste ihn gefüttert haben.

Der Versuch aus seiner Schlafstatt hochzukommen, die Füße auf den Boden zu setzen, um im Haus nach seinem Helfer zu suchen, scheiterte kläglich. Schon das Aufrichten verursachte einen derartigen Schwindel, dass Jakob seinen Kopf schnell wieder auf das Kissen legte, um zu verhindern, dass der kleine Raum sich wild um ihn drehte.

Beinahe glücklich, dem Wirbel entflohen zu sein, bemerkte er, wie ihn erneut diese Woge ergriff und in die Tiefe eines erholsamen Schlafes davontrug.

Als das dümpelnde Himmelsschiff ihn mit seichtem Ruck wieder an Land setzte, glaubte er in die freundlichen Augen des Petrus zu schauen. Der hatte ihn wohl schon erwartet. Jakob hatte sich, solange er denken konnte, seinen ersten Tag an der Himmelstüre genauso vorgestellt.

Petrus hatte den gleichen, sich kräuselnden und leicht grau wirkenden Bart, wie er ihn von den Altar- und Deckengemälden aus der Klosterkirche her kannte. Als nächstes würde er ihm die Hand auf sein Haupt legen, ihn segnen und willkommen heißen im Parad…

Stattdessen fing er sich mehrere Ohrfeigen. Links und rechts an die Wangen! Es klatschte und brannte ihm leicht im Gesicht.

Hier musste man wohl reumütig vorgehen. Die Sünden bekennen und die Wahrheit ansprechen, aber nur nicht so heilloses umher stottern, so wie er es jetzt tat. Ein Stottern, von dem sich weder ein Petrus noch ein Erzengel erweichen ließ.

Dieser Petrus begann ihn an den Schultern zu rütteln und streng bei seinem Namen zu rufen. Ihn solle der Teufel holen. Rösten solle die junge Seele, in den ewigen Qualen eines dämonischen Feuers. Sein Körper, von dem Hemdchen nur dürftig geschützt, solle geschunden, gequält und von einem Dämon gefoltert werden.

Mit der Kraft der Verzweiflung begann Jakob sich zu winden und wild um sich zu schlagen. Er kratzte und schrie.

Bis eine letzte schallende Watsche ihn in das kleine Zimmer zurückholte, an das er sich dunkel erinnern konnte. Nur der grinsende Bart war geblieben und immer noch schaute er ihn mit Freundlichkeit an. Das dazu gehörende Gesicht schien sogar einiges jünger zu sein, als es zuvor noch gewirkt hatte. Also! Der Kampf hatte sich sichtlich gelohnt!

‚Petrus‘ hielt ihm etwas zu Essen unter die Nase und hob an, ihn an den *‚Pforten des Himmels‘* willkommen zu heißen.

„Junge! Jakob!“, rief er ihm zu. Nein, der wahre Petrus hätte deutlich mehr Feierlichkeit walten lassen. Aber sei’s drum!

„Jakob! Junge! Jetzt komm doch zu dir und iss! Du musst zu Kräften kommen! Geschlafen und träge im Bett gelegen hast du nun lange genug! Draußen scheint warm und freundlich die Sonne! Heute wirst du ein paar Schritte gehen! … Was ist denn? Du schaust, als hättest du Petrus persönlich gesehen. Bist du denn noch immer nicht ganz bei dir? Jakob!“

Jakob wurde auf einmal klar, dass hier ein *‚Petrus‘* direkt vor ihm stand, aber einer aus Fleisch und Blut. Einer der versuchte, ihn wachzurütteln aus einem festen und traumreichen Schlaf. Einer, der ihn schon über längere Zeit versorgte. Einer, der es gut mit ihm meinte und keine weitere Gegenwehr verdiente. Und dann begann Jakob zu kichern. Ein Kichern, ein Lachen, das gut tat und so ansteckend wirkte, dass auch *‚Petrus‘* herzlich mit einstimmte.

„Nun iss aber, Junge!“ Die Schale war randvoll gefüllt mit köstlich duftendem Getreidebrei. Und Jakob langte kräftig zu. Mit vollen Backen und schmatzend, wollte er gleichzeitig aber auch seine Fragen stellen: „Wo bin ich? Wer bist du? Wie bin ich hier gelandet? Wo habt ihr mich aufgelesen? Wie lange habe ich geschlafen? Welcher Tag ist heute? Und – Jagen sie mich noch immer?"

Mit dem pappigen Brei in seinem Mund wollten die Worte allerdings nicht so recht über die Lippen. Zumindest nicht ohne die Körner über Hemd und Decke zu prusten.

‚*Petrus*' aber mahnte ihn noch zur Geduld und achtete dabei drauf, dass die Schüssel bis auf den letzten Rest leergekratzt wurde.

Jakob, der zugeben musste, sehr hungrig zu sein, verlangte nach einer weiteren. Sein Retter schlurfte daraufhin irgendwo im Inneren dieses Hauses herum. Es schepperte und ein Fluch drang bis hinauf in die Kammer. Kurze Zeit später knarzten einige Holzstiegen und der Nachschlag dampfte in seinen Händen.

„Nun könnt Ihr mir aber wirklich sagen wo ich bin und wer Ihr seid.", bat Jakob nach einigen weiteren Löffeln, inzwischen schon mit viel besser bei Stimme.

„Da fangen wir doch mit dem ersten Teil deiner Frage an! Du bist auf dem Lindenhof in der Vogtei Wildgutach. Man schreibt den 3. Mai anno 1782, der Tag des Apostels Jakobus dem Jüngeren. Und wie du weißt: Ist Jacobi heiß und trocken, kann der Bauersmann frohlocken. Wollen wir hoffen, dass uns die Eisheiligen keinen Strich durch die Rechnung machen. Mein Name aber ist *Mathias*, und ich bin wahrlich kein Heiliger. Von Beruf bin ich Holzfäller und Koch, zuweilen aber auch Barbier oder Bauer. Hier und da aber wiederum Korbflechter, Müller oder, wenn nötig, auch einmal Zimmermann. Für dich reicht es zunächst, dir *Mathias* zu merken. Wenn wir uns besser kennen und mögen, dann gerne auch *Mathis*. Aber das braucht seine Zeit."

„Zuerst habe ich Euch für den Petrus gehalten ...", gluckste Jakob und vergewisserte sich, dass ihn kein strafender Blick traf, „... aber Mathias gefällt mir auch recht gut. Zumal Ihr außer dem Bart weiter nichts mit Petrus gemein habt."

Jakob entspannte sich, als er sah, dass kein strenger Blick folgte. Mathias musste diese Verwechslung wohl auch eher zum Schmunzeln finden.

„Doch, mir ist Euer Tiroler Einschlag nicht ganz unbekannt. Ihr müsst zu den Holzknechten aus den Ostalpen gehören. Das Kloster hat Euch schon vor langer Zeit hier die Siedlungsrechte zugeteilt. Aber kein Mensch, schon gar nicht in Eurem Alter, kann derart viele Berufe haben. Also, unkt mir nichts vor!"

Mathias' Mund, soweit man den unter dem dichten Bart überhaupt ausmachen konnte, verzog sich zu einem breiten Grinsen, das, so konnte man meinen, gleich auf beiden Seiten an die geröteten Ohren stieß.

„Hört, hört! Der junge Bock wetzt sein Gehörn! Nur die Ruhe, mein Sohn, du bist wahrlich nicht auf den Kopf gefallen! Im Ernst, du gefällst mir! Aber bevor du über meine vielfältigen Gaben urteilst, will ich zuerst wissen, was du halb erfroren in dieser Höhle zu suchen hattest, und vor wem in Gottes Namen du auf der Flucht bist. Wobei, auf Einiges von dem was ich weiß, kann ich mir schon so meinen eigenen Reim machen."

Beinahe hätte Jakob sich an seinem letzten Bissen verschluckt! Sicher war er dem Fremden gegenüber zu frech aufgetreten. Was konnte der wissen? Jakob wurde bewusst, dass er schon einige Zeit hier liegen musste. Sicher hatte er Fieber gehabt. Die Tücher und die Schüssel auf der Kommode bestätigten das. Hatte er im Fieber gesprochen? Eine eisige Hand umklammerte fest seinen Hals. Der Dämon, der tief in seinem Innern fraß, und den er in den Tagen der Angst nicht hatte beherrschen können, stieg mit erschütternder Macht zu seinem Kehlkopf hinauf. Sein Blick wurde starr. Aber doch bitte nicht jetzt! Doch nicht vor diesem Fremden!

„Junge, was ist?" holte ihn die Stimme zurück. „Du musst dich nicht fürchten! Nicht mehr und gewiss nicht vor mir. Du bist hier sicher! Hab keine Angst!" Die Hand, die sich auf Jakobs Haupt legte, ließ ihn langsam wieder ruhiger und ruhiger werden. Er hatte sich schnell wieder im Griff.

Mathias hieß ihn alsbald einen Versuch zu starten, aus dem Bett hochzukommen. Dies sei an der Zeit und es werde ihm helfen helfen, wieder zu Kräften zu kommen. Langsam richtete Jakob sich auf und stellte mit Mathias' Hilfe die Füße vors Bett. Erst rechts und dann links. Jakob wollte nicht gleich schon wieder vom Pech verfolgt sein. Ein leichter Schwindel erfasste den Kopf, doch dieses Mal hielt Mathias ihn fest und er konnte – zum ersten Mal seit langer Zeit – wieder auf eigenen Füßen stehen.

Auch der Dämon verzog sich wieder in seine ‚Höhle', irgendwo unter den Rippen war er zu Hause. Jakob wusste, er würde sich wieder melden, unberechenbar wie ein arglistiger Hund sprang der ihn ohne Vorwarnung an. Es kostete unsäglich viel Kraft, sich diese Angriffe zu erwehren. Angriffe, die ihn immer öfter ereilten und die ihm immer schwerer zu schaffen machten.

Erst jetzt, als er gestützt durch Mathias' Arm die Kammer durchschritt, wurde ihm klar, wie winzig sie wirklich war. Kaum zehn Fuß maß der Raum in der Länge und war höchstens fünf, vielleicht sechs Fuß breit. Jetzt, als er vor dem Bett stand, stieß er mit der Nase schon fast an die gezimmerte Stubenwand. Die Decke in etwa sieben Fuß Höhe war Jakob von den Höfen in seiner Heimat gewöhnt. Eine dritte Person hätte hier wahrlich keinen Platz mehr gefunden. Er war froh, als er von Mathias die Stiegen hinunter zum Eingang geführt wurde.

Das Sonnenlicht schmerzte ihm in den Augen, mit geschlossenen Lidern jedoch schien es warm und voller Verheißung auf sein Gesicht. Wie lange schon hatte er dieses Gefühl nicht mehr erlebt! Dankbar nahm er auf einem kleinen Holzstoß unter der mächtigen Hoflinde Platz. Eine beachtliche Winterlinde, von der dieser Hof seinen Namen hatte.

Jakob genoss die Wärme des sonnigen Frühlingstags. Denn der Frühling hatte zweifellos Einzug gehalten. Die Obstbäume vor und neben dem Hof standen in frischer Blüte. Bienen sammelten Blütensaft ein und aus den Ställen drang das ungeduldige Muhen einzelner Kühe. Einige Ziegen meckerten, einzelne Schafe blökten, und im hinteren Teil des ansehnlichen Hofes grunzte zufrieden die Sau.

Vögel zwitscherten und flatterten emsig umher. Und dort, nahe der Hauswand, hatte er ein Rotbrüstlein entdeckt. Es pickte weiche Moose zusammen und verschwand alsbald verstohlen im zartgrünen Dickicht aus Hundsbeere und Brombeerstrauch.

Irgendwo in der Nähe des Bodens vermutete Jakob die Baustelle für eine flauschige Kinderstube. Bald würde die Brut hungrig die Schnäbel aufreißen, sich um die fettesten Happen drängeln. Für die Alten eine umtriebige Zeit, für sie ging es einzig darum, Unmengen an Futter herbeizuschaffen. Sie mussten vorsichtig sein und vor Nesträubern unentdeckt bleiben.

Jakob atmete tief ein. Gleiches musste für ihn an oberster Stelle stehen. Beherzte und emsige Helfer hatten ihn gütig umsorgt. Und er selbst musste verborgenen bleiben und warten, bis er sein geschütztes Nest wieder verlassen könnte. Allem Wissen um die Gefahren zum Trotz.

Dankbar schaute er Mathis an und dankte Gott, dass er am Leben war.

Montag, 13.5.1782 – Der gestrenge Servatius

„Daß man die Bilder der Mutter Gottes und anderer Heiligen in den Prozessionen nicht mehr herumtragen dörfe, haben mir S.Hw.Herr Generalvicari selbst geschrieben. Was wird dies beim gemeinen Mann für ein Aufsehen machen? Warum machen unsere Bischöfe keine Vorstellung dagegen? … Übrigens kann ich nicht leugnen, daß das Leben mir nicht nur aus einer, sondern aus vielen Ursachen verleidet sey. …“

Abt Philipp Jakob an Abt Strobel

Die Lage war weiterhin ungewiss.

Ein Patent über die Aufhebung der Klöster verbreitete Zaudern und Zagen in sämtlichen Männer- und Frauenstiften in den österreichischen Vorlanden.

Abt Philipp Jakob erkrankte und war auch von seinen engsten Vertrauten kaum noch zu trösten, nachdem er im Jänner selbigen Jahres vor sein Konvent getreten war, um mit schmerzender Seele das Leid über die Brüder zu bringen.

„Uns hat dieses Dekret erreicht, und liebe Brüder, mir obliegt die Last, dessen traurigen Inhalt euch mitzuteilen.“ Blass im Gesicht und mit zitternden Händen hielt er das Papier fest.

„Ich will euch die schriftliche Ausführung ersparen und fasse nur deren Inhalt zusammen.“ Er schwankte und hielt sich am Tisch fest.

Bonifaz, der ihm am nächsten saß, wollte schon aufspringen, um seinen Abt zu stützen. Wieder einmal griff diese kalte Macht nach seinem Herzen. Nachdem seine äußeren Wunden am Hinterkopf heilten und er Jakob in Sicherheit wusste, hatte er sich leidlich erholt. Und schon drohte erneut Ungemach.

Abt Philipp Jakob indes bekam sich wieder in den Griff. Wie er das immer aufs Neue schaffte, der schwelenden Ungewissheit zum Trotz, Bonifaz blieb es seit je her ein Rätsel.

„Nach diesem Dekret …“, dabei hielt er die Schrift mit zwei Fingern hoch, als könnte sie ihn verbrennen. „Nach diesem Dekret ist es erlaubt, sämtliche Klöster in österreichischen Landen zu enteignen und deren Besitz unter die Regierungsgewalt und Administration des Staates zu stellen.“ Damit fiel er auf seinen Stuhl und Bonifaz waren die Tränen gekommen.

Bis zum heutigen Tag, an dem man dem Heiligen Servatius gedachte, war der Abt kränklich und schwach geblieben. Bonifaz vermutete stark, dass sein Abt viel mehr an einer Erkrankung der Seele litt als an den zahlreichen sonstigen Anzeichen. So mischte er den heilenden Tränken auch immer einige Kräuter bei, denen er Kräfte zuschrieb, der Seele Erholung zu geben.

Der Tag des Eisheiligen kannte zwei Gesichter, wie sie unterschiedlicher nicht hätten sein können. Der Klerus sah in Servatius den Bischof von Maastricht, dem Wunder zuteil geworden waren und der Wunder gewirkt hatte. Einmal, als er als Pilger von seinem Weg erschöpft am Wegesrand schlief, da hatte ein Adler ihn mit seinen Flügeln vor den sengenden Strahlen der Sonne geschützt. Wie sehr wünschte sich Bonifaz dieses mächtige Tier als Schutz für den Abt und das Kloster.

Das zweite Gesicht dieses Tages sprach aus dem Munde der Bauern, mit dem Ablauf des Jahres und dessen Drangsal für Aussaat und Ernte bestens vertraut. Demnach brachte der Tag zum Gedenken des Heiligen eher Bedrohung als Schutz. Was der Frühling brachte, konnte in einer Nacht wieder zerstört sein. Blüten verfroren und Aussaat verstarb. Ein Tag voller Kälte und voller Verdruss.

Nach einer weiteren Nacht zeigte sich der anbrechende Tag freundlich und ausgewöhnlich warm. Aber das galt nur für die Natur und zur Freude der Bauern.

Im Kloster herrschte weiterhin frostige und trübselige Stimmung. Für diesen Tag hatten sich zwei Prüfer angekündigt, die strenge Pfarrexamina durchführen sollten. In weiser Voraussicht ließ Josef II. durch diese Prüfungen klären, welche der Ordenspriester nach Aufhebung der Klöster zur Pfarrseelsorge taugten. Und welche nicht.

Man hieß den Abt Aufstellungen vorzulegen, die über jeden Bruder – soweit er unter 60 Jahren alt war – Auskunft über körperliche Verfassung, der Aufgabe im Alltag des Klosters und dem Benehmen der klösterlichen Ordnung erklärten.

Bruder Waldmeister schnitt in den schriftlichen Prüfungen erwartungsgemäß überdurchschnittlich ab. Dogmatik, Moral, Predigt und Christenlehre waren die Steckenpferde des Paters. Die Predigt hielt er frei und beherzt, während Bonifaz in seinem Skriptum raschelte, radebrechte und einmal mehr den Faden verlor. So nickten die Examinatoren dem Waldmeister respektvoll zu, runzelten aber über den unbeholfenen Bonifaz düster die Stirn.

Bonifaz aber fürchtete sich umso mehr vor jenem verzweifelten Morgen, an dem seine Heimat zerschlagen wäre. Mehr noch als diesen unaufhaltsamen Tag aber fürchtete er das Schwert über den Köpfen derer, denen seine innige Liebe gehörte: Katharina und Jakob. Beide waren bedroht durch die Arglist des Amtmanns.

Es war an der Zeit, die kompromittierenden Papiere aus ihrem Versteck zu holen und diesen Erzlumpen damit zu konfrontieren. Die Bedeutung der Kuhhaut, mit den undurchschaubaren Formeln, die er außerdem an sich genommen hatte, konnte er noch immer nicht wirklich begreifen.

Bei der nächstbesten Gelegenheit aber würde der Herr Advokat auch über deren Inhalt Auskunft zu geben haben. Schließlich war das bekritzelte Leder in seinem Schreibpult gelegen.

Und wehe ihm, wenn er sich den Forderungen des Bonifaz verweigern sollte.

Aus den Aufzeichnungen des Advokaten

Er hat in meinen Sachen gewühlt. Ein geschlossenes Pult hindert ihn nicht. Er macht es auf, greift hinein und dann schließt er es wieder zu. Ganz einfach so und weil er es kann.

Meine Geheimnisse gehen ihn nichts an und er sieht nicht darüber hinweg. Ganz einfach so und weil er es kann.

Es lag jenes Schreiben darin, eines, dass es vorher nicht gab. Eines, in dem er mich drängt, mich langsam und nutzlos nennt. Oder fehle es an der notwendigen Intelligenz? Tausend Jahre seien bei Gott keine Zeit und ob ich denn glaube, ein solcher zu sein.

Nein, wahrlich, das bin ich nicht. Aber ich musste zu Atem kommen, musste die Konfusion hinter mir lassen, um meinen Verstand vor seiner Vernichtung zu schützen. Was glaubt denn er, wer er ist?

Sein Papier hat mir die Formel des Dreiecks erklärt, nach der ich so lange suchte. Wieder sind es die Karten aus dem Tarock.

XXI/2	*Tarock XXI., Il Mondo, halb von weltlicher, halb von geistlicher Macht. Diagonal von oben nach unten rechts.*
V	*Il Papa lässt sich nicht teilen.*
X	*Il Matto liegt, wo er will. Und Il Bagatto wieder nur halb, von links unten nach oben rechts.*
I	*Der Bube, Re Di Spade, zählt zwei, doch seine weltliche Macht ist gebrochen. Er zählt nur halb in diesem Spiel.*
4/2	*Vom Blitzschlag getroffen stürzen die Türme. Zerschlagen der Stolz, der Hochmut gefallen. Aus XVI wird die Acht.*
8	*Allein der Tod ist vollkommen.*

Und wenn du jetzt fragst, wo die gleichschenkligen Dreiecke denn sind, dann du einfältiger Kauz, dann denkst du sie dir.

So oder so, ich kenne den ersten Teil A und damit kenne ich B. Zwei von sieben, das ist besser als nichts.

Donnerstag, 15.8.1782 – Mariä himmelfahrt

Drei Monate waren vergangen und Jakob kannte jeden Winkel im Haus. Scheuer, Stall, Stuben, Kammern und Küche befanden sich unter einem weitgehend strohgedeckten Dach. Südöstlich, unter der Hoflinde, stand die Backküche und unweit davon die kleine, sieben auf sieben Fuß messende Kapelle, ganz aus dem Holz errichtet, wie auch der Hof. Dort hatte Jakob am Morgen eine Weile verbracht, während die Männer hinauf zur Platte gewandert waren, wo in der Pfarrkirche zu St. Peter der Gottesdienst zur leiblichen Aufnahme Mariens in den Himmel gehalten wurde.

Zum wievielten Mal er durch die zwei Geschosse des Hofes streifte? Jakob hatte aufgehört mitzuzählen. Eigentlich war es ihm verboten, die wenigen Schritte über die Hofreite zu gehen, auch das hatte ihm Mathis unzählige Male eingebläut. Der musste ja nichts von seinem kleinen Ausflug in die Kapelle wissen. Jakob wurde oft alleine und sich selbst überlassen.

Er schlenderte durch den Gang in die Küche. Tiefschwarze Wände und Holzbalken, die – wie in all den anderen Schwarzwaldhöfen – nach Rauch und geräuchertem Speck dufteten, dass einem das Wasser im Munde zusammen lief. Jakob liebte diesen Geruch.

Der aus handbreiten Gneisbrocken grob gemauerte Herd reichte ihm kaum bis zur Hüfte. Gerade einmal vier Pfannen und Töpfe drängten sich auf den Wärmeplatten. Immerhin, Jakob hatte auch schon Herde gesehen, die noch mit offenem Feuer beschickt wurden. Dieser hier war an den Kanten gar mit Eisenbeschlägen versehen und das Feuer, das im Inneren brannte, konnte durch eine eherne Klappe bedient werden, eine gewisse Erleichterung für den Koch, der bei offenem Feuer stets die Hitze rund um die Waden und Schenkel beklagte.

Die Wärme des Herdes wurde zudem für den Ofen in der angrenzenden Stube genutzt. Neben dieser gab es nur noch eine weitere wärmende Quelle im Haus. Der gekachelte Ofen in der größten Stube des Hauses. Hier wurde gegessen und dem vielseitigen Handwerk mit Holz nachgegangen.

Der Lindenhof war nicht nach dem Vorbild der Höfe auf der Hochebene und der Platte gebaut. Der Stall schmiegte sich – anders als dort – an den Hang. Man hatte beim Bau auf den wärmenden Puffer durch Tiere und Stall verzichtet. Und das diente einem einzigen Grund. Durch die Fensterseite in Richtung Tal fiel mehr Licht in das Innere der Stuben. Licht, das man brauchte, um die feinen Arbeiten für die Uhrenkästen und deren Schmuck geschickt und genau zu verrichten. Dieses Geschäft diente den Holzknechten für einen anständigen Zuverdienst, den sie vornehmlich im Winter gut brauchen konnten.

Der Wohnbereich im Lindenhof war damit erschöpft. An die hangseitige Wand hinter der Küche lag schon der Schaf- und dem gegenüber der Ziegenstall. Mittlerweile stand Jakob im Futtergang, der sich über die gesamte Breite des Hofes erstreckte. Die Tröge der Schafe und Ziegen zur Rechten und die der Kühe zur Linken konnten von diesem knapp zwei Ruten messenden Gang und von dem darüber liegenden Heuspeicher aus ohne großen Aufwand befüllt werden. Auch dieses Geschäft hatte Jakob bereits etliche Male verrichtet.

Ganz hinten hatte der Keiler seinen düsteren Schlupfwinkel, weit ab von den Säuen, die an der Nordseite im Stall kräftig grunzten und quiekten.

Anfang des Monats hatten die Sauen Ferkel geworfen. Die strampelten feste mit ihren viel zu kurzen Haxen und balgten sich um die Zitzen der Mutter. Sobald diese aufstand und ihr das Treiben zu bunt wurde, waren die Jungtiere in ernster Gefahr. Jakob hatte in den letzten Tagen viele Male zu verhindern versucht, dass die Muttersau sie zu Tode quetschte, sobald sie sich wieder niederlegte. Das war ihm nicht in allen Fällen gelungen.

Das zweite Geschoss, erreichbar über eine einzige Stiege, bot Platz für fünf Schlafkammern, von denen seine die kleinste war. Neben der Rauchkammer über der Küche lag eine Kammer, die Jakob noch niemals betreten hatte. Zu ihr konnte man nur über den Holzschopf gelangen. Hier hauste der Mathis. Dessen Schlafkammer, so mutmaßte Jakob, musste irgendwie geheimnisvoll sein, und sie zu betreten hätte aus seiner Sicht einen gemeinen Vertrauensbruch bedeutet. Er hatte den Mathis gern.

Auf dem Heuspeicher und den zwei Strohschopfen, das wusste Jakob, gab es nichts weiter als Mäuse, eine ehrwürdige alte Eule und ein paar Fledermäuse, die hier den Tag verschliefen, um für die Nacht und die Jagd neue Kräfte zu sammeln.

Von der Veranda auf der Südseite des Hofes aus konnten die Kammern und auch der Speicher erreicht werden, den Jakob mit leisen Sohlen betrat. Ein kleines geräuchtes Würstchen, nichts weiter sollte es sein. Wahrscheinlich wäre das gar nicht so schlimm gewesen, doch er kam sich vor wie ein Dieb.

Mit kauenden Backen und der herzhaften Wurst in der Hand, betrat Jakob noch einmal den Schafstall und nahm dessen Bretterboden in Augenschein. Von Anfang an hatte er es als seine Aufgabe angesehen, die Stallböden auf ihre Festigkeit zu überprüfen. Das hatte ihn sein Vater, der Simis, gelehrt.

Die Dielen in den Ställen des Hofes verfügten über einzelne Löcher, durch die die Jauche der Tiere absickern konnte.

„Gibt es dort unten eine Grube, die diese ätzende Brühe auffängt?", hatte Jakob den Mathis gefragt, der nur unwissend die Schultern hob.

„Wie gesagt, ich habe einige Ämter hier auf dem Hof, aber die Jauche in Eimern aus Gruben zu fischen und in einen Güllewagen zu schütten, nein, Jakob, das ist sicherlich nicht mein Geschäft. Frag den Laurenz, der kennt sich mit Scheiße viel besser aus." Mathis und Laurenz waren sich alles andere als grün, aber das bemerkte Jakob erst später.

Auch der Laurenz hatte die Frage verneint. Nein, eine Grube gäbe es nicht. Nach einiger Zeit leite man Wasser aus dem Brunnen auf der Hangseite ein und durch ein Loch in der Vorderseite des Steinfundamentes fließe dann erstklassiges Wasser für die Düngung der Hofmatten aus.

Jakob mochte die Einfalt des Laurenz kaum glauben. Wie oft hatte sein Vater ihm eingeprägt, bei jedwedem Hof darauf zu achten, ob eine Grube und wenn nicht das, dann doch wenigstens eine Dunglege vorhanden sei, um den Mist abzuleiten und die tragenden Balken und Bretter nicht zu gefährden. Die Hirschg, eine der übelsten Seuchen, die den Schädel der Rinder zu einer hirschähnlichen Fratze verformte, sei mit dieser Unart im Umgang mit Dung in Verbindung zu bringen. Außerdem beschleunige sie den Verfall des Holzbodens, so dass es nicht verwunderlich sei, dass Vieh darin einbreche.

Jakob schüttelte seinen Kopf, dieser Stall musste dringend ausgebessert werden. Man musste die Schafe dann eben einige Tage und Nächte in ein Außengatter sperren. So jedenfalls konnte man das Gebälk nicht weiter bestehen lassen. Gleich, wenn die Männer von St. Peter zurück kämen, wollte er auf die Verrichtung dieser wichtigen Arbeit bestehen.

Die Männer, das waren außer Mathis und Laurenz noch weitere sieben harsche Holzknechte mit schwieligen Händen und gegerbten Gesichtern. Männer, die in den letzten Wochen jenen Holzschlag vorbereiteten, der sich unterhalb des Hohwarthfelsens bis zur Hirschmatte hinziehen sollte.

Alle, wie sie da waren, vertrödelten sie den Rest des Tages, jeder auf seine Weise mit karteln, schlafen, rülpsen und saufen. Allen voran der Mathis. Dass der dem Kirschwasser zugetan war, das hatte Jakob schon in den ersten Wochen erkannt. Beinahe jedem Abend schlurfte er trunken die Stiegen zur Schlafkammer hinauf.

Es sei denn, er glänzte durch Abwesenheit und trieb sich weiß Gott wo herum. Dann war er für mehrere Tage nicht mehr zu sehen und Jakob hatte sich um das leibliche Wohl der Hofgemeinschaft zu kümmern. Warum gab es hier eigentlich keine Frauen?

„Wenn dir die Arbeit im Stall so dermaßen wichtig ist, dann nimm dir die Bretter und tausche den Boden aus. Dann machst du dich wenigstens nützlich und liegst uns nicht nur auf der Tasche. Weiß der Teufel warum Mathis dich bei uns hausen lässt. Bist ja gar sein Liebling geworden."

„Halt du dich da raus!", schrie Mathis den geifernden Laurenz an, so dass alle anderen Männer vorsichtshalber den Kopf einzogen. Wenn es so laut wurde, dann duckte man sich besser weg.

„Sonst *was*?", forderte Laurenz heraus und Mathis blitzte ihn zornesrot an. Nur für einen Moment, dann flüchtete er aus der Stube, in der die Männer zu Tische saßen. Allein sein Bruddeln und das Klappern mit einigen Töpfen schäumten noch aus der Küche hinaus.

Jakob war zu ihm geeilt und die verbliebenen Männer drangen auf Laurenz ein, es gut sein zu lassen.

„Diesem Streit bist du niemals gewachsen." Jonas, der stets auf der Seite von Mathis stand, grummelte in seinen Essensnapf hinein und schaute grimmig unter der tiefgezogenen Stirn hervor.

„Ach ...?", warf der Laurenz wutentbrannt ein, „... da musst du dich täuschen. An Kraft, das will ich wohl meinen, an Kraft bin ich ihm weit überlegen ..." Dabei strich er mit seinen Händen über die mächtigen Muskelpakete an Armen und Schultern.

Letztere hätten jedem Bullen standhalten können, das konnten auch die Männer am Tisch beschwören. Laurenz war der Stärkste und Mutigste unter ihnen.

„Wann willst du endlich einsehen, dass für unser Geschäft außer Muskeln und Sehnen auch noch Weisheit und Hirn gefragt sind. Du magst der beste Hauer unter uns sein und der beste Riesenbaumeister weit und breit..."

Der stille Elias, der sonst kaum ein Wort sprach, drückte aus, was alle dachten, „... aber Mathis hat hier das Sagen. Und du weißt genau, dass kein Muskel und keine Faust – von keinem von uns – das je ändern wird. In diesem Raum sehe ich niemanden außer dir, der sich das wünscht. Also lass den Schnapsgutter sein und leg dich ins Bett. Der morgige Tag wird seine eigene Trübsal haben."

Damit setzte Elias sich wieder, löffelte weiter an seinem Mahl und sprach die nächsten vier Tage kein weiteres Wort.

Laurenz aber zog sich bärbeißig in seine Kammer zurück. Sein Tag würde kommen!

Samstag, 24.8.1782 – Der heilige Bartholomäus, nachts

Die laue Nacht war klar und hell.

Ein voller Mond zog seine Bahn am Himmel über den Lindenhof. Jakob hatte nicht einschlafen können und nach einer Weile beschlossen, ebenso gut die schlaflose Stunde zu nutzen, um seine Arbeit für den nächsten Tag vorzubereiten.

Tagsüber durfte er sich dort draußen nicht blicken lassen, aber spät in der Nacht kümmerte sich keiner darum und dann könnte er auch noch zum Hohwarthfelsen hinauf kraxeln. Er liebte den Platz und war gespannt auf die Aussicht, die sich im bieten würde, wenn erst der Holzschlag voranschritt.

So zog er sich an, schlich sich durchs Haus, holte das Werkzeug und spähte zur Türe hinaus. Unter dem Vorbau nahe dem Holzschopf fand er einige geeignete Stickel, die er mit der Klopfaxt auf der hofnahen Matte einschlagen wollte. Er hoffte, dabei nicht allzu schnell auf harten Felsen zu stoßen.

Der Platz für das Gatter war schnell ausgewählt. Im Grunde hatte er den schon gefunden, kurz nachdem Laurenz ihn angeraunzt hatte, den Holzboden im Schafstall doch selbst auszubessern. Wenn er denn so ein schlaues Bürschchen sei, könne er sich seinetwegen ruhig mit zwei linken Händen die Axt in den Fuß schlagen. So ein hochnäsiger Lump!

Jakob schlug die *Zinnetstämmlein* aus Fichtenholz schnell und gerade ein.

Hoffentlich störte er keinen der Männer in seinem wohlverdienten Schlaf. Seit einigen Tagen hatten sie mit dem Einschlag begonnen. Dafür nutze man die trockenen Spätsommerwochen. Die Bringungsanlagen zu dem vorgesehen Polterplatz, der der Lagerung von geschlagenen Stämmen diente, waren schon einige Zeit vorher errichtet worden.

***

Jakob erinnerte die Tage noch gut, an denen sich alle um den Tisch in der Stube versammelt hatten, um dem Riesenbaumeister beim Erstellen der Pläne über die Schulter zu schauen. Laurenz, ein Meister des Fachs, ließ sich aber auch gerne von seinen Rieshirten beraten. In der Regel hatte kaum einer je etwas an den Plänen auszusetzen gehabt.

Für Jakob erschloss sich eine vollkommen neue Welt. Selbstverständlich wusste er, was eine Holzriese war. Doch Planung und Bau dieser hölzernen Rutschen hatte er noch niemals zuvor aus der Nähe betrachten können.

Vor dem Laurenz lag ein Plan des Geländes, auf dem sie den Schlag vornehmen würden. Jede Auffälligkeit und sei sie auch noch so klein, hatte er auf dem Papier eingezeichnet. Der Maßstab war übergroß.

Am unteren Rand der Aufzeichnung erkannte Jakob den Hirschbach, der die Fällung im Nordwesten begrenzte. Im Osten, nicht weit über dem Hohwarthfelsen, bot der Neue Weg eine vorzügliche Möglichkeit, die Stämme von der Hirschmatte aus mit Pferden zur *Riesbahn* zu ziehen.

„Auf dem knochentrockenen Weg schaffen wir das Ziehen mit Pferden, ohne das wir einen aufwändigen Streifweg bauen müssen."

Alle, einschließlich Jakob, hörten dem Riesmeister aufmerksam zu.

„Unten, in der Nähe des Baches, können wir die Stämme zum kleineren Polterplatz abseilen. Den habe ich auf der kleinen ebenen Stelle neben der Mahlmühle vorgesehen."

Jakob ließ sich flüsternd von Mathis erklären, dass mit dem *Abseilen* eine Technik verbunden war, bei der ein geschlagener Stamm, festgebunden an einem Seil, behutsam den Hang hinabgelassen wurde. Weiter oben war das Seil um den Strunk eines gefällten Baumes gewunden, daneben eine ausreichende Schlinge, damit es nicht auf halbem Wege ausgehen würde.

„Nahe der Mühle werden wir kurz nach der Schneeschmelze eine Kluse errichten. Sorgen bereiten mir allerdings noch die mächtigen Felsbrocken, die hier und dort den Bachlauf erheblich begrenzen." Dabei hatte Laurenz auf die entsprechenden Stellen gezeigt.

Mathis ließ Jakob zwischen geschlossenen Zähnen wissen, dass es sich bei einer Kluse um eine Art Stauwerk handle, das dazu benutzt werden konnte, auch über den Zeitpunkt der Schneeschmelze hinaus auf dem sonst wasserarmen Hirschbach die Stämme abflößen zu können.

„Dann lass uns an den bedenklichen Stellen diesseits des Baches ein oder zwei Käner errichten, die die Stämme an den Gneisblöcken vorbei leiten werden."

„Siehst du, Clemens, das zeichnet dich einfach aus. Mit einem Blick erfasst du die Schwierigkeiten und hast immer eine Lösung im Hinterkopf. Und darum schätze ich stets deine Arbeit als Rieshirte."

Laurenz lobte den Kameraden über den Kamm und das hatte auch seinen berechtigten Grund. Als Oberrieser trug Clemens einen Teil der Verantwortung für seine Männer. Allein das Einschlagen der Stämme ließ in diesem Gelände kaum eine Gefahr aus. Das Abriesen des Schlags indessen konnte ebenso waghalsig sein, sodass die Männer in steter Lebensgefahr schwebten. Die sorgfältige Planung konnte die Gefahr nur teilweise eindämmen, durfte aber darum umso weniger vernachlässigt werden.

„Es hat schon die schlimmsten Unfälle gegeben …", hatte Mathis später erklärt, „… einmal hat es einem den Ko…, aber lassen wir das. Es reicht, wenn du weißt, dass es sehr sehr gefährlich ist. Die Stämme auf diesen Rutschen erreichen eine unfassbare Geschwindigkeit. Sie könnten ohne weiteres eine Holzblockwand durchschlagen!"

Jakob schaute mit großen Augen und schüttelte sich. Die Bilder der verstümmelten Magdalena holten ihn ein. Er wollte daran nicht mehr denken.

Clemens lächelte zufrieden mit sich. Das Lob tat ihm sichtlich gut. Unter den Männern – das hatte Jakob erkannt – gab es eine klare Rang- um nicht zu sagen Hackordnung. Den Vergleich mit einem Hühnerhof ließ er gleich wieder fallen, der galt wohl eher für die Wivölcher.

Ein Wolfsrudel! Ja, das war das bessere Bild. Wer einen Fehler machte, der wurde vom Rudel geschnitten und musste die Strafe ertragen. So lange, bis der Leitwolf die Unterwerfung des Schuldigen billigte. Mit eingezogenem Schwanz und vorgestreckter Kehle hatte der Missetäter vor seinem Anführer am Boden zu kriechen. Wer war im Rudel der Männer ein Leitwolf? Wer hatte sich vor ihm in den Dreck zu werfen? Mathis meinte, dass hänge ganz von der Aufgabe ab. Beim Abholzen und Riesen habe ohne Frage der Laurenz das Sagen.

Der war mit seinen Erklärungen fortgefahren, wohl wissend, dass kaum einer widersprechen würde. Warum auch!? Vielleicht noch der Mathis. Doch den würde er geflissentlich überhören.

„Die Riese wird hier, auf halber Strecke am Neuen Weg errichtet. Die Lagerung der weiter oben liegenden Stämme lässt sich so auf einfachste Weise bewerkstelligen. Es wird eine Trockenriese für Stammhölzer sein."

„Hatte nicht Bergrat Carato zu einem Abflößen über den Zweribach geraten und zwar ab der Höhe des Plattenbauern?"

Nun mischte sich auch noch Adalbert ein, der Spaßvogel im Rudel. Damit hatte es eine längere Pause in den Beratungen geben müssen. Alle lachten sie Tränen, man klopfte sich auf die Schenkel, Michel kippte schließlich zur Seite auf die Eckbank, sein Kopf bedenklich blau angelaufen, als auch noch ein Husten ihm die Luft aus den Lungen zog.

Jakob schaute verständnislos. Ihm blieb der Witz an der Sache verborgen und fragend schaute er in die Runde.

„Jakob, du weißt sicher nicht, was der Witz an der Sache ist!?" Konrad hatte sich als erster wieder gefangen und begann damit, Jakob den Scherz zu erklären.

„Weißt du, Carato ist so ein studierter Bergrat und Klugscheißer. Schreibt sogenannte *Waldbereitungs-Protokolle …*", dabei zog er die Augenbrauen nach oben und schraubte den Kopf deckenwärts. Wie einer, der alles besser weiß und doch keine Ahnung hat, „… meint über jeden einzelnen Baum im Bilde zu sein, welche Buche wo steht und welche Weißtanne zu einem Masten taugt …"

„ … Allerdings …", so fuhr ihm Klaus in die Parade, „… ist dieser beleibte Unhold wohl kaum nur eine Rutenlänge dem Bachlauf gefolgt, sonst hätte er sicher bemerkt, dass es sich über einen Wasserfall eher schlecht flößen lässt…"

Da begann auch Jakob zu grinsen. In seinem Amt als Holzabmesser hatte er auch immer wieder über die Weisheiten der Studierten den Kopf schütteln müssen. Klugheit entstand nicht allein auf einem Fetzen Papier. Klugheit fragte auch nach dem Wissen der Fachleute. Darum stieg denn auch der Laurenz in seinem Ansehen. Ein Planer, der Wissen und Erfahrung vereinte. Zum Schutz seiner Männer.

Laurenz mahnte die Männer, sich wieder auf ihr Handwerk zu besinnen. Jeder einzelne seiner Rieshirten sollte den Ablauf nicht nur verstehen, sondern auswendig aufsagen können. Und sei es, er riss sie des Nachts aus dem Schlaf, auch dann müssten sie auswendig alle Einzelheiten aufsagen können. Er werde das überprüfen, dessen solle sich jeder von ihnen einmal ganz sicher sein!

„Um beim Bergrat zu bleiben ..., der hatte doch einen Moment lag den Ratschlag im Kopf, es wäre doch ratsam, eine Scheitholzriese zu bauen. Schließlich habe man in Kollnau dann weniger Arbeit mit dem Sägen und Spalten. Nur gut, dass der Bannwart sich auf diesen Unsinn nicht einlassen wollte. Schließlich hat er dem Bergrat an allen zehn Fingern abgezählt, dass sich der Preis für den Klafter auf diese Weise beinahe verdoppele, denn der Abt würde sich sicher nicht scheuen und die Mehrkosten beim Empfänger aufschlagen."

„Sei's drum, Laurenz. Wir werden also den Baum aus der Pfanne schlagen, damit es keine Ecken und Kanten gibt. Vier bis fünf Stämme am Boden über die gesamte Länge der Bahn. Doppelwehren hier und hier in den Kurven, dort vielleicht sogar ein Dreifachwehr, mit Ringeisen befestigt."

Clemens hatte sich wieder zu Wort gemeldet. Er wollte vorwärts kommen. Jakob vernahm ein deutliches Knurren aus Clemens' Magengegend. Der wollte vor dem Nachtessen fertig werden. Dennoch, er nahm sich die Zeit, Jakob zu erklären, auf was es jetzt ankam:

„Nur für den Fall, dass Laurenz dich in der Nacht weckt und du ihm den Bau einer Riese erklären sollst: Die Stämme, auf denen das geschlagene Holz talwärts rutscht, müssen gut am Boden liegen. Wir behauen sie einseitig mit der Axt, wenn nötig bauen wir eine Pritsche und gleichen damit die Unebenheiten aus. Das Stammholz gleitet über die runde Seite..."

„... und in den Kurven und stetig wechselnden Schrägen brauchen wir Wehre, die vermeiden, dass ein Stamm über die Riese hinaus schießt und gar einen Rieshirten verletzt!", schlussfolgerte Jakob und blickte fragend den Clemens an, der die Lippen schürzte und feierlich nickte.

„Jakob, du bist nicht auf den Kopf gefallen, du hast es verstanden. Wir nennen es *Aussteigen* wenn ein Stamm über die Riese schießt. Und Gnade

Gott dem, der nicht rechtzeitig in Deckung geht …"
Und dann an Laurenz gewandt: „Wo willst du die *Wölfe* setzen und vor allem wie viele?"

„Gute Frage! Ich dachte hier, vor und nach dem starken Gefälle. Und einer hier, bevor wir die Stämme über den Bach leiten … Und nun, wo der Bub schon etwas lernen soll, Elias, erklär ihm die Bedeutung des Wolfes."

„Ein Wolf ist …", setzte Elias auf seine unaufgeregte Art an …

„… Ein Tier, das im Wald lebt und sich von Schafen ernährt. Schafe, das sind diese arglosen Geschöpfe, die du, Jakob, hinaus auf die Matten ins Gatter stellst, sozusagen dem Wolf vor die Nase. Vielleicht schreibst du noch ein Wegzeichen und stellst es irgendwo auf, damit er sein Futter auch ja nicht verpasst!"

„Adalbert! Du warst auch schon mal witziger! Halt doch einfach die Klappe! Ehrlich. Mir knurrt der Magen. Wenn es nicht bald was zu essen gibt, bin ich es, der einem Schaf in den Hintern beißt!" Clemens' Geduld war eindeutig zu Ende.

„Elias!?"

„Der *Wolf* bremst die mörderisch schnelle Fahrt eines Stammes. Er hängt an einer Art Galgen mitten in der Rinne. Seine Verankerung muss sicher sein und wird also regelmäßig geprüft. Es wäre schlimm, wenn seine Aufgabe ausfallen würde." Er hatte diese Erklärung beinahe heruntergeleiert, ihn schien etwas anderes umzutreiben.

„Laurenz. Warum willst du die Stämme über den Bach leiten? Der Bau einer Pritsche wird uns einige Zeit kosten, die wir auch anders verbringen können …"

„Ach. Sieh an. Der Stumme fragte den Blinden wohin er des Weges sei! Elias. Ich sehe jenseits des Baches keine ausreichende Fläche für einen Polterplatz. Auf meine Weise können wir einen angemessenen Auslauf errichten und die Stämme in aller Ruhe auf unserer ebensten Matte über den Winter lagern."

Elias setzte zu einem Widerspruch an. Seiner Meinung nach gab es genügend Platz für eine Lagerung auch auf der anderen Bachseite. Auch da wäre eine Lagerung über den Winter und auch bei Schmelzwasser möglich. Im Frühjahr brauchte man nur die einzelnen Stämme in das Flößwasser rollen. Viel weniger Aufwand. Jedoch …

„Ich dulde da keinen Widerspruch. In dieser Frage bin ich der Meister und du nur der Hirte. Schluss jetzt! Lasst uns gut essen und unseren Plan mit dem ein oder anderen Wässerchen begießen."
Abschließend fletschte er noch einmal die Zähne, knurrte und fuhr seine Krallen aus. Jakob hatte es sich doch gedacht. Er war in einem *Wolfsrudel* gelandet. Fehlte nur noch, dass einer zu Jaulen begann.

***

Der Adalbert mit seiner spröden Heiterkeit konnte ihn überzwerch.

Das Schafgatter war über seine Gedanken an die vergangene Zeit im Handumdrehen fertig geworden. Im Haus blieb es still. Der Vollmond zog geruhsam die Bahn und wunderte sich wohlmöglich, wer sich da so spät noch auf den Matten am Lindenhof herumtrieb. Vielleicht aber wunderte sich der Mond auch schon längst über gar nichts mehr.

Jakob stieg den Schrofen hoch über dem Bachtal hinauf. Der Hohwarthfelsen stand auf der Grenze vom Winterwald oder Nordhang, wie die Holzfäller ihn nannten, und dem Westhang, entlang des oberen Hirschbaches bis hin zu dessen Wasserfällen unweit der Mühle. Dann lag dort nur noch der Südzipfel gegenüber dem Gschwanderdobel. Dort wo der Thewes hauste. Der war Jakob schon immer falsch vorgekommen und er fürchtete, dass der ihn eines Tages in dieser Gegend entdeckte. Dann könnte Jakob hier seines Lebens nicht sicher sein, sein Unterschlupf wäre aufgeflogen.

Die heutige Bartholomäusnacht gab Anlass zum Trost und zum Schrecken zugleich. Der Apostel war einer der Jünger Jesu gewesen. Wie war das noch? War er nicht von einem Bruder des Polymios zum Tode verurteilt worden?

Jakob erinnerte auch, dass ihm seine Henker bei lebendigem Leib die Haut abgezogen und ihn kopfüber gekreuzigt hatten. Bonifaz hatte ihm ein Bildnis gezeigt, das den Patron zeigte, auf einer Wolke sitzend, in der einen Hand ein blinkendes Messer und in der anderen seine abgezogene Haut. Schauerlich!

War es nicht genug, dass er, Jakob, hier nachts in seiner Verbannung saß? Er sehnte sich nach seinem Mariele, so dass es am ganzen Körper schmerzte. Wie lange war es jetzt her, dass er in der Katze gesessen war, ohne den kleinsten Funken von Hoffnung. Dann hatte er *sie* ein letztes Mal sehen dürfen. Auf seiner Flucht. Vor dem Simishof. Seither hatte er unzählige Tränen vergossen. Da meldete sich in dieser Nacht auf dem Schrofen auch diese abgründige Angst zurück. Unter dem Rippenbogen hatte sie nur ein wenig geschlafen. Geduldig, bis ihre Stunde schlug.

Trübe Gedanken rufen sie auf den Plan. Mit trüben Gedanken spielt sie so gern, wie Kinder ihr liebstes Spielzeug umsorgen. Und sie beginnt ihr grausames Spiel. So wie die Katze mit einem Mäuschen spielt, es scheinbar begnadigt und laufen lässt, nur um es einmal mehr durch die Luft zu wirbeln. Wer sagt, er hat Angst, hat das Wesen der Angst nicht verstanden. Das Gegenteil ist der Fall. Die Angst – nenne sie Dämon, Abgrund oder wie immer du willst – hält das Heft in der Hand und sie hat dich. Lauf doch davon, lauf! – sie packt dich und spielt ein wenig mit dir.

Jakob begann am ganzen Körper zu zittern. Das Herz raste und Schweiß brach ihm aus, sein Blick wurde trüb bis er gar nichts mehr sah. Die Angst nahm ihn in Besitz.

Er sprang auf und begann eine wilde Flucht, hetzte den Abhang hinunter, Äste peitschten in sein Gesicht, die Arme wurden ihm aufgerissen, die Knie schlug er sich blutig, als er über den Bach springen wollte. Auf einem moosigen Fels rutschte er aus. Zu guter Letzt fiel er der Länge nach hin. In das steinige, weitgehend trockene Bachbett.

Irgendwie schaffte er es in sein Bett. An Schlaf jedoch war in dieser Nacht nicht mehr zu denken.

Sonntag, 8.9.1782 – Mariä Geburt

Es war nicht Thewes, der Jakob als erster entdeckte.

Obwohl der an dem Holzschlag beteiligt war. Mathis warnte ihn noch eindringlicher. Während Thewes als Rieshirte schaffte, solle er sich ja nicht draußen vor dem Hof blicken lassen.

Paul, der dumme Sohn Katharinas, hatte nicht begriffen, wohin Jakob verschwunden war, nachdem er ihn in der leeren Höhle am *Spitzen Stein* vergeblich gesucht hatte.

„Jakoweg!", hatte er verzweifelt seiner Mutter berichtet. Und die wollte ihn auch nicht in das Geheimnis einweihen. Was, wenn er sich vor den falschen Leuten verplappern würde? Ihr Sohn war viel zu gutmütig. Und was, wenn sie sich über seinen Aufenthalt irrte. Auch sie wusste nicht sicher, wo sich Jakob in diesem Moment aufhielt, auch sie war nicht unterrichtet. Ihr Liebster hielt sich erstaunlich bedeckt.

„Er ist in guten Händen," hatte der nur gesagt, „aber in Sicherheit ist er noch nicht."

Jakob suchte sich einen anderen Platz, an den er sich nach Sonnenuntergang zurückziehen konnte. Der Hohwarthfelsen kam nicht mehr in Frage. So hatte er auf der gegenüberliegenden Seite am Osthang zwischen den Fällen des Zweribachs einen heimlichen Platz gefunden. Hier saß er auf dem Geröll, das dem herabstürzenden Wasser des Winters vorerst Widerstand leisten konnte. Jetzt, im ausklingenden Sommer, zeigte sich der Bachlauf friedlich und plätscherte mehr vor sich hin, als dass er die gut zwei Ruten messenden und silbergrau schillernden Schrofen hinabstürzte. Die Feuchtigkeit hatte über die Kanten der Steine zahlreiche Moosmatten gelegt, saftige grüne Polster, die die Abgründe des Wassersturzes mit Leben und Leichtigkeit schmückten. In der Luft schwirrten Wassertropfen und gaben genug Feuchtigkeit, dass Farne, Gräser, Pestwurz und Greiskraut sich zwischen und auf dem Gestein festkrallen konnten.

Da alle Männer auf dem gegenüber liegenden Nordhang ihrem Geschäft nachgingen, hatte Jakob sich zusehends gewagt, auch am Tag diesen Platz aufzusuchen. Der Blick auf die wachsende Spiegelhalde beruhigte ihn, ebenso das sanfte Rauschen des Wassers in seinem Rücken. Am Hohwarthfelsen ragte mittlerweile nur noch eine verbogene Kiefer empor, deren Wurzeln gruben sich trotzig einen Halt in die Ritzen und Kanten des Felsens.

Sie erduldete standhaft die Wettergewalten. Wind, Schnee und die Wucht eines Blitzes hatten über die Jahre ihren Wuchs deutlich gezeichnet, hatten ihr aber nicht den Garaus gemacht.

„War es nur eine Frage der Zeit?“, so dachte Jakob bei sich, oder sollte sie wohl auch in fünfzig Jahren dort oben noch thronen, wenn er, alt und gebeugt, den steilen Hang nicht mehr bewältigen könnte? Sollte er dann, entgegen dieses verkrüppelten Baumes, überhaupt noch am Leben sein.

Diese mutige Kiefer und eine flinke Wasseramsel, die im Gewässer des Zweribachs sich immer wieder auf Nahrungssuche befand, stärkten sein Selbstvertrauen, es ihnen gleich zu tun und den Gewalten zu trotzen.

Der kleine gefiederte Bursche kannte kaum eine Scheu, auch in unmittelbarer Nähe des jungen Mannes nach Nahrung zu suchen. Bald stand der Vogel mit seinen Füßen auf einem Stein und knickste beinahe unablässig in den Fersengelenken, bald tauchte er in das klare Gewässer, um dort nach Nahrung zu picken.

Jakob verbrachte Stunden damit, diesem munteren Hüpfer und Taucher zuzuschauen. Wie geduldig der seinen leuchtenden weißen Latz um Kehle und Brust pflegte und putzte, nur um dann plötzlich, blitzschnell wieder abzutauchen. Der Herrgott hatte den Vogel mit zahlreichen Gaben bedacht. Jakob freute sich an diesem Tier – und zugegeben – er war auch ein klein wenig neidisch, als er beobachtete, wie es sich an dem nahezu senkrecht aufragenden Fels festklammerte, nur um im nächsten Moment kopfüber daran herunter zu hopsen.

Dort am Gestein machte Jakob auch ein verlassenes Nest aus. Nicht weit über der Wasseroberfläche und von Hochwassern gefährdet, hatte auch diese Kinderstube den Gewalten getrotzt.

Dann schoss das wendige Kerlchen nahe der Oberfläche den Bachlauf entlang, stieg unverhofft auf und kehrte in einem Bogen zu Jakob zurück.

So hatte er über seinen Beobachtungen gänzlich vergessen, auch noch ein Auge für die Umgebung zu haben. Sonst hätte er Paul, der im Schutze der Baumstämme sich seinem Versteck näherte, sicher entdecken können. Von

Paul aber gesehen zu werden, bedeute für Jakob eine kaum zu beschreibende Freude. Wenigstens für einige glückliche Nächte.

Wäre Paul nur etwas schlauer gewesen.

Er hätte die Gefahren erkennen und vielleicht sogar abwenden können. Stattdessen stapfte er durch den Wald und pfiff seine Lieder. Er schnappte eher die Gefühle der Menschen auf und er hatte noch nie falsch gelegen mit seinen Empfindungen. Die Zusammenhänge aber blieben ihm leider verborgen und wenn er sich noch so bemühte.

Wie freute er sich, Jakob wieder zu sehen. Zwischen den Bäumen schlich er sich an. Als er bemerkte, wie Jakob, das Spiel der Wasseramsel in aller Stille bewunderte, da trillerte und zwitscherte er, beinahe zum Verwechseln genau, so dass auch der gefiederte Schelm aufhorchen musste. Verschaffte sich da etwa sein Reviernachbar unerlaubt Zutritt?

Das *Zit, Zirk* und *Zirb*, aus der Zahnlücke des Paul aber klang einiges lauter, als das *Zip, Zerb* und *Zirrb* des Kerlchens, das am Bachrand aufgeregt zu knicksen begann.

Jakob strengte sich an, zwischen den Bäumen und Ästen die vermeidliche Amsel erspähen zu können. Als er aber den Schatten des Menschen erkannte, vergaß er beinahe zu atmen. Schnell suchte er Schutz hinter den Steinbrocken, stellte aber unmittelbar fest, dass die Gestalt geradewegs auf ihn zuhielt.

Wer konnte sich um des Himmels Willen um diese Zeit an den Zweribachfall verirrt haben? Jakob fielen immer mehr Leute ein, die auf dem Weg von der Platte hinab oder zum vorderen wie hinteren Heidenschloss unterwegs sein konnten. Auch wenn es sich hier um einen Ort jenseits der schmalen Pfade handelte. Er wollte, nein, er durfte nicht das Risiko eingehen, sich von dieser namenlosen Person aufspüren zu lassen!

Beinahe fuhr ihm ein Schrei aus den Lungen, als sich unerwartet, von hinten eine eiserne Pranke auf seine Schulter legte.

„Jako?“, zischte es an sein Ohr und er hätte vor Erleichterung beinahe weinen können.

„Paul!“, rief da auch Jakob und drehte sich gleichzeitig um. Er wusste, dass Paul nicht auf seine zahlreichen Fragen antworten konnte. So sahen sich die beiden für einen Moment in die Augen. Darin leuchtete Freude, ja, Liebe und Aufrichtigkeit. Dieses Vertrauen reichte für Jakob aus, diesem Freund den Lindenhof als sein Versteck zu verraten. Irgendwie spürte auch Jakob diese tiefe Verbundenheit, beinahe als könne der Paul sein Bruder sein.

Er erinnerte diese Schemen, als ihn jemand vor der Pfaffmühle aus dem Wasser gezogen hatte. Auch die Gestalt in der Höhle am Feuer machte jetzt einen Sinn. Paul war es, der ihn gerettet hatte, da zog er den Mann fest zu sich hin und schämte sich seiner Tränen nicht mehr, bis der ihn sanft aber bestimmt ein klein wenig von sich wegschob. Jakob erlangte die Fassung zurück.

„Schau Paul! Dort neben der mächtigen Winterlinde, … hinter dem Gestrüpp aus Weidbuchen und Brombeersträuchern, … schau, siehst du das Dach dort zwischen den Bäumen? Ja, dort unten, wo die Schafe in diesem Gatter ihr Futter suchen, dort … hause … ich jetzt!"

„Mariele?"

„Nein Paul! Nicht das Mariele. Ich … ich halte mich dort versteckt!" Jakob verzweifelte schier, dass der Dummkopf ihn nicht verstand.

„Mariele!" Nun war es an Paul ungeduldig zu sein. Jakob hätte für einen Moment schwören können, dass Paul ihn mit einem Blick bedachte, der zugleich aus Aufregung und Unwille bestand. Und da schwang auch ein klein wenig Zorn in der Stimme.

Da sah Jakob ein, er selbst und nicht sein Gegenüber war hier der Blödmann. Wie die Wasseramsel zuvor begann Paul in den Knien zu wippen.

„Fehlt nur noch, dass er die Flügel abspreizt und sich den Latz zu putzen beginnt." Jakob lachte laut auf und konnte sich beinahe nicht mehr beruhigen. Da prustete auch der Paul, begann herzhaft zu lachen und stammelte immer wieder ein – „Dumm, dumm, dumm!" –, bis Jakob ihm zwischen die Schultern schlug, halb aus Bubelei, halb aus Sorge, das sich sein Freund am eigenen Lachen verschluckte.

„Ja, Paul! Fürwahr, ich bin unglaublich dumm!"

„Jo!" Mehr als diese kurze wie erkenntnisreiche Zustimmung hatte Jakob auch nicht verdient.

Der einfältige Paul hatte viel weiter gedacht, als der vermeintlich schlauere Jakob. Es ging ihm darum, dem Mariele das Versteck anzuvertrauen, sie gar in der Nacht zu ihm zu geleiten.

„Paul! Du bist der Fachmann für ernste Gefühle!", lachte Jakob anerkennend, und der brauchte nicht lange, um zu begreifen, dass der das Mariele schon in der kommenden Nacht hierherführen wollte.

Wie groß seine Last auf den Schultern gewogen hatte, Jakob spürte es erst, als er Paul zur Platte hinauf springen sah. Wie eine Geiß nach einem langen und harten Winter, am ersten Tag in der Frühlingssonne.

Ebenso fühlte sich Jakob, als er zum Hof hinab eilte und den kleinen Aufgang zur Küche benutzte, der einiges mehr an Schutz für ihn bot, als der Eingang auf der Südseite des Hofes. Hier schlug er die Zeit bis zur Dunkelheit tot, die einfach nur viel zu spät kommen wollte.

***

Paul eilte indessen den steilen Hang aufwärts, so schnell er nur konnte. Bis zum Kohlplatz war es nicht weit, und hätte er denken können, wie hätte er sich gewundert, wie nah die beiden Liebenden waren, ohne voneinander zu wissen.

Er hatte es nie gelernt, einen Tag vom anderen zu unterscheiden, aber er wusste immer, wann Sonntag war. Am Sonntag war Mariele daheim. Daheim bei den kleinen rußigen Hütten, daheim beim Kohlenhannes und daheim bei seiner Mutter.

Wieder pfiff er sein Lied und das *Zit*, *Zirk* und *Zirb* einer Wasseramsel mischte sich in die Melodie.

Das Ziel und die Vorfreude auf die Überraschung nahmen ihn dermaßen ein, dass er den beiden Männern beinahe gradewegs in die Arme lief. Sie standen etwas abseits des Weges und redeten nachdrücklich auf einander ein.

Paul, der gerade noch rechtzeitig zu Pfeifen aufgehört hatte, pirschte sich beinahe lautlos an. Das konnte er gut, so gut, wie kein zweiter auf der Hochebene. Aber das konnten die Männer nicht wissen.

Den einen Mann erkannte Paul sofort. Er hatte ihn auf der Spiegelhalde beim Schlag am Hirschbach gesehen und schon etliche Male zuvor. Den anderen kannte er nicht. Der war böse, das wusste er gleich.

„Thewes, ich warne dich …!“, stieß der Böse hervor. Auch die Stimme erkannte Paul nicht und auch darin war er ein Meister. Der Mann trug einen weiten und teuren Mantel. Die Kapuze tief ins Gesicht gezogen. Eine scharfe Nase schaute aus dem Dunkel hervor.

„Böser Mantel.“, flüsterte Paul in sich hinein. Er musste unentdeckt bleiben.

„Halt' mich nicht hin, du stinkender Kaib!“

„Ihr glaubt wohl noch immer, Ihr könntet Euch über mich erheben. Seit mehr wert als ich. Wenn ich es recht bedenke, dann ist es grad' anders herum.“ Thewes baute sich überlegen vor seinem Gesprächspartner auf. „Diese vermeintliche Buchführung des Jakob Rämele ist nicht die Tinte wert, mit der sie geschrieben ist. Das sieht ein Blinder, dass dies nicht die Zahlen vom Jakob sind. Gut gemeint, aber schlecht ausgeführt. Hier, der Drei und der Fünf fehlt der schwungvolle Bogen, wie Jakob ihn macht. Dieses *Dokument* wie Ihr es nennst, könnt Ihr für die Anklage gegen den Bub vergessen. Vielleicht taugt es gerade für ein munteres Feuerchen. Allein, die Richter wird es nicht überzeugen.“

„Mag es so sein, wie du sagst, Thewes. Vielleicht hast du auch nur vergessen, dass ich sein Richter sein werde. Spiel nicht mit meiner Geduld. Ich bin mehr als ein lumpiger Advokat. Ich bin das Gesetz. Selbst wenn wir die Anklage wegen Betrugs vergessen, den Mord an seinem Bruder, den wird er freilich büßen ...!"

„Wenn er es denn war ..."

„Was soll das heißen – *Wenn er es denn war?* Wer sonst als er hatte den triftigsten Grund. Wieder Hofengel zu sein, dafür hat schon mancher Bruder den anderen versaufen lassen. Da wäre er nicht der erste gewesen."

„Und nicht der letzte. Das stimmt, Euer Hochwohlgeboren. Nur ... möglicherweise ist es auch nicht wie es scheint ... Soweit ich es erinnern kann, ist der Jakob über Nacht bei seiner Wache gestanden und ist dann auf einen Karren gesetzt worden. Wie er gleichzeitig einen Brudermord begehen soll? Findet Ihr nicht, das wirft Rätsel auf?"

„Thewes, du reizt mich mit deinem bauernschlauen Geschwätz. Mäßige dich."

„Sonst was?!"

Paul sah den Bösen Mantel einen schnellen Schritt auf den Thewes zugehen. Blitzschnell schauten zwei spitze Messer aus den Ärmeln hervor. Thewes machte ebenso flink einen Schritt rückwärts, prallte aber mit dem Rücken gegen einen Baum.

Der Böse Mantel setzte dem bleichen Mann weiterhin zu. Eine Klinge saß ihm an der Kehle und die andere drückte ihn zwischen die Rippen. Thewes schwitzte und nackte Angst spiegelte sich in seinen Augen.

„Nun ...", zischte der andere unter seiner Kapuze hervor, „... dann lernst du meine hässliche Seite kennen." Er drückte das Messer noch ein klein wenig fester an den hüpfenden Kehlkopf des anderen.

„Von mir aus wärme dir deinen stinkenden Hintern an diesem Fetzen Papier. Viel wichtiger sind mir die anderen. Du weißt schon, jene Papiere, die aus der Kanzlei ... *abhanden* ... gekommen sind. Und ich versichere dir, dabei handelt sich um Dokumente, die – wie soll ich sagen? –, die du schnell finden solltest. Denn gelingt dir das nicht in Kürze, dann bist du es, der sein Leben verwirkt. Für dich werden sie sich, wenn sie in falschen Händen bleiben, ... sie werden sich ... wie die Offenbarung des Apostel Johannes lesen ... feurig und gnadenlos."

Wieder schluckte der Thewes. Längst nicht mehr so selbstsicher und überheblich wie nur wenige Augenblicke zuvor. Der Böse Mantel rückte ein kleines Stück von ihm ab. Er hatte sein Ziel erreicht. Wie erbärmlich Angst stinken konnte. Der Mann mit dem Messer schüttelte den Mief von sich ab.

Allein die Angst der Katharina würde duften wie Lavendel im Sonnenschein und ihr Schweiß würde schmecken wie Honig. Zwischen den Brüsten der Frauen, da schmeckte die Angst ihm am besten. Bald schon würde er ihre Furcht dort zwischen dem weichen Spalt auflecken! Die Salben hatten zu wirken begonnen. Bisher aber hatte das nur sein eigenes Weib zu spüren bekommen.

„Also! Finde mir diese Aufzeichnungen. Wenn nicht, wirst du sterben. So oder so. Und hab mir ein Auge auf diese Holzknechte. Ich bin mir ganz sicher, die haben etwas mit der Sache zu tun. Soviel hat der Klosterbruder – Ach, was geht es dich an, welcher Bruder die Verbindungen zu ihnen hält – Und, Thewes! Finde den Jungen!"

„Aber Herr. Wo soll ich diesen verfluchten Balg denn noch suchen? Der ist schon über alle Berge davon …!" Thewes zog sich die Kleider zurecht. Den Blutfleck am Hemdkragen bemerkte er nicht.

„Ach? … Und wo soll er denn hin sein … *der Balg* … wie du ihn nennst? Die Büttel jedenfalls versichern das Gegenteil. Eine falsche Fährte hat er gelegt. Schlau wie ein Fuchs, der den Jägern entkommt. Er treibt sich hier irgendwo in der Herrschaft herum. Und ich will wissen wo das genau ist. Hast du gehört, Thewes?! Finde ihn! Von mir aus tötest du ihn. Genau wie er seinen Bruder getötet hat."

„Aber…"

„Was denn? Du hast die Thürwächter Witwe auf ihrer Hofreite verbluten lassen. Hast ihr den Kopf eingeschlagen. Da wirst du doch nicht vor einem kaum ausgewachsenen Wälder Halt machen wollen? Schnapp ihn dir und du bleibst verschont. Veruntreuung, Habgier, Brandschatzen und Mord. Thewes, das reicht für den Galgen. Also! Was stehst du noch hier herum? Lauf Thewes, lauf um dein Leben. Und töte den Bub! Hörst du? Bring den Kerl um!"

Und auch Paul sputete sich. Was er sah und was er hörte jagte ihm einen gehörigen Schrecken ein.

Aus seinem aufgeregten Geplapper wurde auf dem Kohlpatz kaum einer schlau. Auch nicht Katharina. Sie hatte alle Mühe, den aufgebrachten Burschen wieder soweit zu beruhigen, dass sie sich schlussendlich einen Reim machen konnte.

Jakob, so schlussfolgerte sie, musste noch immer irgendwo dort drunten im Schneeloch hausen. Paul sollte Marie dorthin begleiten.

Was aber der Böse Mantel bedeuten sollte, das begriff sie erst, als es schon lange zu spät war.

Montag, 21.10.1782 – Sankt Ursula Tag

Bonifaz hatte unlängst versucht, aus den Aufzeichnungen des Amtmannes schlau zu werden.

Gut, die akribisch geführten Zahlenreihen, die er dem Herrn Justiziar zuordnen konnte, offenbarten einen jahrelangen Betrug in Höhe von genau 4135 Gulden, 33 Kreuzern, 7 Hellern und 2 Pfennigen. Soviel hatte er inzwischen verstanden. Der Abt musste darüber in Kenntnis gesetzt werden, oder zumindest der Prior. Besser der Prior, um Abt Philipp Jakob vor weiterem Ungemach zu beschützen.

Wenn er es recht bedachte, dann gab es auch noch eine dritte, viel bessere Person, das Verbrechen des Amtmanns ans Licht zu bringen. Jakob nützten diese Papiere am meisten.

Noch weniger begriff Bonifaz die Kritzeleien auf der gegerbten Rindshaut. Die hatten sich auch mit Hilfe des Bruders Waldmeister nicht entziffern lassen. Sicher war eins, es handelte sich um ein Rätsel um die Zahl sieben. Aber das wusste Bonifaz auch schon bevor er den Pater um Rat ersuchte.

Dem Bruder lagen so viele Schriften und Aufzeichnungen vor, dass er anbot, durch einen Vergleich mit allen Schreibarten der Brüder und Klosterbediensteten – soweit diese des Schreibens mächtig seien – zumindest belegen oder besser noch ausschließen zu können, dass es sich um einen klösterlichen Verfasser handelte. Bonifaz aber hatte entschieden, das weiche Leder bei sich zu behalten. Er spürte, dass es von immenser Bedeutung war.

Während er sich aber mit dem Waldmeister besprach, musste wohl jemand in seiner Zelle gewesen sein. Kleinigkeiten verrieten den Versuch, etwas zu finden. Am deutlichsten sprach aber der Umstand, dass sein Kreuz ein klein wenig zu schief an der Wand hinterlassen wurde. Bonifaz hatte es kerzengerade vor dem Versteck hinterlassen, da gab es gar keinen Zweifel. Glücklicherweise hatte er beide Schriften in das Refugium des Waldmeisters mitgenommen.

Jetzt, da er wusste, dass die Unterlagen bei ihm nicht länger sicher waren, versuchte er für sein Dilemma einen Ausweg zu finden. Er konnte und wollte nicht noch einmal den Schutz der Klausur verlassen. Hinzu kam, dass der Mantel des Advokaten nicht länger seine Ausflüge in die Welt tarnen konnte. Ohne ein Wort der Erklärung hing er nicht mehr an dem vereinbarten Platz. Daraus folgerte Bonifaz, dass sein Auftrag im Wald sich erledigt hatte. Welch eine Erlösung! Wie oft hatte er sich mittels der vereinbarten List auf gefahrvolle Missionen begeben. Damit war nun ein für allemal Schluss.

Andererseits, im Kloster wollte er die Beweise nicht weiter belassen. Er brauchte einen Verbündeten. Der *Dirrländer Michl* genoss sein absolutes Vertrauen. Was für ein feiner Bursche der doch geworden war! Nichts deutete mehr auf die Heimtücke der Kindheit und Jugend hin. Man konnte sich ändern, dafür war der Michl der beste Beweis.

Inzwischen hatte er sich ein Weib genommen. Ein erstes Kind war geboren. Der geschwollene Bauch seiner Agathe wies auf weiteren Nachwuchs hin.

Dann, eines nachts, kam Bonifaz der Zufall oder besser die Not seines Freundes zu Hilfe. Wieder einmal hatte er nicht in den Schlaf gefunden und im Morgengrauen beschlossen, Ruhe im Chor zu suchen.

Nach einiger Zeit der er Exerzitien – bei jedem Einatmen den Namen Christi aussprechen und beim Ausatmen ein ‚Hilf!' – hörte er ganz in der Nähe ein eindringliches Flehen. Seine Kontemplation war gestört.

Wie wunderte er sich, als er an das Chorgitter trat und zur Linken, am Herz-Jesu-Altar in der gebeugten Gestalt den *Dirrländer Michl* erkannte. Der betete inständig zum Antonius von Padua, vom Volk kurz ‚Kindl-Toni' oder auch ‚Schlamper-Toni' genannt.

Der Heilige stand dort, ein Kind auf dem Arm und eine Lilie in seiner Linken haltend. Der Legende nach hatte sein Mäzen, Graf Tiso von Camposampiero, in der Nacht nach dessen Befinden fragen wollen, als er einen hellen Lichtschein bemerkte, der aus der Kammer drang. Feuer! Der Gastgeber erschrak und öffnet – das Schlimmste vermutend – die Türe. Er fand aber Antonius lächelnd, das leuchtende Jesuskind auf dem Arm.

So war es nicht außergewöhnlich, dass sich das Volk an ihn wandte. Gesundheit und Segen für die Kinder wurde erbeten. Zu viele starben schon früh im Säuglings- und Kindesalter.

„Michl?!", sprach Bonifaz den Flehenden an, als der seine Gebete beendete. „Michl! Komm lass dich segnen und sei dir gewiss, dass ich eure Kinder in meine Gebete mit einschließe."

Michl brachte kein Wort heraus. Er wischte verlegen die Tränen in seine Hemdsärmel ab. Dann kniete er sich auf die Stufe zum Chor und lehnte den Kopf an das Eisen. Bonifaz streckte indes seine segnenden Hände hervor und legte sie dem verzweifelten Mann auf das Haupt.

Mit dieser sorgsamen Berührung schluchzte der Dirrländer auf. Ein befreiender Seufzer nährte die Zuversicht.

„Der kleine Martin fiebert seit einigen Tagen und Agathe beklagt einen ziehenden Schmerz. Sie bangt um unser Ungeborenes." Als sei er eine Erklärung schuldig suchte er Bonifaz' tröstenden Blick.

„Vergelt's Gott, Bruder Bonifaz, Ihr wart mir ein Tröster in meiner Not."

„Lass den Heiligen Antonius das Seine tun und vertraue auf Gott!" Bonifaz konnte dem leidenden Mann kaum in die Augen schauen.

Er fürchtete, dass der Freund sein Gewissen sah. Der Mann hatte seine eigene, schwere Bürde zu tragen. Es half alles nichts. Bonifaz musste ihn um diesen Gefallen bitten.

„Michl, ich weiß welche Last du auf deinem Herzen trägst. Die Sorge um Weib und um Kinder drückt dich nieder. Ich muss mich an dich wenden, mir einen Dienst zu erweisen, ich weiß keinen anderen Ausweg. Einen Dienst, der dich wahrscheinlich in Gefahr bringen wird. Nimm diese Schriftrollen an dich, und trage Sorge dafür, dass sie allein der Empfänger öffnet. Hörst du! Niemand sonst darf dieses Siegel brechen!"

Damit nestelte Bonifaz seine Botschaft aus seinem Gewand. Ihr Empfänger stand in deutlichen Lettern darauf geschrieben. Der Verschluss – fein säuberlich in den Lack gedrückt – glänzte im Kerzenschein.

„Und nun geh' mein Freund, und segne dich Gott!"

Kaum hatte er diesen Segen gesprochen, da betrat der Novize den Chorraum. Bald erschienen die Brüder und stimmten die *Laudes* an. Bonifaz atmete ein. Christus hilf!

***

Zusammen mit Paul nutzte Mariele den Schutz der Nacht.

Kaum tauchte die Dunkelheit die Wälder in schwarze, kaum zu durchdringende Schatten, da trafen sie sich in der Nähe des Kohlplatzes. Paul hatte ein untrügliches Gespür für den richtigen Weg. Auch in einer Neumondnacht, wenn man kaum die Hand vor den Augen sah, ging er ohne zu straucheln den schlüpfrigen Ziegenpfad hinunter zum Lindenhof.

Mariele musste sich allenthalben an seiner Hand festhalten. Mehr als einmal stolperte sie über das Steinpflaster, das ausgelegt war, um den schmalen Pfad zu befestigen.

Kaum angekommen zog Paul sich zurück und schmauchte an einer Tonpfeife, in der eine Zigarre steckte, die er einem betuchten Raucher nach dem Gottesdienst auf dem Dorfplatz abgeschwatzt hatte. Es dauerte einige Zeit, bis Mariele zurück sein würde.

Die verschwand leise wie eine Katze auf die Veranda und in das winzige Zimmer ihres Geliebten. So machte sie es seit dem Tag, als der Paul ihn bei den Wasserfällen entdeckt hatte. Mit der Zeit legten sie alle Scheu ab. Bereits in den ersten Nächten gab sie sich ihm hin und erlebte Gefühle, von denen sie niemals geglaubt hatte, sie je empfinden zu können.

Katharina hatte ihr zugesprochen, hatte ihr Rat gegeben. „Entblöße dich ganz. Lass ihn dich streicheln und bestehe darauf, dass er sich Zeit lässt für dich. Genieße sein Streicheln und zeig ihm, was du am liebsten hast."

Mariele hatte ihrer Empfehlung entsprochen. Ganz langsam, wie eine

Knospe sich im Frühjahr entfaltet, war erblüht, um ihn zu empfangen. Als es soweit war und er in sie drang, stöhnten sie auf. Miteinander. Ein kurzer, stechender Schmerz, etwas Blut, dann überkam sie die Lust.

Über die Zeit verflog alle Vorsicht, sie waren einander sicher. Ihre Leidenschaft ließ es nicht zu, länger zu warten. Liebkosen, das konnten sie sich, immer dann, wenn das Feuer fürs Erste erlosch. Bis sie sich einander aufs Neue verschenkten. Manchmal, wenn er allzu ungestüm wurde, dann vergaßen sie sich, dann befürchtete Jakob insgeheim, dass eines Tages einer der Männer ihn auf das nächtliche Treiben ansprechen würde.

In der heutigen Nacht aber hatte Mariele ihren Liebsten so sanft wie entschlossen auf Abstand gehalten. Unter ihrem Kleid zog sie eine versiegelte Rolle hervor und überreichte sie dem rechtmäßigen Adressaten: Jakob.

Sie schob seine Hände fort, als er ihre Brüste ertasten wollte und drehte den Kopf zur Seite, damit seine Lippen nicht die ihren berührten.

„Brich dieses Siegel und schau dir an, was Bruder Bonifaz dir zugedacht hat. Es ist wichtig und alles andere hat noch Zeit."

Jakob, der *alles Andere* gern vorgezogen hätte, maulte irgendetwas wie: „Lesen lässt es sich besser bei Licht!"

„Dann zünde dir eine Kerze an!?" Mariele zeigte sich unerbittlich und, so Leid es ihm tat, Jakob lenkte schlussendlich ein. Die Papiere verdarben ihm eindeutig die Laune.

Also zündete er einen leidlichen Wachsstummel an, den er schon oft genug für sein nächtliches Lesen entfacht hatte. Seine Gier, Dinge zu wissen, war unersättlich. Was das Wissen anging, hätte er heute Nacht allerdings auch gerne Hunger gelitten.

Das Papier raschelte ungeduldig, als er es auf der Kommode ausbreitete. Das dürftige Licht erhellte die sorgsam geführte Liste des Amtmanns. Jakob brauchte nicht lange, um dessen Betrug zu erkennen, ermessen konnte er ihn auf die Schnelle nicht. Woher stammte das viele Geld, über das er hier Buch führte? Zinsen aus Abgaben der Lehen? Erträge aus Hofübergaben? Verkauf von ergaunertem Vieh? Oder gar Gelder, gedacht für die Witwen und Waisen?

„Das kann ich nicht glauben!" Entrüstung bestimmte sein Flüstern. Immer und immer wieder studierte er sämtliche Zeilen, so dass Mariele ihn stupfte, sie hatte ja nicht gemeint, dass in den wenigen Stunden, die ihnen verblieben, nichts außer Lesen erfolgte.

Jakob las quer und überkreuz, verglich Zeilen und Spalten. Dann nickte er, holte tief Luft und sprach in die Stille hinein.

„Weißt du überhaupt, was ich hier in den Händen halte?" Die Frage galt niemand Besonderem. Dennoch flüsterte Mariele voller Ungeduld in sein Ohr.

„Was, Jakob? Was hältst du denn da in den Händen!"

Jakob wandte sich um und grinste ihr breit ins Gesicht: „Den Herrn Amtmann, Mariele, den Herrn Amtmann halte ich da!"

Als Mariele ungläubig auf ihn herabsah, grinste er noch um einiges breiter. „Mit diesem Aufschrieb kann ich mir meine Freiheit erkaufen. Wenn der Herr Pfennigfuchser sieht, dass er durch meine Hand zu Fall kommen kann, wird er von mir ablassen müssen. Mariele! Verstehst du!? Dann können wir endlich zusammen sein, Frau und Mann, mit einem Hof, einem Haufen Kindern, Vieh und Ackergerät!" Jakob hätte hinaus schreien mögen, so sehr fielen ihm die Lasten von dem Herzen.

„Du meinst, du willst ihn zwingen? Ihm keine Wahl lassen? Ihn nötigen? Unterwerfen? Jakob, das hat keine Zukunft. Wenn du das tust, dann bist du wie er, schäbig und unverfroren!" Beinahe hätte sie ihm das Geheimnis der Katharina anvertraut. Die hatte es ihr gebeichtet, als wieder die Schatten sich über ihr Herz legten.

Mariele hatte nicht nachgelassen, bis Katharina ihr von diesem Teufel berichtet hatte: Der Herr Advokat. Eine gallige, eiternde Seele.

„Was redest du da? Mariele, ich werde ihn überzeugen. Es ist nur ein Tausch. Nicht mehr und nicht weniger. Und, Marie, es ist mein gutes Recht."

„Mag es ein Tausch sein, aber Recht ist es nicht. Jakob. Unsere Zukunft, unsere Liebe soll nicht auf dem Stein aus Verrat und Untreue gebaut sein. Ein Judaskuss! Nein, Jakob, das wirst du uns nicht antun wollen! Nicht auf diese Weise."

„Aber Marie! Was daran soll den falsch sein? Willst du mich zwingen, ein Leben in diesem Gefängnis zu fristen?" Dabei blickte er in dem dunklen Zimmer umher. „Am Tag setze ich keinen Fuß vor die Tür. Die Männer, die mich hier hausen lassen, beginnen zu murren. Wie soll ich mich nützlich machen? Ich sitze im falschen Nest. Besorgte Menschen bringen ein Kuckuckskind durch. Und ich langweile mich zu Tode und mache nichts als den Schnabel aufzureißen, wenn Futter kommt. Mariele! Ich kann das nicht mehr. Ich will hier raus!"

Sie hätte ihn so gern getröstet, ihm nachgegeben. Sie konnte es nicht. Er musste ihr dieses Opfer bringen. Zugegeben, ein hohes Preisgeld. Sie durfte sich nicht erweichen lassen. Um ihrer Liebe willen.

„Bitte, Jakob! Halt noch ein wenig aus. Ich bin sicher, wir werden einen Weg finden. Du brauchst nur noch ein wenig Geduld. So wie ich dich auf deiner Flucht begleitet habe, so begleite ich dich durch diese trostlosen Tage. Vertrau mir. Es kommt unser Tag!"

Jakob senkte ungläubig den Blick. Wie wollte Marie einen anderen Weg finden? Mit Verlaub – eine Köhlerstochter! Rußig im Haar, schwarz im Gesicht. Wer sollte denn diesem Geschöpf helfen wollen?

„Gut. Ich werde noch warten. Sobald aber der Frühling kommt, will ich hier nicht mehr sein. Dann kommst du mit mir oder nicht."

Auch Marie senkte den Blick. Ihre Hand legte sich auf dieses lederne Päckchen. „Setz' alles daran, diese Schrift zu verstehen. Mag sie dir helfen, ohne Verrat in die Zukunft zu schauen. Wo immer wir einst eine Familie sein werden."

Dann löste sie ihr Kleid von den Schultern. Ihre Haut schimmerte wie zarter Samt. Und sie fühlte sich auch so an.

Montag, 11.11.1782 – Martinizins

Der Dinghof der Vogtei Wildgutach hatte durch ein Feuer im Stall erheblichen Schaden genommen.

Den Heiligen sei Dank, konnten die Flammen rechtzeitig gelöscht werden, bevor auch das Wohnhaus von dem Brand erfasst wurde. Die Hofknechte kletterten auf den Giebel und nahmen dem Feuer die Nahrung. Das Dach deckten sie teilweise ab, eine waghalsige Tat. Das Stroh lag in alle Winde zerstreut auf der Hofreite umher.

Der heftige Regen tat das Seine, noch in derselben Nacht ging er in Schnee über. Aus der gut drei Fuß hohen Flockendecke ragten verkohlte, zum Teil noch dampfende Kanthölzer heraus.

Andere retteten das Vieh, soweit dies in den Flammen noch möglich war. Die *Mohr* verreckte, elend schreiend, mit ihr zwei Ziegen und eine Kuh.

Die Verteilung des überlebenden Viehs erwies sich als mühsames Geschäft. Mensch und Tier litten noch unter dem Schrecken der Nacht. Der Tiefschnee machte das Vorwärtskommen zum Kampf.

So kam der Wucherstier auf den Lindenhof. Ein mächtiger Zuchtstier, der allen Höfen in der Vogtei zum Bespringen der Kühe diente.

Laurenz wollte ihn nicht auf dem Hof haben, schon gar nicht, wenn er den Stall mit den Kühen teilen müsse. „Lass ihn nur die Geburtsglieder der Kühe riechen und du wirst keine ruhige Minute mehr haben."

Mathis wollte davon nichts hören und schaffte dem Tier einen Platz neben dem Kuhstall. Den Keiler, der sonst darin hauste, gab es nicht mehr. Die Ställe seien durch Bretter getrennt. Das solle wohl reichen.

„Wirst sehen, Laurenz, Lust und Munterkeit werden dem Tierchen über den Winter fehlen. Bis bei den Kühen der Reiß zur Begattung erwacht, soll es wohl April oder Mai werden. Bis dahin sollte man im Dinghof mit dem

Wiederaufbau fertig sein. Also, keine Furcht vor dem Brüllen der Kühe, bis das losgeht wird es noch eine ganze Weile dauern ..."

„Dann hoffe darauf, dass keiner der Männer einen Schabernack treibt. Jeder hier weiß, wie der Stier munter wird. Ein Jeder hat schnell einen Strohwisch zur Hand, hat den am Geschlecht einer Kuh gerieben und dem Stier um das Maul gewedelt. Wenn das geschieht, möchte ich nicht auf diesem Hof schlafen müssen!"

„Ich möchte meinen, dass es dem Stier eher selten an ... Lebhaftigkeit ... fehlt. Solange die Kühe träge bleiben. Was also sollte sich da ereignen?"

„Mathis, du solltest dich, wie es scheint, mit dem Braten und Räuchern des Fleisches begnügen. Von der Haltung des Viehs jedenfalls verstehst du wahrlich nicht das Geringste. Misch ihnen Hanfkörner oder Kümmel unter das Futter. Vermische gerösteten Hafer mit Salz. Keine Kuh wird dann gleichgültig bleiben."

„Ja der Laurenz, der kennt sich aus!", Mathis war die Rechthaberei des anderen Leid, „Und jeder einzelne unserer Männer auch. Im Stall steht eine frischmelkende Kuh. Es gibt also keinen Grund. Die Männer hier sind nicht so dumm wie du es gern hättest."

Laurenz hatte über den Streit die Stube verlassen, so dass Mathis die letzten Sätze herausbrüllen musste. Kratz mich am Buckel!

Laurenz aber grinste in sich hinein. Sein Einfall freute ihn derart, dass er sich den Abend herbei sehnte, an dem er ihn in die Tat umsetzen könnte. Diesen Besserwisser von einem Koch sollte der Schreck im Gesicht festgebrannt werden. Er kannte die Gewohnheiten des Mathis. Jahrelange Erfahrung. Der Tag, an dem er zu trinken begann, war nicht mehr allzu fern. Vielleicht schon am kommenden Freitag, zum Ende der Woche sprach er immer dem Alkohol zu. Mehr als gut für ihn war. Einmal hatten sie ihn am Boden liegend gefunden. In seiner Kammer. Ohne Bewusstsein.

Und Laurenz irrte sich nicht.

Das Kirschwasser floss reichlich an diesem Abend. Die Männer, die er in seinen Plan eingeweiht hatte, hörten nach den ersten Gläsern schon wieder zu trinken auf. Danach gab es nur noch Wasser für sie. Mathis aber schluckte munter drauf los. Als der erste Gutter zu Neige ging, brach er den nächsten an. Für ihn keine ungewöhnliche Menge. Da konnte kaum einer mithalten.

Andere hätten schon längst unter dem Tisch gelegen, da fing der Koch erst so richtig an. Es wurde gesungen, gegrölt und gelacht, deftige Scherze über die Weiber, die Pfaffen und Reichen gemacht. Bis Laurenz schließlich auf die schwellende Lust dieses Wucherstieres zu sprechen kam, und eine

Kuh habe die anderen besprungen. Ein untrügliches Zeichen. Sie seien zum Freien bereit.

Mathis, der scheinbar unbeteiligt, mit stetig sinkendem Kopf auf den Unterarmen gestützt über dem Tisch hing, griff noch einmal zur Flasche. Wie sicher er noch immer zupacken konnte, schon beim ersten Versuch. Den anderen war das schon immer ein Rätsel geblieben. Ein Anderer hätte ins Leere gegriffen, wohlmöglich ein Glas umgeschmissen.

Mathis aber benutzte kein Glas. Und auch heute setzte er sicher an. Etwas Kirschwasser rann ihm das Kinn hinab, die feuchten Lippen schmatzten dem Trunk hinterher.

„Herr Riesenbaumeister!“, lallte er in seinen Bart, „was verstehst du denn vom Freien? Wann bitte ist dir zuletzt deine Eichel geschwollen? Ist die überhaupt groß genug, um in die *Schnalle* zu tauchen?“

Keiner der Anwesenden hätte in dem Zustand noch derartig viel schwätzen können. Und schon gar nicht so, dass man es auch noch verstand. Und niemand hätte es sich gewagt, den Baumeister auf diese … anstößige … Weise herauszufordern. Laurenz hatte nur auf eine solche Kampfansage gewartet.

„Wie schon gesagt, Mathis. Schaff du besser die Dinge, auf die du dich verstehst. In deinem Zustand aber könntest du nicht einmal mehr eine Milchsuppe kochen. Ach was, selbst ein Topf Wasser würde dir anbrennen.“

Mathis konnte zwar trinken und ein weiterer Gutter stand schon bereit, aber sein Hirn verwehrte ihm klare, ja kluge Gedanken. Wie oft hatte er es bereits am nächsten Tag schon bereut. „Schnaps ist ein Arschloch“, hatte er dann reumütig gedacht, was ihn aber nicht davon abhalten konnte, bereits wenige Tage danach diesem *Arschloch* erneut auf den Grund zu gehen. Im wahrsten Sinne des Wortes. Am Ende einer jeglichen Flasche hatte er es sich zu eigen gemacht, mit einem verschwommenen Auge durch den Hals auf den Grund zu schauen. Kein Tropfen sollte ihm jemals entwischen.

Schwankend erhob er sich von seinem Stuhl. Der fiel polternd zu Boden. „Ich…“, seine Ansprache forderte seine volle Aufmerksamkeit. Hände und Füße ließen sich kaum noch in sichere Bahnen lenken.

„Aufpassen, Freunde, jetzt geht er ab! Wie ein Stamm auf der Riese. Lasst uns die Wehre dreifach bauen, sonst steigt uns der Mathis aus, wenn er die nächste Kurve nimmt. Glaubt mir. Am Ende verletzt sich noch einer!“

„Pffft. Halt doch die Goschsch’! Rieshirtth. Ich hab’ scho gantz andre Leute bekocht. Die haben sich die Pfinger geleckkt.“

„Jetzt kommen wieder diese Geschichten von Fürsten und Freiherren. Mathis, ins Fäustchen haben die sich gelacht. Schließlich haben sie dich verstoßen, oder soll ich sagen: aus dem Hause gejagt. Warum bist du denn hier und nicht am Hofe des Königs? Doch nur weil den Fraß keiner mehr essen wollte …!"

Laurenz schüttete noch einmal Öl ins Feuer. Sein Ziel war erreicht. Auf sein Zeichen verschwandt Elias im Stall.

„Wie wollllt'ir die Mil…supp denn haben?! Sämig und fett, mit getrockneten Pflau'mn?"

„Wohlan. Man gebe dem Hofkoch Schemel und Eimer!" Laurenz stichelte weiter und schaute belustigt drein. Mathis schwankte in Richtung Tenne. Die Männer folgten ihm mit lautem Muhen auf Schritt und Tritt. War das ein Spaß!

Mit einer Hand an dem Balken fingerte Mathis nach dem Henkel des Melkeimers. Was einige Zeit in Anspruch nahm und erst gelang, als helfende Hände ihm den Griff in die Faust drückten. Mathis schnaufte benommen und hielt einen Augenblick inne. Dann stützte er sich an die Holzwand. Die anderen standen Spalier. Er bewegte sich schleppend zur Türe hinaus. Die frische Luft traf ihn wie ein Hammer am Kopf.

„Halt, Mathis!", rief ihm einer zu, „Du musst zur anderen Seite. Oder willst du nun doch eine Ziege melken!?"

Da hatte er doch die falsche Richtung genommen! Mathis begann wie irre zu kichern. Natürlich! Da hatte er doch vor lauter … den Überblick verloren. Kehrtum, Marschsch!

Bei der Kehre jedoch verlor er zusätzlich auch noch den Halt und haute der Länge nach hin. Für eine Weile blieb er dort liegen, so dass die schaulustige Bande schon glaubte, das Lustspiel solle schon hier ein schmähliches Ende finden. Dabei …!

Da kam der Mathis unverhofft doch noch auf die kippelnden Knie. Bis dahin, zu mehr schien er nicht in der Lage. Aber was soll's. Der wahre Koch scheut keine Mühen!

„Dasss habt ihr euch so gedachcht! Dass der Mathis im Dreck lie'n bleibt? Nichts da. Die Milch kommt in den Eimer …!"

Dass der Kübel schon reichlich mit Matsch verklebt war, schien ihn nicht weiter zu stören. Und auch der Schluck Schnaps, der ihm – dem Himmel sei Dank – noch gereicht wurde, wollte ihn nicht wieder auf seine Füße bringen.

So krabbelte er in den Kuhstall. Auf allen Vieren. Diesmal nahm er die richtige Tür. Zugegeben, jemand half ihm dabei, wahrscheinlich wäre er sonst mit dem Kopf gegen den Brunnenschopf gerempelt. Das konnten die Männer freilich nicht zulassen. Wohl dem, der Freunde hat!

Die Milchkuh stand im hinteren Teil des Stalls. Mathis schob sich durch Stroh und Farn. „Nicht mehr ganz sauber…", dachte ein ferner Gedanke über die Einstreu am Boden. Eine Hand tauchte in einen warmen Fladen, eine Kuh pisste einen mächtigem Strahl.

Die Holzwand zu den *Gremmen* der Schweine beendete Mathis' Ausflug. Vorerst. Er zog sich am Holzrahmen hoch und platzierte den Schemel direkt neben dem Tier, die einzige frischmelkende Kuh. Sehr unruhig am heutigen Abend. Mathis kicherte wieder. Er würde auch schnauben, wenn jemand des Nachts an seinen Euter wollte. Er packte nach der erstbesten Zitze.

So schnell war er noch nie nüchtern geworden.

Dass er überhaupt so flink aufspringen konnte. Klar war das Tier unruhig gewesen, klar hatte es unwillig gebockt. Klar hatte es Mathis mitsamt seinem Hocker in die Ecke gefegt und zu stampfen begonnen.

Die Meute stand johlend im Brunnenschopf und sie schlugen sich auf die Schenkel. Welch ein Gespann, das da aus dem Stall galoppierte! Zuvorderst ein schreiender Koch, die Augen weit aufgerissen. Der rettete sich mit einem kühnen Sprung in den Wassertrog. Nur einen winzigen Hauch später – den Kopf zum Angriff gesenkt – der wütende Stier. Die Hufe wirbelten Dreck durch die Luft. Die Männer standen eng an die Hauswand gedrückt. Dem ein oder anderen klebten Dreckbollen im Gesicht. Der Spaß hätte auch schiefgehen können!

Der Stier war aber mal richtig wütend gewesen. Dass man ihn mehrere Tage suchen musste, das war die Komödie wert.

„Und nun, Mathis?!", prustete Adalbert und schnappte nach Luft. „Stierhoden zur Milchsuppe!? Ist es das, was die Freiherren nicht essen mögen?"

„In Zwiebeln und Knoblauch gebraten, mit gutem Weißwein gelöscht, so schmecken sie *Männern* am besten. Aber was wisst ihr schon davon. Ihr fresst sie wie räudige *Hunde*: Trocken und ledrig." Damit schritt Mathis triefnass doch erhobenen Hauptes davon. Ein Feinschmecker unter den Köchen. Das Gelächter der Holzknechte beachtete er einfach nicht. So gut das eben ging.

Aber es ging nicht gut.

Jakob behagte die Posse – wie Laurenz es nannte – von Beginn an nicht. Wäre sie allein der *Weinfeuchte* geschuldet, gut, dann hätte Jakob den Rausch als Ursache gelten lassen. Er aber wusste es besser. Etwas Gemeines, ja, Niederträchtiges, hatte in diesem „Stück" mitgespielt.

Es war nicht schwer zu begreifen. Das Rudel hatte zwei Leitwölfe. Das konnte nicht gutgehen. Wie oft waren Laurenz und Mathis wie aus heiterem Himmel aneinander geraten. Für die anderen wurde es von Tag zu Tag unwägbarer, auf wessen Seite sie sich schlagen wollten. Oder gab es diese Wahl überhaupt noch? Wollte Laurenz etwa den Mathis aus dem

Rudel ausschließen? Kaum merklich ging ein Riss durch die Mannschaft. Schließlich mahnten die scheinbar herkömmlichen, alltäglichen Umstände zur Achtsamkeit.

***

Die Schafe waren längst in den Stall zurückgekehrt. Jakob hatte frische *Flecklinge* verlegt. Die neuen und starken Bretter würden die Tiere die kommenden Jahre sicher tragen.

Gewiss, Jakob, die Schafe waren nun nicht mehr in Gefahr. Du hättest es wissen können. Als du schon einmal dabei warst, warum hast du da nicht auch …

Aber was konnte es ändern, wenn man sich Vorwürfe machte. Vielleicht war ja das was geschah auch ein Teil von einem größeren Plan. Wer konnte das wissen?

Es kam der Morgen des Martinstags, der Tag der Abrechnung, wie Mathis ihn nannte. In der Tat mussten an diesem Tag der Zins und die Steuer erbracht werden und der Martinszins, der Zins für die Liegenschaften und Pachtfelder war fällig.

Auf dem Hof herrschte noch Ruhe. Der anbrechende Morgen entlockte den ersten Amseln ein Lied. Jakob lauschte dem Singen und empfand so etwas wie Frieden, ein Gefühl, das ihn gleichsam erschreckte, hatte er sich zu sehr eingenistet? War er zu träge geworden? Wo war der Wille wieder ins Leben zu treten, sich der Verbannung zu wiedersetzen?

Den markerschütternden Schrei konnte Jakob zunächst nicht zuordnen. Zuerst dachte er, Mathis habe sich mit kochendem Wasser verbrüht. Der Schrei aber – an dem nichts Menschliches war – wich einem Schnauben und Stöhnen, ein Krachen, ein Lärmen und dann wieder ein Schrei. Jakob, der bis dahin dem Tagwerk entgegen dämmerte, sprang auf und rannte, so wie er war in den Stall. Er hatte begriffen, was da so krachte und was da so schrie. Auf der Veranda stieß er mit Konrad und Michl zusammen.

„Schnell! Da ist eines eingebrochen!“ Jakob wusste sofort was Michl meinte. Er hastete den beiden so schnell es ging hinterher. Im Stall angekommen, bot sich den dreien ein erschreckendes Bild. Mathis kniete im Mist und versuchte die trächtige Kuh zu beruhigen. Die steckte bis über den Bauch im Stallboden fest. Gleichzeitig jammerte er um Hilfe und verfluchte die verrotteten Holzknechte, die fett in ihre Schlafstellen furzten, und im Stall verrecke das Vieh.

„Das hatte ja einmal geschehen müssen!" Jakob empfand beinahe Genugtuung. Was hatte er sich nicht alles anhören müssen, als er die Schäden im Schafstall beanstandet hatte.

„Jakob! Auf! Jetzt ist nicht die Zeit für deine Eitelkeiten. Jetzt gilt es dem Tier zu helfen!" Mathis brachte es auf den Punkt. Hier ging es nicht um Rechthaberei. Es ging hier nicht um ihn, sondern um einen wichtigen Teil ihrer aller Lebensgrundlage, soweit Kuh und Kalb noch zu retten waren. Also packte er an.

Nur kurz herrschten Aufregung, Ratlosigkeit und Tumult. Immer mehr Männer kamen hinzu. Die Kuh hörte nicht auf zu brüllen.

„Schluss jetzt!" Die Männer zuckten zusammen. Als hätten sie sich auf ihre Gemeinschaft besonnen, verlief die Bergung von nun an in einem sorgfältigen Takt. Ein Jeder an seinem Platz. Ohne Geplapper. Hand in Hand. So waren sie es gewohnt. Damit kannten sie sich aus. So trotzten sie den Gefahren.

Starke Seile wurden über das Gebälk in der Stalldecke geworfen. Irgendwer schaffte es, sie unter den Leib des Tiers durchzuführen, blutige Arme, Gestank nach *Tummet* und nach Gedärm.

Stücke aus Leder und Fetzen aus Leinen unter den Bauch, aufpassen, dass die Wunde nicht weiter reißt! Behutsames, aber entschlossenes Ziehen an beiden Stricken. Jakob musste sich abwenden.

Aus dem Bauch der Kuh ragte ein armdicker Spieß, zum Teil verfault, zum Teil spitz genug, um in die Eingeweide zu dringen. Blut und andere Flüssigkeiten flossen an dem Holzstück herab auf den Boden.

Die Männer standen mit schlaffen Armen umher und starrten auf das verendende Tier, und auch das Kalb war nicht mehr zu retten.

„Bringen wir's hinter uns." Mathis schlurfte müde davon. Von dem Fleisch wollte später so recht niemand essen.

***

Dass sich an seiner Lage etwas ändern musste, das war Jakob schon immer klar. Er wollte ja auch, das hatte er seinem Mariele gesagt.

„Jakob. Du kannst dich nach einer Veränderung sehnen, ob du aber den Mut hast, dein Nest zu verlassen? Das steht auf einem ganz anderen Papier."

Nur wenige Tage nach dem Verrecken der Kuh zog sich Jakob an seinen Stammplatz bei den Zweribachfällen zurück. Das heißt, er hatte es vor. Der Aufstieg strengte ihn mehr als sonst an. Immer und immer wieder kam ihm dieses schreckliche Bild vor Augen. Das werdende Kalb wurde weggeworfen. Er ertrug diesen Anblick nicht. Auch aus seinen Träumen wachte er schreiend auf, als sei er selbst das hilflose Kalb gewesen. Abgelegt – irgendwo auf den kalten, totbringenden Boden. Die Bilder ließen sich nicht einfach abschütteln. Und es kam noch eines dazu:

Die Federn lagen achtlos umher. Weißer Flaum trieb am Rande des Baches, dort wo er sich immer etwas angestaut hatte. Bis der Bach anschwoll und die Reste der Amsel über die Kante trieb, würden sie, von kleinen Wellen getrieben, an immer derselben Stelle im Kreise sich drehen.

Aus den Aufzeichnungen des Advokaten

„Es geht die Sage, ein Mönch sandte einst einen Schüler aus, um das Extrakt der unschätzbaren Schönheit der Welt auf eine Tafel zu malen. Die Tafel aber zerbrach in sieben unterschiedliche Stücke und der Schüler versuchte sie wieder zu einem Viereck zusammenzulegen. Tagelang saß er da und es wollte ihm nicht gelingen. Wie verwundert war er, als unzählbar viele Muster und Bilder entstanden. Allein zu der ursprünglichen Form kam er nicht wieder zurück.

Am Ende erkannte der Schüler: Er musste nicht in die Welt hinaus, ihre Schönheit und Reichhaltigkeit fanden sich in den sieben Teilen der zerbrochenen Tafel wieder."

Ein wandernder Bursche und Uhrenhändler mit seiner Krätze brachte mir diese Geschichte und die dazugehörenden sieben Teile von seinen Reisen mit. Ch'i Ch'ae pan, das Siebenschlau. Ich gelangte zu der Erkenntnis, dass die Welt sehr wohl eine Scheibe ist, sie hat die Form eines Quadrats.

Du hast lange gebraucht und du verstehst es noch immer nicht.

Aber das ist nicht wahr. Ich habe die Stücke gefunden, sechs an der Zahl. Sie sind wunderschön. In die Keramik sind Blätter und Blumenranken geschnitzt. Fünf gleichschenklige Dreiecke und ein kleines Quadrat. Seither versuche ich, sie auch ohne das fehlende Stück zusammenzufügen.
Das ausstehende Teil. Es handelt sich um $A = g \cdot h$*, ein Parallelogramm.*

Und eine weitere Qual.

2 = 7 + 11 = 2(1 + 14); 2(3 + 13); 1(5); 3(7 + 8 + 18); 2(10 + 16); 1(11)

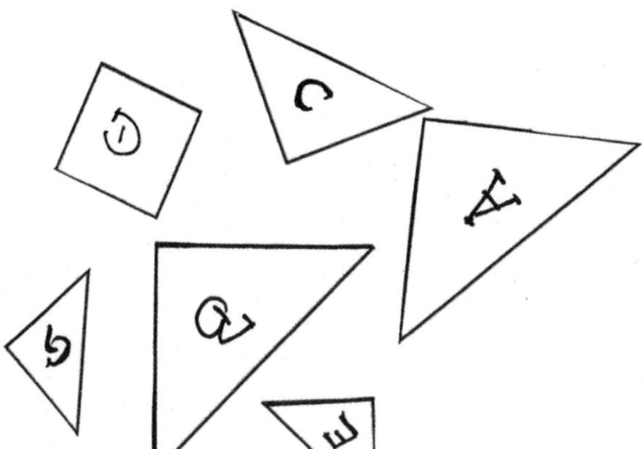

Freitag, 27.12.1782 – Johanniswein

Der Johanniswein war geweiht und ausgeteilt worden.

Er sollte den Kranken als Stärkung dienen. Unmittelbar nach der Heiligen Messe aber spann der Amtmann erneut an seinen Intrigen.

„Auf ein Wort, Pater." Damit zog er den Mönch in die Stille der Amtsstube hinein, lud ihn jedoch nicht ein, sich zu setzen. Er mochte diesen Geistlichen nicht, hatte ihn nie gemocht. Darum sprach er ihn nicht mit Namen an. Das hätte für ihn etwas allzu Persönliches bedeutet. Es sollte nichts Verbindendes zwischen ihnen beiden entstehen.

„Es fehlt unserem Kloster etliches *Holzgeld*. Was, ehrwürdiger Vater, wisst Ihr davon?" Als sein Gegenüber ihn mit kalten, undurchschaubaren Blicken bedachte, fuhr er eindringlich fort.

„Nicht alle Bretter aus unserer Sägmühle erscheinen an ihrem Bestimmungsort. Nicht alle Stämme aus unseren Wäldern sind in den Büchern erfasst und etliche haben den Weg über die Flüsse nach Kollnau nicht finden können. Was wisst Ihr davon?"

„Nun, ich weiß, dass Ihr einen Gefangenen hattet. Findet ihn und Ihr habt das Rätsel gelöst."

„Bei meiner Ehre als Advokat dieses Klosters. Ich fürchte, der Junge hat damit am allerwenigsten etwas zu tun." Er hegte den Verdacht, dass dieser Mönch beileibe nicht so teilnahmslos war, wie er dort vor ihm stand. Aber das ließ sich nicht so einfach behaupten.

„Und was glaubt Ihr, wer sonst als er hat etwas damit zu tun?" – Diese elende Arroganz dieses „Paters" störte den Advokaten ungemein.

„Immerhin. Man hat ihn auf frischer Tat ertappt. Und er hat Buch darüber geführt. Er wird nicht alleine zu Werke gegangen sein, da habt Ihr wohl recht. Doch seine Schuld, Herr Advokat, ist meiner Einschätzung nach unumstritten. Fangt Euch den Fisch wieder ein und erzwingt sein Geständnis. An Mitteln dafür fehlt es Euch wohl sicher nicht."

War dieser Pater so abgebrüht oder wusste er wirklich von nichts? Hatte er selbst sich in seinen Nachforschungen getäuscht? War es denn doch nicht dessen Schrift, die er glaubte entziffert zu haben?

Damals hatte er diese Lederrolle in der Bibliothek gefunden. In einem Regal, hinter den Büchern versteckt. Ihm war unvermittelt bewusst, dass er damit in den Besitz wertvoller … Argumente … gelangt war, die ihm einst die Haut retten konnten. Es hatte sehr lange gedauert, bis er aus den scheinbar hingeworfenen Karten und Formeln ein System entdeckte und ohne die Hilfe des Gegners – aber lassen wir das.

Nur, das Leder befand sich nicht mehr in seinem Besitz. Kurz vor dem endgültigen Knacken des Codes, verschwand es irgendwo hin und mit ihm seine eigene Buchhaltung. Falls aber sein Betrug je auffliegen sollte, hätte sich dieses Stück Tierhaut als seine Lebensversicherung erweisen können.

Das Rätsel um dieses Päckchen aus Haut wollte noch endgültig entziffert sein. Der Verfasser war deutlich schlauer gewesen als er, der Oberamtmann des Klosters, der Herr Advokat.

So ein Hanswurst, wie er einer war, erkannte das erst, als seine eigenen Aufschriebe aus der Amtsstube verschwanden. Er hatte sich nicht die Mühe gemacht, seine Schandtaten für fremde Augen unlesbar zu machen und dieser Umstand brach ihm jetzt das Genick.

Aber wer hatte sie an sich gebracht? War gar der ehrwürdige Vater, hier vor seinem Pult, höchst selbst der Dieb, der in aller Dreistigkeit seine Schubladen durchwühlt hatte, um, im wahrsten Sinne des Wortes, seine eigene Haut zu retten?

Der Amtmann schauderte. Sollte der Pater sich des Inhalts der Lade bemächtigt haben, nicht auszudenken, was dann geschah.

Aber nein! Den Halunken, der seine Schubfächer geöffnet hatte, glaubte er sicher zu kennen. In der Zelle des Bonifaz aber fand er die Aufschriebe auch nicht. Das Versteck fand er nach einigem Suchen. Es war leer gewesen!

Es blieb ihm im Augenblick keine andere Wahl, er musste den Stein ins Rollen bringen. Eine Hand wäscht die andere. Die seinen wollte er in Unschuld waschen.

Die Hasen mussten aufgescheucht werden. Er allein hatte die Macht und die Mittel dazu, da gab er dem Bruder recht. Und wer die Macht hat, der ist der Jäger. Damit setzte er alles auf eine Karte.

„Ich würde Euch gern zustimmen, aber da gibt es diese anderen Aufzeichnungen, an deren Echtheit gibt es nicht den leisesten Zweifel. Zugegeben, sie sind nicht einfach zu lesen. Mit etwas Verstand und dem Einsatz der richtigen Worte lassen sich allerdings Schlüsse ziehen. Eine besondere, wenn nicht gar geschäftstüchtige Handschrift, wenn Ihr versteht was ich meine … Pater?“ Ein Betrüger wollte den anderen betrügen.

Er war noch einen Schritt auf den Geistlichen zugegangen. Noch immer ließ sich der Mann nicht aus der Ruhe bringen. Wie abgefeimt.

„Jedwedes Kind auf der weiten Erd,
vom Hornberger Schiessen schon hat gehört,
das Pulver ging aus zur schönsten Stund,
so dass man nicht mehr schiessen kunnt!“

„Immer ein Reim auf den Lippen, ehrwürdiger Vater. Ganz so wie man Euch kennt. Doch nur zu meinem Verständnis: Was lässt Euch glauben, zwischen uns stünde es Patt?"

„Das fragt mich der, der in die Zinskassen greift? Herr Advokat! Ich hätte Euch mehr Gerissenheit bei Euren Solospielen zugetraut. Passt auf, dass Euer *Caval* nicht stürzt. Wie hieß er noch? Pichler?"

Der Amtmann schluckte. Die Augen, in die er blickte, brachten ihn aus dem Konzept. Es blitzte etwas Gefährliches darin. Womöglich hatte er außer dem Stein noch einen weiteren Felsbrocken angestoßen, der am Ende ihn selbst zermahlen würde. Dieser Bruder vor ihm hütete ein Geheimnis, das war ihm jetzt mit letzter Gewissheit deutlich geworden. Seine Ahnung hatte ihn nicht getäuscht. Sie wussten beide von der Scheinheiligkeit des anderen. Und mehr noch, der Mann vor ihm würde nicht zaudern, ihn aus dem Weg zu räumen. Er war in eine Falle getappt. Wer aber ... verdammt ... war nun im Besitz der Beweise?

„Findet Eure Papiere. Bevor es irgendein anderer tut. Vielleicht ist er näher dran als Euch lieb sein könnte. Wenn Ihr sie habt, dann sprechen wir weiter. Ich für meinen Teil weiß, wo die meinen sind. Und dort wo sie sind, da habe ich sie unter Kontrolle." Der Pater hielt die Klinke der Türe bereits in der Hand.

„Oh, Herr Advokat, eins noch. Ihr solltet bedenken, dass auch Amtsleute im Weiher ertrinken könnten..."

Freundlich und fürsorglich legte er dem Gegenüber die Hand auf die Schulter. „Behüt' Euch Gott, *Herr* Advokat."

***

Mathis starrte auf die Pergamente.

Er versuchte gefühllos zu wirken. Was ihm leidlich gelang, kaum merklich zitterte seine Hand.

„Und was sagtest du, wer dir diese Aufzeichnungen gegeben hat?" Er versuchte nicht einmal, Jakob in die Augen zu schauen, dafür war er sich nicht sicher genug.

„Was spielt das für eine Rolle? Ich habe sie. Das reicht." Jakob verunsicherte Mathis' eigenartiges Verhalten. Was sollten die Fragen? Er fragte Mathis um Rat und nun wurde er von seinem Freund – ausgehorcht?

Ja, Freunde, das waren sie in den letzten Wochen geworden. Endlich konnte Jakob wieder Vertrauen in einen Menschen fassen. Außer Mariele natürlich. Der vertraute er blind.

„Ja. Ja, da hast du wohl recht. Entschuldige. Egal wer sie gebracht hat, dem Amtmann wird es die Stellung kosten."

„Sie könnten auch meine Freiheit wert sein. Er könnte dafür die Anklage fallen lassen …“

„Oh nein! Jakob. Das hast du nicht wirklich vor! In einem solchen Spiel wirst du verlieren. Dafür fehlen dir die entscheidenden Trümpfe. Wenn es stimmt was hier steht – und danach sieht es nach meinem Dafürhalten aus – dann hast du es mit einem zu tun, der einen Untertan bedenkenlos zwischen den Fingern zerquetscht. Er wird dich vernichten!“

„Aber was dann? Was soll ich tun, um in Freiheit zu leben? Ich kann hier doch nicht hausen bis ich alt und gebrechlich bin. Wenn es überhaupt so weit kommt. Wahrscheinlich werde ich sterben. So oder so. Unter einem Leben stelle ich mir etwas anderes vor. Und außerdem, du fängst schon an zu reden wie die Marie! Warum sagt mir jeder nur, was ich auf keinen Fall tun soll. Versuch' es doch einmal auf andere Art, Mathis! Sag mir, wie ich die Freiheit erlange!“

„Jakob das will ich doch auch! Nur gib mir etwas mehr Zeit, um darüber nachzudenken. Ich würde gerne vorher noch diese anderen Aufschriebe verstehen. Diese hier.“ Dabei schaute er nachdenklich die lederne Rolle an. Gerade so, als wolle er sie beschwören, ihr Geheimnis zu lüften. „Die sind ja offensichtlich nicht aus der Hand unseres Advokaten…“

Welcher Grund ihn davon abriet, beides, die Haut und den Umschlag, in Mathis' Obhut zu lassen: Sein Dämon hatte geknurrt. Ein untrügliches Zeichen für eine Gefahr. Mathis schien mehr darauf bedacht, die Geheimnisse an sich zu bringen, als einen ernsthaften Gedanken auf Jakobs Freiheit zu richten. Er wollte die Handschriften schier nicht hergeben. Für einen Augenblick zogen beide am gegenüberliegenden Ende daran. Vor allem die lederne Schriftrolle mit den Tarockkarten ließ sich nicht so leicht aus seinen Pranken befreien. Dann ließ Mathis gleichgültig los.

Am nächsten Tag war er verschwunden.

Zwischenzeitlich

Im Ansiedlungskommissariat zu Rottenburg saß ein griesgrämiger Beamter.

Dem Andrang der künftigen Siedler begegnete er mit einer gemächlichen Gleichgültigkeit, die erheblichen Einfluss auf die Bearbeitung und Ausstellung der Pässe hatte. Mittlerweile drückten sich Protestanten auf den Fluren vor dem Amtszimmer herum. Eigentlich ging es ihn ja wirklich nichts an, sollte doch siedeln wer wollte.

Er hatte ja nicht die Aufgabe diese Menschen von ungleicher Herkunft und ungleichem Bekenntnis dort unten anzusiedeln. Wer immer dafür verantwortlich war, achtete besser darauf, klare Trennungen vorzunehmen. Ansonsten brauchte man keine Osmanen mehr, die einem die Köpfe einschlugen. Das könnte man dann auch selber erledigen.

Aber wie schon gesagt, das sollte seine Sorge nicht sein. Sein Vesper wartete schon. Auf der Hälfte des Vormittags pflegte er – Trubel hin oder her – eine ausgiebige Pause zu machen. Der Tag dauerte noch lange genug. Die Arbeit wartete ja sozusagen draußen auf dem Gang. Manchmal erschienen sie hier mit der gesamten Bagage. Dann plärrten die Kinder, zuweilen so laut, dass er die Büttel rief, um für Ordnung zu sorgen. Es war ein leidiges Amt, das er ausfüllen musste, und er hoffte inständig, dass diese unleidliche Siedelei bald ein Ende habe. Sein Tag verlief in quälender Langsamkeit.

Schließlich ließ er den letzten Bittsteller aufrufen. Bald war es geschafft. Dann konnte er noch auf einen Krug ins Gasthaus verschwinden. Vielleicht waren die anderen auch dort und sie konnten noch das ein oder andere Spielchen machen. Ihm sollte es recht sein. Er mochte es nicht, wenn die Kinder daheim bis in den Abend für Umtrieb sorgten. Besser die würden schon schlafen. Wie sollte er sonst zur Ruhe kommen.

So schaute er nicht einmal auf, als der Mann 80 Gulden über den Tisch schob. Wie schön. Jetzt bot der Tag doch noch einen versöhnlichen Ausgang. Zwei Familien sollten Papiere zur Aussiedlung erhalten. Für zwei Familien wies dieser Fremde jeweils 500 Gulden Kaisergeld nach. Ein kleines Vermögen.

Für das Geld fragte er nicht, gab aber auch keinerlei Auskünfte. Besser es wurde nicht viel gesprochen. Entlassungspapiere spielten jetzt keine Rolle, Zurückhaltung und Verschwiegenheit waren die besten Eigenschaften, um dieses kleine Zubrot einschieben zu können.

Alle machten es, aber erwischt werden, das wollte freilich niemand. Man wollte ja schließlich die Dynastie nicht bescheißen. Auf der anderen Seite diente man auf diese Weise dem Anliegen des Kaisers, eine gewisse Wertschöpfung aus Grund und Boden zu ziehen. Das musste er ihnen lassen, diesen Herrschaften, geistreich waren sie allemal. Viel Volk, viel Steuern. Bettler und Vagabunden erwiesen sich immer als Last für den Staat. Wenn es nach ihm ging, dann sollte man überlegen, ob auch auf das Betteln eine Steuer zu zahlen sei.

Der Mann vor seinem Pult gehörte eindeutig nicht zu diesem unnützen Pack. Der konnte gutes Geld auf den Tisch legen. Mit gespieltem Desinteresse schob der Amtmann einen Teil des Geldes in seine Taschen, den anderen musste er, so leid ihm das tat, an andere weiterleiten.

Für den Abend im Wirtshaus reichte ihm diese Nebeneinkunft sowieso. Warum auch sollte er seinem Weib davon erzählen?

Hinter vorgehaltener Hand wurde gemunkelt, dass die Amtmänner an den Sammelstellen in Ulm und Wien schon bald die Ankömmlinge durchwinken wollten, egal ob sie gültige Ausweispapiere vorgezeigten oder auch nicht. Warum diesem Bewerber davon erzählen?

Er stellt zwei Kolonistenpässe aus. Einen auf Jakob Rämele und den anderen auf Mathis Trenkle nebst ihren Eheweibern und je einem Kind.

Im Grunde konnte der Habsburger Amtmann weder sein Weib noch die Aussiedler ausstehen.

Montag, 03.02.1783 – Halsweihe
Marie kniete sich nieder, um den Blasiussegen für dieses Jahr zu empfangen.

Das Ende des Winters war angebrochen. Kerzen wurden geweiht. Sie sollten brennen bei schweren Gewittern und in der Nähe der Sterbenden. Über Wein, Wasser und Brot wurde der Segen gesprochen. Später würde Marie den Hühnern vom Blasiwasser zu trinken geben. Als Schutz gegen hungrige Füchse.

Man hielt ein Paar Kerzen gekreuzt vor ihren Hals:

„Der allmächtige Gott schenke dir Gesundheit und Heil. Er segne dich auf die Fürsprache des heiligen Blasius durch Christus, unsern Herrn.“

Sie räusperte ein *Amen* hervor, erhob sich und trat zurück in die Bank, aus der sie sich für den Zuspruch erhoben hatte.

Ihr ging es nicht um ihren eigenen Hals. Wahrlich, Jakob konnte den Segen besser gebrauchen. Und gerade er konnte ihn nicht empfangen. Er saß noch immer auf dem Lindenhof fest. Beinahe ein ganzes Jahr.

Marie wollte im Angesicht Gottes nicht undankbar wirken, gewiss nicht. Allein, dass Jakob noch immer unentdeckt war, grenzte schon an ein Wunder. Seinen Hals zu retten, hatte sie den Schutzpatron angefleht.

Wenn der Heilige während der gemeinsamen Haft einem jungen Mann hatte das Leben retten können, dann konnte er dies auch für Jakob tun. Wer sonst hätte dazu die Kraft, wenn nicht der heilige Bischof von Sebaste.

Zwar lief Jakob nicht Gefahr zu ersticken wie der Junge vor langer Zeit, dem eine Fischgräte den Atem nahm. Ihm, Jakob, drohte der Strick. Ein Strick, der sich langsam fester um seinen Hals zog. Und noch immer hatten sie keinen Ausweg gefunden.

Zu allem Unglück war auch der Mathis seither nicht wieder aufgetaucht. Ihr Liebster litt zweifach an dessen Verschwinden. Zum einen – das hatte er ihr in der Stille der Nacht anvertraut – liebte er Mathis wie einen Vater, zum anderen litt er an der Willkür und den Launen des Laurenz.

Als klar wurde, dass Mathis sich davongemacht hatte, wollte Laurenz den Jungen vom Hof verjagen. Michl, Adalbert und Elias hielten ihn davon ab. Das dürfe er nicht, einen Jungen in den sicheren Tod jagen. Worauf Laurenz seinen Zorn zähmte und von dem Vorhaben abließ. Fürs Erste. Nach Lichtmess aber war er wieder unruhig geworden.

Einige Holzknechte vermuteten, Mathis sei ins Banat verschwunden.

„Der sitzt irgendwo in Bakowa oder Nicskydorf und lacht sich ins Fäustchen.“ Konrad kannte sich ein wenig aus. Er hatte sogar schon den Bauernwerbern gelauscht, die allen Unwissenden weiß machten, dass im Banat noch Milch und Honig fließen. Vielleicht war das ja auch der Fall. Er wusste es nicht. Die ersten Siedler mussten es auf jeden Fall sehr schwer gehabt haben.

„Die ersten fanden den Tod,
die zweiten hatten die Not,
und die dritten erst das Brot.“

„Da schau her, der Konrad ergeht sich im Reiche der Dichter und Denker.“

„Elias, das ist die bittere Wahrheit, der Preis, den die ersten Siedler zahlten. Allein bis du deinen Pass in den Händen hältst, hast du im Kameralamt ein kleines Vermögen vorzuweisen. Waren es 200 Gulden Reisegeld oder auch darüber hinaus? Ich weiß es nicht mehr. Dann brauchst du die Entlassungspapiere deiner Herrschaft, beglaubigt von der klösterlichen Kanzlei. Niemals hat der Herr Advokat dem Mathis ein Zeugnis über seine gute Führung in der Herrschaft ausgestellt. Ich für meinen Teil brauchte mir, als ich davon hörte, über eine Umsiedlung keine Gedanken mehr machen. Arme Leute können die dort nicht gebrauchen. Im Gegenteil, man will sich durch Gesindel den guten Ruf nicht verderben.“

„Ein hoher Preis für die Erlaubnis, in einem Morast zu siedeln und vor die Hunde zu gehen. So dumm wird Mathis nicht sein. Außerdem, wie du schon sagst, Elias: Bettler und Vagabunden werden die dort nicht rein lassen wollen. Zudem wird er nicht dem Ackerbau nachgehen, sondern als Handwerker arbeiten. Wehe ihm, er gibt sich als Ackersmann aus. Er wäre als Frevler gezeichnet und verlöre alle Begünstigungen, würde gar außer Landes geschafft.“ Klaus folgte nicht der Annahme, Mathis sei ausgewandert. Der liebte die Heimat. Sicher weilte er irgendwo in Tirol, in Schwatt, seinem Geburts- und Heimatort und besuchte seine Familie, trauerte vielleicht am Grab seiner Mutter selig. „Der kommt zurück. Hört auf meine …“

„Ach nein, was ihr nicht sagt. Ihr Schlaumeier. Als wenn ihr wüsstet wie viel Geld der Mathis auf die hohe Kante gelegt hat. Der ist kein armer Mann! Außerdem gibt es auch etliche Vorteile für die Einwanderer. Einem fachkundigen Handwerker drückt man 50 Gulden in die schwielige Hand, um Werkzeug zu kaufen. Du musst es nicht einmal zurückzahlen, und dann lebst du die nächsten zehn Jahre steuerfrei. Du erhältst zwar keine Bauernansiedlung, wohl aber ein kleines Häuschen mit Garten zu gutem Zins und einige Metzen an Aussaat.“

Clemens mischte sich in das Streitgespräch ein. Wie immer ließ er auch keinen Zweifel daran, dass er es ohnehin besser wusste. Darum war er schließlich auch Oberrieser und die anderen nur Rieshirten.

Jakob aber stellte die Ohren auf. War das unter Umständen sein Weg in die Freiheit? Umstände freilich, die er wohl kaum erfüllen könnte. Wo sollte er 200 Gulden her nehmen? Und wer sollte ihm die Entlassungspapiere ausstellen? Seine Herrschaft jedenfalls nicht. Er als gesuchter Verbrecher hatte jeglichen Anspruch auf eine rechtmäßige Ausreise verwirkt.

„... Ja, meine Herren. Der Mathis ist gar nicht so dumm wie er alleweil tut." Clemens fuhr mit seiner Lehrstunde fort. Wie ein Schulmeister. Hochnäsig und altklug.

„Was glaubt ihr, warum die Leute in Scharen an die Türen der Ansiedlungskommissare klopfen? Nicht weil sie Geld loswerden wollen ...!"

„Als erstes erhältst du ein Reisegeld. Von Ulm aus geht's mit der *Zille* nach Wien und weiter zu deinem Siedlungsort. Entweder du baust dir ein Haus oder du bekommst eines, das leer steht und nur auf dich wartet. Du bekommst Vieh in den Stall. Bringst du ein Weib und eine Schar Kinder mit, gibt man dir – sage und schreibe – 60 Morgen bestes Ackerland. Schwarze fruchtbare Böden, saftige Wiesen und alles, was du brauchst zum Beackern und Ernten." Adalbert schien sehr gut im Bilde zu sein. Als habe er sein Hab und Gut schon längst zusammengerafft. Ein Feuer brannte in seinen Augen. „Hätte ich 500 Gulden an Geldbarschaft, bekäme ich ein noch besseres Bauerngut und reichlich mehr an Aussaat..."

„Alle Achtung, Adalbert. Sind deine Papiere schon ausgestellt? Bist du dir auch darüber im Klaren, dass es nicht immer ganz so gut läuft, wie du uns Glauben machst?" Clemens konnte das Sticheln nicht lassen.

„Warum wohl sind schon so viele zurück gekommen? Doch allein, weil man sie dort unten um die Versprechen betrügt. Man hört, dort hätten Landesfürsten die Leute vom Schiff weg in ihre Herrschaft entführt. Dort sind sie nicht frei wie ihnen weisgemacht wurde, sondern ebenso Knechte wie hier. Und es soll nicht immer ganz friedlich sein dort unten, und ehe du dich versiehst, stehst du in Reihe und Glied, irgendwo an einer Grenze zum Vaterland und lässt dir von den Janitscharen den Hals abschneiden.

„Wo und von wem ich mir den Hals abschneiden lasse, Clemens, das lass mal meine Sorge sein. Wie lange wird es wohl dauern, bis hier der nächste Franzose über den Berg marodiert?! Außer dass Ihre Kaiserliche Majestät jüngst auch Protestanten einreisen lässt und die Ausübung ihres Glaubens zulässt, klingt diese Freiheit für mich sehr verlockend."

„Wohl an, Bertl! Dann hol dir von mir aus das Sumpffieber, nimm dir eines der Weiber, die schon zu Wien ihrem schändlichen Gewerbe nachgingen oder ersauf in der Donau, weil einer das Schiff vor den Pfeiler lenkt. Mir soll's gleichgültig sein. Und eines ist sicher: In der kurzen Zeit seit Mathis

Verschwinden, kann man unmöglich im Banat angekommen sein. Wenn's gut läuft, höchstens bis Wien."

Wie gewohnt hatte Clemens das letzte Wort.

Da hallten ein Hornsignal und ein Juchzer über das Tal, dann ein Donnern. Ein Juchzer, wie er als Warnruf erschallte. Ein Donnern, als sause ein Stamm die Riese herab. Wer aber sollte sich zur jetzigen Zeit an der Rutsche zu schaffen machen? Zum Teil lag auch noch Schnee auf der Bahn. Obwohl!

„Das wird doch wohl nicht der Thewes sein, dieser nutzlose Kaib? Laurenz hat ihn zum Ausbessern der Bringungsanlage geschickt!" Sobald die Mängel behoben sind, sollte das Abriesen wieder beginnen.

Ein dumpfer Knall und wenig später rutschte ein Stamm den Hang zum Hirschbach hinunter. Irgendetwas hatte ihn aussteigen lassen. Von seinem vorderen Ende tröpfelte Blut. *Der Tod glitt über den Hang.*

***

Thewes hatte sich aufgemacht, den Anweisungen seines Riesmeisters zu folgen.

Das Dreifachwehr hatte durch die Belastungen auf Dauer Schaden genommen, es musste erneuert werden. Zum einen hatten sich Ringeisen gelockert, andere waren ganz ausgerissen. So machte Thewes sich an die Arbeit. Die Stämme, die er für das Errichten des neuen Wehres benötigte, lagen neben der Bahn bereit. *Krempen* und Säge trug er über der Schulter.

Wenn es nach ihm ging, dann konnte der Winter sich langsam davon machen. Blasiustag in allen Ehren, hier aber, im Schneeloch, war noch lange nicht Frühling. Er sehnte die Zeiten herbei, wenn mit ehrlicher Hände Arbeit die Stämme zur Riese gekrempt wurden, ein hartes, gewagtes Geschäft.

Ihm versprach diese Arbeit aus ehrlicher Hand freilich einen Zusatzertrag. Wie oft hatten sie nachts von den Lagerplätzen den einen oder anderen Holzstamm verschwinden lassen, um ihn in Freiburg zu Geld zu machen.

In die Arbeit versunken, schweiften seine Gedanken zu einem anderen, noch viel angenehmeren Abenteuer. Katharina. Sie ging ihm einfach nicht aus dem Kopf. Einmal hatte er es bereits versucht, sie für sich zu haben, da war ihm der Dummkopf dazwischen gekommen. Seither schmiedete er an einem Plan, wie er den Bastard vorab ausschalten könne. Kein einfaches Unterfangen, tauchte der doch immer wieder hinterrücks auf. Vielleicht musste man dem auch nur den Hals herumdrehen, wäre ja nicht das erste

Mal, dass er auf diese Art Hand anlegte. Das Brechen eines Genicks war nichts Neues für ihn.

Die Freude auf diesen tödlichen Ruck machte ihn unaufmerksam. Die Riese war schlüpfrig und voller Eis. Und als er einen Schritt über das Wehr machen wollte, um das Ringeisen einzuschlagen, da rutschte er aus und schlug mit dem Kopf hart auf die Stämme.

Benommen tastete er nach seinem Schädel, Blut sickerte in den Schnee. Aber als er sich aufrappeln wollte, da griff ihm diese mächtige Hand an die Kehle. Ein Schlag traf ihn am Kinn. Ein Knebel nahm ihm den Atem. Nach Leibeskräften suchte er den Angreifer abzuschütteln, strampelte, stampfte und schlug. Meistens ins Leere. Wer?

Alle Gegenwehr nütze ihm nichts. Ein Strick schnitt ihm in die Handgelenke, sein Schrei erstickte in dem stinkenden Leinen. Um die Beine spannte sich eine klirrende Kette, fest und so stramm, dass er sich kaum mehr rühren konnte. Verankert an einem der Ringeisen, die er zuvor mit eigener Kraft eingeschlagen hatte. Ein Gesicht schob sich vor seine Augen, die weit aufgerissen in schierer Angst den Widersacher erkannten. *Er hatte den Tod vor Augen.*

Was, bei allen Heiligen, hatte der mit ihm vor? Warum lag er hier auf der Riese? In der Kälte der Nacht brauchte es sicher nicht lange, bis er hier elend verreckte. Er wollte nicht sterben. Nicht jetzt. Nicht auf diese Art und Weise. Nicht so jämmerlich und gemein.

Da ließ der Mann von ihm ab und verschwand in der Dämmerung. Tatsächlich! Er ließ ihn hier liegen, verlassen und ohne Hoffnung. Tränen rollten die Wangen herab. Er machte sich in die Hosen.

Um ihn herum wurde es still. Kein Vogel zwitscherte noch. Kein Hund bellte. Kein Mensch weit und breit. Die Holzknechte saßen in ihrer warmen Stube. Allein sein Keuchen schnitt ihm ins Herz. Sein Keuchen und das Klirren der Kette um seinen Fuß. Einsamkeit. Stille und Tod.

Das Rumpeln des Stammes hörte er kaum. Und als er es vernahm, als ein letzter klarer Gedanke ihn mit letzter Gewissheit erfasste, da hörte sein Herz auf zu schlagen. Es schlug niemals mehr wieder. Wie hatte er sich diese Gnade verdient? Als der Stamm ihn traf, war er bereits tot.

Die Holzknechte lösten die Ketten und Stricke. Einige hielten den Anblick nicht aus. Dann schickten sie Jakob, die Totengräber zu rufen.

Als er spät abends in seine Schlafkammer schlich, da traf auch ihn beinahe der Schlag. Auf der Bettkante saß Mathis und starrte ihn an. In seiner Hand hielt er den Krempen.

An Händen und Kleidern klebte das Blut.

Sonntag, 02.03.1783 – Esto mihi, Herrenfastnacht

Jakob konnte, nein, er wollte nicht glauben, dass Mathis zu so einer Bluttat fähig war. Mariele stimmt ihm zu. Vielleicht hatte Mathis ja auch nur helfen wollen. Zugegeben, alles sprach gegen ihn, aber Mathis war immer so freundlich und so umsichtig gewesen.

„Du hast doch immer erzählt, dass er so bedächtig ist. Dass er dich aufmuntert und auch beschützt, wenn Laurenz mal wieder den Rauswurf verlangt." Sie kraulte Jakob das Haupt, um ihn zu trösten, hatte sie ihn in die Arme genommen, sein Kopf lehnte an ihrer Brust, während er seine Last aus sich heraus schluchzte.

„Aber das ist es ja.", offenbarte er seine Zweifel. Thewes sei immer aufdringlicher geworden. Allenthalben sei er um den Hof geschlichen. Hatte Vorwände gesucht, um in das Haus zu kommen. Laurenz habe es das ein oder andere Mal sogar zugelassen, bis Jakobs Fürsprecher unter den Holzknechten ihn darüber zur Rede gestellten.

„Vielleicht wollte er mich einfach beschützen und die Gefahr meiner Entdeckung abwenden. Aber wenn es so ist? Marie, dann kann ich hier nicht länger bleiben. Mit einem Totschläger unter einem Dach will ich nicht sein. Warum auch immer Mathis eine solch schändliche Tat begangen hat."

Der Rotz lief ihm aus der Nase und er wischte ihn in die Hand. Wieder rollten die Tränen die Wange hinab.

„Und Mariele, erinnerst du dich, bis zum Frühling wollte ich warten. Der Frühling ist da. Ich werde von hier verschwinden."

„Aber wo willst du denn hin! Ohne mich?" Jakobs Gedanken schmerzten sie. Es war schon grausam genug, dass sie ihn nur heimlich treffen konnte. Sie wusste nicht einmal, wie *heimlich* es überhaupt noch war. Konnten die Männer über so lange Zeit noch ahnungslos sein?

„Wenn du jetzt gehst, wirst du immer gejagt und geächtet sein." Sie hatte Angst, dass Jakob zum Militär gehen würde. Konnte man das, wenn man mutmaßlicher Mörder war?

„Jakob. Ich erwarte ein Kind. Dein Kind. Unser Kind. Du kannst jetzt nicht gehen!"

Er machte sich aus ihrer Umarmung frei und starrte sie an.

„Nein!" Er schüttelte ungläubig den Kopf. „Nein, Marie, sag dass das nicht stimmt. Wie? Ich … ich kann doch jetzt unmöglich Vater sein. Ich habe doch nichts."

„Es ist dein Kind, Jakob. Liebster! Verstehst du denn nicht?" Marie war zusammen gesunken. Jetzt schmerzte sie auch seine Ablehnung noch.

Jakob sprang auf, wie in einem Käfig lief er hin und her, verzweifelt und hartherzig zugleich. Er wollte kein Kind. Nicht jetzt.

„Das sagst du doch nur, damit ich bleibe. In diesem Gefängnis. Deshalb kommst du mir jetzt mit diesem Kind."

Marie traf ein Pfeil mitten ins Herz. Auch sie sprang von der Bettkante auf. In ihrer Seele gekränkt. Wütend. Unglaublich wütend schrie sie ihn an.

„Als ich dir zu Willen war, da hast du nie *Nein* gesagt. Ob du das nun willst oder nicht. Unter meinem Herzen wächst unser Kind. Und du? Du flennst fortwährend, wie schlecht du es hast. Noch nie hast du gefragt, wie es mir geht. Nachts muss ich über die Platte schleichen, unbemerkt in deine Kammer kommen, damit mir der Herr Rämele sein Leid klagen kann. In der Herrschaft schneidet man mich. Jeder weiß, dass ich bei einem Brudermörder gelegen bin und ich dummes Weib habe Hoffnung gehabt. Hoffnung, dass ich eines Tages die Schmach meines Standes hinter mir ha…"

„Ach, darum bist du besorgt! Dass ich deinen Stand ändern kann. Damit die Köhlerstochter zur Gutsherrin wird…!"

Da schlug Marie auf ihn ein, schrie und schrie immer wieder. Brudermörder!

Und dann stand Laurenz unter der Tür und jagte sie mit Schlägen von seinem Hof. „Junge, ich dulde dich keinen Tag länger!", blaffte er Jakob an, „Morgen verschwindest du hier!"

Der Drohungen aber war Jakob überdrüssig, gehen wollen, das hatte er so oder so. Vielleicht hatte er nur gewartet, bis ihm jemand die Türe wies. Seine Habseligkeiten waren schnell zusammen geklaubt.

Laurenz hatte tags drauf den Mathis in die Stube bestellt. Ganz so als halte er eine Audienz, so saß er da. Schließlich hatte er doch noch gewonnen. Nach den Ereignissen der letzten Nacht konnte Mathis gar nicht mehr anders und auch die drei anderen Dummköpfe, die immer auf dessen Seite standen, mussten nun einsehen, dass es kein Zustand war, den Jungen noch länger hierzubehalten.

Ein keifendes Weib in der Nacht, das hatte ihnen gerade gefehlt. Als sie noch leise in seine Kammer geschlichen und ihr Gekeuche bis auf die Veranda zu hören war, da hatte Laurenz noch nichts sagen wollen. Obwohl es ihn quälte, dass dieses Weib nicht sein Lager teilte.

„Nenne mir einen Grund, dass ich das zulassen sollte. Laurenz, nur einen einzigen Grund."

„Mathis, da fallen mir gleich mehrere ein. Seit er sich hier durchfrisst, macht er uns nur Scherereien."

„Ach? Und als ich nicht hier war, da warst du noch froh, dass dir einer zu Essen gemacht, dir den Haushalt geführt und dir die Viecher gefüttert hat. Und am Waschzuber stand."

„Eine kalbende Kuh ist verreckt."

„Und die hat er in die Jauche unter den Hof geworfen? Was redest du für einen Unsinn?"

„Was weiß ich, welchen Teufel er anzieht."

„Du bist es gewesen, der ihn ausgelacht und einen Narren geheißen hat, als er den Zustand der Stallböden angemahnt hat."

„Und an unserer Riese klebt Blut."

„Auch daran ist er jetzt schuld?! Als du die Holzstickel beim Nachbarn gestohlen hast, um sie für dein Bauwerk zu nutzen, da hast du dich nicht um Gesetz und Ordnung geschert. Den armen Mann hast du verdroschen, als der sein Eigentum zurück haben wollte. Dessen Blut klebt auch an der Riese. Hast du danach gefragt?"

Die Männer standen sich Auge in Auge gegenüber und fletschten sich an. Es fehlte nicht viel und sie würden sich an die Hälse gehen.

„Mathis, du bist ein Narr. Der Junge kommt weg. Das ist mein letztes Wort." Die Fäuste waren zum Schlag geballt, sein Kinn stand hervor. Jetzt ging es um seine Stellung als Leitwolf.

„Du allein bist hier närrisch. Der Junge ist unser Pfand. Laurenz, das weißt du so gut wie ich. Solange er hier bei uns ist und ich ihn bewache, kann er uns schon nicht schaden. Wenn sie ihn finden und die Wahrheit ans Licht kommt, dann Gnade uns Gott, dann Gnade *dir* Gott."

„Sagt der, dessen Hals bereits in der Schlinge steckt. Glaubst du etwa, dass er noch lange unentdeckt bleibt? Eine Köhlerstochter schleicht sich ins Haus und lässt sich hier – unter meinem Dach – von ihm schwängern. Da braucht es nicht lange, bis die einer durch den Wald huschen sieht. Außerdem treibt sich die Heidenhexe auffallend oft hier in der Gegend herum."

„Weil sie seine Mutt…!" Mathis biss sich auf die Zunge. Verflucht! Was war ihm da herausgerutscht. Schnell musste er seine Ausrutscher überspielen.

„Die Heidenhexe, wie du sie nennst, ist ein harmloses Weib, das vielleicht unsere Eier stiehlt und uns dann später wieder verkauft. Der Bueb, Laurenz, der ist gefährlich. Er ist im Besitz von Handschriften, die uns an den Galgen bringen könnten. Er wird die Wahrheit nicht nur behaupten, er kann sie beweisen!"

„So? Sind das die Fetzen gewesen, die du ihm so ungeschickt abschwatzen wolltest?"

„Wie kannst du das wissen?"

„Bist du wirklich so einfältig, Mathis? Seit ich hier bin, haben die Wände im Lindenhof Ohren und Augen. Hätte ehrlich gesagt nicht gedacht, dass du das nicht wusstest."

„Du elende Missgeb…!"

„Ruhig Blut, Mathis. Diese Gefahr ist schon lange bereinigt. Zumindest ist ein großer, gewachster Umschlag in meinem Besitz gelangt. Oder hast du allen Ernstes geglaubt, ich lasse es zu, dass ich mich von einer Rotznase in den Tod schicken lasse? Reicht doch, wenn er den eigenen Bruder ertränkt hat."

Jakob hatte genug gehört. In der Tat, die Wände hatten Ohren und Augen. Wie angewurzelt stand er da, dann rüttelte ihn dieser schäbige Ton in Laurenz' Stimme wach.

Er rannte. Rannte wie vom Teufel gejagt. In seine Kammer. Suchte den Umschlag aus Wachspapier. Tatsächlich. Der war nicht mehr da. Flink griff er nach seinem Bündel, öffnete leise die Türe zum Speicher und stahl sich zu dem zweiten Versteck. Er hatte richtig entschieden, als er die Dokumente voneinander getrennt hatte. Mathis hatte sich so eigenartig verhalten. Aber dass Laurenz mit ihm unter der Decke steckte.

Dem Amtmann konnte er nicht mehr das Handwerk legen, der Gedanke sich freizukaufen lag ferner denn je. Dafür fehlten ihm jetzt die Beweise, waren in Laurenz' Hände gelangt. Das aber war gegenwärtig nicht sein Problem. Er musste hier weg. Und so hastete er in Richtung Kohlplatz davon.

Die Heidenhexe sei seine Mutter. Hatte er das wirklich richtig verstanden?

Sonntag, 09.03.1783 – Invokavit, Schibe-Sunndig

Die zwei Männer störten sich nicht an den Feuerblitzen, die in weiten Bögen zu Tal zischten.

Der Lichtstrahl der brennenden Scheiben bekämpfte die Finsternis, das Licht der kommenden Osterzeit lag im Zwist mit dem Dunkel des ewigen Todes. Noch sechs Wochen bis Ostern.

Lange Zeit im Voraus schnitt ein jeder Bursche gut vierzig Scheiben aus grünem Buchenholz, mit dem Beil in Form gebracht und mit einem Loch in der Mitte versehen. Die Holzstücke lagen dann einige Wochen zum Trocknen auf dem gekachelten Ofen der Stube.

Heute, am Schibe-Sunndig, hingen ihnen die Scheiben an Drähten um Hals und Schultern. Auf dem Steingrubenberg brannte ein Feuer, die Glocke des Klosters hatte den Zeitpunkt bestimmt. Vorher durfte der Holzstoß nicht brennen.

„Heilige Maria, Mutter Gottes,
bitte für uns Sünder jetzt
und in der Stunde unseres Todes. Amen."

Während des Läutens schritten sie um das Feuer. Laut hallte der Angelus aus den Kehlen der Burschen. Jetzt waren sie Schibe-Buebe, bereit mit ihren frischen Haselnussgerten ihre Scheiben in die finstere Nacht zu schleudern.

In Hochachtung der Dreieinigkeit, Gottes des Vaters, des Sohnes und des Heiligen Geistes waren drei Scheiben mit einem Kreuz versehen.

Die Träger der geistlichen und weltlichen Ämter wurden ebenso bedacht wie die Schibe-Jungfer, ein lediges Maidle von redlichem Leumund.

Selbstredend hatte auch jeder Schibe-Bueb sein Maidle erwählt. Später würde man Igschlecht essen, Geräucherstes, Kinnbäckle und Hammerstrumpf, dazu Kraut, Erdäpfel und, nicht zu vergessen, den Moschd und den Schnaps. Tanzen würde man auch und sich unsterblich verlieben. Auf das alles mussten Buebe und Maidle noch warten, erst wenn das brennende Rad aus Reisiggeflecht den Berg hinunter gerumpelt war, erst dann würde man sich die Bäuche voll schlagen.

Jakob hatte noch zwei Jahre zuvor an diesem Brauch teilgenommen. Die Scheibe, die ihm am teuersten war, hatte er für seine Liebste verwendet:

„Schib, Schib über die Rhi,
wem soll die Schib si?
Die Schib soll dem Mariele si!“
„Goht sie nit, so gilt sie nit!“

Beinahe hätte er einen Fluch ausgestoßen, als die Scheibe nicht so *ging*, wie er sich das für Marie ausgemalt hatte. Fluchen aber, das durfte man nicht! Jedenfalls nicht während des Scheibenschlagens.

Wie viele Ewigkeiten war das nun her. Jakob schüttelte verbittert den Kopf. Geächtet, aussätzig, verfolgt und betrogen. Mathis hatte ihn als Geisel missbraucht, gerade Mathis, von dem er geglaubt hatte, er sei ihm ein Freund. Und jetzt war da nur noch ein brennendes Loch. Verrat, Betrug, Kränkung.

***

Als er den Kohlplatz erreicht hatte, war er zuallererst dem Kohlenhannes in die Arme gelaufen.

„Du kommst mir gerade recht!“, schrie der Mann, und ehe sich Jakob versah, nagelte der ihn auf dem matschigen Boden mit all seiner Kraft fest und schlug auf ihn ein.

„Verdrehst meiner Tochter den Kopf, nimmst ihr die Ehre und dann stehst du nicht zu eurem Kind! Du räudiger Bastard. Ich schlag' dich tot.“

Dass Hannes dabei seine eigene Schuld bekämpfte und dabei den Jakob zum Opfer nahm, wer konnte das wissen:

In jener Nacht als der eigene Vater im Meiler verbrannte, da hatte er gesoffen, gespielt, gerauft und er hatte es wild, ja, gewaltsam getrieben. Irgendwo und mit welchem der Weiber, dessen konnte er sich bis heute nicht mehr entsinnen. Den Streit um den Stand eines Köhlers hatte er mit drei, vier Schnäpsen runter gewürgt, als ihm die junge Tänzerin auffiel, die sich im Kreisrund drehte. Die Wangen vor Freude und Hitze gerötet, die vollen Lippen zu einem Lachen geformt und die schwarzen Zöpfe hüpften munter auf ihren schmalen Schultern. Und auch ihre jungen Brüste hüpften, dass Johann das Blut in die Leisten schoss.

Was hätte er darum geben, sich mit der Holden im Tanz zu drehen, auf dem Tanzboden und später in einem duftenden Heuschober.

Das Maidle pustete sich eine Locke aus dem Gesicht und fächerte sich mit Anmut etwas Luft in ihr Gesicht. Sie bezauberte ihn und sie tanzte mit ihm, dem stattlichen Burschen, dem die Herzen der Weiber zuflogen, bis jemand sagte, welcher Herkunft er war.

Im Brunnenschopf versuchte, er das zarte, rosige Fleisch ihrer Brüste zu fassen. Er langte er unter den Rock, wo er zum runden Hintern gelangte, der sich zum Takt der Musik und im Schwung der Hüfte bewegt hatte, als sei er geschaffen, allein ihn zu betören. Als er ihn mit heißen Händen umfasste, da löste sie empört seinen Griff. Eine Ohrfeige holte ihn aus seinem Traum zurück. Als sie ihn biss erlosch seine Glut und hinterließ ein schmerzhaftes unerfülltes Verlangen.

„Tu das nie wieder!", zischte sie ihn an, raffte den Rock und stapfte davon. Kurz darauf baute der Laurenz sich vor ihm auf, sah ihn hasserfüllt an und spannte die Muskeln. Dass das Maidle mit Laurenz ging, wer konnte das ahnen. Der aber schlug nicht zu, zumindest nicht mit den Fäusten.

„Ach, du bist es nur, der Kohlenhannes!"

Und das Maidle folgte dem Laurenz, hakte sich unter und wandte den Kopf zu ihm hin. Ihr Blick blieb an der mächtigen Beule in seiner Hose haften.

„Und ich habe mich schon gefragt, warum es hier so nach Rauchwurst riecht."

Jakob steckte die Schläge ein, was sollte das alles noch, dann hauchte er eben sein Leben aus, das war ihm eh kaum noch was wert. Der mächtige Mann hatte begonnen ihm mit seinen Pranken den Hals zuzuschnüren. Ein Schatten huschte über den Platz und setzte dem Hünen ein Messer an seine Kehle, wieder einmal. Jakob holte tief Luft, nur um saftig geohrfeigt zu werden.

Aber auch Hannes blieb nicht verschont. „Er muss nicht den Tod deines Vaters sühnen. Damit musst allein du selbst fertig werden." Wie ein geprügelter Hund machte er sich brummend und bruddlend wieder an seinem Meiler zu schaffen.

„Und du kommst mit mir.“ Katharina half ihm grob auf die Beine und stieß ihn in eine der Hütten. Sie duldete keine Widerworte und hieß ihn, sich auf das Lager zu legen, bis man am nächsten Tag über sein Schicksal beraten wolle.

Die anschließenden Tage waren für ihn wie der Gang durch die Hölle, so hatte er sich die ewige Pein immer vorgestellt. Immerzu musste er weinen und Katharina mit ihm. Trauer und Wut fochten in ihm einen Kampf. Katharina umsorgte den Bub nach Kräften, so wie schon am Spitzen Stein.

Als Jakob aus seinem Wahnsinn erwachte, da war sein Dämon zusammengeschrumpft. Ein knurrendes Häuflein nach einer schweren Niederlage. Die verlorene Schlacht aber war noch längst nicht seine Kapitulation. Ein Waffenstillstand vielleicht. Wenn überhaupt.

Marie tauchte kein einziges Mal auf. Katharina versuchte vergeblich, sie zur Versöhnung zu bringen. Kein Bitten und Betteln, kein Drängen und auch kein Flehen konnte Marie erweichen. Mit Jakob sprach sie kein Wort.

Katharinas Ungeduld wuchs. Als Einzige hatte sie offensichtlich erkannt, dass ihnen die Zeit davon lief. „Ob ihr es wollt oder nicht. Ihr tragt die Verantwortung für euer Kind. Solange ich die Großmutter bin und solange ich lebe, werde ich nicht zulassen, dass es nicht Mutter, noch Vater hat. Davon hatten wir reichlich genug. Jetzt ist damit Schluss.“

Schließlich erzielte sie mit der Absicht, die beiden jungen Menschen miteinander zu versöhnen, einen kleinen Erfolg. In der Nacht vorm Schibe-Sunndig saßen sie alle zusammen am Feuer. Hannes und seine Kinder, Katharina und Paul. Schließlich auch Marie und Jakob, weit voneinander entfernt, mehr konnte man nicht erwarten. Noch nicht.

In dieser Nacht schmiedeten sie ihren Plan, der, wenn er gut ging, eine Zukunft verhieß. Wenn er aber misslingen sollte, dann – in dieser Nacht erfuhr Jakob auch, wer sein Vater war.

***

Gemäß ihrem Plan hielten besagte zwei Männer auf die Pfarrkirche des Klosters zu. Jakob hatte sich Beistand gesucht. Er war froh, dass der *Dirrländer* nicht abgelehnt hatte. Jakob wusste, dass der sich damit schwergetan hatte, an seine Unschuld zu glauben.

Schließlich war sein Unschuldsbeweis über Bonifaz in seine Hände geraten. Davon waren nun aber allein die wirren Aufzeichnungen auf der ledernen Schriftrolle übrig geblieben. Die Schriften, die den Herrn Advokaten des Betrugs und der Unterschlagung überführten, waren verloren gegangen, gestohlen von Laurenz, dem Riesbaumeister.

„Sei guten Mutes, Jakob. Man wird deiner Verteidigung Glauben schenken." Der *Dirrländer* versuchte sich an einem Trost. Die Zweifel, das wusste er, konnte er damit nicht aus der Welt schaffen.

Bruder Bonifaz wartete hinter dem Gitter zum Hochaltar auf sie. Unruhig, wie ein wildes Tier in seinem Käfig, war er seit Stunden daran entlang gelaufen, hatte Gebete gesprochen und miteinander verwoben. Er hatte gehofft, dass der allmächtige Gott sein Kauderwelsch wohlwollend aufnehmen würde.

Er segnete beide, Jakob und seinen Begleiter. Den *Dirrländer* ging das alles ja eigentlich gar nichts an.

„Also gut. Wir machen es wie vereinbart. Ich will versuchen, Abt Philipp Jakob von dieser nächtlichen Audienz zu überzeugen. In letzter Zeit plagen ihn wieder seine Gebrechen, aber wenn Gott es gibt, dann wird er dieser Unterredung nicht abgeneigt sein. Es scheint, als habe er längst den Verdacht, hintergangen zu werden."

Eine geraume Zeit schlich vor sich hin. Jakob und Michl sprachen kein Wort. Der graue Nebel aus ihren Mündern verschwand in der Stille. Die Kirche war bitterkalt. In Jakobs Händen zitterte aufgeregt jene Rindshaut. Was war die wohl wert? Konnten ihm diese unverständlichen Zeilen tatsächlich den Hals retten? Er hoffte zumindest, dass man ihn hier in der Kirche zu Wort kommen ließ, bevor man ihn dem Henker in Obhut gab. In diesem Spiel musst er täuschen und hoffen, dass sein Gegenspieler darauf hereinfiel.

Das Zischen von Stimmen aus dem Konvent ließ den *Dirrländer* aufhorchen. Jakob weilte mit den Gedanken weit in der Ferne. Kalkweiß.

Michl musste ihn sanft schütteln, bevor er ins Jetzt zurückkehrte.

Es war nicht der Abt, in dessen Begleitung ein sichtlich beunruhigter Bonifaz um das Chorgestühl eilte. Der Prior – als solcher der Stellvertreter des Abtes – ging ihm voraus.

Bis zur Morgenwache wären es noch eineinhalb Stunden, doch seine Nachtruhe war vom Ansinnen des Bruders empfindlich gestört. Er war davon erwacht, dass er eine ebenso aufgeregte wie unerbittliche Stimme vor der Kammer des Abtes gehört habe. Wer drang da so ungestüm auf den kränkelnden Abt ein?

„Ich rate euch, dass dieser Aufstand einen guten Grund hat, ansonsten wird sich der Herr Advokat um eure Züchtigung kümmern."

Bei diesen Worten verließ Jakob ein weiterer Funken Mut. Trotz alledem trat er um einen Schritt weiter vor. Der Michl trat hinter ihn, um ihm den Rücken zu stärken.

„Ehrwürdiger Prior!“, seine Stimme griff dünn nach einem geknickten Halm. Er fühlte sich unsäglich klein vor diesem Mann, der hart auf ihn herabsah. Ein leiser Druck einer Hand auf seiner Schulter. Er fasste Mut. Wie sehr hätte er sich gewünscht, dass es die Hand seines Vaters sei.

„Hochwürden, ich wi...ich mu...ich möchte Euch ein Anliegen vortragen. Ein Anliegen von großer Wichtigkeit .“

„Bursche. Um Anliegen von großer Wichtigkeit kümmert sich unsere Kanzlei. Aber nicht zu nachtschlafender Zeit. Packt euch und wendet euch an den Advokaten. Verschwindet aus diesem heiligen Gotteshaus. Sofort!“

„Nein, nein, es geht um Untreue, Täuschung und Mord. Bitte ehrwürdiger Prior, am Ende geht es auch um mein Leben ...“ Jakob griff nach den Gitterstäben, zu mehr war er nicht in der Lage. Entweder es traf ihn das Schwert oder die Gnade. Das lag in anderen Händen. Ihm stockte das Herz, als der Prior sich anschickte zu gehen.

„Bruder Prior, es ist wie er sagt. Wenn du jetzt gehst, ohne ihn anzuhören, dann trägst auch du Schuld an diesem Verrat.“ Bonifaz kämpfte um seinen Sohn.

„Ob es wahr ist, was er spricht, beurteilt noch immer ein Amtmann. Dafür wird er bezahlt.“ Damit schob der Prior den Bruder grob auf die Seite und eilte mit schnellen Schritten davon.

„Bruder! In deiner Haut will ich nicht stecken, wenn unser ehrwürdiger Abt von deiner Dickköpfigkeit erfährt. Wenn er davon hört, was du ihm in der Nacht vorenthalten hast. Den Verrat an unserem Kloster. Was wird er wohl tun, wenn er vernimmt, dass dein Widerstand Unheil hervorrief? Was wird dir widerfahren? Wirst du dein Amt verlieren, an dem du so hängst? Wird er dir sagen, du hättest den Burschen erst anhören müssen, bevor du ihn ausgeliefert hast. Der Bursche habe ein Recht, an heiligem Ort gehört zu werden?!“

Der Prior senkte die Schultern, Bonifaz hatte gewonnen.

Laute Anweisungen und das Poltern des Kirchenportals zerpflügten das kurze Schweigen.

„Ergreift den Burschen und seine Helfershelfer!“ Die Befehle des Amtmanns hallten bis in die letzten Winkel der Klosterkirche. Die Büttel eilten, seinen Weisungen Folge zu leisten. Um Jakobs Hals legte sich eine Schelle. Im Nu waren auch seine Hände in Eisen gelegt. Dem Michl erging es nicht besser. Jakobs ledernes Dokument glitt indessen zu Boden und geriet zwischen die trampelnden Füße.

„Bruder Bonifatius! Auch Ihr werdet Euch verantworten müssen. Ich kann nicht an den Zufall glauben, dass Ihr damals in der Katze nur *überrumpelt* wurdet. Ich bezichtige Euch hiermit, Euch als Fluchthelfer beteiligt zu haben!" – Unglaublich.

„So haltet doch ein, Amtmann. Wir waren gerade dabei, wichtigen Schaden vom Kloster abzuwenden, da dröhnt Ihr hier herein und nehmt willkürlich Menschen in Haft und bezichtigt gar Brüder unseres Konvents. Seid Ihr von Sinnen?" Der Prior fand zuerst seine Stimme wieder.

„Ihr wisst so gut wie ich, dass es sich hier um den Flüchtigen Jakob Rämele handelt. Ob Ihr wollt oder nicht, ich werde ihn nicht noch einmal entwischen lassen. Fort mit ihm in die Katze!" – Ketten rasselten.

„Der Bursche wird hier und jetzt sein Anliegen vortragen, *Herr* Amtmann. Solange Ihr Euer Salär vom Kloster bezieht, werdet Ihr meinen Anweisungen als Stellvertreter des Prälaten Folge leisten."

„Ehrwürdiger Prior. Ihr tragt die Verantwortung …"

„Was Ihr nicht sagt …", die Überheblichkeit dieses … *Klosterbediensteten* … hatte den Prior schon immer gewurmt. Ihn in die Schranken zu weisen, war ihm eine lange ersehnte Genugtuung. „Löst ihnen die Fesseln."

„…Auf Eur…"

„Ja. Ja Amtmann, ich weiß. Auf meine Verantwortung. Und jetzt eilt Euch!"

Wiederwillig lösten die Büttel die Fesseln. Es war nicht einfach, zwei Herren zu dienen. Sie zogen es für ihren Teil vor, dem geistlichen Herren den Vorzug zu geben. Seelenheil war weitaus bedeutender als die Schelte eines weltlichen Dieners.

Als der eine sich bückte, um das Päckchen vom Boden zu klauben, da trat dem Advokaten der Schweiß auf die Stirn. Das eine kleine Rinderhaut von kaum zwei Hand Breite, ihn dermaßen aus der Fassung bringen konnte. Er musste sie dringend an sich bringen.

Gewiss, es handelte sich dabei nicht um seine eigene Handschrift. Vielmehr um eine Art … Schuldverschreibung, die Bürgschaften für sein eigenes Überleben. Und das war ihm momentan viel wichtiger.

„Wo hast du das her!" Er mochte laut schreien, biss sich aber noch rechtzeitig auf seine Zunge.

„Zeig her. Sind das deine besagten Beweise? Dieses Geschreibsel soll deine Unschuld beweisen?! Hast du noch weitere Dokumente?"

Er musste es wissen, hatte der Bursche auch seine eigenen Aufzeichnungen in die dreckigen Hände bekommen? Er schien sie nicht bei sich zu tragen.

„Er wollte einstweilen nur diese Schrift hier vorzeigen. Rätselhaft, nicht wahr? Aber zahlreiche Menschen scheinen darauf erpicht, in ihren Besitz zu gelangen. So sehr, dass sie in fremde Häuser einbrechen und danach suchen. Entziffern aber kann man sie nic…"

„Du hältst den Mund, *Dirrländer Michl!*", damit wischte er die Worte des Steingrubenbauern aus der klirrenden Luft und wandte sich wieder an Jakob. „Sprich! Hast du noch weitere Beweise für deine Unschuld? Oder soll das hier alles sein? Glaub mir, dein Kopf steckt noch immer ganz tief in der Schlinge. Hiermit jedenfalls kommst du nicht weit."

„Ja! Ja, Herr Advokat, ich habe noch weitere Schriften." Ein kaum merklicher Unterton mischte sich in seine Stimme. „Die sind sicher verwahrt. In einem wasserabweisenden, gut gewachsten Umschlag."

Er war auf dem richtigen Weg. Der Amtmann Höchstselbst öffnete ihm die Tür in die Freiheit. Jetzt musste er nur noch der List aufsitzen, die man sich am Feuer ausgedacht hatte.

Sonntag, 09.03.1783 – Schibe-Sunndig, zur selben Stunde

Mathis war davon überzeugt, dass Jakob über kurz oder lang zurückkommen würde.

Als eine Woche ohne ein Zeichen verging, stieg in ihm Unruhe auf. Er fühlte sich niederträchtig, schon seit er den Burschen bei sich und den Holzknechten aufgenommen hatte. Die Herzlichkeit mit der er Jakob begegnete, war nicht gespielt. Mehr und mehr wuchs ihm der Bub ans Herz. Dass sein verbleib auf dem Hof gleichzeitig der Kontrolle diente, empfand er als niederträchtig. Es war nicht zu ändern.

Es lag in der Sache begründet, die Sache mit dem Geschäft. Wer, wenn nicht sie, die Holzknechte, die Rieshirten, die Herren über das Kohlholz, konnten derlei Geschäfte machen. Als dieser Klosterbruder ihnen aber auf die Schliche gekommen war, da wollte auch der einen Teil des Gewinns. Langsam aber ebenso stetig hatte der das Heft in die Hand genommen und sie seither spüren lassen, dass es das Heft eines Henkersschwerts war. Ein Schlag und sie alle wären zerstört. – Jakob war nicht zurück gekommen.

Mathis wollte endlich Gewissheit. Wer außer Paul wusste, was auch immer hier auf dem Wald geschah! Seinen Augen und Ohren entging nicht der leiseste Mucks. Als er ihn, ein Liedchen pfeifend, irgendwo auf der Platte antraf, da wirkte der Bursche seltsam verschlossen, ganz so, als hüte er ein strenges Geheimnis. So sehr er auch auf ihn eindrang, ihn lockte, ihm Versprechungen machte, von Paul erfuhr er kein Sterbenswort und gerade das war es, was Mathis stutzig machte.

„Jako, Jako!?“, beinahe schien es Verzweiflung, die Paul zum Ausdruck brachte. Dann lief er weg.

Mathis dachte den ganzen Tag nach, soweit sich ein Gedanke fassen ließ. Es wurde Abend, es wurde Nacht. Schlaf fand er nicht. *Den lauernden Tod sah er nicht.*

Schließlich, als er einsah, dass er sich wie in einer Trille zu drehen begann, da fasste er seinen Entschluss. Katharina würde wissen, wo Jakob sich vor den Häschern versteckte. Jetzt, da er ihm kein Obdach mehr bot, würde sie ihn verfluchen. Das ließ sich – egal was er tat – nun auch nicht mehr ändern. Verflucht, das war er schon immer gewesen. Der Fluch aber musste die anderen nicht treffen. Soviel schuldete er denen, die ihn liebten.

Katharina wollte davon nichts wissen. Mit eisigem Schweigen bestrafte sie ihn. Ehrlich, eine Verwünschung wäre ihm lieber gewesen. Als sie zu weinen begann und ihn nachdrücklich von sich stieß, seinen Trost nicht an sich heran lassen wollte, da schrie er noch einmal nach Paul.

„Paul! Du sagst mir sofort wo der Jako ist. Hast du gehört! Jako! Wo um des Himmels Willen ist Jakob!?“

„Boo…ni…fat…“, brachte der Dummkopf schließlich hervor, bevor Katharina ihm forsch über das Maul fuhr.

„Boo..nif…at? Du meinst Bonifaz!?“ Mathis starrte entsetzt. „Der Bueb will mir sagen, dass Jakob im Kloster ist! Katharina, das ist nicht dein Ernst. Er wird sterben im Kloster. Sie werden ihn hängen. Der Henker schleift schon das Schwert. Bist du bei Trost, Katharina? Du hast deinen Sohn ans Messer geliefert!“

„Mathis. Scher dich zum Teufel. Und wenn der dich nicht will, dann scher dich sonst irgendwo hin, aber scher dich aus meinem Leben. Wie nur hab’ ich dir trauen können! An deinen Händen klebt Blut. Du hast meinen Jungen für deine Schandtaten missbraucht. Geh’ und komm nicht mehr wieder!“

„Gut, Katharina. Gut, ich werde gehen. Deinem Sohn aber, Katharina, deinem Sohn habe ich kein Haar gekrümmt. Beschützt habe ich ihn. Beschützt vor meinen eigenen Leuten. Erst als ich nach Rottenburg musste …“, er hielt einen kurzen Augenblick inne und ließ seine Worte wirken, „… als ich in Rottenburg war, um deine Familie und alle Bastarde zu retten. Katharina? Erinnerst du dich. Du warst es, die mich gezwungen hat …“

„Es gibt nur den Weg ins Banat, Mathis, das weißt du wie ich. Und jetzt verschwinde und kümmere dich …“ Damit fiel sie wieder in diese Härte und Unnachgiebigkeit, in der er sie hier auf dem Kohlplatz angetroffen hatte. Beinahe.

„Wenn du ihn auch nur einmal noch Bastard heißt, Mathis, dann schneide ich dir die Kehle durch.“

Mathis erschauerte vor dieser Kälte. Er bemerkte, wie sie in den Rocksaum griff, ihre Klinge zu fassen. Ein lebloses, scharfes Metall.

„Wie recht sie hat", dachte er. Und ging fort.

***

Der Amtmann stockte nur kurz. Ein Räuspern, dann gewann er die Fassung zurück. Ein Heuchler, zu jedem Schwindel bereit, ein Spieler, der auch noch mit schlechtem Blatt jedem Stich nachjagte. Und sei es auch noch so abwegig.

Jakob konnte nicht wissen, ob die Zahlentafeln und Übersichten aus der Feder des Amtmanns nicht längst schon wieder in dessen Schreibpult lagen. Er selbst besaß sie jedenfalls nicht mehr und das war der Pferdefuß an der Sache. Die einzige Unwägbarkeit: Welche Rolle spiele Laurenz in diesem Spiel? Handlanger, Mitwisser oder gar Spielpartner dieses abscheulichen Raffhalses?

Kaum ein grauer Schleier ließ den Atem des Amtmanns erkennen.

„Auf diesen mysteriösen gewachsten Umschlag – so es ihn denn tatsächlich gibt – kommen wir später zurück! Wer weiß denn, welche Lügen du uns heute hier wieder auftischt. Der Tod vor den Augen beflügelt gern einmal die Erfindungsgabe, wenn du weißt, was ich meine."

Jakob lief Schweiß das Rückgrat herunter, gepresst atmete er aus. Jetzt durfte er nicht zu hoch spielen. Er kannte das Blatt des anderen nicht, wie viele Trümpfe hielt der in der Hand. Es würde sich zeigen, wer von ihnen beiden am Ende den Narren gab.

„Was diese Niederschrift hier angeht, so bin ich im Bilde, welches Geheimnis sie offenbart. Kurz nachdem ich sie beinahe vollständig entschlüsselt hatte, wurde sie aus meinem Sekretär in der Kanzlei gestohlen. Wie sie in deine Hände fiel, Bursche, das wirst du beizeiten erklären müssen. Ich für meinen Teil hege da so einen Verdacht."

Damit fiel sein Blick auf Bruder Bonifaz. Der einzige, von dem er wusste, dass er für einige Zeit unbeobachtet in seiner Schreibstube geschnüffelt hatte. Nur beweisen, das konnte er freilich nichts, nicht ohne selbst in die Bredouille zu kommen. Wenn dem so war, dann musste der Pater auch Kenntnis von seinem Betrug als Oberamtmann des Klosters haben. War die Verschwiegenheit dieses Einfaltspinsels gar ein Zeichen von … *Geschäftstüchtigkeit* … oder war der Geistliche wirklich bodenlos dumm?

Jetzt galt es Ruhe bewahren, ihm sollte wohl schon die richtige Eingebung kommen. Er war mit dem Kloster noch lange nicht fertig. Und draußen wartete diese Heidenhexe auf ihn.

„Die geheimen Zeichen sind nicht schwer zu entziffern, wenn man die Formeln und Codezeichen kennt. Ehrwürdiger Prior, ehrwürdiger Bruder

Bonifatius, Ihr werdet mir zustimmen, dass man die entsprechende Vorstellungskraft und das nötige Wissen braucht, um Gleichungen zu Quadraten und Dreiecken erkennen zu können. Seht: Hier und hier …" Damit zeigte er auf die hervorstechendsten Merkmale der verschlüsselten Zeichen. Er machte viel Aufhebens darum, freilich ohne durchsickern zu lassen, dass er, auf sich allein gestellt, niemals so weit gekommen wäre.

Bonifaz nickte zustimmend. Mithilfe der beiliegenden Gebrauchsanweisung des Justiziars hatte er das Geheimnis nachvollziehen können. Wie aber war die letzte Gleichung gemeint, auf was wollte sie hinweisen?

„Mag der Zufall oder die Hand Gottes die Geschicke gefügt haben. Der Verfasser selbst gab mir den entscheidenden Hinweis. Der Rest musste, wie eine reife Nuss, nur noch geknackt werden. Allerdings …" – hier tat er besonders geheimnisvoll – „… ihr Inhalt ist faulig und bitter."

‚Sieh an', dachte Bonifaz, eine faulige Nuss. ‚Was bist dann du, Amtmann? Eine Made im Speck, eine Laus im Pelz oder ein Wolf im Schafsfell?'

„Kurz und gut. Immer wenn dieser Bruder – ich nenne noch keinen Namen – wenn er zum Gebet vor den Hochaltar tritt, stellt er sich vor das Stiftergrab und bittet für Berthold und dessen Weib, Agnes. Er hat sein Leben der Wacht über die Grablege seiner und unserer Gönner verschrieben. Seine Heimat, sein Kloster, St. Peter. Wer weiß, was ihn treibt, die Hände zu schlagen, die ihn füttern. Vielleicht will er betrügen, weil er sich betrogen fühlt. Denkbar ist auch, dass er das Ende des Klosters befürchtet."

„Amtmann, man kennt Euren Drang zu geschwollenen Worten. Kommt bitte langsam zur Sache. Die Zeit eilt davon. Indes, wir sind nicht schlauer geworden." Der Prior verlor die Geduld und die Füße wurden ihm kalt. „Ich möchte Eurem Scharfsinn gern applaudieren. Ihr solltet mir allerdings die Gelegenheit geben. Wem nützt es, wenn ich sterbe, bevor Ihr mich aufgeklärt habt."

„Verzeiht, Bruder Prior. In der Tat. Ich neige dazu, allzu schnell abzuschweifen." Hochwürden musste nicht wissen, dass es ihm darum ging, Zeit zu schinden. Der rettende Einfall ließ auf sich warten.

„Wie dem auch sei. Es hat Monate, … Nein, über mein Grübeln sind Jahre vergangen. Dabei ist es am Ende so schlüssig." Wie gewitzt er sein konnte. Ein Schlüssel. Genau das fehlte ihm. Er hatte nicht den leisesten Schimmer.

„Seht, diese letzte Formel. **2 = 7 + 11 = 2(1 + 14); 2(3 + 13); 1(5); 3(7 + 8 + 18); 2(10 + 16); 1(11)** und seht diese sechs wundervollen Keramiken.

Sie führen uns zu einem Verrat, der in der Geschichte der Klöster seinesgleichen sucht."

Wild mit den Händen fuchtelnd, bemerkte er, dass er Gefahr lief, den Bogen zu überspannen. Der Prior wirkte erschöpft.

„Schaut. Wir suchen die letzte Form, ein Parallelogramm und, Ihr werdet staunen, es fügt sich wie von Geisterhand ein und wir überführen die Schuldigen. Am Ende einer langen und aufopfernden Suche wird es gelingen, die Drahtzieher des Holzklaus dingfest zu machen."

Zufrieden, und als hätte er es mit Schulkindern zu tun, schaute er gelehrt in die Runde. „So weiß ich heute, wer sich hinter dem jahrelangen Diebstahl von Holz aus den Kloster- und Allmendwäldern verbirgt. Ich kenne jeden einzelnen Handlanger mit Namen. Auch wenn sie tückisch verschlüsselt ist, eine solche Schriftrolle lässt man nicht achtlos liegen."

„So achtlos wie diese siebte Keramik hier? *κέραμος*, altgriechisch, die Bezeichnung für Tonminerale. Nicht zu vergessen, das Wort meint alle durch Brennen gewirkten und formbeständigen Waren." Bonifaz hielt ein Teil in die Höhe, das ihm der Zufall zugespielt hatte. Ein Novize kam eines Tages aufgeregt auf ihn zu. Er habe dieses kunstfertige Stück in seiner, Bonifaz', Fußklappe gefunden, als er den wärmenden Stein dort ablegen wollte.

„Was zum T…!" Der Justiziar fürchtete um seine Fassade. „Bruder Bonifatius! Ist Euch bewusst, dass Ihr den fehlenden Hinweis in Händen haltet." – Das wäre beinahe schief gelaufen.

„Durchaus, Herr Oberamtmann, durchaus. Es handelt sich um den *Schlüssel*, den Ihr erwähntet." Bonifaz freute sich schamlos, dass er dem Gierhals das Maul stopfen konnte.

„Wir erhalten damit – aber seht selbst: ***2 = 7 + 11 = 2(1 + 14); 2(3 + 13); 1(5); 3(7 + 8 + 18); 2(10 + 16); 1(11)***. Soweit so gut. Wir zäumen das Pferd von hinten auf – im wahrsten Sinne des Wortes. Die Rückseite dieser formschönen Tonscherbe nämlich offenbart uns folgendes Mysterium: **R** = 2(1 + 14); **T** = 2(3 + 13); **L** = 1(5); **S** = 3(7 + 8 + 18); **N** = 2(10 +16); **P** = 1(11)." Der Prior gähnte schon wieder. Jetzt war es an Bonifaz sich zu sputen.

„Wir suchen also Buchstaben und Wörter und ich übertreibe nicht, wenn ich gestehe, lange daran geknobelt zu haben. Insofern kann ich Euren Eifer verstehen, werter Amtmann."

Im Grunde war diese tönerne Offenbarungsschrift keinen Pfifferling wert, wenn man nicht wusste, was sich dahinter verbarg.

„**2** Wörter bestehend aus jeweils **7** und **11** Buchstaben, deren Platzhalter uns diese sieben kleinen Gleichungen verraten. **R** findet sich an zweien, dem ersten und vierzehnten Rang; **T** ebenfalls an zweien, dem dritten und dreizehnten Rang. Sodass am Ende **Rotulus Sanpetrinus** entsteht."

„Und? Was? Das kann alles bedeuten. Als wüsste ich nicht was darin steht. Als wüsste ich nicht, dass darin nicht allein unsere Besitztümer aufgeführt sind, sondern zudem die Stiftungsurkunde, die wichtigste aller Schriften. Ohne die dies alles hier niemals möglich gewesen wäre. Worauf also wollt Ihr hinaus?", blaffte der Amtmann. Wie hatte er sich den Kopf zermartert! Was sollte er mit diesen zwei Worten anfangen? Man hatte ihn hinters Licht geführt, hatte ihn ablenken, ja, beschäftigen wollen und man hatte ihn schlussendlich aufs Kreuz gelegt. All das erwies sich als völlig egal. Er brauchte seine eigenen Aufschriebe zurück. Allein das war jetzt wichtig. Sonst nichts. Damit warf er den letzten Trumpf in die Waagschale.

„Bursche, wenn du mir jetzt das Versteck für den *Rest* dieser Handschrift verrätst. Mein …" – Verdammt! Er räusperte sich.

„… Ein Papier von noch größerer Wichtigkeit. Wenn du das tust, hier vor dem Angesicht Gottes und seiner Zeugen, dann will ich die Anklage fallen lassen. Du wirst frei sein und ich will mich beim Abt für dich verwenden, dass du mit deinem Weib und dem Kind unter dem Herzen …, denn dein Weib ist sie ja wohl, die Rauchmarie, oder nicht?! … Sei's drum, … ich will mich beim Prälaten für deine Entlassung aus dieser Herrschaft und deine Freizügigkeit verwenden."

So ein gerissener Hund. Er nagelte Jakob fest und ließ es in den Ohren des Priors wie ein reines weißes Patent wirken. Der aber war noch nicht gänzlich überzeugt.

„Was sagtest du, Bursche? Untreue und Täuschung wolltest du von dir weisen. Von dem bist du dank dieser – Ausführungen – frei gesprochen." Er streckte sein Kinn abfällig hervor.

„Von einem Mord, einem Brudermord, aber bist du noch nicht entlastet. Dafür aber ist – wie du weißt – ein höherer Preis zu zahlen."
Bonifaz platzte indessen der Kragen.

„Diese Anklage, Bruder Prior, kann ich widerlegen. Amtmann, mit Verlaub. Bevor Ihr vergebens zum Lindenhof eilt, um Eure, … ähm, … diesen geheimnisumwobenen Rest einer Handschrift wieder an Euch zu bringen. Ich kann belegen, dass der Bursche, wie ihr ihn nennt, an jenem Tag betäubt und auf den Wagen gefesselt wurde."

„Ach. Könnt ihr das? Da sind wir gespannt, Bruder, fahrt fort. Und vergelt's Gott!"

„Es gibt einen Zeugen, nein zwei. Zuerst unser Physicus ordinarius, seines Zeichens Hausarzt des Klosters, er versichert an Eides statt, dass in der Nacht vor besagtem Mord, ein Sedativa aus dem Bestand seiner Apotheke entwendet wurde."

„Das beweist nichts."

„Und ein anderer bürgt dafür, Zeuge gewesen zu sein, als man Jakob auf jenen Starzwagen band …"

„Ich für meinen Teil neige dazu, Tatsachen in Händen zu halten und nicht die Gespinste von saufenden Knechten. Zumal diese Knechte an Straftaten beteiligt sind. Wie ich schon sagte, Bruder Bonifatius, und ich wiederhole es gerne: Vergelt's Gott! Mit Eurer flammenden Rede habt ihr zumindest den Hinweis gegeben, *wo* ich nach echten, handfesten Beweisen zu suchen habe. Bitte, Bruder Prior, tragt Sorge dafür, dass unser mutmaßlicher Mör…, nein, Straftäter, Straftäter klingt besser … Ihr könnt es Euch in der Kanzlei solange bequem machen. Bis ich zurück bin, wird eine Weile vergehen …"

„Aber wo wollt ihr denn hin? Jetzt? Um diese Zeit?"

„An den Ort des Verrats, Bruder Prior, an den Ort des Verrats." Damit gab er die Anweisung, die Pferde zu satteln und die Straftäter weiterhin zu beaufsichtigen. Er selbst eilte zur Schreibstube und griff nach seinem Mantel. Fast saß er schon auf dem Pferd, da bemerkte er seinen Fehler. Er hieß einen Diener, den anderen Mantel zu holen, den für den Winter, der hier sei ihm zu kalt. Diesen solle der Dienstbote in die Kanzlei zurück tragen und irgendwo ablegen. Was immer Bruder Bonifatius diesmal mit seinem wertvollen Mantel anstellen würde, ihm war es einerlei.

Und zwar so einerlei, dass er laut zu lachen begann. Ein herzzerreißendes Plädoyer war dem Bruder Bonifatius da gelungen. Wer hätte das gedacht. Auf ihn hatte der Mönch stets etwas einfältig gewirkt. Nein, einfältig, das war er nun wirklich nicht. Arglosigkeit war sein Problem. Bonifatius glaubte zu sehr an das Gute im Menschen.

Beinahe wäre er ihm auf den Leim gegangen. Er war sich absolut sicher, dass dieser treuherzige Idiot seine Dokumente gestohlen hatte.

Bedauerlich nur, dass er seine Treue auch gleich wieder gebrochen hatte. Er hatte es nicht einmal bemerkt. Auch dann nicht als er, der Advokat, ihm mehrfach dankte. „Vergelt's Gott!" Ein Dummkopf, denn reichlich dämlich hatte er dreingeschaut.

Auf diese Weise war die Spreu vom Weizen zu trennen, die Macht von der Ohnmacht, der Verlierer von ihm, dem Gewinner.

„Herr Amtmann?!", riss ihn einer der Büttel aus dem Rausch seiner Gedanken, „Herr Amtmann, wohin soll es denn gehen?!"

„Zum Lindenhof ...!", lachte er so laut, dass es über den Hof bis in die letzte Kammer schallte, „...wir reiten zum Lindenhof!"

In der Kanzlei sackte Bonifaz verzweifelt in sich zusammen.

Montag, 10.03.1783 – Acta Sanctorum, Tage der Blutzeugen

Er duckte sich hinter diesen dichten und dunklen Haselstrauch.

Beinahe wäre er den Pferden vor die Hufe gelaufen. Der Lärm hätte ihn warnen müssen. Und so schimpfte er halblaut mit sich: „Mathis, du Tölpel! Wo bist du mit deinen Gedanken!"

Die Reiter jedenfalls gaben sich keine Mühe, verborgen zu bleiben. Sie waren nicht auf der Pirsch, nicht einmal auf der Jagd. Selbst da ging es erheblich ruhiger und besonnener zu.

Es wirkte eher, als zögen sie in eine Schlacht, von der sie im Vorhinein wussten, dass sie diese gewinnen würden. Wie ein Stoßtrupp auf dem Weg in den Krieg. Übermächtig.

Er wartete, bis der letzte Reiter im Dunkel des Waldes verschwand. Der Morgen brach an. Schließlich sprang er aus seiner Deckung und eilte hinunter zum Kloster. Der Gesang der *Prim*, dem Stundengebet zur ersten Stunde des Tages, drang vertraut durch die dicken Mauern der Kirche. Kurz zuvor hatte die Glocke geschlagen. Sechs Uhr in der Frühe.

Der Pförtner wollte ihn abwimmeln, der Herr Advokat habe schon früh die Kanzlei verlassen und sei nicht zusprechen.

Aber Mathis konnte sehr hartnäckig sein.

„Da brennt aber doch Licht und man sieht Menschen drinnen auf und ab gehen. Ich habe eine Anzeige zur Niederschrift abzulegen. Das kann ebenso gut der Schreiber aufnehmen. Es geht um Leben und Tod. Oder wollt Ihr am Ende das Blutvergießen unschuldiger Untertanen verantworten müssen?"

Der Pförtner zeigte sich unwillig. Die letzten Worte allerdings hatten ihn überzeugt. Anweisungen zu erhalten, das war er gewohnt. Verantwortung über die Bewachung der Pforte hinaus? Nein, das war nicht seine Sache. Sollte der Scheiber seinen Kopf hinhalten. Dessen Lohn war einiges höher, und so ließ er den Mathis ein, der ohne weitere Zeit zu verlieren zur Kanzlei eilte.

„Wie die vierzig Märtyrer das Wetter gestalten, so bleibt es uns noch vierzig Tage erhalten." Warum ihm diese Bauernweisheit in den Sinn kam? Manchmal hatte der Mann in der Pforte sonderbare Einfälle. Sein Weib tadelte ihn zuweilen deswegen. Allein, dieser Morgen gestaltete sich entschieden sehr sonderbar. Irgendetwas beunruhigte ihn. Es zog ein Wetter herauf, das spürte er in seinen Knochen.

Mathis klopfte nicht an. Gutes Benehmen mochte an besseren Tagen angezeigt sein. Heute war kein besserer Tag. In der Amtsstube roch es moderig. Zeit ein Fenster zu öffnen. Der Geruch erinnerte ihn an eine Gruft.

„Ich habe eine Anzeige zu machen."

Der Schreiber zuckte zusammen und mit ihm all die anderen, die angespannt im Dienstzimmer der weiteren Ereignisse harrten. Der *Dirrländer Michl* und Jakob, der die Augen senkte, als er ihn sah. Und natürlich der Büttel. Mathis atmete auf. Jakob stand nicht in Fesseln vor ihm.

Der Schreiber kramte Papier und Feder hervor.

„Das ist nun vor Sonnenaufgang schon die dritte Aussage. Weitere zwei werden noch folgen. Du bringst zwar den Ablauf hier erheblich durcheinander, doch das spielt auch keine Rolle mehr. Also Holzermathis, wohlan denn, ich wäre soweit."

„Ihr werdet sehen, meine Aussage wird das Possenspiel hier beträchtlich verkürzen. Es ist an der Zeit. Vermerkt bitte folgende Angabe zur Sache: Ich, Mathis Trenkle, bekenne mich des vielfachen Betrugs, der Unterschlagung von klösterlichem Besitz und des heimtückischen Totschlags am Andreas Villinger, am Georg Rämele, Hofengel vom Simishof sowie am Thewes Pichler für schuldig."

***

Der Herr Advokat kochte vor Zorn.

„Reißt alle Truhen, Kommoden und Kammern auf! Schaut unter den Strohsäcken der stinkenden Betten! Durchforstet jeden Winkel dieses vermaledeiten Hofes! Ihr Zwei! Treibt das Vieh aus den Ställen und führt es den Meierhöfen im Seelgut zu! Dem, der einen gewachsten Umschlag mit dem Sigel der Kanzlei findet, winkt eine nicht geringe Belohnung. Wer darin schnüffelt, dem schneide ich eigenhändig die Zunge heraus! Packt euch!"

Sie stapften durch sämtliche Kammern. In kürzester Zeit glich der Hof einem Schlachtfeld. Und in der Tat, der Amtmann empfand sein Tun als eine Art von Gefecht. Es ging einzig darum, die Feinde zu schlagen, zur Not auch zu meucheln. Auf diesen kleinen Unterschied kam es ihm nun auch nicht mehr an.

Der Vogel aber war ausgeflogen. Nicht einen der Holzknechte hatte er angetroffen. Nicht einer von ihnen schaffte im Holzschlag. Die Riese stand still. Wie ausgestorben. Es war wie verhext.

Der Gedanke erinnerte ihn an ein weiteres Vorhaben im Anschluss an diese … Bereinigung … hier im Gewann der Tagelöhner, der Armen, der Hungerleider und der Abtrünnigen. Einen guten Teil dieses Packs galt es nun mit harter Hand auszumerzen. Das Recht, in dieser Herrschaft zu hausen, solle ihnen auf Lebzeiten verwehrt bleiben.

„Wo zum Teufel …? Das ist mein Eigentum. Gebt mir zurück, was mir gehört …!“ Er schrie über die Halde, dass sich das Echo überschlug.

Ein Mann huschte hangseits aus dem Strohschopf hervor, bevor die Eisenhaken ihn trafen, mit denen die Büttel im Stroh herumstocherten. Die Überraschung half ihm denn auch, Reißaus zu nehmen. Mit der Wehrhaftigkeit eines Beamten hatte er indes nicht gerechnet. Der Dreschflegel, den sein Widersacher zur Hand hatte, traf ihn mit Wucht und brach ihm drei Rippen. Unter unsäglichen Schmerzen setzte er dennoch seine Flucht fort. Und stürzte.

Mit dem Rücken am Boden stemmte er seine Fersen in den Boden. Ein verzweifelter wie vergeblicher Versuch, einem Wahnsinnigen zu entkommen.

Der trat ihm den Stiefel gegen die schmerzende Brust. Adalbert, der Spaßvogel im Rudel, flatterte in Todesnöten umher. Wie eine Amsel, die sich, solange sie lebt, gegen den mächtigen Fuchs noch eine hoffnungslose Gelegenheit ausrechnet. Ihr Trieb lässt keine anderen Auswege zu. Bis sie stirbt.

Der Spaßvogel, der nun vor seinem Schlächter am Boden lag, sollte auch sterben. Er stotterte noch um Barmherzigkeit. Er wusste doch rein gar nichts von einem Versteck, wusste nichts von Schriftrollen und Klostersiegeln. Der Mann über ihm zog seinen Dolch noch einmal zurück, schien ihm Glauben zu schenken und das Leben dazu. Dann stieß er zu.

„Lasst gut sein, Männer!“ Seine schneidende Stimme durchdrang den Hof. „Wir rücken ab. Das Vieh ist versorgt und so wichtig, dass wir hier noch weiterhin kostbare Zeit verschwenden, ist mein Eigentum nun auch wieder nicht. Brennt diesen Schandfleck hier nieder. Ich werde derweil voraus eilen. Schließlich wartet im Kloster noch Arbeit auf mich.“

Für den Fall, dass es hier doch noch etwas zu finden gab, das ihn belasten könnte, schien es im die beste Lösung zu sein, alles in Schutt und Asche zu legen.

Das Ende des Lindenhofs in der Vogtei Wildgutach. Das Ende des Hungers auf diese Heidenhexe bot sich ihm, unweit von hier, nahe dem Kohlplatz. Sozusagen auf seinem Weg. Im Vorbeigehen würde er sich dieses Pfläumchen pflücken. Der dreckstarrende Kohlenhannes und ihr einfältiger Sohn zogen heute im Seelgut umher, die Holzkohle feil zu bieten. Wie immer in diesen Tagen. Darauf konnte man sich verlassen. Katharina wäre allein. Ganz allein.

„Spieße sind dazu da, sie früh genug wieder umzudrehen.", schmunzelte er in sich hinein und trieb das Pferd zum Aufstieg hinauf zur Platte. Da fiel ihm noch etwas ein.

„Ach. Und den Leichnam dieses Verbrechers könnt ihr auch ebenso gut in die Flammen werfen. Der feige Totschläger von einem Holzfäller hat mich hinterrücks angreifen wollen. Seht ihr! Das geschieht dem, der mich unterschätzt."

Die Büttel, ein jeder von ihnen, zogen die Köpfe ein. Diese Ansage war unmissverständlich. Über diesen beispiellosen … Schadenersatz … sollte auf der Hochebene nicht weiter gesprochen werden.

Sie packten die Beine des Toten und schleiften ihn zurück in den Strohschopf.

***

Der Büttel, der zur Aufsicht neben die Kanzleitüre beordert war, schraubte die Schellen zusammen.

Nach seinem umfangreichen Geständnis war dieser Mann eilends in die Katze zu bringen. Er, der Büttel, hatte nunmehr das Sagen und er unterband, kraft seines Amtes, jedes weitere Wort unter den Anwesenden. Schwatzen könne man wieder, wenn der ehrwürdige Amtmann zugegen sei. Er wolle den Abt oder dessen Stellvertreter, den Prior, über die Ereignisse in Kenntnis setzten. Bruder Bonifatius könne sich unbesorgt wieder seinen Aufgaben widmen. Der Herr Schreiber aber solle Sorge tragen, dass der junge Bursche in jedem Fall an Ort und Stelle auf das Urteil der Obrigkeit warte. Schließlich sei er vom Vorwurf des Mordes solange nicht freigesprochen, bis eine höchstamtliche Person dies bestätigen werde.

Mathis schaute betrübt und besorgt hinüber zu Jakob. Der wich auch weiterhin seinem Blick aus. Mathis stiegen die Tränen auf. So hatte er sich das nicht vorgestellt. Dennoch war ihm die Freiheit des jungen Mannes mehr wert als sein eigenes Leben.

So war es schon immer gewesen. Jenen, die er liebte, riss er das Herz aus dem Leib. Schon damals, vor sehr langer Zeit, in seiner Heimat Tirol, … aber was sollte das jetzt. Das war schon lange vorbei.

Jetzt ging er seinem Schicksal entgegen. Die Halsschelle drückte. Auch die Hände steckten in Schellen. Die Eisen waren fest miteinander verbunden. Seine Füße steckten in Ketten. Man wollte ihm jeglicher Gedanken an eine Flucht berauben. Nicht allzu lang, und sie würden ihm auch noch die Würde nehmen.

Er sah Bruder Bonifaz, wie er nach einem Mantel griff. Er sah den Schreiber, der sein Pult wieder verschloss und damit begann, seine Feder zu spitzen. Und er sah Jakob, der seine Tränen nicht halten konnte. Die letzten Augenblicke der Freiheit, letzte Eindrücke des Lebens. Von jetzt an wartete nur noch der Tod auf ihn. Er hatte es nicht anders verdient.

Stunden später stand Jakob vor den Gittern der Zelle, in der er selbst ein Jahr zuvor ausharren musste. Er wusste, was Todesangst war. Die hatte er damals gehabt. Bis Bruder Bonifaz gekommen war, um ihm zur Flucht zu verhelfen. Jetzt hielt er die Stäbe von der anderen Seite. Was hätte er drum gegeben, einen Schlüssel zu haben.

Der Mann, der dort mit Ketten verschraubt an der Wand lehnte, war nicht bei Bewusstsein. Man hatte ihn so lange geschlagen bis –

Schläge, die eigentlich ihm, dem Rämele Jakob, zugedacht waren.

Sie konnten nicht einmal mehr Abschied nehmen. Der Mann war sein Blutzeuge.

„Ich werde auf sie alle aufpassen, das schwöre ich dir, Mathis, so wahr ich hier stehe. Katharina und meinem Bruder Paul soll kein Leid mehr geschehen. Und unser Sohn, den Marie unter dem Herzen trägt, soll Mathis hei…" Im rollten wieder die Tränen über die Wangen. Als Mathis seinen Kopf kaum merklich hob, sah Jakob sein Lächeln und dieses Funkeln in seinen Augen.

Dann musste er gehen.

Montag, 10.03.1783 – Tage der Blutzeugen, andernorts

Bonifaz eilte, Katharina zu warnen.

Ihr beider Sohn befand sich in ernster Gefahr. Was, wenn der Ankläger seine Meinung am Ende doch noch ändern sollte? Das Geständnis des Mathis, was war es wert? Nie und nimmer hatte der diese Menschen ermordet. Ein Betrüger, gewiss. Wenn er die Liste an Beweisen für diese Taten jedoch addierte, dann war Mathis, wenn überhaupt, doch nur ein kleines Glied in einer Kette mächtiger Männer.

Er, Bonifaz, hatte die Zeit des Wartens in der Kanzlei teilweise für die Bedeutung der Botschaft verwendet. Unterbrochen von den Stundengebeten, in denen er auch nicht recht bei der Sache war. Einmal hatte er gar den Gesang gestört, als er an der falschen Stelle eingesetzt hatte.

Rotulus Sanpetrinus: Der Dingrodel, eine Stiftungsurkunde auf Pergament.

Mehr als eine Beschreibung des Herrschaftsgebietes des Klosters. Gestiftet durch Berthold II. von Zähringen. Das Grab unter dem Schutz der

Mönche, die seit Jahrhunderten über ihn wachten. Einer der Brüder hatte sich einer besonderen Aufgabe gewidmet und die Grabplatte penibel vor Schmutz und Staub geschützt. Bonifaz wusste, von wem der Advokat da gesprochen hatte.

Eine Bild rückte aus seinen Erinnerungen an die Oberfläche, blieb indessen so unscharf, dass er es nicht gleich zu fassen bekam. Es hatte mit den Stifterfiguren zu tun, die goldglänzend auf den Simsen im Kirchenschiff standen. Aber was ...?

Dann durchzuckte ihn die Erkenntnis. Bonifaz hatte besagten Bruder schon immer belächelt, wenn der ein so akkurates Auge auf jene Figuren der Zähringer warf. Es war einfach zu viel des Guten gewesen. Natürlich, durften die Statuen nicht einstauben und stumpf anlaufen. Man konnte es auch übertreiben. Besonders bei Berthold II., den durfte ja kaum jemand anders anfassen. Berthold II., Stifter des Klosters, Tausenddreiundneunzig, in der Rechten hielt er die Stiftungsurkunde.

Man sollte sich diese Figur einmal genauer anschauen. Wenn er es recht bedachte, dann war diese goldene Schriftrolle in den Händen des Stifters ein vollkommenes Versteck.

Wenn sein Verdacht sich aber erhärten sollte, dann wäre Jakob, ausgeliefert in die Hände jenes Bruders, nichts mehr als ein Staubkorn. Er würde es wegfegen! Mehr denn je war das Leben seines eigenen Sohnes bedroht. Falls dieser barbarische und erbarmungslose Satan von der Festsetzung Jakobs erfuhr, ... nicht auszudenken...

Katharina musste das alles wissen!

Noch auf dem Pfad über die Gottschalksgereute packte ihn das Grausen. Die Untersuchung der Statue stellte er hintenan. Was zählte, das war das Leben der Lieben. Seine Familie.

Einmal mehr verfluchte Bruder Bonifaz seine Körperfülle. Was das anging stand er dem Herrn Advokaten in nichts nach. Er zog dessen Mantel noch etwas fester und die Kapuze noch etwas tiefer in seine Stirn. Es hatte zu regnen begonnen. Diese alte Bauernweisheit um die Märtyrer und den Regen wollte ihm einfach nicht einfallen.

Um seine Aufregung und seine Furcht niederzuringen, hatte er sich angewöhnt mit sich selber zu schwätzen. Egal was. Wie ein Kind, das auf einem dunklen Speicher eine Wurst holen soll.

Der Regen und auch der aufziehende Nebel schränkten seine Sicht bis auf ein, zwei Ruten Länge ein. Stetig tropfte es vom Saum der Kapuze und die Tropfen verschmolzen zu Rinnsalen.

Unerwartet preschte ein Reiter den Weg vom Harzmoos hinunter. Wer auch immer das war, gnadenlos peitschte er auf das Tier ein, das die weit geöffneten Augen wie irre himmelwärts drehte. Das Maul schäumte ihm. Bonifaz duckte sich in das Haselgebüsch. Kaum eine Armlänge entfernt jagte der Schinder an ihm vorbei.

Das musste der Herr Amtmann gewesen sein. Es war höchste Zeit, Katharina zu finden. Dachte er noch.

Der Schmerz traf ihn völlig unvorbereitet. Fast wie aus heiterem Himmel.

***

Paul hatte die Mutter nirgends gefunden.

Er war mit dem Kohlenhannes aus St. Peter zurück auf den Kohlplatz gekommen. Gut gelaunt. Sie hatten reichlich Holzkohle an ihre Kunden gebracht. Hufschmied und Nagelschmied waren froh, sie zu sehen. Der Vorrat ging langsam zu Neige. Der Karren, den Paul gezogen hatte, war bis auf einen Sack leer.

„Sei's drum.", hatte der Köhler gegrinst. „Komm Paul! Auf, wir gehen heim. Heim zu deiner Mutter, heim zu Katharina. Paul war ein Jauchzer entwischt und auch er hatte mit strahlenden Augen gelacht.

Wie sehr liebte dieses Kind seine Mutter! Ein Kind in Gestalt eines Mannes. Hatte man sein Vertrauen erlangt, so würde er sein Leben geben und keinen Schritt weichen. Stets hatte er etwas zu lachen. Ein einfaches friedvolles Gemüt. Und lachen, das musste jetzt auch der Kohlenhannes. Denn immer, wenn Paul den Namen seiner Mutter aussprechen wollte, dann klang dies wie die Bezeichnung einer Erkrankung der Atemwege. Der Bader hatte dieses Wort einmal benutzt.

„Kattarrhh!", so rief er auch jetzt und Hannes hielt sich vor Lachen den Bauch. Auch wenn es ab heute noch vierzig weitere Tage regnen sollte, so wie es die Bauern wussten. Mit dieser heiteren Seele an seiner Seite konnte einen der graue Himmel einfach nicht aufs Gemüt schlagen. „Kattarrhh!" Aber er fand sie nicht, seine Kattarrh.

Katharina war oft unterwegs. Erledigte dies und das, suchte nach Zutaten für ihre Salben und Tränke, blieb manchmal nächtelang fort. Hannes argwöhnte, dass sie sich einem Mann hingab, wenn sie so lange ausblieb. Er neidete diesem Kerl dessen ausnehmendes Glück. Wie gerne hätte er diese ebenso wilde wie anziehende Frau für sich gewonnen. Aber seit sie ihm das Messer an den Hals gesetzt hatte, wagte er sich kaum noch in ihre Nähe. Vom Meiler herab starrte er sie an und schüttete seine Sehnsucht über ihr aus. Und er hielt es kaum aus, wenn sie länger als wenige Stunden ausblieb. Was das anging, war er ganz wie der Paul. Und ebenso treu.

Er wollte es auch nicht wissen, wo sie sich herumtrieb, mit wem sie es trieb. Das ging ihn letztlich nichts an. Oder doch?

Glaubte man dem Geschwätz in der Bürgerschaft, dann sollte sie ehedem einem der Klosterbrüder sich hingegeben haben. Oder vielleicht einem Soldaten, einem Holzfäller gar? Ersteres hielt der Hannes für abwegig. So waren die Mönche nicht.

Solange sie etwas zum Durchhecheln hatten, kamen die Leute auf dies und das. Die einen erzählten es so, die anderen so. Es geschah ja sonst nichts, worüber man sich die Mäuler zerreißen konnte.

Vierzig Tage Regen von heute an, dass würde ihn in den Wahnsinn treiben. Mehr noch als die schier endlosen Stunden der nächtlichen Wachen.

Dieser Tage gedachte man der Vierzig Märtyrer von Sebaste. Und wenn es dieser Tage zu regnen begann, dann sollte dies wohl noch bis Ostern so bleiben.

Die Märtyrer hatten, ohne einen Fetzen Kleidung am Körper, im Winter auf einem gefrorenen See ausharren müssen. Wer dem christlichen Glauben abschwören wollte, dem stand sofort ein geheiztes Badehaus zu seiner Verfügung. Es war nur einer gegangen, alle anderen waren erfroren.

Sein Meiler war heiß, manchmal zu heiß. Sein Vater war darin verbrannt. Und doch lief ihm ein kalter Schauder den Rücken hinab.

„Kattarrhh?“ Der Junge rief ohne Unterlass nach seiner Mutter. Üblicherweise genügte es ihm, wenn sie nach drei, vier Ausrufen nirgends zu sehen war. Scheinbar fiel ihm dann ein, wo sie sich herumtrieb. Nur, konnte er das wirklich wissen, dumm wie er war?

Der Nebel war immer noch dichter geworden. Der Regen fiel in Strömen vom Himmel und der Bursche hörte nicht auf, Katharina zu suchen. Langsam entfernte er sich von Hannes und seinen Meilern.

Hannes dachte noch kurz an seine eigene Tochter, Marie. Die schien auch nicht in der Nähe zu sein. Meistens dauerte es nicht lange und sie konnte den Paul beruhigen. Er liebte das Mädchen, da war sich der Köhler ganz sicher, als seien die beiden desselben Blutes.

Wahrscheinlich hatten sich Marie und Katharina zusammen getan und trieben allerhand Schabernack mit den Holzhauern und Bäuerinnen auf ihren Höfen. Stahlen Essen und Moschd, rauchten gar eine Sigahr.

Sie würden schon wiederkommen. Spätestens wenn sie rechtschaffen durchnässt und müde waren. Das Rufen des Burschen war kaum mehr zu hören.

Und dann, dieser entsetzliche Schrei!

***

Katharina und das Mariele stellten sich im Heidenschloss unter.

Sie kicherten vergnügt, denn sie hatten dem Regen ein Schnippchen geschlagen. Katharina kannte sich in diesem Haushalt hier aus, alles schien, als habe sie dieses Loch erst gestern verlassen. Bis die warmen Flammen eines munteren Feuers auf dem Ofen die Kälte aufschleckten, traten die beiden abwechselnd auf ihre Füße.

„Ein Königreich für einen Kuehpladder.“, unkte Mariele herum. Beide kicherten wieder. Vielleicht um ihre Anspannung niederzuringen. Katharina hatte das Mariele als Helfershelferin für sich gewonnen.

Ihr ärgster Feind hatte sich in ihr Reich gewagt. Der hatte hier nichts verloren.

In der Früh sahen sie die Reiter. Von ihrem Aussichtspunkt aus machten sie die Büttel aus, wie sie augenscheinlich den Hof in seine Bestandteile zerlegten. Wenig später trieben zwei der Männer das Vieh über den Ziegenpfad, dem Kloster entgegen. Mariele schloss die Augen und wandte sich entsetzt ab, als dieser Satan den Spaßvogel hinrichtete. Katharina hatte geschluckt.

Kurz darauf fasste sie ihren Entschluss. Wenn sie diesen Dämon schon nicht für seine Taten zur Rechenschaft ziehen konnte, dann sollte er doch wenigsten von ihr ablassen und eine Abreibung erhalten. Im wahrsten Sinne des Wortes: Eine Abreibung!

Der Rauch des lodernden Feuers dort draußen qualmte schwarz durch das Tal. Der Lindenhof brannte nieder. Die guten Zeiten waren vorbei. Außer dem Adalbert, der sein Glück anders versuchen wollte und daran gescheitert war, hatten alle Männer den Hof noch gerade rechtzeitig verlassen. Keiner war dem Freund zur Hilfe geeilt. Wie Hasen vor einer Meute fliehen, hatten sie sich in alle Winde zerstreut.

Außer Laurenz, der etwas unter dem Mantel verbarg, und vorbei am Heidenschloss auf die Platte floh, war keiner der Rieshirten noch irgendwo zu sehen.

Katharina aber war sicher, ihren Erzfeind würde sie noch zu sehen bekommen. Ihr Plan war allemal gefährlich genug. Womöglich schadete sie dem Mariele. Der Hass auf diesen Mann aber vernebelte ihr die klaren Gedanken. Rache! Wie eine Schlange im Spalt einer Mauer. Die Verheißung, die sie damals mit ihrer sterbenden Tochter geteilt hatte, sie galt nicht für Todfeinde. Einem unschuldigen Knaben konnte der Biss nichts anhaben. Der geifernde Sohn einer Buhlfrau aber, der dort tatsächlich die Halden hinauf trabte, ihm würde der Biss Gift und Galle sein.

Wie sie es sich ausgedacht hatten, bemerkte der Amtmann auf seinem Gaul die dampfenden Walmen des Heidenschlosses. Katharina war sich sicher um jeden Gedanken, jede teuflische List, die in seinem Kopf aufblitzte. Ein Gestank nach Verwesung. Wer mit ihm die Luft in denselben Raum teilen musste, der wollte ein Fenster öffnen.

Als sei er eine Marionette, gehalten von den Fäden in ihrer Hand, wie eine winzige Fliege im Netz einer Spinne, so zog sie ihn zu sich hin. Zu keiner Zeit witterte er einen Hinterhalt.

Mariele stand am Herd und beschickte das Feuer mit frischen und knisternden Spänen. Treu und ergeben war sie, die Marie. Wie eine Tochter nur sein kann, die ihre Mutter liebt. Und Ihre Tochter würde sie werden. Marie und Jakob waren füreinander bestimmt.

Sie war von derselben Statur, hatte dieselben wallenden Haare und er ließ sich davon täuschen.

Zwei Handstreiche, sicher und zielgerichtet geführt, und der Mann fiel zu Boden.

Beinahe wand er sich los, als sie ihm den Sack über den Kopf zog. Ein Messer schnitt ihm die Achillessehne entzwei. Er tobte vor Schmerzen, lehnte schlaff an der Wand. Sie aber nagelte seine Hände fest auf die Balken. Die Nägel hatte sie dem Schmied um eine heilende Salbe abschwatzen können. Der Hammer lag in der Küche bereit.

„Jetzt Marie, meine Abreibung für diesen Dämon!" Sie beugte sich zu ihm herunter, ganz dicht an sei Ohr. In seinen Augen stand Schmerz zu lesen. Katharina erkannte auch nackte Angst. Die Abscheu, die sie gerade noch spürte, löste sich auf und machte einer eiskalten Gleichgültigkeit Platz. Eiskalt. Wie ein zugefrorener See.

„Marie…!" Sie wollte nicht, dass das junge Maidle ihre Eiseskälte zu spüren bekam. Sie bat sie hinaus. „Schau in die kleine hölzerne Schachtel nebenan in der Werkstatt. Du findest dort Pässe der Habsburger Obrigkeit, ausgestellt auf zwei Familien. Diese Pässe nimmst du an dich und eilst damit zum Kohlplatz. Spute dich. Sammel unsere Habseligkeiten zusammen, nimm Paul an die Hand und gehe zum Bildstöckle unter der alten Eiche. Lauf Marie!"

„Aber wo gehen wir denn hin und …", hier stockte sie und ihr Hals bekam rote Flecken, „ … und kommt Jakob …?"

„Sicher, Mariele. Sicher kommt Jakob auch. Und wohin wir verschwinden, das geht diesen …", damit nickte sie zu dem Fettsack am Boden, „ … das geht ihn nichts an. Denn auch wenn er vor Qualen weint, hören, das kann er noch gut. Und nun spring!"

Ihre Abreibung, mit dem sie den Amtmann bedachte, bestand aus einer heißen, zähen und klebrigen Paste. Für eine Weile kämpfte sie mit einem galligen Ekel. Dann griff sie den Tiegel und ließ ihm reichlich Schmiere zwischen die Beine tropfen. Sie musste würgen.

Sie fasste sich schnell und bedachte das wimmernde Häuflein vor sich am Boden mit einer Auskunft über die Wirkweise der Flüssigkeit.

„Zuerst wird es brennen, derart, dass du glaubst ein teuflischer Haken versengt dir die Haut. Ein Feuer, das schier nicht vergeht. Doch das tut es nach einigen Tagen. Kurz darauf schält sich die Haut und kleine blutende Blasen bereiten dir höllische Pein. Du wirst befürchten, dass der Eiter deinen – verrotten lässt. So schlimm wird es aber nicht kommen. Nur ein Weib, Herr Justiziar, ein Weib wirst du niemals mehr wieder beglücken. Da fällt mir ein: Vergelt's Gott und einen Gruß an die geliebte Gattin. Die wird sich freuen. Gewiss, die wird sich freuen." Wie der Mann je auf sein Pferd steigen würde, es sollte ihre Sorge nicht sein. Da müsste er seine Hände schon aus den Nägeln herausreißen. „Kein Schmerz wiegt je auf, was du mir angetan hast!"

Sie löschte das Feuer, nahm ihr Messer an sich und eilte zur Türe hinaus. Als sie schon den Pfad zum Kohlplatz erreichte, sah sie ihn, schmerz verzerrt und wie irr auf sein Tier einschlagen. Das blähte gepeinigt die Nüstern. Die weit geöffneten Augen drehten sich irre zum Himmel hinauf. Das Maul schäumte.

Sie sah auch ihren Paul, wie er dem Schinder hinterdrein springen wollte und zusätzlich einzuschüchtern versuchte. Bis sie erkannte, wessen Klinge da aufgeblitzt war, dass Pauls Hand sie geführt hatte, bis dahin war alles längst schon geschehen.

Und dann dieser entsetzliche Schrei!

Bis Katharina begriff, dass dieses Gebrüll aus ihrer eigenen Kehle stammte, verstrichen weitere wichtige Augenblicke. Du siehst dieses Unheil kommen, und bist zu weit entfernt, um es verhindern zu können.

Der Nebel verschluckte Pferd und Reiter und damit war der nach Pauls Empfinden verschwunden. Beinahe als wären sie niemals vor seinen Augen gewesen.

Bonifaz aber, der aus dem Unterholz trat, konnte nicht wissen, was die Warnrufe seiner geliebten Katharina bedeuten mochten. Sie rief nach ihm, Bonifaz, und sie freute sich, ihn nach so langer Zeit wieder in die Arme schließen zu können.

Warum aber dieser stechende Schmerz? Etwas Spitzes und Glühendes steckte in ihm. Leiden und Liebe zugleich. Das wollte für ihn nicht zusammen passen.

Ein Wiedersehen mit Katharina konnte keine Schmerzen bereiten. Und so lief er los, musste in ihre Arme fliehen, in ihre sanfte und heilsame Liebe. So schnell er nur konnte. Er lief. Er taumelte.

***

Paul versuchte seine geliebte Mutter zu warnen. Schon immer hatte er sie beschützt. Böse Menschen. Böse Männer. Böse Mäntel.

Das scharfe „Dchää – Dchää!" galt den beiden als Warnruf. Rätschende Herrenvögel. Blau-schwarze Federn. Alarm. Böse Menschen „Dchää – Dchää!". Böse Männer „Dchää – Dchää!". Böser Mantel „Dchää – Dchää!".

„Mutter! Kathar-Ina! Fort, fort! Böser Mantel!" Warum lief die Mutter nicht fort? Warum eilte sie, dem bösen Mantel zu helfen?

„Dchää – Dchää! Fort, Mutter fort!"

Da rammte er seine Klinge in den Rücken des Mannes. Der böse Mantel stürzte und stand nicht mehr auf.

***

Katharina fiel neben ihm auf die Knie. Und Paul stand ratlos da.

Sanft hob sie Bonifaz' Kopf, strich die Kapuze zurück und legte beide Hände an seine Wangen.

„Nein! Paul! Du dummes Kind! Was hast du getan? Was tust du denn? Immer und immer wieder! Dies ist kein böser Mantel. Schau! Paul. Kein böser Mantel. Hör auf damit. Hör damit auf, mich zu beschützen."

In Bonifaz' Kehle gurgelte Blut. Mit schwindenden Kräften fasste er Katharinas Schulter und zog sie zu sich heran. Sie ließ von allen Versuchen ab, ihn retten zu wollen. Wenn jemand starb, dann merkte sie das.

So legte sie sein Haupt in ihren Schoß. Ihre Hände wärmten ihm seine eisigen Wangen. Paul saß da und brabbelte vor sich hin. Leise. „Dchää – Dchää!"

Katharina liefen die Tränen.

Was konnte sie ihm jetzt noch anderes mitgeben als Trost, Wärme und Liebe. Was nützte ihm jetzt eine Litanei über Kräuter und ihre Wirkweisen. Diese Mischung, von der Bonifaz damals des Nachts gekostet hatte, die war ihrem Erzfeind zugedacht. Niemandem sonst.

Außer für diesen Zweck verwendete sie all diese Gewächse stets nur zum Guten. Wie oft war sie um Schändliches Gebräu angefragt worden. Fliegen können, das wollten die einen. Den Nachbarn verführen die anderen. Dem Blaubart in der Kanzlei ging es immer nur um einen anderen Wahnsinn: Wilde, unsagbar erregende Lust.

Und sie, Katharina, bescherte ihm mit ihren Mitteln diese unkeuschen Träume. Diese Träume, von der Wirklichkeit nicht zu unterscheiden. Man war sich sicher, all das hatte man genauso erlebt, man hätte darauf schwören können.

Katharina wollte nicht lügen!

Damals, fast schon vor einer Ewigkeit, da sah sie Bonifaz aus ihrer Hütte verschwinden, schamgebeugt. Aber vereint, nein, das hatten sie sich niemals.

Was aber, wenn auch die Wahrheit gelogen wäre? Bonifaz kannte nur seine eigene, ihm über die Maßen wertvolle Wahrheit.

Die ihre sah anders aus. Jakob hatte drei Väter. Einem jeden verdankte er unsagbar viel. Die Kindheit, die Jugend, sein Überleben. Bonifaz fand Jakobs Zuhause, der Simisbauer zog ihn groß und auch Mathis Trenkle bewirkte das seine. Für eine kurze Zeit nur, aber am Ende opferte er sich für seinen Sohn.

Bonifaz flüsterte, stockte, zog all seine Kräfte zusammen.

„Ja. Mein Bruder Bonifaz. Du hast ihn geschützt. Meinen Sohn. Jakob." Sie wischte das Blut aus seinem Mundwinkel auf.

„Ja. Bruder. Er hat dich geliebt. Wie ein Sohn seinen Vater..." Ihr stockten die Worte. Er würde sterben. In ihren Armen.

„Ja. Bonifaz. Ein Teil meines Herzes gehört immer nur dir. Dir allein. Dieser Teil wird dir ewig gehören. Du ... bist ... ein ... guter ... Mann!"

Er sah sie mit großen und liebenden Augen an. Würgte. Ein letzter Schwall Blut. Sein Atem nur noch ein weicher Hauch. Sie küsste die erlöschenden Augen. Seine Hand fand ihre Wange und sie ergriff die zitternden Finger. Ein letzter Blick und er sank für immer zurück. Friedvoll.

„Du treuer, du dummer, du einfältiger Mönch!"

Epilog

Die beiden Männer lehnten sich an die Brüstung der Donaubrücke zu Ulm.

Von hier oben war die Sicht herüber zur kleinen Donauinsel am besten. Die Blicke der beiden schweiften über die zahlreichen Menschen, die sich um die ‚Wiener Zillen' drängten. Boote, die sie in eine neue und ferne Heimat bringen sollten.

Die meisten dieser wenig betuchten Leute hatten sich die Einkehr in den Gasthäusern, dem ‚Stern', der ‚Alten Traube' oder den ‚Drei Kannen' nicht leisten können. Sie lagerten schon seit Tagen unweit des Schwaals, die Landungsstelle zur Einschiffung der Auswanderer.

Weiter als Wien fuhren die Zillen nicht. Dort würde man sie alle noch einmal neu sammeln und in gut geordneten Gruppen über die Donau an die Landungsstege in Ungarn bringen. Weiter zu Fuß oder – wer sich das leisten konnte – auf dem Fuhrwerk in die umliegenden Dörfer. Dort, wo es noch Platz gab. Vielleicht konnte man auch ein neues Dorf gründen.

Die Männer schienen sich gut zu kennen. Vielleicht waren sie Freunde. Gefährten. Verbunden durch einen gemeinsamen Weg. Der eine im Habitus eines Priesters, der andere mochte Beamter, vielleicht Schulmeister sein.

Beide wurden gebraucht. Im Banat waren Priester und Schulmeister gefragt. Freilich gab es dort keine Klöster, wie sie in den österreichischen Vorlanden noch üblich waren. Von dort her stammten sie beide. Aus der Herrschaft des Klosters St. Peter.

Ein jeder ging seinen eigenen Gedanken nach. Ein jeder auf seine Weise. Stumm. Das Haupt der wärmenden Sonne entgegen gestreckt. Zufrieden. Mit sich im Reinen. Die winkende und lärmende Menge um sie herum schien keinen weiter zu stören.

Wäre es möglich gewesen, ihrer beider Gedanken zu lesen, man wäre zurückgeschreckt. So freundlich sie wirkten, so durchtrieben waren sie auch. Ein jeder vertieft in seine eigene verdorbene Rückschau aus einem früheren Leben.

Der im priesterlichen Ornat lächelte. Genügsam. Überlegenheit flammte in seinen Augen. Die Hände selbstbewusst auf die Stützmauer gelegt. Wie ein König auf seinem Altan. Schade – es fehlte das Volk, Narren, die ihm zujubelten. Ihm, und nicht den fliehenden Horden dort unten.

Wie sehr berauschte ihn das Gefühl seines Sieges! Er hatte Schätze gesammelt. Gerade so, wie man dies auf einem Feldzug so machte. Rauben, brennen, mord… Nein! Gemordet hatte er nie. Andere mochten dies verantworten müssen. Sein Gewissen aber war rein.

Nicht einmal seinem ärgsten Widersacher hatte er auch nur ein Haar gekrümmt. Ein Opfer der eigenen Gier. Ein Versager. So etwas würde ihm nie passieren. Überheblich streckte er seine Brust hervor:

Der Herr Amtmann war zerrissen und wund auf seinem schäumenden Gaul in den äußeren Hof des Klosters gejagt. Beinahe im selben Moment fiel er vom Pferd. Besinnungslos.

Aus fransigen Löchern in seinen Handflächen sickerte Blut in die Erde, eine Ferse seltsam zerschnitten. Die Kleider hingen ihm nachlässig um seinen Leib. Ein unappetitlicher Anblick.

Man brachte ihn ins Spital und nach Kräften flickte man ihn zusammen. Seinen Dienst aber würde er nie wieder antreten dürfen. Dem Abt waren kompromittierende Dokumente zugespielt worden.

Der Dummkopf hatte ernsthaft geglaubt, einen Hof abbrennen zu müssen, um seine Haut retten zu können. Dabei war ihm die Haut schon längst abgerupft worden. Man sprach von Verätzungen zwischen den Lenden.

Die Beweise gegen ihn waren eindeutig. Er faselte von den Verbrechen der anderen. Belege für seine Anklage blieb er schuldig.

Der aufrichtige Büttel, der die Kanzlei an jenem Morgen bewachte, war eine treue Seele und des Priesters zuverlässigster Spitzel. Es stand zu vermuten, dass alles, was diese *Anderen* belastet hätte, rechtzeitig zerstört worden war. Dieser dämliche Bonifatius hatte zum Glück die verschlüsselte Handschrift auf der ledernen Haut in seiner Eile auf dem Schreibpult vergessen. Der Wächter packte die Gelegenheit beim Schopfe, ein munteres Feuerchen bekam Nahrung. Und sollte der aufrichtige Bonifatius je das Geheimnis gelöst haben, das Geheimnis um die goldfunkelnde Schriftrolle in den Händen des Stifters, so konnte er es mit keinem mehr teilen. Zum Glück. Am Ende wären sonst noch mehr Menschen gestorben: Jeder einzelne Stamm, ob Eiche, Weißtanne, Buche oder Fichte. Jeder einzelne Gulden an Schmiergeld oder Blutzoll, jeder Mord, jeder Täter. Nicht zuletzt alle Namen der Hintermänner, Stadträte, Richter und Kleriker, alle die den größten Nutzen aus den Geschäften gezogen hatten. Alle. Über Jahrzehnte hinweg. Alles dokumentiert und in die Hände der Statue Bertholds II. gegeben. Gerade so wie sie dastand auf dem Sims in der Klosterkirche Sankt Peter. Wer würde je darauf kommen in der goldenen Rolle in seinen Händen zu suchen.

Sicher und unauffindbar: Seine Lebensversicherung. Für den Notfall. Falls man nach ihm suchte und die hohen Herren auf falsche Gedanken kämen. Er hatte sie in der Hand. Alle. Den Tag, an dem er daraus Kapital schlagen wollte, diesen Tag würde er einst selber bestimmen.

Der treulose ‚Herr Advokat' indes entfernte man aus seinem Amt. Sein Herz mache nicht länger mit, man sei um seine Gesundheit besorgt.

Der Priester lachte laut auf.

Er empfand diesen … Vorwand … allzu leicht zu durchschauen. Dem Prälaten hätte er mehr … Witz … zugetraut. Aber schließlich musste auch der sein Gesicht wahren.

Dem ungeachtet, auch die Klöster würden verschwinden und mit ihnen jene altklugen Prälaten. Diese aufgeblasenen Narren hatten es einfach nur noch nicht begriffen. Umso härter der Schlag, der sie treffen würde. Ihr Untergang war besiegelt und nur noch eine Frage der Zeit.

Wenn dieser freudige Zeitpunkt gekommen wäre, sollte für ihn selbst die Zukunft schon lange begonnen haben.

***

Der Schulmeister reagierte nicht auf das schadenfrohe Gekicher.

Sein Blick ging ins Leere, war wie bei dem Priester auf zurückliegende Zeiten gerichtet. Auch er dachte an das Schicksal seines eigenen Feindes: Mathis, vermeintlicher Anführer der Holzknechte im Lindenhof. Ein Versager, nichts sonst. Treue zahlte sich einfach nicht aus. Wenn es galt den eigenen Hals zu retten, dann mussten … besondere Mittel … den Erfolg sicherstellen.

Darin galt er selbst hier und heute als der lebendige Beweis. Indem er dem Abt die Papiere aus der Feder des Amtmanns übergab, rutschte sein eigener Hals aus der Schlinge. Nicht auszudenken, der Advokat oder Mathis würden ihn anschuldigen und seinen Verrat aufdecken. Mit seiner List hatte er sich die Freiheit erkauft. Was ein gewachster Umschlag so alles ausrichten konnte.

Mathias Trenkles Genick aber war längst schon gebrochen. Treue? Pah! Überflüssige Eigenschaft eines weltfremden Tors.

Der Priester hier neben ihm, hätte auch ihn, den *Schulmeister,* damals sicherlich gern baumeln sehen. Dieses Vergnügen galt beiderseits. Sie waren einer dem anderen ausgeliefert. Für ihre … Zusammenarbeit … hatte sich dieser Umstand stets als sehr erfolgreich erwiesen. Auch in Zukunft würde man sich gegenseitig belauern. Dabei hatte er selbst immer die dreckige Arbeit verrichtet:

Andreas Villinger war ihnen auf die Schliche gekommen. Dieser versoffene Kaib versuchte seinen Teil zu erzwingen. Er ahnte ja nicht, mit wem er sich da angelegt hatte. Ein eingeschlagener Kopf, ein Schneflermesser zwischen den Rippen. Ein paar falsche Fährten und dieses Problem löste sich auf.

Thewes Pichler wusste einfach zuviel, hatte zu oft selbst Hand angelegt. Am Ende erhob er Anspruch auf eine höhere Stellung, wollte Leitwolf im Rudel werden. Wie abwegig. Hätte man Pichler peinlich befragt, er hätte sie allesamt an den Henker geliefert. Nur um nicht alleine den Kopf auf den Klotz legen zu müssen.

Georg Rämele, Sohn des Simishofbauern, versoffen im Weiher. Georgs Gier war unstillbar. Mit niemandem wollte er teilen. Ein unersättliches Verlangen nach Macht. Geiz und Gier, seit jeher ein tödliches Bündnis.

Er spürte die Kraft dieses Burschen heute noch. Damals am Weiher. Der Wille zu leben. Beinahe hätte der sich aus seinem Griff lösen können. Aufgebäumt hatte der sich. Gestrampelt um sein beschissenes Leben. Zu sterben hatte man so oder so. Nur der Starke blieb bis zum Schluss.

Der Priester oder der Schulmeister. Wer von ihnen beiden der Stärkere sei, das musste sich noch erweisen. Ihr Schicksal war miteinander verwoben. Ein jeder von ihnen wartete allein auf die maßgebende Schwäche des Anderen.

***

Da schreckte der Schulmeister auf. Der Priester zog ihn beim Arm.

„Schau! Schau nur! Da drüben!" Er fuchtelte mit dem Arm. Dort bei den Zillen hatte er sie gesehen. Das Warten hatte ein Ende. „Nicskydorf oder Bakowa? Schulmeister, was denkst du?"

„Ich hätte niemals geglaubt, dass die Heidenhexe ohne ihren Buhlen sich auf diesen beschwerlichen Weg machen würde. Wie viel Leid hält ein Mensch eigentlich aus. Respekt! Ich für meinen Teil ziehe den Hut."

„Nun übertreib nicht gleich, oder gefällt sie dir etwa auch? Zugegeben, sie hat etwas ungemein Anziehendes. Wer weiß? Könnte ja sein, dass es dir einst gelingt, sie zu trösten. Nur, solange der Irre sie noch begleitet. – Ach, da fällt mir ein, du weißt ja wie man … Hindernisse … beseitigt."

„Wen meinst du mit Irrer?", der Schulmeister lächelte spöttisch, „Ich sehe beide, den Paul und auch den Jakob? Schau sie dir an! Die Köhlerdirne hat einen runden Bauch. Eine nette kleine Familie. Wer mag die beiden getraut haben? Denn vermählt müssen sie sein. Sonst kommen sie nicht ins Banat."

„Was glaubst du, Schulmeister, warum sich so zahlreiche Paare vor dem Chorherrenstift der Augustiner herumdrücken? Schade. Es wäre mir eine Freude gewesen, ihnen den Segen zu geben, noch auf der Fahrt die Donau hinab. Wirklich, der Schrecken in ihren Augen wäre es wert gewesen."

„Wohlan denn mein ehrwürdiger Priester, begeben wir uns an Bord. Ob Nicskydorf oder Bakowa, das wird sich noch finden. Mir ist es gleich."

Ein Schulmeister und ein erhabener Priester drängelten sich um einen Sitz auf der Zille. Ohne jegliche Scham. In ihrem früheren Leben hatte man sie Laurenz und Bruder Waldmeister genannt.

Der Tod nahm zwischen den beiden Platz.

Glossar

A

Allmend	Gemeindeflur oder Gemeinweide, auf der jeder Berechtigte nach festgelegtem Schlüssel seine Nutztiere weiden lassen oder Holz ernten kann.

B

Banat	Die Banater Schwaben sind eine deutsche Bevölkerungsgruppe im Banat. Sie werden mit anderen deutschsprachigen Minderheiten aus dieser Region Südosteuropas unter dem Sammelbegriff Donauschwaben zusammengefasst. Ihre Vorfahren wurden von der Österreichischen Hofkammer seit Ende des 17. Jahrhunderts aus verschiedenen Teilen Süddeutschlands und aus Lothringen in der nach den Türkenkriegen teilweise entvölkerten und verwüsteten pannonischen Tiefebene angesiedelt.
Bandwebstuhl	Ein Haushaltsgerät, mit dem ausschließlich Schmuckbänder gewebt wurden.
Bäume lauben	Entlauben zur Gewinnung von Futter fürs Vieh
Blume	Stummelschwanz
Brothangen	Hölzerne Stangen zur Bevorratung von Brot
bruttlen	schimpfen
Büri	Bäuerin

C

Cellerar	hier: Pater mit der wirtschaftlichen Leitung
Cavallerie	Tarock: Der König, die Dame, der Reiter (Cavalier) und das As in jeder Farbe, zusammen in einer Hand.

D

Datzen	mit dem Rohrstock o. Lineal geführte Schläge auf die Fingerspitzen
Dinggericht	Auf der Grundlage eines Weitums/ Gemeindeordnung festgelegte Jahresversammlung der Bauern
dirr	dürr, schwächlich, nichts auf den Rippen
Dorfvogt	gewählter Gemeindevorsteher; Vermittler zwischen Kloster und Bauernstand
Donnernessel	Brennnessel

E

Ebel	ebene Fläche
Eckericht	Eichelmast

eid- und schirmverwandt	Die Untertanen hatten geistlicher und weltlicher Obrigkeit als Schirmherren einen Eid zu leisten.

F

Farren	geschlechtsreifes männliches Hausrind
Flecklinge	starke Bretter
Fiedle	Hinterteil
Frieden von Hubertusburg	Am 15. Februar 1763 geschlossene Friedensverträge zwischen Preußen, Österreich und Sachsen. Ratifiziert auf dem sächsischen Schloss Hubertusburg, beendeten den Siebenjährigen Krieg.
Fröner	Bauern, Knechte, Diener, die eine Leistung für ihren Grund- oder Leibherrn erbringen
Fronden	Unentgeltliche Arbeitsleistung für die Herrschaft
Frucht	Getreide
Fruchtkasten	Getreidebehälter im Speicher
Futtergang	Stallteil, in dem das Futter liegt
Furken	Heugabeln

G

gahren	knarren
Gebet	Motive nach Jesaja 11, 3 – 9
Gebet	nach Psalm 38
Gefälle	Gefälle ist im Steuerwesen der frühen Neuzeit der Begriff für verschiedene obrigkeitliche, kirchliche oder gerichtliche Erträge, Einkünfte oder Abgaben.
Gemeiner	Soldat ohne Dienstgrad
geschworene Hebamme	Durch Abt Bürgi wurden zuerst 1723 auf der Kanzlei drei Hebammen vereidigt. Sie legten im Beisein des Priors und zweier Vögte ihren ‚gewohnlichen Hebammeneid' ab. Dem folgten 1745 weitere sechs Frauen, die auf der Kanzlei bestellt und benannt wurden.
Gizi	Zicklein
Gumme	Geländemulde
Gottschalks-gereute	Rodung in der Nähe des Klosters, dem Kloster von Bertold III. und seinem Bruder Konrad zur Beisetzung der Mutter Agnes am 27.12.1111 geschenkt.
Gran	1 Gran = 0,059 g
Gremme	Pferch für Schweine

Grundherr	Hier: der Abt vom Kloster St.Peter
Grundholde	Dem Grundherren – hier dem Abt als Leiter des Klosters – verpflichtete Untertanen.
Gschieß	Aufhebens machen
gumpen	hüpfen
Gustvieh	In einzelnen Höfen untergestelltes klostereigenes Vieh

h

Hafen	Topf
Hakenstecken	Wanderstock
Hammerstrumpf	Schinken
Herdäpfel	Kartoffeln
Herrenvogel	Eichelhäher
heuer	gegenwärtig
Heuliecher	mit Widerhaken versehener Stab mit dem Heu aus dem Heustock gezogen wird
Hintersassen	In der bestehenden Rechtsstruktur ist der Abt *Landsasse* der Österreicher. Die Bewohner seiner Grundherrschaft sind damit die *Hintersassen.*
Hofengel	Erbe: auf dem Schwarzwald der jüngste Sohn
Hofreite	Hofstelle
Holzgeld	Gebühr für Holz aus dem Almendwald
Honneur	Tarock: Auszahlung, Bonus

J

Juchert	1 Juchert = 1 badischer Morgen = 36 Ar

K

Kaib	Lump
Kandel	höchste Erhebung im Mittleren Schwarzwald; 1243 m ü. NHN
Kanzler	
Kaunitz	1711 – 1794 seit 1764 Reichsfürst von Kaunitz-Rietberg in Westfalen, war österreichischer Staatsmann des aufgeklärten Absolutismus, Reichshofrat und Diplomat.
Karl VI	1685 – 1740, 1711 bis 1740 römisch-deutscher Kaiser und Erzherzog von Österreich sowie Souverän der übrigen habsburgischen Erblande. Vermählt mit Elisabeth Christine von Braunschweig-Lüneburg-Wolfenbüttel (1691–1751). 1716 Geburt und Tod des Sohnes Leopold, Maria Theresia (1717–1780), Maria Anna (1718–1740) und Maria Amalia (1724–1730).

Katze Gefängnis. Aus dem lateinischen „Carcer" entlehnt. Heute Wohnhaus, Klosterhof 6.

Keh ghiet Kühe gehütet

Kettfäden bilden im Fadensystem die Längsrichtung des Gewebes

Klausur Allein den Mönchen zugänglicher Teil des Klosters

Kohlholz Grundlage für Holzkohle

Konventuale stimmberechtigtes, männliches Klostermitglied

Krätze Tragegestell aus Holz

Krempen schweres Werkzeug mit Eisenhaken zum Bewegen der Holzstämme

Kriegs-ausgaben: Großbritannien 161 Millionen Pfund (Kriegsschauplatz auch Nordamerika); Frankreich 700 Millionen Livre (Kriegsschauplatz auch Nordamerika); Preußen 120 Millionen Reichstaler; Österreichische Staatsschulden nach Ende des Kriegs 271 Millionen Gulden; Frankreich 1700 Millionen Livre; Großbritannien 147 Millionen Pfund. Frankreich ist nach drei Jahren Krieg praktisch insolvent.

Kriterwih Kräuterweihe: Zu Mariä Himmelfahrt, dem höchsten der Marienfeiertage wird ein Kräuterbündel geweiht und benediziert

Kuchi Küche

Kunersdorf Die Vereinigung benannter Truppen gelang bei dem Ort Kunersdorf, östlich von Frankfurt an der Oder, nachdem die Russen aus Ostpreußen und die Österreicher über Schlesien angerückt waren. Friedrich II., der Große erlitt in der **Schlacht von Kunersdorf am 12. August 1759** eine bittere Niederlage. 49.900 Mann standen den vereinten russisch-österreichischen Truppen mit 79.000 Mann gegenüber. Feldmarschall-Leutnant Gideon Ernst Freiherr von Laudon befehligte 24.000 österreichische Soldaten, von denen ca. 12.900 verwundet wurden oder starben. (Insgesamt etwa 35.000 Tote und Verwundete)

L

Landsassiat Ein Schutzverhältnis, bei dem – hier das Kloster – dem Schutzherren Steuern und Teilhabe an der Wehrkraft (Material und Menschen) zusichert.

Laudes lat. *laus*: Lob, Lobgesang. Hier das liturgische Morgengebet.

Lehbesitzer Besitzer eines Hofes auf Erbpacht

Lehscheide Hofgrenze

Leibfahl bei Tod zu erbringende Abgabe / „Sterbezins"

Leibgeding Altenteil

Leibsitzer Ältester Sohn mit Bleiberecht, Unterstand

Lit Leute

Livarien bunt bestickte Bänder, eingebunden in die Zöpfe reichen sie fast hinter zur Rocklänge.

lupfen hochziehen, hier über den Kopf ziehen

M

Matte Feuchtwiese
Matutin Stundengebet zur Nacht
miechtelet gestunken
Muckensäckele um Haaresbreite
Mohr, die Muttersau

N

narret wütend
Nitscher Rosenkranz

P

Passage hier überliefert in Kern 1959
Palier heute Polier
pfetzen zusammenkneifen
Pfisterei Klosterbäckerei, heute Haus Zähringerstr. 3.
Pfutscher Wildgewachsener Baum, untauglich für Nutzholzgewinnung
Plossbälg Blasebalg für den mechanischen Betrieb einer Orgel
Profess: Ordensgelübte

O

Oftere hangseits befahrbarer Dachboden, wie auf den Schwarzwaldhöfen üblich

R

Rauhnächte Je nach Zählweise 12 oder 13 Nächte ab dem Thomastag am 21. Dezember oder der Heiligen Nacht am 24. Dezember bis zum 05. Januar des Folgejahres. Der 21. Dezember wäre zudem die Nacht der Wintersonnenwende.
räs würzig
Riesbahn Holzrutsche zur Verbringung von geschlagenen Stämmen zum späteren Flößen
rießig gewillt, zum Geschlechtsakt bereit
Rute 1 Fuß = 0,3 m / 10 Fuß = 1 Rute = 3 m

S

Säsle Werkzeug mit gebogener Klinge. Zum Entfernen des Reisig vom Stamm

Saumädle Magd für die Schweinehaltung

Saupuber Hütekind für die Schweine, dazu auch meist Schafe und Ziegen

Schachen Waldstück

Schäppel Kopfbedeckung (frz. Chapeau) aus ca. 1500 Einzelteilen (Glasperlen, Kugeln, Silberplättchen) die Mädchen (ledige Frauen) an Feiertagen und Festen tragen – zuerst bei der Erstkommunion, zuletzt am Hochzeitstag.

Schatzungen Vom Landesherren erhobene direkte Steuern

Schaub Strohbündel

Schlacht von Kolin Schlacht von Kolin im Siebenjährigen Krieg (1756–1763) am 18. Juni 1757 im böhmischen Kolín zwischen Preußen und dem kaiserlich habsburgischen Österreich. Feldmarschall Leopold Joseph von Daun besiegte den preußischen König Friedrich den Großen in einer verlustreichen Schlacht mit mehr als 22.000 Toten und Verwundeten.

schlichten Mit Stärke aus Wasser, Roggenmehl, Talg und Seife wird ein Brei gekocht, der mit Bürsten auf die Kettfäden aufgerieben wird. Das verhindert ein Aufreiben und Reißen des Garns.

schnaigig wählerisch, was das Futter angeht

Schnalle Geschlechtsteil der Kuh

Schnefler Schnitzhandwerker

schneiteln Gewinnung von Tierfutter durch den regelmäßigen Rückschnitt von belaubten Ästen an Bäumen. Bis heute zu sehen an zahlreichen Eschen des Langeckerhofs am Rande der Platte. Zudem an einer Buche auf dem Gelände des Brunehofs nahe dem Hirschbach.

schoren graben, schippen

Schrättelifuesse Pentagramm

Seilhopsis Seilspringen

Sester Literle, Meßle und Sester: Hohlmaße zum Abmessen von Getreide, Mehl oder Samen

Sprutz Rest, Neige

Steinhafen steinerner Schmalztopf

Steinmoggen Steinquader

T

Tarock Königsrufen oder Tarock war und ist ein in Österreich beliebtes Kartenspiel. Die genannten Motive sind den gängigen Regeln entnommen und vom Autoren entfremdet.

Te deum Laudamus Dich, Gott, loben wir, dich, Herr, preisen wir.
Dir, dem ewigen Vater, huldigt das Erdenrund.
Dir rufen die Engel alle, dir Himmel und Mächte insgesamt,

	die Kerubim dir und die Serafim mit niemals endender Stimme zu: Heilig, heilig, heilig der Herr, der Gott der Scharen! Voll sind Himmel und Erde von deiner hohen Herrlichkeit.
Teigaff	eingebildeter Mensch
Trille	**Drehhäuschen**, **Trillhaus** oder **Triller** genannt. Die Verurteilten befanden sich aufrecht in einem zylinderförmigen Käfig. Dieser konnte von außen um die eigene Achsen gedreht werden. Er diente der Zurschaustellung und Bestrafung. Schwindel und Erbrechen waren die Folgen. Ebenso durfte auch mit Schmutz und Kot geworfen werden.
Tummet	Gülle, Mist

V

verdieglet	verrunzelt
Vigilien	lat. *vigilare*: wachen. Hier das liturgische Nachtgebet.
Viehgasse	Weg des Viehs auf die Weidplätze
Vogtholde	Dem Kastvogt verpflichtete Untertanen

W

Weinfeuchte	Rausch
Wibete	Brautschau
wiederlösliche Pfandschaft	ausführlich siehe Teil 1, Kapitel Sonntagskriegerlis
Wivölcher	Weibervolk, Weibsbilder
Wie Marmorsäulen…	Motive aus dem Hohelied Salomons
Wurzbosen	Stamm eines entwurzelten Baumes

Z

Zille	Arbeitsschiff, hier Wiener Zille. Später (19. Jhd.) aus Spott *‚Ulmer Schachtel‘* genannt
Zinnetstämmlein	dünnes Stammholz zum Einzäunen
Zwei Viertel Drei	heute: Halb Drei
Zwicken	um einen (Geld)Einsatz spielen
Zwölfergericht	Gerichtssitzung, bestehend aus 12 Bauern

Bildnachweis

Die abgebildeten Tarock-Karten entstammen einem Nachdruck des Spiels „Tarocchino Milanese“, produziert von der Firma P. Masenghini in Bergamo gegen Ende des 19. Jahrhunderts.

Zur Feier des einhundertsten Jahrestags der Spielkartenfima Masenghini (1876 – 1976) wurde es in 3000 Kopien neu gedruckt.

Quellen

AMENDT/KRETTEK/NIESSEN/ZEHNER: Forensische Entomologie, Frankfurt 2013

AMENDT/ZEHNER/BRATZKE: Forensische Insektenkunde, in: Deutsches Ärzteblatt, Jg. 100, Heft 51–52, 2003

FATA, Máta (Hrsg.): „Die Schiff stehn schon bereit“, Ulm 2011[2.] Aus Forschung zur Geschichte der Stadt Ulm, Bd. 13

FRÖHLICH, Julius: Urwaldpraxis, Radebeul 1954

Geistl. Zentrum der Erzd. Freiburg u. Kath. Pfarramt St. Peter: St. Peter auf dem Schwarzwald – Kloster, Kirche, Kapellen, Lindenberg 2012[1]

HECHT, Ingeborg: In tausend Teufels Namen, Freiburg 1977

HINZ, Alexander: Die Entstehung der Banater Schwaben, Hamburg 2015

HERZOG/KIESSLING/ROECK (Hrsg.): Himmel auf Erden oder Teufelsbauwurm?, Konstanz 2002

JELLINEK, Stefan: Elektropathologie, Stuttgart 1903

KATH. Frauengschf. St. Peter/Schwär, C. (Hrsg.): „disch g'schwätzt“, Titisee-Neustadt

KERN, Franz: Phillip Jakob Steyrer, in: Freiburger Diözesan Archiv Bd. 79, Freiburg 1959

KÜSTER, Hansjörg: Geschichte des Waldes, München 2008[2]

LÄUFER, Josef (Hrsg.): Pfarreichronik St. Peter, Freiburg 1992

LUDEMANN, Thomas: Im Zweribach, Karlsruhe 1992

LUDEMANN, Th./Nelle, O.: Die Wälder am Schauinsland, Schriftenreihe Freiburger Forstliche Forschung, Bd. 15, Freiburg 2002

LUDEMANN, Thomas: Geschichtsträchtige Vegetation und Landschaft im Schwarzwald

LUDEMANN, Thomas: Tuexenia Beiheft 6: 29-85. Göttingen 2013

MALIZIA, Enrico: Liebestrank und Zaubersalbe, München 2002

MAISEL, Witold: Rechtsarchäologie Europas, Wien 1993

MÜHLEISEN, Ott, Zotz (Hrsg.): Das Kloster St. Peter auf dem Schwarzwald, Waldkirch 2001

MÜHLEISEN, Hans-Otto: St. Peter auf dem Schwarzwald, Lindenberg i.A. / Beuron 2003

QIAN, Kefei: Die Donau von 1740 bis 1875, Berlin 2014

Ortenaukreis (Hrsg.): Vogtsbauernhof Geräteführer, Offenburg 1990[2]

QUANTER, Rudolf: Die Leibes- und Todesstrafen, Paderborn (ohne Jahresangabe)

ROHRER, Gottfried: Die „St. Petermer“ (Hochschwarzwälder) Tracht, Freiburg (ohne Jahresangabe)

SCHILLINGER, Erika: Kollnau ein vorderösterreichisches Eisenwerk des 18. Jhd. In Alemannisches Jahrbuch 1954, Alemannisches Institut (Hrsg.), Lahr 1954

Schwarzwälder Freilichtmuseum Vogtsbauernhof (Hrsg.): Gsagt isch gsagt, Gutach 2013

TAG, St. Peter (Hrsg.): Historischer Dorfrundgang, 2013[1]

TAFFNER, Anton: Quellenbuch zur Donauschwäbischen Geschichte, München 1974

Volksbank Waldkirch (Hrsg.): Elztäler Sagen, Tiersagen rund um den Kandel, Waldkirch 1986
WEBER, Klaus: Höfechronik von St. Peter (Bd. I), Freiburg 1997
WEBER, Klaus: Höfechronik von St. Peter (Bd II), Freiburg 1998
WEBER, Klaus: St. Peter im Wandel der Zeit, Freiburg 1992
WEBER, Klaus: Brauchtum in St. Peter, Freiburg 1990
ZACK/ROTHSCHILD/WEGENER: Blitzunfall, in Deutsches Ärzteblatt, Jg. 104, Heft 51–52, 2007

Internet

RUBI, Christian: Pranger, Geige und Trommel: volkstümliche Strafen im alten Stande Bern. In: Berner Zeitschrift für Geschichte und Heimatkunde, Band (Jahr): 37 (1975).
STELLNER, Frantisek: Zu den Ergebnissen des siebenjährigen Kriegs in Europa, PDF 1nGRbRKU usd.ff.cuni.cz/?q=system/files/stellner%20200.pdf (26.09.2016)
http://dx.doi.org/10.5169/seals-245861 (26.09.2016)
http://www.schwarzwald.net/stories/riesen.htm (26.09.2016)
https://www.planet-schule.de/sf/php/sendungen.php?sendung=9099 (26.09.2016)
http://www.planet-schule.de/wissenspool/der-schwarzwald/inhalt/sendungen/die-waldarbeiter-und-floesser.html (26.09.2016)
http://www.habsburger.net/ (26.09.2016)
https://archive.org/stream/zeitschriftfrdi02langoog#page/n281/mode/2up (26.09.2016)
http://www.banaterra.eu/german/content/das-banat-keine-strafkolonie-maria-theresias (26.09.2016)
http://www.donauschwaben-ooe.at/index.php?id=309&type=98 (26.09.2016)
http://www.aerzteblatt.de/archiv/58373/Blitzunfall-Energieuebertragungsmechanismen-und-medizinische-Folgen?src=search (10.01.2015)
https://www.vde.com/blitzschutz (26.09.2016)
www.forschung-frankfurt.uni-frankfurt.de/36050713/07Amendt.pdf? (26.09.2016)
hs-augsburg.de/medium/download/fkaw/allgemein/präsentation-hexenwahn.pdf (26.09.2016)
semestra.ch/data/files/hexenverfolgungen-suedwestdeutschland.pdf

Begleitende Literatur

GUTH, Karl-Maria (Hrsg.): Der große Schwabenzug, Berlin 2015 (Erstdruck: Müller-Guttenbrunn, Adam, Leipzig 1913)
HAUFF, Wilhelm: Das kalte Herz, Frankfurt a.M. 1989
HERMANN, Birgit: Die Apfelrose, Freiburg 2006[2]
HERMANN, Birgit: Der Ferman, Freiburg 2008[1]
HOCKENJOS, Fritz: Wäldergeschichten, Freiburg 1994[3]
KATZ, Casimir: Die Holzbarone. Chronik einer Industriellenfamilie. Gernsbach 2000
LITTERST, Maria: Hammerstrumpf, Offenburg 1993[2]
V. KÖLLER, H.-H.: Jakob der Flösser, Mannheim 2015[2]